장르지식을 활용한

장편가문소설의 읽기 전략과 실제

The Strategies and Practice of Reading
Feature-length Family Novels
Using Genre Knowledge

지은이 **윤현이**

강원도 춘천이 고향이며 강원대학교 국어교육과를 졸업했다. 졸업 후 경희대학교 교육대학원에서 「감상력 신장을 위한 시 교육방법 연구」(1995)로 석사학위를 받았다. 이후 방송대학교 중어중문학과를 졸업하고 한림대학교 대학원에서 「『수신기』의 교훈성에 관한 연구」(2000)로 석사학위를 받았다. 이후에도 방송대학교 불어불문학과, 가정학과, 미디어영상학과, 행정학과를 졸업하는 등 여러 학과를 전전해 왔다. 그러다가 공부의 체계를 잡기 위해 강원대학교 국어교육학과 박사과정에 진학하여 「장르지식을 활용한 장편가문소설 읽기 방안 연구」(2018)로 박사학위를 받았다. 이 밖에 논문으로 「『임씨삼대록』에 등장하는 악인들의 악행과 징치양상에 드러난 의미」, 「장편가문소설에 등장하는 계모형 인물 관련 서사의 양상과 의미」 등이 있다. 장편가문소설에 관심을 두고, 요즘은 장편가문소설 읽기와 디지털화 작업을 하고 있다. 여러 경계를 넘나들며 자신을 위한 공부의 세계를 구축해 나가려 노력하고 있다. 현재 춘천한샘고등학교에 재직 중이며 강원대학교에도 출강하고 있다.

장르지식을 활용한 **장편가문소설의 읽기 전략과 실제**

©윤현이, 2022

1판 1쇄 발행_2022년 12월 20일
1판 1쇄 발행_2022년 12월 30일

지은이_윤현이
펴낸이_양정섭

펴낸곳_경진출판
  등록_제2010-000004호
  이메일_mykyungjin@daum.net
  사업장주소_서울특별시 금천구 시흥대로 57길(시흥동) 영광빌딩 203호
  전화_070-7550-7776 팩스_02-806-7282

값 26,000원
ISBN 979-11-92542-18-8 93810

장르지식을 활용한

장편가문소설의 읽기 전략과 실제

The Strategies and Practice of Reading
Feature-length Family Novels
Using Genre Knowledge

윤현이 지음

이 책은 장편가문소설의 읽기 방안에 대해 고민한 책이다. 어떻게 하면 장편가문소설을 쉽게 읽어나갈 수 있을지를 고민하고 그 방안을 제시했다. 요즘은 여러 가지 매체를 통해 영화나 드라마 등 재미있는 문화콘텐츠들을 쉽게 접할 수 있다. 이런 시대에 고전 소설은 일반인들의 관심 대상이 되기는 다소 어려울 것이다. 고전 소설은 문학 교과서에서 다루어지는 고전문학의 갈래 또는 대입, 취직 시험을 위한 공부의 대상으로 여겨지는 것이 현실이다.

특히 고전소설 중 장편가문소설은 교과서에도 실리지 않아 일반인들뿐만 아니라 국어 교사들에게도 낯선 대상이다. 지금껏 장편가문소설은 일부 연구자들의 연구 대상으로만 여겨져 왔다. 그럼에도 불구하고 장편가문소설에는 의외로 흥미진진한 요소들이 많다. 구미호의 정령이 사람으로 환생하여 나오기도 하고, 특정 인물로 얼굴을 바꿔주거나 사람의 마음을 돌리게 하는 묘한 약물도 있다. 반동인물들은 자신들의 욕망을 달성하기 위해 경쟁이 되는 주동인물을 모해한다. 그 이유는 주로 가문의 주도권을 쟁탈하거나, 애정을 쟁취하거나, 정계에서 권력을 장악하기 위해서이다. 반동인물들이 주동인물을 모해하는 모습은 오늘날 막장 드라마를 방불케 한다. 이처럼 장편가문소설에는 옛날 작품이긴 하지만 현대인들이 읽어도 흥미로 위할 요소들이 많이 있다. 또한 장편가문소설은 효, 우애, 개과천선, 인과응보 등과 같이 보편적 가치를 주제로 하기에 현대의 독자들에게도 정서적 감동과 교훈을 준다. 이렇듯 장편가문소설은 흥미성과 교훈성을 골고루 갖추고 있기에 오늘날 독자들도 읽어볼 만한 가치가 있는 작품이다. 하지만 장편가문소설에는 일반 독자들이 접근하기에는 높은 장벽이 있다. 그것은 '고전' 작품이면서 '장편'이라는 장벽이다. 이 책에서는 이러한 장벽을 극복하고 장편가문소설을 읽어나갈 방안을 제시하고 있다.

이 책의 1장에서는 장편가문소설은 어떤 소설이며, 왜 읽기 연구가 필요한지 이유를 제시하고, 선행 연구 경향과 한계를 지적하며, 연구의 범위와 방법을 제시했다.

2장에서는 장편가문소설 읽기의 어려움을 지적하고 그 어려움을 해결하기 위한 방안을 찾기 위해 장편가문소설의 장르적 특성에 주목하였다. 이 장르적 특성에 기반하여 장르지식을 구안하는 과정을 다루었다. 특히 장편가문소설의 유형적 특성에 주목하여 이 유형적 특성에서 인물, 서사, 주제 이해를 위한 장르지식을 구안했다.

3장에서는 구안한 장르지식으로 읽기의 단계에 활용할 전략을 구안했다. 이를 위해 장르지식과 효과가 검증된 읽기 전략을 접목하여 장편가문소설 읽기 전략을 도출해냈다. '가계도 그리기', '유형적 인물 범주화', '인물의 갈등 양상 파악하기', '인물의 결합 관계 파악하기', '이야기 구조 파악하기', '내용 요약하기' 등이 그것이다. 이렇게 도출해낸 전략을 읽기의 단계인 읽기 전, 읽기 중, 읽기 후 3단계별로 순차적으로 전략의 적용 방안을 제시했다.

4장에서는 3장에서 구안한 장편가문소설 읽기 전략을 『창선감의록』,『소현성록』연작,『명주보월빙』에 적용하는 과정을 제시했다. 이들 작품의 선정 기준으로 길이와 구성의 복잡성을 고려했다. 길이가 다소 짧으나 구성이 복잡한『창선감의록』, 길이가 길고 구성이 단순한『소현성록』연작, 길이가 길고 복잡한 구성의『명주보월빙』으로 선정했다. 읽기 전 단계에서는 장르지식을 바탕으로 읽기 전략의 적용 방안을 설정하고, 작품 내용을 예측한다. 읽기 중 단계에서는 각각의 읽기 전략을 적용하면서 작품을 읽어나가고, 읽기 후 단계에서는 작품의 내용과 앞서 적용한 전략들을 정리하며 작품의 주제를 확인한다. 이러한 과정을 통해 개별 작품의 등장인물, 서사전개, 주제를 파악하게 된다.

5장에서는 전체 내용을 요약하고 앞으로 남은 과제를 제시했다. 이 책에서 제시된 장르지식과 읽기 전략은 장편가문소설 작품을 이해하는 데 도움을 줄 것이다. 더 많은 작품들에 이 전략을 적용해 보고, 전략을 더욱 정교화시키는 것은 후속과제로 남겼다. 앞으로 장편가문소설 읽기와 관련한 좀 더 깊이 있는 논의가 활성화되어야 할 것이다.

이 책은 필자의 박사학위 논문을 단행본으로 엮은 것이다. 논문 지도과정에서 많은 분들의 도움을 받았다. 부족한 글을 읽어주시고 항상 꼼꼼하게 지도해주신 이민희 지도교수님께 머리 숙여 감사의 말씀을 드린다. 지도교수님의 가르침과 관심이 없었다면 박사논문을 단행본으로 엮어낼 엄두도 내지 못했을 것이다. 그리고 논문을 읽고 심사해주신 이정원 교수님, 김수연 교수님, 김영란 교수님, 정진석 교수님께도 감사의 말씀을 드린다. 또한 출판을 허락해주시고, 책으로 나올 수 있도록 애써주신 경진출판 양정섭 대표님께도 감사의 말씀을 드린다.

　마지막으로 항상 응원해주신 부모님 그리고 공부에 대한 자극을 끊임없이 주며, 도움과 조언을 해주었던 최창헌 선생님, 김미정 선생님에게도 감사의 말씀을 전한다.

2022년 11월
윤현이

차 례

제1장 장편가문소설,
왜 읽기 전략에 관한 연구인가?

1. 연구의 목적과 필요성

이 책은 장편가문소설의 읽기 전략을 모색하고 적용하는 데 그 목적을 두고 있다. 먼저 장편가문소설이 어떤 작품이며, 읽을 만한 가치가 있는 것인지, 왜 읽기 전략이 필요한 것인지를 다루고 시작하겠다.

'장편가문소설'[1]은 17세기 무렵 소설이 장편화하면서 출현하여

---

1) 명칭과 관련하여 '낙선재본 소설', '가문소설', '장편가문소설', '연작형 소설', '대하소설', '대장편소설', '국문장편소설' 등 다양하게 지칭되고 있는데, 그 특성을 어디에 두었느냐에 따라 연구자들마다 조금씩 차이를 두어 지칭하고 있다. '낙선재본 소설'은 정병욱이 낙선재에 소장되어 있던 작품을 소개하면서 붙인 용어로 소장처를 이용한 용어이고, 이 용어대로 한다면 다수의 중국번역소설도 포함시켜야 하므로 문제가 생긴다. '가문소설'은 이수봉이 작품의 실상을 분석하면서 붙인 용어인데 작품의 특성이 잘 드러나고 있지만, '기봉류'의 작품이 가문소설에 포함되는지에 대한 문제가 발생한다. '장편가문소

18세기에 융성하였고, 19세기를 거쳐 20세기에도 향유된 국문으로 쓴 일련의 장편소설이다. 장편가문소설은 가문을 중심으로 일어나는 구성원들의 갈등과 그 해결을 다루면서 가부장제에 기반을 두고 유교 질서를 공고히 하여 가문의식을 드높이는 것을 주요 내용으로 한다.

　　장편가문소설이 출현하기 시작한 17세기는 문학사에서 다양한 소설의 양상이 펼쳐졌던 시기이다. 임·병 양난의 영향으로 생활 전반에 걸친 급격한 변화와 충격 등은 문학사에서도 변화를 가져오게 되었다. 17세기 전반기를 전후한 시기의 언어·문화적 상황과 민족적 현실, 그리고 삶의 조건은 이전의 짧은 편폭의 소설로는 적당하지 않거나 적극적으로 대응하기 곤란했으며, 이에 따라 좀 더 길거나 훨씬 더 긴 새로운 소설 형식의 모색이 불가피했다.[2] 17세기에는 전란 속에서 겪는 개인의 체험, 가족의 이합집산을 다룬 『최척전』 같은 사실적인 경향을 띤 작품이 창작되는가 하면, 『창선감의록』,[3] 『소현성록』같이 집안에서 계후 문제를 둘러싸고 계모와 이복 형제

설'은 장효현이 붙인 용어로 외형상의 장편이라는 특징과 '가문'이라는 내용상의 특징을 고려한 용어인데 역시 '가문소설'과 같은 한계에 부딪히게 된다. '연작형 소설'은 최길용·임치균이 붙인 용어로 외형적 특징에 바탕을 둔 명칭이라 할 수 있다. 이 용어는 특징적인 일부 작품만을 대상으로 한 것이기에 범위가 좁다는 한계를 띠고 있다. '대하소설'은 김진세·이상택이 붙인 용어로 분량을 기준으로 한 용어이다. '대장편소설'은 임치균이 붙인 명칭으로 각각의 단점을 보완하고 포괄할 수 있기에 붙인 용어이다(임치균, 『조선조 대장편소설 연구』, 태학사, 1996, 39~40쪽). '국문장편소설'은 이러한 여러 명칭에 대한 대안으로 나온 용어로 보인다. 이러한 명칭을 살펴보면 '국문장편소설', '대하소설', '대장편소설' 등은 작품의 분량에 대한 특성이 주로 드러나고 있어서 작품의 내용이나 특성이 잘 부각되지 않는 면이 발견된다. '가문소설'은 작품의 내용은 드러나지만, 작품의 분량이 고려되지 않은 면이 발견된다. '연작형 소설'은 범위가 좁다는 한계가 드러난다. '장편가문소설'은 작품의 특성과 분량이 잘 드러나는 명칭이라 볼 수 있으므로, 이 책에서는 '장편가문소설'로 칭하기로 한다.

2) 박희병, 「한국한문소설사의 전개와 17세기 소설사적 전환의 성격」, 『한국전기소설의 미학』, 돌베개, 1997, 93쪽.

3) 『창선감의록』의 경우는 국문본과 한문본이 동시에 존재한다. 하지만 이 책에서는 국문본에 주안점을 두고 논의하고자 한다.

간의 갈등과 처처 간 갈등을 다룬 장편가문소설이 나오기도 하였다. 실로 17세기는 소설에서 한문과 한글, 상층과 하층, 단편과 장편, 한국과 중국, 현실과 낭만, 진지성과 통속성이 제 각각 특성을 유지하면서 대립, 대응하던 시기이다.4) 장편가문소설은 이러한 시대 상황 속에서 형성된 산물이다.

장편가문소설은 국문으로 표기되어 특히 사대부가의 여성들을 독자층으로 형성하면서 교양 독서물로 자리 잡게 된다. 초기 작품이라고 할 수 있는 『창선감의록』과 『소현성록』 연작의 경우는 유교의 덕목에서 권장하는 효와 열을 주제로 하고 있어서 소설에 대한 비판에서 벗어날 수 있었다. 이렇듯 장편가문소설은 교훈적인 성격을 띠고 있어 『소현성록』 연작의 경우는 필사되어 자손들에게 분배되기도 하고 가묘에 보관될 만큼 소중한 독서물로 여겨졌다.5)

비교적 초기 장편가문소설이라 할 수 있는 『소현성록』 연작을 비롯한 삼대록계 장편가문소설에는 처처(첩) 간, 부부 간의 갈등 양상과 그 해결 과정을 보여주면서 가문 내의 결속을 다지고 가문의 번성을 과시하는 내용이 드러나 있다. 장편가문소설에는 사대부 가문을 유지하고 번성시키기 위해 유교 이념인 충, 효, 열을 실행하는 이야기가 주를 이룬다.

『창선감의록』, 『소현성록』 연작 등은 장편의 국문으로 쓴 가문소설의 초기작의 모습을 보였고, 그 이후 18세기를 거치면서 상층 사대부들의 의식 성향과 가문 내의 미시적인 생활상을 담아낸 장편가문소설이 대거 등장하게 된다. 또한 18세기에는 사대부가의 경제적

---

4) 송성욱, 「17세기 소설사의 한 국면」, 『한국고전연구』 8, 한국고전학회, 2001, 241쪽.
5) 이에 대해서는 박영희, 『『소현성록』 연작 연구』, 이화여자대학교 박사논문, 1994, 35~36쪽에서 권섭의 『옥소집』에 이같은 사실이 있음을 밝히고 있다.

기반이 안정화되면서 상대적으로 여유가 생긴 사대부가의 여성들이 장편가문소설의 주요 독자층으로 자리 잡게 된다. 이러한 여성 독자층을 의식하여 장편가문소설의 주제는 충, 효, 열 등의 유교 이념을 강화하는 단계에서 차츰 가부장제하에 여성들의 어려움과 고달픈 삶의 모습을 드러내며 여성의 자의식을 담아내기도 하였다. 18세기에 접어들어 장편가문소설은 사대부가의 미시적인 생활사와 의식 세계를 담는다는 점에서 새로운 국면에 접어들게 된다. 경제적 상황이 좋아짐에 따라 『명주보월빙』 100권 100책, 『완월회맹연』 180권 180책에 이르는 방대한 분량의 장편도 나오게 되었다.

장편가문소설은 충, 효, 열의 유교 이념을 바탕으로 가문 의식을 고취하는 교훈적인 성향을 띠고 있어 당시 소설에 대한 비판적인 시각을 빗겨 가면서도, 일부다처제와 가부장제 속에서 살아가는 여성들의 신산(辛酸)한 삶의 모습을 동시에 드러내고 있어 사대부 여성들의 독서물로 자리 잡게 된다. 이러한 장편가문소설은 소설사에서 한문 소설, 판소리계 소설, 활자본 소설 등과는 별도의 층위 속에서 존재하며 그 가치를 드러내고 있다.

1965년 창경궁 낙선재에 소장되었던 서적들이 공개되면서, 그곳에 보관되어 있던 많은 장편가문소설들이 알려지기 시작했다.[6] 오랜 세월 알려지지 않았던 작품들이 대거 발견되면서 장편가문소설이 주목받기 시작하였고 장편가문소설에 대한 연구도 지속적으로 이루어져 이제는 장편가문소설에 대한 연구가 축적되기에 이르렀다.

---

6) 창경궁 낙선재에 보관되어 있던 책들은 1965년 백영 정병욱이 발견하고 서울대학교 문리과 대학 부설 동아문화연구소에서 조사 정리하여 1966년 중앙일보 8월 22일자 1면에 기사화되면서 알려지게 되었다. 김진세, 「낙선재본 소설의 특성」, 『정신문화연구』 44, 한국정신문화연구원, 1991.

그런데 장편가문소설은 아직도 연구자를 제외하고 일반인들에게는 매우 생소한 작품으로 남아 있다. 심지어는 국어 교사들에게조차 낯선 작품으로 여겨지고 있다. 이것은 장편가문소설작품이 아직 교육과정에 편입되지도 않았고, 교과서에 수록되지도 않아서일 것이다. 하지만 장편가문소설을 연구자들의 연구 대상으로만 남겨두기에는 아까울 만큼 교훈적이면서도 재미있고 흥미로운 내용이 많다. 예를 들면, 원하는 인물로 얼굴을 바꿀 수 있는 개용단(改容丹), 사람의 마음을 마음대로 바꿀 수 있는 개심단이라는 몹쓸 약물이 있는가 하면, 죽어가는 사람도 살릴 수 있는 신비한 약물도 있다. 주동인물을 모해하는 요승(妖僧)·요도(妖道)들이 있는가 하면, 어려움에 처한 주동인물을 돕는 선승(善僧)·선도(善道)들도 등장하여 흥미를 고조시키고 있다. 이러한 환상적인 요소들은 현대 독자들이 즐겨 읽는 판타지 소설과도 유사하다. 그런 점에서 장편가문소설은 현대 독자들에게도 재미있는 읽을거리가 될 수 있다.

한편 주동인물들이 반동인물들의 모해에도 참고 견디며 굳건하게 고난을 이겨나가는 모습, 자신들이 옳다고 생각하는 가치관 즉 충, 효, 절의, 우애 등을 수호하기 위해 끝까지 자신의 의지를 드러내는 모습, 악인들에게 개과천선의 기회를 주어 포용하는 관용적인 태도 등은 시대를 초월하여 현대 독자들에게도 감동과 위안을 준다. 이렇듯 장편가문소설은 현대 독자들에게도 감동과 흥미를 주는 의미 있는 독서물이다.

또한 장편가문소설은 현대적 감각에 맞게 윤색되거나 매체를 바꿔 새로운 장르로 재창조될 수 있는 잠재력을 지닌 문학 작품으로 애니메이션, 게임 분야나 판타지 드라마, 연극, 무용, 뮤지컬 등 다양한 분야의 예술로 재탄생될 수 있는 무한한 가능성을 지니고 있다.

그야말로 장편가문소설은 '서사의 보물창고'라고 할 수 있다. 이런 점에서 장편가문소설은 많은 독자들이 읽고 문화적 영감을 얻을 수 있도록 널리 알려지고 활성화될 필요가 있다.

하지만 장편가문소설을 읽어내는 데는 두 가지 난점이 있다. 하나는 '고전' 작품이라는 것이고, 다른 하나는 '장편'이라는 것이다. 고전 작품이기에 표기상, 해석상 어려움이 있고, 작품이 창작되고 향유되던 시대와 현대의 독자들 사이에 수많은 시간적 간격으로 작품 이해에 어려움이 생긴다. '장편'이기 때문에 독자들은 긴 서사를 읽어야 한다는 심리적 부담감을 가지게 된다. 장편가문소설에는 등장인물이 많고 서사가 복잡하게 전개되므로 독자들은 작품의 내용 파악하는 데 어려움을 느끼게 된다.

따라서 이 어려움을 극복하기 위해서는 좀 더 계획적이고 체계화된 읽기 방안의 모색이 필요하다. 이 책에서는 장편가문소설을 좀 더 쉽게 다가가기 위한 방안으로 읽기 전략을 구안하였고, 이 전략을 실제 작품에 적용하여 읽어나가는 과정을 제시했다.

읽기는 독자가 가진 지식을 총동원하여 주어진 텍스트를 읽어나가는 일련의 과정이다. 이 과정에서 독자에게 작품 읽기와 관련한 지식을 제시해준다면, 읽기의 어려움이 많이 해소되어 독자는 작품을 읽기가 훨씬 수월해질 것이다. 이 책에서는 장편가문소설 읽기에 도움이 되는 지식과 전략을 구안하고, 실제 작품 읽기에서 이 전략을 적용하는 과정을 제시하여 장편가문소설 읽기의 어려움을 해소하고자 했다.

2. 선행 연구의 경향과 한계

이 책에서는 장편가문소설 읽기에 도움을 줄 지식과 전략을 구안하기 위해 선행 연구를 검토했다. 선행 연구에서 장편가문소설 읽기의 어려움을 인식하고 그 해결 방안을 직접적으로 논의한 연구 성과는 별반 없었다. 장편가문소설에 관한 선행 연구는 주로 개개 작품의 특성과 문학사적 의의를 다룬 작품론과 작품 간의 연작관계를 해명하는 논의 등이 주류를 이루고 있다.

이 책에서는 장편가문소설의 유형성과 관련한 선행 연구를 주목했다. 왜냐하면 유형성은 장편가문소설에 반복적이고 공통적으로 드러나는 특성으로 장편가문소설 읽기에 도움을 주는 유용한 특성이기 때문이다. 이 책에서는 유형성에 관한 연구를 세 방면으로 나누어 검토했다. 하나는 장편가문소설의 유형성 전반에 관해 논의한 연구, 둘째로 인물, 서사, 주제에 대해 각각의 유형성을 논의한 연구, 마지막으로 장편가문소설 읽기 방안과 전략을 모색하는 데 실마리를 준 연구이다.

먼저 장편가문소설의 유형성 전반에 관한 논의로 김진세, 이상택, 최길용, 임치균, 조혜란의 연구가 있다. 비교적 초기 연구자라 할 수 있는 김진세[7]는 낙선재본 소설이 분량이 많고 사건 구성이 복잡하며 짜임새 있지만, 인물과 사건의 유형화라는 결점을 극복하지 못했다고 지적하고 있다. 즉 김진세는 장편가문소설의 인물과 사건에서 발견되는 유형성을 단점이자 한계로 지적하면서 유형성과 관련한 논의를 진전시키지 않고 있다. 이상택[8]은 『명주보월빙』과 연

---

7) 김진세, 앞의 글, 1991.

작인 『윤하정삼문취록』을 대상으로 반복되는 구조와 원리를 밝혔다. 이 논의에서는 유형성을 긍정적으로 바라보고 적극적으로 해명해 보려 했다는 점에서 진일보한 면을 발견할 수 있었다.

최길용[9]은 『명주보월빙』 연작, 『현씨양웅쌍린기』 연작, 『성현공숙렬기』 연작, 『유효공선행록』 연작, 『쌍천기봉』 연작 등을 분석하며 이들 작품의 전·후편에 동일한 유형적 인물이 반복 등장하며, 유형적 사건이 반복되고, 이에 따른 동일 주제가 반복되어 나오면서 장편화함을 주장했다. 이 연구에서는 여러 작품에서 발견되는 유형성을 인물, 서사, 주제 면에서 종합적으로 논의하여 주목할 만하다. 임치균[10]은 연작형 삼대록 소설의 연구를 통해 유형성을 밝혔다. 그는 『소현성록』 연작, 『유씨삼대록』 연작, 『임씨삼대록』 연작을 대상으로 연작관계에 있는 전편과 후편의 변별성에 주목하고 이들 작품에 공통적으로 드러나는 유형성을 밝히는 데 주력하였다. 따라서 그는 이상택, 최길용의 유형성 논의와는 변별되는 지점에서 장편가문소설의 유형성을 규명하고 있다. 조혜란[11]은 군담소설의 유형성을 다루었지만, 소설의 유형성을 독서 과정과 연결시켜 논의한 점에서 의미하는 바가 크다. 그러나 이 논의의 대상이 군담소설이고, 작품이 향유되던 당대 독자들의 독서 과정에 대한 논의였지 현대 독자들의 독서 과정까지 확대되지는 않았다.

다음으로 장편가문소설의 인물, 서사, 주제 각각의 측면에서 유형

---

8) 이상택, 『한국고전소설의 이론』 II, 새문사, 2003.

9) 최길용, 『조선조 연작소설연구』, 아세아문화사, 1992.

10) 임치균, 『조선조 대장편 소설 연구』, 태학사, 1996.

11) 조혜란, 「소설의 유형성과 독서 과정」, 『이화어문논집』 11, 이화여자대학교 한국어문학연구소, 1990.

성을 다룬 연구를 보면 이러하다. 인물에 대한 연구로는 문용식, 임치균, 장시광, 강우규, 정선희의 논의를, 서사에 관한 연구로는 송성욱, 한길연, 김문희, 박상석의 논의를, 주제에 관한 연구로는 임치균의 논의를 주목할 만하다.

인물에 관한 유형성 연구로 문용식은 인물 전반에 관하여 논하였고, 강우규는 남성인물을, 임치균, 장시광은 여성인물을, 정선희는 여성 보조인물의 유형성에 대해 논의하였다. 문용식[12]은 장편가문소설에 등장하는 세대별 인물들의 특성을 제시하여 1세대 인물은 가문창달의 토대를 마련하고, 2세대 인물은 가문 창달을 구현하고, 3세대 인물은 앞 세대가 쌓은 부귀영화를 자신의 생활에 실현하며 누리는 세대임을 여러 작품을 통해 밝혔다. 강우규[13]는 삼대록계 장편국문소설에 등장하는 남성주동인물을 정인군자(正人君子)형과 영웅호걸(英雄豪傑)형로 나누고 통과의례적 일생을 바탕으로 출생-성장담, 혼인담, 성취담, 후일담의 단위담이 형성된다고 보았다. 이 논의는 다른 장편가문소설의 남성주인공을 이해하는 데에도 유효하게 적용할 수 있어 의미가 있다. 임치균[14]은 『소현성록』에 등장하는 여성인물을 색(色)과 덕(德)을 기준으로 유형화하였다. 이 기준은 다른 장편가문소설에 등장하는 여성인물을 유형화하는 데도 적용이 가능하다는 점은 주목할 만하다. 장시광[15]은 장편가문소설 작품에 등장하는 여성반동인물에 주목하여 이들의 행동특성, 욕망 등을 작

---

12) 문용식, 『가문소설의 인물 연구』, 태학사, 1996.
13) 강우규, 「삼대록계 국문장편소설 연구」, 중앙대학교 박사논문, 2013.
14) 임치균, 「『소현성록』의 여성인물 연구: 색(色)과 덕(德)의 관련성을 중심으로」, 『국학연구론총』 18, 택민국학연구원, 2016.
15) 장시광, 「대하소설의 여성반동인물 연구」, 서울대학교 박사논문, 2003.

품이 향유되던 당시의 시대 상황과 결부지어 논의하면서 사회적 의미를 밝히고 있다. 이 논의는 여성반동인물의 행동특성, 욕망을 분석하여 여성반동인물의 유형적 특성을 밝히면서 주제의식에 접근하고 있다. 정선희[16]는 『소씨삼대록』, 『유씨삼대록』, 『조씨삼대록』, 『임씨삼대록』에 등장하는 여성 보조인물의 양상과 기능, 의미에 대해 논의하였다. 이 논의는 여성 보조인물을 대상으로 작품 속에서 역할과 기능 등을 면밀히 검토하고 있어 작품 속에서 보조인물의 위상을 재정립한 면에 의미를 둘 수 있다. 하지만 남성 보조인물에 대한 후속 논의가 요구된다.

장편가문소설의 유형적 인물에 대한 논의는 주로 개별적으로 특화된 연구로 각각 작품을 이해하는 데 도움을 주고 있다. 이제는 더 나아가 개별적인 연구 성과를 종합하여 장편가문소설 읽기 방안에 활용될 수 있는 지식으로 전환하는 작업이 필요하다.

서사에 관한 연구로는 송성욱, 한길연, 김문희, 박상석의 논의를 주목할 만하다. 송성욱[17]은 장편가문소설의 서사기법이나 서사문법에 관한 논의를 하였는데, 삼대록계 소설과 기봉류 소설을 중심으로 이들이 유사한 단위담을 공유하고 있음을 상세히 밝히고 있다. 그는 장편가문소설에 유형성을 띤 서사가 반복되어 나타남에 주목하여 방대한 분량의 장편가문소설을 읽어나갈 수 있는 서사구성의 원리를 찾아내려 하였다. 이러한 시도는 방대한 분량의 장편가문소설을 단위담으로 묶어서 간략하게 읽어나갈 수 있는 실마리를 제시해주었다는 점에서 의의가 있다. 한길연[18]은 『완월회맹연』에서 흡

---

16) 정선희, 「장편고전소설에서 여성 보조인물의 추이와 그 의미」, 『고소설연구』 40, 한국고소설학회, 2015.

17) 송성욱, 『조선시대 대하소설의 서사문법과 창작의식』, 태학사, 2004.

사한 사건의 반복, 여담, 모두(冒頭)와 끝의 상응 등과 같은 독특한 서사문법을 발견하고, 이 서사문법이 당대 독자들의 독서법에 영향을 주었으리라 보고 있다. 즉 당대 독자들은 이러한 서사문법을 숙지하고 있었기에 방대한 분량의 장편을 수월하게 읽을 수 있었다고 보았다. 이 논의는 현대 독자들의 장편가문소설 읽기 방안을 모색하는 직접적인 시도로 이어지지는 않았지만, 서사문법을 활용하여 현대 독자들의 소설 읽기 방안을 모색할 수 있는 가능성을 열어주었다. 김문희19)는 장편가문소설의 주요 독자층이 사대부가의 여성임을 지적하면서 장편가문소설의 서사전략이 이들의 교양수준과 심미안, 기대지평을 충족시켰기에 수월하게 읽힐 수 있었다는 점을 강조했다. 이 연구는 당대 독자들의 읽기를 고려한 논의에 머물고 현대 독자들의 읽기를 고려한 논의로 확장되지는 않았다. 박상석20)은 서사와 관련하여 고소설의 '동시사건 서술기법'에 대해 논의하였다. 소설에서 같은 시간, 다른 공간에서 각각 일어난 사건들이 서술되는 경우를 '동시사건 서술기법'이라 하는데 이런 기법이 고전소설에 활용된 사례를 들고 있다. 이 논의는 장편가문소설을 전면적으로 다루지는 않았지만, 장편가문소설의 장편화의 기법으로 활용될 수 있다는 점에 의미를 둔다.

서사와 관련한 논의에서는 장편가문소설의 서사적 특성을 제시하고, 장편화의 원리를 밝히고 이것이 당대 독자들의 읽기에 어떤 의미

---

18) 한길연, 「『완월회맹연』의 서사문법과 독서역학」, 『한국문화』 36, 서울대학교 한국문화연구소, 2005.

19) 김문희, 「장편가문소설의 가독성 연구」, 『한국고전연구』 19, 한국고전연구학회, 2009.

20) 박상석, 「고소설의 동시사건 서술기법에 대한 사적(史的) 고찰」, 『열상고전연구』 47, 열상고전연구회, 2015.

를 주었는지를 규명하고 있다. 이러한 논의는 장편가문소설의 읽기 방안을 모색하는 단초가 되었다는 점에서 의의가 있다.

장편가문소설의 주제와 관련한 논의로, 임치균[21]은 『양현문직절기』, 『소현성록』, 『유효공선행록』을 집중적으로 다루면서 장편가문소설의 주제가 가부장제를 옹호하고 유교이념인 충, 효, 열을 수호하는 데 있음을 밝혔다.

지금까지 장편가문소설의 유형성과 관련한 선행 연구는 장편가문소설의 인물, 서사, 주제 면에서 발견되는 유형성을 한계로 여기거나, 유형성의 양상이 어떠한지를 규명하는 데 주력해 왔다. 즉 선행 연구는 '유형성'의 존재 자체와 양상을 밝히는 차원에 머물렀지 유형성을 현대 독자들을 위한 읽기 방안으로 적용하는 데까지는 논의가 전개되지 않았다.

마지막으로, 장편가문소설 읽기 방안과 전략을 모색하는데 실마리를 준 논의로 정보미[22]의 연구가 있다. 이 연구에서는 문학작품에서 발견되는 유형성, 장르적 특성과 관련하여 '장르지식'이라는 개념을 내세워 이를 활용하여 읽기 방안을 모색해 보려는 시도를 했다. 이 연구는 '장르기반 접근법'[23]에서 내세우는 장르지식의 개념을 장편가문소설에 도입하여 장편가문소설 교육에 유용한 지식으로 활용해 보려 했다. 하지만 이 논의에서는 언어학적인 측면이 강조되어

---

21) 임치균, 「대장편소설의 수신서적 성격 연구」, 『한국문화연구』 13, 이화여자대학교 한국문화연구원, 2007; 임치균, 「조선조 대하소설에서의 충·효·열의 구현 양상과 의미」, 『한국문화』 15, 서울대학교 한국문화연구소, 1994.

22) 정보미, 「고전 국문 장편 소설 교육을 위한 장르 지식 연구」, 『고전문학과 교육』 34, 한국고전문학교육학회, 2016.

23) '장르기반 접근법'은 1980년대 호주의 언어학자 Halliday가 언어학적 관점으로 쓰기영역의 지도와 관련하여 제시한 접근법이다(이상구, 「장르중심 국어교육의 전망과 실제」, 『청람어문교육』 48, 청람어문교육학회, 2013, 193쪽).

정작 장편가문소설에서 드러나는 유형적인 특성과는 다른 측면을 다루고 있다. 다만 이 논의는 '유형성'과 '장르지식'을 착안하도록 실마리를 제공해 주었다.

선행 연구에서 장편가문소설 읽기와 관련한 본격적인 논의는 찾을 수 없었다. 하지만 유형성 전반에 관한 논의와 인물, 서사, 주제와 관련한 유형성 논의와 장르이론을 조합하여 장르지식을 구안해내는 실마리를 선행 연구에서 찾을 수 있었다.

3. 연구 절차와 방법

이 책의 주된 내용은 장편가문소설의 읽기 전략을 제시하고 실제 작품에 적용하는 데 있다. 이 책에서 다루는 연구의 전체적인 절차는 이러하다.

먼저 장편가문소설 읽기의 목표와 독자를 상정한 후, 장편가문소설 읽기의 어려움을 지적하고, 그 어려움을 해결하기 위해 장편가문소설의 장르적 특성에서 발견되는 유형성에 착안한다. 장편가문소설의 유형적 특성이 드러나는 요소들에서 장르지식을 구안하고, 이렇게 구안된 장르지식을 읽기 연구에서 효과성이 입증된 읽기 전략과 접목시켜 장편가문소설 읽기에 도움이 되는 특별한 전략으로 구체화한다. 다음으로 이 전략을 실제 작품 읽기의 과정에 적용하여 장편가문소설을 읽어나가는 하나의 방안으로 제시한다.

이렇듯 이 책에서 제시하는 연구 단계는 1단계 장편가문소설의 유형성에서 장르지식을 구안하는 단계, 2단계 장르지식과 읽기 전략을 접목하여 장편가문소설 읽기를 위한 특별한 전략을 도출하는 단계, 3단계 장편가문소설 읽기 전략을 실제 작품에 적용하는 단계로 집약된다.

이 책에서는 장편가문소설 읽기 전략을 도출하기 위해 장편가문소설의 인물, 서사, 주제에 드러난 유형적 특성을 정리하고, 이것을 장르기반 이론에 입각하여 장르지식으로 구안했다. 또한 장르지식에서 읽기 전략을 구안해내기 위해서 읽기 연구에서 효과성이 입증된 읽기 전략을 접목하여 장편가문소설의 읽기 전략을 이끌어내고, 이것을 실제 작품에 적용하는 방법을 따랐다. 각 장의 다루어지는 내용과 방법을 정리해 보면 이러하다.

2장에서는 장편가문소설 읽기의 어려움을 지적하고 그 어려움을 극복하기 위해 장르지식을 구안해내는 과정을 다루었다. 장편가문소설 읽기의 어려움은 두 가지 측면으로 집약된다. 고전 작품에서 기인하는 어휘적인 측면의 어려움과 장편소설이라는 문학적 갈래에서 기인하는 어려움이 그것이다. 어휘적인 측면은 현대어본 작품이 나오면서 많은 부분 해소되고 있다. 따라서 이 책에서는 장편소설이라는 문학적 갈래에서 생기는 어려움을 해결하는데 주안점을 두었다. 즉 장편소설이기에 등장인물이 많고, 구성이 복잡하여 내용 파악이 어렵다. 이 어려움을 해소하기 위해 장편가문소설에서 공통적으로 나타나는 유형적 특성을 주목했다. 장편가문소설의 인물, 서사, 주제 면에서 발견되는 유형적 특성을 각각 제시하고, 이러한 유형적 특성에 장르기반 접근법을 도입하여 '장르지식'으로 구안하였다.

3장에서는 장르지식과 효과가 검증된 읽기 전략을 접목하여 장편가문소설 읽기 전략을 도출해냈다. 이렇게 도출해낸 전략이 3단계 읽기 과정에서 구현되는 양상을 제시했다.

4장에서는 장편가문소설 읽기 전략을 실제 작품에 적용했다. 이 책에서는 대상 작품으로『창선감의록』,『소현성록』연작,『명주보월빙』을 선정했다. 작품을 선정한 기준은 작품의 분량과 구성의 복잡성에 두었다.『창선감의록』은 현대어본으로 단행본 1권 정도의 비교적 짧은 분량이지만 복잡한 구성으로 읽기가 어려운 작품이다. 이 책에서 구안한 장르지식과 읽기 전략을 적용한 읽기 시도를 해 볼 필요가 있기에 선정하였다.『소현성록』연작은 현대어본으로 4권 분량으로『창선감의록』에 비해 장편이지만 구슬을 꿰듯 단순하게 이어지는 구성이다. 길지만 단순한 구성의 작품으로 장르지식과 읽기 전략을 적용하여 읽으면 수월하게 읽을 수 있기에 읽기 작품으로 선정하였다.『명주보월빙』은 현대어본으로 10권 정도의 방대한 분량이고, 구성도 복잡한 작품이다. 방대한 분량에 복잡한 구성의 작품을 장르지식과 읽기 전략을 적용하여 어떻게 읽어나가는지 보여주고자 대상 작품으로 선정하였다.

 『창선감의록』과 같이 복잡한 구성의 비교적 짧은 작품을 읽고 다음으로 단순한 구성의 긴 장편인『소현성록』연작을 읽은 후, 마지막으로 길고 복잡한 구성의『명주보월빙』을 읽는 것으로 구성했다. 이렇게 하면 독자는 비교적 짧고 복잡한『창선감의록』을 읽으면서 장편소설의 복잡한 구조를 익히고, 단순한 구조의 긴 작품인『소현성록』연작을 읽으면서 긴 편폭의 작품을 읽는 방안을 익히게 된다. 마지막으로 복잡한 구조의 긴 작품인『명주보월빙』을 읽으면서 장편가문소설을 읽어나가는 방법을 터득하게 될 것이다.

 이 책에서는 장편가문소설의 유형적 특성에서 '장르지식'을 추출해내고 장르지식을 효과가 검증된 읽기 전략에 접목하여 '장편가문소설 읽기 전략'을 도출해냈다. 또한 읽기 전략을 장편가문소설 작품인 『창선감의록』, 『소현성록』 연작, 『명주보월빙』에 적용하는 방안을 제시했다. 이 책에서는 이러한 작업을 통해 장편가문소설을 효율적이고 전략적으로 읽어나가는 방안을 제시하고 있다.

제2장 장편가문소설을 읽기 위한 장르지식의 구안

1. 장편가문소설 읽기에 필요한 장르지식

1) 읽기의 난점과 읽기 전략의 필요성

장편가문소설을 읽는 궁극적인 목표는 작품을 읽으면서 즐거움을 느끼고 미적 체험을 하기 위함이다. 장편가문소설이 창작되고 유통되던 당시에는 장편에서 오는 부담감은 있을지언정 작품을 읽고 줄거리를 파악하는 데 큰 어려움은 없었을 것으로 보인다. 하지만 현대의 독자들에게는 여러 가지 어려움이 존재한다.

첫째, 장편가문소설의 방대한 분량에서 느껴지는 부담감을 들 수 있다. 『화문록』이 7권 7책이고, 『소현성록』 연작은 15권 15책, 『현몽쌍룡기』는 18권 18책, 『조씨삼대록』은 40권 40책이고, 『명주보월빙』

은 100권 100책, 『완월회맹연』은 180권 180책이나 된다. 현대어 표기로 출판된 『화문록』이 단행본 1권, 『소현성록』 연작은 4권, 『현몽쌍룡기』는 3권, 『조씨삼대록』은 5권, 『명주보월빙』은 10권, 『완월회맹연』은 12권에 달한다. 현대어본으로 출판되어도 역시 부담스럽게 긴 작품이다. 현재 전하는 장편가문소설 작품 중 『완월회맹연』이 가장 긴 작품이다. 이렇게 긴 작품을 읽을 때 독자들은 앞에 읽었던 내용을 잊어버려 다시 찾아 읽기를 반복하다가 읽기를 포기한다. 바로 이것이 방대한 분량의 작품을 읽을 때 독자들이 자주 범하는 오류다. 따라서 방대한 분량의 작품을 읽어나가기 위해서는 효율적인 전략이 필요하다.

둘째, 다수의 등장인물과 복잡한 서사구조를 들 수 있다. 장편가문소설에는 여러 명의 주인공이 등장하여 서사가 복잡하게 전개된다. 예를 들어 『명주보월빙』에는 윤광천, 윤희천, 정천흥, 하원광, 윤명아, 정혜주, 하원상, 하원창, 정아주, 정세홍 등의 여러 인물들이 겪는 고난과 갈등이 각 가문별로 비중 있게 다루어지므로 이들 모두 주인공으로 볼 수 있다. 이들이 같은 시간에 동시 다발적으로 겪는 일들이 서술되기에 사건이 순차적으로 진행되지 않는 경우도 있다. 즉, 이야기의 전개가 복잡하고 시간의 역전이 일어나기도 한다. 이로 인해 작품을 읽어나갈 때 어려움이 발생한다. 이 어려움을 극복하기 위해서는 모종의 지식이 필요하다.

셋째, 한글 고어 표기와 생소한 한문 어구에서 오는 어려움을 들 수 있다. 다음의 예문에서 이를 확인할 수 있다.

① 대송(大宋) 진종됴(眞宗朝)의 홍문관 태흑ᄉ 니부상서 금ᄌ광녹태우(弘文館 太學士 吏部尙書 金紫光祿大夫) 명천션싱 윤공의 명은 현

이오 주는 문경이니 딕딕잠영(代代簪纓)이오 교목세가(喬木世家)라.24)

② 대송(大宋) 진종조(眞宗朝)의 홍문관 태학사 이부상서 금자광록
태우(弘文館 太學士 吏部尚書 金紫光祿大夫) 명천선생 윤공의 명은 현
이오 자는 문강이니 대대잠영(代代簪纓)이오 교목세가(喬木世家)라25)

위의 예문은『명주보월빙』권1 처음에 시작하는 부분으로 윤현이
라는 인물을 소개하는 부분이다. ①과 ② 모두 역주본인데 ①은 고어
표기를 그대로 살리고 별도의 낱말 뜻 풀이를 하고 있지 않다. ②는
최근에 간행된 역주본으로 고어 표기를 현대어 표기로 바꾸고, 진종
조, 금자광록태우, 대대잠영, 교목세가와 같은 어려운 낱말을 주석으
로 처리하였다. 위의 예문은 윤현이라는 인물의 벼슬과 이름, 자를
소개하고 대대로 벼슬을 한 명문가임을 소개하고 있다. 한글 고어
표기, 한자의 병기, 생소한 관직명, 한자 단어 등으로 독자들은 어려
움을 느끼게 된다. 최근 장편가문소설의 활발한 역주 작업으로 ②와
같은 형태의 현대어본이 출간되면서 이 부분에 대한 어려움은 점차
해소되고 있다.

넷째, 시대 상황과 문화적 상황에 대한 이해 부족으로 인한 어려움
을 들 수 있다. 예를 들면, 장편가문소설에 등장하는 남성인물은 결
혼식 날 자신의 아내가 마음에 들지 않으면, 과거에 급제한 후, 다시
아내를 맞이할 생각을 한다. 또 남편이 새 아내를 맞이할 때, 본부인
이 남편에게 결혼 예복인 길복(吉服)을 지어 바치는 모습도 자주 나온

---

24) 정규복 외 역주,『명주보월빙』권1, 한국정신문화연구원, 1980, 3쪽.
25) 최길용 역주,『명주보월빙』권1, 학고방, 2014, 39쪽.

다. 이런 것들은 작품과 관련한 시대 상황과 그 시대의 문화적 상황에 대한 이해 없이는 독자들이 수긍하기 어려운 부분이다. 작품 속의 사회에서는 일부다처제가 용인되고, 여성의 투기가 금지되었던 시대임을 독자들이 이해하고 있어야 한다. 즉 장편가문소설을 이해하기 위해서는 작품의 배경으로 나오는 시대 상황에 대한 이해가 필요하며, 독자들에게 이와 관련한 지식의 제공이 필요하다.

요컨대 장편가문소설의 현대어본 출간으로 어휘상의 어려움은 차츰 해소되고 있으나, 여전히 앞서 제시한 세 가지 어려움은 쉽게 해소되지 않는다. 이 같은 어려움을 극복하고, 현대의 독자들이 장편가문소설을 성공적으로 읽어나가기 위해서는 모종의 전략과 지식이 필요하다.

2) 읽기의 과정에서 필요한 장르지식

이 책에서는 장편가문소설의 읽기에 대해 다루고 있다. 이를 위해 먼저 읽기의 과정에 대한 기존 이론을 살펴볼 필요가 있다. 읽기란 독자가 자신의 배경지식을 활용하여 글이 가지고 있는 의미에 대해 총체적인 재구성을 하는 과정[26]이다. 읽기의 과정에 대한 논의로는 상향식 모형과 하향식 모형, 이를 종합한 상호작용모형이 있다.

상향식 모형은 독서의 과정에서 의미 구현이 작은 언어 단위로부터 점차 큰 언어 단위로 올라가면서 이루어진다는 관점이다. 글의 내용을 이해하기 위해서는 낱말의 이해, 구, 절, 문장의 이해, 문단의 이해가 누적되면서 낮은 수준의 이해에서 높은 수준의 이해로 진행

---

26) 성지언, 「독서전략의 탐색」, 『초등교육학 연구』 13, 초등교육학회, 2006, 205쪽.

된다27)는 것이다. 하지만 개별 낱말 뜻을 알아도 글 전체의 의미를 파악하지 못하는 경우도 있고, 개별 낱말의 뜻을 모른다 해도 전체적인 흐름을 파악할 수 있는 경우를 제대로 설명해내지 못한다. 그리하여 하향식 모형으로 보완되기에 이른다.

하향식 모형은 의미구현이 독자의 적극적인 가정이나 추측에서 이루어지며 글의 의미해석도 독자의 가정이나 추측에서 비롯된다고 보았다. 독자가 글의 내용과 관련한 배경지식을 충분히 갖추고 있으면 가정이나 추측이 원활해진다는 것이다. 독자들의 구조화된 배경지식을 스키마라고 하였다.28) 이 모형은 능숙하지 못한 독자의 독서 과정을 잘 설명해내지 못하고 있으며 지나치게 추상적이라는 비판을 받게 된다. 대안으로 상호작용 모형이 나오게 된다.

상호작용 모형은 독서를 글과 독자가 서로 영향을 주는 상호작용의 행위로 간주한다. 결국, 읽기란 글을 통해 필자가 전하고자 하는 의미를 이해하고 해석하고 구성해 가는 과정29)이며 독자가 주어진 텍스트와의 상호작용을 통해 메시지를 획득하는 과정30)이라 보고 있다.

이 모형(〈그림 1〉31))에 따르면 사람들이 글을 읽을 때 글에 들어 있는 새로운 정보와 독자자신이 가지고 있는 정보를 관련시키려고 하면서 이 두 과정 전략이 상호작용하며 동시에 작용한다는 것이

---

27) 김경주, 「읽기 과정에서의 인지 전략과 상위 인지 전략」, 『우리말글』 12, 우리말글학회, 2004, 32쪽.
28) 이순영 외, 『독서교육론』, 사회평론, 2015, 145~146쪽.
29) 이경화, 『읽기 교육의 원리와 방법』, 박이정, 2005, 24쪽.
30) 김중신, 「문학위기의 응전력으로서의 문학 읽기 전략」, 『독서연구』 2, 한국독서학회, 1997, 87쪽.
31) 이순영 외, 앞의 책, 152~153쪽.

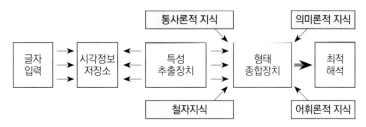

〈그림 1〉 러멜하르트의 상호작용적 정보처리 과정 모형

다. 시각정보 저장소에 입력된 글이 글에 들어 있는 새로운 정보를 의미하며 형태종합장치에 있는 관련지식들이 스키마에 해당한다. 이 모형의 핵심은 글의 정보와 독자의 스키마가 상호작용하여 독자는 글의 내용을 이해하게 된다는 것이다. 읽기는 텍스트와 독자의 상호작용 속에서 이루어지는 의사소통의 과정이다. 그런데 이 과정에서 중요한 역할을 하는 것이 스키마이다. 스키마는 독자의 기억속에 존재하는 구조화된 지식의 총체이다. 스키마는 인지구조의 기본 단위로 학문분야에 따라서는 도식(圖式), 틀, 거시구조라고도 불린다. 스키마 이론에 의하면 독서는 '독자가 적절한 스키마를 활용하여 글과 상호작용하면서 의미를 구성하는 과정'으로 볼 수 있다.[32] 장편가문소설 읽기와 관련지어 고려해 볼 것이 바로 '스키마'이다. 독자가 장편가문소설을 잘 읽어내려면 장편가문소설과 관련한 스키마가 형성되어 있어야 한다. 여기서 스키마는 '장편가문소설을 읽어나가는 데 필요한 구조화된 지식의 체계'라 할 수 있다. 독자들이 장편가문소설을 잘 읽어나가려면 스키마의 활성화가 필요하고, 그러기 위해서는 '장편가문소설에 관한 체계적인 지식'의

---

32) 이순영 외, 앞의 책, 28~29쪽.

구안이 필요하다.

장편가문소설에서 유형성을 띠고 있는 인물, 서사, 주제와 관련한 일련의 내용들을 '장편가문소설 관한 체계적인 지식'으로 구안하여 독자들에게 제시하면 독자들은 이를 바탕으로 작품을 좀 더 쉽게 파악하고, 예측하며 읽어나갈 수 있게 된다. 이 책에서는 장편가문소설 읽기에 도움이 되는 '장편가문소설에 관한 체계적인 지식'을 '장르지식'이라 이름 붙였다.

'장르'라는 말은 생물학에서 종의 분류를 위해 사용하던 용어인데 문학에 차용되어 문학의 종류 혹은 갈래라는 개념으로 사용되어 왔다.[33] '장르지식'은 '장르 기반 접근법'에서 나온 용어로 '장르 기반 접근법'은 1980년대 호주의 언어학자인 Halliday가 언어학적 관점을 바탕으로 쓰기 영역의 지도와 관련하여 제시한 접근법[34]이다. 장르 중심 접근법에서는 장르를 유사한 상황에서 반복적으로 나타나는 텍스트의 유형으로 본다. 즉 우리가 살아가면서 유사하게 반복되는 상황에서는 비슷한 형태와 비슷한 내용으로 의사소통을 한다는 것이다.[35] 결국 장르라는 것은 유사한 상황에서 반복되어 나타나는 언어의 형태이고 이러한 장르의 언어적 특질과 구조적 특징이나 패턴이 장르지식이 된다.

이를 장편가문소설에 적용해 보면 특정 장르가 장편가문소설에 대응이 되고, 장르지식으로는 장편가문소설의 유형적 특성이 드러나는 유형적 인물, 유형적 서사, 주제, 서사문법 등이 이에 해당한다. 이러한 장르지식을 독자들에게 제시해주면 독자들은 이것을 바탕으

---

33) 이상구, 앞의 논문, 193쪽.
34) 이상구, 앞의 논문, 191쪽.
35) 이상구, 앞의 논문, 194쪽.

로 좀 더 쉽게 장편가문소설을 읽어나갈 수 있게 된다.

'장르지식'은 장르의 본질, 요소, 특성에 대한 지식으로 문학교육의 담론장에서 다양하게 불리고 있다.[36] '장르지식'과 관련하여 '배경지식'과 '문학지식'이라는 용어도 함께 고려해 볼 필요가 있다. '배경지식'이라고 했을 때, 작품의 외적인 요소, 즉 작가, 창작 시기, 사회문화적 환경 등과 관련한 지식으로 여겨질 가능성이 있다. '문학지식'은 문학작품을 이해하는 데 필요한 제반 지식이므로 이 책에서 목표로 하는 바와 어느 정도 부합한다. 하지만 '문학지식'은 장편가문소설의 장르적 특성이 잘 부각되지 않고 있다. '장르지식'은 장편가문소설의 장르적인 면을 고려한 지식이라는 측면이 부각되므로 이 책에서는 '장르지식'이라는 용어를 사용하였다. 이 책에서 '장르지식'은 장편가문소설의 장르적인 특성에서 생성되는 일련의 지식으로, 장편가문소설 읽기에 도움이 되는 지식이다.

장편가문소설 읽기에서 장르지식은 작품을 읽어나가는 데에 지도 또는 안내서와 같은 역할을 한다. 독자들은 장편가문소설에 대한 전반적인 정보를 장르지식을 통해 알고 난 후, 작품을 읽어나가면서 장르지식을 확인하게 되고, 장르지식을 바탕으로 앞으로 전개될 서사나 내용을 예측할 수 있다. 그런 과정이 반복되면서 독자들은 보다 더 적극적으로 작품을 읽어나가게 된다.

그렇다면 장르지식이 독자에게 읽기 전략으로 활용되기 위해서는 어떻게 구안되어야 할까? 장르지식은 좀 더 정제되고 명료화될 필요가 있다. 장르지식은 장편가문소설에 두루 적용될 수 있는 보편적이

---

36) 정진석, 「소설 읽기에서 장르 지식의 탐구와 소설교육의 내용」, 『독서연구』 33, 한국독서학회, 2014, 200쪽.

고 일반적인 것이어야 하고 독자들이 쉽게 이해하고 적용할 수 있도록 간결하고 명료하게 구안되어야 한다. 장르적 특성과 관련하여 핵심적인 요소들을 뽑아 간략하게 도표화하거나 규칙화하여 한눈에 쉽게 알아볼 수 있게 구안되어야 한다. 이 책에서는 유형성을 인물, 서사, 주제의 세 가지 측면으로 다루고 있다.

장르지식을 논의하기에 앞서 지식에 관한 몇몇 논의부터 간단히 살펴보겠다. 영국의 철학자 라일(Ryle)[37]은 지식을 명제적 지식과 방법적 지식으로 나누어 생각했다. 명제적 지식은 사물에 대해 무엇인가를 아는 것(know-that)으로 표현된다면 방법적 지식(know-how)은 무엇을 할 줄 아는 능력과 관련된다. 무엇인지를 알고 이를 통해 무엇을 할 줄 아는 능력을 갖게 된다면 보다 생산적인 지식이 된다.

파리스(Paris)[38]는 유능한 독자와 유능한 읽기 전략 사용자는 전략의 선정과 활용에 도움이 되는 충분한 지식을 보유하고 있는데, 지식의 유형으로 선언적 지식, 절차적 지식, 조건적 지식이 있다고 하였다. 선언적 지식은 '무엇'에 관한 지식으로 라일의 명제적 지식과 유사하다. 절차적 지식은 주어진 과제를 수행하고 해결하는 방법에 관한 지식이다. 따라서 라일의 방법적 지식과 유사하다고 볼 수 있다. 조건적 지식은 읽기 전략을 언제 왜 써야 하는지에 관한 지식이다. 즉 조건적 지식은 읽기 전략의 구사와 관련하여 어떤 조건에서 어떤 읽기 전략을 써야 하는지 판단하는 지식을 말한다.

이러한 지식에 대한 논의에서 얻을 수 있는 시사점은 지식이 단순

---

37) Ryle, G.(1984), *The concept of mind*; 이한우 역, 『마음의 개념』, 문예출판사, 1994, 30~77쪽.
38) Paris, S. G., Lipson, M. Y. & Wikson, K. K., "Becoming A strategic reader", *Contemporary Educational Psychology*, 8, pp. 293~316; 박영목, 『독서교육론』, 박이정, 2013, 328~329쪽 재인용.

히 암기 차원에 머무르는 것이 아니라 이미 알고 있는 지식을 바탕으로 주어진 문제를 해결하고 실지 활동으로 이어져서 새로운 지식을 창출해낼 수 있어야 한다는 것이다. 일차적으로 명제적 지식을 획득하고 이를 바탕으로 방법적 지식을 획득하여 다른 것들을 설명하고 이해하게 된다면 그 지식은 매우 의미 있는 지식이라 할 수 있다. 이 책에서 주목한 장르지식은 바로 그러한 지식을 의미한다. 장르지식은 단순히 작품과 관련한 명제적인 지식적인 차원에서 머무는 것이 아니라, 작품을 해석하고 이해하는 데 필요한 원리, 규칙 등도 포함하는 차원이다.

김봉순[39]은 읽기 교육의 내용이 되는 지식의 체계를 독자의 심리 현상을 중심으로 정리하여 기능, 언어에 대한 지식, 맥락에 대한 지식, 태도로 나누어 논의하였는데, 이 가운데 언어지식의 범주에 장르지식을 포함시켰다.

한편, 류수열[40]은 문학지식이라는 용어를 사용하였는데, 그는 문학작품을 작가-작품-독자의 관계와 이를 둘러싼 사회·문화적 환

---

39) 김봉순, 「읽기 교육 내용으로서의 지식」, 『국어교육학연구』 25, 국어교육학회, 2006, 65쪽.

〈읽기 지도 내용의 체계〉

기능	지식을 운용하거나 읽기를 추진하는 동적 요소
언어지식	음운적 지식
	형태·어휘 지식
	통사 지식
	텍스트 지식
	담화 지식
	장르지식(매체의 관습 포함)
맥락지식	담화공동체에 대한 지식-관습적 특성
	내용에 대한 지식-어휘
	필자에 대한 지식-참보 요소
	기타 독서 상황에 대한 지식-참조요소
	......
태도	읽기 수행에 관여하는 정의적 요소

40) 류수열, 『문학@문학교육』, 역락, 2009, 18~19쪽.

경을 중요한 요소로 보고 문학지식의 층위를 텍스트적 지식, 콘텍스트적 지식, 메타텍스트적 지식으로 나누어 설명하였다. 그에 의하면, 텍스트적 지식은 본문자체에 대한 앎을 뜻하는 것으로 작품의 일부나 전체를 원문대로 혹은 약간 변형된 수준으로 외고 있는 경우 어려운 단어의 뜻이나 고전물의 어석을 알고 있는 경우를 가리킨다. 콘텍스트적 지식은 작품 창작, 연행, 전승 등 작품의 존재방식이나 문학적 관습, 작가와 독자 등 작품의 향유에 참여한 주체, 창작 동기와 효용 등에 대한 지식을 비롯한 문학사적 사실에 관련한 지식을 뜻한다. 메타 텍스트적 지식은 작품의 내재적 요소를 설명할 때 동원되는 전문적인 용어의 개념 등에 대한 지식으로 보고 있다. 이 같은 방법들은 문학지식을 체계화하여 설명하였다는 데에 의미를 둘 수 있다. 이 책에서 다루는 장르지식은 메타 텍스트적 지식과 콘텍스트적 지식을 합친 영역과 유사하다.

이러한 논의들은 문학교육 분야에서 교육내용을 선정하고 조직하는 데 활용될 수 있기에 의미 있는 작업이다. 또한 이 책에서 장편가문소설 읽기 방안의 모색으로 내세우고자 하는 장르지식과도 어느 정도 맞닿아 있으며 작품 이해와 읽기 전략을 전제로 한 고민의 산물이라 할 수 있다. 이 책은 이런 기존 논의에서 좀 더 나아가 장편가문소설 읽기에 초점을 맞추고 장편가문소설 읽기를 위한 열쇠로 '장르지식'을 특화해 논의하였다.

독자들에게 제시되는 장르지식은 인물, 서사, 갈등요인 등과 같은 작품 자체와 관련한 것과 작가, 창작동기, 시대정신, 향유층 등과 관련한 작품 외적인 요소와 관련한 것으로 나눌 수 있다. 작품 자체와 관련한 것을 텍스트 이해를 위한 지식이라 한다면 작품 외적인 요소와 관련한 것을 맥락 이해를 위한 지식으로 명명할 수 있다.

예를 들어 "『명주보월빙』은 「제일기언」의 기록으로 미루어 적어도 1800년대 초 이전에 창작되었을 것으로 보이는 한국소설이다."[41]라는 진술은 맥락 이해를 위한 장르지식이 되고, "장편가문소설에는 유형적인 인물이 등장하고 유형적인 서사가 전개된다."라는 진술은 작품 자체의 이해를 위한 장르지식이 된다. 이렇게 장르지식의 유형을 〈그림 2〉와 같이 정리할 수 있다.

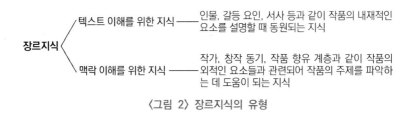

장르지식
텍스트 이해를 위한 지식 —— 인물, 갈등 요인, 서사 등과 같이 작품의 내재적인 요소를 설명할 때 동원되는 지식
맥락 이해를 위한 지식 —— 작가, 창작 동기, 작품 향유 계층과 같이 작품의 외적인 요소들과 관련되어 작품의 주제를 파악하는 데 도움이 되는 지식

〈그림 2〉 장르지식의 유형

이 책에서는 특히 텍스트 이해를 위한 장르지식에 주목했다. 그것은 장편가문소설의 인물, 서사, 주제에 나타난 유형적 특성을 장르지식으로 구안하여 작품 읽기 전략에 유용한 지식으로 활용할 수 있기 때문이다. 맥락 이해를 위한 지식은 주제와 관련한 장르지식에서 함께 다루었다. 독자들은 작품 자체의 이해를 위한 장르지식을 익히고 이를 작품을 읽어나가는 방법적 지식으로 활용하여, 적극적으로 작품을 읽어나갈 수 있다.

---

41) 최길용, 「『명주보월빙』 연작」, 『조선조 연작소설연구』, 1992, 167쪽.

2. 장편가문소설의 장르적 특성

장편가문소설 읽기의 난점 중 방대한 분량에서 오는 난점, 복수 주인공의 등장과 복잡한 서사 구조에서 오는 읽기의 난점, 장편가문소설의 사회·문화적 상황에 대한 이해 부족에서 오는 난점 등은 장편가문소설의 장르적 특성에서 기인하는 난점이다. 이러한 읽기의 난점을 해결하기 위해서는 모종의 전략이 필요하며, 독자들이 전략을 구사하며 작품을 읽어나갈 때, 결정적인 도움을 주는 것이 '장르지식'이다. 그렇다면 이 장르지식을 어떻게 구안할 것인가 하는 문제가 앞선다. 장르기반 접근법에 의하면 장르가 지닌 유형성에 주목하여 장르지식을 구안하고 있다. 그렇다면 장편가문소설의 장르지식을 구안하기 위해서는 먼저 장편가문소설의 장르적 특성이라 할 수 있는 유형성을 면밀히 따져볼 필요가 있다.

1) 인물과 서사의 유형성

장편가문소설의 장르적 특징으로 유형성을 들 수 있다. 유형성은 반복적으로 나타나 규칙성을 띠며 공통적으로 묶이는 성질을 말한다. 이 책에서는 장편가문소설의 인물, 서사, 주제 면에서 드러나는 유형성과 장편화 경향과 구조화에 대해 제시하고 있다.

(1) 유형적 인물의 등장

장편가문소설에 등장하는 인물들도 다른 소설과 마찬가지로 크게 주동인물, 반동인물, 보조인물[42]의 세 부류로 나눌 수 있다. 장편가문소설에는 복수의 주인공이 등장하며 각 유형마다 그에 속하는 인물들이 각기 비슷한 삶의 궤적을 반복하여 밟아가고 있다.[43] 주동인물은 주인공으로 작품에서 지향하는 세계관에 따르며 부합하는 삶을 사는 인물들이다. 장편가문소설에서 지향하는 충, 효, 열의 가치관을 따르며 현실의 온갖 시련을 극복해 나가는 인물들이다. 반동인물은 주동인물과 반대지점에 위치한 인물로 주동인물을 방해하고 모해하는 인물들이다. 보조인물은 주동인물 또는 반동인물을 도와주는 인물들로 신비한 능력을 가진 인물들인 도사, 승려 등을 들 수 있고, 신비한 능력은 없지만 주동인물이나 반동인물을 보좌하는 시비, 노복 등의 인물을 들 수 있다. 이러한 인물들은 장편가문소설 전반에 걸쳐 등장하고 있기에 이들의 유형을 미리 익히는 것이 작품 이해에 지름길이 될 수 있다. 각 유형의 인물에 대해 좀 더 자세히 살펴보면 이러하다.

장편가문소설의 주동인물은 다시 여성주동인물과 남성주동인물로 나뉜다. 여성주동인물은 대체로 미인이면서 덕을 겸비한 요조숙녀형의 인물로 형상화된다. 또한 미인은 아니지만 덕을 겸비한 여성도 등장을 하곤 한다. 하지만 여성주동인물로는 미인이면서 덕을 겸비한 요조숙녀형 인물이 주류를 이룬다. 남성주동인물은 대체로

---

42) 이에 대해 최길용은 주동인물, 역동인물, 배후인물로 나누었다. 배후인물을 주동인물 또는 역동인물을 돕는 인물로 초인적인 능력을 가진 인물로 한정하여 초인적인 능력이 없지만 주동인물 또는 역동인물을 돕는 인물을 포함시키지 않아서 한계가 드러난다고 볼 수 있다. 또한 장시광은 「대하소설의 여성반동인물 연구」(서울대학교 박사논문, 2003)에서 인물들을 주동인물, 반동인물, 주변인물로 나누어 설명하였다. 주변인물은 수많은 인물들을 처리하기에 유용한 개념이다. 하지만 조력자로서 기능하는 인물들의 특성이 부각되지 않으므로 한계가 있다. 이 책에서는 초인적 능력은 없어도 주동인물이나 반동인물을 돕는 일련의 인물을 포함시켜 보조인물이라 부르기로 한다.

43) 최길용, 앞의 책, 84쪽.

유교의 도를 추구하는 단정한 군자형의 인물과 무인적 기질이 돋보이는 영웅호걸형의 인물로 나누어진다. 이들은 기질적으로 서로 대조적인 모습을 보이며 서사를 전개해 나간다.

　반동인물도 남성반동인물과 여성반동인물로 나누어진다. 남성반동인물은 남성주동인물에 대해 열등감을 느끼며 남성주동인물을 모해한다. 이들은 남성주동인물이 역적모의를 했다고 모해하기도 하고, 여성주동인물을 간부(姦婦)로 몰아 모해하기도 한다. 남성반동인물은 실력과 역량을 갖추었으나 남성주동인물에 미치지는 못한다. 이들은 모해의 주범으로 밝혀져도 남성주동인물의 관용과 아량으로 개과의 기회를 부여받아 새로운 인물로 변모하기도 한다.

　여성반동인물은 대체로 미모는 갖추었지만 덕이 부족한 인물로 묘사된다. 일부다처가 허용되는 가부장제하에서 여성반동인물은 전실 자식을 모해하는 계모형 인물이거나 처처 간의 모해를 일으키는 투기요부형 인물로 형상화된다. 여성반동인물 중에도 드물게 미인도 아니면서 덕을 갖추지도 못하였지만 투기를 하며 행동이 단정하지 못한 추한 인물도 등장한다. 이 유형의 인물들은 요조숙녀형 여성의 교화에 영향을 받아 순화되기도 한다. 또한 이 유형의 인물은 앞서 여성주동인물에서 덕을 갖추었으나 미모를 갖추지 못한 인물과 서로 대비를 이룬다.

　보조적 인물은 돕는 대상이 주동인물이냐 반동인물이냐에 따라 나누어지고, 또 신이한 능력의 보유 여부에 따라 세분화된다. 보조적 인물은 주동인물이나 반동인물을 돕는 인물로 볼 수 있다. 이와 같이 장편가문소설에는 개성적인 인물보다는 유형화된 인물이 등장하고 있다. 이들의 유형을 익히고 장편가문소설 작품을 대하면 좀 더 수월하게 읽어나갈 수 있다.

(2) 유형적 서사의 반복

장편가문소설의 장르적 특징으로 유형적 인물과 더불어 유형적인 서사가 반복된다는 점을 들 수 있다. 앞서 다루었듯이 가부장제를 기반으로 하며 일부다처가 허용되는 가문에서 발생할 수 있는 문제는 계후 문제와 여러 명의 처처(첩) 간의 쟁총 문제로 집약된다. 그러므로 장편가문소설의 서사로는 계후 문제와 관련한 계모형 인물의 모해담, 처처 간의 갈등을 다룬 처처모해담, 자녀들의 혼사와 관련한 혼사장애담, 다른 가문과의 갈등으로 인한 간신모해담, 국가의 위기 상황을 구하기 위해 출정하는 출정담 등으로 집약된다. 이 가운데에서도 계후 갈등과 관련한 계모형 인물의 모해담과 처처 간의 갈등을 다룬 처처모해담이 크게 두 축을 형성하고 주변에 혼사장애담, 간신모해담, 출정담 등이 있고 그 외에 세세한 서사가 전개된다.

한편 장편가문소설에는 반복되어 나타나는 유형적 화소가 있다. 이에 대해 최길용은 조선조 연작소설들의 전·후편에는 한결같이 결혼, 사혼, 과거급제, 출정승전입공, 숙녀납치, 둔갑변신, 요약복용 변용, 요약치독(변심·독살), 소살(燒殺), 여성이 남장하고 남성행세, 자객 투입, 출거, 유배 이성상사 성병(異性相思 成病), 열녀정포, 투강이사, 계자장책(戒子杖責), 천서수학, 서간필체위조, 간통극 연출, 주표(朱表)로 여성의 동정 상징, 여성이 남성의 무례에 대한 항거수단으로 이성 지합 거부… 등등의 동일한 내용을 가지는 유형적인 사건들이 반복적으로 결구되어 있다[44]고 하였다. 여기서 조선조 연작소설은 장편가문소설을 가리키는 것으로, 결국 장편가문소설에 유형적인 화소

---

44) 최길용, 앞의 책, 86~87쪽.

가 반복적으로 나타난다는 의미이다.

송성욱[45]은 장편가문소설에 등장하는 음모 유형으로 간부 및 간부서 사건, 개용단, 미혼단, 요예지물, 치독, 납치, 자객, 방화, 역모사건을 들었다. 이는 반동인물들이 주동인물을 모해할 때 자주 나오는 유형적 화소라 할 수 있다. 장편가문소설에 자주 나오는 유형적 화소를 〈표 1〉[46]과 같이 정리할 수 있다.

〈표 1〉 장편가문소설의 유형적 화소의 양상 1

앵혈	• 앵무새의 피를 팔에 찍은 징표로 여성의 순결함을 알리는 표시임 • 남성의 호방함을 알리는 서사로 나오기도 함 (장난으로 남성의 팔에 찍힌 앵혈을 없애기 위해 애매한 여성을 끌어들임)
간부서 (姦婦書)	• 필체를 위조하여 요조숙녀형 여성이 간부에게 편지를 쓴 것으로 조작하는 서사
개용단 (改容丹)	• 개용단(마음대로 모습을 변하게 하는 약)을 먹고 주동인물을 모해하는 서사로 요조숙녀를 간부(姦婦)로 모해하거나 충신을 간신으로 모해할 때 나오는 서사 예를 들어 개용단을 먹고 요조숙녀형 여성으로 변신하여 외간 남자와 밀회를 나누는 장면으로 연출하여 요조숙녀를 간부로 모해하거나, 개용단을 먹고 모해하려는 충신으로 변해 황제의 침실을 습격하여 반역자로 몰아 가문을 몰락하게 하는 서사가 나옴
미혼단, 요약	• 사람의 마음을 미혹하게 만드는 요약으로 반동인물들이 요조숙녀형 여성을 모해했지만 이를 믿지 않는 인물들을 미혹하게 만들려고 먹이는 약. 이 약을 먹으면 판단력이 흐려져 반동인물의 모해를 막아낼 수 없음
요예지물 (妖穢之物)	• 요사스런 저주물이나 저주의 글로 반동인물이 주로 주동인물을 모해하기 위해 가문의 어른들 처소 주변에 묻어놓음.
치독(置毒)	• 주로 집안 어른의 음식에 독을 넣어 주동인물이 한 것으로 모해하는 서사임. 여기에 휘말리면 주동인물은 강상대죄를 지은 것이 되어 고초를 겪게 됨
납치	• 주동인물을 납치하는 것을 말함

---

45) 송성욱, 「조선조 대하소설의 유형성과 그 이면」, 『개신어문연구』 14, 개신어문학회 1997, 339쪽.
46) 장편가문소설의 유형적 화소의 양상에 대해서는 최길용, 앞의 책과 송성욱의 앞의 논문을 참고로 하고 보충하여 작성한 것임.

자객	• 주동인물을 없애기 위해 반동인물들이 자객을 투입함 • 집안 어른이나 다른 인물들을 상해하기 위해 투입한 후 이것을 주동인물에게 뒤집어씌우기도 함 • 요조숙녀형 여성을 모해하기 위해 자객이 들어와 집안 어른이나 인물들을 상해를 입히려다 실패하고 도망가면서 간부서가 든 비단주머니를 떨어뜨리고 감. 이 경우 자객의 최종 목표는 어떤 인물을 해하기보다는 간부서가 든 주머니를 던지는 데 있다. 이 주머니에 든 편지는 여주인공의 필체를 모방하여 외간남자에게 쓴 편지로 시부모를 해하고 간부와 도망가자는 내용임.
방화(放火)	• 주동인물을 해치려고 불을 지름
역모사건	• 주동인물이 역모를 꾀했다고 음모를 씌우는 것을 말함
사혼(賜婚)	• 황제가 개입하여 남성주동인물과 특정 여성과 결혼할 것을 명령하는 것인데 이 경우 남성주동인물은 이에 대해 반감을 가짐. 사혼으로 결혼하는 여성은 대체로 남성주동인물의 박대를 받음.
길복(吉服)	• 남성주동인물이 둘째 또는 셋째 부인을 맞이하기 위해 결혼을 할 때 요조숙녀형 여성이 남편의 결혼예복을 만들어 자신의 덕을 드러냄
과거급제	• 주로 남성주동인물이 거쳐야 할 일종의 통과의례로 과거급제로 다른 여성과 결혼하게 되는 계기가 마련됨 • 황제의 눈에 들거나 공주의 눈에 들면 사혼교지를 받고 부마가 되는 경우가 많음
출정승전입공	• 남성주동인물이 외적을 무찌르고 승리하여 공을 세우는 것 • 높은 벼슬을 하사 받고 가문의 입지를 높이거나 또 다른 여성과 결혼하는 계기가 됨.
숙녀납치	• 투기요부형 여성의 모해로 요조숙녀형 인물이 납치되는 것을 말함.
남복개착	• 위기에 처한 여성인물이 남자 옷으로 갈아입고 피신하는 것
출거(黜去)	• 주로 결혼한 여성이 시댁에서 쫓겨나는 것을 말함
유배(流配)	• 죄를 짓고 귀양 가는 것을 말함 • 장편가문소설에서는 주로 반동인물의 모해를 받고 억울하게 유배를 가는 주동인물의 모습이 형상화됨
투강(投江)	• 강물에 몸을 던지는 행위를 말하는데 장편가문소설에서는 실절(失節) 위기에 처한 여성이 강에 몸을 던지는 것을 말함
천서수학 (天書受學)	• 위기에서 구조된 주동인물은 분리된 공간에서 천서를 수학하며 자기 수련을 하여 액운을 보내는 것으로 형상화됨
불고이취 (不告而娶)	• 영웅호걸형 남성주동인물이 외적 정벌이나 지방 파견 근무를 하다가 가인(佳人)을 만나 부모님께 알리지 않고 아내로 맞이함.
여장 (女裝)	• 여성주동인물이 모해를 당할 위기에 처하자 남성주동인물이 여장을 하고 여성주동인물을 대신하는 서사 • 호색한 남성반동인물이 여성주동인물의 미모를 엿보려고 여장을 하고 여성주동인물의 집에 잠입하는 서사
등문고	• 특정 인물의 억울함을 밝히기 위해 황제에게 알리기 위해 등문고를 울림 • 역모사건에 대한 억울함이나 반동인물들의 모해를 밝히기 위한 장치로 기능함

<표 1>은 장편가문소설에 자주 나오는 유형적 화소를 정리한 것이다. 주로 모해 화소와 인물 관련 화소로 집약할 수 있다. 특히 모해 화소는 여러 장편가문소설에서 매번 반복해 나오지만 독자들에게는 긴장감을 주어 장편가문소설의 묘미를 느끼게 한다.

2) 유교 이념에 충실한 주제의식

장편가문소설에는 당시 유교의 가부장제를 공고히 하여 가문을 지켜나가려는 의식이 반영되어 있다. 당시 유교의 주도적인 흐름은 성리학으로 그 중에서도 예교에 치중하고 있었다. 이는 임·병 양란을 겪으면서 해이해진 성리학적 질서를 바로 잡으려는 의도에서 나타난 것으로 보인다. 국가적 차원의 기강확립이 어려워지자, 가문을 단속하는 차원으로 넘어가게 된 것이다. 가문의 기강을 확립하기 위해서는 무엇보다 가부장제를 확립하는 것이 필요하다. 그러기 위해서 가부장의 권위에 절대 복종하는 시스템의 작동이 필요했다. 또한 이 시기 17~18세기는 결혼의 풍습이 서류부가혼(婿留婦嫁婚)에서 친영제(親迎制)[47]로 확립되고, 윤회봉사(輪回奉祀)에서 장자봉사(長子奉祀)[48]로 바뀌어가면서 가부장의 권위가 장자에게로 집중되고,

---

47) 서류부가혼은 결혼 후 남성이 일정기간 처가에 머물러 지내는 것을 말한다. 데릴 사위처럼 처가에서 일정기간 살다가 본댁으로 아내를 데려가는 혼례의 형태를 말한다. 조선시대 초기에도 주로 서류부가혼을 따르고 있었다. 유교의 『주자가례』를 전범으로 삼으면서 우리나라도 점차 중국처럼 신랑이 신부를 맞이하는 친영제를 따르게 되었다. 신랑이 신부 집에 와서 친히 신부를 맞이하면, 신부는 신랑을 따라 신랑집으로 가서 시가에서 혼례식을 올리는 즉시 그곳에서 정착하게 하는 절차가 친영인 것이다. 서류부가혼에서 친영제로 바뀜에 따라 결혼 후 여성은 적응되지 않은 낯선 곳에서 살아야하는 고통이 따르게 되었다.

48) 윤회봉사는 제사를 지낼 때 아들 딸 구별 없이 자손들이 돌아가면서 제사를 지내는 것을 말한다. 또한 이 같은 윤회봉사로 자손들의 재산상속도 차별없이 동등하게 분배되

결혼한 여성은 친정보다는 시가에 종속되기에 이른다. 차츰 이런 사회적 분위기 속에서 가부장의 권위가 강해지고, 여성은 가부장의 권위에 복종해야 하는 시스템이 정립되기 시작한다. 가문 내에서는 자손들은 가부장의 권위에 절대 복종하는 것을 효로 생각하였고, 여성 또한 가부장의 권위에 절대 복종하고, 한 사람의 가부장만 섬기는 것을 열로 생각하였다. 이렇게 가부장의 권위에 복종하며 나타난 생활 윤리가 바로 효와 열이었다. 또한 가부장에 대한 효가 확장되어 출사를 하게 되면 충으로 구현된 것이다.

이 시기에는 가부장제를 공고화하는 것이 시대적인 흐름이었으며 그것이 장편가문소설의 주제로 형상화되어 강한 이념성을 드러내게 되었다. 특히 17세기에 나타난 장편가문소설 초기 작품에서 강한 이념성이 드러나고 있다. 시대가 후대로 가면서 차츰 강고한 이념성이 조금 약화되고 흥미의 요소가 가미되면서 균열의 기미를 드러내기도 하였다.

이렇듯 장편가문소설의 핵심을 이루는 주제의식의 기저에는 가부장제를 공고히 하기 위한 충, 효, 유교이념이 자리 잡고 있다.

가부장의 권위에 대해 복종하고 가문을 바로 세우기 위해서는 여성의 정절이 강조될 수밖에 없었다. 가부장의 권위에 대한 절대 복종은 자손들에게 효를, 여성에게는 정절을 강요하였다. 즉 가부장제를 유지하기 위해 여성에게 정절 이데올로기를 주입하여 그녀들이 열을 최고의 덕목으로 생각하도록 세뇌를 시킨 것이다. 또한 규훈서를

었다. 그러다가 제사를 장남이 혼자 맡아서 지내는 장자봉사로 바뀌게 되자 재산상속에서 장남이 더 많은 재산을 받게 되었고, 여성은 재산상속에서 제외되었다. 윤회봉사에서 장자봉사로 바뀜에 따라 여성의 여성은 제사에서도 재산상속에서도 제외되는 차별을 받게 되었다.

읽고, 열 이념을 교육받고, 정려문을 본 여성들은 스스로 가부장제의 한 축이 되어 감을 깨닫지 못하고, 남편에게 투기를 하지 않고 순종하는 것을 당연한 것으로 여기게 된다. 장편가문소설도 그러한 이데올로기를 굳히는 데 한 몫을 담당했던 것이다.[49]

이러한 시대적인 분위기와 시대 의식이 바탕이 되어 장편가문소설의 주제의식이 형성되었다. 그리하여 장편가문소설에서는 자손들이 부모, 조부모에게 절대 복종하는 모습과 여성들이 강물에 몸을 던져 정절을 지키는 모습을 제시함으로써 효와 열이라는 주제의식을 구현하고 있다. 이렇듯 강고한 이념성이 강조되는 교조적인 모습을 보이기도 하지만, 작품을 면밀히 읽어보면 오히려 이렇게 강고한 이념 속에 균열의 조짐도 읽을 수 있다. 이념성 강조, 가부장의 횡포로 수난을 겪는 여성들의 모습을 통해 오히려 이념의 허망함과 균열을 보여주고 있다. 장편가문소설의 초기작이라 할 수 있는『창선감의록』,『소현성록』연작에서는 강고한 이념성을 보여주고 있지만, 이보다 후대의 작품인『명주보월빙』에 와서는 여성들의 다양한 수난에 초점을 두고 있다. 이러한 미묘한 차이에서 창작시기 및 주제의식의 변화를 추측하는 단서를 찾을 수 있다. 오히려 가부장의 횡포와 이념의 부자연스러움을 고발하는 모습을 읽어낼 수 있다. 이는 장편가문소설의 독자가 사대부 여성들이었음을 감안하면서 나타난 현상이라 할 수 있다. 가부장제의 옹호라는 한정된 자체 검열의 한계 속에서 오히려 그것의 비정함과 문제성을 은밀히 담아낸 것이다.

이렇듯 장편가문소설은 가부장의 권위에 절대 복종하고, 충, 효,

---

49) 장시광,「조선후기 대하소설과 사대부가 여성독자」,『동양고전연구』29, 동양고전학회, 2007, 170쪽.

열을 중시하는 주제의식을 드러내고 있다. 『창선감의록』, 『소현성록』
연작과 같은 초기 장편가문소설에는 이러한 유교의식이 강고히게
드러난다. 그러나 후대로 올수록 이념성보다는 흥미성이 가미되는
경향을 보이고 주제의식도 표면적으로는 유교이념을 표방하나 그
이면에 감추어진 가부장제의 실상과 그 때문에 수난을 맞는 여성들
의 모습도 그려내고 있다.

3) 장편화 경향과 구조화의 가능성

장편가문소설은 전후 연속으로 이어진 작품이 많으며, 후속작으
로 갈수록 장편화되는 경향을 발견할 수 있다.[50] 현재 전하는 장편가
문소설 중 『완월회맹연』은 180권 180책으로 가장 방대한 분량의 작
품이다. 『명주보월빙』이 100권 100책, 『윤하정삼문취록』이 105권
105책이나 된다. 그 외의 작품으로는 『소현성록』 연작 15권 15책,
『현몽쌍룡기』 18권 18책, 『조씨삼대록』 40권 40책, 『성현공숙렬기』
25권 25책, 『임씨삼대록』 40권 40책, 『유씨삼대록』 18권 18책, 『화산
선계록』 80권 80책, 『유이양문록』 77권 77책, 『임화정연』 72권 72책
등이 있다. 이 외에도 많은 작품들이 장편으로 구성되어 있다.

이러한 장편가문소설의 방대한 분량은 독자들에게 많은 부담감을
준다. 장편가문소설은 장편으로 구성되어 등장인물이 많고 서사구

---

50) 후속작일수록 장편화되는 경향이 있음을 알 수 있다.

전편 작품	후속 작품
『유효공선행록』 12권 12책	『유씨삼대록』 20권 20책
『성현공숙렬기』 25권 25책	『임씨삼대록』 40권 40책
『현몽쌍룡기』 18권 18책	『조씨삼대록』 40권 40책
『천수석』 9권 9책	『화산선계록』 80권 80책
『명주보월빙』 100권 100책	『윤하정삼문취록』 105권 105책

조가 복잡하다. 장편가문소설은 이같이 수많은 인물들이 등장하여 다양한 서사를 제시하기에 독자들은 자칫 작품의 전체적인 흐름을 놓치고 지엽적인 서사에 함몰되는 경우도 종종 발생한다. 이러한 현상은 작품에 몰입한다는 점에서 의미가 있지만 결국 전체적인 서사의 흐름을 놓치게 되어 앞서 읽었던 부분을 다시 읽어야만 한다. 이러한 과정이 반복되다 보면 작품 읽기가 점차 지루해져서 읽기를 포기하게 되기도 한다. 이것은 장편소설을 읽을 때 독자들에게서 흔히 발생하는 실패 사례라 할 수 있다.

이와 같은 읽기의 실패를 방지하면서 장편가문소설을 성공적으로 읽어나가려면 모종의 읽기 전략이 필요하다. 이 전략의 실마리를 장편가문소설의 구조화에서 찾을 수 있다. 장편가문소설에는 작품의 구성이나 서사전개, 인물 간의 관계 등에서 규칙성이 발견되는데 이 규칙성을 찾아내어 구조화하면 작품을 좀 더 쉽게 접근할 수 있게 된다.

장편가문소설은 분량이 방대하고 서사 구성이 복잡하지만 그 기저에는 장편가문소설의 분량이 어떻게 늘어나게 되고, 서사가 어떤 과정을 거쳐 복잡하게 구성되는지를 설명해낼 수 있는 구조나 원리가 잠재하고 있다. 장편가문소설에 잠재하는 장편화의 원리나 서사 구성의 원리를 이끌어내어 구조화하는 것이 어느 정도 가능하다. 이러한 구조화는 장편화의 원리나 서서구성의 원리를 밝히는 것 외에도 인물 간의 갈등 관계, 인물의 결합 관계, 가문내의 인물들의 관계도, 인물의 대비 관계 등을 설명할 때에도 가능하다.

이상택[51]은 장편가문소설인 『명주보월빙』의 순차적인 구조를 밝

---

51) 이상택, 「『명주보월빙』의 구조와 존재론적 특징」, 앞의 책, 135~167쪽.

힘과 동시에 작품에 드러나는 이원적 대칭구조를 규명하였다. 즉 계모 대 적자, 전생 대 차생, 천생계 대 지상계, 몽사 대 현실, 천자 대 제후, 백운 대 청운, 죽음 대 삶, 충신 대 간신, 숙녀 대 탕자, 주(主) 대 노(奴), 고(姑) 대 부(婦), 명분 대 실리, 사실 대 조작, 정체 대 변체, 미인 대 추녀, 생자 대 목우, 정인 대 요도, 정인 대 요괴, 정술 대 사술, 단아 대 호기, 처 대 첩, 군자 대 음녀, 천리 대 인욕, 부 대 자, 초상 대 생자, 제향 대 불공, 군 대 신, 이승 대 요도, 이승 대 제유, 건상성숙 대 지상사, 불상 대 성현화상, 도(道) 불(佛) 대 유교, 현처 대 탕부, 천신 대 요도, 천경 대 지상사 등의 35개의 대립 항으로 구성하여 작품의 의미를 구체적으로 해독하였다. 이런 방식 외에도 작품 자체의 대비되는 인물을 이원적 대칭구조로 파악할 수 도 있다.

예를 들어 『현몽쌍룡기』의 경우 조무와 조성이라는 두 남성주동 인물의 대비를 통해 작품의 감상을 시도할 수 있다. 『현몽쌍룡기』는 조무와 조성이라는 쌍둥이 형제의 대비되는 특성을 부각시키면서 서로 대칭되는 구조를 형성하며 서사가 전개된다. 즉 무와 문, 영웅 호걸과 성인군자, 호기와 단아, 출정과 순무, 제압과 감화 등의 대비 되는 속성을 통해 작품의 서사전개와 인물들의 특성을 파악할 수 있다. 이렇듯 장편가문소설에는 긴 서사 가운데 이를 관통하여 설명 할 수 있는 구조가 내재해 있고, 이를 찾아내어 구조화를 시도할 수 있다. 정인군자형 인물과 영웅호걸형 인물의 대비되는 구조는 다른 작품에서도 발견할 수 있다. 『명주보월빙』 연작에도 윤광천과 윤희천 형제가 서로 쌍둥이 형제이면서 서로 대비되는 성품을 드러 내면서 서사가 전개되고 있음을 확인할 수 있다.

이와 같이 서로 대비되는 속성의 구조를 찾아낼 수 있는가 하면,

한 작품 내에서 지속적으로 반복되어 나타나는 서사구조의 흐름 등을 구조화하여 나타낼 수 있다. 이렇듯 작품 속에 내재해 있는 구조를 찾아내는 작업은 긴 장편을 읽어나가는 데 나침반 같은 역할을 하게 된다. 구조화의 작업은 유형성과도 결부지어 시도가 가능하다. 작품에 드러나는 인물, 서사, 주제와 관련한 유형성을 구조화한다면 이것은 장편의 작품을 접근하는 유용한 지식으로 활용이 가능해진다.

이상에서 살펴본 대로 장편가문소설에는 유형적 인물이 등장하고, 유형적인 서사가 반복되고, 충, 효, 열의 유교이념의 강화를 통한 가문의식의 고취를 주제로 하는 장르적 특성이 드러남을 확인할 수 있었다. 이 장르적 특성을 장편가문소설 읽기에 도움이 되는 '유용한 지식'으로 구성하여 독자들에게 제시해준다면, 독자들은 이를 활용하여 좀 더 수월하게 작품을 읽어나갈 것이다.

3. 장르지식의 구안

장편가문소설의 장르적 특성인 유형성을 바탕으로 인물·서사·주제 관련 장르지식으로 구안하는 과정을 제시하겠다.

인물·서사 관련 장르지식은 작품 자체를 읽어나가는 데 도움이 되는 지식이므로 '텍스트 이해를 위한 장르지식'으로 명명하였다.

주제 관련 장르지식은 작품이 창작되고 향유되던 시대 상황과 지배이념 등이 어떻게 반영되어 주제를 형성하는지를 다루었기에 '맥락 이해를 위한 장르지식'으로 명명했다.

1) 인물 이해를 위한 장르지식

장편가문소설의 유형적 인물을 주동인물, 반동인물, 보조인물의
세 부류로 나누었다. 유형적 인물의 특성을 바탕으로 인물 이해를
위한 장르지식으로 구안했다.

(1) 주동인물군

주동인물은 남성주동인물과 여성주동인물로 나뉜다. 장편가문소
설에 등장하는 남녀 주동인물들은 대체로 재자가인(才子佳人)에 속한
다. 이들은 천상에서 하강한 인물들로, 남성인물들은 효와 충에 관련
된 운명적 시련을, 여성인물들은 효와 열, 처처 간의 애정적 갈등과
관련된 시련을 겪는다.[52] 주동인물군은 반동인물들이 가하는 모해
로 고난을 당하지만 이를 극복하고 행복한 결말을 맞이한다.

① 남성주동인물

남성주동인물은 성격과 기질에 따라 군자형과 영웅형의 두 부류
로 나누어진다. 강우규는 삼대록계 국문장편소설에 등장하는 남성
인물을 정인군자(正人君子)형과 영웅호걸(英雄豪傑)형으로 나누어 일
대기 순에 따른 출생·성장담, 혼인담, 성취담, 후일담에 대한 서사를
비교하면서 그들의 특성을 밝히고 있다.[53] 정인군자형은 금욕적이
고, 예도와 도학을 중시하는 성격을 지니며, 혼례도 가례에 따른 사

---

52) 최길용, 앞의 책, 85쪽.
53) 강우규, 앞의 논문.

회혼의 양상을 띠며, 덕성을 지녔으며 벼슬에는 큰 뜻이 없지만 집안 어른들의 권유로 과거에 응시하고 급제하여 문인관료로 성취하는 모습을 보인다. 반면, 영웅호걸형은 대체로 풍류적이며 애욕과 공명을 추구하는 성격을 지니고, 욕망에 따른 개인혼의 양상을 보이며 부모의 만류에도 과거에 응시하여 자신의 능력을 뽐내고자 하는 성향이 강하며 과거에 급제하고는 무예·병법·도술 등을 통한 무인적 성취를 이룬다.[54]

조광국은 남녀 주인공의 결합방식에 따라 부부캐릭터의 조합에 주목하여 이들의 결합양식에 따라 작품의 서사가 다양하게 나타난다고 하였는데 남성주동인물을 정인군자형과 영웅호걸형[55] 으로 나누고 있다.

두 연구를 종합해 보면 남성주동인물은 군자형과 영웅형의 두 부류로 집약된다. 이 두 인물의 성향을 비교하면 서로 상반되는 면을 발견할 수 있다. 작품이 향유되던 당대의 남성들이 되고 싶어 하는 이상적인 존재로 형상화된다. 당대 남성들의 소원은 과거급제를 통해 출세하고 미인을 아내로 삼는 것에 있다.[56] 이 책에서는 장편가문소설에 등장하는 남성인물을 유형화하는 기준으로 세속적인 부귀공명과 유교의 도를 추구하는 정도로 정하여 도식화했다. 장편가문소설에서 추구하는 가치가 유교의 이념을 고취하는 데 있으며 유교 이념 속에서 남성인물들이 추구하는 가치가 부귀공명에 있으므로 이를 기준으로 남성인물의 유형을 나누어 보면 〈그림 3〉과 같다.

---

54) 강우규, 앞의 논문, 161~162쪽.
55) 조광국, 「고전소설의 부부캐릭터 조합과 흥미」, 『개신어문연구』 26, 개신어문학회, 2007.
56) 이러한 남성들의 욕망은 『구운몽』의 양소유를 통해 형상화된다.

〈그림 3〉 남성인물의 유형과 특성

　〈그림 3〉에서 (가)와 (나)는 유교의 도를 추구하는 성향이 강한 인물들이다. 이들은 장편가문소설에서 추구하는 지배이념인 유교의 이념에 충실한 인물들이므로 주동인물군으로 볼 수 있다. (다)와 (라)는 유교의 도를 추구하는 성향이 약한 인물군이다. 이들은 주동인물군에는 편입하지 못하는 인물이다. (다)는 유교의 이념이 작동하는 시스템에 편입하기를 거부하고 그 시스템에서 얻을 수 있는 세속적인 부귀공명도 바라지 않는 인물이다. 즉 유교이념이 작동하는 세상속에서 살기를 거부한 인물로 볼 수 있다. 이러한 유형을 은둔 도사형 인물로 명명했다. 이들은 세상과 결별한 채 은둔해서 자신들의 삶의 길을 찾아가는 인물이다. 이들은 반동인물군도 아니고 단지 주동인물이 어려움에 처했을 때 도와주는 초월적인 인물로 부각된다. (라)는 세속적인 부귀공명을 추구하는 성향이 높은 인물이다. (라)는 유교의 도를 추구하지 않으면서도 유교이념이 작동하는 세상에서 세속적인 욕망을 추구하려는 성향이 강하므로 주동인물을 모해하여 자신이 목표로 하는 욕망을 추구하려 한다. 그러므로 이들은 반동인물군에 속한다. 이들은 주동인물보다는 능력 면에서 열등한 편이며 이를 만회하고 세속적인 욕망을 획득하기 위해 주동인물을 모해한다. 정리하면 (가)와 (나)는 주동인물군에, (다)는 보조인물군

에, (라)는 반동인물군에 넣을 수 있다.

이제 주동인물군에 속하는 (가)와 (나)를 좀 더 자세히 살펴보겠다. (가)는 세속적인 부귀공명을 추구하는 성향은 비교적 약하나 유교의 도(道)를 추구하는 성향은 강하다. 그런가 하면 (나)는 세속적인 부귀공명을 추구하는 성향이 비교적 강하며 유교의 도(道)를 추구하는 성향도 강한 편이다. (가)유형에 비해 (나)유형의 인물이 출세지향적인 욕구가 강하다. (가)유형의 인물은 군자형에 가깝고, (나)유형의 인물은 영웅형에 가깝다. 세속적인 부귀공명을 추구하는 성향에는 부귀공명 외에도 애정을 추구하는 경향도 같이 작동한다. 다시 이들의 명칭을 (가)는 군자의 성향과 유사하므로 '정인군자형'으로, (나)는 세속적인 출세지향적 성향이 강하므로 '영웅호걸형'이라 부르기로 한다.[57]

독자는 작품을 읽으면서 남성주동인물을 정인군자형과 영웅호걸형 중 어느 유형으로 정할지 쉽게 판단할 수 있다. 위에서 제시한 두 기준을 염두에 두고, 이들의 전반적인 특성을 함께 알아두면 쉽게 유형화할 수 있다. 정인군자형의 인물은 뛰어난 능력을 가지고 있지만 과거시험을 보아 출세하는 것에 연연하지 않는 인물이다. 위의 표에서 (가)는 유교의 도를 닦으며 군자의 길을 지향하는 인물이다. (가)는 군자의 풍모와 도학군자의 기틀을 가졌으며 주변인들이 온화(溫和), 침묵(沈默), 단정(端正), 엄숙(嚴肅), 엄정(嚴整), 관인(寬仁), 효우(孝友) 등의 단어로 성격을 평가한다. 이 유형의 인물은 경서(經書)로 수행하고 성현(聖賢)을 존숭하는 모습을 보인다.[58] 이 유형의 인물들은 가문

---

57) 이러한 분류는 기계적인 분류라기보다는 개별 작품에 등장하는 인물들의 성향으로 나누어 본 귀납적인 결과라고 할 수 있겠다. 모든 작품에 일률적으로 적용되기보다는 장편가문소설의 작품에 전반적인 특성에 비춘 것이므로 작품에 따라 조금 차이가 나타날 수도 있다.

간의 어른들이 주관하는 대로 결혼하고 누가 아내가 되든지 존중하고 배려한다. 집안 어른들에게 예의를 다하며 학문 수양에도 열과 성의를 다하는 인물이다. 여러 아내를 둔 경우에도 한쪽에만 치우치지 않고 균형을 잡고 가문의 안위를 위해 공평하게 대우한다. 이런 유형의 인물로 『소현성록』의 소현성, 소운경, 김현, 『현몽쌍룡기』의 조성, 『조씨삼대록』의 조기현, 조몽현, 소경수, 조아현, 철수문, 조명천, 『성현공숙렬기』의 임희린, 『임씨삼대록』의 임창흥, 임천흥, 임재흥, 설희필, 『유씨삼대록』의 유세기, 유세필, 양선, 소경문 등이 있다.

영웅호걸형의 인물은 뛰어난 능력을 바탕으로 출세하고자 하는 성향이 높다. (나)에 속하는 인물이 바로 영웅호걸형 인물이다. 이들은 영웅호걸의 기상을 타고 났으며 명장(名將)의 위의, 대장부의 기상, 풍류랑 등으로 표현된다. 작품 내에서 주변인들이 방약(傍若), 방일(放逸), 방탕(放蕩), 영웅(豪放), 거만(倨慢), 대담(大膽), 분방(奔放)하다고 평가한다. 이 유형의 인물은 병법이나 무예에도 관심이 많다. 이들은 가문의 어른들이 만류에도, 가문의 최고 어른에게 간청하여 과거시험을 볼 수 있도록 허락을 받아낸다. 이들은 결혼을 가문 간 어른들의 주관으로 행하는 경우도 있지만, 결혼 전에 미색을 탐하기도 하고 자의로 결혼하기를 욕망한다. 사혼에 대해 강한 거부감을 드러내기도 한다.[59] 또한 이들은 애정 추구성향도 강하여 과거급제 후 자신의 아내가 마음에 들지 않으면 재취하거나 미인과의 결연을 주저하지 않는다. 이들은 국난에 처하면 출병하여 적을 무찌르고 돌아오는 길에 미인을 만나 불고이취하는 경우가 많다. 이들은 아내

---

58) 강우규, 앞의 논문, 48쪽.
59) 강우규, 앞의 논문, 92쪽.

가 간부로 모해를 받을 때 아내를 믿기보다는 악인들의 술수에 쉽게 말려들어 아내를 의심하고 핍박하는 모습을 보이기도 한다. 이러한 유형의 인물로 『소현성록』의 소운성, 『현몽쌍룡기』의 조무, 『조씨삼대록』의 조유현, 조운현, 양인광, 조웅현, 조명윤, 『유효공선행록』의 유우성, 『유씨삼대록』의 유세형, 유세창, 유현, 『성현공숙렬기』의 임세린, 『임씨삼대록』의 임유홍, 임경홍, 설희광 등을 들 수 있다.

남성주동인물의 두 유형을 아래의 예문을 통해 확인할 수 있다. 예문은 『현몽쌍룡기』의 쌍둥이 형제 조무와 조성의 인물묘사이다.

□1 형은 용호의 기운과 산악의 무거움이 있어 엄한 위엄이 있었다. 아우는 덕행과 기량이 성인과 같아서 진실로 도학군자의 기틀이 있으니 젖먹이 어린아이와 의논할 바가 아니었다. 얼굴의 수려함과 품성의 총명함이 여럿 중에서 뛰어나고 특이하여 인간 세상에서 뛰어났다.[60]

□2 첫째 공자는 희롱하고 웃기를 자주 하고 화려하며 여러 누나와 서모와 우스갯소리가 낭자할 뿐 아니라 방밖으로 나가서는 사람과 장난치고 매우 괴롭게 보채며 스스로 기상이 뛰어난 기운을 넣어두지 못하고 들판의 깨끗하고 흰 고운 학 같았다. 재주는 일취월장하여 한 번 눈에 스쳐지나간 것을 외우고 귀에 들으면 잊는 것이 없어서 천고영웅의 기상이었다.

둘째 공자는 문장과 재주와 학문이 세상에서 뛰어나며 사행(四行)과 정성스러운 효를 배우지 않아도 태어나면서부터 알았다. 어려서부터 앉고 서는 예도가 진중하고 말이 정대하였다. 입을 열면 공자와 맹자의 도덕이 나타나고, 몸을 움직이면 정대한 군자의 풍모가 있었다.[61]

---

60) 김문희 역주, 『현몽쌍룡기』 1, 소명출판, 2010, 32쪽.

위의 예문을 통해 형인 조무는 용호의 기운, 산악의 무거움의 위엄이 있고, 희롱하긴 좋아하고 천고영웅의 기상이리는 것을 고려해 볼 때 영웅호걸형의 인물로 판단할 수 있다. 반면에 동생인 조성은 덕행과 기량이 성인과 같아 도학군자의 기틀이 있고, 사행과 효를 배우지 않아도 알았고 예도가 진중하고 말이 정대하여 군자의 풍모가 있었다는 것으로 미루어 정인군자형의 인물로 유형화할 수 있다. 이렇듯 독자는 장편가문소설을 읽어나가면서 인물이 어떤 유형에 속하는지 판단을 할 수 있다. 즉 남성인물로 성인군자의 풍모가 있고, 덕행이 있는 인물이라면 정인군자형의 인물로, 영웅호걸의 풍모가 있고, 굳세고 강한 기운이 있다면 영웅호걸형의 인물로 범주화할 수 있다. 두 인물은 대조적인 성격의 유형이며 각기 다른 서사가 형성된다. 이렇게 장편가문소설에 등장하는 남성주동인물은 정인군자형 인물과 영웅호걸형의 인물로 나눌 수 있다.

② 여성주동인물

장편가문소설에 등장하는 여성인물을 묘사할 때 인물의 아름다움과 덕이 중요한 표지로 기능한다. 또한 이를 기준으로 여성인물을 유형화할 때 작품 속에서의 역할도 달라진다.[62] 이 책에서는 색과 덕을 기준으로 여성인물을 유형화한 임치균의 논의를 수용하면서 네 유형의 인물들의 명칭을 붙였다. 먼저 덕을 기준으로 놓았을 때,

---

61) 김문희 역주, 앞의 책, 34쪽.

62) 이에 대한 기존연구로는 임치균, 「『소현성록』의 여성인물 연구: 색(色)과 덕(德)의 관련성을 중심으로」, 『국학연구논총』 18, 택민국학연구원, 2016, 9~40쪽에서 다루고 있다. 이 논문에서는 주로 『소현성록』을 중심으로 다루고 있으나 이렇게 여성인물을 두 가지 기준으로 유형화하는 것은 다른 장편가문소설에도 적용하여 논의하기에 유용한 방안이므로 이 책에서는 이를 수용하여 논의하고자 한다.

덕을 갖춘 주동인물과 덕을 갖추지 못한 반동인물로 나눌 수 있다. 다시 주동인물을 색을 기준으로 나누면 덕과 색을 모두 갖춘 인물과 덕을 갖추었지만 색을 갖추지 못한 인물로 나눌 수 있다. 반동인물은 덕을 갖추지 못했지만 색을 갖춘 인물과 덕도 색도 갖추지 못한 인물로 나눌 수 있다. 이 책에서는 색과 덕이 모두 뛰어난 경우를 요조숙녀형으로, 덕은 뛰어나나 색이 부족한 경우를 여군자형으로, 색은 뛰어나나 덕이 부족한 경우를 투기요부형(계모형)으로, 색과 덕이 모두 부족한 경우를 추부(醜婦)형으로 이름 붙여 보았다.63) 요조숙녀형 인물과 여군자형 인물이 주동인물로, 투기요부형과 추부형을 반동인물로 보았다.

여성인물을 색과 덕을 기준으로 나누어 유형화해 보면 〈그림 4〉와 같다.

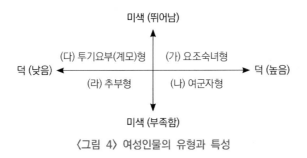

〈그림 4〉 여성인물의 유형과 특성

〈그림 4〉에서 (가)는 요조숙녀형의 인물로 덕(德)과 색(色)을 모두 갖춘 인물이다. 이들은 계모형 인물이나 투기요부형의 인물에게 모해를 당하여 가문에서 출거, 유배되거나 분리된 공간에서 지내며

---

63) 이러한 명명은 인물들의 특성을 부각시키기 위해 편의상 붙인 것이므로 연구자에 따라 조금 달라질 수 있음을 밝힌다.

액운을 이겨내고 가문으로 복귀하여 계모형 인물이나 투기요부형 인물을 개과천선시키기도 한다. 요조숙녀형 인물은 체제 옹호적인 생각을 가지고 있어 시대에서 요구하는 아내로서 며느리로서의 역할에 충실하며 효와 열의 유교이념을 수호하고 실천한다. 정절에 대한 이념도 철저하여 실절(失節) 위기에 처하면 강에 몸을 던지거나 자결을 시도하기도 한다. 이들은 가문을 위해 자신이 해야 할 도리를 다하는 여성들이다. 하지만 이들은 이념적인 사고에 사로잡혀 때로는 남편과 갈등을 일으키기도 하고, 특히 영웅호걸형의 남편과 기싸움이 일어나기도 한다.

이 유형의 여성들은 다처제나 다첩제 체제하에서 적국인 투기요부형의 여성에게 여러 가지 모해를 받기도 한다. 간부로 오해를 받아 출거되기도 하고, 어른들 음식에 독을 탔다는 죄를 뒤집어쓰기도 한다. 적국 여성으로부터 온갖 모해를 당한다. 이 유형의 여성들은 결혼 전에는 친정의 계모형 인물로부터 혼사장애를 경험하거나, 결혼 후에는 시댁의 계모형 인물로부터 모진 수난을 당하기도 한다. 하지만 남녀 주동인물은 언제나 계모형 인물에게 효를 다하는 모습을 보인다. 이런 유형의 인물들로 『소현성록』 연작에서 소현성의 아내인 석씨, 소운경의 아내인 위씨, 소운성의 아내 형씨, 김현의 아내 소수빙, 인종의 비인 소수주, 소운명의 아내인 이씨 등을 들 수 있다. 『성현공숙렬기』의 주숙렬, 효장공주, 임세린의 아내인 소씨, 『임씨삼대록』의 설성염, 임월혜, 임빙혜, 임천흥의 아내인 성소저, 임재흥의 아내인 소소저, 임경홍의 아내 주난벽, 『유효공선행록』의 이명혜, 『유씨삼대록』의 진양공주, 양벽주, 『현몽쌍룡기』에서 조무의 아내 정씨, 조성의 아내 양씨, 『조씨삼대록』의 조유현의 아내인 정씨, 조씨, 이씨, 경씨, 양인광의 아내 조월염, 소경수의 아내 조자염, 조명천의

아내 혜선공주 등을 들 수 있다. 이렇듯 장편가문소설에서 여성주동
인물로는 요조숙녀형 인물이 대부분을 차지하고 있다.

(나)는 여군자형 인물로 덕을 지녔으나 못 생긴 인물이다. 이 유형
의 인물은 요조숙녀형 여성에 비해 드문 편이지만, 덕을 강조하기
위해 등장하는 인물이다. 『소현성록』 연작에서 소운명의 아내 임씨,
『임씨삼대록』에서 임유홍의 아내 등씨, 『조씨삼대록』에서 조몽현의
아내 장씨 등이 여군자형 인물들이다. 이들은 박색으로 결혼 당시부
터 남편에게 소박을 당하지만, 남편이 요조숙녀형 여성을 재취하는
것을 인정하고 받아들이며, 시종일관 덕성스런 행동으로 가문에서
며느리로서 인정받는 인물들이다.

①에 제시된 『현몽쌍룡기』의 정채임과 ②와 ③에 제시된 『임씨삼
대록』의 등소저의 모습을 통해 요조숙녀형 인물과 여군자형의 인물
의 묘사를 확인할 수 있다.

① 이때 정소저 채임은 방년 10세였다. 아리따운 얼굴로 말한다면 꽃이
무색하고 주옥이 더러울 정도였다. 멀리서 보면 광채가 찬란하여 떨어지
는 해가 약목에 걸려 있는 듯하고 명월이 부상에 오른 듯하였다. (…중
략…) 모든 행동거지가 어느 한 곳에 치우지지 않는 도를 얻어 스스로
법도를 갖추고 있었으며 가슴에 품은 도덕과 마음속에 간직한 재주는 성인의
품성이고 규방의 문장학사였다.[64]

② 등소저는 어려서부터 맹광 같은 건장한 체구로 몸이 더욱 커갔다. 점점
자라서는 여공과 부덕이 맑고 곱고 사리에 밝았으며, 식견이 넓고 총명하고

---

64) 김문희 역주, 앞의 책, 59~60쪽.

인자하였다. 사광지총과 이루지명을 지닌 등소저는 비녀 꽂은 군자이고 치마 입은 장부였다.[65]

③ 키는 구 척이나 되고 두 팔은 무릎 아래보다 더 내려가고 두 눈썹은 우줄우줄한 것이 창대같이 굵고 길었다. 이 곧 울지경덕이 강생한 게 아니면 강림도령이 나타난 듯하였다. 이렇게 끔찍끔찍한 중에 한 쌍 맑은 눈이 가을 물결같이 아름답고, 나오고 물러나는 예절이 법도에 잘 맞으며 양 눈썹이 훤한 것이 바로 제갈량의 부인 황씨의 행동과 모습이었다.[66]

①의 내용에서 '아리따운 얼굴, 꽃이 무색하고 주옥이 더러울 정도'라는 진술을 통해 색을 갖춘 인물임을 알 수 있고, '도를 얻어 스스로 법도를 갖추고 있었으며 가슴에 품은 도덕과 마음속에 간직한 재주는 성인의 품성이고 규방의 문장학사였다'라는 진술을 통해 덕을 갖추었음을 알 수 있다. 이로 미루어 정소저를 요조숙녀형 인물로 유형화할 수 있다. 또한 ②의 '맹광 같은 건장한 체구로 몸이 더욱 커갔다'라든지 ③의 '키는 구척이나 되고 두 팔은 무릎 아래보다 더 내려가고 두 눈썹은 우줄우줄한 것이 창대같이 굵고 길었다'로 미루어 색을 갖추지는 못한 인물임을 알 수 있다. 하지만 ②의 '여공과 부덕이 맑고 곱고 사리에 밝았으며, 식견이 넓고 총명하고 인자하였다'라든지 ③의 '한 쌍의 맑은 눈이 가을 물결같이 아름답고 나오고 물러나는 예절이 법도에 잘 맞았으며 양 눈썹이 훤한 것이 바로 제갈량의 부인 황씨의 행동과 모습이었다'라는 진술을 통해 외모는 볼품

---

65) 조혜란·정언학 역주, 『임씨삼대록』 5, 소명출판, 2010, 204쪽.
66) 조혜란·정언학 역주, 앞의 책, 208쪽.

없으나 덕을 갖춘 인물임을 짐작할 수 있다. 이로써 등소저는 색을 갖추지는 못했지만 덕을 갖춘 여군자형으로 유형화할 수 있다. 여군자형 인물은 요조숙녀형 인물에 비해 매우 적게 출현한다. 여군자형 인물을 아내로 둔 남성 특히 영웅호걸형의 남성일 경우 과거급제를 하고 나서 요조숙녀형 여성을 재취한다. 여군자형 여성은 이를 당연히 받아들임으로써 자신의 덕을 드러내며 주목받다가 대부분 서사에서 사라진다. 장편가문소설에 등장하는 여성주동인물로는 색과 덕을 겸비한 요조숙녀형 인물이 많은 부분을 차지한다. 미모와 덕을 겸비한 인물로 작품에 소개되면 독자들은 쉽게 요조숙녀형에 속하고, 여성주동인물임을 간파해낼 수 있다.

(2) 반동인물군

반동인물들은 주동인물을 모해하는 인물들로, 최길용은 반동인물을 악처형 인물, 계모형 인물, 비군자형 인물의 세 유형으로 나누었다.[67] 악처형 인물은 일부다처의 가정생활에서 남편의 애정을 독점하기 위해 투기를 부려 현처를 모해하여 제거하려 하는 일군의 인물을 가리키고, 계모형 인물은 대가족제도 아래에서 종통을 친자로 계승시키고자 하거나 친자 또는 친족의 이익을 도모하기 위하여 전실 소생의 자녀를 학대하거나 제거하려는 일군의 인물을 말하며, 비군자형 인물은 숙녀를 취할 목적으로 이미 정혼 또는 결혼한 숙녀를 모해하여 혼사를 방해하거나 폭력으로 탈취하려는 인물을 말한다.[68] 이 세 유형은 주동인물과의 갈등요인을 계후 문제와 쟁총의

---

67) 최길용, 앞의 책, 85쪽.

문제에 한정시키고 있어 정치적 대립으로 인한 갈등 관계에서 형성된 반동인물의 경우는 포함시키지 못하게 된다.

따라서 이 책에서는 이를 보완하여 남성반동인물에 간신들도 포함시켜 '소인(탕자)형' 인물로 유형화했다. 또한 비군자형이라는 명칭은 군자가 아닌 보통 사람이라는 의미로도 해석이 가능하다. 그러므로 반동인물의 특성이 잘 드러나도록 '소인(탕자)형'으로 명명했다. 또한 '악처형' 인물도 이들의 특성이 더 잘 드러나도록 색을 갖추었으나 덕이 부족한 '투기요부형' 인물과 색과 덕이 모두 부족한 '추부형' 인물로 유형화했다. 따라서 이 책에서는 반동인물을 계모형 인물, 투기요부형 인물, 추부형 인물, 소인(탕자)형 인물로 나누어 제시했다.

① 여성반동인물

반동인물은 주동인물과 반대되는 생각을 하며 주동인물을 모해하는 인물이다. 일부다처가 용인되는 남성 중심의 가부장제 하의 가문에서 여성들끼리 갈등을 일으키는 요인은 크게 두 가지로 집약된다. 그것은 계후 문제와 쟁총문제이다. 결국 이러한 문제는 단순히 인물들 간의 기질상의 갈등보다는 가부장제라는 제도에서 생겨난 갈등이다. 계후 문제로 나올 수 있는 반동인물로 계모형 인물을, 쟁총의 문제로 부각되는 반동인물로는 투기요부형 인물, 추부형 인물을 들 수 있다.

계모형 인물은 투기요부형 인물과 같이 외모는 아름다우나 덕이 부족한 인물이기에 색과 덕으로 나눈 여성인물 유형 도식에서 투기요부형 인물과 같은 위치에 속한다. 하지만 투기요부형 인물과 달리

---

68) 최길용, 앞의 책, 85쪽.

추구하는 욕망이 가권을 차지하려는 데 있다. 계모형 인물은 가문의 후계자 자리를 자신의 아들이 못하게 되자 이에 불만을 품고 계후로 정해진 인물에게 모해를 가하는 여성인물을 지칭한다. 이들은 자신들의 불리한 위치를 극복하기 위해 계후로 인정된 장자, 장손자, 장자의 아내, 장손자의 며느리를 향하여 끊임없이 모해를 가한다. 이 유형의 인물로『성현공숙렬기』의 임한주의 후처인 여부인, 설천의 후처인 목부인,『유씨삼대록』의 양선의 계조모 팽씨,『조씨삼대록』의 소경수의 계모 구부인,『명주보월빙』의 윤부의 위태부인, 유부인, 임부의 목태부인 등을 들 수 있다. 그런데 계모형 인물들이 종통이 될 자손들을 향하여 모해를 가하면 가할수록 자손들은 오히려 계모나 계조모를 공경하고 헌신적으로 받든다. 계모형 인물은 자신이 모해한 인물들이 오히려 효성스런 태도를 보이는데, 감화되어 개과천선하고 행복하게 산다.

투기요부형의 인물과 계모형 인물은 요조숙녀형의 인물과 대척점에 있다. 앞서 여성인물을 색과 덕을 기준으로 했을 때 덕을 갖춘 축이 주동인물에 속하고, 덕이 부족한 축은 반동인물에 속하게 된다. 여성인물을 색과 덕을 기준으로 나누면 네 가지 유형이 나온다. 이 중에서 반동인물은 〈그림 4〉에서 (다)와 (라)에 해당하는 인물이다. 이들은 모두 덕을 갖추지 못하였다. 이 중에서 (라)는 빼어난 미모를 가졌으나, 덕이 부족한 인물로 요조숙녀형 인물을 모해하는 반동인물이다. 이들을 투기요부로 명명했다.

일부다처를 인정하는 가부장제하에서 제2부인의 위치에 있는 여성들은 제1부인에게 투기를 부리고 모해하면서 제1부인이 되려는 욕망을 드러내고 있다. 이들은 제1부인을 모해하여 출거시키지만 이러한 자신들의 모해가 발각되어 결국 벌을 받는다. 이들 중 개과천선하여 가문에 복귀하기도 하나, 징치되는 경우도 많다. 투기요부형 여성이 남성인물 한 명만 바라보고 투기를 하였을 경우69)에는 개과천선의 여지가 있다. 하지만 투기요부형 여성이 다른 남성에게 개가하였을 경우에는 개과천선의 여지가 없이 징치되고 만다.70)

이 유형의 인물로는 『소현성록』 연작에서 소현성의 부인인 여씨, 소운명의 아내 정씨, 인종의 비 곽후, 김현의 아내 취씨, 소운성의 아내 명현공주, 『임씨삼대록』에서 옥선군주, 옥경군주, 곽교란, 남영설, 후섬월·계홍매, 『현몽쌍룡기』에서 금선공주, 『조씨삼대록』에서 조유현의 아내 강씨, 조운현의 아내 장씨, 양인광의 아내 곽씨, 『유씨삼대록』에서 장혜앵, 민순랑, 장설혜, 유현의 아내 왕씨, 『명주보월빙』에서 문양공주, 유교아, 성난화(설빈) 등을 들 수 있다. 이 유형의 인물들은 가문소설에서 빈번히 등장하며, 주로 요조숙녀형 인물을 간부로 모해하거나 강상대죄를 지은 인물로 모해한다.

추부(妬忌醜婦)형 인물은 〈그림 4〉에서 (라)에 해당하는 인물로 미모와 덕이 모두 부족한 인물이다. 이들도 요조숙녀를 모해한다는 점에서는 반동인물에 속하지만, 그 모해의 수준이 투기요부형에 비해 미미한 수준에 불과하다. 이들은 악하기보다는 모자란 인물로 행동이 돌발적이고 감정적이다. 이러한 행동은 수신교육의 부족으

---

69) 이에 해당하는 예로 『유씨삼대록』의 장혜앵, 『화문록』의 호홍매, 『현몽쌍룡기』의 금선공주 들 수 있다. 이들은 투기요부형의 인물이지만, 자신과 결혼한 남편 한 명만을 생각하며 투기를 하므로 개과천선의 기회를 부여받는다.

70) 이에 해당하는 예로 『임씨삼대록』의 옥선군주, 남영설, 곽교란, 『조씨삼대록』의 조운현의 아내인 장씨의 경우를 들 수 있다. 이들은 모두 출거된 후 다른 사람과 결혼함으로써 정절에 위배된 행동을 하였고, 그로 인해 모두 징치되고 만다. 『임씨삼대록』의 여성반동인물들의 결말 처리에 관해 논한 것으로 윤현이, 「『임씨삼대록』에 등장하는 악인들의 악행과 징치양상에 드러난 의미」(『한민족문화연구』 54, 한민족문화학회, 2016)를 참조할 수 있다.

로 여겨져 교화를 통해 가문의 일원으로 살아가는 경우가 많다. 이러한 인물로는 『임씨삼대록』의 목지란, 『유씨삼대록』의 순씨, 『조씨삼대록』의 조후염, 조아현의 아내 형씨 『명주보월빙』의 하원광의 아내 연군주 등을 들 수 있다. 이들은 추하고 품위 없는 행동을 서슴지 않고 한다. 그러나 요조숙녀의 교화로 차츰 상태가 좋아지고 가문의 일원으로 인정받기도 한다. 작품 속에 묘사된 여성반동인물의 모습을 아래의 예문에서 확인할 수 있다.

　① 소학사의 부인 구씨는 구승상의 딸로 얼굴이 아름답고 성품이 재간이 있고 능란했다. 하지만 소학사는 그 마음이 불량한지를 알지 못하여 흠 없이 화목하게 지내면서 세 딸을 낳았다.[71]

　② 내 운명이 기구하여 아들을 하나 두었지만 버린 자식이 되고 조카로 장손을 삼았으니 뜻과 달라 정이 소원하고 원망이 이 지경에 이르렀다. 그래서 조카딸을 며느리로 얻어 의지하려고 했는데 그 아이가 나를 원망하여 조카딸을 박대하고 그 부부가 나를 원망하니 앞일을 알 만하다. 명문은 부자간이지만 상공이 연수와 차등을 두는 것이 심하여 내가 경수에게 말도 못하게 하니 경수가 나를 알기를 어미로 알지 않는구나 어찌 애통하지 않겠느냐?[72]

　③ 홍매의 기이한 용모는 백옥을 다듬어 놓은 듯, 푸른 바다에 명주를 광내여 놓은 듯 황홀하고 찬란하여 태양이 떠오르고 명월이 솟아나

---

71) 정선희 역주, 『조씨삼대록』 3, 소명출판, 2010, 294쪽.
72) 정선희 역주, 앞의 책, 332~333쪽.

는 것 같았다. 옛 미인 양귀비나 조비연의 미모를 비웃을 정도로 아름다운 태도와 황홀한 거동은 정원의 이름난 꽃이 아침 이슬을 미금은 듯, 푸른 연못의 연꽃이 봄비에 젖어 찬란하게 향기를 토하는 듯하였다. (…중략…) 이처럼 용모는 비록 절묘하나 마음이 요사하고 소행이 간악하여 사특한 기운이 외모에 현저히 드러나니 그저 아쉬울 뿐이다.[73]

④ 지란은 지형같이 간사하고 똑똑하지 못하여 목씨 곁에 있으면서 종일 맛있는 음식과 고기를 입에 달고 살아 완전히 기름진 산돼지 같았다. 몸이 기름지고 살집이 가득하여 걸음을 걸으면 마루가 무너지므로 집안의 유모가 손가락질 하며 목씨 모르게 꾸짖곤 하였다. 나이가 점점 많아지면서 음욕이 발동하는지 좋은 계절이 온 것을 반기며 때때로 봄을 느끼고 정원에 발을 디뎠으나 어느 남자 눈에나 띌 수 있었겠는가? 그저 목부인 처소에 몸을 웅크리고 있다가 설사인 등이 아침 문안을 드리러 오면 그 흉물스러운 눈을 늘여 그들의 아름다운 풍모를 보고 냅떠 안을 듯 두 아귀에 침을 흘리다가 할머니께 절하고 나가면 한숨을 쉬며 흐느끼니 그 누추함을 다 기록할 수 없을 지경이었다.[74]

①과 ②는 계모형 인물인 구부인의 모습이다. 아름답고 재간이 있지만, 자신이 낳은 아들이 계후가 될 사이도 없이 소경수가 계후가 됨으로써 가문 내에서 자신의 입지가 약화되고 만다. 자신의 아들이 있음에도 입양한 소경수가 계후가 되자, 구부인은 소경수를 모해할 생각을 한다. 계모형 인물은 개인의 성품뿐 아니라 가부장제라는

---

73) 임치균·송성욱 옮김, 『화문록』, 한국학중앙연구원 출판부, 2011, 38쪽.
74) 김지영 역주, 『임씨삼대록』 1, 소명출판, 2010, 83~84쪽.

사회 제도에서 생겨난 인물임을 알 수 있다.

③에서 '홍매의 기이한 용모가 백옥을 다듬어 놓은 것 같다', '용모는 비록 절묘하나 마음이 요사하고 소행이 간악하여 사특한 기운이 외모에 현저히 드러나니 그저 아쉬울 뿐이다'라는 진술을 통해 호홍매는 용모는 아름다우나 덕이 부족한 인물이므로 투기요부형 인물로 유형화할 수 있다.

④는 『임씨삼대록』에 등장하는 목지란의 모습이다. '종일 맛있는 음식과 고기를 입에 달고 살아 완전히 기름진 산돼지 같았다'라는 표현을 통해 볼품없는 외모에 예절도 갖추지 못한 인물임을 짐작할 수 있다. 또한 '그 흉물스러운 눈을 늘여 그들의 아름다운 풍모를 보고 냅떠 안을 듯 두 아귀에 침을 흘리다가 할머니께 절하고 나가면 한숨을 쉬며 흐느끼니'라는 표현을 통해 추한 외모인데도 잘생긴 남성을 보면 침을 흘리고 냅떠 안으려 하는 애정욕구를 보이기도 한다. 색과 덕을 갖추지 못한 여성이기에 추부형 인물로 범주화된다. 이러한 정보를 바탕으로 독자들은 작품 속에서 아름답지만 덕이 부족한 여성을 투기요부형의 인물로 범주화하고, 이들이 요조숙녀를 모해하리라는 예상을 할 수 있다. 또한 독자는 작품 속에서 아름답지도 않고, 덕도 없는 여성을 투기추부로 간주하고 이들이 벌이는 희극적인 상황을 예상할 수 있다.

여성반동인물에 대해 서술자가 부정적인 태도를 보이는 것을 예문을 통해 확인할 수 있다. 예를 들면 구씨 부인의 경우 '마음이 불량하지라'나, 호홍매의 경우 '용모는 절묘하나 마음이 요사하고 소행이 간악하여 사특한 기운이 외모에 현저히 드러나니' 등의 표현이나, 목지란의 경우 '간사하고 똑똑하지 못하고, 음식과 고기를 입에 달고 살아 완전히 기름진 산돼지 같았다'라는 표현에는 인물에 대한 서술자의 부정적인 태도와 부정적인 판단이 개입되고 있다. 독자들은 이를 통해서도 반동인물인지 주동인물인지를 쉽게 판가름할 수 있다.

② 남성반동인물

남성반동인물로 소인(탕자)형 인물을 들 수 있다. 소인(탕자)형 인물은 남성주동인물이나 여성주동인물에게 모해를 가하는 인물이다. 이 유형의 인물은 주동인물이 속한 가문과 정치적 견해를 달리하여 모해하는 인물들이다. 소인(탕자)형 인물은 출세욕과 애욕 추구욕이 높은 성향을 가진다는 점에서 남성주동인물 중 영웅호걸형의 인물과 비슷한 속성을 지닌다. 하지만, 이들은 주동인물들에 비해 결핍의 요소를 가지고 있다. 이들은 집안이 몰락 가문이거나 남성주동인물에게 결혼 상대자를 빼앗기거나 집안의 장자(長子)가 아니어서 계후가 될 수 없다거나, 장자임에도 이미 다른 사람으로 계후가 정해져 자신이 계후가 될 수 없는 상황 등에 놓여 있다. 그래서 이들은 주동인물에 대해 열등감과 적대감을 가지고 있으며 유교에서 추구하는 정도를 실천하지 않는다. 이들은 욕망을 추구하기 위해 주동인물들을 모해한다. 하지만, 대부분의 경우 소인(탕자)형 인물은 여성반동인물과는 달리 개과천선하여 가문으로 복귀하거나 다시 벼슬길이 열리는 경우가 많다.

소인(탕자)형 인물이 개과천선하는 데는 남성주동인물의 역할이 크다. 남성주동인물이 남성반동인물을 끊임없이 설득하고 관용을 베풀어 결국 개과천선하게 만든다. 이를 통해 남성주동인물의 덕과 관용을 부각시키고, 소인(탕자)형 인물의 능력과 역량을 재평가 받게 한다. 이 유형에 해당하는 인물로 『조씨삼대록』의 설강, 『성현공숙렬기』의 임유린, 『명주보월빙』의 구몽숙, 『임화정연』의 진상문 등을 들 수 있다. 남성반동인물을 남성주동인물과 변별할 수 있는 기준을 유교의 도를 추구하느냐 그렇지 않느냐로 나눌 수 있다(〈그림 3〉 참조).

『조씨삼대록』에 등장하는 설강의 인물 묘사를 통해 남성반동인물의 모습을 확인할 수 있다.

> 이 시절에 한림학사 설강은 정공의 처가 친척이었다. 설강이 나이 14세에 과거에 급제하고 재주와 용모가 반악과 위개를 비웃으니 임금의 총애가 두터웠다. 설강이 정공 부인과는 7촌 조카가 되니 자주 왕래하고 설강의 집이 정씨 집과 담이 잇대어 닿아 있어서 양쪽 집안에서 서로 어린 아이들을 데리고 와서 보았다. (…중략…) 이미 호방하고 의협심이 많은 탕자가 정소저를 한 번 보니 온 정신이 쏟아져 정소저를 취하여 백 년 동안의 좋은 짝으로 삼고자 하였으므로 공부에 힘써 몇 년 안에 지위가 높아져 이름을 날렸다. 설강의 사람됨이 매우 간사하고 여색에 굶주린 귀신과 같았다.[75]

설강이 정공의 처가 친척인데 정소저를 흠모하여 정소저와 결혼하기 위해 과거에 급제한다. 설강의 성품이 호방하고 의협심이 많다는 부분까지 보면 영웅호걸형의 남성주동인물과 다를 바 없다. 하지만 '간사하고 여색에 굶주린 귀신과 같다'라고 한 부분을 통해 설강이 정도(正道)를 추구하는 인물은 아님을 알 수 있다. 또한 이 부분은 서술자의 부정적인 판단이 개입하고 있다. 이로써 설강이 반동인물

---

75) 김문희 역주, 『조씨삼대록』 1, 소명출판, 2010, 55쪽.

임을 판단할 수 있다.

정소저가 조유현과 결혼함으로써 설강의 계획은 수포로 돌아간다. 이후 설강은 조유현에게 열등감을 느끼고, 정소저와 조유현을 모해한다. 설강은 정소저를 간부로 모해하고 조유현을 역모죄에 연루시키지만 결국 이러한 음모가 밝혀지고 처벌을 받게 된다. 하지만 남성주동인물인 조유현의 부친인 초공이 황제에게 설강의 선처를 요청하고, 설강의 모친은 등문고를 쳐서 아들의 용서를 구하여 설강은 죽음을 모면하고 유배를 떠나 그곳에서 개과천선한다. 이러한 서사는 『명주보월빙』의 구몽숙의 경우[76]에서도 확인할 수 있다.

남성반동인물은 남성주동인물인 영웅호걸형의 인물과 비슷한 특성을 지니지만 유교에서 추구하는 바른 도를 따르지 않고, 남성주동인물에 대해 열등감을 느끼며 이들을 모해하는 인물이다. 이들은 모해의 전모가 밝혀져 처벌 받아야 하지만, 남성주동인물들의 아량과 관용으로 개과천선의 기회를 갖게 된다.

(3) 보조인물군

보조인물은 주동인물이나 반동인물을 도와주는 인물을 가리킨다. 이 책에서는 주동인물을 도와주는 인물을 주동적 보조인물, 반동인물을 도와주는 보조인물을 반동적 보조인물로 명명하였다. 주동적 보조인물들은 주동인물들이 어려움에 처했을 때 구해주고 다시 일어설 수 있도록 도와주는 인물들이다. 주동적 보조인물로는 충직한

---

76) 구몽숙은 정천흥에게 열등감을 느끼며 정천흥과 윤명아의 결혼을 방해하기 위해 윤명아를 음부로 모해했으며, 정천흥을 역적으로 모해하나. 구몽숙의 모해 전모가 드러나 처벌받게 된다. 하지만 정천흥의 아량으로 개과의 기회를 얻게 된다.

시비, 도사, 승려 등을 들 수 있다. 반동적 보조인물로는 반동인물의 모해를 도와주는 인물로 요도(妖道), 요승(妖僧), 자객, 반동인물의 시비 등을 들 수 있다. 이들을 신비한 능력의 여부와 선을 추구하는 성향에 따라 〈그림 5〉와 같이 유형화할 수 있다.

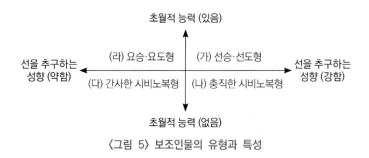

〈그림 5〉 보조인물의 유형과 특성

  (가)와 (나)가 주동인물을 도와주는 주동적 보조인물이고, (다)와 (라)가 반동인물을 도와주는 반동적 보조인물이라 할 수 있다. (가)는 신비한 능력과 후덕(厚德)함을 지닌 주동적 보조인물로 선도(善道)나 선승(善僧)이 이에 해당한다.『창선감의록』에서 물에 빠진 남어사 부부를 구출해주는 곽선공이나 독약을 중독되어 죽어가는 남채봉을 구해주는 청원스님, 화진에게 부적과 병법서를 전해주는 은진인 등이 이에 해당하는 인물이다.『명주보월빙』에는 위기에 처한 윤명아를 구해주는 혜원이고를 들 수 있다. 이들은 모두 위기에 처한 주동인물을 구해주는 신비한 능력의 소유자들로 주동인물이 난관을 극복해 나가도록 도와주는 역할을 한다. 이들이 발휘하는 신비한 능력은 작품의 환상적인 요소를 더해준다.

  (가)가 초월적인 인물이라면 (나)는 현실적인 인물들이다. 이들은 신비한 능력을 가지지는 않았지만, 주동인물을 위해 충직한 마음으

로 도와주는 인물들이다. 『창선감의록』에서 남채봉의 시비 계앵, 윤
옥화의 시비 계향, 정부인의 시비 운향, 화진의 유모, 유이숙 등을
들 수 있다. 『명주보월빙』에서는 윤명아의 시비 주영, 북궁의 시녀
태섬을 들 수 있다. 남채봉의 시비 계앵의 경우는 남어사 부부와
이별하여 혼자 남게 된 남채봉을 위로하고 달래며 남채봉이 진형수
집에 의탁할 수 있도록 능력을 발휘하기도 한다. 『명주보월빙』의
주영은 윤명아의 시비로 윤명아가 위방에게 납치될 위기에 처하자
자신이 윤명아라고 속이고 위방에게 잡혀간다. 또한 김귀비의 시녀
인 태섬은 북궁에 납치되어 아사(餓死) 직전에 이른 윤명아에게 몰래
음식을 가져다주며 구원하여 윤명아를 살린다.

(라)는 신비한 능력을 가졌으나 반동인물을 돕는 반동적 보조인물
들이다. 『명주보월빙』의 신묘랑, 묘화 『임씨삼대록』의 묘월, 능운
등을 들 수 있다. 이들은 신비한 능력을 소유했지만 반동인물들을
도와 주동인물에게 모해를 가한다. 또한 이들이 가진 능력은 사악한
술수, 요술(妖術)이므로 주동인물들의 정명지기로 제압된다. 신묘랑
의 경우는 3천년 묵은 여우의 화신으로 변신술에 능하고 호표로 변
신하여 정천흥의 아내들을 김귀비의 북궁으로 납치하는 일을 여러
차례 반복한다. 작품의 환상성을 더해주는 역할을 한다.

(다)는 현실적인 인물로 반동인물의 악행을 돕는 반동적 보조인물
들이다. 『명주보월빙』에서 문양공주를 보필하며 악행을 조장하는
최상궁, 가짜 윤명아 노릇을 하는 춘월, 가짜 정혜주 역할을 하는
금계, 윤명아를 모략하기 위해 윤명아의 시비 녹섬으로 변신한 세향
등을 들 수 있다. 이들은 눈앞의 이익을 위해 반동인물들의 악행을
돕는 인물들이다. 단순히 재물 욕심으로 매수되어 반동인물을 돕다
가 오히려 반동인물에게 죽임을 당하는 경우도 있고, 끝까지 반동인

물을 돕다가 종국에 징치되는 경우도 있다.

반동인물과 주동인물의 구분은 덕의 유무로 판단할 수 있고, 서술자의 판단이 개입된 진술로도 구별할 수 있다. 주동인물에게는 긍정적 평가를 하고, 반동인물에 대해서는 부정적 평가를 하고 있다. 이렇듯 장편가문소설에는 개성적이고 새로운 인물보다는 유형화된 인물이 등장하고 있다. 그렇기 때문에 독자들은 장편가문소설의 인물이 유형성을 띤다는 점에 착안하여 유형적 인물과 관련한 일련의 정보를 숙지한 후, 장편가문소설을 읽는다면 좀 더 쉽게 작품을 읽어나갈 수 있다. 지금까지 살펴본 유형적 인물들의 특성을 간략히 정리하면 〈표 2〉와 같다.

〈표 2〉 장편가문소설에 등장하는 유형적 인물의 양상과 특징

	인물 유형		특징
주동 인물	남성 주동	정인군자형	유교의 도를 닦으며 군자의 길을 지향하는 인물로 영웅호걸형 인물에 비해 출세욕과 애정 추구욕이 낮은 인물임
		영웅호걸형	영웅, 호걸의 기상을 타고 났으며 유교의 도를 인정하고 노력하며 출세욕과 애정 추구욕이 높은 인물임
	여성 주동	요조숙녀형	사덕(四德)과 아름다움을 고루 갖춘 인물로 투기요부형 여성의 모해를 받으나 꿋꿋하게 이겨내는 인물임
		여군자형	사덕(四德)을 갖추었으나 아름답지 못하여 남편이 요조숙녀를 재취하는 것을 인정함으로써 부덕을 드러내는 인물임
반동 인물	남성 반동	소인(탕자)형	능력을 갖추었으나 주동인물에 대해 열등감을 갖고 모해하려는 인물임 유교의 도를 추구하는 성향은 부족하며 세속적인 부귀공명과 애정욕구를 가지고 있음
	여성 반동	계모형	아름다우나 사덕을 갖추지 못한 인물로 후처로 들어가나 가문의 주도권을 잡기 위해 전실 자녀들을 모해하는 인물임
		투기요부형	아름다우나 사덕(四德)을 갖추지 못한 인물로 요조숙녀형 여성을 모해하는 인물임
		추부형	아름답지도 않고, 사덕(四德)을 갖추지 못한 인물로 처음에는 추물로 여겨지나 교화(敎化)되어 가문의 일원이 되기도 함

	인물 유형	특징
보조 인물	주동적 보조	주동인물을 도와주는 조력자로 초월적인 힘의 여부에 따라 선도(善道) 선승(善僧)형, 충직한 시비노복으로 나누어짐
	반동적 보조	반동인물을 도와주는 조력자로 초월적인 힘의 여부에 따라 요도(妖道) 요승(妖僧)형, 간사한 시비노복으로 나누어짐

2) 서사 이해를 위한 장르지식

장편가문소설의 서사는 3단계 과정을 거쳐 확장된다. 1단계는 유형적 인물과 어울리는 유형적 화소가 결합하여 인물별 서사를 형성하고, 2단계는 여러 유형적 인물들이 결합하여 단위담이 형성되고, 3단계는 단위담이 모여서 더 큰 서사 단위로 확장되면서 전개된다. 단위담의 결합은 순차적이고 병렬적으로 결합되는 것과 동시에 다양한 축을 형성하며 배열되는 방식이 있다. 이렇게 3단계를 거쳐 서사는 확장되어 간다.

예를 들면 정인군자형의 인물은 1단계에서 '과거시험 대리답안 화소', '장원급제', '순무파견' 등의 화소와 결합하여 정인군자형 인물서사를 형성한다. 2단계에서는 정인군자형의 인물이 요조숙녀형 인물, 투기요부형의 인물과 차례로 결혼하여 각각의 인물서사가 결합되면서 '처처모해담'과 같은 단위담이 생성된다. 3단계에서는 이러한 단위담이 모여 더 큰 서사 단위로 확장되어 나가게 된다.

장편가문소설의 서사생성의 원리를 단계적으로 간략히 도식화해 보면 〈그림 6〉과 같다.

1단계는 유형적 인물에 어울리는 유형적 화소가 결합하여 인물별 서사가 형성된다. 이렇게 유형적 인물별 서사가 형성이 되면 2단계

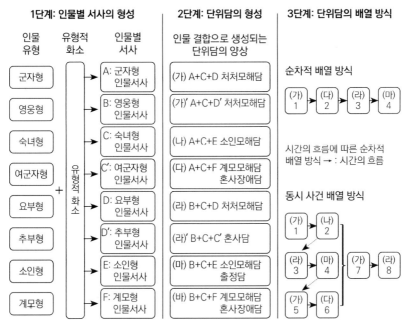

1단계: 인물별 서사의 형성			2단계: 단위담의 형성	3단계: 단위담의 배열 방식
인물 유형	유형적 화소	인물별 서사	인물 결합으로 생성되는 단위담의 양상	

〈그림 6〉 장편가문소설의 서사 형성의 원리

에서는 유형적 인물 간의 결합에 따른 단위담이 형성된다. 인물 유형에 따른 부부결합에 기초를 두고 반동인물이 결합하는 유형에 따라 처처모해담, 계모모해담, 시기모해담, 정벌담, 혼사장애담 등 다양한 단위담이 형성된다. 3단계는 각각의 단위담이 모여 장편화하는 과정을 나타낸 것이다. 단위담의 배열방식에는 각각의 단위담이 시간의 순서에 따라 순차적으로 배열되는 순차적 배열 방식과 같은 시간축에 서로 다른 장소에서 일어나는 단위담을 동시에 배열하는 동시사건 배열 방식이 있다. 동시사건 배열 방식에서는 같은 시간에 일어난 사건을 각각 가문별 서사로 구현하는 과정에서 시간의 역전 현상이 일어나게 된다.

　〈그림 6〉은 장편가문소설의 서사 형성의 전체적인 단계를 한 눈에

파악하기 위해 제시한 것이다. 이제 각각 단계별로 하나씩 제시해 보면 이러하다.

(1) 서사 형성의 원리 1단계: 인물별 서사의 형성

유형적 인물과 어울리는 유형적 화소의 결합

장편가문소설의 유형적 화소에서는 반동인물이 주동인물을 모해하는 화소가 많은 부분을 차지한다. 장르지식의 기능을 고려할 때, 유형적 화소는 단편적으로 다뤄지기보다는 유형적 인물의 특성과 함께 다루어질 필요가 있다. 유형적 인물과 그 인물에 어울리는 유형적 화소를 결합시키면 인물의 유형만 알아도 전개될 단편적인 서사를 예측해낼 수 있기 때문이다. 〈표 3〉은 장편가문소설의 유형적 화소의 양상을 공통되는 상위 기준을 두어 묶은 것이다.

〈표 3〉 장편가문소설의 유형적 화소의 양상 2

모해 관련 화소	간부서	• 요조숙녀형 여성의 필체를 위조하여 요조숙녀형 여성이 간부에게 편지를 쓴 것으로 조작하는 서사
	개용단	• 개용단(마음대로 모습을 변하게 하는 약)을 먹고 주동인물을 모해하는 서사로 요조숙녀를 간부(姦婦)로 모해하거나 충신을 간신으로 모해할 때 나오는 서사 예를 들어 개용단을 먹고 요조숙녀형 여성으로 변신하여 외간 남자와 밀회를 나누는 장면으로 연출하여 요조숙녀를 간부로 모해하거나, 개용단을 먹고 모해하려는 충신으로 변해 황제의 침실을 습격하여 반역자로 몰아 가문을 몰락하게 하는 서사가 나옴
	미혼단, 요약(妖藥)	• 사람의 마음을 미혹하게 만드는 요약으로 반동인물들이 요조숙녀형 여성을 모해했지만 이를 믿지 않는 인물들을 미혹하게 만들려고 먹이는 약. 이 약을 먹으면 판단력이 흐려져 반동인물의 모해를 막아낼 수 없음
	요예지물	• 요사스런 저주물이나 저주의 글로 반동인물이 주로 주동인물을 모해하기 위해 가문의 어른들 처소 주변에 묻어놓음.
	치독	• 주로 집안 어른의 음식에 독을 넣어 주동인물이 한 것으로 모해하는 서사임. 여기에 휘말리면 주동인물은 강상대죄를 지은 것이 되어 고초를 겪게 됨

모해 관련 화소	납치	• 주동인물을 납치하는 것을 말함 • 계모형 인물이 계후가 될 전실 자식을 납치하여 낯선 곳에 버림 • 투기요부형 여성이 모해로 요조숙녀형 인물을 납치함
	자객	• 주동인물을 없애기 위해 자객을 투입하는 경우 • 집안 어른이나 다른 인물들을 상해하기 위해 투입한 후 이것을 주동인 물에게 뒤집어씌우는 경우 • 요조숙녀형 여성의 간부모해의 일종으로 자객이 들어와 집안 어른이 나 인물들을 상해를 입히려다 실패하고 도망가면서 간부서가 든 비단주머니를 던지고 감
	방화	• 주동인물을 해치려고 반동인물이 사람을 시켜 주동인물의 처소에 불을 지름
	역모사건	• 주동인물이 역모를 꾀했다고 반동인물이 모해함
남성 인물 관련 화소	여장 (女裝)	• 여성주동인물이 모해를 당할 위기에 처하자 남성주동인물이 여장을 하고 여성주동인물을 대신하는 서사 • 호색한 남성반동인물이 여성주동인물의 미모를 엿보려고 여장을 하고 여성주동인물의 집에 잠입하는 서사
	과거급제	• 주로 남성주동인물이 거쳐야 할 일종의 통과의례로 과거급제로 다른 여성과 결혼하게 되는 계기가 마련됨 • 황제의 눈에 들거나 공주의 눈에 들면 사혼교지를 받고 부마가 됨
	사혼	• 황제가 개입하여 남성주동인물과 특정 여성과 결혼할 것을 명령하는 것인데 이 경우 남성주동인물은 이에 대해 반감을 가짐. 사혼으로 결혼하는 여성은 대체로 남성주동인물의 박대를 받음.
	출정승전입공	• 남성주동인물이 외적을 무찌르고 승리하여 공을 세우는 것 • 승진을 하여 가문의 입지를 높이거나 또 다른 여성과 결혼하는 계기 가 됨.
	요괴퇴치	• 남성주동인물이 지방에 부임하여 그 마을의 요괴를 퇴치함
	불고이취	• 영웅호걸형 남성주동인물이 외적 정벌이나 지방 파견 근무를 하다가 가인(佳人)을 만나 부모님께 알리지 않고 아내로 맞이함.
여성 주동 인물 관련 화소	남복개착	• 위기에 처한 여성인물이 남자 옷으로 갈아입고 피신하는 것
	길복	• 남성주동인물이 둘째 또는 셋째 부인을 맞이하기 위해 결혼을 할 때 요조숙녀형 여성이 남성의 결혼예복을 만들어 자신의 덕을 드러냄
	출거	• 주로 결혼한 여성이 시댁에서 쫓겨나는 것을 말함
	투강	• 강물에 몸을 던지는 행위를 말하는데 장편가문소설에서는 실절(失 節)위기에 처한 여성이 강에 몸을 던지는 것을 말함
	천서수학	• 위기에서 구조된 주동인물은 분리된 공간에서 천서를 수학하며 자기 수련을 하여 액운을 보내는 것으로 형상화됨
	등문고	• 특정 인물의 억울함을 밝히기 위해 황제에게 알리기 위해 등문고를 울림 • 역모사건에 대한 억울함이나 반동인물들의 모해를 밝히기 위한 장치 로 기능함
주동 인물 수난	유배	• 죄를 짓고 귀양가는 것을 말함 장편가문소설에서는 주로 반동인물의 모해를 받고 억울하게 유배를 가는 주동인물의 모습이 형상화됨

주동 인물 수난	앵혈	· 앵무새의 피를 팔에 찍은 징표로 여성의 순결함을 알리는 표시임 · 요조숙녀형 여성에게는 앵혈이 순결의 의미로 기능하고, 투기요부형 여성에게는 앵혈이 소박맞음을 의미하다가 앵혈의 사라짐이 다른 남성과 간통한 것으로 드러나 음란함을 부각시키는 기능을 함 · 남성의 애정 추구욕망을 알리는 서사로 나오기도 함 (장난으로 남성의 팔에 찍힌 앵혈을 없애기 위해 애매한 여성을 끌어들임)

이 같은 장편가문소설의 유형적 화소는 인물의 유형에 따라 결합하는 양상을 살필 필요가 있다. 인물 유형에 따라 결합하는 화소에 특성이 드러나기도 하고 인물 유형별 서사를 형성하는 데에도 관여하기 때문이다.

예를 들어, 같은 앵혈 화소도 어떤 인물과 결합하느냐에 따라 서사 내에 기능이 달라진다. 앵혈 화소가 영웅호걸형의 인물에게는 남성 인물의 애정 추구욕이 강함을 드러내는 기능을 하지만, 요조숙녀형 여성에게는 순결의 상징으로 여겨지며, 투기요부형 여성에게는 남편에게 소박 당했음을 알리거나 다른 인물과 간통하여 음란함을 드러내는 기능을 한다. 그러므로 유형적 화소를 인물과 결부지어 다룰 필요가 있다. 이제 인물 유형에 따라 어울리는 화소를 정리해 보면 〈표 4〉와 같다.

〈표 4〉 유형적 인물에 어울리는 유형적 화소의 결합

인물 유형	인물과 어울리는 유형적 화소
정인군자형	과거시험 대리답안 작성, 장원급제, 사혼, 순무(巡撫) 파견, 역모사건, 유배, 요괴퇴치
영웅호걸형	앵혈, 상사병, 여장(女裝), 장원급제, 사혼, 출정, 승전입공, 불고이취, 역모사건, 유배, 요괴퇴치
요조숙녀형	남복개착, 납치, 투강, 앵혈, 길복, 유배, 출거, 감금, 천서수학, 등문고, 열녀포정
투기요부형	앵혈, 상사병, 사혼, 개용단, 간부서, 요예지물, 치독, 납치, 자객, 방화, 개가, 출거, 역모사건 조작
소인(탕자)형	개용단, 간부서, 치독, 요예지물, 자객, 납치, 방화, 역모사건 조작, 여장(女裝), 유배
계모형	구타, 납치, 기아, 치독, 요예지물, 자객, 유배, 개과천선

이는 여러 장편가문소설에 등장하는 인물들의 유형에서 발견되는 유형적 화소를 정리한 것이다. 『소현성록』, 『명주보월빙』, 『창선감의록』, 『유씨삼대록』, 『임씨삼대록』, 『현몽쌍룡기』, 『조씨삼대록』, 『화문록』, 『성현공숙열기』 등의 작품을 참고하였다.

〈표 4〉는 유형적 인물에 어울리는 화소를 모아놓은 것이다. 정인군자형 인물은 과거시험 화소에서 대리답안을 작성해주는데[77] 이는 딱한 환경에 처한 인물을 돕는 정인군자형 인물의 인품을 부각시키는 화소라고 할 수 있다. 정인군자형 인물은 과거에 급제하고 나면 황제의 교지를 받고 사혼을 하게 된다. 과거 급제하여 벼슬을 제수 받는데 이때 지방관으로 파견되어 백성들을 순무하고, 요괴를 퇴치하기도 한다. 반동인물의 모해로 강상대죄를 범했다는 무고로 유배를 가기도 한다. 하지만 모해의 전모가 곧 밝혀지고 원래의 지위로 복귀하게 된다. 이렇듯 정인군자형 인물의 성품과 어울리는 유형적 화소가 어울려 정인군자형 인물과 관련한 일련의 서사를 형성하게 된다.

영웅호걸형 인물에게서 발견되는 앵혈, 상사병, 불고이취 등은 인물의 영웅호걸형 성품을 드러내는 유형적 화소라 할 수 있다. 앵혈은 집안의 누군가 장난삼아 영웅호걸형 인물에게 앵혈을 찍는데 이를 없애기 위해 집안의 기녀나 신분이 낮은 여성과 관계를 맺는 서사로 나온다.[78] 장원급제와 사혼은 남성주동인물에게서 공통적으로 발견된다. 영웅호걸형 인물은 과거시험을 볼 때에도 특이한 면모를 드러낸다. 즉 가문의 어른들은 과거를 못 보게 막는데 자신이 과거를

---

77) 이러한 화소는 『소현성록』의 소현성, 『조씨삼대록』의 조기현, 〈임씨삼대〉의 임창홍, 『명주보월빙』 정천흥의 서사에서 발견할 수 있다.

78) 이러한 화소는 『소현성록』 연작의 소운성, 『현몽쌍룡기』의 조무에게서 발견할 수 있다.

보려고 집안의 최고 어른에게 부탁하여 결국 과거시험을 보게 된다. 집안 어른들은 이런 남성인물을 조금 괘씸하게 생각한다. 하지만 남성인물은 과거시험에서 장원급제를 하며 승승장구한다.[79] 영웅호걸형 인물은 반동인물의 모해로 역적으로 몰려 귀양을 가기도 하고, 귀양 중에 외적이 침입하자 왕명을 받고 출정하여 외적을 무찌르고 돌아오기도 한다. 이는 정인군자형 인물이 지방을 순무하는 것과 대응이 된다.

요조숙녀형 인물은 결혼 전에 혼사 장애가 일어나기도 한다. 혼약한 상대가 아닌 다른 사람과 강제로 혼사를 치를 위기에 처하면 요조숙녀형 인물은 남복으로 개착하고 길을 떠나고,[80] 도중에 도적을 만나 실절 위기에 처하면 강에 몸을 던져 정절을 지킨다.[81] 이때 앵혈은 여성의 정숙함과 정절을 상징하는 기능을 한다. 결혼 후, 남편이 다른 아내를 맞이하게 되면 길복을 만들어 바치며[82] 자신의 덕성을 드러낸다. 반동인물의 모해로 출거되기도 하고,[83] 집안 누옥에 감금되기고 하고,[84] 납치되어 죽을 위기에 처하기[85]도 한다. 요조숙녀형 인물이 위기에 처할 때마다 선승, 선도의 도움으로 구조되어[86]

---

79) 이러한 화소는 『소현성록』 연작의 소운성에게서 발견할 수 있다.

80) 이러한 화소는 『소현성록』 연작의 소운경의 아내인 위씨의 서사, 『현몽쌍룡기』에서 조무의 아내인 정채임의 서사에서 찾을 수 있다.

81) 이러한 화소는 『현몽쌍룡기』의 조무의 아내 정소저, 『명주보월빙』의 하영주에게서 찾을 수 있다.

82) 이러한 화소는 『소현성록』의 석씨, 『명주보월빙』의 정혜주에게서 찾을 수 있다.

83) 이러한 화소는 『소현성록』의 석씨, 『조씨삼대록』의 조유현의 아내 정씨에게서 찾을 수 있다.

84) 이러한 화소는 『화문록』이 이혜란, 『조씨삼대록』의 조월염, 『명주보월빙』의 정혜주, 진성염에게서 찾을 수 있다.

85) 이러한 화소는 『조씨삼대록』의 조운현의 아내 남씨, 『명주보월빙』의 윤명아, 양난염, 정아주에게서 찾을 수 있다.

분리된 공간에서 천문역서를 수학하는 등의 능력을 연마하다가[87] 가문이 위기에 처했을 때 등문고를 울려 그 위기를 구하기[88]도 한다. 그 후 열녀로 포정 받고 가문으로 복귀하는 서사[89]가 펼쳐진다. 요조숙녀는 반동인물로부터 온갖 모해를 당하며 수난을 감내해낸다. 그래서 요조숙녀형 인물에게는 수난과 관련한 화소가 많이 발견된다.

투기요부형 인물은 주로 요조숙녀형 인물을 모해한다. 투기요부형 인물에게 앵혈은 정숙함보다는 음란함을 드러내는 상징으로 기능한다. 투기요부형 인물에게 앵혈이 남아 있다면 남편에게 소박을 맞았다는 의미이고, 합방도 하지 않았는데 이 앵혈이 사라졌다면 투기요부형 여성이 다른 사람과 간통했음을 드러내는 것이다. 앵혈이 사라진 투기요부형 인물은 음녀로 낙인찍혀 출거되고 만다.[90] 개용단, 간부서, 요예지물, 치독, 납치, 자객, 방화, 역모사건 조작 등은 투기요부형 인물이 요조숙녀형 인물을 모해할 때 자주 나오는

---

86) 이러한 화소는 『창선감의록』의 남채봉이 청원이고에게 구조되고, 『조씨삼대록』의 조유현의 아내 정씨가 수정이고에게 구조되고, 『명주보월빙』의 윤명아가 혜원이고에게 구조되는 것에서 찾을 수 있다.

87) 이러한 화소는 『임씨삼대록』의 설성염이 분리된 공간에서 천문역서, 병법을 익히다가 임창흥이 출정하였다가 위기에 처했을 때 도사의 모습으로 나타나 임창흥을 돕는 서사에서 찾을 수 있다. 또한 임월혜는 분리된 공간에서 의술을 익혀 남편인 설희광이 전쟁에서 독화살을 맞고 위중한 상태에 이르렀을 때 도사로 변신하여 나타나 갈고 닦은 의술을 발휘하여 남편을 구하는 서사에서 찾을 수 있다.

88) 이러한 화소는 『현몽쌍룡기』의 양옥설이 남편 조성이 역모에 휘말리자 등문고를 울려 무고함을 밝히는 장면, 『현몽쌍룡기』의 정채임이 동생 정천희가 강상대죄를 범한 것으로 모해를 받자 등문고를 울려 무고함을 밝히는 장면, 『명주보월빙』에서 윤명아가 역모에 휘말린 정씨 가문을 등문고를 울려 무고함을 밝히는 장면, 『명주보월빙』의 정아주가 역모에 휘말린 하원창을 등문고를 울려 무고함을 밝히는 장면 등에서 찾을 수 있다.

89) 이에 해당하는 인물로 『성현공숙열기』의 주숙렬, 『명주보월빙』의 윤명아, 정혜주 등을 들 수 있다.

90) 이러한 화소는 『임씨삼대록』의 옥선군주에게서 발견된다. 『명주보월빙』의 유교아의 경우에서는 유교아의 시체에서 앵혈이 없다는 사실을 남편 윤광천이 알아보고 죽은 자가 유교아가 아님을 거의 확신하는 내용이 나온다.

화소이다. 투기요부형 인물이 여러 번 개가하는 경우도 있다. 이 때문에 투기요부형 여성에게는 개과의 기회가 주어지지 않고 징치되고 만다.[91] 또한 투기요부형 인물들 중에 여러 번 개가를 하고 적국의 왕비가 되어 본국을 침범하거나 역모를 꾀하는 일을 하기도 한다. 이런 경우 처참하게 징치되고 만다. 개가한 여성들을 반역죄와 한데 엮어서 용서받을 수 없는 극단적인 악인으로 몰아 처참하게 징치하는 모습을 보이고 있다.[92]

소인(탕자)형 인물에게서 개용단, 간부서, 치독, 요예지물, 자객, 납치, 방화, 역모사건 조작 여장 등은 주동인물을 모해하기 위한 수단으로 볼 수 있다. 투기요부형 인물과 비교할 때, 소인(탕자)형 인물에게 더 많은 개과의 기회가 주어진다. 여성의 음란함에 대해서는 용서 없이 징치하고, 남성들의 잘못에 대해서는 개과의 기회가 주어진다는 점에서 남성에게 관대한 차별적 시각도 읽어낼 수 있다.

계모형 인물에게서 발견되는 구타, 납치, 기아, 치독, 요예지물, 자객 화소는 대체로 전실 자식들을 모해하기 위해 동원되는 것들이다.[93] 계모형 인물은 전실 자식들을 때리고, 납치하고, 버리고, 독약을 먹이거나 자신의 음식에 자신이 독을 넣고, 집 주위에 저주물을 묻고, 자객을 보내 자신을 죽이려 한 사람이 전실 자식이라고 모해한다.

---

91) 이러한 예로 『임씨삼대록』의 옥선군주, 남영설, 곽교란 등을 들 수 있다. 『명주보월빙』의 유교아, 성난화도 이에 해당한다.

92) 이러한 예로 『임씨삼대록』의 옥선군주, 『조씨삼대록』의 조운현의 처 장씨, 『명주보월빙』의 유교아의 서사를 들 수 있다.

93) 이러한 계모형 모해 서사가 모두 동원된 것은 『명주보월빙』의 윤부의 위·유부인의 모해 서사이다. 『명주보월빙』에서 윤부에서 이루어지는 계모형 모해 서사는 종합적이고 강도 높은 성향을 띠고 있다.

이렇게 인물 유형별로 결합하는 유형적 화소를 이해하고 있으면 유형적 인물만 알고 있어도 어떤 서사가 전개될지 어느 정도 예측이 가능해진다.

(2) 서사형성의 원리 1단계: 인물별 서사의 형성

유형적 화소의 결합으로 생성되는 유형적 인물별 서사

유형적 인물과 유형적 화소가 어울리면서 자연스레 유형적 인물별 서사가 형성되는데 양상을 〈표 5〉, 〈표 6〉, 〈표 7〉로 확인할 수 있다.

① 주동인물군의 서사

남성주동인물인 정인군자형과 영웅호걸형의 서사는 서로 대조를 이루며 전개된다. 과거응시, 결혼, 아내에 대한 태도 등에서 차이가 드러난다. 정인군자형 인물은 과거를 응시할 때 가문어른의 권유로 마지못해 과거에 응시한다. 반면에 영웅호걸형 인물의 경우는 그 반대이다. 집안 어른들이 영웅호걸형 인물에게 과거를 못 보게 하자 집안의 최고어른인 태부인에게 부탁하여 겨우 허락을 받고 과거시험에 응한다. 이런 면에서 영웅호걸형 인물이 애정성취욕과 출세욕이 높은 인물임이 드러난다. 과거급제 후에는 남성인물 모두 결혼서사가 나오는데 이미 혼약한 가문뿐 아니라 사혼교지를 받고 다른 가문과도 혼사가 이루어진다. 과거급제 후 벼슬을 제수 받을 때 정인군자형의 인물은 지방을 순무하는 순무사로 파견되고, 영웅호걸형 인물은 주로 외적의 침입이나 지방의 반란을 진압하는 장군으로 출정한다. 또한 가문 내에서 요조숙녀형 인물이 투기요부형 인물에게 모해를 받을 때 정인군자형의 인물은 이를 냉정히 관망하며 모해를

〈표 5〉 주동인물군의 서사

정인군자형 (A)	영웅호걸형(B)
(가) 어렸을 적부터 재주가 뛰어나고, 도학군자의 풍모와 기품을 보임	(가) 어렸을 적부터 영웅이 풍모가 있으며 무예와 병법에 관심이 많음
(나) 집안 어른의 권유로 과거에 응함	(나) 집안 어른들이 과거보기를 만류하자, 집안 최고 어른에게 부탁하여 뜻을 이룸
(다) 가문 어른들의 주선으로 결혼함	(다) 집안 어른의 주선으로 결혼하나 이미 마음에 둔 처자가 따로 있는 경우가 많음
(라) 집안에 요조숙녀형의 아내가 모해를 받을 때, 아내를 믿고 사태를 관망함	(라) 집안에 요조숙녀형 아내가 모해를 받을 때, 아내를 의심하고 박대함
(마) 여러 아내들을 공평하게 대우하여 가정을 안정시킴	(마) 요약(妖藥)에 중독되거나 투기요부형의 아내의 모해로 가정에 불화가 생기기도 함
요조숙녀형(C)	여군자형(C')
(가) 아름답고 총명하며 사덕을 갖춘 여성임	(가) 얼굴이 못 생겼으나 덕행이 뛰어나 가문의 어른의 추천으로 결혼함
(나) 가문 어른들의 주선으로 혼약이 이루어짐	(나) 정인군자형의 남편일 경우, 아내의 덕행을 높이 평가하며 존중함
(다) 계모형 인물, 시기 모해형 인물들의 방해로 혼사장애가 일어나기도 함	(다) 영웅호걸형의 남편일 경우, 재취할 생각을 함
(라) 결혼 후에도 계모형 인물이나 투기요부형 인물들의 모해로 온갖 수난을 당함	(라) 남편이 재취해도 투기하지 않으며 자신의 덕을 드러냄
(마) 액운이 다할 때까지 분리된 공간에서 일정기간 지냄	
(바) 액운이 다하고 가문의 위기를 구하기도 함	

밝혀내지만, 영웅호걸형의 인물은 미혼단 같은 약물에 중독되어 아내를 의심하고 구박한다. 이렇듯 정인군자형의 인물과 영웅호걸형의 인물은 서로 대조적인 양상으로 서사가 전개된다.

　여성주동인물에는 요조숙녀형과 여군자형이 있는데 장편가문소설에서는 주로 요조숙녀형 인물이 더 많은 비중을 차지하고 있다. 요조숙녀형 인물은 반동인물인 계모형 인물이나 투기요부형 인물, 시기 모해형 인물로부터 온갖 모해로 수난을 당하지만 이를 묵묵히 극복하고 결국 가문에 복귀한다. 요조숙녀형 인물 서사에는 유형적인 모해 화소와 수난 화소가 총동원되어 서사가 전개된다. 한편 여군자형 인물은 남편의 재취를 인정하고 투기하지 않는 덕을 드러내며, 결점인 박색을 보완한다.

② 반동인물군의 서사

반동인물군에서 투기요부형 인물은 미모가 빼어나나 사덕을 갖추지 못하고 애정욕구가 강한 인물로 요조숙녀형 인물과 대조된다. 투기요부형 인물은 요조숙녀형 인물을 투기하고 모해한다. 결국 이들은 모해의 전모가 밝혀져 징벌의 대상이 된다. 이들이 개가했는지 또는 반역죄에 연루되었는지 여부에 따라 개과의 기회가 주어지는데 대부분 음녀로 몰려 징치되는 경우가 많다.94) 추부형 인물은 사덕과 색을 모두 갖추지 못한 인물로 추하고 괴팍한 행동을 한다. 이들은 투기요부형 인물의 모해에 희생되기도 하고,95) 요조숙녀형 인물의 사덕에 교화되어 가문의 일원으로 조용히 살아가기도 한다.96) 계모형 인물은 재색을 겸비한 인물인데, 후처로 들어와 자신이 낳은 아들이 종통이 되지 못한 울분 때문에 종통이 된 전실 자식을 모해한다. 그러나 대부분 전실 자식들은 계모형 인물에게 극진한 효를 다하여 결국 계모형 인물을 감화시켜 개과천선하게 만든다. 소인(탕자)형 인물은 남성주동인물과 경쟁관계에 놓여 있으나 남성주동인물에 비해 열등한 면이 있다. 소인(탕자형) 인물은 열등감을 느끼고 주동인물을 모해하는데, 남성주동인물을 역모죄로 모해하거나 여성주동인물을 간부로 모해한다. 이들은 모해가 밝혀져도 대부분 남성주동인물의 관용과 아량으로 개과의 기회가 주어진다.97)

---

94) 『현몽쌍룡기』 연작의 금선공주나 『화문록』의 호홍매는 애정의 대상이 조무, 화경이라는 한 사람에게만 집약되고 절개를 지켰다고 여겨졌기에 개과의 기회가 주어지지만 『임씨삼대록』의 옥선군주, 남영설 『명주보월빙』의 유교아, 성난화 같은 경우는 여러 번 개가(改嫁)하므로 징치되고 만다.

95) 이에 해당하는 인물로 『임씨삼대록』의 목지란을 들 수 있다.

96) 이에 해당하는 인물로 『유씨삼대록』의 순부인, 『명주보월빙』의 연군주를 들 수 있다.

97) 이에 해당하는 인물로 『성현공숙열기』의 임유린, 『조씨삼대록』의 설강, 『명주보월빙』의 구몽숙을 들 수 있다.

〈표 6〉 반동인물군의 서사

투기요부형 (D)	추부형(D')
(가) 미모가 뛰어나나 애정 욕구가 강하고 덕이 부족함	(가) 얼굴이 못나고 성품도 괴곽하고 덕이 부족함
(나) 남성주동인물을 보고 상사병에 걸려 사혼(賜婚) 등의 방법으로 결혼하나 박대 받음	(나) 우여곡절 끝에 남성주동인물과 결혼하나 소박 당함
(다) 요조숙녀형 적국(같은 항렬의 처)을 모해함	(다) 여러 사람들에게 무례하고 괴팍한 행동을 서슴지 않고 함
(라) 모해의 전모가 밝혀지고 출거 또는 구금됨	(라) 요조숙녀형 여성의 교화로 순화되어 가문에서 살아감
(마) 반역죄에 연루되거나 여러 차례 개가했을 경우 징치됨	(마) 투기요부형 여성의 모해에 이용되어 희생되기도 함
(바) 반역(反逆), 개가(改嫁)한 적이 없고 단순 모해였을 경우, 개과천선하고 복귀하기도 함	

소인(탕자)형 (E)	계모형 (F)
(가) 남성주동인물과 경쟁 관계에 있는 인물이나 열등한 면이 있음	(가) 한 가문의 후처로 들어가나 후계자가 정해진 상태임
(나) 남성주동인물이나 남성주동인물의 아내(요조숙녀)를 모해함	(나) 자신의 아들을 종통으로 만들기 위해 전실 자식들을 모해함
(다) 모해의 전모가 밝혀져 벌을 받게 됨	(다) 전실 자식들은 온갖 모해를 당해도 계모형 인물에게 효를 다함
(라) 남성주동인물의 관용과 아량으로 벌이 경감됨	(라) 전실 자식들의 효에 감동하여 계모형 인물이 개과천선함
(마) 개과천선하고 능력을 발휘함	

③ 보조인물군의 서사

보조인물군은 돕는 대상이 주동인물이냐 반동인물이냐에 따라 주동적 보조형과 반동적 보조형으로 나뉜다. 다시 이들은 초월적 능력의 유무에 따라 주동적 보조형을 선승·선도형과 충직한 시비·노복형으로, 반동적 보조형을 요승·요도형과 간사한 시비·노복형으로 나눌 수 있다. 주동적 보조인물로 초월적 능력을 지닌 선승·선도형의 경우 주동인물이 위기에 처했을 때 구해주며,[98] 앞일을 예언하기

---

98) 이와 같은 인물로『창선감의록』에서 남채봉을 구하는 청원스님, 화진을 도와주는 은진인, 물에 빠진 남어사 부부를 구해주는 곽선공 등이 있고,『조씨삼대록』의 조유현의 아내 정씨를 구해준 수정이고,『명주보월빙』에서 윤명아를 구해주는 혜원이고를 들 수 있다.

<표 7> 보조인물군의 서사

주동적 보조형 (선승 선도형) (G)	주동적 보조형(충직한 시비 노복형) (G')
(가) 위기에 처한 주동인물을 적극적으로 구조해 줌 (나) 주동인물이 외부 모해로부터 벗어난 곳에서 자기 수련을 하도록 도와줌	(가) 주동인물이 위기에 처했을 때 충직하게 보필함 (나) 여성주동인물을 위해 대신 납치당하기도 하고 등문고를 울리기도 함 (다) 주동인물들이 위기에서 벗어나도록 적극적으로 도와줌
반동적 보조형(요승 요도형) (H)	**반동적 보조형 (간사한 시비 노복형) (H')**
(가) 반동인물을 도와 주동인물에게 모해를 가함 (나) 여우의 변신이거나 요괴들로 형상화되기도 함 (다) 주동인물의 정도(正道)에 눌려 퇴치됨	(가) 반동인물을 도와 주동인물에게 모해를 가함 (나) 개용단을 먹고 주동인물로 변신하여 패악한 행동을 함 (다) 주동인물을 모해하고 재물을 챙기려 하나 반동인물에게 모해를 당함

도 하고, 주동인물이 재기할 수 있도록 도와준다. 충직한 시비·노복형은 주동인물이 위기에 처했을 때 충직하게 보필하는 인물들로 여성인물의 경우는 주동인물을 대신해 납치당하기도 하고 등문고를 울려 억울함을 신원하기[99]도 한다. 반동적 보조인물은 반동인물을 돕는 인물들이다. 반동인물이 주동인물을 모해할 때 도와주는 인물들이다. 요승·요도형은 여우의 변신[100]인 경우도 있고, 옳지 못한 사도(邪道)를 추구하는 인물들로 반동인물에게 요약을 구해주기도 하고, 요술을 부려 주동인물을 모해하기도 한다. 하지만 요승·요도형은 대부분 주동인물의 정도(正道)에 눌려 퇴치되거나 후속작에 다시 환생하기도 한다. 간사한 시비 노복형은 반동인물의 모해를 돕는 인물로 개용단을 먹고 주동인물로 변해 패악한 행동을 하거나 주동

---

99) 이와 같은 인물로는 『조씨삼대록』의 조유현의 아내 정씨와 이씨의 시비인 경홍과 쌍란을 들 수 있다. 이들은 등문고를 울려 주인인 정씨와 이씨의 억울함을 밝힌다.

100) 이에 해당하는 인물로 『명주보월빙』의 신묘랑을 들 수 있다. 신묘랑은 삼천년 묵은 꼬리 일곱 달린 여우로 변신과 요술에 능한 인물로 형상화된다.

인물을 위기로 몰아가는 데 조력하는 인물로 재물을 챙기려고 모해에 가담했다가 오히려 반동인물에게 해를 당하기도 한다.

유형적 인물에서 생성되는 서사를 인물별로 제시해 보았다. 유형적 인물에서 생성되는 서사를 독자들이 장르지식으로 숙지한다면 장편가문소설에 등장하는 인물의 유형만 알아도 전개될 서사를 예측할 수 있다.

(3) 서사 형성의 원리 2단계: 인물 결합에 따른 단위담의 형성

장편가문소설의 유형적 인물에서 생성되는 개별 서사는 또 다른 유형적 인물의 서사와 결합하면서 새로운 서사를 형성해 나간다. 즉 인물들이 결혼이나 입양 등을 통해 가족 또는 가문의 구성원으로 결합하면서 이들 인물들의 서사와 결합하여 또 다른 서사가 생성된다. 장편가문소설에서 주동인물군과 반동인물군이 결합하는 경우의 수를 산정해 보면 이러하다.

처음에 남성주동인물로 정인군자형과 영웅호걸형의 두 가지 경우와 여성주동인물로 요조숙녀형을 들 수 있다. 여군자형은 출현 빈도가 높지 않으므로 생략하고 부가적으로 다루기로 한다. 반동인물로 투기요부형, 소인(탕자)형, 계모형의 세 가지 경우로 들 수 있다. 여기에서도 추부형은 출현 빈도가 높지 않으므로 생략하고 부가적으로 다루기로 한다. 그렇다면 남성주동인물 두 경우, 여성주동인물 한 경우, 반동인물 세 경우로 이들이 결합하게 되면 6가지 기본형으로 구현할 수 있게 된다. 〈표 8〉은 이러한 양상을 간략히 나타낸 것이다.

〈표 8〉새로운 유형적 서사의 생성원리: 주동인물과 반동인물의 결합

주동인물군 (부부조합)		반동인물군
남성주동인물	여성주동인물	
• 정인군자형(A) • 영웅호걸형(B)	• 요조숙녀형(C) (여군자형 (C'))	• 투기요부형(D) (추부형D') • 소인(탕자)형(E) • 계모형(F)
2	1	3

주동인물군의 부부조합과 그들을 둘러싼 대표적인 모해인물인 반동인물의 결합을 나타낸 것이다. 주동인물군의 여군자형과 반동인물군의 추부형은 필수요소가 아니므로 괄호 안에 넣어 처리하기로 한다. 반동인물군이 주동인물군을 모해하면서 서사가 전개된다. 일부다처제와 가부장제를 표방하는 가문에서 일어날 수 있는 주된 갈등은 처처갈등과 계후갈등이다. 투기요부형 인물은 쟁총과 관련하여 주로 처처간 모해를 일으키고, 계모형 인물은 계후 문제와 관련하여 모해를 일으킨다. 소인(탕자)형 인물은 계모형 인물과 가족, 친족 관계일 수도 있고, 그렇지 않은 경우는 정치적 견해를 달리하는 인물로 구성되는 경우가 많다. 주동인물군의 부부조합은 남성주동인물로 정인군자형 또는 영웅호걸형 인물이 요조숙녀형 인물과 결합하고 반동인물군에서 투기요부형, 소인(탕자)형, 계모형 중에 한 인물들과 각각 결합하여 최소 6가지 기본형이 (가)~(바)로 형성된다. 여기에 여군자형과 추부형은 각각 결합하는 인물이 제한적이다. 즉 여군자형은 영웅호걸형의 남성과 결합하여 요조숙녀형 여성의 재취를 인정하게 된다. 또 추부형 여성은 정인군자형 남성과 결혼하여 다른 부인인 요조숙녀형 여성에게 패악한 짓을 하다가 이들의 덕성에 점차 교화된다. 이 두 가지 유형을 추가하여 8가지 유형을 〈표

9)와 같이 정리할 수 있다.

〈표 9〉 인물 결합에 따른 서사 구성 원리: 기본형

주동인물군 (부부결합)			반동 인물군	서사 유형	결합 유형	예상되는 서사 (반동인물이 주동인물을 모해함)
남성	여성	여성				
군자	숙녀		요부	(가)	ACD	요부가 숙녀를 모해함
군자	숙녀		추부	(가)'	ACD'	추부가 숙녀를 괴롭히나 숙녀가 교화시킴
군자	숙녀		소인	(나)	ACE	소인이 군자와 숙녀를 모해함
군자	숙녀		계모	(다)	ACF	계모가 군자와 숙녀를 모해함
영웅	숙녀		요부	(라)	BCD	요부가 숙녀를 모해함
영웅	여군자	숙녀		(라)'	BCC'	여군자가 영웅의 재취를 허용함
영웅	숙녀		소인	(마)	BCE	소인이 영웅과 숙녀를 모해함
영웅	숙녀		계모	(바)	BCF	계모가 숙녀를 모해함

(군자A: 정인군자형, 영웅B: 영웅호걸형, 숙녀C: 요조숙녀형, 여군자C': 여군자형, 요부D: 투기요부형, 추부D': 투기추부형, 소인 E: 소인(탕자)형, 계모F: 계모형의 줄임)

    (가)~(바)의 유형을 앞서 살핀 유형적 화소와 유형적 인물에서 생성되는 서사를 조합하여 전개될 서사를 예상해 볼 수 있다. (가)~(바)는 장편가문소설의 인물 결합의 기본형으로 볼 수 있다. 투기요부형, 계모형, 소인(탕자)형의 반동인물이 정인군자형, 영웅호걸형, 요조숙녀형의 주동인물을 모해하는 서사를 예측할 수 있다. (가)에서는 투기요부형 인물이 요조숙녀를 모해하는 서사가 예상된다. 정인군자형 남편은 이를 냉정히 지켜보며 요조숙녀형 아내의 모해를 해결해 주는 서사가 예상된다. (나)에서는 소인(탕자)형 인물이 정인군자형 인물과 요조숙녀형 인물을 모해하는 서사가 예상된다. (다)는 계모형 인물이 정인군자형 인물과 요조숙녀를 모해하는 서사가 나올 것이다. 계모형 인물이 이들에게 모해를 가해도 효로써 받들고 감내해내며 결국 계모를 감화시키는 서사가 예상된다. (라)는 투기요부형

여성이 요조숙녀를 모해하는데, 영웅호걸형의 남편은 오히려 요조숙녀를 보호해주지 못한다. 오히려 수난을 가중시키고 만다. (마)는 소인(탕자)형 인물이 영웅호걸형 남성과 요조숙녀형 여성을 동시에 모해하는 내용을 예측해 볼 수 있다. (바)는 계모형 인물이 요조숙녀형 인물을 모해하는 서사가 예상된다.

이렇게 인물 결합에 따른 서사구성의 원리 기본원리에 따라 서사가 생성되는데, 기본형에 반동인물군이 결합되어 2차 확장을 하고, 다시 반동인물이 결합되어 3차 확장을 하며 서사가 확대되어 나감을 확인할 수 있다. 〈표 10〉은 2차 확장된 형태이다.

〈표 10〉 인물 결합에 따른 서사 구성의 원리: 2차 확장형

주동인물군 (부부결합)		기본형	2차 확장	예상되는 서사 (반동인물이 주동인물을 모해함)
남성	여성	반동 인물군	반동 인물군	
(사) 군자	숙녀	요부	소인	요부, 소인이 군자, 숙녀를 모해함
(아) 군자	숙녀	소인	계모	소인, 계모가 군자, 숙녀를 모해함
(자) 군자	숙녀	계모	요부	요부, 계모가 군자, 숙녀를 모해함
(차) 영웅	숙녀	요부	소인	요부, 소인이 영웅, 숙녀를 모해함
(카) 영웅	숙녀	소인	계모	소인, 계모가 영웅, 숙녀를 모해함
(타) 영웅	숙녀	계모	요부	계모, 소인이 영웅, 숙녀를 모해함

〈표 10〉에서 (사)는 기본형 (가)에 소인(탕자)형 인물이 가세된 형태이다. (아)는 기본형 (나)에 계모형 인물이 결합된 형태인데 이 경우 계모형 인물과 소인(탕자)형 인물은 모자(母子) 관계이거나 친척 관계를 이루면서 합세하여 주동인물을 모해한다. (자)는 기본형 (다)에 투기요부형 인물이 결합된 형태인데 이 경우에도 계모형 인물의 가문 내에서 자신의 입지를 강화하기 위해 자신이 친척 중에서 한

명을 데려다 남성주인공과 결혼시켜 주동인물에게 모해를 가하기도 한다. (차)는 기본형 (라)에 소인(탕자)형 인물이 가세된 형태이다. (카)는 기본형 (마)에 계모형 인물이 가세한 것으로 역시 계모형 인물과 소인(탕자)형 인물은 모자관계이거나 친척으로 서로 긴밀한 관계를 유지하며 주동인물을 모해하는 서사가 전개된다. (타)는 기본형 (바)에 투기요부형 인물이 결합된 것으로 역시 이때 투기요부형 인물도 계모형 인물과 밀접한 관계를 맺으면서 주동인물에게 모해를 가하기도 한다. 계모형 인물과 다른 유형의 반동인물이 함께 나타날 때 친척 관계에 있는 인물을 끌어들여 주동인물을 모해한다.

〈표 11〉 인물 결합에 따른 서사 구성의 원리: 3차 확장형

주동인물군 (부부결합)		반동인물군			예상되는 서사 (반동인물이 주동인물을 모해함)
남성	여성	기본형	2차 확장	3차 확장	
(파) 군자	숙녀	요부	소인	계모	요부, 소인, 계모가 군자, 숙녀를 모해함
(하) 영웅	숙녀	요부	소인	계모	요부, 소인, 계모가 영웅, 숙녀를 모해함

〈표 11〉은 〈표 10〉에서 반동인물이 더 결합된 형태이다 즉 (파)는 (사)에 계모형 인물이 결합된 형태이고, (하)는 (차)에 계모형 인물이 결합된 형태이다. 위의 표가 복잡해 보이지만 결국 반동인물인 투기요부형 인물이 결합된 조합에서는 투기요부형 인물이 요조숙녀형 인물을 모해하는 서사가 전개된다. 또한 계모형 인물이 조합되면 계모형 모해 서사가 전개된다. 이러한 유형에 추부형 인물이나 여군자형 인물이 결합되어 서사가 전개될 수도 있다. 하지만 추부형 인물과 여군자형 인물의 경우 서사가 비교적 단순하고 다른 인물에게 크게 영향을 주지 않고 독립적으로 진행되므로 실제 작품에서 구현

된 예를 제시하면서 논의해 보기로 한다. 위에서 제시한 서사구성의 원리인 기본형과 확장형을 정리하면 〈표 12〉와 같다.

〈표 12〉 인물 결합에 따른 서사 구성의 원리: 종합형

결합	유형	주동인물군			반동인물군			예상되는 서사
		주동	주동	주동	1차	2차	3차	
1차 기본형	(가)	군자	숙녀		요부			요부가 숙녀를 모해함
	(가)'	군자	숙녀		추부			군자와 숙녀가 추부를 교화시킴
	(나)	군자	숙녀		소인			소인이 군자, 숙녀를 모해함
	(다)	군자	숙녀		계모			계모가 군자, 숙녀를 모해함
	(라)	영웅	숙녀		요부			요부가 숙녀를 모해함
	(라)'	영웅	여군자	숙녀				여군자가 영웅의 재취를 허용함
	(마)	영웅	숙녀		소인			소인이 영웅, 숙녀를 모해함
	(바)	영웅	숙녀		계모			계모가 숙녀를 모해함
2차 확장형	(사)	군자	숙녀		요부	소인		요부, 소인이 군자, 숙녀를 모해함
	(아)	군자	숙녀		소인	계모		소인, 계모가 군자, 숙녀를 모해함
	(자)	군자	숙녀		계모	요부		계모, 요부가 군자, 숙녀를 모해함
	(차)	영웅	숙녀		요부	소인		요부, 소인이 숙녀를 모해함
	(카)	영웅	숙녀		소인	계모		소인, 계모가 영웅, 숙녀를 모해함
	(타)	영웅	숙녀		계모	요부		계모, 요부가 영웅, 숙녀를 모해함
3차 확장형	(파)	군자	숙녀		요부	소인	계모	요부, 소인, 계모가 군자, 숙녀를 모해함
	(하)	영웅	숙녀		요부	소인	계모	요부, 소인, 계모가 영웅, 숙녀를 모해함

(가)~(하)의 유형에 맞추어 앞서 살핀 유형적 화소와 유형적 인물에서 생성되는 서사를 조합하면 전개될 서사를 예상할 수 있다. 이제 이러한 양상을 살펴보기로 한다. 1차 기본형을 중심으로 살피고 2차, 3차 확장형은 기본형과 함께 실제 구현된 서사를 통해 확인할 수 있다.

(4) 2단계: 단위담 구현의 양상: 단위담 구현의 실제

① (가) 유형의 서사 전개

〈표 13〉 (가) 유형의 서사 전개

(가) 유형	정인군자형(A) - 요조숙녀형(C) - 투기요부형(D) : 처처모해담			
예상되는 간략 서사	투기요부가 요조숙녀를 모해하지만 군자는 신중하게 지켜보다가 결국 모해의 전모를 밝히고 요부를 징벌하고 가문을 안정시킨다.			
예상되는 서사	①군자의 과거급제 ②군자와 숙녀가 결혼함 ③군자가 요부와 사혼함 ④요부가 숙녀를 모해함 ⑤숙녀가 출거됨 ⑥군자가 요부의 모해를 밝힘 ⑦숙녀가 돌아오고 가문이 안정됨	유형적 화소 ①어른의 권유로 과거응시, 과거시험 대리답안 작성해줌, 장원급제 ③군자가 사혼(賜婚)함 숙녀가 길복을 만듦 ④강상대죄 – 치독, 요예지물, 저주사 간부모해 – 간부사, 개용단			
작품 속 실제 서사의 예				

소현성록	소현성	석씨	화씨	여씨
	군자	요조숙녀	숙녀	투기요부

소광과 양부인의 유복자로 태어난 소현성은 군자적인 풍모를 지녔으며, 어머니 양부인의 권유로 과거에 응시한다. 과장에서 어려움에 처한 다섯 선비의 답안지를 대신 작성해주고 과거에 합격하게 도와준다. 물론 자신은 장원급제한다. 가문어른들의 주선으로 화소저와 결혼하나 소현성의 짝이 될 만큼 재색(才色)을 겸비하지 못해 어른들이 아쉬워한다. 이에 석파가 요조숙녀인 석소저를 제2부인으로 들일 것을 추천한다. 우여곡절 끝에 소현성과 석소저와의 혼사가 이루어진다. 화씨가 이에 대해 발악을 하다가 마지못해 울면서 소현성의 결혼 예복을 만든다. 한편 황제로부터 여씨와 결혼하라는 사혼교지를 받고 거부하지만 결국 결혼한다. 석씨가 길복을 만들고 화씨는 만들지 않는다. 여씨는 성품이 못 되어 석씨와 화씨를 차례로 모해할 계교를 꾸민다. 양부인 처소에 요예지물(妖穢之物)을 묻고, 양부인 생일잔치 음식에 독을 넣어 석씨를 모해하려 하나 양부인의 이를 알고 대비하여 막는다. 그러자 여씨는 개용단을 먹고 석씨로 변해 석씨가 간부(姦夫)와 만나는 장면을 연출한다. 소현성이 이를 보고 혼서와 채단을 불태우고 석씨를 출거시킨다. 소현성의 친구 임수보가 개용단의 일화를 말하자, 소현성이 석씨 사건을 의심한다. 이어 여씨가 화씨로 변해 소현성에게 괴이한 행동을 한다. 이에 소현성이 가짜 화씨를 붙잡고, 진짜 화씨를 불러들여 개용단 사건의 실체를 밝힌다. 여씨가 저지른 모해사건의 진상을 밝힌 후, 소현성은 여씨를 출거시키고, 석씨를 다시 맞아들인다. 이후, 여상서가 자신의 딸을 쫓아낸 소현성에게 앙심을 품고 강주 안찰사로 추천하여 외직에 나가게 하지만, 소현성은 강주지역을 잘 다스려 오히려 승진하고 석부인, 화부인을 공평하게 대하여 가문의 안정을 이룬다.[101]

---

101) 『소현성록』 권1~권4 내용을 압축한 것이다. 역주본 정선희, 조혜란 역주, 『소현성록』 1, 소명출판, 2010, 18~300쪽을 요약한 것이다.

(가) 유형은 정인군자형 인물에 요조숙녀형 아내와 투기요부형 아내가 결합된 형태이다. 투기요부형 아내가 요조숙녀형 아내를 모해하는데 정인군자형 남편은 사태를 차분히 관망하다가 결정적인 증거를 찾아 투기요부형 아내의 모해임을 밝혀내고 가문을 안정시킨다.

『소현성록』의 소현성 서사에서 이러한 유형의 서사를 확인할 수 있다. 정인군자형 인물인 소현성은 어머니 양부인의 권유로 과거에 응시하고, 과거 시험장에서 사정이 딱한 선비를 위해 대리답안을 작성하여 이들의 과거 합격을 도와주고, 본인은 장원 급제한다. 이후 소현성은 투기요부형 인물인 여씨와 사혼(賜婚)하게 되고, 여씨가 저지른 모해사건의 진상을 밝혀 가문을 안정시킨다. 이렇듯 소현성의 서사는 정인군자형 인물 서사와 거의 일치함을 확인할 수 있다. 석소저의 경우는 대표적인 요조숙녀라 할 수 있다. 길복을 지어 바치는 서사를 통해 석씨의 성품을 확인할 수 있다. 여씨는 대표적인 투기요부형 인물이다. 요조숙녀인 석씨를 모해하는데 어른의 음식에 독을 타고, 요예지물을 묻고, 석씨의 필체를 위조하여 저주의 글을 쓰지만 모해에 실패하자 개용단을 먹고 석씨로 변해 외간 남자와 밀회하는 장면을 연출하여 소현성을 속인다. 석씨를 간부로 모해하는 장면은 전형적인 간부모해 장면임을 확인할 수 있다. 『소현성록』의 소현성-석씨-화씨-여씨의 서사를 통해 (가) 유형의 실제를 확인할 수 있다.

전체적으로 볼 때 이 유형은 투기요부형 인물이 요조숙녀에게 가하는 모해를 정인군자형의 남편이 알아내어 벌을 주고 가문을 안정시킨다는 서사로 귀결된다. 작품을 읽어나가면서 '군자-숙녀-요부'의 인물 조합일 경우 이 같은 서사의 예측이 가능하다.

② (가)' 유형의 서사 전개

〈표 14〉 (가)' 유형의 서사 전개

(가)' 유형	정인군자형(A) - 요조숙녀형(C) - 추부(D'): 처처모해담 (추부의 교화)		
간략 서사	추부가 숙녀를 질투하면서 함부로 행동하다가 웃음거리가 되나, 군자와 숙녀가 합심하여 추부를 교화시켜 결국 추부는 언행이 교화되어 가문의 일원이 된다.		
예상되는 서사	①군자가 추부와 결혼함 ②군자가 과거급제함 ③군자가 숙녀를 재취함 ④추부가 투기를 부리며 상식 밖의 언행과 무례함으로 웃음거리가 됨 ⑤(군자와 숙녀의 덕성스런 행동에) 추부가 교화됨 ⑥추부가 교화되어 가문의 일원이 됨	유형적 화소 ②과거급제, 급제 후 재취 ③추부의 상식 밖의 행동	
작품 속 실제 서사의 예	조씨삼대록	조아현 정인군자형	설씨 요조숙녀형	형씨 추부형
	조아현은 덕이 있는 인물로 형씨와 결혼하나 형씨는 덕과 색이 부족하며 조아현과 어울리지 않는다. 조아현이 과거에 장원급제하자 설공이 자신의 딸을 재실로 삼아달라고 요청한다. 부친 조무의 허락으로 조아현은 요조숙녀인 설씨를 재취한다. 이에 형씨가 투기를 부리며 설씨에게 패악한 행동을 한다. 설씨가 아랑곳하지 않고 조아현과 더불어 덕으로 형씨를 대해주자, 형씨가 차츰 교화되어 화락한다.[102]		

이 유형은 추부형 인물이 결합된 형태이다. 추부형 인물은 덕과 색을 모두 갖추지 못한 인물로 작품 속에서 어찌할 수 없는 추물로 인식된다. 이 유형 인물은 악인들에게 이용당하여 살해되는 경우[103]도 있지만 하지만 정인군자형의 남편과 요조숙녀형의 아내 덕분에 차츰 교화되어 가문의 일원으로 받아들여지는 경우[104]도 발견된다. 이러한 서사는 가문의 교화능력과 포용력을 과시하기 위한 서사로 볼 수 있다.

---

102) 『조씨삼대록』권25에서 다루고 있다. 전진아 역주, 『조씨삼대록』 4, 소명출판, 85~99쪽.

103) 『임씨삼대록』의 목지란의 경우는 옥선군주에게 살해당하고 만다.

104) 『유씨삼대록』의 순부인, 『명주보월빙』의 연군주, 『조씨삼대록』의 조후염 등이 이에 해당한다.

이 유형의 인물들은 긴 서사를 생성해내지는 못한다. 다만 정인군 자형의 남성주동인물이나 요조숙녀형의 여성주동인물의 가르침 덕분에 교화되어 가문의 일원을 받아들여지거나 『임씨삼대록』의 목지란처럼 투기요부형 인물인 옥선군주에게 이용당하여 살해되면서 서사에서 사라지기도 한다. 『조씨삼대록』의 조후염과 형씨, 『유씨삼대록』의 순씨도 이 같은 유형에 속한다. 이들은 작품에서 주동인물과는 대조되는 모습을 보이면서 추물로 인식되며, 때때로 우스꽝스러운 행동으로 주변사람들에게 웃음을 자아내기도 하면서 심각하고 다소 지루한 서사의 분위기를 잠깐 전환시키는 역할을 하다가 사라진다.

③ (나) 유형의 서사 전개

(나) 유형은 소인(탕자)형 인물이 결합된 유형이다. 소인(탕자)형 인물은 남성인물이 주로 등장하며 대체로 남성주동인물에 대해 열등감을 느끼고 주동인물을 모해한다. 남성주동인물에게는 역모죄나 강상대죄를 지은 것으로 모해하고, 요조숙녀형 인물에게는 간부로 모해한다. 소인(탕자)형 인물은 주동인물과 잘 아는 사이이거나 친척인 경우로 설정되기도 하여 소인(탕자)형 인물의 모해가 드러났을 때 주동인물이 나서서 징벌을 감해줄 것을 요청하기도 한다. 『조씨삼대록』의 조명천-혜선공주, 화씨-소화요, 범백문의 서사에서는 소화요와 범백문이 소인(탕자)형 인물이라 할 수 있다. 이들은 조씨 가문과 친족 관계를 맺고 있지는 않다. 그렇기 때문에 이들에 대한 선처를 요청하는 장면은 나오지 않는다. 『현몽쌍룡기』에서는 양씨가 오빠 양세의 선처를 희망하는 내용이 나온다. 하지만 양세의 죄악이 너무 심각하여 용서를 받지는 못한다. 하지만, 『조씨삼대록』의

〈표 15〉 (나) 유형의 서사 전개

(나) 유형	정인군자(A) – 요조숙녀(C) – 소인(탕자)(E): 소인모해담	
예상되는 간략 서사	소인은 군자 또는 숙녀에 대해 열등감을 가지며 이들을 모해한다. 군자가 소인의 모해를 밝혀내어 소인이 징치되거나 군자가 황제에게 선처를 요구하 여 소인을 개과천선하게 한다.	
예상되는 서사	①군자와 숙녀가 결혼함 ②소인이 숙녀와 결혼을 못 하게 되자 숙녀를 음부라고 　모해함 ③군자가 소인의 모해를 믿지 않음 ④소인이 숙녀에게 강상대죄를 지은 것으로 모해함 ⑤숙녀가 출거 당함 ⑥군자가 모해의 전모를 밝힘 ⑦소인이 징치됨 ⑦군자가 소인에 대한 선처를 요구하여 소인이 개과천 　선함	유형적 화소 ②간부서, 개용단 ④치독, 요예지물, 저 　주의 글

작품 속 실제 서사의 예	조씨삼대록	조명천	혜선공주, 화씨	소화요/범백문
		정인군자형	요조숙녀형	소인(탕자)형

군자형 인물인 조명천과 화소저의 혼약이 성사된다. 조명천이 과거에 응시
하여 과장에서 다섯 선비에게 글을 지어주고 합격하게 해주고 본인은
장원급제한다. 이때 인종 황제는 혜선 공주의 부마를 구하다가 조명천으로
결정한다. 조명천이 부마가 되자, 화소저와의 혼약이 깨져버린다. 화소저는
이에 수절한다. 일찍이 명천에게 청혼했다가 거절당한 소화요가 명천에게
앙심을 품는다. 또한 부마 욕심이 있었던 범백문은 조명천이 부마가 되자
조명천에게 앙심을 품는다. 소화요와 범백문이 결혼하여 명천과 혜선 공주
를 모해할 것을 다짐한다. 범백문과 소화요는 무릉선이라는 미인이 조노공
(조명천의 증조부)의 시중을 든다는 점을 이용하여 혜선공주와 조명윤의
아내 한씨에게 동시에 모해를 가한다. 필체를 위조하여 간부서를 작성하고
저주의 글과 비방하는 물건을 묻어 모해하나 조명천이 이를 믿지 않는다.
소화요가 공주를 해치려고 개용단을 시비에게 먹여 공주로 변하게 하고
패악한 행동을 하게 한다. 명천이 이를 보고 공주를 붙잡아 가짜임을 밝힌다.
결국 소화요의 모해임을 밝혀지고 죄인들이 처단된다. 혜선 공주는 화씨가
수절한다는 것을 알고는 조명천의 제2 부인이 되게 하고 화락한다.
　　　　　　　　　　　　　　—『조씨삼대록』 권30, 권31, 권32, 권34[105]

설강, 『성현공숙열기』의 임유린, 『명주보월빙』의 구몽숙은 남성주
동인물들의 강력한 요청으로 사면되어 개과천선하는 모습을 찾아볼
수 있다. 남성주동인물들이 적극적으로 나서서 인물의 능력과 가능

105) 『조씨삼대록』 권30~권34, 전진아·허순우·장시광 역주, 『조씨삼대록』 권4~권5, 소명출
　　판, 2010, 367~434쪽; 14~42쪽; 171~186쪽.

성을 주장하며 선처를 요청하면 소인(탕자)형 인물은 개과천선할 수 있는 기회를 얻게 된다. 그리고 이 경우 여성인물보다는 남성주동인물과 관계를 맺고 있는 소인(탕자)형 인물일 경우 개과의 기회가 주어진다. 양세의 경우는 개과의 기회가 주어지지 않았지만 설강이나 구몽숙의 경우는 남성주동인물이 적극적으로 선처를 요청하여 개과의 기회를 부여받게 된다. 이런 면에서 남성인물에 대해 남성인물의 요청이 있을 때 더욱 관대한 처분이 내려짐을 발견할 수 있다.

조명천−혜선공주, 화소저−소화요, 범백문 서사에서는 조명천의 성품이『소현성록』의 소현성과 매우 흡사함을 발견할 수 있다. 과거 시험에서 다섯 명의 선비를 위해 답안을 작성해주고 자신은 장원급제하는 것은 소현성의 경우와 거의 같다. 또한 소화요가 혜선공주를 모해하는 방식은『소현성록』의 여씨가 석씨를 모해하는 것과 유사하다. 모해의 전모를 밝히는 것도 조명천이 개용단을 먹고 패악한 행동을 하는 시비를 잡아낸다는 점에서『소현성록』의 소현성이 여씨의 개용단 사건을 밝혀내는 것과 유사하다. 다만 소화요와 범백문은 가문 밖의 외부인이라는 점에서 차이가 있다. 소화요는 처단되지만, 범백문의 처벌에 대해서는 명확히 드러나지 않고 있다. 소인(탕자)형 인물들이 대부분 남성 주인공의 관용과 아량으로 용서받는 경우가 많은데 조명천 서사에서는 모호하게 처리되고 만다.

소인 모해형 인물이 정인군자형 남성인물과 요조숙녀형 여성인물에게 모해를 가하면 정인군자형 남성주동인물은 냉정하고 차분하게 사태를 관망하면서 모해의 전모를 밝혀나감을 확인할 수 있다.

④ (다) 유형의 서사 전개

〈표 16〉(다) 유형의 서사 전개

(다) 유형	정인군자(A) - 요조숙녀(C) - 계모(F): 계모모해담	
예상되는 간략 서사	㉮숙녀의 계모인 경우 – 계모가 숙녀의 혼사를 방해하여 숙녀가 남복개착 후 집을 나가 고생하다가 군자를 만나 결혼하게 됨 ㉯군자의 계모인 경우 – 계모가 군자와 숙녀에게 온갖 모해를 가해도 군자와 숙녀가 참고 견디며 효로써 봉양하여 계모를 개과천선시키고 가문에서 화락하게 함	
예상되는 서사	㉮숙녀의 계모인 경우 (혼사장애담) ①숙녀 죽자 숙녀의 부친이 계모를 맞이함 ②계모가 전실 자식들을 모해함 ③숙녀의 부친이 병으로 죽음 ④숙녀가 군자와 혼약하나, 계모가 자기 친척과 강제 결혼시키려 함 ⑤숙녀가 남복을 입고 집을 떠남 ⑥길을 잃거나 위기에 처함 ⑦조력자의 도움으로 군자를 만나 결혼함 ⑧숙녀가 계모의 모해에서 벗어남 ㉯군자의 계모인 경우 (계모모해담) ①전처가 죽자 군자의 부친이 계모를 맞이함 ②계모가 계후 문제로 전실 자식들을 모해함 ③군자의 부친이 외직을 나가거나 요약에 중독됨 ④군자가 숙녀와 결혼하자 계모가 둘을 모해함 ⑤계모의 모해가 밝혀짐 ⑥군자의 부친이 돌아오거나 약에서 깨어남 ⑦군자의 부친이 계모를 징치하려 하나 군자와 숙녀가 반대함 ⑧군자와 숙녀의 효행에 계모가 개과천선하고 화락함	유형적 화소 ㉮-②구타, 치독 ㉮-⑤남복 ㉯-②구타, 치독 ㉯-③요약 ㉯-④자객, 치독, 요예 지물, 저주사

작품 속 실제 서사의 예	㉮숙녀의 계모인 경우

소씨삼대록	소운경	위씨	방씨
	정인군자형	요조숙녀	요조숙녀의 계모

방씨는 위씨의 계모로 남편인 위공이 병으로 죽고 나자 본격적으로 모해를 시작한다. 위씨 집안의 재산을 독차지하고 자신의 아들 위유홍을 계후로 만들려고 전실 자식이며 위씨의 남동생인 위유양, 위유동을 죽이려고 음식에 독을 타서 먹이려 하고, 위씨와 소운경의 혼사를 방해한다. 위씨를 자신의 조카인 방무에게 강제로 시집보내려고 모해를 꾸민다. 이를 방씨의 아들이지만 착한 위유홍이 위씨에게 이 사실을 말하자 위씨는 남복으로 갈아입고 집을 탈출한다. 위씨는 약혼자인 소운경의 집을 찾아 자운산으로 가지만, 길을 잘못 들어 소부 근처 도관에서 지내다가 소운경을 만나 소부가 위공 탈상 후 결혼한다. 결혼 후 방씨 아들 유홍이 모친 방씨의 불인함을 비관하여 자결하자, 방씨도 죽고 만다. 방씨의 3년이 지나고, 위씨의 남동생들이 과거에 급제하고 위소저 또한 소운경과 더불어 화락한다.[106]

㉯군자의 계모인 경우

유씨삼대록	양선	유현영	팽씨	민순랑
	정인군자형	요조숙녀형	계모(계조모)	투기요부(계조모의 조카)

(다) 유형	정인군자(A) – 요조숙녀(C) – 계모(F): 계모모해담
	팽씨는 양선의 계조모이다. 조부 양중기가 아내가 죽자 팽씨를 재취로 들였는데 성질이 포악했다. 양중기가 죽고 아들 양참정이 팽씨를 극진히 모셨는데도 패악한 성질은 바뀌지 않는다. 손자 양선이 유현영과 혼담이 오가자, 팽씨는 자기 조카 민순랑을 유현영과 결혼시켜야 한다며 억지를 부린다. 결국 양선은 유현영, 민순랑을 모두 신부로 맞이한다. 팽씨는 민순랑을 정실로 들여야 한다고 억지를 부리며 유현영에게는 바느질 노역을 시키며 괴롭힌다. 유현영과 민순랑이 동시에 임신하여 아이를 낳는데 유현영이 아들을 낳고 민순랑이 딸을 낳자 이를 바꿔치기를 하여 유현영의 아이를 민순랑의 아이로 하여 기른다. 춘삼월에 전염병이 돌자 팽씨와 양참정 부부가 모두 고생한다. 민순랑은 이를 피해 친정으로 도망을 가 버린다. 양선과 유현영이 병에 걸린 팽씨와 양참정 부부를 극진히 간호하여 낫게 한다. 팽씨가 이에 감동하여 개과천선한다. 민순랑은 이후 개가하고 후에 다시 기녀가 되는데 유세형이 개선하고 사급받은 창기의 무리 중에 섞여 있는 걸 진양공주가 발견하고 기적에서 빼주고 유현영에게 데려다 준다. 유현영이 민순랑을 용서해주고 민순랑을 친정으로 보내준다. 이후 화락한다.[107]

(다) 유형은 계모형 인물이 결합된 형태인데 실제 서사에서 두 가지로 나누어 구현됨을 발견할 수 있었다. 여성주동인물의 계모형 인물이냐 남성주동인물의 계모형 인물이냐에 따라 조금 다른 서사가 전개된다.

계모형 인물이 여성인물의 계모인 경우 여성인물을 자신의 친척과 강제 결혼을 시키려는 혼사장애가 일어나는 경우가 많다. 『소현성록』의 위씨가 그런 경우인데 이런 사례는 『명주보월빙』에서 윤명아의 계조모인 위태부인이 위방과 결혼시키려고 하는 것에서도 찾아볼 수 있다. 여성주동인물의 계모형 인물인 경우 주로 혼사를 방해하는 서사가 전개되는데 결국 혼사방해에 실패하고 만다. 작품에 따라서는 이후 계모형 인물이 지속적으로 여성주동인물을 괴롭히는 경우도 있지만, 『소현성록』에서는 계모형 인물의 죽음으로 서사가

---

106) 『소현성록』 권5의 내용으로 정선희 역주, 『소현성록』 2, 소명출판, 2010, 12~58쪽을 요약한 것이다.

107) 『유씨삼대록』 권4~5의 내용으로, 한길연 역주, 『유씨삼대록』 1, 소명출판, 2010, 351~423쪽을 요약한 것이다.

끝나고 만다. 계모형 인물은 여성주동인물이 원래 혼약했던 남성주동인물과의 혼시기 성시된 후에는 서사에서 거의 사라지고 만다.

남성주동인물의 계모형 인물일 경우는 남성주동인물뿐 아니라, 며느리에게까지 패악한 행동을 하며 모해를 가하지만, 결국은 남성주동인물의 지극한 효심에 감화되어 개과천선하여 행복한 나날을 보내는 것으로 결말을 맺는다. 계모형 인물이 남성인물의 계모인 경우를 『유씨삼대록』의 양선-유현영-팽씨 계조모-민순랑에서 확인할 수 있다. 양선은 정인군자형의 인물이고 유현영은 요조숙녀형 인물이며 팽씨는 양선의 계조모이고, 민순랑은 팽씨의 조카로 팽씨가 강제로 양선과 결혼하게 한 인물이다. 계조모인 팽씨가 손자인 양선과 유현영에게 온갖 모해를 가해도 양선과 유현영은 이를 묵묵히 이겨낸다. 전염병이 돌아 누구도 팽씨를 봉양하지 않자 양선과 유현영이 극진히 봉양하여 팽씨를 감화시킨다. 이후 화락한 삶을 누린다.

계모형 인물이 남성인물의 계모인 경우에는 어려서는 남성인물만 모해하다가 남성인물이 결혼 후에는 며느리까지 모해한다. 그러나 남성인물과 며느리는 계모에게 모해를 당해도 견뎌내고 효를 다하여 결국 개과천선하게 만들고 화락한다. 계모형 인물의 목표는 결국 자신의 아들을 계후로 만드는 데 있다. 그러기 위해 계모형 인물은 계후가 될 전실자녀에게 독을 먹여 죽이려 하거나, 자신의 친척과 전실자녀들을 결혼시켜 자신의 입지를 굳히려고 하는 것이다. 여성인물의 계모인 경우에는 결혼 전 혼사장애 서사가 나타나고 남성인물의 계모인 경우는 지속적인 모해를 하지만 결국 전실자녀들의 효심에 개과천선하고 그들로부터 효도를 받으며 행복하게 산다는 서사로 귀결된다. 이와 같이 계모형 인물과 결합하는 서사의 흐름을 파악하게 되면 독자는 장편가문소설에서 계모형 인물이 등장하면 앞으로 어떤 서사가 전개될지 예상할 수 있게 된다.

⑤ (라) 유형의 서사 전개

〈표 17〉(라) 유형의 서사 전개

(라)유형	영웅호걸(B) – 요조숙녀(C) – 투기요부(D): 저저모해담			
예상되는 간략 서사	요부가 숙녀를 모해하고 영웅이 숙녀를 의심하여 숙녀의 수난이 극심해진 다. 하지만 숙녀가 이를 이겨내고 주변사람들의 도움으로 요부의 모해가 밝혀져 요부는 출거되고 숙녀는 가문으로 복귀한다.			
예상되는 서사	①영웅이 미인을 보고 반하여 어른들에게 결혼 주선을 요청함 ②영웅이 반했던 미인(요조숙녀)과 결혼함 ③영웅이 과거에 급제함 ④요부가 영웅의 풍모에 반해 권력을 동원해 사혼함 ⑤영웅이 요부를 소박 놓자, 요부가 숙녀를 모해 함 ⑥영웅이 요약에 중독되어 숙녀를 의심함 ⑦숙녀가 출거 당함 ⑧요부의 모해가 밝혀짐 ⑨숙녀가 복귀하고 요부가 출거됨 (개과천선하 여 복귀하기도 함)	**유형적 화소** ③어른에게 요청하여 과거 에 응시 ④사혼 ⑤간부서, 개용단, 자객, 요 예지물, 치독, 저주사 ⑥요약 중독		
작품 속 실제 서사의 예		소씨삼대록	소운성	형씨	명현공주
		영웅호걸	요조숙녀	투기요부
	영웅호걸형 소운성이 형참정댁 형소저를 보고 상사병이 나고 어른들의 주선으로 결혼한다. 집안에서 과거를 못 보게 하나, 소운성이 태부인에게 요청하여 과거에 응시하고 장원급제한다. 명현공주가 소운성을 보고 반하 여 황제에게 요청하여 소운성에게 사혼교지를 내린다. 소운성이 못마땅하 게 생각하고 명현공주를 소박 놓는다. 명현공주가 형씨를 연못에 빠뜨려 죽이려고 하고, 소운성의 창기를 죽이고, 요약을 구해 소운성의 마음을 돌려보려 하나 실패한다. 명현공주가 화병으로 죽고 만다. 형씨가 소부로 돌아오고 이후 소운성의 호방한 성벽으로 형씨가 다소 힘들어하기도 하나 점차 화락한다.			

(라)유형은 영웅호걸형 남성인물과 요조숙녀형 여성, 투기요부형 이 결합된 것이다. 장편가문소설에서 이 유형의 사례가 빈번하게 등장한다. 이 경우 요조숙녀형 여성은 투기요부형 여성의 모해와 남편의 영웅호걸형 성벽 때문에 이중으로 수난을 겪는다.

『소현성록』 연작의 소운성 서사에서 투기요부형 인물인 명현공주가 회병으로 죽어 서사가 간단히 끝난다. 하지만 다른 장편가문소설의 이 유형에서는 투기요부형 인물이 죽지 않고 극심한 모해를 하다가 출거되는 경우도 있고, 출거 후 개가하는 경우도 있다. 작품마다 이후 서사에서 조금씩 차이를 보이고 있다. 『소현성록』 연작의 경우는 반동인물인 명현공주가 죽음으로써 관련 서사가 끝나고 만다.

(라) 유형에서는 투기요부형 인물이 요조숙녀형 인물을 모해하고 영웅호걸형 남편의 성벽이 이에 가세하여 요조숙녀형 인물의 수난이 극대화된다. 요조숙녀형 여성들은 수난을 감내하며 인고의 시간을 보내며 결국 투기요부형 인물의 모해가 드러나면서 가문에 복귀한다. 투기요부형 여성은 요조숙녀형 인물을 모해하다가 결국 발각되어 출거된다. 이러한 유형의 서사를 통해 일부다처가 허용되는 가문에서 여성들의 투기가 얼마나 심각한 결과를 초래하는지를 보여주며, 여성의 음란함이 얼마나 큰 죄악인지를 은연중에 강조하고 있다. 장편가문소설이 유교의 가부장제를 옹호하면서 이를 여성들에게 유교 이념을 교육시키고 교화하려는 수단적 기능이 있음을 확인할 수 있다.

⑥ (라)' 유형의 서사 전개

(라)' 유형은 여군자형 인물이 결합된 유형이다. 여군자형 인물은 덕을 갖추었으나 박색인 이유로 남편에게 소박을 당한다. 하지만 여군자형 인물은 남편의 재취를 받아들여 자신의 덕을 드러내며 가문에서 자리매김하는 인물이다. 여군자형 인물은 주로 영웅호걸형 인물과 결합하면서 자신의 후덕함을 드러내어 존재를 부각시킨다.

여군자형의 인물이 정인군자형의 남성과 결혼하였을 경우에는 큰

(라)' 유형	영웅호걸(B) – 여군자(C') – 요조숙녀(C): 혼사장애담		
예상되는 간략 서사	영웅이 결혼을 했는데 아내가 덕은 있는데 너무 박색이라고 괴로워한다. 그러자 여군자형의 아내가 영웅의 재취를 인정한다. 영웅이 숙녀를 재취하고 화락한다. 여군자형 아내는 덕을 갖춘 인물로 평가받는다.		
예상되는 서사	①영웅이 가문 어른들의 주선으로 여군자와 결혼함 ②영웅이 여군자가 박색임을 알고 괴로워함 ③여군자가 영웅에게 과거 급제하여 재취할 것을 권함 ④영웅이 과거 급제하고 요조숙녀를 재취함 ⑤여군자가 이를 받아들이고 화락함		
작품 속 실제 서사의 예	임씨삼대록	임유홍 영웅호걸	등소저 여군자형	최소저 요조숙녀형
	임유홍은 임유린의 둘째 아들로 애욕추구 성향이 강하다. 임유홍이 등헌의 딸 등소저와 결혼하나 박색인 등소저에게 실망한다. 임유홍이 기생들과 어울리며 방탕하게 지내자 등소저가 과거에 급제하여 명문거족의 요조숙녀 를 재취하라고 조언한다. 임유홍이 등소저의 말에 따라 학업에 정진하여 과거에 급제한다. 등소저가 최씨라는 요조숙녀를 둘째 부인으로 맞이하라 고 추천한다. 임유홍이 이에 감사하며 최씨를 빈실로 맞이한다. 임유홍이 최씨, 등소저와 화락하며 지낸다.108)			

문제가 발생하지 않는다. 하지만 영웅호걸형의 남성과 결혼하였을 경우에는 문제가 생긴다. 이 유형의 남성들은 애욕추구 경향이 강하므로 갈등이 생기는데 대부분 재취를 위해 과거 급제를 목표로 정진한다. 여군자형 인물은 남편의 재취를 인정하면서 덕성을 드러내고는 서사에서 사라진다. 이 인물형이 생성하는 서사의 편폭이 제한되어 있으므로 잠시 부각되었다가 사라진다. 이 유형의 인물은 단독으로 인물 결합 유형을 형성하기도 하지만 다른 인물의 결합에 잠시 덧붙어 나왔다가 사라지는 경우도 있다. 그러한 사례는 『소현성록』 연작의 소운명－임씨 서사에서 확인할 수 있다. 이 결합에서 임씨가 여군자형 인물인데 소운명이 임씨가 박색이라 괴로워하고 창기들과

---

108) 『임씨삼대록』 권39~40의 내용으로 조혜란·정언학 역주, 『임씨삼대록』 5, 소명출판,
　　 2010, 199~227쪽을 요약한 것이다.

어울린다. 창기들이 임씨의 박색을 비웃자, 임씨는 두 창기들을 엄벌에 처할 것을 요청하여 두 창기는 엄벌에 처해진다. 그 후 소운명이 재취하게 되자 이를 묵묵히 받아들이면서 자신의 덕성을 드러낸다. 소운명이 여러 명의 여성과 결혼하여 처처 간의 갈등이 생겨도 임씨는 그러한 갈등에 휘말리지 않고 자신의 본분을 지키며 살아간다. 여군자형 인물의 서사는 여성의 투기하지 않는 덕을 부각시키는 기능을 하고 있다. 이 기능을 다한 후 여군자형 인물은 서사에서 사라지고 만다.

⑦ (마) 유형의 서사전개

〈표 19〉 (마) 유형의 서사전개

(마)유형	영웅호걸(B) - 요조숙녀(C) - 소인(탕자)(E): 소인모해담, 출정담	
예상되는 간략 서사	소인(탕자)은 영웅에 대해 열등감을 가지고 있으며 영웅과 숙녀 사이를 방해하기 위해 숙녀를 간부로 모해하기도 하고 영웅을 역적으로 모해하기도 하나 진실이 밝혀져 소인이 징벌을 받아야 하는데 영웅의 아량으로 소인은 개과천선한다.	
예상되는 서사	①영웅이 숙녀와 혼약함 ②소인(탕자)이 숙녀와 결혼을 못 하게 되자 숙녀를 음부라고 모해함 ③영웅이 숙녀를 의심하고 출거함 ④출거된 숙녀가 납치될 위기에 처함 ⑤조력자의 도움으로 속세와 단절된 공간에서 수학함 ⑥영웅이 역모죄에 몰려 위기에 처하자 숙녀가 등문고를 울려 모해임을 밝힘 ⑦소인(탕자)의 모해가 밝혀져 징벌 받게 되자, 영웅이 황제에게 선처를 호소함 ⑧소인(탕자)은 영웅에게 고마워하며 개과천선함	유형적 화소 ②간부서, 개용단, 치독, 요예지물, 자객 ④투강, 납치 ⑤수학 ⑥등문고
작품 속 실제 서사의 예	<table><tr><td rowspan="2">조씨삼대록</td><td>조유현</td><td>정씨/이씨</td><td>설강</td><td>강씨</td></tr><tr><td>영웅호걸</td><td>요조숙녀</td><td>소인(탕자)모해</td><td>투기요부</td></tr></table>영웅호걸형 조유현과 요조숙녀인 정소저의 혼약이 성사된다. 설강은 조유현의 친구이기도 하지만 정소저에게 마음이 있었는데 조유현의 아내가 된다고 하니 속상해하며 정소저를 모해할 생각을 한다. 설강이 유현에게 정소저의 음란함에 대해 말하자 유현이 정소저를 박대한다. 유현은 영웅호걸형 남아라 다른 여성들에게 관심이 많고 이어 강씨를 보고 반하여 재취하고자 한다. 과거에 급제하여 강씨와 결혼하고자 한다. 황제는 설강과 유현의 글제를 시험하는데 이 과정에서 유현의 우월함이 입증되자 설강은 유현에게 열등감을 가지고 유현을 모해할 생각을 한다. 유현에게 상으로 조씨와 결혼하라는 사혼교지가 내려진다. 유현이 정소저의 정절을 의심했으나

(마)유형	영웅호걸(B) - 요조숙녀(C) - 소인(탕자)(E): 소인모해담, 출정담
	항상 단정한 정소저의 모습을 보며 차츰 설강의 말에 의구심을 갖게 된다. 이전에 강씨가 유현을 보고 상사병이 걸리고 사혼교지를 받아 내어 결국 유현과 결혼한다. 이외에 유현은 이씨와도 결혼한다. 강씨는 유현의 다른 처들을 하나씩 모해하는데 정씨와 이씨를 집중적으로 모해한다. 강씨는 간부서를 만들고 자객을 들여 정씨를 모해한다. 이것을 설강도 알고 있다. 설강이 유현에게 자객사건에 대해 묻자 유현이 설강을 차츰 의심하고 정씨 오빠와 이야기 도중 설강이 정씨를 모해한다는 사실을 알게 된다. 계속된 강씨의 모해로 정씨가 출거되고 출거되는 정씨를 설강이 사람을 시켜 납치하려 하자 정씨가 강물에 빠져 자결을 시도하고 정씨의 시비 경홍이 대신 집혀간다. 정소저는 정릉사 이고에게 구출되어 숨어 지낸다. 설강이 유현을 모해하려고 개용단을 먹고 유현으로 변해 황제가 총애하는 난교를 희롱한다. 난교가 이를 황제에게 고하고, 간신들이 상소를 올려 유현이 운남으로 귀양가게 된다. 정씨의 시비와 이씨의 시비가 합심하여 억울함을 알리는 등문고를 울려 설강과 강씨의 모해 전모가 드러난다. 유현은 해배되고 설강은 사형에 처해지게 되는데, 유현의 부친 조성이 간곡히 청하여 설강은 운남으로 귀양가게 된다. 설강은 개과천선하고 유현은 그 후에도 여러 여성들을 아내로 맞이하는 우여곡절 끝에 결국 정씨와 화락하게 된다.[109]

(마) 유형의 서사로 『조씨삼대록』의 조유현-정씨-설강의 조합을 들 수 있다. 이 유형은 투기요부형 인물 강씨가 결합되고, 요조숙녀형 이씨와 경씨가 더 결합된 형태로 (차) 유형에 속한다고 할 수 있다. 하지만 투기요부형 인물의 모해는 기본형 (라)에서 다루었기에 소인(탕자)형 인물이 부각되는 (마) 유형에 넣어서 간단히 살펴보기로 한다.

이 유형에서는 설강이라는 소인(탕자)형 인물의 유형적인 서사를 확인할 수 있다. 설강은 조유현과 친구인데 조유현의 아내 정씨를 간부로 모해하고 유현마저도 반역을 도모했다며 모해를 한다. 이것은 설강이 평소 마음에 둔 정씨가 조유현과 결혼하게 되자 시기심에서 발원한 것이다. 게다가 황제 앞에서 글짓기를 하면서도 조유현의

---

109) 이는 조유현-정씨-이씨-강씨-조씨-경씨-설강의 서사로 『조씨삼대록』 권1~권17에 나오는 내용 중 설강과 관련된 부분을 요약한 것이다. 또한 김문희·정선희·조용호 역주 『조씨삼대록』 1~3(소명출판, 2010)의 내용을 요약한 것이다.

월등한 실력과 비교당하자 설강은 열등감에 사로잡힌다. 설강은 조유현에 대한 열등의식의 발로로 조유현과 그의 아내 정소저를 모해한다. 그런데도 설강은 조유현의 관용과 아량으로 결국 개과의 기회를 부여받고 개과천선한다. 이 같은 사례는『명주보월빙』의 구몽숙의 경우에서도 확인된다. 구몽숙이 정천흥의 아내 윤명아를 간부로 모해하고 윤명아의 동생 윤현아를 납치하려다가 윤희천의 아내가 될 하영주를 납치하여 기물로 삼으려 했고, 윤광천, 윤희천 형제를 암살하려 했고, 정천흥을 역모로 몰아 정씨 가문을 몰살시키려 한 인물이다. 그럼에도 정천흥은 구몽숙의 능력을 높이 평가하며 선처할 것을 황제에게 요구한다. 구몽숙은 정천흥의 관용으로 유배 후 관직을 부여받는다. 이런 면에서 설강과 거의 같은 인물이다. 장편가문소설에서 능력 있다고 판단되는 남성인물에 대해서 관용적인 태도를 보임을 확인할 수 있다. 그러나 여성이나 신분이 낮은 사람에 대해서는 이런 모습이 발견되지 않는다. 장편가문소설이 다분히 남성 중심적인 가부장제를 기반하고 있기에 이러한 현상이 나타나는 것으로 보인다.

⑧ (바) 유형의 서사전개

(바) 유형은 영웅호걸형 남성인물에 계모형 인물이 결합된 형태이다. 계모형 인물은 대체로 정인군자형의 남성인물과 결합하여 풍성한 서사를 형성한다. 이는 계모형 인물의 모해에도 끝까지 효를 다하는 정인군자형 인물의 인품과 덕성을 드러내는 것으로 서사가 전개되기 때문에 정인군자형 인물과 결합되는 경우가 많다. 계모형 인물이 영웅호걸형 인물과 결합될 때는 주로 여성주동인물의 계모인 경우로 설정되고, 여성인물의 혼사를 방해하다가 실패하여 서사에서

〈표 20〉 (바) 유형의 서사전개

(바)유형	영웅호걸(B) - 요조숙녀(C) - 계모(F): 계모모해담, 혼사장애담	
예상되는 간략 서사	이 조합일 경우 계모형 인물은 주로 숙녀의 계모로 설정된다. 주로 숙녀의 혼사장애 서사가 전개된다.	
예상되는 서사	①영웅과 숙녀의 혼약이 이루어짐. ②숙녀의 계모가 숙녀의 남동생을 모해하고 혼사를 방해하려 함 ③숙녀의 부친이 병으로 죽거나 외직 근무로 집을 비움 ④계모가 자기 조카와 숙녀를 강제 결혼시키려 함 ⑤숙녀가 남복을 입고 집을 나옴 ⑥숙녀가 위기에 처하자 물에 몸을 던짐 ⑦조력자의 도움으로 영웅을 만나 결혼함 ⑧계모가 요부를 영웅의 아내가 되게 함 ⑨요부가 숙녀를 모해하여 숙녀가 출거됨 ⑩모해의 진상이 밝혀지고 숙녀가 복귀함	유형적 화소 ①치독, 기아 ⑤남복개착 ⑥투강 ⑧사혼 ⑨간부서, 개용단, 치독, 요예지물, 저주사, 자객

현몽쌍룡기	조무	정씨	박씨	박수관	금선공주
	영웅호걸	요조숙녀	계모	소인(탕자)모해	투기요부

작품 속 실제 서사의 예

호방풍정한 성품의 조무와 요조숙녀인 정소저의 혼약이 이루어진다. 정소저의 부친 정세추는 용렬하고 계모 박씨는 정씨와 정씨의 남동생을 모해한다. 외조부 석공이 두 남매를 정부로 데려간다. 계모 박씨가 정공이 와병 상태라며 정소저를 정부로 오라고 부른다. 정소저를 자신의 조카 박수관과 강제 결혼시키려는 모략이다. 이를 알게 된 정소저는 피신하나 도중에 도적을 만나 강물에 몸을 던진다. 뱃놀이 나온 조무 형제가 이를 구하고, 약혼자임을 알고 혼사가 이루어진다. 박씨가 박귀비의 딸 금선공주와 조무를 결혼시키라도 충동질한다. 조무는 사혼교지를 받고 억지로 결혼하나 공주와 불화한다. 박씨의 친척이 정소저를 모해하는 상소를 올려 출거 당한다. 친정으로 가는 도중 양세에게 납치될 뻔하나 시비 벽란이 대신 납치된다. 정소저는 외가에 몸을 숨기고 있는데 동생 정공자가 부친을 살해하려 했다는 모해를 받게 되자, 정소저가 등문고를 올려 정공자의 억울함을 호소하고 결국 이 과정에서 계모 박씨의 모해가 만천하에 드러나게 된다. 박씨와 연루된 일들이 밝혀지고 악인들이 처단되고 나서, 정소저는 조부로 복귀하고 화락한다.[110]

사라지거나 다른 인물과 모의하여 여성인물을 모해하는 것으로 드러남을 확인할 수 있다. 만약 영웅호걸형 인물에게 계모형 인물이 모해를 가한다면 영웅호걸형 인물은 특성상 계모의 모해를 당하고만 있지는 않을 것이다. 장편가문소설 작품에서도 영웅호걸형 인물

---

110) 이는 조무-정씨-금선공주-박부인의 서사를 요약한 것으로 『현몽쌍룡기』 전체 내용 중 조무와 정씨의 내용을 요약한 것이다. 김문희·조용호, 장시광 역주, 『현몽쌍룡기』 1~3, 소명출판, 2010을 요약한 것이다.

의 계모가 직접적으로 영웅호걸형 인물에게 모해를 가하는 내용은 발견되지 않고 있다.

『현몽쌍룡기』의 조무-정소저-박씨의 서사는 계모 박씨와의 관계만 고려했을 경우이다. 조무의 경우는 금선공주라는 투기요부형의 인물이 결합되어 더 복잡한 서사가 전개된다. 사실 이 유형은 (하)에 해당하는 유형이다. 정소저의 계모 박씨는 조무와 정소저의 결혼을 방해하기 위해 박수관이라는 인물과 강제 결혼시키려 하다가 실패하자 이번에는 자기 친척 금선공주를 조무와 결혼하게 하여 조무와 정소저 사이를 방해한다. 그 후에도 지속적으로 정소저를 모해한다는 점에서 다른 계모들과 차이를 보인다.

지금까지 인물의 결합에 따른 서사 구성의 원리와 여섯 가지 유형별 서사 전개의 양상을 살펴보았다. 장편가문소설의 서사는 주로 반동인물군이 주동인물군을 모해하면서 전개된다. 반동인물군이 주동인물에게 어떤 모해를 가하는지는 장편가문소설에서 중시하는 주제의식과 더불어 생각할 수 있다. 장편가문소설에서 중시하는 유교 이념은 충, 효, 열이다. 반동인물들은 주동인물들이 충, 효, 열에 위배되는 일을 했다고 모해한다.

예를 들면, 주동인물과 정치적 견해를 달리하며 주동인물에게 경쟁의식을 느끼는 소인(탕자)형 인물의 경우는 주동인물이 국가에 불충한 행동을 하고, 집안 어른에게 불효를 저질렀다고 모해한다. 계모형 인물은 전실자녀를 모해하는데, 전실자녀 중 혼약만 하고 결혼식을 올리지 않은 딸이 있을 경우, 딸에게 치명적인 결함이 있다고 모해하거나 다른 사람과의 늑혼을 강행하여 혼사장애를 일으킨다. 한편 전실자녀 중 아들들에게는 불효를 문제 삼아 모해를 가한다. 이럴 경우 집안에 자객을 들게 하여 전실 자식이 계모형 인물인 자신을 죽이려 했다는 누명을 씌워 강상 대죄인으로 몰아가는 예를 들 수 있다. 투기형 인물의 경우는 요조숙녀의 열이나 효를 의심하게 하는 모해를 꾸며 해를 입히는 경우가 많다. 이 요조숙녀의 열을 의심하게 하는 일련의 모해로 장편가문소설에 유형적인 서사로는 간부 모해사건을 들 수 있다. 이는 요조숙녀를 간부로 몰아가는 모해로 개용단이라는 약물을 이용해 요조숙녀가 간부와 밀회하는 상면을 연출하여 모해하는 것, 요조숙녀의 필체를 위조하여 간부에게 보내는 편지를 작성하는 것, 집안에 자객이 들어 웃어른에게 상해를 입히고 도망가며 간부서가 든 주머니를 던져 요조숙녀를 모해하는 것 등을 들 수 있다. 또한 요조숙녀가 웃어른의 음식에 독을 넣거나 침소 주변에 저주물과 저주의 글을 묻었다고 모해하여 강상대죄를 범한 죄인으로 몰아 출거하게 만드는 모해가 장편가문소설 작품에서 자주 등장한다.

반동인물군의 모해가 (가)~(바)의 기본형에서는 단순하게 나타나지만, (사)~(하)와 같이 복합적으로 나타나는 경우로 나누어 볼 수 있다. 각각의 유형별로 어떤 서사가 전개될지 예상할 수 있다. (가)는 투기요부형 인물이 요조숙녀를 모해하는 서사를 예상할 수 있다. (나)는 소인(탕자)형 인물이 정인군자형 인물이나 요조숙녀형 인물을 모해하는 서사를 예상할 수 있다. 요조숙녀에게는 정절을 의심하게 하는 모해나 정인군자형 인물에게는 강상대죄를 범했다거나 반역죄를 지었다는 모해를 할 수 있다. (다)는 계모형 인물의 모해를 예상할 수 있다. 계후 문제와 관련하여 정인군자형 인물을 없애거나 괴롭히는 서사가 예상되고, 요조숙녀형 여성은 정인군자형 인물의 아내로 더불어 모해를 받게 된다. (라), (마), (바), (사)의 경우는 반동인물들이 합세하거나 각각의 모해를 동시다발적으로 가하는 모습이라 할 수 있다. 이러한 모해 서사는 작품에 따라 조금씩 정도의 차이는 있지만 기본 서사는 유사하다.

(라)~(바), (차)~(타), (하)는 영웅호걸형 인물과 결합된 양상으로 영웅호걸형 인물은 정인군자형의 인물과 달리 반동인물이 요조숙녀형의 인물을 모해하는 것을 쉽게 믿고 의심하는 경향이 있다. 이 유형에서 요조숙녀형 인물은 반동인물의 모해로도 수난을 받지만 영웅호걸형 남편의 성정 때문에 수난을 겪게 된다. 또한 주목할 것은 여군자형과 추부형 인물은 부부조합에서 동시에 나타나지 않는다는 점이다. 여군자형 인물은 외모보다는 덕을 앞세우고 강조하기 위해 잠시 서사에 등장하는데 여군자형 인물의 덕성을 부각시킨 후에는 작품 속에서 거의 드러나지 않는다. 추부형 인물은 외모도 덕도 모두 부족한 인물로 가문에서 추물로 여겨지고, 덕을 본받으며 점차 교화되는 모습을 보여준다. 또는 투기요부형 인물에게 이용당한 후, 죽임을 당하기도 한다. 교화되어 가문의 인물로 조용히 살아가거나 모해에 이용당했다가 죽임을 당하기도 한다. 추한 외모의 인물인 여군자형과 추부형 인물은 가문에서 환영받지 못하는 인물이라는 점에서 공통적이다. 가문이 포용할 수 있는 덕성을 갖추면 가문에 인정을 받고 살아가는 것이고, 덕성을 갖추지 못하면 가문에서 퇴출되고 만다.

이와 같이 장편가문소설에서는 유형적 인물이 결합하면서 이들 사이에서 벌어지는 모해담, 혼사장애담 등의 복잡한 서사가 형성되어 감을 확인할 수 있다.

(5) 2단계: 단위담의 형성 - 인물 간의 갈등에서 생성되는 서사

앞서 살핀 인물 간의 결합에서 생성되는 단위담 외에도 주동인물
과 반동인물의 갈등 관계 속에서 생성되는 서사를 생각할 수 있다.
장편가문소설에서 인물 간의 갈등에서 생성되는 단위담을 〈표 21〉
과 같이 정리할 수 있다.

〈표 21〉 인물 간의 갈등에서 생성되는 단위담

유형적 인물 간의 갈등		갈등 양상	유형적 단위담
반동인물	주동인물		
소인(탕자)형 인물	정인군자, 영웅호걸형	정치적 갈등	간신모해담
소인(탕자)형 인물	정인군자, 영웅호걸형 인물	외적의 침입	출정담
계모형 인물, 소인형 인물	정인군자, 영웅호걸형 인물	계후 갈등, 형제 갈등	계모모해담
반동인물	주동인물	계후 갈등, 처처 갈등, 계모 모해 등으로 인한 혼사 갈등	혼사장애담
투기요부형 인물	요조숙녀형 인물	처처(첩) 간 갈등	처처모해담

〈표 21〉에서 갈등은 주동인물과 반동인물 사이에서 발생한다. 간
신모해담은, 반동인물로 소인형 인물에 속하는 간신이 충신인 정인
군자형, 영웅호걸형의 남성주동인물과 갈등을 일으키는 것인데 이
때의 갈등은 대부분 정치적인 갈등과 관련이 있다. 이 경우 간신에
해당하는 반동인물이 남성주동인물을 반역죄를 저지른 것으로 무고
하여 모해하는 서사가 형성된다.[111] 이 같은 모해로 남성주동인물은

---

111) 『명주보월빙』의 구몽숙은 정부의 사람들을 역모로 모해했고, 김탁·김후 부자는 하부를
역모로 모해하여 가문을 위기에 처하게 만든다. 소인(탕자)형 인물은 남성주동인물을
간신, 역적으로 몰아가는 서사가 자주 등장한다.

유배를 떠나거나 사형위기에 처하는데 갑자기 외적의 침입이나 반란군의 침입으로 국가적 위기에 처해지고 이를 구하기 위해 주동인물이 출정하는 서사가 나온다. 이 출정의 기회로 남성주동인물은 국가의 위기를 면하게 하고 이 과정에서 그동안의 억울함도 밝혀진다. 결국 간신에 해당하는 반동인물이 남성주동인물을 역적죄로 몰아서 모해를 하는 간신모해담은 후에 출정담을 동반하면서 남성주동인물이 다시 명예를 되찾게 되는 것으로 마무리 짓는다.

계모형 인물의 서사는 주동인물을 향해 계모 모해가 일어나는데 주로 가부장이 부재하거나 요약에 중독되어 올바른 판단을 내리기 힘든 경우에 가해진다.[112] 이때 계모형 인물이 모해를 가하는 인물은 전실 자식들이다. 특히 종통이 될 아들에게는 독을 먹이거나 납치하여 먼 곳에 버리는 등의 모해를 가하고, 딸에게는 혼사를 방해하는 일을 저지른다. 계모모해담으로 전실 자식들에게 독약을 먹이거나 구타하거나 요예지물을 묻어 모해하는 등의 각종 모해 서사가 나타난다.[113] 하지만 온갖 모해에도 전실 자식들은 계모형 인물에 대해 효를 다하여 계모형 인물을 개과시킨다.

온갖 유형의 반동인물들이 주동인물에게 공통적으로 가할 수 있는 모해로 혼사장애를 들 수 있다. 소인(탕자)형 인물은 주로 요조숙녀형 인물을 마음에 두고 있었는데 자신과 결혼할 수 없게 되자 요조숙녀형 인물을 간부라고 모해하며 결혼을 방해한다.[114] 계모형 인물

---

112) 『명주보월빙』의 윤부에서 위·유부인의 계모 모해는 가부장인 윤추밀이 집을 비운 사이이거나 윤추밀이 요약에 중독되었을 때 주로 발생한다.

113) 『명주보월빙』에서 위·유부인의 모해에서 이 같은 양상을 발견할 수 있다. 『소현성록』의 소운경의 아내 위씨의 계모 방씨가 위씨의 남동생에게 모해를 가할 때도 이와 같은 계모모해가 나타난다.

114) 이러한 서사는 『명주보월빙』의 구몽숙이 윤명아와 윤현아를 간부라고 모해하며, 『조씨

은 자신의 친척과 요조숙녀형 인물을 강제 결혼시키려는 계략을 꾸미면서 결혼을 방해한다.115) 투기요부형 인물은 이미 혼약이 성사된 남성주동인물과 결혼하기 위해 사혼 교지를 받아내면서 결혼을 방해한다.116) 이같이 혼사장애와 관련한 서사는 다양하게 발견되고 있다. 투기요부형 인물이 요조숙녀형 적국을 모해하는 처처 간의 모해 서사는 장편가문소설에서 자주 등장하는 서사이다. 이들 인물 간의 갈등 구도에서 형성되는 단위담을 파악하게 되면 다른 장편가문소설 작품을 읽을 때 서사의 전개를 쉽게 예측할 수 있다.

(6) 3단계: 단위담의 배열 방식, 장편화의 원리

장편가문소설의 단위담이 결합하면서 장편의 서사가 형성된다. 이때 각각의 단위담이 결합되는 원리는 시간의 흐름에 따라 순차적으로 진행되는 방식과 동시에 일어나는 사건을 여러 개의 층위를 만들어 배열하는 동시사건 배열 방식으로 나눌 수 있다. 순차적 진행 방식을 따른 대표적인 작품이 『소현성록』 연작이다. 이 작품은 하나의 단위담이 완전히 끝나고 나서 다른 단위담이 전개된다. 예를 들자면, 소현성의 첫째 아들의 혼사담이 끝이 난 후, 다음에 둘째 아들, 셋째 아들 식으로 순차적으로 전개된다. 각각의 독립된 서사가 꼬리를 물고 연결되는 방식이다. 〈그림 7〉처럼 표현할 수 있다. 이러한

삼대록』에서 설강이 정씨를 간부라고 모해하는 데서 찾을 수 있다.

115) 이러한 서사는 『명주보월빙』의 위태부인이 윤명아를 위방과 강제 결혼시키려고 한 것, 유부인이 정혜주를 황태자의 후궁으로 간택되기 한 것 등을 들 수 있다.

116) 『소현성록』 연작의 명현공주, 『현몽쌍룡기』의 금선공주, 『명주보월빙』의 문양공주가 모두 사혼 교지를 통해 억지로 결혼을 하는데 모두 남성주동인물에게 소박을 맞고 만다.

방식은 단순하지만 장편화의 원리로서 생산적이다.

<그림 7> 순차적인 서사 진행 방식

　『유씨삼대록』도 이와 같은 서사진행 방식을 따르고 있다. 『유씨삼대록』을 예를 들어 보겠다. 『유씨삼대록』은 유우성과 이명혜의 자녀들의 혼사담과 결혼 후 부부 갈등담이 순차적으로 서사가 전개된다. 권1에서 권5까지 5자 3녀의 유세기, 유세형, 유세창, 유세경, 유설영, 유현영, 유옥영, 유세필의 혼사담과 부부 갈등담이 순차적으로 전개된다. 권6에서 권8까지 이들의 부부 갈등담이 심화되는 수준에서 순차적으로 제시되고 해결된다. 권9부터 권18까지는 유세기, 유세형, 유세창 등의 자녀들의 결혼담과 부부 갈등 서사가 나온다. 권19부터 권20까지는 등장인물들의 죽음이 순차적으로 제시되어 있다. 『유씨삼대록』은 시간의 흐름에 따라 순차적으로 서사가 전개된다. 이렇듯 시간의 흐름에 따라 서사가 순차적으로 전개되는 것을 순차적인 배열 방식이라고 명명했다. 이러한 구성은 단선으로 길게 늘어선 형태를 구성하며, 장편화된다.

　동시사건 배열 방식[117]은 동시에 다른 장소에서 일어난 일이 전개되므로 시간의 역전현상이 나타난다. 이 방식은 『창선감의록』에서 발견된다. 『창선감의록』이 다른 장편가문소설에 비해 분량이 적음에도 읽기 어려운 것은 서사 방식이 동시사건 배열 방식이 쓰여 시간의

---

117) 박상석, 앞의 논문, 321~355쪽.

역전이 일어나기 때문이다. 동시사건 배열 방식은 여러 가문이나 인물들이 각각의 서사를 동시에 전개해 나갈 때 발견되는 서사배열 방식이다. 이 배열 방식은 같은 시간 축에 다른 장소에서 일어난 일들을 서술해야 하므로 시간의 역전 현상이 일어난다. 『명주보월빙』 과 같이 윤, 하, 정 세 가문의 서사를 다루는 작품에서도 동시사건 배열 방식이 발견된다.

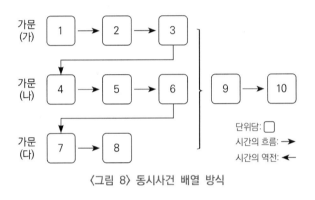

〈그림 8〉 동시사건 배열 방식

〈그림 8〉을 보면 1~3까지는 가문 (가)에 대한 서사가 순차적으로 진행된 것이다. 3에서 4로 가는 것의 의미는 시간을 1과 같은 시간 축으로 거슬러 올라가서 가문 (나)와 관련한 서사가 순차적으로 진행된다는 의미이다. 4~6까지 순차적으로 가문 (나)에 대한 서사가 전개되다가 6에서 7로 가면서 시간이 1 또는 4와 같은 시간으로 거슬러 올라가 가문 (다)와 관련한 서사가 7~8까지 전개된다. 결국 1, 4, 7은 같은 시간이지만 작품에서 서술된 순서는 1이 가장 먼저이고 다음 4이고 그 다음이 7인 것이다. 가문 (가)의 서사가 1, 2, 3의 시간의 순서에 따라 전개되다가 장면이 전환하여 가문 (나)의 서사가 시작되는데 이때 시간의 축이 서사 1과 같은 시간 축으로 거슬러

올라가 서사 4가 전개된다. 가문 (나)의 서사가 4, 5, 6의 시간의 순서에 따라 전개되다가 장면이 전환되어 가문 (다)의 서사가 전개되는데 이때 시간의 축이 다시 1, 4와 같은 축으로 거슬러 올라가 서사 7, 8이 전개된다. 다음으로 9에서는 가문 (가), (나), (다)의 인물들이 모여 이들의 서사가 전개되는데 9, 10의 순으로 전개된다. 이같이 장편가문소설의 서사 전개에는 여러 가문이 등장하므로 같은 시간 축에서 여러 가문의 서사가 전개되어 시간의 역전 현상이 나타나는 다소 복잡한 양상을 띠게 된다.

지금까지 장편가문소설의 서사 형성의 원리를 단계적으로 제시해 보았다. 장편가문소설의 서사 형성 원리의 1단계는 유형적 인물이 유형적 화소와 결합하면서 유형적 인물 관련 서사를 형성하고, 2단계는 유형적 인물이 결합하면서 인물 간의 갈등에서 단위담이 형성되는 과정을 제시했다. 3단계는 2단계에서 형성된 단위담이 모여서 장편화하는 과정을 제시했다. 독자들이 이러한 서사형성의 과정을 장르지식으로 익히고 작품을 읽어나가게 되면, 작품을 읽으면서 등장하는 인물의 유형에 따라 그리고 인물의 결합 양상에 따라 서사가 어떻게 전개될지를 예측할 수 있고, 예측한 내용과 실제 전개된 서사와 예측한 내용을 비교하면서 읽을 수 있다. 이러한 서사의 예측과 확인 과정을 통해 독자들은 장편가문소설 읽기의 즐거움을 경험할 수 있다.

3) 주제 파악을 위한 장르지식

장편가문소설의 주제를 파악하기 위해서는 작품이 창작·향유되던 당시 시대 상황에 대한 이해가 필요하다. 문학작품에는 작품이 창작되고 향유되던 당시의 시대상과 지배이념이 반영되어 있기 때문이다. 장편가문소설도 마찬가지이다. 이 책에서는 장편가문이 창작되고 향유되던 시대 상황과 당시의 지배 이념, 장편가문소설이 창작될 수 있었던 당시 독서 문화와 작자, 독자층을 주목했다. 특히 장편가문소설을 읽는 현대 독자들이 알아야 할 맥락으로 작품이 창작된 당시의 시대정신과 향유층을 중점적으로 다루었다. 장편가문소설이 창작될 당시의 시대정신은 작품 속에 반영되어 주제의식과 결부되며, 향유층의 성향은 작품의 내용과 주제를 형성하는 데 많은 영향을 주기 때문이다. 따라서 이 책에서는 장편가문소설이 창작되고 향유되던 당시의 시대정신과 향유층에 대한 일련의 지식을 제시하여 현대 독자들에게 장편가문소설에 대한 이해를 돕고자 했다.

(1) 창작 당시의 시대정신

장편가문소설이 출현하기 시작한 17세기는 임란 이후 봉건제의 모순이 도출되는 시기이다. 이에 대응하기 위해 사대부는 지배체제를 수호하기 위해 사상적으로는 예학을 통한 성리학적 이데올로기를 강화해 나간다. 예학의 발달은 17세기 후반 종통의 문제를 둘러싸고 기해예송(己亥禮訟, 1659)과 갑인예송(甲寅禮訟, 1674)을 초래하며 이것은 남인과 서인의 당파간이 정치적인 쟁투로 이어진다. 이 예송의 와중에서 동족문벌의식이 강화되고 가문 간의 결탁이 나타나면서 가문의식이 강화된다. 이런 사회적 변화의 흐름은 가족제도에도 변화를 초래해서 17세기 중반 이후에는 문중이 조직화되면서 가전과 족보의 편찬이 활발해지고, 상속제도, 봉사제도 등에서 변화가 생기며 가부장권이 제도적으로 강화된다.118) 또한 백성들을 성리학적 지배 이데올로기의 교화를 통하여 신분질서를 재정비하기 위해 국가에서는 대대적으로 정표(旌表)정책을 실시하고 『동국신속삼강행실도』를 편찬하여 민심을 수습하고 성리학적 지배체제를 공고히 했다.

이러한 가운데 임·병 양란 이후 열녀에 대한 담론이 활발히 일어났다. 이 시기 성리학적 지배 이데올로기의 강화를 위한 실천적인 방안으로 가문 중심의 가부장제적 질서의 강화에 초점을 두게 된다. 가문 내의 가부장의 권한을 확립하기 위해서는 가부장에 대한 절대복종이 필요한데 자손들에게는 효를, 여성에게는 부덕과 열을 강조하였다.

이러한 시대에 장편가문소설이 출현하게 되는데, 가문소설이란 가문의 구성원들이 여러 대에 걸쳐 주체에게 가해지는 장애를 극복하고 가문의 지속적인 발전과 창달이라는 목적을 수행하는 과정을 허구적으로 형상화한 한국 고전소설의 한 양식이다.[119] 따라서 당시의 시대 이념은 장편가문소설의 주제의식에 반영되어 작품으로 구현되기에 이른다. 즉 장편가문소설은 가문 차원에서 유교 이데올로기를 확립해 보려는 사대부들의 의식적인 노력에서 창작된 문학적 산물이었다. 장편가문소설에서 가문의 권력은 가부장에게 집중되고, 가문 내에 일부다처가 허용된다. 그러하기에 가문의 안정을 위해서는 가부장에 대한 절대 복종과 처처 간의 화목이 요구된다. 가부장에 대한 절대 복종을 이끌어내기 위해 자손들에게는 효의 이데올로기가, 여성들에게는 한 남편만 섬겨야 한다는 정절의 이데올로기가, 처처 간에는 투기를 해서는 안 되고 화목해야 한다는 화목의

---

118) 박영희, 앞의 논문, 243쪽.
119) 문용식, 앞의 책, 165쪽.

이데올로기가 강력하게 주입된다. 장편가문소설에서 자주 등장하는 길복(吉服)모티프[120]는 남편에게 순종하고 투기를 금지해야 한다는 이데올로기를 여성들에게 주지시키는 하나의 장치이다. 가부장 또는 가문의 어른에게 절대 복종해야 하는 효의 이데올로기가 국가의 차원으로 확장되면 충으로 발현된다.

이러한 충, 효, 정절, 화목 등은 가문에서 지향하는 유교의 이데올로기였고, 이것이 장편가문소설의 주요한 주제로 자리 잡는다. 이로써 장편가문소설이 '지배 이데올로기' 유포의 유력한 수단[121]으로서 역할을 한다. 장편가문소설이 형성될 당시 시대정신은 성리학적 지배이념의 공고화에 있었고 이러한 시대정신이 장편가문소설에 반영된 것이다. 따라서 장편가문소설에는 성리학적 유교이념인 충, 효, 열, 화목, 우애 등을 강화하고자 하는 시대정신이 반영되어 있고, 이것이 작품의 주제로 형상화되었다.

이러한 경향은 17세기 시대정신을 반영한 초기 장편가문소설의 경향이라 할 수 있다. 시대가 18세기로 가면서 17세기에 강조되었던 이념성에 차츰 균열이 드러나게 된다. 이는 작품의 주제로 충, 효, 열이 강조되지만, 반동인물들의 서사가 확장되면서 오히려 이들의 악행 속에 드러난 애정 추구욕이나 욕망이 당시 독자들의 '내면에 잠재되어 있는 본능을 일깨우는 역할'[122]을 하기에 이른다. 그리하여

---

120) 장편가문소설에서 남편이 다른 여인을 아내로 맞을 때 전처가 남편이 결혼식에 입을 예복인 길복을 만들어 바친다는 화소이다. 길복 모티프는 『소현성록』, 『명주보월빙』 등 여러 작품에 나오며 여성주동인물이 투기하지 않고 사덕을 두루 갖춘 인물이라는 점을 부각시키기 위해 나오고 있다.

121) 정길수, 「17세기 장편소설의 형성 경로와 장편화 방법」, 서울대학교 박사논문, 2005, 243쪽.

122) 장시광, 「조선후기 대하소설과 사대부가 여성 독자」, 『동양고전연구』 29, 동양고전학회, 2007, 172쪽.

자유로이 애정을 추구하고 여러 번 결혼한 여성들은 열을 지키지 못했기에 겉으로는 지탄의 대상이 되지만, 오히려 이들은 당시 여성들이 강고한 이념의 틀 속에서 결코 감행할 수 없는 행위를 행하면서 당시 독자들에게 대리 만족의 즐거움을 주었을 것으로 추측된다. 그리하여 장편가문소설의 주제는 충, 효, 열의 수호를 강조하지만, 또 한편으로는 이러한 이념을 강고하게 준수한다는 것이 얼마나 허망하고 비인간적이고 부자연스러운 것인지를 동시에 보여주고 있다.

결국 장편가문소설이 창작되기 시작했던 17세기는 성리학적 지배이념을 공고화하려는 시도가 지배계층에서 일어난 시기이다. 임·병양란으로 해이해진 성리학적 지배이념을 공고히 하기 위해 가문 차원의 결속을 다졌다. 그 실천 방안이 장자 위주의 가부장제의 확립을 통한 가권의 확립에 있었다. 가부장의 권위에 대해 자손들에게는 '효'라는 덕목으로, 부녀자들에게는 '열'의 덕목으로 절대 복종을 요구한 것이다. 이러한 시대정신이 장편가문소설에 반영되어 장편가문소설의 주제로 성리학적 유교이념인 충, 효, 열을 고취로 자리잡게 된 것이다.

(2) 독서 환경과 향유층

이제 장편가문소설이 출현하게 된 시대의 독서 환경과 향유층에 대해 살펴보겠다. 장편가문소설이 출현하게 된 데에는 이전 시기인 15~16세기의 중국으로부터 수입된 연의소설류도 장편가문소설의 출현에 영향을 주었을 것으로 여겨진다. 허균(1569~1618)이 「삼국지연의」를 비롯하여 수당, 양한, 제위, 오대잔당, 북송 등의 연의를 비평하고 있는 것이나, 홍만종(1643~1725)이 열국, 동서한, 제위, 오대,

당, 남북송 등 각 시대의 연의를 평가하는 데서도 짐작할 수 있다.[123)
또 조태억의 모친이 중국 연의소설인 『서주연의』를 읽고 있는 것,[124)
오희문의 『쇄미록』에는 1595년 1월에 『초한연의』를 번역하여 둘째
딸에게 받아쓰게 했다는 기록[125)으로 미루어 보아 중국 연의류 소설
의 수입과 번역이 활발했음을 짐작할 수 있다. 이러한 연의소설에
대해 임형택[126)은 이러한 연의소설은 우리 여성 일반의 생활환경과
정신수준에 비추어 흥미를 지속하면서 교양을 공급하는 매우 적합한
재료였으며 독자들의 다양한 요구를 만족시키기 위해서는 새로운
작품의 창작이 불가피했는데 이리하여 『창선감의록』과 같은 작품이
출현하게 된 것이라 여겼다.

중국에서 유입된 연의 소설, 재자가인소설의 영향과 소설의 장편
화의 경향, 부를 축적하여 경제적인 여유가 생긴 사대부들의 읽을거
리에 대한 욕구 등이 맞물려 장편가문소설이 출현하기에 이른다.
특히 사대부가 여성들의 독서 생활에 대해서도 주목해 볼 필요가
있다. 사대부가의 여성들이 장편가문소설을 향유했다는 사실을 기
록을 통해 확인할 수 있다.

먼저 작가에 대한 것으로 『완월회맹연』을 안겸제(1724~?)의 모친
전주 이씨(1694~1743)가 창작했다는 것[127)과, 『소씨명행록』을 이광

---

123) 김종철, 「장편소설의 독자층과 그 성격」, 『고소설의 저작과 전파』, 아세아문화사, 1994,
    442쪽.
124) 김종철, 앞의 글, 442쪽.
125) 이민희, 『조선을 훔친 위험한 책』, 글항아리, 2008, 243쪽.
126) 임형택, 「17세기 규방소설의 성립과 『창선감의록』」, 『동방학지』 57, 연세대학교 국학연
    구원, 1988, 127쪽.
127) "완월은 안겸제의 모친이 지은 것인데 궁중에 흘려 넣어 명성을 널리 떨치고자 함이었
    다(翫月 安兼濟母所著 欲流入宮禁廣聲譽也)."(趙在三, 『松南雜識』 「稽古類」 〈南征記〉條; 김
    종철, 「장편소설의 독자층과 그 성격」, 『고소설의 저작과 전파』, 아세아문화사, 1994,

사(1705~1777)의 아들 남매인 궁익·영익과 딸이 창작했다는 기록128)을 통해 사대부가 인물들이 장편가문소설 창작에 참여했음을 짐작할 수 있다. 한편, 권진응(1711~1775)의 모친 은율 송씨(1676~1737)가 『한씨삼대록』을 필사하고,129) 온양 정씨(1725~1799)가 『옥원재합기연』을 필사하였다는 기록130)을 통해서 사대부가 여성들이 소설의 필사에도 참여하였음을 알 수 있다. 조태억(1675~1728)이 「언서서주연의발」에서 그 모친 윤씨(1647~1698)가 『서주연의』 전집에서 한 권을 잃어버렸다가 다시 찾은 일을 기록한 것131)과 권섭(1671~1759)의 어머니 용인이씨(1632~1712)가 자손들에게 『소현성록』, 『조승상칠자기』, 『한씨삼대록』 등을 분배했다는 기록132)을 통해 장편가문소설이 사대부가를 통해 창작, 필사, 전승되었음을 알 수 있다. 이러한 현상은 사대부가에서 여성들이 장편가문소설을 향유하는 것을 호응해주었기 때문에 가능한 것으로 여겨진다.

사대부가 여성은 가부장제의 질서체제하에 예의범절과 일정 수준의 교양을 갖추어야 했는데 한글의 습득을 통해 제한된 교육이 행해졌다. 『여사서』, 『계녀서』, 『열녀전』 같은 수신서들이 읽혀졌고, 『창선감의록』, 『소현성록』 연작 같은 장편가문소설은 여성들의 소설 읽기의 욕구를 충족시켜 주면서도 유교 이념을 주입하는 수신서 역

445쪽 재인용)

128) 李裕元, 『林下筆記』 卷29 「諺書古談」; 김종철, 앞의 논문, 446쪽 재인용.

129) 權震應, 『山水軒遺稿』 卷十 「先妣淑人宋氏行狀」; 박영희, 「장편가문소설의 향유집단 연구」, 『문학과 사회집단』, 한국고전문학회, 1995, 325쪽 재인용.

130) 심경호, 「낙선재본 소설의 선행본에 관한 일고찰」, 『정신문화연구』 13, 한국학중앙연구원, 1990, 187쪽.

131) 趙泰億, 『謙齋集』 卷四十二 「諺書西周演義跋」; 김종철, 앞의 논문, 435~436쪽 재인용.

132) 權燮, 『玉所稿』 「雜著」 卷四 「先妣手寫冊子分排記」; 박영희, 앞의 논문, 322쪽 재인용.

할을 하는 읽을거리로 역할을 하였다.[133] 이렇듯 장편가문소설이 유교 이념을 주입하는 수신서 또는 교양서의 역할을 하였기 때문에 소설에 대한 비판을 빗겨가면서 여성들에게는 교양서 수준의 작품으로 읽혀지게 된 것이다.

장편가문소설이 주로 사대부가의 여성들의 교양서 수준으로 읽혀졌기에 작품의 내용은 다분히 지배이념을 옹호하고 순응하는 내용이 담기게 된다. 앞서 살폈듯이 성리학적 유교이념에 부응하는 가부장제의 확립을 위한 내용이 자리 잡게 된다. 이러한 가부장제가 작동되는 가문 내에서 생길 수 있는 문제는 누가 가부장이 되어서 가권을 장악하느냐 하는 계후 문제와 처처 간의 갈등에서 생기는 쟁총의 문제, 가문의 유지와 발전을 위해 다른 가문과 결연을 맺는 문제 즉 혼사 문제, 다른 가문과의 갈등에서 생기는 정치적 문제 등을 들 수 있다. 이러한 문제들이 장편가문소설에서는 단위담[134]으로 구성되고 단위담들이 모여서 장편으로 구성된다. 단위담으로는 계후 문제와 관련하여 계모형 인물의 학대담, 효행담, 혼사 문제와 관련한 혼사(장애)담, 가문과의 정치적 갈등을 다룬 간신모해담, 가문의 뛰어난 인물들이 국가의 위기를 해결하기 위해 출정하는 출정담, 처처 간의 갈등을 다룬 처처모해담(쟁총담), 부부 간의 갈등을 다룬 부부 갈등담 등을 들 수 있다. 이러한 단위담들이 1대, 2대, 3대에 걸쳐

---

133) 임형택, 앞의 논문, 127쪽.

134) '단위담'이라는 용어는 송성욱이 『조선시대 대하소설의 서사문법과 창작의식』(태학사, 2004)에서 사용한 용어로 하나의 주인공을 지니면서 따로 떨어져 한 편의 작품을 구성할 수 있는 성격을 지닌 이야기의 단위를 말한다. 장편가문소설을 구성하는 단위담을 애욕추구담, 탕자개입담, 쟁총담, 성대결담, 박대담, 옹서갈등담으로 나누어 논의하였다. 이 개념은 장편가문소설의 서사전개를 논의하는 데 유용한 개념이므로 이 책에서도 이 '단위담'이라는 용어를 사용하기로 한다.

여러 가문들의 인물과 관련되면서 장편화되며 작품 속에 구현된다.

요컨대 장편기문소설의 주된 향유층은 사대부가의 여성으로 볼 수 있고 장편가문소설이 사대부가 여성들의 교양서, 수신서로서 기능하였기에 열과 부덕을 강조하고 투기를 금지하는 등의 가부장제를 공고히 하는 것과 관련된 내용이 주를 이룬다. 하지만, 이것도 차츰 후대로 갈수록 강고한 이념의 틀 속에서 살아가는 여성들의 힘든 삶의 모습이 부각되고, 여성반동인물들의 애정욕구, 가권 획득의 욕구 등이 적나라하게 드러나면서 오히려 강고한 유교이념에서 보여주는 교조적인 성향이 다소 완화되고, 반동인물을 통해 여성들의 욕망을 담아내기에 이른다.

이제 작품 자체의 서사와 연관지어 주제가 구현되는 모습을 제시해 보겠다. 앞서 서사 관련 장르지식에서 살펴본 단위담 5가지를 종합하면 충, 효, 열, 화목, 우애로 대별되는데 〈표 22〉로 요약된다.

〈표 22〉 주제 구현의 양상

유형적 인물 간의 갈등		갈등 양상	유형적 단위담	주제의 구현
주동인물	반동인물			
정인군자형, 영웅호걸형	소인(탕자)형	정치적 갈등	간신모해담	충
정인군자형, 영웅호걸형	소인(탕자)형	외적의 침입	출정담	충
정인군자형, 영웅호걸형	계모형, 소인(탕자)형	계후 갈등, 형제 갈등	계모모해담	효, 우애
요조숙녀형	투기요부형	처처(첩) 간 갈등	처처모해담	열, 화목, 부덕
주동인물 전체	반동인물 전체	계후 갈등, 처처 갈등, 계모 모해	혼사장애담	열, 화목

먼저 소인(탕자)형 인물이 남성주동인물을 모해하는 서사는 주로 간신모해담이다. 소인(탕자)형 인물은 남성주동인물에게 열등감을

느끼고 주동인물을 여러 방면으로 모해한다. 남성주동인물에게 가장 치명적인 모해는 역모라 할 수 있다. 남성주동인물은 충성심을 강조하며 무고함을 주장하나 결국 화를 당한다. 남성주동인물은 소인(탕자)형 인물로부터 역모를 꾀한 것으로 모해를 받지만 국가와 임금에 대한 충성심으로 일관한다. 그러므로 이러한 일련의 서사는 간신모해담으로 집약되며 주제의식에서는 충과 맞닿아 있다.[135]

한편 남성주동인물이 역모로 몰려 귀양을 가던 중 외적의 침입으로 나라가 위태로워진다. 그러자 황제는 남성주동인물에게 출정하여 외적을 무찌르라는 명을 내린다. 이에 남성주동인물은 출정하여 외적을 무찔러 국가에 대한 충성을 다한다.[136] 이때 출정담이 나타나게 되고, 결국 남성주동인물은 외적을 무찔러 국가에 대한 충을 다하게 된다. 이러한 출정담은 충이라는 주제의식을 부각하기 위한 서사이다.

한편 계모형 인물은 자신의 자손이 종통이 될 수 없음을 한탄하고, 종통이 될 전실 자식들에게 모해를 가한다. 하지만 효성이 지극한 전실 자식들은 계모의 학대에도 아랑곳 않고 지극한 정성과 효로써 계모를 봉양한다. 여기서 계모모해담이라는 단위담과 여기에서 효라는 주제의식이 구현됨을 발견할 수 있다. 계모 모해와 관련지어 혼사장애가 발생하기도 한다. 특히 계모 밑에서 자라는 전실 자식 중 여성인물은 약혼자가 있음에도 계모의 모해로 계모의 친척과 결혼해야 하는 상황에 맞닥뜨리게 된다. 이때 혼사장애가 발생하고

---

135) 『명주보월빙』에서 정천흥이 북국을 정벌하고 개선하고 돌아오는데 오히려 구몽숙과 형왕의 농간으로 역모를 꾀한 것으로 모해를 받지만 자신의 무고를 호소하고 황제에 대한 충성을 다한다.

136) 『창선감의록』에서는 화진이 화춘과 계모 심씨의 모해로 강상대죄를 짓고 귀양가다가 서산해의 침공이 있자 이를 토벌하라는 황제의 명을 받고 출정하는 서사가 나온다.

여성인물은 남복을 갈아입고 가출하고 이 과정에서 도적을 만나 실절위기에 처하면 몸을 강물에 던져 정절을 지키려는 모습을 보인다. 이와 같은 일련의 혼사장애담은 '열'이라는 주제의식과 맞닿아 있다. 이렇듯 장편가문소설의 인물 간의 갈등에서 생겨나는 유형적인 단위담은 충, 효, 열이라는 유교의 주제와 맞닿아 있으며 유형적인 주제를 형성해낸다.

장편가문소설의 주제의식이 이렇게 유교 이념의 구현에 있었던 것은 작품이 향유되던 당시 시대 상황이 반영된 것으로 볼 수 있다. 한편 성리학적 이념의 수호에 대해 저항하는 움직임 역시 장편가문소설에 존재하는데 이것은 반동인물들의 일련의 행태를 통해 구현된다. 장편가문소설에서는 충, 효, 열의 유교이념을 주동인물들의 행동을 통해 표면적 주제로 구현하고, 체제에 대한 저항을 반동인물들의 행동을 통해 이면적 주제로 구현하고 있다. 또한 장편가문소설에는 충, 효, 열을 수호하기 위해 극심한 수난과 고통도 참고 견디는 주동인물의 모습과 함께 이념의 허망함과 부질없음을 동시에 제시하고 있다.

예를 들어 『명주보월빙』의 위·유부인은 전형적인 계모형 인물이다. 이들은 윤수를 종통으로 세우기 위해 윤현의 가족인 윤광천, 윤희천, 윤명아, 조씨 부인에게 온갖 모해를 가한다. 그럼에도 윤광천, 윤희천 형제는 위·유부인에 대해 효를 다한다. 윤광천, 희천 형제의 효성은 결국 이들을 개과천선하게 하고 화락한다. 이러한 일련의 서사에서 생성되는 표면적인 주제는 '효'라고 할 수 있다.

하지만 좀 더 생각해 본다면 위·유부인이 저지른 모해의 기저에는 가부장제에 대한 모순과 불만이 자리 잡고 있다. 가부장제에서는 가문의 모든 권력이 가부장 한 사람에게 집중되어 있으므로, 가부장이 되어야만 가문의 권력, 경제력을 획득할 수 있는 것이다. 그러므로 계모형 인물은 차기 가부장이 될 종통이 되는 것에 관심이 많고 자신의 아들이 종통이 되게 하려고 전실 자식들을 모해한다. 즉 계모형 인물은 가부장제의 모순으로 인해 나오게 된 인물이다. 계모형 인물의 입장에서 본다면 이 작품은 가부장제의 폐해와 모순을 고발하는 또 다른 면의 주제를 내포한다고 볼 수 있다. 즉 윤광천·희천 형제를 통해 가부장제의 확립에 필요한 효를 표면적으로 내세우지만, 계모형 인물인 위·유부인을 통해 가부장제의 폐해와 모순을 고발하는 또 다른 주제도 내포하고 있음을 발견할 수 있다.

윤명아는 계모형 인물의 모해와 투기요부형 인물인 문양공주로부터 온갖 모해로 수난을 당하지만 이것을 참고 견디며 효와 열을 몸소 실천하는 모습을 보인다. 반면에 유교아는 윤광천의 처로 윤광천을 몰래 훔쳐보고 반하여 사혼교지를 받고 강제로 윤광천과 결혼한다. 유교아는 결혼 후 소박을 맞자, 시녀에게 개용단을 먹여 자신의 모습으로 변신시킨 후, 자신을 대신하라 하고 몸을 피해 장사국왕에게 시집을 간다. 그 후, 유교아는 장사국 왕비가 되어 송나라를 치는데 앞장서다가 남편인 윤광천의 화살에 맞아 죽고 만다. 윤명아는 당시 지배 이데올로기에 순응하며 열과 효를 다한다. 하지만 유교아는 두 번이나 결혼함으로써 열을 실천하지 않았고, 장사국의 왕비가 되어 조국을 배반하고 이적 행위를 함으로써 충에 위배된 행동을 하다가 죽고 만다. 장편가문소설에는 이렇듯 지배이념을 위반한 반동인물을 처참하게 처리함으로써 지배이념을 공고히 하려 하지만 오히려 이것이 지배이념의 잔인함과 비인간성을 동시에 보여 주고 있다. 장편가문소설에는 지배이념을 공고히 해 보려는 주제의식을 표면에 내세우고 있지만 그 이면에는 이념의 균열 조짐도 숨어 있음을 발견할 수 있다. 따라서 장편가문소설의 주제의식은 겉으로는 주동인물을 통해 지배이데올로기를 옹호하는 모습으로 형상화되지만, 이면에는 반동인물을 통해 지배이데올로기의 허망함과 비정함을 고발하는 모습으로도 형상화되고 있다.

지금까지 장편가문소설의 인물, 서사, 주제와 관련한 장르지식을 구안하여 보았다. 장편가문소설 읽기에서 구안된 장르지식을 읽기 전략으로 구성하여 활용한다면 작품을 좀 더 수월하게 읽어나갈 수 있다. 독자들은 장편가문소설에서 유형성을 띠는 인물, 서사, 주제에 대한 전반적인 정보를 장르지식을 통해 알고 난 후, 작품을 읽게 되므로 작품을 읽어나가면서 장르지식을 확인할 수 있고, 장르지식을 바탕으로 앞으로 전개될 서사나 내용에 대해 예측해 볼 수도 있다. 독자들은 이 과정에서 예측했던 서사가 실제 작품 속에서 구현되는 것을 확인하며 즐거움을 느낄 것이다. 이러한 장르지식은 사실을 기억하는 명제적 지식보다는 작품을 읽어나가는 방법적 지식으로 기능하게 된다.

제3장 장르지식을 활용한 장편가문소설의 읽기 전략

　이 장에서는 인물, 서사, 주제별로 구안한 장르지식에서 장편가문소설의 읽기 전략을 도출해내고, 읽기의 과정인 읽기 전, 읽기 중, 읽기 후 단계에서 구현되는 읽기 전략을 제시하였다. 읽기 전략에 대한 본격적인 논의를 위해 먼저 전략적 읽기의 개념과 의미를 정리해 보았다.

　전략적 읽기는 독자의 의식적 통제 아래 존재하는 능력들을 조합하는 것이자, 특정한 목적을 달성하기 위해 의도적으로 선택된 일련의 행동들로 정의할 수 있다. 또한 전략적 읽기는 글을 읽으며 내용을 이해하기 위해 독자가 자발적이고 의식적으로 수행하는 독서행위[137]를 말한다. 즉 전략적 읽기란 독자들이 책을 읽으면서 특

---

137) 이순영 외, 『독서교육론』, 사회평론, 2015, 98쪽.

정한 목적을 달성하기 위해 스스로 어떤 행동을 조절하고 통제하는 일련의 행위를 말한다. 따라서 전략적 읽기는 목표 지향적이며, 의식적인 노력을 필요로 한다.[138] 전략적 읽기란 독자가 텍스트를 잘 이해하기 위해 자신이 알고 있는 지식이나 방법 등을 총동원하여 효율적인 방안을 시도해 보는 일련의 과정을 말한다. 이런 의미에서 장편가문소설을 전략적으로 읽는다는 것은 장편가문소설을 보다 잘 이해하며 읽기 위해 자신이 알고 있는 지식이나 방법을 총동원하여 읽는 것을 말한다. 전략적 읽기를 능수능란하게 하는 독자를 일컬어 '능숙한 독자'[139]라고 한다. 결국 장편가문소설을 능수능란하게 읽어나가는 것 이것이 바로 전략적 읽기의 목표라 할 수 있다. 장편가문소설 읽기가 능숙하지 않은 독자를 읽기의 과정을 통해 능숙한 독자가 될 수 있도록 도와주는 일련의 방안들을 전략이라 할 수 있다. 이 책에서는 장편가문소설 읽기의 목표를 독자가 작품을 읽고 내용을 파악하는 데 두고 있다. 작품의 내용을 파악한다는 것은 등장인물의 특성, 서사의 진행, 갈등의 요소, 해결방안 등을 알아내고 궁극적으로 작품의 주제를 찾는데 이르러야 한다. 방대한 분량의 장편가문소설의 내용을 파악하기 위해서 작품 읽기에 도움이 되는 지식이 필요하기에 장편가문소설의 장르적 특성을 고려하여 장르지식을 구안했다.

이 장에서는 장르지식을 바탕으로 읽기 전략을 도출해냈다. 하나는 인물, 서사, 주제와 관련한 장르지식을 각각의 유형별(구성 요소별) 읽기 전략으로 이끌어내는 것이고, 다른 하나는 순차적인 읽기의

---

138) 이순영 외, 앞의 책, 98~100쪽.
139) 박영목, 『독서교육론』, 박이정, 114~116쪽.

단계에서 전략을 어떻게 구현할 것인지를 제시하는 것이다.

이 책에서는 장르지식과 기존의 읽기 전략에서 효과가 입증된 읽기 전략을 접목하여 장편가문소설 읽기를 위한 읽기 전략을 도출했다. 기존 읽기 전략에서 효과가 입증된 읽기 전략으로는 '정보의 시각화 전략', '이야기 구조 전략', '요약하기', '질문 생성하기 전략' 등이 있다. 윤준채는 이 네 가지 전략이 독자들의 읽기 이해에 미치는 효과를 거시적인 안목에서 규명하기 위해 국내외에서 수행된 관련 메타 분석 연구들을 토대로 하였다. 결과는 〈표 23〉[140]과 같다.

〈표 23〉 읽기 전략의 평균 효과 크기

읽기 전략	연구물 개수	효과크기	백분위수
정보의 시각화 전략	16	.29	61
	18	.48	68
이야기 구조 파악하기 전략	20	.82	79
질문 생성 전략	23	.88	81
	26	.69	76
요약하기 전략	14	.92	82

이 결과에서 평균 효과의 크기가 .20은 작은 효과, .50은 중간 효과, .80은 큰 효과로 여겼다. 이 기준으로 볼 때 위의 네 전략 중에서 정보의 시각화 전략은 중간 효과, 이야기 구조 전략, 질문 생성 전략, 요약하기 전략 등이 비교적 큰 효과가 있었다. 이 책에서는 읽기 연구에서 효과성이 입증된 이 전략을 장편가문소설 읽기에 접목시켰다.

먼저, '정보의 시각화 전략'이란 텍스트에 제시되어 있는 정보와

---

140) 윤준채, 「읽기 전략의 효과에 대한 검토」, 『독서연구』 25, 한국독서학회, 2011, 96쪽.

정보간의 관계를 시각적으로 드러냄으로써 텍스트에 대한 이해와 기억을 촉진시키는 읽기 전략을 말한다. 정보의 시각화 전략은 독자들에게 텍스트의 중요 정보와 세부 정보와의 관계를 하나의 조직된 전체 속에서 시각적으로 파악할 수 있도록 안내하는 역할을 한다. 즉, 독자들은 텍스트를 읽어나가면서 혹은 읽고 난 다음에, 텍스트의 정보를 시각적으로 표현하여 정보를 의미적·시각적으로 동시에 처리함으로써 텍스트에 대한 보다 좋은 기억 표상을 형성할 수 있다.[141]

윤준채의 연구[142]에 의하면 이 전략은 초등학생, 중학생, 대학생 중 대학생 집단에서 가장 효과적인 것으로 나타났다. 이 결과를 통해 '정보의 시각화' 전략이 '장편가문소설 읽기 전략'으로 응용해 볼 만한 의미 있는 전략임을 실감하고 이를 응용하였다. 이 책에서는 장편가문소설을 전략적으로 읽기 위해서 텍스트를 시각 정보화하여 제시하는 전략을 장편가문소설 읽기에 적용했다. '정보의 시각화' 전략을 장편가문소설 읽기 전략으로 응용하여 '가계도 그리기'와 '유형적 인물 범주화'하기, '유형적 인물의 갈등 관계', '유형적 인물의 결합 관계' 도식화하기, '단위담의 배열 방식' 도식화하기, '단위담에서 주제를 구현하기' 등으로 이끌어냈다.

'이야기 구조 파악하기'는 독자들에게 이야기 텍스트의 전형적인 구조를 가르쳐 이야기 텍스트에 대한 이해를 증진시키는 읽기 전략이다. 여기에서 이야기 구조란 이야기를 구성하는 전형적인 요소들

---

141) Nisbet & Adesope, "Learning with concept maps: A meta-analysis", *Review of Educational Research*, 76, 2001, pp. 413~448; 윤준채, 「읽기 전략의 효과에 대한 검토」, 『독서연구』 25, 한국독서학회, 2011, 92~93쪽에서 재인용.

142) 윤준채, 앞의 논문, 95~98쪽(윤준채의 연구는 기존의 읽기 전략 연구의 효과를 검증하기 위해 여러 실험 연구들을 결과를 종합적으로 검토한 메타 분석 연구이다).

과 그러한 요소들 간의 관계에 대한 심적 표상을 지칭하는데[143] 종종 이야기 문법 혹은 이야기 스키마타로도 불리며, 이야기를 읽을 때 독자의 머릿속에서 활성화되는 인지적 구조를 말한다. 이러한 이야기 구조 전략은 독자들에게 이야기의 플롯 구조와 핵심적인 요소를 확인할 수 있는 개념적 틀을 제공하여 이야기 텍스트에 대한 이해를 증가시키는 것으로 알려져 있다.[144] 윤준채의 연구에 의하면 '이야기 구조 파악하기'는 효과가 큰 것으로 드러났다. 이야기 구조에 대한 교육을 받은 학생들이 그렇지 않은 학생보다 텍스트에 대한 이해의 정도가 높은 편으로 나타났다.

이 책에서는 이야기 구조와 관련한 전략으로 인물의 갈등 관계와 결합 관계 속에서 생성되는 서사구성의 원리, 단위담의 생성, 단위담의 배열 방식 파악하기를 이야기 구조 전략과 관련지어 응용했다.

'요약하기' 전략이란 텍스트에 들어 있는 중요한 내용을 간추리는 인지적 전략을 말하는데, 이 전략은 텍스트의 중요 정보를 보다 조직적으로 보다 간결하게 보다 응집성 있게 처리함으로써 텍스트에 대한 이해, 기억, 인출을 돕는 것으로 알려져 있다.[145] '요약하기' 전략은 이 책에서 단계별 읽기 전략에서 읽기 중, 읽기 후 단계에서 구사되는 전략이다. 장편가문소설에서 전체적인 줄거리의 흐름을 파악

---

143) Mandler, J. M., & Johnson, N. S., "Remembrance of things parsed: Story structure and recall", *Cognitive Psychology*, 9, 1978, pp. 111~191; 윤준채, 앞의 논문, 91쪽 재인용.

144) National Reading Panel, *Teaching children to read: An evidence based assessment of the scientific reseach literiture on reading and its implication for reading instruction*, Washington DC: National Institute of Child Health and Human Development, 2000; 윤준채, 앞의 논문, 91쪽에서 재인용.

145) Ambruster, B., Anderson, T., & Osterberg, J., "Does text structure/summarization instruction facilitate learning from expository text?", *Reading Research Quarterly*, 22, 2004, pp. 331~ 346; 윤준채, 앞의 논문, 89~91쪽에서 재인용.

하기 위해서는 기초 작업이다.

'질문 생성하기' 전략이란 독자들에게 텍스트를 읽는 동안이나 후에 질문을 생성하게 하고, 그리고 생성된 질문에 대해 답을 탐색하도록 함으로써 텍스트에 대한 이해를 촉진시키는 읽기 전략을 말한다. 이 전략은 독자들에게 자신들의 질문을 생성할 수 있는 기회를 제공하여 읽기에 대한 동기를 제공할 뿐 아니라 텍스트에 적극적으로 관여함으로써 보다 좋은 기억 표상을 형성하도록 유도한다. 예를 들어 어떤 독자가 이야기 텍스트를 읽으면서 혹은 읽은 후에, '언제', '어디서', '누가', '무엇을', '어떻게', '왜'와 관련된 질문을 만들고, 그러한 질문에 대한 답을 찾는다면, 그 독자는 이야기의 핵심 내용들을 통합하고, 읽은 것에 대한 이해와 기억을 증가시켜, 결국에는 텍스트를 깊게 처리할 수 있게 된다.[146]

'질문 생성하기' 전략은 '요약하기' 전략과 맞물려 있다. 독자가 작품을 읽어나가면서 질문을 하며 내용을 정리하는 것은 기억력을 증가시키고 텍스트를 이해하는 데 많은 도움이 된다. 이 책에서는 '질문 생성하기'가 '요약하기'와 함께 고려되어야 할 전략임을 강조하고 있다. '질문 생성하기' 전략은 '요약하기'를 위해 독자가 책을 읽으면서 끊임없이 반복적으로 수행해야 한다. 이렇게 장르지식과 읽기 전략을 접목하여 장편가문소설 읽기 전략을 구안한 결과를 도식화하여 제시한 것이 〈그림 9〉이다.

---

146) 윤준채, 앞의 논문, 90쪽.

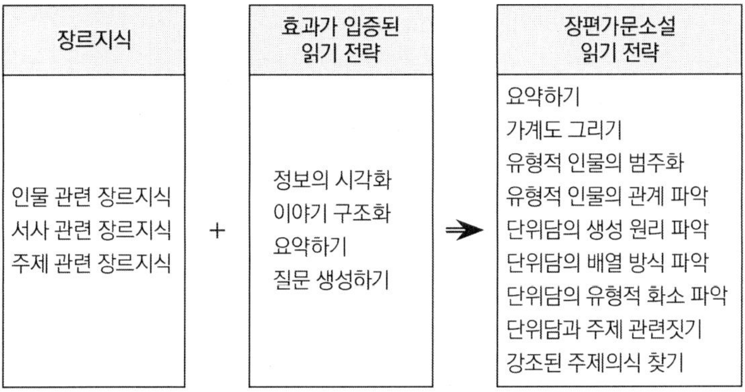

<그림 9> 장편가문소설의 읽기 전략의 구안 1

〈그림 9〉는 인물, 서사, 주제 관련 장르지식을 기존 읽기 전략에서 효과가 입증된 전략 4가지를 접목하여 장편가문소설 읽기 전략을 도출해내는 과정을 도식화한 것이다. 이것을 좀 더 자세하게 풀어서 구현한 것이 〈표 24〉이다.

〈표 24〉 장편가문소설의 읽기 전략의 구안 2

장르지식	효과가 입증된 읽기 전략	장편가문소설 읽기 전략
서사 관련 장르지식	이야기 구조화, 요약하기, 질문 생성하기	요약하기
인물 관련 장르지식	정보의 시각화	가계도 그리기
인물 관련 장르지식	정보의 시각화	유형적 인물의 범주화
인물 관련 장르지식	정보의 시각화	유형적 인물의 관계 파악하기
서사 관련 장르지식	정보의 시각화, 이야기 구조 파악하기	단위담의 생성 파악하기
서사 관련 장르지식	정보의 시각화, 이야기 구조 파악하기	단위담의 배열 방식 파악하기
서사 관련 장르지식	정보의 시각화, 이야기 구조 파악하기	단위담의 유형적 화소 파악하기
주제 관련 장르지식	정보의 시각화	단위담과 주제 관련짓기
주제 관련 장르지식	정보의 시각화	강조된 주제의식 찾기

〈표 24〉를 보면 ‘요약하기’는 서사 관련 장르지식을 활용하여 ‘이야기 구조파악하기’, ‘요약하기’, ‘질문 생성하기’ 전략 등을 접목시켜 새로운 전략으로 구안한 것이다. ‘가계도 그리기’는 인물 관련 장르지식과 정보의 시각화 전략을 접목시켜 만든 것으로 등장인물이 가문 내에서 어떤 위치에 있는지를 알아내기 위한 전략이다. ‘유형적 인물의 범주화’는 인물 관련 장르지식에서 유형별로 나누어 놓은 인물을 작품을 읽으면서 찾아내어 정리하는 전략이다. 장편가문소설에 등장하는 인물을 유형화하는 것은 앞으로 전개될 서사를 예측하는데 중요한 단서가 된다. 유형적 인물의 관계 파악은 인물 간의 갈등 관계를 파악하는 것으로 역시 서사의 전개를 예측할 수 있는 단서가 된다. ‘단위담의 생성 파악하기’는 ‘서사 관련 장르지식’과 ‘정보의 시각화’, ‘이야기 구조 파악하기’를 접목시킨 것으로 인물의 결합 양상과 갈등 관계 속에서 생성되는 8가지 기본 단위담을 토대로 앞으로 전개될 서사를 예측할 수 있는 전략이다. 단위담의 배열 방식 파악하기는 인물의 결합과 갈등 관계에서 생성된 단위담이 어떻게 결합되어 장편으로 구성되는지를 파악하는 것으로 ‘서사 관련 장르지식’과 ‘정보의 시각화’와 ‘이야기 구조 파악하기’를 접목시킨 전략이다. ‘단위담의 유형적 화소 찾기’는 장편가문소설의 ‘서사 관련 장르지식’에서 제시한 유형적 화소가 작품 속의 단위담에서 어떻게 구현되었는지를 찾아보는 것으로 ‘서사 관련 장르지식’과 ‘정보의 시각화하기’, ‘이야기 구조 파악하기’ 전략을 접목시킨 전략이다. ‘단위담과 주제 관련짓기’와 ‘강조된 주제의식 찾기’는 ‘주제 관련 장르지식’과 ‘정보의 시각화 전략’을 접목시켜 만든 전략이다.

1. 구성 요소별 읽기 전략

인물, 서사, 주제와 관련한 각각의 전략이 어떻게 구현되는지 제시해 보겠다.

1) 인물 이해를 위한 읽기 전략

장편가문소설을 읽어나가면서 우선적으로 해야 할 일은 등장인물을 파악하는 일이다. 인물 관련 읽기 전략으로 (1) 가계도 그리기, (2) 유형적 인물의 범주화, (3) 유형적 인물의 관계 파악하기가 있다.

장편가문소설 인물을 파악하기 위해서는 먼저 가문 내에서 그 인물이 어떤 위치에 있는지를 파악하는 것이 중요하다. 왜냐하면 특정 인물이 가문 내에서 차지하는 위치에 따라 기대되는 행동이나 역할이 있고, 그에 따라 형성되는 서사를 가늠할 수 있기 때문이다. 그래서 가계도를 그려보는 것이 필요하다. 가계도에는 가문에 속한 인물들의 위치와 서열이 시각적으로 제시되었다. 독자들이 가계도를 그리는 과정에서 인물들의 관계를 파악할 수 있게 된다. 대부분의 장편가문소설은 인물과 가계를 소개하는 것으로 시작된다. 작품의 처음 부분에 제시되는 인물과 가문의 소개를 통해 대략적인 가계도를 그릴 수 있다.

다음으로, 유형적 인물과 관련한 장르지식을 활용하여 작품 속에 등장하는 인물들이 어떤 유형에 속하는 인물인지 범주화할 수 있다. 즉 인물의 외모, 성격 등을 묘사한 부분이나 서술자의 인물 논평을 통해서도 어떤 유형의 인물인지 범주화할 수 있다.

그 다음 이러한 유형의 인물과 서로 갈등이 일어나는 인물은 누구인지 파악한다. 즉 주동인물과 반동인물을 찾아보는 것이다. 장편가문소설의 인물 간의 갈등은 대체로 계후 문제, 처치 간의 쟁총문제, 가문 간의 정치적인 견해 차이로 인한 갈등 등으로 집약된다. 인물간의 갈등 관계를 파악하게 되면 자연스레 서사의 전개를 예측할수 있다.

인물 관련 읽기 전략에서는 먼저, 등장인물의 가계도를 그려 가문내 인물의 위상을 파악하고, 이 과정에서 계모형 인물의 유무, 계후갈등의 소지가 있는지를 인지하게 된다. 다음으로 인물 정보를 통해인물들을 앞서 제시한 인물 유형에 범주화하여 보고, 주동인물과반동인물의 관계를 파악하여 인물의 갈등 관계를 파악한다. 이러한전략은 인물 관련 장르지식을 동원하여 정보를 시각화하여 구현한것이다. 이 전략을 통해 장편가문소설의 인물에 대한 정보를 한눈에파악할 수 있고, 이들 간의 갈등 관계, 결합 관계를 파악하여 전개될서사를 예측할 수 있다.

(1) 가계도 그리기

장편가문소설에서 가계도 그리기는 작품 속 등장인물이 가문에서어떤 위치에 있는지를 가늠해 볼 수 있다는 점에서 의미가 있다.또한 가문의 구성원과 구성원 간의 관계를 파악함으로써 인물 간에발생할 수 있는 갈등의 요인을 감지해낼 수 있다. 장편가문소설에서가문은 일부다처가 허용되며 성리학에 이념에 바탕을 둔 장자 중심의 가부장제를 기반으로 하고 있다. 이러한 가문 내에서 발생할 수있는 문제는 계후 문제와 처처 간의 갈등 문제로 집약되는데 가계도를 그려보면 이러한 문제의 징후를 발견해낼 수 있다.

그렇다면 가계도를 어떻게 그릴 것인가? 일반적으로 장편가문소설에서 가계도는 그다지 비중 있게 다루어지지 않았다. 연구자들에 따라서는 논문의 끝부분에 부록으로 첨부하거나 역주본 장편가문소설 작품의 맨 마지막에 첨부물로 간략하게 그려 놓았을 뿐이다. 인물도 남성과 여성의 구분 없이 그냥 사각형 막대형으로 표현하고 있다. 이 책에서는 좀 더 다채롭게 인물들을 표현하고 쉽게 알아볼 수 있도록 별도의 기호를 사용했다. 먼저 남성인물은 사각형, 여성인물은 긴 타원형, 부부관계는 가로선, 부모와 자녀의 관계는 세로선으로 표시하기로 한다. 이것은 세대를 구분하기 위함이다. 예를 들어 보겠다. 아래의 가계도는 『천수석』 권1의 내용을 토대로 그린 것이다.

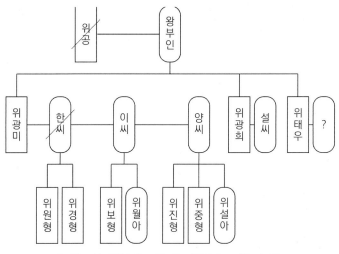

〈그림 10〉 『천수석』 권1의 내용으로 그린 가계도

먼저 작품의 내용을 살피지 않고, 이 가계도만 보고 인물의 위상과 전개될 서사를 예측해 보면 이러하다. 위공과 왕부인에게 위광미,

위광희, 위태우 세 아들이 있다. 위공은 세상을 떠났고, 위광미에게 는 부인 한씨, 이씨, 양씨가 있는데 한씨가 세상을 떠났다. 위광희는 설씨를 아내로 두고 있다. 위태우는 아내가 누구인지 정확한 정보가 언급되지 않았다. 이 가운데 위광미의 아내 한씨는 위원형, 위경형 두 아들을 두었고, 이씨는 아들 위보형, 딸 위월아를 두었으며, 양씨 는 아들 위진형, 위중형, 딸 위설아를 두었다. 그림 상으로 본다면 위광미의 첫째 부인 한씨의 아들 위원형이 계후가 되어야 하겠지만, 한씨가 세상을 떠난 상태이므로 이씨나 양씨 두 부인 중 누군가가 자기 아들을 계후로 세울 욕심을 품을 것이라는 추측이 가능하다. 이씨나 양씨 중에 한 사람이 계모형 인물이 될 확률이 매우 높다. 또한 위광미의 두 부인 이씨, 양씨 중 누군가가 불인(不仁)한 사람이 있다면 처처 간의 모해도 일어날 확률이 매우 높다. 정리하면 이 가계도에서는 이씨와 양씨 사이에 처처 간 갈등이 일어날 소지가 있고, 이씨와 양씨 중 누군가가 자기 아들을 계후로 삼기 위해 계후 로 내정된 아들을 모해할 소지가 있다. 즉 처처갈등과 계후 갈등이 일어날 것으로 예상된다. 실제 작품을 읽고 내용을 확인해 보면 양씨 가 모해하는 인물로 등장한다.

이렇게 가계도만 보고도 인물들의 가문 내 위상과 갈등의 조짐을 파악하여 전개될 서사를 예측해낼 수 있다. 그렇다면 이제는 주어진 예문을 읽고 가계도를 그려보겠다. 이러한 작업을 익히고 나서 실제 작품을 읽으면 가계도를 그릴 수 있게 된다.

대송 진종조에 홍문관 태학사 이부상서 금자광록태우 명천선생 윤공 의 명은 현이오 자는 문강이니 대대잠영이오 교목세가(喬木世家)라. 공 의 위인이 겸공인자하고 충효과인하며, 문장은 이두같고, 수신제가는 금옥 같으니, 이웃 친척과 일시사류가 경앙하는 바더라. 일찍 용린을 받들고 봉익을 붙좇아 용전에 어향을 쐬고, 섬궁의 월계를 꺾어 청운자맥의 융중호걸로, 일세를 경동하더라. 일찍이 안항이 번성치 못하여 오직 한 아우가 있으니, 명은 수요, 자는 명강이니, 벼슬이 태중태우더라. 위인이 충후쇄락하여 이름을 일세에 일컫는 바라. 형제 양인이 한가지로 태부인을 지효로 섬기며 형우제공이 고인을 효칙하더라. 상서는 전 부인 황씨 소생이요, 태우는 후 부인 위씨 소생이니, 윤노공과 황부인은 기세하고 위부인은 재세하니 상서부인 조씨는 개국공신 조빈의 여요, 태우부인 유씨는 이부상서 유환의 여라. 조부인의 용안덕성은 곤산미옥같고, 유씨는 애용이 절세하나 성도 초강하고 은악양선하며 투현질능하고, 위태부인은 시험패악하여 상서를 기출이 아니라 하여 일호 자애 없고, 유씨 그윽이 아유첨령하여 포장이검하고 존고의 악사와 패행을 가만히 도우며 획계를 찬조하되 두려하고 어려이 여기는 바는 태우라.

—『명주보월빙』 권1[147]

이 예문은 『명주보월빙』 권1의 도입부이다. 이 예문을 바탕으로 가계도를 그려보면 이러하다. 먼저 윗글의 예문을 통해 등장인물 윤현, 윤수, 위태부인, 조부인, 유부인의 인물에 대한 정보를 알 수 있다. 윤노공과 황부인의 소생이 윤현이고, 윤노공과 위부인의 소생이 윤수이다. 윤현의 아내는 조씨이고, 윤수의 아내는 유씨이다. 위부인과 유부인의 성품이 좋지 않고, 윤현의 아내 조씨는 성품이 온화하다는 내용을 『명주보월빙』 권1의 내용을 통해 알 수 있다. 이러한 정보를 가지고 윤부의 간단한 가계도를 그릴 수 있다.

147) 최길용 역주, 『명주보월빙』 1, 학고방, 2014, 59~60쪽.

먼저 윤노공을 사각형, 윤노공의 두 아내 위부인과 황부인을 긴 타원형으로 그리고 윤노공, 황부인, 위부인 사이에 가로선을 그어 결혼관계를 표시한다. 황부인 소생 윤현, 위부인 소생 윤수를 각각 사각형으로 표시하고 세로선을 그어 모자 관계임을 표시한다. 다시 윤현의 아내 조부인을 긴 타원으로 표시하고 윤현과 가로선을 그어 부부관계를 표시하고, 윤수의 아내 유부인을 긴 타원으로 표시하고 윤수와 가로선을 그어 부부관계를 표시한다. 황부인과 윤노공이 세상을 떠났으므로 대각선을 그어 표시한다. 이것을 가계도로 그려보면 〈그림 11〉과 같이 된다. 이 가문에서 종통은 윤현이 되어야 한다. 하지만 황부인과 윤노공이 세상을 떠난 후이기 때문에 위부인이 윤현을 모해할 것이 예상된다. 주어진 예문에 위부인이 시험패악한 인물이고 윤수의 아내 유부인도 은악양선하는 인물이라고 서술하였으므로 앞으로 윤현이 종통이 되는 걸 방해하리라 예상을 할 수 있다. 위부인과 유부인이 합세하여 윤현과 조부인에게 모해를 할 것으로 예상해 볼 수 있다.

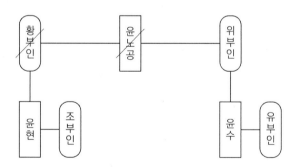

〈그림 11〉 『명주보월빙』 권1 도입부 내용으로 그린 윤부의 가계도

가계도 그리기에서는 주어진 예문을 가지고 이와 같이 가문 내의 인물의 위상을 파악하고 계모형 인물의 존재 유무를 통해 계후 갈등

을 예상할 수 있고, 한 남성인물에게 여러 명의 처가 있을 경우는 처처 간 갈등도 예상해 볼 수 있다.

(2) 유형적 인물의 범주화

장편가문소설에 등장하는 인물이 앞서 제시한 유형적 인물군에서 어떤 유형에 속하는지를 범주화하는 것은 작품의 서사를 예측하고, 파악하는 데 의미 있는 작업이다. 위의 『명주보월빙』 제시문을 읽고 인물 관련 장르지식을 활용하여 인물들을 유형적 인물로 범주화할 수 있다.

이 책에서는 장편가문소설의 유형적 인물은 크게 주동인물, 반동인물, 보조인물로 나누었다. 주동인물은 다시 남성주동인물을 정인군자형, 영웅호걸형으로, 여성주동인물을 요조숙녀형, 여군자형으로, 반동인물에는 남성반동인물로 소인(탕자)형으로, 여성반동인물로는 계모형 인물, 투기요부형 인물, 추부형 인물로 나누었다. 보조인물은 주동인물이나 반동인물을 도와주는 인물인데 주동인물을 도와주는 주동적 보조인물, 반동인물을 도와주는 반동적 보조인물로 나누었다. 다시 이들 보조인물은 초월적인 힘이 있느냐에 따라 주동적 보조인물로 초월적 능력을 지닌 선승·선도형, 초월적 능력이 없는 충직한 시비 노복형, 반동적 보조인물로 초월적 능력을 지닌 요도·요승형, 초월적 능력이 없는 간사한 시비 노복형으로 나누었다. 장편가문소설의 등장인물을 유형적 인물로 범주화하는 이유는 유형적 인물에서 서사가 생성되고 구현되기 때문이다. 등장인물을 어떤 유형에 속하는 인물인지를 범주화하고 나면, 이 인물에 따라 앞으로 전개될 서사를 예측하며 읽을 수 있다. 또한 유형적 인물들의 결합과 갈등 양상에 따라 새로운 서사를 구성해 나가므로 유형적 인물의 범주화는 필요하다. 〈그림 12〉는 장편가문소설의 유형적 인물의 범주화를 위해 작업한 양식이다. 독자는 이 양식을 활용하여 작품을 읽으면서 각각의 유형에 해당하는 인물의 이름을 적어 넣을 수 있다. 〈그림 12〉는 앞서 제시한 『명주보월빙』 예문을 읽어가면서 유형적 인물을 범주화해 본 것이다.

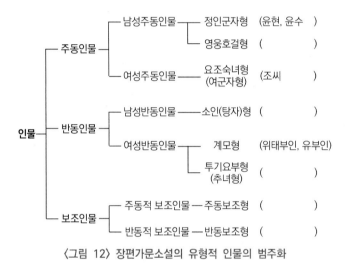

〈그림 12〉 장편가문소설의 유형적 인물의 범주화

『명주보월빙』 권1 도입 부분의 예문에 등장하는 인물로는 윤현, 윤수, 태부인 위씨, 세상을 떠난 윤노공, 세상을 떠난 황부인, 윤현의 아내 조부인, 윤수의 아내 유부인이 있다. 윤현의 경우는 겸공인자, 충효과인하고 문장이 이두 같고, 수신제가는 금옥 같으며 이웃친척의 경앙하는 바라는 것으로 판단할 때 고매한 인품의 정인군자형 인물로 범주화할 수 있다. 또한 윤현의 아우 윤수는 '충후쇄락하다'는 표현을 통해 충직하고 온순하며 인정이 두터운 인물로 역시 정인군자형의 인물로 볼 수 있다. 윤노공과 황부인이 세상을 떠났고, 윤현은 황부인의 소생이고, 윤수는 위부인의 소생이라는 점으로 보아 윤현과 윤수는 배다른 형제임을 알 수 있다. 하지만 이들 간의 관계는 형우제공이 고인을 효칙하더라는 표현을 통해 우애가 깊은 관계임을 알 수 있다. 위부인은 시험패악하고 윤현을 자애함이 없다는 점으로 미루어 계모형 인물에 속하고, 유씨는 은악양선하며 투현질능하다는 표현으로 보아 투기요부형 인물로 볼 수 있다. 하지만 윤수가 다른 처가 없으므로 투기요부로서의 악행을 저지를 대상이 없는 상태이다. 다만 윤현이 죽은 후 가권이 남편인 윤수에게 넘어오길 기대하고 그것을 유지하려는 욕심을 보일 것이고, 그것을 방해하는 인물이 나타날 경우 모해할 가능성도 있다. 특히 윤현의 아들들은 윤수가 가권을 유지하는 데 위협적인 인물이 되므로 위부인과 유부인이 윤현의 가족을 못마땅하게 여기고 모해할 가능성도 있다. 그렇게 본다면 계모형 인물로도 볼 수 있다. 이것은 작품을 더 읽어나가면서 판단할 수 있다. 조부인은 윤현의 아내로 용안덕성이 곤산의 미옥 같다는 표현으로 미모와 덕이 뛰어난 요조숙녀형 인물로 범주화할 수 있다.

윤현, 윤수는 정인군자형 인물로, 위부인은 계모형 인물로, 유씨는 투기요부형 또는 계모형 인물로, 조부인은 요조숙녀형 인물로 범주화할 수 있다. 이러한 가계도 그리기와 인물의 범주화를 통해 앞으로 전개될 서사도 예측할 수 있다. 위·유 부인이 조부인과 그 자녀를 모해하는 서사가 전개되리라는 예측을 할 수 있다.

(3) 유형적 인물의 관계 파악하기

유형적 인물의 관계를 파악한다는 것은 주동인물과 반동인물의 대립 양상과 인물 간의 결합 관계를 일목요연하게 정리하는 것을 말한다. 이 전략은 인물 간의 관계를 시각화, 도식화하여 나타내는 전략을 가리킨다. 앞서 『명주보월빙』 권1 도입 부분의 예문으로만 주동인물과 반동인물의 양상을 그려보면 〈그림 13〉과 같다.

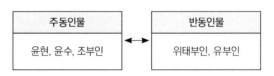

〈그림 13〉 인물 간의 갈등 관계: 주동인물과 반동인물의 대립 양상

위태부인과 유부인이 가권을 차지하기 위해 윤현과 조부인을 모해할 것으로 예상되고 윤수는 성품이 착하기 때문에 윤현과 조부인에게 모해를 가하지 않을 것으로 보인다. 윤수는 오히려 위태부인과 유부인의 악행을 알게 된다면 이를 저지할 것이다. 따라서 주동인물과 반동인물의 대립 양상을 그리면 위의 그림과 같이 나타나게 된다. 이들의 갈등의 시초는 계후 문제를 둘러싸고 위태부인과 유부인이 가권 획득의 욕망 때문에 발생하게 되는 것이다. 이와 같이 주어진 지문을 가지고 주동인물과 반동인물의 갈등을 도식화하면 인물 간의 갈등의 양상을 좀 더 쉽게 파악할 수 있게 된다.
　유형적 인물의 결합 관계를 〈표 25〉와 같이 시각화할 수 있다.

〈표 25〉 유형적 인물 결합 관계의 양상

조무	정씨	박씨	박수관	금선공주	연씨/최씨
	조무의 아내	정씨의 계모	박씨의 친척	조무의 아내	조무의 아내
영웅호걸형	요조숙녀형	계모형	소인(탕자)형	투기요부형	요조숙녀형

〈표 25〉에서 조무라는 영웅호걸형의 인물은 정씨, 연씨/최씨, 금선공주를 아내로 두었다. 박씨는 아내 정씨의 계모이고, 박수관은 박씨의 친척이다. 이러한 결합은 영웅호걸−요조숙녀−투기요부−계모형−소인(탕자)형 인물이 결합된 형태로 계모 모해와 처처 모해가 예상된다.

먼저, 이 유형에서는 계모 모해로 정씨의 계모 박씨가 정씨를 박수관과 결혼시키려하는 혼사 장애가 일어날 수 있다. 또한 혼사 장애를 극복하고 조무와 정씨가 결혼한 후에는 금선공주라는 투기요부형 인물이 기다리고 있다. 금선공주가 권력을 이용해 조무와 사혼 후 정씨와 연씨, 최씨를 모해하는 서사를 예측할 수 있다.

이렇게 인물의 결합을 따져보면 전개될 서사의 예측이 가능하다. 하지만 실제 독서의 과정에서 독자들에게 이와같은 인물의 결합 관계가 표의 형태로 제시되지는 않는다. 다만 독자들은 작품을 읽어나가는 과정 속에서 인물의 결합 관계를 정리하면서 읽어나갈 수 있다. 이렇게 정리하는 과정에서 서사의 전개도 자연스럽게 예측할 수 있고, 예측한 서사를 확인해 볼 수 있다. 인물 관계를 파악하면서 전개될 서사를 예측하고 또 확인할 수 있다. 유형적 인물의 관계 파악은 서사의 전개와 밀접하게 연결되어 있어 장편가문소설 읽기에서 매우 의미 있는 작업이다. 장편가문소설 작품을 읽어나갈 때 '가계도 그리기', '유형적 인물의 범주화', '유형적 인물의 관계 파악' 이 세 가지 전략을 활용하여 나가면 등장인물의 위상을 파악하고 서사의 전개를 예측할 수 있다.

2) 서사 이해를 위한 읽기 전략

서사 관련 읽기 전략에는 1) 인물 간의 갈등 또는 결합 관계를 통해 생성되는 단위담 파악하기, 2) 단위담의 유형적 화소 파악하기, 3) 단위담의 배열 방식 파악하기가 있다. 먼저, 인물 간의 갈등·결합 관계를 통해 형성되는 서사 기본 원리 8가지를 장르지식에서 제시하였다. 이를 통해 인물의 갈등과 결합 관계 속에서 형성되는 단위담(계모모해담, 처처모해담, 간신모해담, 출정담, 혼사장애담) 중에서 어떤 단위담이 전개될지 예측하고, 작품을 읽어나가면서 확인할 수 있다. 또한 각각의 단위담에 어떤 유형적인 화소가 나올지 예측하고 확인할 수 있다. 또한 단위담과 단위담이 모여 장편화하는 과정에서 서사 전개 방식이 순차적인 진행방식인지 동시사건 배열 방식인지 확인할 수 있다.

서사 관련 읽기 전략을 수행하면서 독자는 예측과 확인을 반복하게 된다. 인물 관련 읽기 전략을 수행하면서 파악한 인물 간의 갈등, 결합 양상을 바탕으로 서사 관련 장르지식을 동원하여 서사의 유형을 파악하고, 이를 통해 전개될 서사를 예측·확인한다. 반동인물의 모해 서사, 각각 유형적 인물에서 생성된 유형적 화소, 인물 결합으로 생성되는 단위담을 예측·확인한다. 각각의 단위담의 배열은 어떤 방식인지 장르지식을 동원하여 적용할 수 있다. 서사 관련 읽기 전략을 수행하면 독자는 전체적인 작품의 서사 배열 방식, 단위담, 유형적 화소를 파악하게 되고 전체적인 서사구조를 파악하게 된다.

(1) 단위담의 생성 원리 파악하기

이 전략은 유형적 인물의 결합과정에서 생성되는 단위담을 파악하는 것이다. 이 전략은 앞으로 전개될 서사를 예측하고 확인할 수 있다. 앞서 살펴본 조무와 그의 아내들, 주변인물과의 결합 관계 속에서 전개될 서사를 예측해 보면 〈표 26〉과 같이 정리할 수 있다.

〈표 26〉 유형적 인물의 결합 관계에서 생성되는 단위담

조무	정씨	박씨	박수관	금선공주	연씨/최씨
	조무의 아내	정씨의 계모	박씨의 친척	조무의 아내	조무의 아내
영웅호걸형	요조숙녀형	계모형	소인(탕자)형	투기요부형	요조숙녀형
예상되는 단위담	①계모 박씨가 친척 박수관과 더불어 정씨의 혼사를 방해함: 혼사장애담 ②투기요부형 금선공주가 정씨와 연씨/최씨를 모해함: 처처모해담 ③영웅호걸형인 조무의 정벌담				

〈표 26〉에서 계모형 인물과 투기요부형 인물이 결합되어 계모모해서사와 처처모해서사가 예상된다.

〈표 26〉에서 조무−정씨/연씨/최씨−금선공주의 결합은 영웅호걸−요조숙녀−투기요부형 인물의 조합이다. 따라서 이 조합에서는 투기요부형 인물인 금선공주가 요조숙녀인 정씨와 연씨/최씨를 모해하는 처처모해담을 예측할 수 있다. 게다가 조무가 영웅호걸형의 인물이므로 만약 요조숙녀형 인물인 정씨가 금선공주에게 모해를 당하면 이것을 차분히 지켜보며 해결하기보다는 투기요부형인 금선공주의 요약(妖藥)에 중독되어 정씨를 의심하며 오히려 시련을 줄 수도 있을 것이다.

조무−정씨−박씨−박수관의 결합은 영웅호걸−요조숙녀−계모형−소인(탕자)형 인물의 조합이다. 이 조합에서는 계모형 인물인

박씨와 소인(탕자)형 인물인 박수관이 합세하여 요조숙녀를 모해하는 일련의 서사를 예측할 수 있다. 박씨는 정씨의 계모이다. 장편가문소설에 등장하는 계모가 전실소생인 딸에게 가하는 대표적인 모해가 혼사장애 모해이다. 계모는 이미 혼약한 전실 소생의 딸을 파혼시키고, 자신의 친척과 강제 결혼시키려는 모해를 꾸민다. 박씨도 정씨에게 그런 모해를 가할 수 있다.

다음으로 박수관은 정씨와 강제 결혼하기 위해 정씨를 납치하려는 등의 행동을 보이며 정씨를 모해할 것으로 보인다. 이 경우 정씨가 결혼하기 전이라면 박씨와 박수관이 합세하여 정씨와 조무의 결혼을 방해하는 혼사장애를 일으키는 서사를 예측할 수 있다.

한편 영웅호걸형 인물인 조무에게는 외적을 무찌르러 변방으로 떠나는 정벌담 서사가 발생한다. 정벌담 서사에서 조무는 자신 능력을 발휘하기도 하지만, 이 기간 동안 가문을 떠나 있기 때문에 박씨와 박수관, 금선공주 같은 인물들이 정씨를 모해할 기회를 제공해주기도 한다.

실제 작품인 『조씨삼대록』에서 서사의 전개를 보면, ①, ②, ③이 모두 실현된다. 다만, ②에서 금선공주가 처처 모해의 대상으로 삼은 인물은 정씨이다. 연씨와 최씨는 갈등 해소 후에 맞이하는 인물들로 모해의 대상이 되지 않는다. 이런 면에서 서사의 예측과 실제 작품 간에 조금 차이가 나지만 전체적인 서사 전개는 인물의 결합만 보고 예상했던 것과 큰 차이가 없다. 실제 독자들은 작품의 내용을 읽고 나서 〈표 26〉처럼 인물과 내용을 정리할 수 있고 이것을 바탕으로 하여 유사한 인물 결합을 발견한다면 서사 전개를 예측할 수 있을 것이다.

〈표 26〉에서 인물들을 주동인물과 반동인물로 나누어 보면 〈그림

14)와 같이 정리된다.

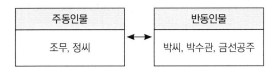

주동인물	반동인물
조무, 정씨	박씨, 박수관, 금선공주

〈그림 14〉 인물 간의 갈등 관계: 주동인물과 반동인물의 대립

앞서 다룬 내용들을 바탕으로 인물의 정보를 따져보면, 조무와 정씨가 각각 남녀 주동인물이 되고, 조무와 정씨를 괴롭히는 박씨, 박수관, 금선공주는 반동인물이 된다.

(2) 유형적 화소 찾기

서사 관련 장르지식에서 장편가문소설에는 유형적 인물과 어울리는 유형적 화소가 있고, 반동인물의 모해담에 자주 나오는 유형적 화소가 있음을 제시했다. 이러한 장르지식을 바탕으로 단위담에서 나올 수 있는 유형적 화소의 예측이 가능하다.

〈표 26〉의 결합에서 예상되는 단위담으로는 계모 박씨가 박수관과 더불어 정씨의 혼사를 방해하는 혼사장애담, 투기요부형 금선공주가 정씨를 모해하는 처처모해담, 영웅호걸형 인물인 조무의 정벌담 등을 들 수 있다. 이 단위담에서 발견될 수 있는 유형적 화소를 예측해 보겠다.

먼저, 혼사장애담에서 나타날 수 있는 유형적 화소를 생각해 보면 이러하다. 계모 박씨는 정씨의 혼사를 방해하려고 정씨를 모해할 것으로 보인다. 정씨의 행실을 모해하는 방안으로는 정절을 의심하게 하는 모해와 집안 어른에게 강상대죄를 지은 것으로 모해하여 피혼시키는 방법이 대표적이다. 전자에 해당하는 것으로 간부서, 개용단을 이용한 간부와의 밀회 장면 연출 등의 화소를 들 수 있다. 후자에 해당하는 것으로 자객이 들어 집안 어른을 모해하려다 실패하고 도망가면서 집안 어른을 모해해 달라는 내용의 편지가 담긴 주머니를 던져 정씨를 모해하는 화소, 집안 어른의 음식 등에 독을 타고 이를 정씨에게 모해하는 화소, 저주물과 저주의 글을 써서 집안 어른의 처소 근처에 묻고 이를 정씨에게 뒤집어씌우는 화소 등을 들 수 있다.

다음으로 박수관이 정씨와의 늑혼을 시도하는데 이를 알게 된 정씨가 대처하는 과정에서도 여러 가지 유형적 화소를 예상할 수 있다. 정씨가 박수관과의 늑혼을 피하기 위해 남복을 입고 집을 떠나는 화소, 집을 떠나 친척 집에 가는 도중 도적을 만나 실절 위기에 처하자 강물에 몸을 던지는 화소, 강물에 빠진 정소저를 누군가가 구해주는 화소, 액운이 다할 때까지 분리된 공간에서 지내는 화소 등을 들 수 있다. 이러한 과정을 거쳐 정소저는 남성주인공을 만나 결국 성공적으로 결혼하는 서사에 이르게 된다.

다음으로 투기요부형인 금선공주가 애정을 독차지하기 위해 요조숙녀형 아내들을 모해하는 서사에서 유형적 화소를 예상할 수 있다. 먼저 투기요부형 여성들이 남성주동인물과 결혼을 할 때 흔히 발견되는 유형적 화소부터 살펴보면 이렇다. 대체로 투기요부형 여성은 자신이 먼저 남성인물을 보고 반하여 상사병을 앓게 된다. 그리고 나서 강제로 권력을 동원하여 사혼교지를 얻어내어 남성인물과 결혼한다. 투기요부형 여성은 그 후 남성인물에게 소박을 맞고 외로이 지내다가 다른 아내들을 모해하기에 이른다. 이때 모해 화소로 들 수 있는 것이 역시 간부서를 이용한 간부 모해, 개용단을 이용한 밀회 장면의 연출, 자객의 출현과 간부서 투척, 집안 어른의 음식에 독약 넣기, 저주물 또는 저주의 글을 써서 집안 곳곳에 묻고 이를 다른 여성들에게 뒤집어씌우기 등의 모해 화소를 예상할 수 있다.

한편 영웅호걸형의 조무에게서는 외적을 무찌르는 정벌담에서 외적을 무찌르고 승리하여 돌아오는 화소, 출정하고 돌아오는 길에 미인과 결연을 맺는 불고이취 화소도 예상할 수 있다. 영웅호걸형의 인물은 결혼 전에 앵혈 없애기 화소, 웃어른을 졸라서 억지로 과거시험을 보러 가는 화소, 공주 등과 강제로 사혼하는 화소, 투기요부형 여성이 먹인 요약(妖藥)에 취하여 판단이 흐려진 상태에서 요조숙녀형 여성을 의심하고 괴롭히는 화소도 나타나곤 한다. 지금까지 논의한 단위담에서 발견되는 유형적 화소를 〈표 27〉과 같이 정리할 수 있다.

〈표 27〉 단위담에서 예상되는 유형적 화소

단위담	단위담에서 예상되는 유형적 화소
계모모해담 (혼사장애담)	파혼시키기 위한 모해: 정절의심−간부서, 개용단을 이용한 간부 밀회장면 연출
	파혼시키기 위한 모해: 강상대죄−자객, 자객이 던진 모해의 글, 집안 어른의 음식에 독을 넣음, 요예지물, 저주의 글
	늑혼을 면하기 위한 화소: 남복개착 후 가출, 투강, 분리된 공간에서 지냄, 약혼했던 대상과 결혼을 성취함
처처모해담	간부서, 개용단을 이용한 간부모해, 자객, 치독, 요예지물, 저주의 글
정벌담	승전입공, 불고이취

유형적 화소 역시 단위담을 알면 어느 정도 예측이 가능하다. 역시 이렇게 예측한 것은, 작품을 읽어나가며 내용을 확인할 수도 있다. 또한 역으로 작품을 읽으면서 찾아낸 유형적 화소를 〈표 27〉처럼

정리할 수도 있다. 독자들은 장편가문소설 작품을 읽으면서 이러한 유형적 화소를 자주 발견할 수 있다. 이러한 과정을 반복하다 보면 또 다른 장편가문소설 작품을 읽을 때 유형적 화소를 예측하고 확인하며 읽게 된다. 이 과정에서 장편가문소설 읽기의 흥미가 고조된다.

(3) 단위담의 배열 방식 파악하기

장편가문소설은 각각의 단위담이 모여서 장편으로 구성된다. 장편화의 방법에는 시간의 흐름에 맞춰 순차적으로 배열되는 방식과 같은 시간대에 여러 장소에서 동시적으로 일어나는 일들을 배열하는 동시사건 배열 방식이 있다. 장편가문소설의 작품을 읽어나가면서 각각의 단위담이 어떤 방식으로 배열되고 있는지를 파악할 수 있다. 장르지식에서 장편가문소설의 단위담의 배열 방식으로 시간에 따른 순차적인 배열 방식과 동시사건 배열 방식이 있음을 제시하였다.

이러한 단위담의 배열 방식은 대개 작품을 반 넘게 읽은 후에야 파악이 가능하다. 그러므로 이 전략은 작품을 절반 이상 읽은 후에야 수행할 수 있다. 『소현성록』 연작이나 『유씨삼대록』, 『조씨삼대록』 같은 경우의 작품들은 순차적인 배열 방식으로 단위담이 구성됨을 확인할 수 있다. 이 작품들은 많은 등장인물이 나오기는 하지만 순차적으로 한 사람의 혼인 서사가 집중적으로 나오다가 갈등이 해결되고 나면 다음 사람의 이야기로 넘어간다. 즉 혼사 이야기가 첫째 아들, 둘째 아들, 셋째 아들…… 식으로 전개되어 나간다.

반면에 『창선감의록』 같은 작품은 여러 인물의 서사가 같은 시간 축에서 동시에 일어나므로 시간의 역전 현상이 나타나기도 한다.

『창선감의록』의 이러한 배열 방식은 다소 복잡하여 분량이 『소현성록』 연작보다 적음에도 읽어나가기가 수월하지 않다. 이것은 『창선감의록』이 단순한 순차적인 배열이 아닌 다소 복잡한 동시사건 배열 방식을 따르고 있기 때문이다. 『소현성록』 연작과 같이 한 가문이 중심이 되어 가문 내에서 일어나는 일들이 중점적으로 전개되면 순차적 배열 방식을 따르고, 『창선감의록』과 같이 여러 가문에서 일어나는 일들이 전개될 때에는 동시 사건 배열 방식을 따르게 된다.

『현몽쌍룡기』의 경우는 주로 조부가 중심이 되어 조무와 조성이라는 서로 대비되는 인물을 내세워 이들을 둘러싼 서사가 번갈아가며 전개된다. 또한 조무와 조성과 결혼하는 여성인물들에 대한 모해 서사가 조부 밖에서 전개되기도 한다. 처음에 조무의 혼사→조성의 혼사→조무의 아내 정채임을 계모 박씨가 모해함→조성의 아내 양씨를 양씨의 오빠 양세가 모해함⋯⋯→조성의 광동순무→조무의 거란출병⋯⋯양옥설의 등문고 서사→정채임의 등문고 서사 이런 식으로 서로 비슷한 사건들이 짝을 이루며 대응되면서 전개되고 있다. 이러한 서사 전개는 『현몽쌍룡기』에서 찾아볼 수 있는 특이한 구조라고 할 수 있다.

『현몽쌍룡기』는 조무, 조성이라는 쌍둥이 형제가 영웅호걸형, 정인군자형의 대비되는 인물 관계를 형성하면서 혼사장애담, 아내의 모해담, 남성인물의 정벌담 또는 지방순무담, 남성주동인물의 수난담(역모 또는 강상대죄에 휘말리는 서사), 여성주동인물의 등문고 서사, 갈등의 해결 등의 순서를 따라서 규칙적으로 전개됨을 발견할 수 있다. 『현몽쌍룡기』에서 발견되는 이와 같은 규칙성은 권1~권2까지만 읽어보아도 어느 정도 예측할 수 있다. 『현몽쌍룡기』의 서사배열을 〈그림 15〉와 같이 간단히 도식화할 수 있다.

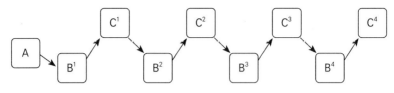

<그림 15> 『현몽쌍룡기』의 서사 전개 방식

(A: 조씨 가문 전체의 도입 서사 B: 조무 관련 서사 C: 조성 관련 서사, 1: 혼사장애담, 2: 아내의 모해담,
3: 지방 파견근무·정벌담, 4: 등문고 서사)

그림을 보면 A를 조씨 가문 전체의 도입 부분의 서사라고 할 수
있다. 다음으로 B^1, B^2, B^3, B^{4}를 조무와 관련한 각각의 혼사장애담,
조무의 아내 모해담, 조무의 정벌담, 등문고 서사 등으로 본다면 C^1,
C^2, C^3, C^{4}는 각각 조성과 관련한 혼사장애담, 조성의 아내 모해담,
조성의 지방 순무담, 등문고 서사 등으로 볼 수 있다. 이를 통해 조무
와 조성 두 인물을 축으로 하여 각각의 서사가 번갈아 가면서 순차적
으로 전개됨을 발견할 수 있다. 이같이 『현몽쌍룡기』는 조무와 조성
이 쌍둥이 형제로 대응 관계를 형성하면서 서사도 비슷한 단위담들
이 짝을 이루면서 순차적으로 전개된다.

『현몽쌍룡기』의 후속 작품인 『조씨삼대록』도 순차적으로 단위담
이 배열되는데 이는 조씨가문 내의 인물로 집약되면서 나타나는 현
상이다. 이러한 현상은 『소현성록』 연작에서도 발견된다.

『조씨삼대록』의 단위담 배열 방식을 제시해 보면 이러하다. 『조씨
삼대록』에서 서사 비중이 다소 높은 인물들을 중심으로 서사 전개를
배열해 보면 이러하다. 조무의 첫째 아들 조기현, 조성의 첫째 아들
조유현, 조무의 사위 양인광, 조무의 아들 조운현, 조성의 아들 조응
현, 조성의 사위 소경수, 조성의 손자 조명천, 조무의 손자 조명윤
식으로 『현몽쌍룡기』에서 서로 대응되는 인물의 서사가 번갈아 전

개되듯 『조씨삼대록』에서도 조무와 조성의 아들이 번갈아가며 서사가 진행되는데 순차적인 시간의 배열을 따르고 있다. 역시 『현몽쌍룡기』와 유사한 전개 방식이라 할 수 있다. 이를 도식화해 보면 〈그림 16〉과 같다.

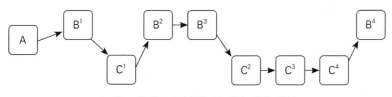

〈그림 16〉 『조씨삼대록』의 서사 전개 방식

(A: 조씨 가문의 인물 소개, B: 조무의 자녀 서사, C: 조성의 자녀 서사, 1: 장남 서사, 2: 사위 서사, 3: 차남 이하의 아들 서사)

〈그림 16〉에서 조무와 관련된 인물의 단위담으로 B^1, B^2, B^3, B^4로 조무의 자녀들과 관련한 것이고, 조성과 관련된 인물의 단위담으로 C^1, C^2, C^3, C^4가 있다. 이 단위담은 시간의 흐름에 따라 순차적으로 배열되지만, 조무와 관련된 인물의 서사와 조성과 관련된 인물의 서사가 서로 대칭을 이루면서 순번대로 전개되고 있음을 발견할 수 있다. 이러한 배열 방식은 순차적인 전개 방식에서 오는 지루함과 단조로움을 어느 정도 해소해주는 기능을 하고 있다.

3) 주제 파악을 위한 읽기 전략

장편가문소설의 주제는 작품이 창작되던 당시의 시대정신을 반영한다. 작품에는 작품이 창작되고 향유되던 당시의 시대정신과 향유층의 의식세계가 반영된다. 장편가문소설은 17세기 무렵부터 창작된 것으로 추정된다. 『소현성록』 연작이나 삼대록계 장편가문소설은 초기작으로 여겨지며 18세기에는 『안월회맹연』, 『명주보월빙』, 『임화정연』 같은 방대한 분량의 장편가문소설이 나오게 되었고, 19세기에는 『화씨충효록』, 『명행정의록』, 『낙천등운』, 『낙성비룡』과 같은 다양한 층위의 작품이 향유되기에 이른다. 이에 따라 주제의식도 변모해 갔다.

이 책에서는 장편가문소설 초기 작품에서 강조하는 주제의식을 중심으로 다루었다. 왜냐하면 초기 작품의 주제의식을 숙지하고 있어야 후기 작품에서 다양하게 변모된 주제의식을 파악할 수 있기 때문이다. 그래서 이 책에서는 초기 작품들의 주제의식을 살피는 것에 주력했다.

장편가문소설이 창작되던 당시인 17세기의 통치자들은 시대적 분위기는 임·병 양란 이후 해이해진 신분질서를 성리학적 이념의 재무장을 통해 지배이데올로기를 공고히 하였다. 이러한 이념의 재무장은 국가적 차원보다는 가문 차원으로 이루어지게 된다. 장자 중심의 가부장제의 확립을 통해 가문의 기강을 확고히 하려 하였다. 그러기 위해서는 가부장에 대한 절대 복종이 필요했다. 가문 내 자손들이 가부장의 권위에 절대 복종하는 것을 효로, 여성이 가부장의 권위에 절대 복종하며 한 사람의 가부장만 섬기는 것을 열로 여겼다. 또한 가부장에 대한 복종이 국가적 차원으로 확장된 것이 충으로 여겼다.

또한 이 시기에 성리학적 이념의 공고화의 일환으로 여성들에게 정절을 강조하며 『동국신속삼강행실도』를 편찬, 보급하기에 이른다. 가부장제를 공고히 하기 위해서는 여성들이 가부장에게 절대 복종하도록 『열녀전』을 읽히고 열의 이념을 주입하였다. 장편가문소설도 여기에 한 몫을 담당하였다. 장편가문소설의 주제의식으로 여성에게 열을 강조하고 있다. 특히 장편가문소설의 초기작이라 할 수 있는 『창선감의록』과 『소현성록』 연작에는 이러한 충, 효, 열의 유교이념을 공고히 하는 주제의식이 반영되어 있다. 이보다 후대의 작품인 『명주보월빙』에도 역시 충, 효, 열의 유교이념을 강조하는 주제의식이 반영되었지만, 여성들의 수난이 극대화되고 반복되는 양상을 보이고 있어 오히려 가부장의 횡포와 이념의 부자연스러움을 고발하는 모습으로도 읽어낼 수가 있게 된다. 장편가문소설의 이러한 주제의식을 읽어내기 위해 이 책에서는 단위담과 주제 관련 짓기, 강조된 주제의식 찾기 전략을 제시하고 있다.

(1) 단위담과 주제 관련짓기

'단위담과 주제 관련짓기'에서는 단위담이 각각 충, 효, 열과 같은 유형적 주제와 자연스럽게 연관되는 과정을 제시했다.

예를 들어 『현몽쌍룡기』 권1~권2의 주된 서사는 조부의 소개와 조무와 정채임의 혼사장애담이다. 특히 계모 박씨는 정채임이 저주의 글과 요예지물을 써서 자신을 죽이려 했다고 모해하며, 이러한 강상대죄를 지은 정채임이 조씨 가문과 혼사를 이룰 수는 없다면서 혼사를 방해한다. 박씨는 정채임과 조무와의 혼사를 취소하고 자기 조카인 박수관과 결혼시켜야 한다고 억지 주장을 한다. 정채임의 부친 정세추는 용렬한 인물이라 박씨의 계략을 꿰뚫어보지 못한다. 그저 박씨가 하자는 대로 따라 하고 만다. 정채임은 이러한 계모의 모해에 대해 직접적으로 저항하지 못한다. 그것은 효의 이데올로기가 작동하기 때문이다. 계모가 아무리 자신을 때리고 굶주리게 해도 계모는 부모이기에 함부로 대항할 수가 없는 것이다. 그러므로 정채임은 반론을 제기하지 않는다. 다만, 조씨 가문과의 혼사를 깨는 일에 대해서는 열의 이념을 내세우며 반대한다. 효만큼 중요한 것이 열이기 때문이다. 결국 정채임은 조씨 가문과의 혼약을 지키기 위해 남복으로 갈아입고 집을 나서며, 실절위기에 처해서는 강에 몸을 던지는 일도 불사하고 만다. 이 단위담에서 연결되는 주제는 효와 열이다. 〈표 28〉를 통해 『현몽쌍룡기』 권1, 권2에 나타난 인물 갈등에서 생성된 단위담과 그 단위담에서 도출되는 주제의 양상을 파악할 수 있다.

〈표 28〉 『현몽쌍룡기』 권1~권2의 단위담과 주제

유형적 인물 간의 갈등 양상		갈등	유형적 단위담	주제
반동인물	주동인물			
박씨	정채임, 정천희	박씨의 가권 획득의 욕망	계모모해담, 혼사장애담	효(孝), 열(烈)
박수관	정채임	강제 결혼	혼사장애담	열(烈)

〈표 28〉은 다시 〈표 29〉와 같이 정리할 수 있다.

〈표 29〉 『현몽쌍룡기』 권1~권2의 주제 구현 양상

주제의식	단위담에서 주제가 구현된 양상
효	• 정채임은 계모 박씨가 자신을 모해할 것이라는 것을 알면서도 부모님에게 도리를 다해야 한다고 생각하며 외가를 떠나 본가로 감 • 정채임은 계모 박씨가 정채임을 파혼시키기 위해 저주의 글과 요예지물로 자신을 죽이려 했다고 모해해도 계모에 대한 효(孝)를 다해야 하므로 직접적으로 자신의 무고함을 해명하지 않음
열	• 계모 박씨가 박수관과 정채임을 강제 결혼시키려 하자 정채임은 조무와 혼약한 사이이므로 열을 지키기 위해 남복을 입고 집을 탈출함 • 정채임은 탈출 후 도적을 만나 실절 위기에 처하자 열(烈)을 지키기 위해 강물에 몸을 던짐

(2) 강조된 주제의식의 구현

강조된 주제의식의 구현에서는 개개의 작품에서 강조하는 주제의식에 충, 효, 열이라는 유교이념에 입각한 주제가 골고루 구현되었는지를 확인하는 단계이다. 다음으로 그 세 가지 주제 중 작품에서 특히 강조한 주제의식은 어느 것인지 찾아본다.

『현몽쌍룡기』권1~권2의 내용을 충, 효, 열의 주제와 연관을 지어 보면 이러하다. 먼저 정채임이 계모로부터 모해를 당하고도 계모 박씨에 대해 저항하지 않고 꿋꿋하게 감내하는 모습에서 효를 관련지어 볼 수 있다. 계모 박씨의 모해로 박수관과 강제로 결혼해야 하는 위기에 처해서는 열의 수호를 위해 남복을 입고 결연히 집을 나서는 단호한 모습을 볼 수 있다. 또한 조씨 가문과의 혼약을 지켜 열을 수호하려는 강인한 의지도 드러나고 있다. 실절 위기에 처해서 아무런 주저 없이 강물에 몸을 던지는 정채임의 행위를 통해서는 강렬한 열의 수호의지를 엿볼 수 있다. 『현몽쌍룡기』권1~권2의 부분만 읽었는데도 단위담을 통해 효와 열의 강조된 주제의식을 찾아낼 수 있다. 앞으로 전개될 서사를 통해서 효와 열, 충, 우애, 화목과 관련한 서사들도 더 찾을 수 있을 것이다.

이 과정에서 현대 독자들은 의구심을 제기할 수 있다. 특히 자신을 부당하게 무고하는 계모 박씨에 대해 자신의 억울함을 밝히지 않고, 단지 계모에게 효를 다하기 위해 진실을 밝히지 않는 모습을 보며 이것이 진정한 효인지에 대해 의문을 제기할 것이다. 또한 정절을 잃을 위기에 처하자 강물에 몸을 던지는 정채임의 행동에 대해 열이 그만큼 중요한 가치였는지에 대해서도 의문을 제기할 수 있다. 이러한 것은 현대인의 입장에서 본 효와 열에 대한 생각일 것이다. 이 작품이 창작된 당시에는 여성의 정절이 목숨보다 소중한 것이었으며, 부모님이 비록 옳지 않은 일을 해도 일단 부모님의 생각을 따라야 하고, 부모님의 과실이 드러나지 않게 하는 것이 효로 여겨지는 시대였음을 이 작품을 통해서 읽어낼 수 있다.

2. 읽기 전략의 구현 단계

여기에서는 읽기의 3단계 과정 속에서 읽기 전략을 구현해 나가는 과정을 제시하고 있다. 읽기 이론에서 읽기의 단계는 흔히 읽기 전 단계, 읽기 중 단계, 읽기 후 단계의 3단계로 나누고 있다. 이 책에서도 이러한 3단계 과정을 따르고 있다. 장편가문소설을 읽어나가는 일련의 과정을 독자의 입장에서 순차적으로 정리해 보면 〈그림 17〉과 같다.

〈그림 17〉 단계별 읽기 전략

이 단계에서는 장편가문소설의 읽기 전략을 읽기의 과정 속에서 적용해 보는 단계이다. 단계별 전략은 대체로 순차적으로 전개되는 걸 예상하지만, 여러 가지 전략이 겹치기도 하고, 하나의 전략이 끝나고 나서 다음 전략이 이어지기도 하고, 여러 가지 전략들이 동시에 같이 진행되기도 한다. 이 장에서는 장편가문소설을 읽는 독자들이 읽기의 단계에서 해야 할 활동과 구사할 전략을 간략히 제시하고 있다.

1) 전략 구현의 준비: 읽기 전 단계

전략 구현의 준비(읽기 전)는 읽기 전 단계로 독자는 읽기의 목표를 한번 설정해 보고, 장편가문소설과 관련한 장르지식을 읽어보며 이 것을 익히고, 자신이 읽을 장편가문소설 작품을 훑어보며 전개될 내용이 어떠할지 한번 예측해 보는 단계이다. 읽기 전 단계는 많은 시간을 소모할 필요는 없다. 이 단계에서 구사되는 전략과 활동을 제시하면 이러하다.

(1) 읽기 목표의 설정

작품을 읽기 전에 이 작품을 읽는 목표를 설정해 보는 것이다. 이 책에서 추구하는 장편가문소설 읽기의 목표는 내용을 파악하는 데 있다. 긴 작품의 내용을 효과적으로 파악하기 위해 등장인물과 서사의 흐름을 파악해야 하고 그 과정에서 궁극적으로는 작품의 주제가 무엇인지를 파악할 수 있게 된다. 그러므로 가장 근본적이고 기본적인 목표는 작품의 내용 파악에 있다. 장편가문소설을 읽는 독자들도 작품의 내용을 이해하고 나서 작품의 주제를 파악하고, 작품이 주는 즐거움과 흥미를 느낄 수 있다. 따라서 읽기의 일차적인 목표는 작품의 내용 파악에 있다.

(2) 장르지식 익히기

앞서 장편가문소설 읽기의 목표를 일차적으로 내용 파악에 두었다. 장편가문소설은 고전작품이며 긴 작품이므로 읽어나가기가 쉽지 않다. 그러한 어려움을 장르지식의 도움을 받아 극복할 수 있다. 이 단계에서 독자는 제시된 장르지식을 읽어나가며 장편가문소설에 대한 이해의 폭을 넓히게 된다.

장르지식으로는 맥락 이해를 돕는 장르지식과 작품 자체의 이해를 돕는 장르지식이 있다. 맥락 이해를 돕는 장르지식은 장편가문소설의 형성 시기, 향유층과 관련한 지식으로 작품의 주제의식과 연결된다. 작품 자체의 이해를 돕는 장르지식으로는 앞서 다루었던 장편가문소설 전반에 나타나는 유형성이 드러나는 인물, 서사, 주제와 관련한 것들이다. 독자들은 장르지식을 바탕으로 장편가문소설 전반에 대한 대략적인 흐름을 파악하고 작품을 읽어나가게 된다.

특히 작품 자체의 이해를 돕는 장르지식을 바탕으로 개별 작품을 읽어나가면서 장편가문소설의 유형적 인물을 범주화할 수 있고, 인물들의 결합과 갈등에 따라 생성되는 유형적 서사를 예측하고 확인할 수 있게 된다. 또한 서사가 전개되는 과정이 순차적인 배열 방식인지 동시사건 배열 방식인지를 장르지식을 통해 윤곽을 잡을 수 있게 된다. 이러한 과정을 거쳐 작품 전체의 주제를 파악할 수 있게 된다. 따라서 작품 자체의 이해를 돕는 장르지식은 단순한 사실 자체를 기억하는 명제적 지식 차원에서 머무르는 것이 아니라, 작품을 읽어나가는 데 필요한 방법적인 지식으로 기능하게 된다. 독자들은 제시된 장르지식을 읽기 전 단계뿐 아니라 작품을 읽어나가면서 필요할 때마다 참고하면 작품을 읽어나가는 데 도움을 받게 된다.

(3) 내용 예측하기

'내용 예측하기'는 책을 읽지 않은 상태에서 주어진 정보를 놓고 작품의 내용을 예측해 보는 것이다. 독자는 작품의 제목 또는 장르지식을 바탕으로 전개될 내용을 간략히 예측해 볼 수 있다.

예를 들면 장편가문소설에는 가문과 관련한 이야기가 나올 것이고, 반동인물이 주동인물을 모해하는 서사가 나올 것이고, 주제는 유교이념에 입각한 충, 효, 열, 우애, 화목 등이 될 것이다. 일부다처가 허용되며 가부장제를 기반으로 하는 가문이 배경이므로 처처 간의 갈등, 계후 문제를 둘러싼 갈등이 예상된다.

하지만 독자들이 개인차가 있으므로 앞서 제시한 예측들을 못할 수도 있다. 내용 예측하기는 답을 요구하는 것이 아니라, 장편가문소설에 대해 독자가 잠시 상상력을 발휘하는 정도로 시도해 볼 수 있다.

2) 읽기 전략의 구현: 읽기 중 단계

읽기 전략의 구현 단계는 독자가 본격적으로 작품을 읽어나가며 전략을 구현하는 단계이다. 독자들은 읽기의 목표인 내용 파악을 위해 이 책에서 구안한 전략을 실지로 적용해 나갈 것이다. 이 단계에서는 독자들이 각각의 전략들—내용 요약하기, 가계도 그리기, 유형적 인물의 범주화, 유형적 인물의 관계 파악, 유형적 서사 예측하며 읽기(인물의 갈등·결합 관계에서 생성되는 서사, 유형적 화소의 양상 파악), 서사 전개의 방식 파악, 주제의식의 파악—을 효과적으로 수행하는 방안을 제시하고 있다.

이 책에서 제시한 여러 전략들은 인물, 서사, 주제 순으로 제시되어 있다. 하지만 이 전략들이 반드시 순서대로 적용해야만 하는 것은 아니다. 제시된 전략들은 동시 다발적으로 수행할 수도 있고, 여러 차례 반복해서 수행해야 할 전략도 있다. 즉 가계도 그리기 전략과 유형적 인물의 범주화 전략을 동시에 수행할 수도 있다. 가계도 그리기는 발단 부분만으로 완성되는 것이 아니라 작품이 끝날 때까지 인물들의 결혼 관계나 출생 등을 반영해야 하므로 지속적으로 수행해야 할 전략이다.

읽기 중 단계에서는 작품을 읽으면서 내용 파악을 위한 여러 가지 시도를 한다. 독자들이 매 작품의 권1 첫 도입부를 읽고 나면 인물 간의 관계, 가문의 가계도를 대략적으로 그릴 수 있다. 대체로 장편 가문소설의 권1 도입부는 가문의 내력을 설명하는 데서 시작하여 주요인물 소개하고 기자 정성을 드려 비범한 인물이 출생함을 알린다. 이 부분을 읽으면서 가문의 기본적인 가계도를 그릴 수 있다.

독자들은 권 또는 장 단위로 작품을 읽어나가면서 핵심서사를 요약하고, 인물이 등장하면 그 인물이 어느 유형에 속하는지 자연스레 파악하게 된다. 이 유형적 인물이 어떻게 결합하느냐에 따라 장르지식을 적용하여 예측하며 읽기가 가능하다. 등장인물을 유형적 인물로 범주화시키면, 유형적 인물에서 생성되는 서사를 예측할 수 있다. 장르지식을 숙지한 능숙한 독자의 경우는 유형적 인물 파악을 통해 예측하며 읽기가 가능해진다. 지속적으로 내용을 읽어나가면서, 독자는 읽기 중 단계에서는 작품 내용 파악과 인물의 관계, 핵심 서사를 통해 점차 전체적인 작품의 구조를 파악할 수 있다. 결국 독자는 이러한 과정을 통해서 작품의 내용과 주제를 파악하게 된다.

(1) 내용 요약하기

내용을 요약하는 것은 작품의 중요한 내용을 간추리는 것을 말한다. 내용 요약하기는 읽기 전략에서 요약하기 전략과 더불어 논의할 수 있다. 요약하기 전략은 텍스트의 중요 정보를 보다 조직적으로, 보다 간결하게, 보다 응집력 있게 처리함으로써 텍스트에 대해, 기억, 인출을 돕는 것으로 알려져 있다.[148) 특히 문학작품의 요약은 독자가 작품의 감상과정에서 작품을 읽고 회상과 조회 과정에서 이루어진다. 요약하기는 매우 창조적인 사고가 요구되는 것으로 독해력과 표현력이 동시에 요구되는 능동적이며 복합적인 사고 활동이라 할 수 있다.[149) 일반적으로 요약하기의 방법으로는 주제문을 찾고, 핵심 어구를 파악하고, 동일하거나 유사한 의미의 어휘나 어구를 상위어로 정리하고, 단문으로 구성하고, 접속부사로 연결된 부분의 내용에 유의하고, 예시되는 내용은 의미만 파악하고 생략하는 방법이 제시된다.[150) 이러한 방법을 장편가문소설에 적용해 보면, 등장인물과 핵심 서사 위주로 간략히 정리할 필요가 있다. 특히 장편가문소설은 긴 서사이므로 장이나 권으로 나누어져 있다. 물론 작품의 서사의 흐름을 고려하여 요약하는 방법도 있지만, 일단 독자들은 긴 서사의 부담

---

148) 윤준채, 「읽기 전략의 효과에 대한 검토」, 『독서연구』 25, 한국독서학회, 2011, 89쪽.
149) 김중신, 「문학위기의 응전력으로서 문학 읽기 전략」, 『독서연구』 2, 한국독서학회, 1997, 88쪽.
150) 김중신, 앞의 논문, 90쪽.

을 줄이기 위해 장이나 권으로 나누어서 요약하는 방법도 있다.

작품의 주요 내용은 핵심 서사 위주로 인물 간의 갈등, 갈등의 해결 등을 중심으로 요약할 수 있다. 특히 장편가문소설에서 반동인물들이 자신들의 모해 내용을 밝히는 초사(招辭), 주동인물들이 고생하며 지냈던 나날들을 술회한 편지글, 반동인물끼리 저지른 악행을 주고받는 말들은 그동안의 서사를 요약하는 기능이 있다. 이 부분을 주목해서 요약하기에 활용해야 한다. 반면에 장편가문소설에서 잔치나 결혼 장면을 묘사한 부분 등은 전체 윤곽만 파악하고 과감히 생략해도 좋을 부분이다. 내용 요약을 위해 이런 점을 유의하여 볼 필요가 있다.

다음에 제시하는 예문은 줄거리가 요약된 반동인물의 초사이다. 『명주보월빙』에서 반동인물인 위·유부인의 비복인 세월 비영이 위·유부인의 악행을 초사로 올린 내용으로 이들의 악행이 요약되어 있다.

비로소 아시는 바, 위·유가 명천공 재시부터 물어먹을 듯하다가, 공이 금국으로 나가매, 그때 조부인이 잉태하여 태우 형제 복중에 있고, 정병부 부인이 겨우 사세 된 것을 위·유 의논하고, 조부인 모녀를 죽이려 독약을 음식에 섞어 먹이되 각별 죽지 않고, 상서 금국에서 별세하고, 조부인이 태우 형제를 낳으매, 추밀은 영행(榮幸) 비절(悲絶)함이 교집하되, 위·유는 그 쌍태옥동이 인봉(麟鳳)같음을 통하여, 조부인을 못 견디게 보채던 바와, 병부 부인혼사를 작희하여, 위방에게 은을 받고 무지모야(無知暮夜)의 겁탈하라 하니, 윤씨 그 뜻을 짐작하고 주영을 대신에 보낸 바며, 유씨 하가를 화가여생(禍家餘生)이라 하여 딸을 김가에 완정(完定)하되, 추밀이 은주에 나갔음으로 말릴 이 없음을 인하여,

유씨 방자무기(放恣無忌)하여 사혼(賜婚)을 도모하고, 딸을 중광에게 보내려 하였더니, 뜻 아닌 윤씨 절행이 열렬하여 모친의 옥화를 애달라, 사리로 간하다가 유씨 듣지 않으매, 수월을 집을 떠났다가 추밀이 돌아온 후 들어온 설화를 고하고, 태우 형제를 추밀이 은주 갔을 적 시초(柴草)를 시키며, 미곡을 나르게 하고, 우양마필(牛羊馬匹)을 맡겨 먹이게 하며, 새끼를 꼬이고 맥죽(麥粥) 재강(滓糠)도 두 끼를 차려 주지 않고, 중장을 가해 혈육을 상케 하다가, 추밀이 돌아오매, 정·석 양인 이언간에 공자 등의 고상(苦狀)을 알아들을 만큼 비추니, 학사 양모의 괴악을 감추려 양광실성(佯狂失性)하였던 바 추밀이 변심한 후, 유씨 위씨를 도도아 정·진·하·장을 참혹히 보채여, 염천에 태우를 나무에 매어달고 죽이려 하다가, 정·석 양인이 구한 바에 다다라는, 듣는 자가 뼈 신지라. (…중략…) 위·유 낱낱이 없애고 제향을 영영 끊으려 결단하여, 태우 형제를 찬출한 후는 더욱 사당 문을 열어보는 일 없음을 세세히 주하니,

—『명주보월빙』권60[151]

이 초사의 내용은 계모형 인물인 위·유부인이 윤현의 아내 조부인과 딸 명아와 쌍둥이 아들인 광천, 희천 형제에게 가한 모해를 열거한 것이다. 위의 제시문은 초사의 일부를 수록했는데 전체에는 『명주보월빙』권1부터 권59까지의 위·유부인의 악행을 요약하여 제시했다. 위·유부인이 윤현이 살아있을 때부터 윤현을 싫어했고, 윤현이 금국 사신으로 갔다가 죽자, 윤현의 아내인 조부인과 그 딸인 윤명아를 죽이려고 독약을 먹인다. 또한 윤명아의 혼사를 방해하려고 위방을 보냈으나 윤명아가 주영을 대신 보내 위기를 모면한다.

---

151) 최길용, 역주, 『명주보월빙』 6, 학고방, 2014, 291~292쪽.

윤수의 아내 유씨가 자신의 딸과 혼약한 하씨 가문을 업신여겨 윤추밀이 온주에 외직으로 나간 시이 딸을 김중광에게 시집보내려 했으나 딸이 절행으로 항거하고 추밀이 돌아오자 할 수 없이 하씨 가문에 시집보낸다. 또한 조카인 윤광천 형제에게 나무를 베어오게 하고 미곡을 나르고 말을 먹이게 한 일 등등 온갖 악행을 저지른다. 초사에는 위·유 부인의 그간의 악행이 요약되어 있음을 알 수 있다. 이렇듯 장편가문소설에서 죄인들의 초사는 줄거리를 요약하는 기능이 있으므로 주의 깊게 읽을 필요가 있다.

그런가 하면 장편가문소설에는 사건의 전개보다는 장면을 묘사한 부분도 있는데 이런 부분은 과감히 생략할 수 있다. 예를 들어 잔치를 벌이는 모습, 결혼식 장면, 과거급제 후 유가하는 장면 등이다. 『명주보월빙』 권89 후반부부터 권90 전체는 정부의 순태부인의 생신연을 축하하는 내용으로 이루어져 있다. 잔치의 규모가 큰 것을 자랑삼아 묘사함으로써 정부의 위력을 과시하고 있음을 알 수 있다. 이 부분은 '순태부인의 화려한 생신연'으로 간단히 요약할 수 있다. 아래의 예문을 보며 확인해 보기로 하겠다.

이러구러 훌훌히 칠팔일이 지나매, 삼월 십오일은 순태부인 탄일이라. 위로 황상이 사연을 명하신 지 여러 해 만에 비로소 정부에서 연석을 개장할 새, 빈객을 크게 모을 분이요, 주육(酒肉)을 설판(設辦)하는 수고로움이 없으니, 각 부 진심하여 연석 기구를 차려 향온미주(香醞米酒)와 팔진미찬(八珍味饌)의 산진해물(山珍海物)이 갖지 않은 것이 없는지라. 제국 진헌하는 물건이 부지기수요, 기타는 불가승수라. 왕공부귀를 기울여 연석의 장함과 기구의 풍후함을 어찌 형언하리오. 그 번화함이 천자 버금이라. 평일에도 청검절차(淸儉切磋)하기를 우주하여 의식지절에 다다르는 겨우 기한을 면할 만하더니, 자손이 정성과 힘을 다하여 태부인의 한 번 즐기심을 절박하게 죄던 잔치라, 어찌 상시와 같이 공검하리오. 내외 당사를 통개하고, 부계를 널리며 내외 빈객을 청할 새, 이 범연한 집 잔치와 달라 후백의 태부인이며 왕공의 조모로, 그 탄일을 당하여 황상이 사연하시고, 왕후의 부귀를 기우려 위친하매, 갈망하여 즐기는 날이라. 황친 국척으로부터 만조거경과 열후군공이 일제히 참예하여, 연혼가 절친 부인네와 인리 붕배의 부인네 각각 여부(女婦)를 거느려, 성연(盛宴)을 구경코자 일시의 벌 뭉기듯 모여드니, 그 수를 이루 혜기 어려운지라. (…중략…) 삼일을 연하여 빈객을 대회하고, 이원어악으로 낙극달란하매, 술은 해수(海水)의 넉넉함이 있고 음식은 태산 같아서, 천만인을 대접하나 진(盡)치 않을 뿐 아니라, 취운산을 지나는 행인이라도 취치 않고 포복치 않을 이 없으니, 노복 등이 구실 삼아 대로변에 남자 여인을 청하여 주찬을 대접하니, 연석의 장함을 일컫지 않는 이 없는지라. 삼일대연 후 악공 창기 등을 상사하여 보내고, 금후 부자가 상표하여 성은을 사례하니, 상이 인견하시어 사주(賜酒)하시고 호호한 복록을 일컬으시더라.

—『명주보월빙』권89말~권91초[152]

잔치의 성대함과 가문의 번성함을 드러내는 데 권89 끝부터 권91 초까지 상당히 많은 부분을 할애하고 있다. 장편가문소설에서 잔치나 결혼식 장면 묘사는 과감히 요약하고 넘어갈 필요가 있다. 이로써 초사(招辭) 부분은 상당히 많은 분량의 내용을 요약하는 기능이 있는가 하면 결혼식이나 잔치장면의 묘사는 적은 내용을 길게 늘이는

152) 최길용 역주, 『명주보월빙』 9, 학고방, 2014, 304~340쪽; 『명주보월빙』 10, 1~2쪽.

기능이 있음을 확인할 수 있다. 이를 잘 숙지하고 작품을 읽을 필요가 있다. 초시 부분은 내용 요약에 활용하고, 잔치나 결혼식 등의 묘사 장면은 과감히 생략할 필요가 있다.

(2) 가계도 그리기

가계도는 가문 내에서 인물들의 위치와 역할을 파악하기 위해 필요하다. 가계도 그리기는 정보의 시각화 전략을 장편가문소설에 적용한 전략이다. 정보의 시각화 전략은 텍스트에 제시되어 있는 정보와 정보간의 관계를 시각적으로 드러냄으로써 텍스트에 대한 이해와 기억을 촉진시키는 읽기 전략을 말한다.153) 가계도는 가문 내의 인물들의 관계를 시각화하여 나타낸다는 점에서 의미가 있다. 가계도는 가문 내에서 인물이 어떤 위치에 있는지를 한눈에 파악하게 해준다. 가계도를 그려 보아야 가문 내에서 인물의 위치를 파악할 수 있다.

장편가문소설의 핵심서사와 갈등을 파악하게 해주는 기초 정보가 가계도이다. 특히 가계도에서 문제가 되는 상황은 한 사람의 남편과 여러 명의 아내와 그 자녀들이 있을 때이다. 즉 계모형 인물의 존재 유무가 문제 상황이 된다. 이 문제적 상황이 드러나는지를 파악하기 위해서 가계도를 그릴 필요가 있다. 가계도를 통해 계후 갈등, 처처 간의 갈등 등을 예측할 수 있다. 계모형 인물이 있다면 계모모해를 예상할 수 있고, 남성인물 한 명에 여러 명의 아내가 있다면 처처 간의 갈등을 예상할 수 있다. 또한 가계도를 통해 인물들의 결혼

---

153) 윤준채, 앞의 논문, 92쪽.

관계 등도 한눈에 파악할 수 있다. 장편가문소설에서 가계도는 단번에 그려지지 않는다. 가계도는 작품의 도입 부분을 읽으면서 기본틀을 작성한 후, 인물들의 결혼 관계에 유의하며 작품을 지속적으로 읽어나가면 세밀하게 작성할 수 있다. 하지만 세밀하게 작성하는 것에 너무 치중하다보면 다른 것들을 놓칠 수도 있으므로 계모형 인물의 유무, 여러 명의 아내를 둔 인물 등을 중심으로 부각시키면서 작성한다.

가계도에서는 인물들의 위상과 역할을 가늠할 수 있고, 계모형 인물을 발견할 수 있고, 여러 명의 아내가 있는 경우에는 처처갈등의 징후를 예측할 수 있다.

(3) 유형적 인물의 범주화

유형적 인물의 범주화는 작품 속 등장인물이 어떤 유형에 속하는지 분류해 보는 것으로, 이것은 작품을 읽어나가는 과정에서 수행하게 된다. 예를 들어 어떤 인물에 대한 설명이 나오면 그것을 바탕으로 인물 유형을 분류하는 서식에 인물들의 이름을 그때마다 채워 넣으면서 읽어나간다. 이 작업을 통해서 주동인물과 반동인물의 관계를 파악하기가 더 쉬워진다. 등장인물을 어떤 범주로 유형화할 것인지 판단은 인물 관련 장르지식을 바탕으로 작품 속에 인물의 특성을 알리는 핵심단어를 찾고, 서술자의 판단이 개입된 진술을 참고하면 가능해진다. 예를 들어 단정, 덕행, 도학군자, 성인이라는 단어가 나오면 정인군자형 인물로, 용호의 기운, 산악의 무거움, 천고 영웅의 기상, 호탕함 등이 나오면 영웅호걸형의 인물로 범주화할 수 있다. 여성인물의 경우, 용모는 서시와 양귀비도 그에 미치지 못하고 재주는 사씨, 소혜와 나란히 할 만하며 여공과 부인의 후덕함을 갖추었다고 묘사되면 요조숙녀임을 알 수 있다. 모두 색과 덕을 갖추었다는 표현이다. 용모가 아름답고 재주가 민첩하나 은악양선(隱惡佯善)하고 투현질능(妬賢嫉能)한 성품이라고 묘사되면 투기요부형이나 계모형 인물의 범주로 유형화할 수 있다. 여군자형은 박색이지만 덕을 지닌 인물이고, 추부형 인물은 박색에 덕도 부족한 인물로 묘사된다. 이렇게 작품 속에 제시된 인물 관련 특성을 통해 유형적 인물로 범주화할 수 있다.

(4) 유형적 인물의 관계 파악하기

앞서 유형적 인물의 범주화를 통해서 주동인물과 반동인물의 관계뿐 아니라, 인물 간의 갈등 관계도 파악할 수 있다. 인물 간의 결합 관계에서는 인물들의 부부 결합 관계, 계모형 인물 또는 소인(탕자)형 인물의 결합 관계 등을 확인할 수 있다. 이러한 유형적 인물의 관계를 파악하면 앞으로 전개될 서사를 예측할 수 있다.

(5) 유형적 서사 예측하며 읽기

앞서 주동인물과 반동인물 간의 갈등 관계를 파악하거나 인물들 간의 결합(8가지 기본 유형)을 통해서 생성되는 서사에는 처처모해담, 계모모해담, 시기모해담, 출정담, 혼사장애담 등이 있음을 확인했다. 이 가운데 어떤 유형의 서사가 형성되는지 찾아본다. 즉 군자-숙녀-요부, 군자-숙녀-추부, 군자-숙녀-소인, 군자-숙녀-계모, 영웅-숙녀-요부, 영웅-숙녀-여군자, 영웅-숙녀-소인, 영웅-

숙녀-계모의 기본 유형을 바탕으로 투기요부형 인물이 결합되면 처처모해담을, 소인(탕자)형 인물이 결합되면 시기모해담, 계모형 인물이 결합되면 계모모해담을 예상할 수 있다. 혼사장애담은 요부, 소인, 계모형 인물 모두에서 예상할 수 있고, 출정담은 주로 소인형 인물이 결합될 때 예상할 수 있다.

앞서 장르지식으로 제시된 유형적 인물은 유형적 화소와 결합하여 각각 유형적 인물에서 유형적 서사를 생성하고 다시 인물 간의 결합에 따라 유형적 서사인 단위담을 생성해낸다. 이를 통해 독자들은 전개될 내용을 예측할 수 있게 된다. 예를 들어 정인군자형의 인물이 있다면 이 인물은 유형적 화소에서 주변 어른들의 권유로 과거에 응시하고, 과거시험을 대리로 작성해주는 유형적 화소와 결합하여 정인군자형 인물의 유형적 서사를 생성하게 된다. 이러한 정인군자형 인물이 만약에 요조숙녀형 인물 그리고 계모형 인물과 결합한다면 〈표 30〉의 (다)에 해당하는 단위담을 형성할 것이다. 계모형 인물의 모해를 받게 되는 일련의 단위담일 것이다. 다시 이러한 단위담이 다른 단위담과 결합하면서 서사는 확장되어 나간다. 장편가문소설에서 유형적 서사는 유형화된 인물이 유형적 화소와 결합하여 유형적 인물 자체에서 유형적 서사를 생성해내고 인물 간의 결합으로 단위담을 생성해내고 있다. 또한 이러한 단위담이 모여서 장편의 서사를 형성하게 된다. 이를 정리하면 〈표 30〉과 같다.

〈표 30〉은 장편가문소설의 서사 확장의 원리를 정리해 놓은 것이다. 1차에서는 유형적 인물에게 어울리는 유형적 화소가 결합하여 인물별 유형적 서사를 구성하고 2차에서는 유형적 인물들이 결합하면서 단위담을 형성하게 된다. 3차에서는 단위담들은 가문별로 결합되기도 하고 가문별로 모인 단위담은 다른 가문의 단위담이 결합하

〈표 30〉 장편가문소설의 서사 확장의 원리

```
1차: 인물 유형과 유형적 화소의 결합에서 생성되는 인물별 유형적 서사
 인물 유형        유형적 화소        인물별 유형적 서사
 정인군자형  + 유형적 화소 ⇨ 정인군자형 인물 서사    (A)
 영웅호걸형  + 유형적 화소 ⇨ 영웅호걸형 인물 서사    (B)
 요조숙녀형  + 유형적 화소 ⇨ 요조숙녀형 인물 서사    (C)
 여군자형    + 유형적 화소 ⇨ 여군자형 인물 서사     (C')
 투기요부형  + 유형적 화소 ⇨ 투기요부형 인물 서사    (D)
 추부형      + 유형적 화소 ⇨ 추부형 인물 서사       (D')
 소인(탕자)형+ 유형적 화소 ⇨ 소인(탕자)형 인물 서사  (E)
 계모형      + 유형적 화소 ⇨ 계모형 인물 서사       (F)

2차: 인물 결합에 따라 생성되는 단위담
 인물의 결합                        유형적 서사의 결합  단위담
 정인군자형 + 요조숙녀형 + 투기요부형  : A+C+D       (가)
 정인군자형 + 요조숙녀형 + 투기추부형  : A+C+D'      (가)'
 정인군자형 + 요조숙녀형 + 소인(탕자)형 : A+C+E       (나)
 정인군자형 + 요조숙녀형 + 계모형      : A+C+F       (다)
 영웅호걸형 + 요조숙녀형 + 투기요부형  : B+C+D       (라)
 영웅호걸형 + 요조숙녀형 + 여군자형    : B+C+C'      (라)'
 영웅호걸형 + 요조숙녀형 + 소인(탕자)형 : B+C+E       (마)
 영웅호걸형 + 요조숙녀형 + 계모형      : B+C+F       (바)

3차: 단위담의 결합에 따른 서사의 확장
          단위담의 결합
 가문1:  (가) + (나) + (라) + (바) + …
                    +
 가문2:  (다) + (나) + (가) + (마) + …
```

면서 서사가 더욱 확장되어 나간다.

　작품을 읽으면서 범주화해 놓은 인물들을 바탕으로 그들의 결합에 따라 유형적 서사를 예측하며 읽을 수 있다. 앞서 『명주보월빙』의 도입 부분을 적용하여 전개될 서사를 예측해 보면 이렇다. 정인군자형 인물 윤현, 윤수에 요조숙녀형 인물 조부인, 계모형 인물 위태부인, 투기요부형 인물 또는 계모형 인물이 될 가능성이 있는 유부인으로 결합됨을 알 수 있다. 그러면 이 유형은 정인군자형+요조숙녀형+계모형+(투기요부형) 정도로 요약된다. 결국 계모형 인물인 위부인 그리고 계모형 인물이나 투기요부형 인물이 될 가능성이 있는

유부인이 윤현, 윤수, 조부인을 모해하는 서사를 예측할 수 있다.

또한『현몽쌍룡기』의 도입 부분을 읽어보면 정인군자형의 인물로 조성을 비롯하여 조부의 사위들인 석문, 유수, 소세현, 왕수신, 경현, 위규 등을 들 수 있고, 영웅호걸형의 인물로 조무, 요조숙녀로 정채임, 조부의 많은 여성인물들 위부인, 화씨, 영씨, 석씨, 조숙혜, 조주혜, 조필혜를 들 수 있다. 계모형 인물로 박씨를 들 수 있고, 소인(탕자)형 인물로 박씨의 조카 박수관을 들 수 있다.『현몽쌍룡기』권1~권2까지 도입부에서 반동인물로 계모형 인물인 박씨와 소인(탕자)형 인물인 박수관을 유형화할 수 있다. 박씨와 박수관이 친척관계에 있으므로 이들이 합세하여 정채임의 혼사를 방해하는 서사를 예측할 수 있고, 실지로 작품을 읽으면서 이를 확인할 수 있다. 이들의 조합을 앞의 서사 유형에서 찾아보면 '조무+정채임+박씨+박수관'으로 볼 수 있다. 이들의 결합은 '영웅호걸형+요조숙녀형+계모형+소인형(시기 모해)'형으로 (마)와 (바)가 합쳐진 형태이다. 또한 계모형 인물이 여성인물에 속해 있으므로 (마) 유형의 장르지식을 통해 계모형 인물의 혼사장애가 야기될 것을 예측할 수 있다. 조무의 서사는 투기요부형 인물 금선공주가 더해지면서 조무+정채임+금선공주+박씨+박수관의 결합으로 복잡한 양상을 보인다. 그런데 금선공주와 박수관이 모두 계모 박씨와 연관된 인물이라는 점에 주목해 볼 필요가 있다. 투기요부형 인물인 금선공주와 소인(탕자)형 인물인 박수관이 모두 정채임의 계모인 박씨 부인과 친척 관계를 형성하며 정채임과 조부의 사람들을 모해하는 쪽으로 서사가 전개됨을 확인할 수 있다.

또 하나 주목할 것은 조무의 앵혈화소이다. 조무가 애욕추구 성향이 강하다는 것은『현몽쌍룡기』권1의 인물묘사 부분을 통해 확인할 수 있다. 조무가 '영웅호걸형'의 인물에 속한다는 것을 통해서 이 인물에 어울리는 유형적 서사로 '앵혈', '상사병', '어장', '사혼', '숭전입공', '불고이취' 등을 예상할 수 있다. 『현몽쌍룡기』 권1을 읽으면서 영웅호걸형 조무의 인물 유형과 관련하여 '앵혈' 화소가 구현됨을 확인할 수 있다.

(6) 단위담의 배열 방식의 파악

단위담의 배열 방식의 파악은 장편가문소설을 읽어나가면서 각각의 단위담이 순차적인 배열인지 동시사건 배열 방식인지를 구분해내는 것을 말한다. 단위담의 배열 방식은 독자가 작품을 읽으면서도 파악할 수도 있고, 경우에 따라서는 장르지식으로 작품과 관련하여 순차적 배열인지 동시사건 배열인지를 미리 제시해줄 수도 있다. 전체적인 작품의 흐름을 파악하고 작품을 읽어나가려면 단위담의 배열 방식을 제시해주고 이것을 읽기 과정에서 확인하는 것 효율적이다.

예를 들면 『소현성록』 연작을 대상작품으로 하여 읽어나갈 때, 서사전개 방식이 순차적이라는 사실을 독자들에게 미리 제시해줄 수도 있고, 독자 스스로 읽어나가면서 터득하게 할 수도 있다. 또 다른 방법으로 순차적 전개 방식과 동시사건 배열 방식을 제시해주고 『소현성록』 연작이 어떤 전개 방식에 속하는지 판단해 보는 방법을 시도할 수도 있다.

대체로 『소현성록』 연작과 같이 특정 가문 내의 서사를 중심으로 전개될 때 순차적 전개 방식으로, 『창선감의록』이나 『명주보월빙』의 경우처럼 여러 가문의 서사가 전개될 때 동시사건 배열 방식으로 구성된다.

3) 전략 구현 후 조정: 읽기 후 단계

읽기 후 단계에서는 작품을 읽으면서 활용한 전략 중 읽기의 목표를 달성하는 데에 의미 있는 전략을 다시 한 번 정리한다. 앞서 작품의 내용을 요약한 것을 한 번 더 정리하고, 유형적 인물과 유형적 서사의 구현 양상을 살피면서 주제를 정리한다. 이와 같이 읽기 중 단계에서 했던 일들을 정리하고 점검한다. 읽기 후 단계에서 추가로 할 수 있는 작업으로 상호텍스트성을 고려해 볼 수 있다.

(1) 전체 내용 요약하기

앞서 읽기 중 단계에서 요약하며 읽은 것을 모아서 전체적으로 다시 한 번 정리하고 요약하는 것을 말한다. 전체 내용을 한꺼번에 정리해 보는 작업이다. 장편가문소설의 분량이 방대하므로 읽은 후 한번 쯤 정리해 보아야 하는데 앞서 살폈듯이 서사를 요약하는 기능이 있는 작품 내에 나오는 악인들의 초사나 편지글 등을 활용할 수 있다.

작품에서 주동인물과 반동인물이 누구이며 이들 간에 갈등의 양상과 갈등에서 생성되는 서사를 정리하고 전체적인 서사의 흐름을 정리한다. 앞서 살핀 장편가문소설의 서사에서 계모모해담, 시기모해담, 처처모해담, 혼사장애담, 정벌담 등의 단위담을 염두에 두고 이러한 단위담이 작품 속에서 어떻게 구현되는지를 생각하며 요약한다.

(2) 유형적 인물과 유형적 서사의 관계 정리하기

유형적 인물과 서사의 관계 정리하기는 유형적 인물이 결합하면서 생성되는 유형적 서사의 양상과 인물 간의 갈등 관계를 파악하는 것을 의미한다.

『조씨삼대록』의 소경수-조자염의 서사를 예를 들어 보기로 한다. 이 서사는 40권 40책의 『조씨삼대록』에서 권21부터 시작하여 권36에 이르러 갈등이 해결된다.[154] 중간에 다른 인물들의 서사와 함께 전개되는데, 이 서사는 계후 갈등과 처처 갈등이 복합적으로 얽혀 있다.

소경수는 소천의 아들로 태어나나 숙부 소순에게 입양되어 대를 잇는다. 그런데 소순의 아내 구부인이 아들을 낳자, 구부인은 자신이 낳은 아들인 연수가 계후가 되지 못한 것을 원망한다. 이어 소경수를 해칠 생각을 한다. 소경수가 과거에 급제하자 구부인이 자기 조카 구씨와 강제로 결혼시킨다. 한편 소경수는 조자염의 미색에 반하여 상사병이 걸리고 결국 조자염을 둘째 부인으로 맞이한다. 또한 황제의 사혼교지로 이씨와도 결혼한다. 소경수는 구씨, 조자염, 이씨 세 명의 아내를 두게 된다. 이런 상황에서 첫째 부인 구씨와 구부인이 한패가 되어 소경수와 조자염을 모해하고, 이씨는 투기요부형의 인물로 적국인 조자염을 모해한다. 여기에 소연수, 구부인, 구부인의 딸 애황, 여황, 연황이 합세하여 계모형 모해에 가담한다. 구씨는 구부인의 조카이므로 구부인의 계모형 모해에 가담하여 조자염을

---

154) 이 책에서는 서강대본 소장의 40권 40책 『조씨삼대록』을 이화여대에서 역주본으로 간행한 『조씨삼대록』 권1~권4를 기본서로 했음을 밝힌다.

괴롭힌다. 이씨는 투기요부형의 인물로 원래 양인광의 아내였던 곽씨가 신분세탁을 하고 소경수와 결혼한 인물이다. 양인광은 조자염의 사촌언니 조월염의 남편이다. 즉 사촌언니의 적국이었던 곽씨가 조자염의 적국이 된 셈이다. 즉 소경수와 조자염은 구부인을 중심으로 한 계모형 인물의 모해와 투기요부형 인물인 이씨의 모해를 동시에 받는다. 조자염은 음식에 독을 넣었고 요예지물과 저주의 글을 묻었다는 모해를 받아 냉옥에 갇혀 베짜기와 바느질 노역에 시달리기도 하고 온갖 수난을 당한다. 그러다가 구부인 침전에 자객이 드는데 이것을 남편인 소경수와 함께 모의하였다는 모해를 받고 귀양을 가게 된다. 결국 이 사건으로 소경수와 조자염은 강상대죄(綱常大罪)를 범한 사람으로 모해를 받고 유배를 떠난다. 이들의 억울함이 주변 사람들과 조유현의 노력으로 밝혀지지만, 소경수와 조자염의 3년 유배생활이 끝나갈 무렵 복권된다. 구부인과 소연수의 악행, 이씨의 모해가 드러나면서 이씨는 극형에 처해지고, 소연수는 유배형이 정해진다. 이씨는 징치되지만, 계모인 구부인은 소경수와 조자염의 극진한 구호로 개과천선하고, 소연수도 귀양지에서 돌아와 개과천선한다. 이 서사에서도 계모형 인물들의 개과천선은 이루어지나, 여러 차례 결혼 경력이 있는 투기요부형 인물인 이씨는 개과의 대상이 되지 못하고 극형에 처해짐을 확인할 수 있다.

이 서사의 유형적 인물 조합은 투기요부형 인물과 계모형 인물, 소인(탕자)형 인물이 동시에 결합된 형태이다. 소경수-구씨-조자염-이씨는 정인군자형-투기요부형-요조숙녀형-투기요부형의 부부조합을 이룬다. 이 조합에서는 투기요부형인 구씨와 이씨가 요조숙녀형인 조자염을 모해하는 처처 간의 모해 서사가 나타난다. 또한 구부인-소연수는 계모형 인물-소인(탕자)형 인물의 조합으로 계후 문제와 관련하여 갈등이 발생한다. 계모형 인물의 모해를 소경수와 조지염의 효심, 우애로 극복하고 있다. 계모형 인물인 구부인, 소인 (탕자)형 인물인 소연수는 개과하여 가문에 복귀하지만, 투기요부형 의 이씨는 실절(失節)한 여성이므로 개과의 기회가 주어지지 않고 징치되고 만다. 이러한 방법으로 유형적 인물과 유형적 서사의 관계 에 대해 정리해 볼 수 있다. 소경수 서사를 간단히 〈표 31〉로 정리해 볼 수 있다.

소순에게 아들이 없어 형의 아들 소경수를 계후로 삼은 후, 아들 연수가 태어나자 문제 상황이 생긴 것이다. 여기에서 소순의 아내 구부인이 자기 아들 연수를 계후로 삼으려고 입양한 소경수를 모해 하는 것이다. 소경수에게 구부인은 숙모이지만 계모이다. 계후자리 를 빼앗긴 입장에서 구부인은 소경수를 모해한다. 소연수는 소경수 가 없었다면 집안의 계후가 되었을 것이다. 그러니 어머니 구부인과

〈표 31〉 소경수 서사의 인물 결합과 서사 구현의 원리

등장인물	소경수	구씨, 이씨	조자염	구부인	소연수	주된 갈등
인물 유형	정인군자	투기요부	요조숙녀	계모형	소인(탕자)	계후 갈등, 처처모해
서사 구현의 원리	이 유형은 인물 결합에 따른 서사 구성 원리에서 (가) 군자-숙녀-요부, (나) 군자-숙녀-소인, (다) 군자-숙녀-계모 의 세 가지 유형이 복합적으로 결합된 형태인 (파) 군자-숙녀-요부-소인-계모의 형태이다. 예상되는 서사로는 처처모해담, 시기모해담, 계모모해담 등이 예상된다. 특히 계모형 인물이 남성인물의 계모이므로 나중에 군자형 인물과 요조형 인물의 효에 감동하여 개과천선하는 결말을 예상할 수 있다. 또한 소인형 인물 소연수는 소경수의 사촌 형제이므로 역시 소경수의 노력으로 개과천선하 여 가문에 포용되는 결말을 예상할 수 있다. 실지 작품을 읽었을 때 이와 같은 서사를 확인할 수 있다. 이 서사에서 예상되는 유형적 화소로 각종 모해담에서 자주 나오는 치독, 요예지물, 저주사, 자객 등장, 개용단, 유배, 남복 개착 등을 들 수 있다. 실지로 작품을 읽어보면 치독, 요예지물, 저주사, 자객은 반동인물인 구부인이 나 이씨가 소경수와 조자염을 모해할 때에 나오고, 유배는 소경수와 조자염이 모해로 유배를 떠나는 것으로 구현되며, 남복 개착은 유배지에서 조자염이 자신의 안전을 위해 남복으로 갈아입을 때 나온다. 개용단 화소는 나오지 않는 점이 특이하다.					

더불어 소경수를 모해하게 된 것이다. 여기에 소경수의 아내 구씨와 이씨는 어질지 못한 인물이다. 조자염이라는 독보적인 요조숙녀가 소경수의 아내가 되자 질투심과 열등감에 조자염을 모해하는 것이다. 소경수－조자염 서사에서는 구부인으로 형상화된 계모형 인물의 모해와 소연수라는 소인(탕자)형 인물의 모해, 구씨와 이씨로 형상화된 투기요부형 인물의 모해가 복합적으로 얽힌 서사임을 확인할 수 있다.

인물의 갈등에서 생성되는 모해담으로는 계모형 인물의 모해담, 처처모해담, 시기모해담으로 집약된다. 모해담에서는 각종 모해담에서 자주 쓰이는 유형적 화소를 고루 발견할 수 있다. 모해담에서 자주 쓰이는 유형적 화소로 자객(刺客), 치독(置毒), 요예지물(妖穢之物), 저주의 글 등을 발견할 수 있다.

또한 결말 처리에서 계모형 인물인 구부인과 소인(탕자)형 인물인 소연수는 개과천선의 기회가 주어지고 다시 가문으로 복귀하지만, 투기요부형 인물인 구씨와 이씨는 징치되는 것으로 결말 처리된다. 투기요부형 여성의 결말 처리에서도 구씨와 이씨의 차이가 있는데 구씨와 같이 다른 곳에 개가하지 않은 인물은 병으로 죽거나 다시 개과의 기회를 부여받기도 한다. 하지만 이씨와 같이 여러 번 결혼한 경우는 음란한 여자로 인식되며 철저하게 징치된다는 점에서 차이가 드러난다. 그만큼 여성의 정절을 중요하게 여겼음을 알 수 있다.

(3) 주제의 형상화

주제의 형상화는 앞서 다룬 인물과 서사와의 관계 속에서 주제를 도출해내는 것을 의미한다. 앞서 살펴본 소경수－조자염 서사에서 주제를 도출해 보면 이러하다. 이 서사에서 주제는 계모형 인물에 대힌 효심, 이복 형제인 소연수에 대힌 우애, 투기요부형 인물인 이씨의 모해를 꿋꿋하게 견뎌내는 조자염의 절의로 집약된다.

반동인물들의 결말 처리도 주목해 볼 만하다. 계모형 인물인 구씨, 소인(탕자)형 인물인 소연수는 소경수의 입장에서 보면 가족들이다. 이들이 자신에게 모해를 가했다 할지라도 가족이며 같은 가문의 일원이므로 포용해야 한다. 그러므로 이들에 대한 정성과 효심, 우애를 통해 결국 개과하게 만들고 포용하는 것으로 결말이 난다. 실절한 여성에 대해서는 개과의 기회가 주어지지 않음을 이 서사를 통해서 확인할 수 있다. 소경수의 아내 이씨는 원래 조자염의 사촌 언니인 조월염, 그리고 조월염의 남편인 양인광의 또 다른 처인 곽씨였다. 곽씨는 양인광의 처 조월염에게 온갖 모해를 가하다가 발각되어 출거당하고 이씨로 신분을 바꾸고, 소경수와 결혼한 것이다. 역시 이씨는 애정을 독차지하려고 조자염을 모해하나 소경수에게 소박을 당하자, 소경수와 조자염을 유배 보내고, 시동생 소연수를 꼬드겨 정한림에게 시집을 간다. 이씨는 자신의 애욕을 추구하기 위해 세 번이나 결혼을 하고, 실절한 여성이 되어 징치되고 만다.

이는 장편가문소설이 추구하는 주제의식의 하나인 열과 결부지어 생각해 볼 수 있다. 장편가문소설이 내세우는 주제의식인 충, 효, 열의 이념에 위배되는 행동을 한 인물 중 특히 열을 위배한 여성에게는 개과의 기회가 주어지지 않았음을 이를 통해 확인할 수 있다. 가부장제를 공고히 하기 위해서는 필수적으로 한 명의 남편만을 섬기는 여성의 열이 무엇보다 필요했기 때문이다.

소경수 서사에서는 계후 갈등과 처처갈등을 핵심서사로 다루고 있다. 구부인의 모해에도 소경수와 조자염은 효를 다하고, 사촌 동생

연수에게는 우애를 다하는 모습을 통해 효와 우애를 강조하고 있다. 또한 소경수의 처 이씨는 소경수와 조자염을 모해하고, 실절한 행동을 하여 강력하게 징치되면서 열의 중요성을 부각시키고 있다.

(4) 다른 작품과의 상호텍스트성 고려

이 책에서 다루고자 하는 상호 텍스트성은 장편가문소설의 서로 다른 작품을 비교해 보는 것으로 범위를 한정한다. 이 책에서 상호텍스트성을 다루는 이유는 여기에도 장편가문소설에 두루 나타나는 유형성이 개입되기 때문이다. 즉 상호텍스트성은 각각의 장편가문소설 작품에서 드러나는 유형성을 비교하는 것을 말한다. 이것은 각각 읽은 장편가문소설에서 작품에서 발견되는 유형적 인물, 유형적 서사, 주제를 비교해 보는 것을 의미한다.

『조씨삼대록』의 소경수-조자염 서사와『소현성록』연작의 김현-소수빙의 서사를 비교해 보면 계모형 서사가 대응된다.『소현성록』연작의 김현-소수빙의 서사를 제시하면 이렇다.

예부 낭중 김희에게는 왕부인과의 사이에 김환, 김현 두 아들을 남기고 일찍 세상을 떠났다. 김희는 둘째아들 김현을 편애했고, 왕부인은 이를 못마땅하게 여겼다. 김환은 위씨를, 김현은 취씨를 아내로 맞이했다. 김현이 소수빙의 초상화를 보고 상사병이 걸려 소승상의 배려로 소수빙과 결혼한다. 김현의 형 김환은 평소 동생 김현에게 열등감을 느끼고 왕부인은 장남 김환만 귀하게 여겼다. 김현이 소수빙과 결혼하자, 김현의 처 취씨가 소수빙에게 질투심을 느끼고 모해할 생각을 했다. 김환과 김환의 처 위씨는 왕부인과 더불어 김현, 소수빙 부부를 모해할 생각을 한다. 결국 왕부인, 김환, 김환의 처 위씨, 김현의 처 취씨가 합세하여 김현, 소수빙을 모해하게 된다. 소소하게 김현, 소수빙 부부에게 트집을 잡아 왕부인에게 불효했다는 모해를 가하기도 하고, 과거시험에서 형의 김환을 위해 대리답안을 작성하라고도 한다. 김현 자신은 답안을 낼 수 없었으나 소씨 가문 형제들의 도움으로 답안을 내고 오히려 장원급제한다. 김현이 급제 후 외직에 나가 있는 동안 김현의 형 김환은 소수빙이 자신에게 간부서를 썼다고 모해하려 하자, 소수빙이 부당함을 고하고, 친정의 소운성이 사건의 전모를 밝혀 이 사건에 연루된 김환은 유배를 가게 되고 취씨의 부친 취시랑과 위씨의 부친 위시랑은 관직이 삭탈된다. 취씨는 출거당한다. 소수빙은 친정인 자운산 근처에 집을 짓고 김현과 산다. 왕부인과 김환이 개과천선하자, 왕부인과 김환을 집 근처에 모시고 산다. 후에 출거된 취씨가 의지할 곳이 없자 소수빙은 취씨를 용서하고 다시 집으로 불러 들여 같이 산다.

—『소현성록』 권12~권13[155)

유형적 인물을 보면, 김현—취씨—소수빙(정인군자형—투기요부형—요조숙녀형), 소경수—구씨—이씨—조자염(정인군자형—투기요부형—투기요부형—요조숙녀형)으로 부부조합이 대응된다. 반동인물로는 김환—위씨, 소연수—교씨가 대응된다. 김환은 김현의 형이고, 소연수는 소경수의 사촌 동생이라는 점에서 차이가 있다. 또한 김환의 처 위씨는 소수빙을 모해하는 데 가담하지만, 소연수의 처 교씨는 소연수가 하는 일에 불만을 품고 만류한다는 점에서 차이를 보인다.

---

155) 이는 이화여대본 『소현성록』을 역주한 『소현성록』 1~4를 참고하여 작성한 것임을 밝힌다. 김현, 소수빙 서사는 『소현성록』 권12, 94쪽부터 권13, 139쪽까지이다. 역주본 『소현성록』 권4, 80~225쪽임.

그러나 김환, 소연수 둘 다 김현, 소경수에 대해 열등감을 느끼고 모해하려 한다는 점에서 공통적이다. 김환은 가권을 획득했음에도 열등감 때문에 김현을 모해한 것이고, 소연수는 양자인 소경수에게 계후 자리를 빼앗기자 이에 대한 불만으로 소경수를 모해한 것이다. 모두 계후 갈등에서 비롯된 모해다.

모해의 양상을 보면 김현의 경우는 형인 김환이 주도적으로 모해를 하는 데 비해 소경수의 경우는 동생 소연수의 모해뿐 아니라, 이씨의 모해가 매우 강하게 드러나고 있다. 각 작품에 구현되는 모해 서사에서 『소현성록』 연작보다 『조씨삼대록』의 모해의 정도가 다양하고 그 강도도 『소현성록』 연작보다 더 강한 모습을 보여주고 있다. 즉 『소현성록』 연작에서는 소수빙이 김환에게 간부서를 쓴 것처럼 꾸며 소수빙을 음녀로 몰아 출거시키려 한다. 이에 소수빙이 부당함을 고하고 소운성이 이 사건의 전말을 밝힌다. 하지만 『조씨삼대록』의 경우는 3차례에 걸친 모해가 일어난다. 조자염은 1차로 이씨의 음식에 독을 넣었다는 모해를 당하고, 집안 2차로 식구들을 저주하는 글과 비방물을 묻어 가족들을 병들게 했다는 모해를 받고, 3차로는 계모를 살해하려 했다는 모해를 받는다.

이로 인해 소경수와 조자염은 강상대죄를 지은 인물이 되어 각각 유배를 가게 된다. 『소현성록』 연작과 『조씨삼대록』을 비교할 때, 결말부분에서 왕부인과 김환, 구부인과 소연수 모두 개과천선하여 김현과 소수빙, 소경수와 조자염의 효성스런 봉양과 우애로운 대접을 받으며 화락한다는 점에서 공통적이다. 하지만 취씨와 이씨를 비교하면, 취씨는 실절하지 않아 개과의 기회가 주어지지만, 이씨는 실절을 거듭하였으므로 개과의 기회가 주어지지 않았다. 이를 통해 두 작품 모두 유교이념인 충, 효, 열의 충실한 구현을 주제의식으로 드러내고 있다. 또한 주목해 볼 것은 실절하지 않은 취씨는 용서받고, 실절을 거듭한 이씨는 철저히 징치된다는 점이다. 이것은 정절을 강조하기 위한 응징으로 볼 수 있지만, 그 이면에는 강고한 열녀 이데올로기에 저항하는 행동으로 볼 수도 있다. 또한 독자들은 이씨의 일탈행각을 통해 오히려 잠재되어 있던 욕망을 대신하는 경험을 할 수 있었을 것이다. 『소현성록』 연작보다 『조씨삼대록』이 후대작이라는 점을 고려해 보면, 유교이념의 공고화가 초기에서 후기로 가면서 균열이 나타나는 모습을 김현 서사와 소경수 서사를 비교해 봄으로써 어느 정도 발견할 수 있다.

김현 서사와 소경수 서사의 인물 결합과 갈등 양상을 살펴보면 매우 유사한 점을 발견할 수 있다. 먼저 인물의 결합 양상에서 서로 대응됨을 확인할 수 있다. 모두 계모형 인물, 투기요부형 인물, 소인(탕자)형 인물이 공통적으로 등장하고 있다. 〈표 32〉를 보면서 살펴보겠다.

〈표 32〉 김현 서사와 소경수 서사의 인물 결합과 갈등 양상

	정인군자	투기요부	요조숙녀	계모형	소인(탕자)	주된 갈등	주제의식
김현 서사	김현	취씨	소수빙	왕부인	김환	계후 갈등, 처처모해	효, 화목, 우애, 열
소경수 서사	소경수	구씨, 이씨	조자염	구부인	소연수	계후 갈등, 처처모해	효, 화목, 우애, 열

두 서사 모두 계후 문제와 처처 간의 문제를 다루고 있다. 두 서사를 비교해 보면, 소경수 서사에서 모해 서사도 더 많이 나오고, 주동인물이 당하는 모해의 강도도 강해짐을 확인할 수 있다. 『소현성록』 연작이 초기작이고 『조씨삼대록』이 후대의 작임[156]을 고려한다면,

김현 서사를 바탕으로 모해 서사를 더 첨가하여 소경수 서사를 창작한 것은 아닌가 조심스레 추정해 볼 수도 있다. 이와 같이 장편가문소설에서 발견되는 유형성과 그 유형성에 입각한 장르지식에 기반을 두고 작품을 읽어나가다 보면 인물의 유형이나 결합 상태를 보면 전개될 서사를 예측할 수 있고 예측한 서사가 실지로 구현되는 모습을 확인할 수도 있다. 장편가문소설의 서사가 비슷하지만 미세한 차이를 드러내며 서사가 전개됨을 발견할 수 있다. 또한 작품마다 유형적인 서사 가운데 드러나는 미세한 차이는 독자들에게 또 다른 즐거움을 줄 것으로 예상된다.

지금까지 읽기의 각 과정에서 단계별로 장르지식을 기반으로 한 전략을 구사하며 읽어나가는 방안을 다루어 보았다. 이러한 방법으로 작품을 읽어나가면 독자들은 장편가문소설 작품의 전체적인 내용과 구성을 좀 더 수월하게 이해할 수 있다.

---

156) 『소현성록』은 옥소 권섭의 서책분배기에 나오는 작품으로 이 기록으로 추정해 보면 『소현성록』은 17세기 후반경에 창작된 것으로 추정할 수 있다. 한편 『조씨삼대록』은 중국소설 『경화연』을 1835년~1848년에 걸쳐 홍희복이 번역하여 〈제일기언〉이라 하였는데 그 서문에 우리나라의 소설로 소개되어 있다. 이 기록을 통해 『조씨삼대록』은 18세기 후반이나 19세기 초에 창작된 것으로 추정해 볼 수 있다.

제4장 장편가문소설 읽기의 실제

이 장에서는 장편가문소설의 읽기 전략이 실제 작품 속에서 어떻게 구현되는지 제시하고 있다. 이 책에서는 장편가문소설 읽기 대상 작품으로『창선감의록』,『소현성록』연작,『명주보월빙』을 선정하였다. 작품 선정의 기준으로 작품의 길이와 구성의 복잡성을 고려했다. 이 기준을 적용하여 작품의 길이가 비교적 짧으나 구성이 복잡한『창선감의록』, 작품의 길이가 상대적으로 길지만 단순한 구성의『소현성록』연작, 작품의 길이가 길고 구성도 복잡한『명주보월빙』을 선정했다. 또한『창선감의록』,『소현성록』연작은 장편가문소설의 초기작에 해당하고『명주보월빙』은 이들 작품보다 후기작으로 여겨진다. 이렇게 초기작과 후기작을 고려하여 선정하였다. 이렇게 하면 초기 작품과 후기 작품의 비교도 자연스레 가능하기 때문이다.

『창선감의록』은 17세기라는 격동의 시기에 소설이 장편화되면서

『사씨남정기』, 『구운몽』 등과 더불어 창작된 초기 장편가문소설이다. 『창선감의록』에는 화부, 윤부, 남부, 진부 등 어러 가문의 인물들이 등장한다. 이들은 각각의 고난과 역경을 감내하고, 결혼을 통해 연대하면서 가문의 난관을 극복하고 잃었던 가문의 영광을 되찾는다.

화부에서는 계후 문제와 관련하여 계모형 인물의 모해 서사가 주를 이룬다. 능력이 부족한 장남인 화춘이 똑똑한 이복동생 화진에게 가권을 빼앗기게 될까 두려워하며 모친 심씨와 더불어 화진을 모해한다. 이 같은 모해가 화진이 결혼한 후 화진의 아내에게까지 미치게 되고, 결국 가문은 몰락의 길을 가게 된다.

남부에서는 충신 남어사가 간신 엄숭에게 맞서다가 오히려 엄숭에게 모해를 당하여 귀양을 가게 되고, 귀양 가는 도중 도적을 만나 딸과 헤어지게 된다. 이후 남어사 부부는 극적으로 구조되고, 딸 남채봉은 윤혁의 양녀가 되어 지낸다. 남씨 가문도 몰락 위기에 이른다.

윤부에서는 간신 엄숭의 발호로 윤혁은 벼슬을 그만두고 낙향한 후 쌍둥이 자녀를 각각 진씨 가문, 화씨 가문과 정혼한다. 이때 양녀로 들인 남채봉 역시 화씨 가문과 혼약한다. 그런데 혼약을 맺은 세 가문 모두 엄숭이라는 간신 때문에 고난을 겪고 있다. 이들 가문은 혼약하여 긴밀한 관계를 맺고 협력하면서 위기를 극복하고 가운을 회복하게 된다. 화진은 화부에 닥친 가문의 위기를 효성과 충성심으로 타개해나간다. 또한 화진은 진부·윤부 등의 가문과 연대하고 협력하면서 가문의 위기를 극복하여 잃었던 가문의 명예를 되찾는다. 가문과 가문의 연대를 통해 문제를 해결하는 모습이 확연히 드러나며 그 해결책으로 유교의 이념인 충, 효, 열을 제시하고 있다. 이런 면에서 장편가문소설이 지향하는 주제의식과 맞닿아 있으며, 인물이나 서사도 장편가문소설에 나오는 유형적인 면모를 찾아볼 수 있다. 『창선감의록』은 비교적 초기작으로 짧은 분량이지만 복잡한 서사로 구성되어 읽기가 수월하지 않다. 그러므로 장르지식을 익히고 전략을 구사하며 읽어나가야 할 대상 작품으로 선정하였다.

『소현성록』 연작은 장편가문소설의 초기작으로 당시 지배이념이었던 유교적 가부장제의 공고화를 위한 충, 효, 열을 작품 속에서 잘 구현하고 있다. 『소현성록』은 가부장이 가문을 잘 다스려야 함을 역설한 작품으로, 유교의 이념성이 강조된 작품이다. 또한 장편가문소설의 유형적 인물과 유형적 서사를 좀 더 폭넓게 찾아볼 수 있기에 작품으로 선정하였다. 이 작품에는 가부장이 가문을 어떻게 단속하고 다스려야 하는지가 잘 드러나 있다. '소현성'이라는 정인군자형의 인물이 가문을 어떻게 다스려 나가는지 가부장의 모습이 잘 드러난 작품이다. 독자들은 이 작품을 통해 장편가문소설에 나오는 유형적 서사를 파악할 수 있다. 이 책에서 다룬 『소현성록』 연작은 『소현성록』과 『소씨삼대록』을 포함하고 있다. 『소씨삼대록』은 소현성의 자녀들이 차례로 결혼하여 가정을 이루면서 겪는 가문 내에서 벌어지는 사건과 남성인물들의 부분적인 정벌담을 다루고 있다. 『소현성록』 연작에는 가문 내의 문제, 처처(첩), 부부 간의 문제 등을 유형적 서사를 통해 구현하고 있다. 또한 『창선감의록』에 비해 긴 작품이지만 단순한 구성으로 이루어져 있어 단순한 구성의 긴 작품으로 읽을 수 있어서 선정하였다.

『명주보월빙』은 100권 100책의 방대한 분량의 장편가문소설이다. 이 작품은 분량이 방대하며 윤, 하, 정 등의 여러 가문과 많은 인물들이 등장하면서 복잡한 서사가 전개되고 있다. 앞서 제시된 『창선감의록』과 『소현성록』을 읽고 난 후 이 작품을 읽게 되면 복잡한 인물

구성과 유형적 서사의 흐름을 좀 더 체계적으로 파악할 수 있게 된다. 『명주보월빙』에서 윤, 히, 정 세 기문이 결혼을 통해 긴밀히 연대한다. 윤씨 가문에서는 계모형 서사와 관련한 효의 문제를, 하씨 가문에서는 간신모해서사와 관련한 충의 문제를, 정씨 가문에서는 처처 간 모해서사와 관련한 열의 문제를 주로 다룬다. 이들 가문이 혼사를 통해 긴밀히 연결되어 있기에 하씨 가문과 정씨가문이 역적으로 몰리자 가문의 구성원들이 힘을 합쳐 무고함을 밝혀내고, 가문의 명예를 회복시킨다. 『명주보월빙』에도 처처(첩) 갈등, 부부 갈등, 계후 갈등, 정치적 갈등 등이 복합적으로 얽혀 있어 종합적인 모습을 보여주고 있다. 『명주보월빙』 읽기를 통해 길고 복잡한 구성으로 된 장편가문소설의 진면목을 엿볼 수 있기에 선정하였다.

독자들은 비교적 짧은 분량의 『창선감의록』을 통해 장편가문소설의 유형적 인물과 유형적 서사의 기본을 익히게 된다. 다음으로 『소현성록』을 통해 보다 긴 호흡의 이념성이 강조된 장편가문소설의 초기작을 익힐 수 있다. 마지막으로 이보다 후대에 독자의 흥미성이 고려되고 분량이 방대해진 『명주보월빙』을 통해 다양한 인물과 유형적 서사가 어떻게 다채롭게 전개되어 나가는지 확인할 수 있다.

1. 『창선감의록』 읽기의 실제

『창선감의록』은 17세기 가문의식의 강화로 나타난 장편가문소설의 초기작으로 여겨지고 있다. 『창선감의록』의 주요 내용은 이러하다. 일부다처제를 허용하며 장자세습의 가부장제를 원칙으로 하는 가문에서 능력이 부족한 장남이 똑똑한 차남에게 종통의 자리를 빼앗길까 위기의식을 느끼고 모친과 더불어 배다른 형제자매를 박해한다. 그러나 착한 형제자매는 계모에게 효를 다하고, 배다른 형제에게도 우애를 지킨다. 또한 이들은 간신들의 모해 속에서도 꿋꿋하게 대응하며, 가문을 지켜나간다.

『창선감의록』은 역사적 시공간을 무대로 하되 실제의 역사 전개는 그것대로 배경을 이루면서 대부분의 서사 내용은 허구로 짜여 있다. 즉 역사적 실존인물을 대거 등장시켜 연대기적 기술방식으로 정교한 '허구화된 역사'[157]를 만들어내고 있다. 역사적 배경은 명나라 가정 연간으로 하고 있으며, 화진의 선조가 명나라 건국의 개국공신 화운임을 밝히면서 역사적인 사실에 근거함을 밝히고 있다. 또한 등장인물 중 임윤, 해서, 서계, 갈수례, 엄숭, 엄세번, 조문화, 언무경 등의 실존인물을 등장시켜 역사적 사실에 근간을 하고 있는 것처럼 여겨지나 주인공인 화진, 윤여옥, 윤옥화, 진채경 등은 모두 가공의 인물을 내세워 서사를 전개하고 있다.[158]

『창선감의록』의 주된 서사는 계모모해담과, 간신모해담으로 집약된다. 주된 내용은 계모형 인물이 박해해도 자녀들이 효도를 다하여 계모형 인물을 감화시키고, 간신들이 모해해도 억울함이 밝혀져 가문의 운이 회복된다는 것이다. 『창선감의록』은 권선징악적 요소를 띤 초기 가문소설이라 할 수 있다. 『창선감의록』에는 한 가문 내의 일만 다룬 것이 아니라, 여러 가문이 간신들의 모해로 멸문지경에 이르나 혼사라는 연결고리로 가문끼리 서로 연합하게 되며 이들이

---

157) 정길수, 「17세기 장편소설의 형성 경로와 장편화 방법」, 서울대학교 박사논문, 2005, 82~87쪽.
158) 『창선감의록』의 '역사의 허구화'에 대한 논의는 정길수, 앞의 논문, 82~92쪽에서 다루고 있다.

결국 가운을 회복하여 가문의 영광을 되찾는다는 내용도 함께 나오고 있다. 그런 치원에서 이 작품은 단순한 기정소설이라기보다는 초기 가문소설로 분류되고 있다.

『창선감의록』의 작가에 대해서는 김도수설, 조성기설, 작자 유보설 등이 있다.159) 현재로서는 조성기 설을 유력한 설로 받아들이고 있다. 먼저 김도수 설은 안자산, 김태준, 최남선이 주장하였는데 명확한 근거를 제시하지 않고 주장하고 있다. 다만, 한문필사본으로 상권만 있는 영남대학교 도서관 소장본인 『창선감의록』의 안표지에 "金道洙 所述"이라는 기록을 확인할 수 있을 따름이다. 그러나 所述의 의미가 창작보다는 부연하여 전한다는 의미가 있는 것으로 보아 "金道洙 所述"을 김도수의 창작으로 보기에는 어려움이 따른다. 조성기 창작설을 주장하는 이들로는 임형택, 엄기주, 정규복, 이종묵, 이승복이 있다. 이들은 송남 조재삼의 『송남잡지』의 내용160)을 근거로 내세우고 있다.

작가 유보론을 주장하는 이들로는 강전섭, 차용주, 이원주가 있는데 이들은 조재삼의 추론인 『송남잡지』의 내용만으로 그대로 믿기 어려운 점을 지적하고 있다. 하지만 이들의 논의는 조성기 창작설을 부정할 만한 적극적인 증거를 제시하지 못하고 있어서 소극적인 반론으로 여겨지고 있다. 결국 『창선감의록』의 작가는 현재 조성기설을 유력한 설로 보고 있다.

『창선감의록』이 간행된 17세기에는 유교이념의 강화를 통한 통치

---

159) 진경환, 「『창선감의록』의 작자 재론」, 『어문논집』 31, 1992.

160) "我先祖拙修公行狀曰 太夫人於古今史籍傳奇 無不博聞慣識 晩又好臥聽小說 以爲止睡遣悶之資 公自依演古說 擾出數冊而進 世傳創善感義錄 張丞相傳 等冊 是也."(趙在三, 『松南雜識』〈創善感義錄〉조, 아세아문화사, 1986, 1018쪽)

질서의 확립을 위해 『소학』, 『여사서』, 『열녀전』 등이 간행되어 보급되었다. 또한 이 시기 중국에서 수입된 소설들이 번역되어 널리 읽히면서 여성들의 소설 읽기가 널리 유행하기도 했다. 이러한 상황 속에서 가문의 남성들은 가부장제를 옹호하면서 교훈적인 내용이 담긴 장편가문소설을 여성들에게 읽힘으로써 수신서로서의 효력을 기대했다. 임형택[161]은 이를 "여성을 규방 속에 속박해 놓고서 살짝 늦추어 주어야 하는 모순의 타협점에서 출현한 것이 규방소설이다"라고 하였다. 즉 소설을 읽으려는 여성들의 욕망과 유교 이념의 주입을 통해 가부장적 체제를 확고히 하려는 남성들의 욕망이 맞닿는 지점에 장편가문소설이 있었던 것이다. 『창선감의록』과 같은 초기 장편가문소설이 널리 읽힐 수 있었던 것이 바로 이와 같은 시대 상황적인 요인이 작용했으리라 여겨진다. 또한 이 작품에서 다루고 있는 주된 문제는 계후 문제와 처처 간의 갈등이다. 일부다처가 허용되는 가부장제 하에서는 가문의 모든 권력이 가부장에게 집중되므로 누가 가부장이 되느냐 하는 문제와 여러 명의 아내들 서로 겪는 갈등이 문제시 되었다. 이 당시 가문소설에서는 이 같은 가문 내의 문제를 다루고 있다.

　『창선감의록』은 목판본이 없고 필사본과 구활자본이 두루 발견된다. 목판본이 없다는 것은 주로 상층의 독자들에 의해 향유되었음을 의미한다.[162] 『창선감의록』은 국문본과 한문본이 모두 존재하는데 국문본의 경우 한문본에 토를 다는 수준으로 것이 있어서 한문본을 원본으로 보고 있는 상황이다. 『창선감의록』은 제목이 『彰善感義錄』,

---

161) 임형택, 앞의 논문, 117쪽.
162) 진경환, 「『창선감의록』의 작품구조와 소설사적 위상」, 고려대학교 박사논문, 1992, 13쪽.

『倡善感義錄』, 『倡善錄』, 『화공언행록』, 『화씨효행기』, 『화진전』 등 다양하다. 또한 후에 『회씨충효록』이라는 장편가문소설로 창작된 이본도 있다. 연구자마다 차이가 있긴 하지만, 조희웅이 조사한 바로 는 『창선감의록』 이본으로 한문필사본 43종, 국문 필사본 137종, 『화 씨충효록』의 이본으로 국문본 80종, 한문본 1종이다.[163] 『창선감의 록』은 특히 필사본이 많게는 260종에 달한다고 하니 당시 인기 소설 이었음을 짐작할 수 있다.

『창선감의록』과 같은 장편가문소설은 주로 향유층이 상층 여성 독자로 여겨진다. 17세기 이전에 많은 중국 소설들이 수입되어 번역 되어 읽혀지면서 소설 읽기에 대한 수요가 생겨나기 시작했다. 한글 을 해독한 사대부가 여성들 사이에 독서열기가 일어나면서 사대부 가의 남성들은 『열녀전』, 『계녀서』 등에 버금가는 교훈적인 내용을 담은 소설을 통해 여성들을 교화시키고자 하는 의도로 소설 읽기를 권하였던 것으로 추정된다.

앞서 2장에서 제시한 장편문소설 전반의 장르지식과 3장의 읽기 전략을 바탕으로 『창선감의록』을 단계별로 읽어나가는 방안을 제시 하였다. 이 책에서는 이지영 역주 『창선감의록』을 기본 텍스트로 하고, 최기숙 역주본과 박홍준 역주본을 참고했다.[164]

1) 전략 구현의 준비: 읽기 전 단계

전략 구현의 준비 단계는 읽기 전 단계로 독자는 읽기의 목표를

---

163) 조희웅, 『고전소설 이본목록』, 집문당, 1999, 705~720쪽; 868~872쪽.
164) 이지영 옮김, 『창선감의록』, 문학동네, 2010; 최기숙 옮김, 『창선감의록』, 현암사, 2006; 박홍준 윤색 및 주해, 『창선감의록』, 연문사, 2000.

설정하고, 장편가문소설의 장르지식을 익히고, 작품을 훑어보며 전개될 내용을 예측해 보는 단계이다.

(1) 읽기의 목표 설정

장편가문소설의 공통된 읽기의 목표는 작품의 내용 파악에 두고 있다. 내용 파악을 위해 등장인물과 서사의 흐름을 이해하고 그 과정에서 궁극적으로 주제가 어떻게 형상화되는지를 이해할 수 있게 된다.

이 책에서 장르지식과 전략을 구안하여 읽기 방안을 제시하는 목적도 기본적으로 내용 파악을 위함이다. 『창선감의록』의 내용 파악을 위해 작품의 등장인물을 파악하여 유형화해 보고, 이들 간의 갈등과 결합 속에서 서사가 어떻게 구현되며 궁극적으로 주제가 어떻게 형상화되는지 살펴보겠다.

읽기의 목표를 달성하기 위해 전략을 어떻게 구현해 나갈지 대략 정리해 보면 이러하다. 작품을 읽어나가는 순차적인 흐름은 등장인물의 파악, 인물 간의 갈등, 갈등에서 생성되는 서사의 흐름, 주제의식의 파악 등으로 집약된다. 독자는 이 과정 속에서 장편가문소설의 장르적 특성이라 할 수 있는 유형적 인물, 유형적 서사, 주제의식 등이 어떻게 구현되었는지 이해하게 된다.

> *. 작품을 읽으며 구현해야 할 읽기 전략
> ① 내용을 요약하기
> ② 가계도 그리기
> ③ 등장인물의 유형적 범주화

④ 주동인물, 반동인물 나누기

⑤ 인물 간에 갈등 관계 파악하기

⑥ 갈등 관계에서 생성되는 단위담 파악하기

⑦ 유형적 화소의 양상 확인하기

⑧ 단위담의 배열 방식

⑨ 주제의식의 구현

위의 전략은 독자가 작품을 읽어나가면서 실제 활동으로 해야 할 전략이다. 위의 전략들이 반드시 순서대로 이루어지는 것은 아니다. 가계도를 그리면서 내용을 요약할 수도 있고, 등장인물을 유형에 따라 범주화할 수도 있다. 따라서 각각의 전략은 동시다발적으로 행해질 수도 있음을 염두에 둘 필요가 있다. 독자가 작품을 읽어나가며 각각의 전략을 조절할 수 있다.

『창선감의록』은 상대적으로 길이가 짧은 편에 속하지만, 화씨, 윤씨, 남씨, 진씨 등의 여러 가문이 나오고 복수의 주인공이 등장하고 있어 복잡한 구성을 띠고 있다. 또한 1, 2장에서 3장으로 전개될 때 시간의 역전이 일어나고 있어 읽어나가기가 쉽지 않다. 인물 간의 갈등 양상과 주동인물, 반동인물의 관계를 명확히 정리해야 서사의 흐름을 파악할 수 있다.

(2) 장르지식 익히기

『창선감의록』을 읽기 전에 독자들은 앞서 다룬 장편가문소설 전반에 걸친 장르지식을 한번 읽어보면서 장르지식을 익힐 수 있다. 장르지식에는 작품과 관련한 맥락 이해를 위한 것과 작품 자체 이해를 위한 것으로 나눌 수 있다. 맥락 이해를 위한 장르지식은 작품이 창작된 시대의 시대정신, 작품의 향유층에 관한 것으로 작품의 주제를 파악하는 데 도움을 준다. 작품 자체의 이해를 위한 장르지식을 통해 독자는 작품에 등장하는 인물을 파악하고 어떻게 서사가 전개되는지 흐름을 알게 된다. 이러한 서사의 흐름을 파악하면서 독자는 최종적으로 주제가 어떻게 형상화되는지 파악하게 된다.

(3) 내용 예측하기

『창선감의록(彰善感義錄)』이라는 제목만으로 내용을 예측해 보면 '선(善)을 드러내어 밝히고 의에 감동하는 이야기'라고 풀이할 수 있다. 책 제목에서 착하고 의로운 사람들의 일을 권장하는 교훈적인 내용임을 예측할 수 있다. 『창선감의록』은 단행본 한 권 정도의 분량으로 장별로 나누어 구성되었다. 장별로 나누어 내용을 요약하며 읽어나가면 효율적이다.

장르지식에 비추어 볼 때, 반동인물이 주동인물을 모해하는 서사가 나올 것을 예측할 수 있고, 주된 갈등으로 계후 문제를 둘러싼 계모의 모해나 처처 간의 갈등을 다룬 처처 간의 모해, 가문 외의 간신들의 모해, 혼사장애 등을 예상할 수 있다. 또한 이러한 갈등의 해결 과정에서 성리학적 유교이념인 충, 효, 열이 주제로 구현됨을 예상할 수 있다.

2) 전략의 구현: 읽기 중 단계

이 단계는 앞서 제시한 읽기 전략을 구사하며 작품을 읽어나가는 단계이다. 『창선감의록』은 전체 14장으로 된 소설이다. 장으로 나눈 것을 기준으로 장 단위로 내용을 요약하면서, 인물에 대한 정보가 나온 앞부분을 읽고 나서 가계도를 그릴 수 있다. 가계도를 그리고 나면 주동인물과 반동인물의 대립 양상을 어느 정도 파악이 가능하다. 『창선감의록』에서는 화부, 윤부, 남부, 진부의 네 가문이 나오는데, 이들의 인물관계 주요 갈등 등을 파악하며 읽어나가야 한다. 이 단계에서는 장르지식과 읽기전략을 활용하여 인물의 유형과 전개되는 서사의 흐름을 파악하고 주제의식에 접근하는 과정을 제시하고 있다.

(1) 내용 요약하기

『창선감의록』의 내용 요약은 형식 단위인 장별로 나누어 제시했다. 왜냐하면 형식 단위인 장별로 요약하는 것이 자연스럽고 일반 독자들이 접근하기가 쉽기 때문이다.

⟨1장⟩ 화욱의 집안 소개와 화진의 혼약

 화욱은 명나라 세종 황제 때 사람으로 개국공신 화운의 7대손이다. 성품이 올곧고 엄격하며 정치와 제도에 통달하여 요직을 두루 맡았다.

 화욱은 심씨, 요씨, 정씨 세 부인을 두었는데. 심씨의 아들 화춘은 시기심이 많고, 요씨의 딸 빙선과 정씨 아들 진은 어질었다.

 요씨가 빙선을 낳은 후 세상을 떠나 정씨가 빙선을 돌보았다.

 간신 엄숭이 발호하자, 화진이 부친 화욱에게 사직을 권하자, 화욱은 사직 후 낙향한다.

 맏아들 춘이 임씨와 결혼하나 불화한다.

심씨는 화욱이 정씨와 정씨 아들 화진을 편애하자, 아들 화춘이 계후자
리를 빼앗길까 불안해하며 정부인과 화진, 화빙선을 미워한다.

윤혁이 화욱을 찾아와 화진과 두 딸 윤옥화, 남채봉을 결혼시킬 것을
청한다.

화욱이 이를 허락하고 빙물로 홍옥 팔찌와 청옥 노리개를 윤혁에게
준다.

〈2장〉 화욱, 정부인의 죽음과 심부인의 모해

정부인이 화욱에게 빙선의 혼인을 부탁하자, 화욱이 유성양과 빙선의
혼약을 이루어낸다.

정부인과 화욱이 홀연 병이 들더니 연이어 세상을 떠난다.

화욱의 누이 성부인이 화부에 기강을 잡지만, 심씨가 화진과 화빙선을
모해할까 걱정한다.

성부인이 시댁에 잠시 떠난 사이, 심씨가 화진, 화빙선 남매를 모해한다.

화빙선과 혼약한 유성양이 화부에 가 보니 화진은 심씨의 모해를 애써
감춘다.

성부인이 돌아와 그간 사태를 파악하고 화춘을 야단치니 심씨도 조심
한다.

화춘은 범한과 장평이라는 못된 사람들과 어울리며 동네 과부 조씨와
눈이 맞는다.

성부인이 화욱의 삼년상이 지나자, 화진에게 성준과 함께 가서 윤부의
신부를 데려오라 한다.

〈3장〉 윤씨 집안, 진씨 집안의 소개와 남어사 댁의 시련

윤혁과 조씨 사이에 쌍둥이 남매가 태어나 여아를 윤옥화, 남아를 윤여

옥이라 불렸는데, 이들 쌍둥이 남매는 모습이 비슷해 분간하기 어려
울 지경이었다.

윤혁의 친구 남공도 부인 한씨와의 사이에 여아가 태어나는데, 이름을
채봉이라 하였다.

채봉이 9세 되던 해, 남부에 여승이 찾아와 관음화상을 부탁하자 남채
봉이 관음상을 그려준다.

남공이 엄숭의 국정농단에 분개해 상소를 올렸다가 오히려 극형선고
를 받는다.

화욱과 서계가 극렬하게 간하여, 남공이 사형을 면하고 악주로 유배가
게 된다.

남공이 악주 유배길에 도적을 만나 남공과 한부인은 강물에 몸을 던지
고, 딸 채봉과 헤어지게 된다.

청성산 운수동에 사는 곽선공이 남공 부부를 구해주고, 운수동에서 10
년 살 것을 권한다.

선녀가 나타나 채봉에게 물을 주며, 10년 후 부모님을 만나게 된다고
위로한다.

한 노인이 남소저와 계앵에게 파릉현 쌍계촌의 진씨를 찾아가 의탁하
라고 한다.

남소저와 계앵이 진씨댁에 찾아가자 진씨댁 오부인이 남소저를 받아
들여 함께 지낸다.

진씨댁을 찾은 윤혁이 남소저가 친구 남공의 딸임을 알고 양녀로 삼는다.

진씨댁에 진제독이 외직에 있고, 아들 진창운이 숙부댁에서 수학하여
오부인과 진채경만 있다.

도적들이 들끓자 윤혁은 두 모녀를 제남에 있는 자기 집으로 피신시키
려고 진부를 방문한다.

윤혁은 오부인, 진소저, 남소저와 함께 윤부로 오다가 북경에 사직 상
　소를 내러 가고, 오씨와 두 소저는 제남 윤부로 온다.

〈4장〉 남장하고 운모산으로 도망가던 진채경이 백한림을 만나 백소저와 혼약함
제남 윤혁의 집 식구들이 오부인, 진소저, 남소저를 맞이하고, 남소저
　를 위로한다.

사직 상소를 제출하러 북경에 간 윤혁이 한 달 만에 돌아온 후, 윤소저
　와 남소저의 혼처를 구하러 남경, 절강으로 떠난다.

진소저와 약혼한 윤여옥은 진소저에게 호감을 표한다.

윤혁은 화욱의 아들 화진과 두 딸을 혼약하고 홍옥 팔찌와 청옥 노리
　개를 받아온다.

엄숭의 양아들 조문화가 진제독에게 청혼했다 거절당하자 진제독을
　뇌물죄로 가둔다.

진채경이 조문화의 아들과 결혼하면 진제독을 방면한다 하자 진채경
　이 그러기로 한다.

이로 인해 진제독은 사형을 면하고, 운남으로 귀양가게 되고, 진채경은
　혼례 일을 미루다 남복을 입고 운모산으로 도망간다.

진채경은 도망가다 백한림을 만나는데, 백한림은 남장한 진채경을 남
　자로 알고, 여동생의 신랑감으로 점찍으며 혼약한다.

진채경은 자신을 윤여옥이라 하고, 윤여옥의 신붓감으로 백소저를 대
　신하려 한다.

〈5장〉 심부인과 화춘이 화진과 그의 아내를 박해하고 조씨가 모해에 가세함
진채경은 회남에서 숙부와 오빠를 만나 부친의 운남 유배를 알리고
　함께 운남으로 간다.

윤부에서는 진채경과 백한림의 편지를 받고, 진채경이 운남으로 간다
  는 것과 진채경이 윤어옥이라 칭하고 백한림의 어동생을 윤어옥의
  신부로 물색해 놓은 것을 알게 된다.
화욱의 삼년상이 지나자, 화진이 윤부에서 두 소저와 결혼하고 화부로
  데려온다.
화진이 과거에 장원급제하고 성준, 유성양도 급제한다.
성준과 유성양이 외직으로 발령을 받자, 성부인이 아들 성준과 함께
  화부를 떠난다.
성부인이 화부를 떠나자, 심부인과 화춘이 화진과 그 아내에게 모해를
  가하기 시작한다.
화춘이 화진에게 사직을 강요하여 화진이 사직을 청하니, 황제는 화진
  에게 1년 말미를 준다.
화춘은 부인 임씨와 불화하여 조씨를 둘째부인으로 맞이한다.
조씨는 심부인 처소 주변에 저주물을 묻고 임씨에게 뒤집어씌워 임씨
  를 출거시킨다.
조씨는 윤씨와 남씨에게서 홍옥 팔찌와 청옥 노리개를 빼앗는다.
남씨가 저항을 하자, 조씨가 범한과 모의하여 언무경에게 화진이 불효
  하고 죄인의 딸(남씨)과 결혼했다는 상소를 올리게 한다. 이 일로
  화진은 삭탈관직되고, 남씨는 첩으로 강등된다.

〈6장〉 심부인과 조씨의 모해
조씨는 남씨를 시비처럼 부리고, 심부인은 윤씨를 북쪽 방에 가둬버린다.
조씨는 남씨, 윤씨의 시비들을 내쫓고, 남씨에게 독이 든 죽을 먹여
  멍석에 말아 버린다.
청원스님이 꿈에 관음보살의 계시를 받고 남씨의 시비들과 함께 남씨

를 구한다.

청원스님이 남씨에게 촉에서 3년 지내며 액운을 보내라하니, 남씨는
　남복하고 촉으로 떠난다.

범한은 자객 누급을 시켜 화진을 죽이고, 화춘에게 죄를 뒤집어씌우려
　한다.

누급이 화진을 죽이러 갔다가 실패하자, 이번에는 심부인을 죽이려 한다.

자객이 심부인 대신 난향을 죽이고 도망가면서 편지가 든 주머니를
　떨구고 간다.

주머니 안에는 남씨의 필체로 화진과 모의하여 심부인을 죽이자는 내
　용의 편지가 들어 있다.

이 일로 화진은 심부인을 죽이려 한 누명을 쓰게 된다.

범한은 심씨의 이름으로 고발장이 접수되자, 지부 최현은 모해일 것이
　라 의심한다.

화진에게 사실이냐고 묻자 화진은 어머니인 심부인을 부정할 수 없어
　사실이라 한다.

범한은 화진을 독살할 수 없자, 엄숭에게 뇌물을 써서 고발장을 천자에
　게 올리게 한다.

천자가 크게 노하자, 하춘해와 태학사 서계 등이 화진을 변호하고 신중
　할 것을 요청한다.

천자가 이들의 말을 듣고 형부상서에게 엄중히 파악하라고 한다.

〈7장〉 윤여옥이 누이를 대신해 엄세번의 첩으로 들어감

장평은 화춘에게 범한이 조씨와 사통한 이야기를 하며, 엄승상 아들
　엄세번에게 윤씨를 보내 지부 벼슬을 얻어 보자고 한다.

이러한 장평의 모의를 윤씨의 노복이 듣고 방책을 찾으려 고심한다.

윤여옥이 화부로 가려다가 길을 잘못 들어 윤씨 노복이 있는 곳에 도
　착한다.

이들은 윤여옥을 윤씨로 착각하나 곧 윤여옥임을 알고, 윤씨에게 닥칠
　화를 얘기한다.

윤여옥이 누이 윤씨를 찾아가 옷을 바꿔 입고 윤씨를 탈출시킨다.

윤여옥은 윤씨 행세를 하며 엄세번의 첩이 되려고 엄가로 들어간다.

윤여옥은 엄세번을 설득하여 화진의 누명을 벗겨달라고 간청하여 화
　진은 죽음을 면하고 촉으로 유배가게 된다.

윤여옥은 엄세번의 누이 월화와 같이 지내면서 결국 자신이 윤옥화로
　여장한 윤여옥임을 밝히고는 훗날을 약속하고 엄부를 탈출한다.

〈8장〉 유배 길에 윤여옥을 만난 화진

윤여옥이 화진을 만나 그간 사정을 이야기 하자, 화진은 자신이 풀려난
　게 윤여옥 덕분임을 알게 된다.

범한이 촉으로 떠나는 화진을 독살하려고 이소와 배삼을 보내나 유성
　희가 이를 제지한다.

엄세번은 윤씨가 없어지자 진노하고 월화는 마음 아파한다.

윤여옥은 장원 급제하고, 엄숭의 집을 찾아가 화진을 선처해주어 고맙
　다 하자 엄세번은 윤씨가 윤여옥이었음을 눈치챘다.

엄숭이 윤여옥에게 월화를 부탁하자 윤여옥은 걱정하지 말라고 한다.

백경이 윤여옥에게 백련교에서 만난 사람과 이름은 같으나 얼굴이 다
　르다며 의아해한다.

윤여옥은 그 사람은 자기 약혼녀 진채경이었다고 말하며 그 사연을
　이야기한다.

백경이 자기 누이동생과의 혼약은 어떻게 되냐고 묻자, 윤여옥은 걱정

말라고 한다.

백경이 문연각 수찬이 되어 진공의 억울함을 알리는 상소를 올려 진공
　이 해배된다.

진공부부가 북경으로 올라오자, 윤여옥은 진채경, 백소저와 결혼한다.

화진은 촉으로 귀양가는 도중, 남어사를 만나게 된다.

〈9장〉 화진의 정벌담

화진이 남어사를 찾아오자, 남어사는 곽선공에게 화진의 관상을 보아
　달라고 한다.

곽선공은 은진인이 옆에 있다며 거절한다.

화진이 남공을 만나고 돌아오는 길에 은진인을 만나 병법서와 부적을
　얻는다.

은진인은 화진이 신선이었고, 모친과 형이 곧 개과천선한다고 말한다.

화진이 왕겸과 유이숙을 만나면서 두 계절이 지난 것을 알고 놀란다.

화진에게 광남부로 종군하여 서산해를 무찌르라는 황제의 명을 받는다.

서산해를 맞서 척계광 장군이 지키지만 어려움에 처해 있다.

장평은 화춘에게 조씨와 범한이 사통한 사실을 알려 범한과 사이가
　틀어지게 만든다.

범한은 조씨, 난수와 함께 화씨 집안의 재물을 챙겨 달아난다.

윤여옥이 순천부에 범한과 장평을 잡으면 포상한다는 방을 붙이자, 장
　평이 한범이라는 거짓 인물을 만들어 등문고를 울려 화진의 억울한
　사연과 심씨 모자의 악행을 폭로한다.

관가에서는 이것이 장평의 간계임을 알아내고 화춘, 장평을 잡아들인다.

유성양이 화진에게 화춘이 하옥된 사실을 알리자 화진이 걱정하며 자
　책한다.

화춘과 심씨는 잘못을 뉘우치고 자책한다.

화진이 전쟁터에 도착하여 조공수, 척계광과 만나 전략을 짜서 산해와
맞붙는다.

산해가 요술을 부리자 화진이 부적을 꺼내어 제압하여 전쟁에서 승리
한다.

〈10장〉 화진의 정벌담

서산해를 무찌르고 온 화진에게 황제는 한림학사 직첩을 돌려주고 병
마대원수로 임명한다.

유성희, 조공수, 척계광 등에게 벼슬을 준다.

황제는 남쪽 오랑캐 산해를 아예 섬멸하고 오라 명을 내려 화진이 다
시 출병한다.

안남국 국왕을 시켜 산해에게 명군이 쳐들어간다는 글을 보낸다.

산해는 어려운 상황임에도 명군과 맞서 무리하게 싸움을 시도하다가
모두 패한다.

결국 자객을 보내 화진을 죽이려고 하나 화진은 이를 예상하며 방비
한다.

자객은 화진을 죽이지 못하고, 화진이 산해에게 보내는 편지를 자객에
게 준다.

화진의 편지를 산해에게 전해주자 산해는 자객 이팔아를 죽이려 하자,
이팔아는 사라진다.

〈11장〉 남채봉과 만나는 남어사 부부

산해가 명군 진영을 기습공격하나 조공수와 병마철의 부대가 이를 막
는다.

산해는 부적으로 요술을 쓰자, 화진이 부적으로 요술을 제압한다.

산해가 죽고, 화원수 군대는 안남에 이른다.

안남의 공주가 유성희를 보고 반하여 결국 결혼한다.

채백관이 반란을 일으키자 화진은 다시 이곳을 진압하러 간다.

채백관은 화진이 온다는 소리에 지레 겁을 먹고 흩어지게 된다.

남어사는 청원스님의 도움으로 딸 남씨를 만난다.

남어사 부부는 딸을 만나 회포를 풀고 청원스님은 서천으로 떠난다.

〈12장〉 개과천선하는 심씨와 화춘

심씨는 개과천선하여 화빙선과 화진에 대해 호의적으로 바뀐다.

심씨는 화진이 승리하고 돌아오다가 다시 촉으로 갔다는 소식을 듣고
  놀란다.

채백관 무리가 여러 성을 함락하여 대당이라 했는데, 화진이 온다는
  소식을 듣고 도망간다.

설성문이 채백관을 쫓아가 목을 베자, 촉땅이 평안해진다.

화원수가 성도에서 잔치를 베풀고 유성희, 척계광, 왕겸, 유이숙과 회
  포를 푼다.

화진이 통정사 참의가 되어 서울로 가는 남어사를 만나 회포를 푼다.

남어사가 귀양간 뒤 조정 및 집안의 소식이 적혀 있는 윤여옥의 편지
  를 화진에게 보여준다.

조정에서는 임윤이 엄숭의 무도함을 탄핵하여, 엄세번을 죽이고, 엄숭
  의 직위와 재산을 빼앗고, 언무경도 쫓아낸다.

황제는 충신들을 다시 불러들이는데 유성양이 남어사의 생존을 말하
  자 황제가 남어사의 직책을 돌려주고 통정사 참의로 봉하고, 윤씨를
  진국부인, 남씨를 촉국부인에 봉한다.

남어사가 곽선공과 헤어져 돌아오는 길에 화진과 만나게 된다.

남어시가 화진에게 곽선공의 손자를 돌봐 줄 것을 부탁한다.

성준이 춘방학사가 되어 돌아오게 되자, 성부인도 화부로 돌아온다.

범한은 도망 와서 이름을 뇌철로 바꾸고 요망한 여성들과 지낸다.

자객 누급이 자신의 처지가 위태로워지자 범한의 목을 베어 관가에
　　바친다.

부윤이 누급의 말을 의심하고, 결박하여 조씨와 난수를 잡아들인다.

조씨의 패물 중에 옥팔찌와 옥노리개가 절묘하여 화진에게 돌려둔다.

천자는 화진의 정성에 감동하여 화춘을 풀어주라 하고, 화춘은 화진에
　　게 사죄한다.

천자가 공에 따라 봉작을 정한다.

하상서는 평원후, 광록대부 상주국 겸 이부상서에, 화원수는 진국공에,
　　유성희는 특진 영록대부 우주국 전전도지휘사 금의위용문대장군 서
　　평후에 봉한다. 황제가 진공 화진에게 감사의 말을 한다.

〈13장〉 엄월화와 결혼하는 윤여옥

진공 화진이 돌아오고 심씨와 화춘이 개과천선하여 지낸다.

태원부의 죄인들이 저자에서 처형을 받는데, 심부인이 조씨의 죄목을
　　따지다 망신당한다.

화부에 임씨와 윤옥화, 남채봉이 돌아오고, 심부인이 임씨에게 사과한다.

화진은 옥팔찌와 옥노리개를 두 부인에게 돌려준다.

화빙선이 윤씨에게 조씨의 뺨 때린 일에 대해 묻자, 윤씨는 윤여옥이
　　한 일이라며 웃는다.

화춘에게도 벼슬을 내려준다고 하나 화춘이 극구 사양하며 근신한다.

엄숭의 처 홍씨가 병으로 죽고, 엄숭이 몰락하자 월화는 유모와 양제원

에서 지낸다.

백부인의 유모 금선이 월화를 윤씨 집안에 오게 하여 백부인(윤여옥의
　처)에게 보인다.

월화가 윤부인을 보고 깜짝 놀라자(윤여옥과 윤부인이 쌍둥이임) 윤부
　인은 윤여옥이 본 월화임을 생각해낸다.

윤부인이 화진에게 사정을 말하고 화진이 윤시랑을 뵙고 월화와 윤여
　옥의 결혼을 청한다.

결국 황제의 허락을 받아 윤여옥과 엄월화가 결혼하게 된다.

〈14장〉 가문의 번성과 후일담

화부로 돌아온 화진의 가족들이 모두 잘 화합하고 가문이 번성한다.

하춘해가 환관들의 모의에 휩싸여 역적으로 몰리자 화진, 윤여옥, 성
　준, 유성양, 손식, 임윤, 유성희, 해서, 갈수례, 백경, 진창운 등이 황
　제를 찾아가 하춘해의 억울함을 호소한다.

황제가 깨닫고 간신배를 몰아내어 이후 50년간 화평해진다.

화진 집안의 자손이 번창한다.

하춘해가 화진에게 아들 성을 부탁하며 세상을 떠나자, 화진은 자기
　딸 명교와 결혼시킨다.

심부인은 천수를 누리다 죽고, 화진은 80세에 사직하여 두 부인과 소
　흥에서 여생을 보낸다.

(2) 화부·윤부·남부·진부의 인물 파악

① 가계도 그리기

이 책에 제시된 가계도에서 네모는 남성인물을, 타원은 여성인물

을 나타낸다. 가로선은 부부관계를 드러내고, 세로선은 부모와 자식의 관계를 나타낸다. 특히 일부다처의 상황에서 자녀를 어머니 아래에 두어서 모계를 명확하게 표시하고자 하였다. 인물에 대각선을 그은 것은 인물의 죽음을 표시한 것이다. 가계도를 그리는 형태가 장편가문소설의 연구자에 따라 조금씩 차이를 보이고 있지만, 이 책에서는 앞의 방식대로 그렸다.

　화부의 가계도는 1, 2장을 읽고 그릴 수 있다. 화욱의 세 부인인 심씨, 요씨, 정씨가 있고, 심씨 소생 화춘은 용렬하고, 요씨 소생 화빙선과 정씨 소생 화진은 착하고 총명하다. 요씨가 일찍 죽고 정씨가 빙선을 돌보게 된다. 심부인 소생 화춘이 장남이므로 가권을 승계 받는 것이 자연스런 상황이다. 그런데 문제는 화욱이 화춘보다 화진을 총애한다는 데 있다. 그것은 장남인 화춘보다 차남인 화진이 더 우수하기 때문이다. 장남인 화춘은 이런 화욱의 태도에 대해 불만을 품는다. 당연히 화춘의 모친인 심씨는 화진과 정부인, 화빙선을 좋게 생각하지 않는다. 또한 가문의 후계자가 화진에게 돌아가는 것은 아닌지 다소 불안해하고 화진을 적대시하는 마음이 생긴다. 그러던 화욱이 화진과 화빙선의 혼처를 구한다. 화진은 윤옥화, 남채봉과 혼약을 맺고, 화빙선은 유성양과 혼약한다. 얼마 안 되어 정부인이 병으로 죽고, 이어 화욱도 죽는다. 하지만 남아 있는 성부인(화진의 고모)이 가권을 쥐고 있어서 심씨와 화춘이 함부로 화진을 모해하지 못한다. 화욱의 삼년상이 끝나자, 성부인은 화진에게 윤옥화와 남채봉을 신부로 맞아 오라고 성준을 함께 윤부로 보낸다. 1, 2장의 내용을 바탕으로 화부의 가계도를 그려보면 〈그림 18〉과 같이 된다.

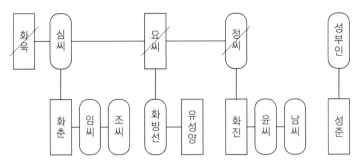

〈그림 18〉『창선감의록』 1, 2장의 내용으로 그린 화부의 가계도

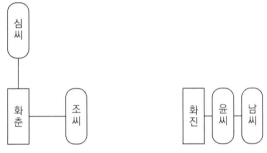

〈그림 19〉『창선감의록』 5장 이후 화부에 남게 된 인물들

하지만 5장에 오면 〈그림 19〉와 같이 상황이 바뀐다. 성부인의
아들 성준이 과거에 급제하여 외직으로 나가면서 함께 성부인도 화
부를 떠나게 된다. 또한 화춘의 아내 임씨가 조씨의 모해로 출거
당하고 화부에 어른은 심부인만 남고, 화춘과 그의 둘째부인 조월향
만 남게 된다. 화진을 돌보아 줄 사람이 없다. 오직 화진과 화진의
처 윤옥화와 남채봉만 남게 되어 이들이 심부인, 화춘, 조월향으로부
터 온갖 모해를 다 받게 되리라는 예상을 할 수 있다. 가계도를 그려
보면 앞으로 전개될 내용을 예측할 수 있고, 예측한 내용은 작품을
읽어나가면서 확인할 수 있다.

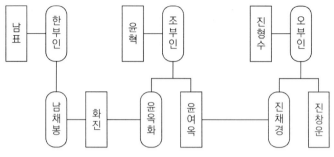

〈그림 20〉『창선감의록』 남부, 윤부, 진부의 가계도

〈3장〉과 〈4장〉을 읽고 나서 〈그림 20〉과 같은 가계도를 그릴 수 있다. 남부의 남채봉이 화진과 결혼하고, 윤옥화가 화진과 결혼하면서 자연스럽게 연결이 된다. 또한 진부는 윤여옥과 진채경이 약혼을 하면서 서로 연관을 맺게 된다. 결국 남부, 윤부, 진부가 화부와도 결혼을 통해 서로 관련을 맺게 되고 연합하게 된다. 〈3장〉, 〈4장〉의 내용에는 여러 가문이 서로 혼사를 통해 관련을 맺는 양상이 드러나게 된다. 또한 이들 가문은 모두 간신 엄숭과 대립한다는 점에서 공통적이다. 엄숭으로 인해 남부는 거의 몰락 지경에 이르고, 진부는 엄숭의 양아들 조문화로 인해 진형수와 진채경이 고난을 겪게 된다.

〈3장〉, 〈4장〉에는 남부, 윤부, 진부가 간신 엄숭으로 인해 고난을 겪는 모습이 제시되었고, 이들이 결혼을 통해 서로 연관을 맺으면서 결속하는 내용이 나온다. 앞으로 이들이 연계하여 엄숭과의 정치적 대립을 어떻게 극복해 가는지 잘 살펴봐야 한다. 또한 남표, 윤혁, 진형수가 엄숭에게 정치적으로 패배했는데 이들의 자녀 대에서 어떻게 가문의 운수를 회복하게 될지 주목해야 한다.

남부, 윤부, 진부의 가계도를 통해서 각 가문이 혼사를 통해 연대하는 모습을 확인할 수 있고, 〈3장〉, 〈4장〉의 내용을 읽으면서 이들이 간신 엄숭의 모해를 조금씩 입고 있음을 알 수 있다. 남부의 남표는 엄숭의 국정농단을 직간하다가 사형선고를 받으나 대신들의 만류로 겨우 유배형을 떠나게 되고, 유배형을 가는 길에 도적의 습격을 받아 결국 딸 남채봉과 헤어지고 만다. 엄숭으로 인해 남씨 가문이 거의 멸문지경에 이른다.

윤부의 윤혁은 이러한 조정에 있기 싫어서 사직상소를 올리고 고향인 제남으로 돌아온다. 이러한 행위도 엄숭으로부터 가문을 보호하려는 행동으로 볼 수 있다. 진형수의 경우는 엄숭의 양아들 조문화의 청혼을 거절했다는 이유로 뇌물죄 참소를 받고 옥에 갇힌다. 딸 진채경이 아버지를 위해 조문화의 아들과 결혼하기로 한다. 역시 진부도 엄숭이라는 인물 때문에 고난을 당하고 있다. 윤부, 남부, 진부 모두 엄숭이라는 간신 때문에 가문이 위기에 처한다. 이들 가문은 결혼을 통해 서로 연대하고 기울어진 가운을 회복시킨다.

② 유형적 인물의 범주화

『창선감의록』에 등장하는 인물 중 화부의 화진은 전형적인 정인군자형 인물이다. 심부인의 온갖 모해에도 효를 다하는 이념지향적인 인물이다. 화진의 정인군자다운 풍모를 작품 속에서 확인할 수 있다.

정부인의 아들이 자라 서너 살이 되자, 채 자라지 않은 짧은 머리는 양쪽으로 다팔거리고 이마는 앞으로 불쑥 뛰어나왔다. 똘똘한 말을 하여 사람들을 놀라게 하는가 하면 눈에서는 반짝반짝 총기가 흘렀다. 정부인이 『효경』을 읽을 때면 아이는 책상 옆에 앉아 가만히 듣고 있다가 부인이 읊조리는 구절을 외우곤 했는데, 제법 그 뜻도 이해하고 있었다.[165]

이는 화진이 어렸을 적의 모습을 묘사한 것으로『효경』을 귀담아 듣고, 구절을 외우고 뜻을 익한다는 점을 통해 그 성품을 엿볼 수 있다. 또한 윤혁이 화욱에게 청혼한 후 화진에 대해 품평하는 부분을 통해서도 화진의 군자다운 풍모를 엿볼 수 있다.

> "내가 비록 안목이 없다고는 해도 평소에 사람을 몰라보지는 않는다 고 자부해왔소. 일찍이 여양후 화공이 요즘 사람 중에서 가장 훌륭하다 고 생각했는데, 그 아들 화진이 올해 나이가 열두 살이고 진평처럼 용모가 단정하고 증삼처럼 행실이 바르다오. 게다가 글 솜씨도 뛰어나고 기상은 산악 같으니, 조만간 태조 황제 때 성의백처럼 이름이 세상에 널리 알려지고 황제 의 스승이 될 것이오."[166]

화진의 인물됨이 조용하고 단정함을 강조하고 있다. 이를 통해 화진을 정인군자형의 인물로 유형화할 수 있다.

이와 반면에 윤여옥은 영웅호걸형 인물에 가깝다. 물론 윤여옥도 장원급제하여 화진만큼 실력을 갖추었지만, 약혼녀인 진채경에게 장난을 하기도 하고, 위기에 처한 누이를 위해 여장을 하고 엄세번의 첩으로 들어가 엄숭의 딸인 엄월화와 함께 지내기도 한다. 이런 면모 는 단정한 군자의 모습은 아니다.『창선감의록』에서 윤여옥은 도를 넘는 행동을 하지 않아 다른 장편가문소설의 영웅호걸형 인물과는 구별되는 모습을 보이고 있으나『창선감의록』자체에서는 호탕하고 쾌활한 인물이므로 영웅호걸형 인물로 볼 수 있다. 작품 속에서 이를

---

165) 이지영 옮김,『창선감의록』, 문학동네, 21쪽.
166) 이지영 옮김, 앞의 책, 78쪽.

찾아보면 이러하다.

　윤공자는 팔을 걷어붙이고 비바람 몰아치듯 바둑돌을 아무렇게나 놓았다. 그리고 일부러 엉뚱한 곳에 두었다가 바로 물려달라고 조르면서 채경 아가씨의 팔을 잡고 옥신각신했다. 참다못한 채경아가씨가 바둑판을 밀어놓고 물러앉으면서 말했다. (…중략…) "여옥이는 정말 풍류를 즐기는 호방한 남자이지, 단정한 군자는 못 돼." [167]

　그리고는 다시 월화를 데리고 자리를 옮겨서 가까이 앉고, 환히 웃으며 손을 잡기도 하고 머리를 쓰다듬기도 하여 마치 호탕한 풍류선비가 미인을 끼고 노는 듯하였다. 월화는 낯빛이 변하면서 기뻐하지 않았고 음탕함을 더럽게 여겼다. 그러나 남자라고는 전혀 의심하지 않았다.[168]

윤여옥이 진채경과 바둑을 두는 모습과 여장을 하고 윤옥화 대신 엄세번의 첩으로 들어가서 엄세번의 여동생 엄월화를 희롱하는 모습이다. 이를 통해 볼 때 윤여옥은 정인군자형의 화진과는 다른 영웅호걸형 인물임을 알 수 있다.

　윤옥화, 남채봉, 진채경은 모두 여성주동인물로 요조숙녀형 인물에 속한다.

　옥화 아가씨는 채봉 아가씨보다 한 달 먼저 태어났고 채봉아가씨는 채경 아가씨보다 한 달 먼저 태어났기에 그것으로 위아래를 정했지만

---

167) 이지영 옮김, 앞의 책, 77~78쪽.
168) 이지영 옮김, 앞의 책, 157쪽.

어여쁜 자태와 아름다운 마음씨가 서로 어울려 빛나고, 글 솜씨와 바느질 솜씨 또한 서로 막상막하였다.169)

윤옥화와 남채봉이 나이도 같고 어여쁜 자태와 글솜씨와 바느질이 서로 막상막하였음을 드러내고 있다. 하지만 두 사람의 성격은 조월향이 결혼 예물을 내어놓으라고 했을 때 각기 다른 반응을 보이면서 차이를 드러낸다. 윤옥화는 순순히 내어주었지만, 남채봉은 조월향을 낭자라고 부르면서 호통을 친다. 이로 인해 남채봉은 조월향으로부터 화를 당하게 된다. 이에 대한 서술자의 논평을 살펴보면 이렇다.

아아, 남부인은 꼿꼿하고 엄격하여 그 아버지의 기풍과 절개가 있었다. 그 때문에 생각하는 바가 있으면 거침없이 말하였으니, 윤부인처럼 부드럽고 온화하게 처신하지 못했고, 그래서 더욱 참혹한 화를 입었다고 하니 참으로 가슴 아픈 일이었다.170)

이를 통해 남채봉이 다소 다혈질적이고 직선적임을 확인할 수 있다. 하지만 전체적인 성품으로 보면 요조숙녀형 인물에 속한다. 진채경은 다소 과감한 성격의 요조숙녀로 볼 수 있다. 사형 선고를 받은 부친 진형수의 목숨을 살리기 위해 조문화의 아들과 혼약한다. 그리고는 결혼이 임박해서 남장을 하고 도망을 갈 정도의 배짱과 용기를 지닌 여성이다. 약혼자 윤여옥이 여장을 하고 누이의 위험을 대신하

---

169) 이지영 옮김, 앞의 책, 73쪽.
170) 이지영 옮김, 앞의 책, 117쪽.

는 것과 대비되게 진채경은 남장을 하고 위기를 맞서고 있다. 또한 약혼자 윤여옥을 위해 자신을 대신할 약혼자까지 물색해 놓는다. 진채경의 아버지 진공과 모친인 오부인이 딸에 대해 생각하는 부분을 살펴보면 진채경의 인물됨을 알 수 있다.

'딸아이는 아장아장 걸을 때부터 남다른 담략이 있었지. 지금 하는 말과 행동거지를 보니 틀림없이 자신의 몸을 온전히 할 수 있는 기발한 계획이 있는 게야. 그냥 그 뜻을 따르고 지켜봐야겠다.'[171]

부인은 처음에는 아가씨가 목숨을 버려서 절개를 지킬 것으로 생각하여 칼로 가슴을 도려내는 듯한 심정으로 속으로 말없이 슬픔을 삼키고 있었다. 그러다가 품고 있는 계획을 듣고 나서는 놀랍고 감탄스러워 연신 아가씨의 등을 쓰다듬으며 말했다.[172]

위의 예를 통해 진채경이 요조숙녀이지만 담략이 있고, 지모지략이 뛰어난 여성임을 알 수 있다. 그의 모친 오부인은 딸이 자결하리라 예상하고 슬퍼했지만 예상과 달리 딸이 남장을 하고 도망갈 계책을 말하니 담략과 지략에 탄복한다. 이렇듯 진채경은 요조숙녀에 속하지만 지모지략이 뛰어난 인물이다.

화춘의 아내 임씨는 미인은 아닌 것으로 설정되어 있다. 화춘이 임씨를 싫어하는 이유가 외모가 마음에 들지 않아서이다. 사덕(四德)을 갖추고 있는 여성이지만 아름답지 못해 여군자형에 해당한다.

---

171) 이지영 옮김, 앞의 책, 84쪽.
172) 이지영 옮김, 앞의 책, 84쪽.

임씨에 대한 내용을 작품에서 찾아보면 이러하다.

> 임씨는 비록 외모가 빼어나지는 않았지만 덕성을 갖춘 인물이었다. 그래
> 서 공은 기뻐했지만, 춘은 심히 불쾌해 했다.[173]

화춘, 엄숭, 엄세번, 조문화, 서산해 등은 반동인물에 속한다. 이들
은 주동인물인 화진과 대립하는 인물들이다. 화춘은 화진의 이복형
으로 화진을 모해한다. 엄숭, 엄세번, 조문화 등은 화진을 직·간접으
로 모해하는 인물들이다. 정치적으로 화진과 대립하고 있어서 반동
인물로 볼 수 있다. 서산해는 국가적 차원에서 물리쳐야 하는 적이
다. 그러므로 화진과 대치되는 반동인물이라 할 수 있다. 엄숭이 몰
락했지만 죽지 않고, 그의 딸 엄월화는 윤여옥의 첩이 되어 다시
윤여옥과 연결되며 다시 그 명맥을 유지하게 된다. 명문가의 반동인
물들이 완전히 몰락하지 않는다는 점은 엄숭의 경우에서도 발견할
수 있다.

심씨는 전형적인 계모형 인물로 아들 화춘과 더불어 화진을 모해
한다. 아들 화춘이 가문의 후계자로 있으면서 가권을 유지해야 한다
는 점에 집착하여 방해가 되는 화진을 미워한다. 화춘 모자에 대한
언급을 작품 속에서 찾아보면 이러하다.

> 심씨는 말을 잘하고 제법 인물이 있었지만 시기심이 강했다. 아들 춘
> 이 있었는데, 사람됨이 보잘것없어 화공이 그리 사랑하지 않았다.[174]

---

173) 이지영 옮김, 앞의 책, 23쪽.
174) 이지영 옮김, 앞의 책, 20쪽.

심씨는 아들 화춘이 범한, 장평과 어울리면서 오히려 가문이 위기에 닥치자, 가문의 위기를 구할 사람이 화진이라는 걸 인식하면서 지난날의 어리석음을 깨닫게 된다. 그러면서 개과천선하게 된다. 그런 면에서 심씨는 계모형 인물로 볼 수 있다.

조월향은 화춘의 첩으로 전형적인 투기요부라 할 수 있다. 임씨를 모해하여 출거시키고, 화부의 재물을 탈취하는 데 방해가 되는 인물들을 모해한다. 윤옥화, 남채봉을 집중적으로 모해한다. 조월향은 범한과 사통하여 화춘을 배신하고 떠났기에 화춘이나 심부인처럼 개과천선하는 기회를 얻지 못한다. 장편가문소설에서 사통한 여인에게는 개과의 기회가 주어지지 않는데, 조월향도 그러한 서사문법에서 예외가 아니다.

성부인은 화진의 고모로 화부의 기강을 잡는 인물로 화진의 조력자 역할을 한 인물이다. 곽선공은 물에 빠진 남표와 그의 부인을 구하고, 10년 간 남표와 그의 부인을 도와준 인물이다. 청원스님은 남채봉이 위기에 처할 때 구해준 인물이다. 이전에 남채봉이 청원스님에게 관음상을 그려준 것이 인연이 되어 위기 때 도움을 받게 된다. 유이숙과 유성희는 화진이 감옥에 갇혀 있을 때 악인들의 모해를 받을까 염려하며 화진을 지켜 준 사람이다. 유성희는 화진과 함께 서산해 정벌에 나서기도 한다. 엄월화는 엄숭의 딸로 윤여옥이 누이를 대신해 엄세번의 첩으로 들어왔을 때 윤여옥이 엄부를 탈출할 수 있도록 도와준 인물이다. 이들은 모두 주동인물을 도와주었기에 주동적 보조인물에 속한다.

범한과 장평은 화춘의 친구로 반동인물인 화춘을 돕는 척하며 자기 욕심을 챙긴 인물들이다. 누급은 범한의 자객노릇을 하던 사람으로 나중에는 범한을 배신하고 그의 목을 베어 관에 바치는 인물이다.

반동인물과 함께 모의하며 일을 꾸몄기에 반동적 보조인물이라 할 수 있다. 『창선감의록』에 등장하는 유형적 인물을 범주화하면 〈그림 21〉과 같다.

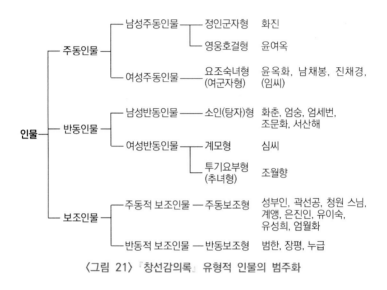

〈그림 21〉 『창선감의록』 유형적 인물의 범주화

③ 유형적 인물의 갈등 관계

먼저, 화부의 인물 간의 갈등 관계를 정리해 보면 이러하다. 화부의 불화 원인은 화욱이 장남 화춘보다 차남 화진을 편애한 데 있다. 이 때문에 화춘은 화진에 대해 열등감과 불만을 품고, 모친 심씨에게 이 불만을 토로하곤 했다. 부친 화욱이 세상을 떠나자 화춘은 그때부터 본격적으로 화진을 모해한다. 또한 화춘은 범한·장평 같은 불량한 인물과 어울리고, 조월향을 둘째부인으로 맞이함으로써 화부의 갈등이 본격적으로 심화된다.

즉 화부에서는 심씨 모자와 화춘의 첩 조월향이 화진과 그의 아내 윤옥화, 남채봉, 화춘의 첫째 부인 임씨를 모해한다. 화부에서는 주로 계후 문제와 관련하여 갈등이 일어난다. 사실 화춘은 장남으로 능력이 부족하지만 화욱 사후(死後)에 계후가 된다. 하지만, 화춘은 능력이 화진보다 못해 항상 장남으로서의 위치에 대해 불안해하며 똑똑한 화진을 모해한다. 화진은 심씨의 모해를 효로 감내해내고, 형 화춘의 모해를 형제간의 우애로 참아낸다.

조월향은 화춘의 첩으로 조월향의 최종 목표는 본처인 임씨를 몰아내고 화부의 재산을 챙겨 달아나려는 데 있다. 화춘을 도와 화진과 그의 아내인 윤옥화, 남채봉을 모해하지만 궁극적인 목표가 화춘과 다른 것이다. 조월향은 화부의 재물을 모은 후에는 범한과 사통하고 달아날 궁리를 한다. 심씨와 화춘이 단순히 화진에 대한 열등감 때문에 화진을 미워하고 모해한다면, 조월향은 범한, 장평 등과 합세해 화부의 재물을 탈취하기 위해 화진을 모해한다. 조월향은 임씨를 모해해서 출거시키고, 심씨의 묵인 하에 윤옥화와 남채봉을 모해한다.

화부에 있는 반동인물들이 합세하여 화진을 귀양 보내고, 임씨를 출거시키고, 남채봉에게 독약이 든 죽을 먹여 멍석에 말아서 버린다. 이렇게 화부에 있는 주동인물들을 쫓아내고 나서 조월향과 범한은 화부의 재물을 챙겨 달아나고, 장평은 화춘을 구슬려 윤옥화를 엄세번의 첩으로 보내 돈을 뜯어내려고 한다. 결국 화부가 멸문지경에 이르게 된다. 화부의 반동인물과 주동인물의 관계를 정리해 보면 〈그림 22〉와 같다.

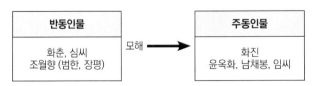

〈그림 22〉 『창선감의록』 화부의 주동인물과 반동인물

화부의 반동인물이 주동인물에게 가한 모해를 정리해 보면 〈표 33〉과 같다.

〈표 33〉 화부의 반동인물이 주동인물에게 가한 모해

모해자	모해를 당한 인물	모해의 내용
화춘	화진	• 구타함 • 벼슬을 그만두라고 종용함
화춘, (범한)	화진	• 자객 누급을 시켜 화진의 암살을 시도함 • 자객 누급을 시켜 심부인을 살해하려 하나 시비 난향이 죽음 • 남씨의 필체를 위조하여 심부인을 모해하는 내용의 편지를 화진에게 보임 • 화진이 심부인을 죽이려 한다는 누명을 씌움 • 범한이 심씨의 이름으로 고발장을 써서 관가에 넘김 • 화진이 강상대죄를 누명을 쓰고 옥에 갇힘 • 옥에 갇힌 화진을 독살하려고 하나 실패함
화춘, (장평)	화진, 윤옥화	• 윤옥화를 엄세번의 첩으로 보내려 함
조월향	임씨	• 심부인 처소에 요예지물을 묻어 임씨에게 뒤집어씌우고 임씨는 이 일로 출거됨 조월향의 계략임
조월향	윤옥화, 남채봉	• 결혼 예물인 청옥 노리개와 홍옥 팔찌를 빼앗음 • 범한을 시켜 화진이 불효하고 죄인의 딸인 남채봉과 결혼했다고 상소를 올려 삭탈관직시키고, 남채봉을 첩으로 강등시킴 • 남채봉을 시비처럼 부려 먹음 • 남씨, 윤씨의 시비를 내쫓고, 남채봉에게 독이 든 죽을 먹임 • 독약에 중독된 남채봉을 멍석에 말아 버리게 함
조월향	화진	• 범한을 시켜 화진이 불효하고 죄인의 딸인 남채봉과 결혼했다고 상소를 올려 삭탈관직 당하게 함
심부인	윤옥화	• 북쪽 방에 가둠

남부, 진부, 윤부의 인물들은 공통적으로 간신 엄숭 때문에 고난을 당한다. 남표는 엄숭의 국정 농단을 비판하는 상소를 올리다 화를 당해 유배 가게 되고, 유배 가는 도중 도적을 만나 물에 빠지고, 딸 남채봉과 헤어지게 된다. 물에 빠진 남표와 그의 아내는 곽선공에게 구조되어 목숨을 구하게 된다. 남부는 엄숭으로 인해 멸문지경에 이르게 된다.

진형수는 엄숭의 양아들 조문화의 청혼을 거절했다가 뇌물죄 누명을 쓰고 옥에 갇힌다. 진형수가 풀려나는 조건이 조문화의 아들과 진채경이 혼약하는 것이다. 진채경이 부친을 위해 조문화의 아들과 혼약을 한다. 간신의 모해로 진채경은 혼사장애를 겪는다. 윤혁은 간신 엄숭이 국정을 농단하는 것을 보고 사직서를 제출하고 벼슬에서 물러난다. 그런데 엄숭의 모해는 그렇게 끝나지 않는다. 딸 윤옥화에게 화가 미치는데, 시아주버니인 화춘이 장평의 꾐에 빠져 윤옥화를 엄숭의 아들 엄세번의 첩으로 보내기로 모의한다. 윤옥화는 쌍둥이 남동생 윤여옥이 대신 엄세번의 집으로 가면서 화를 면한다.

결국 엄숭이라는 간신 때문에 남부, 진부, 윤부가 모두 모해를 당하며 어려움에 처한다. 이들이 엄숭과 대치하며 가문의 위기를 극복하고 다시 가문의 명예를 되찾기 위해 연대하여 노력한다. 〈그림 23〉은 남부, 진부, 윤부의 주동인물과 엄숭과의 갈등 관계를 정리한 것이다.

〈그림 23〉 『창선감의록』 남부, 윤부, 진부의 주동인물과 반동인물

앞서 주동인물과 반동인물 간의 갈등을 살펴보았다. 이제 갈등 양상을 좀 더 구체적으로 살펴보기로 하면 〈표 34〉와 같다.

〈표 34〉 주동인물과 반동인물 간의 갈등 양상

인물 간 갈등		갈등 양상	모해 내용
주동인물	반동인물		
화진	화춘, 심씨	계후 갈등	심씨와 화춘이 합세하여 화진을 모해함
화진	서산해	외적과의 갈등	서산해가 세력을 확장하여 국가에 위협이 됨
임씨	조월향	처처(첩) 간 갈등	조월향이 임씨를 쫓아내기 위해 모해함
윤옥화, 남채봉	조월향	동서 간 갈등	조월향이 윤옥화와 남채봉을 모해함
윤옥화	장평, 화춘	계후 갈등, 시기 모해	화춘이 장평과 모해하여 윤옥화를 납치해 엄세번의 첩으로 보내려 함
윤혁, 남표, 진형수, 화욱	엄숭, 엄세번, 조문화	정치적 갈등	윤혁, 남표, 진형수, 화욱이 엄숭. 엄세번, 조문화 등과 정치적으로 견해를 달리하여 갈등이 일어남
진채경	조문화	혼사 갈등	진제독이 조문화의 청혼을 거절하여 화를 당하자 진채경이 부친을 구하기 위해 혼사를 허락함. 이로 인해 진채경은 윤여옥과의 혼사에 문제가 생김

〈표 34〉에 제시된 바와 같이 심씨와 화춘은 서로 합세하여 화진을 모해한다. 이는 종통자리를 화진에게 빼앗길지도 모른다는 두려움에서 시작된 계후 갈등으로 볼 수 있다. 화진이 외적 서산해를 무찌르는 것은 외적과의 갈등으로, 화춘의 본부인 임씨가 첩 조월향에게 모함을 받아 출거되는 것은 처첩 간의 갈등으로, 윤옥화 남채봉이 조월향의 모해로 수난을 당하는 것은 동서 간의 갈등으로, 윤옥화가 화춘, 장평의 모해로 엄세번이 첩으로 갈 위험에 처하는 것은 화진과의 계후 갈등에서 파생된 갈등으로, 엄숭 등 간신배의 모해로 수난을 당한 윤혁, 남표, 진형수, 화욱 등은 정치적 갈등으로, 진채경이 부친 진형수를 구하기 위해 조문화의 청혼을 받아들이는 것은 정치적 문제와 관련한 혼사 갈등으로 정리할 수 있다.

④ 유형적 인물의 결합 관계

〈표 35〉 화부 인물들의 결합에서 예측되는 서사

화부 인물들의 구성, 결합 관계	예측되는 서사
심부인 (계모형 인물) 화춘--------임씨---------조월향 (소인(탕자)형)---(여군자형)-----(투기요부형) 화진---------윤옥화-------남채봉 (정인군자형)----(요조숙녀형)--(요조숙녀형)	• 심부인은 계모형 인물로 아들인 화춘과 더불어 화진과 그 아내들을 모해할 것으로 예상됨 • 조월향은 투기요부형 인물로 임씨를 모해할 것으로 예상됨 • 화진과 그 아내들의 인물 구성으로 볼 때 구성원들 간에 부부 갈등은 일어나지 않고, 계모형 인물 심부인이나 소인(탕자)형 화춘, 투기요부형 조월향이 합세하여 모해를 할 것으로 예상됨

〈표 35〉는 화부의 인물 결합에서 예측되는 서사이다. 『창선감의록』의 5장 이후 화부 내에 인물들의 구성을 보면 계모형 인물인 심부인이 아들 화춘과 함께 화진을 모해하리라는 예상을 쉽게 할 수 있다. 또한 화춘의 처 임씨가 투기요부인 조월향에게 모해를 당하리라는 것도 인물의 결합 관계를 고려하면 쉽게 예상할 수 있다. 화진과 윤옥화, 남채봉 간에 부부 갈등은 특별히 일어나지 않으리라 예상된다. 이런 경우 다른 인물들에 의한 모해를 예상할 수 있는데, 심부인, 화춘, 조월향이 합세하여 이들을 모해할 것이라 예상할 수 있다.

(3) 동시사건 전개에 따른 모해담과 혼사장애담 파악

① 갈등 관계에서 구현되는 단위담의 양상

『창선감의록』의 인물 간의 갈등 관계를 통해 형성되는 단위담을 정리해 보면 이러하다. 계모형 인물 심씨와 소인(탕자)형 인물 화춘이 합세하여 화진을 모해하는 서사는 계모모해담으로 구현되고 있다. 화진이 계모의 모해로 강상대죄를 범하고 귀양가는 도중, 서산해의 침입으로 국가가 위기 상황에 닥치지 화진에게 서산헤를 무찌르라는 명이 내려진다. 화진은 이 명을 수행하기 위해 서산해와 맞서 싸우게 되는데 이 부분은 정벌담으로 구현된다. 한편 화춘의 아내 임씨는 부덕(婦德)을 갖춘 인물임에도 화춘의 구박을 받고, 첩으로 들어온 조월향의 모해를 받게 되어 출거되고 만다. 이는 처처(첩) 간의 갈등으로 인한 처처모해담이다.

심씨는 화진 외에 화진의 아내에게도 모해를 가하는데, 역시 계후 문제와 관련하여 화진에 대한 미움이 며느리들에게도 연장된 것으로 보인다. 심씨는 윤옥화를 북쪽 방에 가두고, 남채봉에게 조월향이 독이 든 죽을 먹게 해도 묵인한다. 이런 방식으로 심씨는 며느리들을 모해한다. 이러한 일련의 행위를 통해 심씨 관련 서사는 계모모해담으로 볼 수 있다.

조월향은 임씨를 출거시키는 데서 멈추지 않고 윤옥화, 남채봉도 모해한다. 이는 처처모해담이 동서 간에도 확장된 형태라 볼 수 있다. 조월향은 원래 본부인 임씨를 모해하여 출거시키고 나서 자신의 입지를 강화하기 위해 계모형 인물인 시어머니 심씨를 이용하여 윤옥화, 남채봉까지도 모해한다. 이를 처처모해담과는 다소 구별하여 요조숙녀모해담 또는 시기모해담으로 명명하였다.

화춘이 장평과 모의하여 윤옥화를 엄세번의 첩으로 들이려고 하는 모의는 화춘이 화진을 모해하는 연장선에서 볼 수 있다. 화춘은 열등감에 사로 잡혀 화진을 미워하다가 그의 아내 윤옥화마저도 모해한다. 강제로 윤옥화를 납치하여 엄세번의 첩으로 보내려고 모의한 것이다. 소인(탕자)형 인물의 모해로 볼 수 있다. 한편, 윤혁, 남표, 진형수, 화욱 등은 모두 엄숭 일당과 정치적으로 대립하고 있다. 엄숭의 힘이 막강하여 윤혁, 남표, 진형수, 화욱이 정치권에서 밀려난 상태이다. 이는 정치적 갈등을 드러내 간신모해담이라 할 수 있다.

〈표 36〉 인물 간의 갈등에서 생성되는 단위담

인물 간 갈등		갈등 양상	모해담
주동인물	반동인물		
화진	화춘, 심씨	계후 갈등	계모모해담
화진	서산해	외적과의 갈등	정벌담
임씨	조월향	처처(첩) 간 갈등	요조숙녀모해담(처처모해담)
윤옥화, 남채봉	심씨	고부 간의 갈등	계모모해담
윤옥화, 남채봉	조월향	동서 간 갈등	요조숙녀모해담(시기모해담)
윤옥화	장평, 화춘	계후 갈등, 시기 모해	요조숙녀모해담(시기모해담)
윤혁, 남표, 진형수, 화욱	엄숭, 엄세번, 조문화	정치적 갈등	간신모해담
진채경	조문화	혼사 갈등	혼사장애담

② 유형적 화소의 구현양상

『창선감의록』에서 구현된 유형적 화소는 〈표 37〉과 같다.

〈표 37〉 『창선감의록』에 구현된 유형적 화소

유형적 화소	작품 속에 구현된 양상
간부서 사건	없음
개용단	없음
필체위조, 위조서신	남채봉의 필체를 위조하여 화진에게 심씨를 죽이자는 내용의 편지를 위조함
미혼단(요약)	없음
요예지물(妖穢之物)	조월향이 임씨를 모해하기 위해 심씨 처소 주변에 묻음
치독(置毒)	조월향이 남채봉에게 독이 든 죽을 먹게 함
자객	누급이 화진 살해시도, 누급이 심부인 시비 난향을 죽이고 화진에게 뒤집어씌움 자객 이괄아가 화진을 죽이려 하나 실패함
방화(放火)	없음

유형적 화소	작품 속에 구현된 양상
역모사건	하춘해의 역모 누명 사건
사혼(賜婚)	윤여옥이 엄월화와 결혼 시 황제의 허락을 받음
과거급제	화진, 윤여옥, 유성양, 유성희 과거 급제함
출정승전입공	화진의 서산해 퇴치
숙녀납치	윤옥화를 납치해 엄세번의 첩으로 보내려 하나 윤여옥이 대신 감
여성의 남복개착	남채봉 남복개착 후 촉으로 감 진채경 남복개착 후 운모산으로 감
출거	임씨가 조월향의 모해로 출거됨
유배	화진이 강상대죄를 저질렀다는 누명을 쓰고 유배됨
투강	남채봉 일가가 악주 유배 시 도적을 만나 남어사 부부가 투강함
천서수학(天書修學)	화진이 은진인에게 병법서와 부적을 받음

〈표 37〉에서 보듯 『창선감의록』에서는 개용단이나 미혼단 같은 요약(妖藥)은 사용되지 않는다. 하지만, 다른 자객의 등장, 필체를 흉내내어 서신을 위조한다든가 요예지물과 같은 장편가문소설의 유형적 화소가 발견된다. 남성인물의 과거급제, 출정승전입공, 숙녀납치, 여성의 남복개착, 출거, 유배 등과 같은 유형적 화소도 역시 발견되고 있다.

③ 단위담의 배열 방식

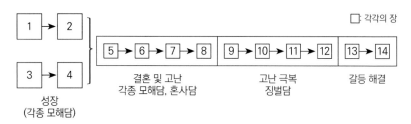

〈그림 24〉『창선감의록』의 서사 전개 방식

『창선감의록』의 서사 전개는 〈그림 24〉와 같은 방식으로 전개된다. 『창선감의록』 1, 2장은 화부의 이야기가 나오다가 3장에서는 갑자기 윤부, 남부, 진부의 서사가 진행되는데, 1, 2장의 화진이 출생하는 것과 같은 시간대에서 시작된다.

3장과 4장의 서사는 윤옥화와 남채봉이 태어나는 시점으로 거슬러 올라가 이들이 성장하여 화진과 혼약하는 시점까지 전개된다. 이들이 화진과 결혼하여 화부로 들어가는 5장부터는 서사가 화부 중심으로 진행된다. 윤옥화, 남채봉이 화진과 결혼하여 화부로 오면서 이들의 고난이 시작된다. 5장부터 화부에는 어른이 심부인만 남게 된다. 그동안 화부를 지키며 화진과 화빙선을 돌보았던 화진의 고모 성부인이 아들 성준과 함께 화부를 떠난다. 화빙선도 유성양과 결혼하여 유성양이 과거급제 후 외지로 나가면서 화빙선도 멀리 떠나게 된다. 또한 화춘의 아내 임씨도 조월향의 모해로 출거되고 만다. 화진이 믿고 의지할 사람은 윤옥화와 남채봉 둘뿐이다. 이들이 화춘과 계모형 인물인 심부인, 투기요부인 조월향으로부터 집중적으로 모해를 당하게 된다. 5장부터 8장까지가 그와 같은 내용이 계속된다. 화부는 거의 몰락 지경에 이르게 된다.

9장부터 12장까지는 화진의 서산해 정벌담이 나온다. 강상대죄의 모해를 받고 귀양을 가는 화진이 서산해를 무찌르라는 황명을 받게 된다. 화진은 이를 계기로 다시 복권하게 된다. 화진은 위기를 기회로 활용하여 서산해를 무찌름으로써 가문의 명예를 회복하고 복귀하는 계기가 된다. 이 지점에서 가문 내에서 행해지던 화진의 효심(孝心)이 국가적 차원의 충(忠)으로 확장되어 발현된다.

이와 같이 『창선감의록』의 서사 전개 방식은 여러 가문의 서사가 같은 시간 축에 다른 장소에서 벌어지는 동시사건 배열 방식으로 진행된다. 또한 이로 인해 시간의 역전 현상이 일어남을 확인할 수 있다.

(4) 효와 우애, 충을 통한 가문과 국가의 안정화

장편가문소설의 결말은 대부분 주동인물이 온갖 고난을 겪다가 문제 상황이 해결되어 가문이 번성하고 행복해지는 것으로 처리된다. 특히 계모형 인물과 소인(탕자)형 인물의 경우는 개과천선하여 행복한 삶을 누리는 것으로 귀결된다. 이것은 개가(改嫁)한 투기요부형 여성들이 모두 징치되는 것과 대조를 이룬다.

『창선감의록』에서도 역시 계모형 인물인 심부인과 소인(탕자)형 인물인 화춘이 개과천선하여 화진과 함께 화락하게 된다. 하지만 투기요부형인 조월향은 징치된다. 장편가문소설의 개과천선하는 인물들을 보면 가문내의 인물이거나 다른 가문이라 할지라도 지체 높은 가문의 인물로 능력을 가진 사람일 경우가 많다. 여성인 경우는 개가하지 않고 한 남편을 섬긴 여성에게는 개과의 기회가 주어지나 개가한 여성에게는 개과의 기회가 주어지지 않고 징치되는 경우가 많다. 계모형 인물인 경우에는 개과하는 경우가 많다. 『완월회맹연』의 소교완, 『명주보월빙』의 위·유부인이 대표적인 계모형 인물이다. 이들은 꿈과 계시를 통해 개과한다. 『창선감의록』의 심부인도 계모형 인물로 나중에 개과하여 화진에게 극진한 효를 받으며 복락을 누린다. 같은 가문의 인물로 화춘은 화진의 이복형이다. 화진에 대한 열등감으로 종통으로서의 자리 지킴에 위협을 느끼자 화진을 모해하는데 결국 화진의 극진한 마음에 개과하게 된다. 역시 이러한 예로 『성현공숙렬기』에 나오는 임유린을 들 수 있다. 이복형인 임희린을 모해하지만 임희린의 극진한 마음에 결국 개과하게 된다. 『창선감의록』에서는 심부인과 화춘은 같은 가문의 일원으로 개과하는 것으로 처리되지만, 조월향의 경우는 가문 외의 사람이고, 조월향이 범한과 사통한 인물이므로 개과의 기회가 주어지지 않고 징치되고 만다. 범한과 장평도 화춘의 친구라고는 하지만 특별한 능력이 있거나 지체 높은 가문의 자손들이 아니다. 『명주보월빙』의 구몽숙, 『조씨삼대록』의 설강은 주동인물에게 모해를 가하지만 능력이 있고, 지체 높은 가문의 자손이라는 점이 참작되어 개과의 기회가 주어진다. 구몽숙과 설강의 모해는 범한과 장평보다 정도가 더 심한 데도 개과의 기회가 주어졌다는 점은 장편가문소설이 추구하는 의식 속에는 철저한 신분적 차별이 존재함을 알 수 있다.

『창선감의록』에서 행해지는 일련의 개과천선의 양상도 다른 장편가문소설과 다를 바 없다고 본다. 이러한 양상은 장편가문소설의 충, 효, 열의 주제의식과 결부지어 생각해 볼 수 있다. 심부인의 모해는 화진의 극진한 효로써 극복되고 개선될 수 있는 것으로 보았고, 화춘의 모해는 형제간의 우애로 극복될 수 있는 것으로 보았다. 하지만 조월향의 모해를 윤옥화나 남채봉, 임씨가 화목을 내세워 용서해 준다 할지라도, 조월향은 범한과 사통하여 당시 지배이념인 열을 위배했기 때문에 용서받을 수 없는 것이었다. 조월향은 결국 징치되고 만다. 『창선감의록』에서도 다른 장편가문소설에서와 마찬가지로 여성의 정절에 대해서 엄격한 잣대를 적용한 것으로 볼 수 있다. 장편가문소설의 주제는 충, 효, 열의 유교이념을 공고히 하는 데 있다.

『창선감의록』은 충, 효, 열의 유교 이념이 작품 속에 구현된 작품이다. 특히 화진의 심부인에 대한 효심, 화춘에 대한 우애가 강조되었다. 가문 내에서 이와 같은 효심과 우애는 화진이 강상대죄의 누명을 쓰고 촉으로 유배를 가는 도중에 서산해를 무찌르는 것을 계기로 충으로끼지 확장된다. 이로써 가문 차원에서 작동하던 효와 우애가 국가적 차원으로 확장되면서 충으로 발현된다. 이러하므로 『창선감의록』은 유교의 충, 효, 열을 강조하는 교화적인 성격이 강한 작품이다. 또한 이는 『창선감의록』의 서언에서도 확인할 수 있다.

무릇 사람이라면 남자거나 여자거나 귀하거나 천하거나, 반드시 충효를 근본으로 삼아야 한다. 형제간의 우애나 부모 자식 간의 사랑, 착한 일을 즐기고 덕을 행하려는 마음이 모두 여기에서 비롯되기 때문이다. 자손이 잘되고 부귀영화를 누릴 수 있는 복은 이미 먼 곳에서부터 시작되니, 그 기반이 튼튼하면 잠시 위태롭더라도 나중에는 편안하게 되나 기반이 충실하지 못하면 잠시 복을 누리더라도 나중에는 위태롭게 된다. 이는 당연한 이치이다.

나는 요즘 천식으로 집에서 몸조리를 하며 지낸다. 가끔 부인네들에게 여항의 한글소설을 읽으라 하여 듣곤 하는데 그 중에 『원감록』이란 것이 있었다. 서로 복수하고 원수를 갚는 내용이 몸이 떨리고 뼈가 시릴 정도로 끔찍하지만, 착한 일을 하면 반드시 흥하고 나쁜 짓을 하면 반드시 망한다는 점은 사람을 감동시켜 교훈이 될 만하다.[175]

『창선감의록』은 작품 제목과 서언에서 알 수 있듯이 충과 효를 근본으로 삼고 형제간의 우애와 이웃과 화목하게 지내라는 권선징악적인 요소를 내포하고 있다. 『창선감의록』에서 주제가 부각된 서사를 정리해 보면 〈표 38〉과 같다.

---

175) 이지영 옮김, 앞의 책, 19쪽.

〈표 38〉『창선감의록』의 주제가 부각된 서사

주제의식	주제가 부각된 서사
충(忠)	• 엄숭의 발호로 화욱, 윤혁 등이 사직서를 내고 물러남→소극적인 충 • 진형수가 엄숭의 양아들 조문화의 청혼을 거절함→소극적인 충 • 남표가 엄숭의 국정농단을 간하는 상소를 올리다 유배가게 됨 →적극적인 충 • 화진이 유배 도중 황제의 명을 받고 서산해를 무찌름→적극적인 충 • 하춘해가 역적으로 누명을 쓰자, 화진, 윤여옥, 성준, 유성양, 손식, 임윤, 유성희, 해서, 갈수례, 백경, 진창운 등이 황제를 찾아가 하춘혜의 억울함을 호소함.→적극적인 충
효(孝)	• 화진이 심부인에게 모해를 당해도 어머니이므로 이의를 제기하지 않고 감내함. • 이복형 화춘이 모해를 해도 심부인에 대한 효(孝)와 이복형에 대한 우애(友愛)를 생각하며 이의를 제기하지 않고 감내함. • 윤옥화, 남채봉이 심부인의 모해를 감내함 • 임씨가 심부인이나 화춘에게 아내와 며느리로서의 도리를 다함.
열(烈)	• 임씨가 화춘의 부정한 행동을 간함. • 임씨가 출거후 돌아와도 화춘에게 아내의 도리를 함. • 남장한 진채경이 약혼자 윤여옥을 위해 자신을 대신할 신붓감으로 백소저가 적임이라 여기고, 자신을 윤여옥이라 하고 백소저와 결혼할 것을 백공자와 약속함. • 윤여옥이 (윤옥화를 대신하여 엄세번의 첩으로 들어가) 화진의 억울함을 호소 하고 구명을 요청함. (윤옥화가 화진의 아내이므로)

3) 전략 구현 후 조정: 읽기 후 단계

(1) 전체 내용 요약하기

전체 내용 요약하기는 읽기 중 단계에서 요약하며 읽은 것을 전체적으로 다시 한 번 정리하고 요약하는 것을 말한다.

『창선감의록』은 화욱의 아들 화진이 계모형 인물 심부인과 그의 아들 화춘이 계후 문제와 관련하여 지속적으로 모해를 가해도 이를 효와 우애로 극복하고 심부인과 화춘을 개과시켜 함께 화락한다는 이야기이다.

화욱에게는 세 부인 심씨, 요씨, 정씨가 있었는데, 심씨 소생 화춘은 다소 용렬했고, 요씨 소생 빙선과 정씨 소생 화진은 총명하고 덕이 있는 인물이었디. 회욱이 장남인 회춘보다 회진을 더 귀하게 여겼다. 이로 인해 화춘과 심부인은 화진에 대해 질투심, 열등감을 느끼고 미워하기 시작한다. 윤혁이 자신의 딸 윤옥화, 양딸 남채봉을 화욱의 아들 화진과 혼약을 맺는다. 요씨 소생 빙선도 유성양과 혼약이 이루어진다. 정부인과 화욱이 갑자기 병들어 세상을 떠난다. 가문의 어른으로 화욱의 누이 성부인이 있으나, 성부인은 심부인이 화진과 화빙선을 모해할까 걱정한다.

당시 엄숭이라는 간신이 국정을 농단하여 충신들이 밀려나는 형세에 놓여 있다. 남표, 진형수, 윤혁, 화욱이 모두 충신들인데 엄숭의 발호에 밀려난 인물이다. 남표는 엄숭의 비리를 간하다가 오히려 화를 당해 악주로 귀양을 가다가 수적을 만나 아내와 물에 빠지고 딸 남채봉과 헤어지는 화를 당한다. 진형수는 엄숭의 양아들 조문화의 청혼을 거절했다가 뇌물죄 모해를 받고 옥에 갇힌다. 딸 진채경이 조문화의 청을 받아들이자 진형수가 석방되어 운남으로 귀양 가게된다. 엄숭의 양아들 조문화의 횡포로 인해 진채경의 혼사에 장애가 일어나게 된다. 하지만 진채경이 혼사를 미루다가 결국 남복을 입고 도망가며 화를 면한다. 윤혁은 엄숭의 횡포를 피해 사직하고 낙향한다. 얼마 후 윤혁은 화욱을 만나 자신의 딸 윤옥화와 양녀 남채봉을 화진과 결혼시키기로 약속한다.

그런데 화욱과 정부인이 세상을 떠나고 성부인도 떠난 화부에 심부인과 화춘의 모해가 본격적으로 시작된다. 화진은 심부인을 죽이려했다는 누명을 쓰고 감옥에 갇히고, 남채봉은 독이 든 죽을 먹고 멍석에 말려진다. 화춘과 장평이 윤옥화를 엄숭의 아들 엄세번의 첩으로 보내기로 모해한다. 하지만 윤옥화의 쌍둥이 남동생 윤여옥이 누이를 대신해 첩으로 들어가서 엄세번을 꼬드겨 모해에 빠진 화진을 구명하고 전화위복의 기회를 마련한다.

화진은 윤여옥 덕분에 사형을 면하고, 촉으로 유배가게 된다. 유배지로 향하던 도중에 은진인을 만나 병법서와 부적을 받는데 때마침 황제로부터 서산해를 무찌르라는 황명을 받게 된다. 그 황명을 받고 서산해를 무찌른 화진은 재차 서산해를 섬멸하고 채백관 무리를 평정하고 상경하여 진국공에 봉해진다. 가문의 명예를 회복하고 이어 윤옥화, 남채봉도 다시 화부로 돌아오고 심부인과 화춘이 개과천선하며 화춘의 아내 임씨도 다시 돌아와 화락한 생활을 한다.

『창선감의록』은 전반부에는 화진과 그의 아내들의 수난담이, 후반부에는 화진의 정벌담이 주류를 이루며 기울어진 가운을 회복한다는 내용이다. 그러한 과정 속에 윤여옥과 진채경을 둘러싼 혼사장애담이 곁들여 있고, 간신 엄숭의 모해로 수난 당하는 윤부, 진부, 남부의 모습과 이 가문이 연합하여 위기를 극복하는 모습이 부각되고 있다.

(2) 유형적 인물과 유형적 서사의 관계 정리하기

〈표 39〉는 『창선감의록』의 유형적 인물의 결합 관계와 인물 결합에서 생성되는 유형적 서사를 정리한 것이다.

화부에서는 계모형 인물인 심부인, 소인(탕자)형 화춘, 투기요부형인 조월향이, 범한·장평과 더불어 화진과 윤옥화·남채봉을 모해하는 서사가 일어난다. 이 모해는 부친인 화욱이 장자인 화춘보다 화진을 더 총애하였기에 일어난 일이다. 화진보다 능력이 떨어지는 화춘은 장남으로 계후자리를 동생 화진에게 빼앗길까 봐 두려워 화진을

<표 39> 『창선감의록』의 유형적 인물의 결합에서 생성되는 유형적 서사

인물 유형과 인물 결합 관계	유형적 인물의 결합에서 생성되는 유형적 서사
심부인 (계모형 인물) 화춘----------임씨----------조월향 (소인(탕자)형)--(여군자형)--(투기요부형) 화진----------윤옥화----------남채봉 (정인군자형)--(요조숙녀형)--(요조숙녀형)	• 심부인은 계모형 인물로 아들인 화춘과 더불어 화진과 그 아내들을 모해함 • 조월향은 투기요부형 인물로 임씨를 모해함 • 화진과 그 아내들의 인물 구성으로 볼 때 그들 간에 부부 갈등은 일어나지 않고, 계모형 인물 심부인, 소인(탕자)형 화춘, 투기요부형 조월향이 합세하여 가하는 모해를 받음
윤여옥-----진채경---백소저---엄월화 영웅호걸형-요조숙녀-요조숙녀-요조숙녀	• 윤여옥과 진채경, 백소저, 엄월화와의 결연 담을 다룸 • 각 부인들의 조합이 모두 요조숙녀형이므로 인물들 간에 갈등은 나오지 않고 외부 인물들과 관련하여 혼사장애가 일어남 • 이들은 혼사장애에는 간신 엄숭이 연루되어 있음
• 화욱, 윤혁, 진형수, 남표↔엄숭, 엄세번, 조문화 충신 대 간신 • 화진, 윤여옥, 백한림, 성준 등이 과거에 급제하며 점차 엄숭과 대적함	• 서로 정치적 견해의 차이로 갈등이 일어남 • 엄숭의 세력을 이겨내지 못함 • 엄숭을 이겨내고 가운(家運)을 회복함

모해한다. 계후 문제를 둘러싼 계모형 인물의 모해가 전개된다. 심부인이 계모형 인물로 아들 화춘과 더불어 화진과 그의 아내들을 모해하는 서사가 예상된다. 이를 작품을 읽어나가면서 확인할 수 있다. 또한 계모형 인물서사의 결말 처리는 항상 계모가 효심이 지극한 전실 자식들의 효에 감동하여 계모형 인물이 개과천선하고 화락하는 것으로 종결된다. 『창선감의록』의 결말도 그렇게 되리라 예상할 수 있다. 또한 독자는 작품을 읽어나가면서 이를 확인할 수 있다.

한편 화춘의 처 임씨는 자색이 곱지 못하다는 이유로 화춘에게 박대를 받는다. 첩으로 들어온 조월향이 임씨를 모해하기 위해 심부인 처소 주변에 저주물을 묻고는 이를 임씨에게 뒤집어씌운다. 투기요부형 인물인 조월향이 여군자형인 임씨를 모해하여 출거하게 만든다. 후에 화진이 화춘과 심부인을 개과천선 시킨 후에 임씨는 가문으로 복귀하고 조월향은 징치된다. 조월향은 화부의 재물을 빼돌리고, 범한과 사통했기 때문에 가문 복귀를 할 수가 없다. 조월향은 화진의 처인 윤옥화와 남채봉에게 모해를 가하는데 이들의 관계가 동서 간임에도 조월향은 마치 적국에게 모해를 가하듯 한다. 두 소저의 결혼예물을 빼앗고, 남채봉에게 독약을 먹이고 멍석에 말아 강물에 던져버리려 했다. 이러한 모해는 처처 간의 모해에서 발견할 수 있는 서사임에도 『창선감의록』에서는 동서 간의 모해에 나타나고 있다. 장편가문소설에서 여러 남성과 두루 결혼한 여성에게는 개과의 기회가 주어지지 않는다. 조월향은 그런 의미에서 징치된다.

화춘을 도와 화진을 모해하던 범한과 장평은 시간이 흐름에 따라 자신들의 욕심을 채우기 위해 화춘과 심부인을 이용한다. 이들은 화부의 재물을 빼돌리고 화진을 죽이려고 한다. 범한은 화춘을 꼬드겨 윤옥화를 엄세번의 첩으로 보내 벼슬을 얻으려고까지 한다. 이들은 결국 자기들끼리 내분이 일어나 범한은 자신의 심복이었던 자객 누급에게 살해당한다. 장평은 자기 혼자 살아보겠다고 범한, 조월향, 화춘, 심부인의 악행을 적어서 관가에 고발한다. 윤여옥과 지부의 혜안으로 결국 장평, 조월향은 징치되고 만다.

다음으로 윤부의 윤여옥을 들 수 있다. 윤여옥은 영웅호걸형 인물이다. 『창선감의록』에서는 윤여옥이 세 명의 여성 즉 진채경, 백소저, 엄월화와 결혼하는 서사가 나오고 있다. 진채경과는 가문끼리 혼약한 사이이고, 백소저와는 진채경의 중매로 혼약한 사이이다. 엄월화는 윤여옥이 누이 윤옥화를 구하려고 여장을 하고 엄세번의 첩으로 들어갔다가 혼약한 사이이다. 윤여옥의 아내들은 모두 요조숙녀형 여성으로 그들 간에 갈등이 일어나지 않는다. 다만 이들이 결혼하기까지 혼사장애를 경험하고 결연하게 된다. 이들의 혼사장애에 소인

(탕자)형 인물인 엄숭이 개입되어 있다. 먼저 윤여옥과 진채경의 혼사 장애는 엄숭의 양아들 조문화기 지기 아들과 진채경을 결혼을 제의했지만 진채경의 부친 진형수가 이를 거절하면서 시작된다. 이로 인해 진형수는 벼슬이 강등되고, 뇌물죄 누명까지 쓰게 된다. 진채경이 조문화의 아들과 결혼한다고 말하면서 진형수가 사형을 면하고 운남으로 귀양 간다. 진채경이 조문화의 아들과 결혼을 피하기 위해 남장하고 도망가면서 백련교에서 백소저의 오빠 백한림을 만나고 백한림이 자기 여동생과 결혼을 제의하자 진채경은 약혼자 윤여옥의 배필로 백소저가 적합하다 생각하여 결혼을 약속한다. 백소저는 이 약속을 믿고 기다린다. 엄월화는 엄숭의 딸인데 윤여옥의 누이 윤옥화가 엄숭의 아들 엄세번의 첩으로 들어갈 위기에 처하자 윤여옥이 여장을 하고 누이 대신 들어간다. 엄부에 들어가서 윤옥화 노릇을 하며 엄월화와 친해진다. 윤여옥은 나중에 자신의 신분을 밝히고 후일 결혼할 것을 약속하고 엄부를 탈출한다. 결국 이것은 윤여옥을 중심으로 펼쳐지는 재자가인의 혼사장애담이라 할 수 있다.

　화진의 부친과 그의 친구들 즉 화욱, 남표, 진형수, 윤혁 등은 모두 조정에서 벼슬을 하던 인물들이나 엄숭의 발호로 자신들의 입지가 약해진다. 화욱, 윤혁 등은 사직서를 제출하고 낙향했고, 남표는 엄숭의 국정농단을 비판하는 상소를 올리다 오히려 악주 유배를 가게 된다. 진형수는 엄숭의 양아들 조문화의 청혼을 거절하고 나서 모해를 당한다. 이들은 모두 엄숭과 정치적 견해를 달리하다 화를 당한다. 그리하여 가문이 쇠퇴하고 만다. 이러한 가문을 화진이 출정하여 서산해를 무찌르면서 공을 세우고 가문의 영광을 되찾게 된다. 또한 윤여옥, 성준, 백한림 등이 과거에 급제하여 관직에 진출하면서 가문의 영광을 회복하고 연대하면서 힘을 모은다. 엄숭은 차츰 황제의 신임이 떨어지면서 몰락하게 된다. 엄숭이 자연스레 몰락의 길을 가고 나머지 신흥 관료들이 진출하여 정치적 판도가 바뀌게 된다.

마지막에 하춘해가 반역을 꾀했다는 모함을 받는다. 이때 화진, 윤여옥, 백한림, 성준 등이 나서서 하춘해의 무고함을 고하여 결국 모함임이 밝혀지고 오히려 간신들이 더 축출된다. 작품 초반에 남표가 엄숭의 농단을 간하다가 오히려 충신들이 화를 입는 것과 대조적인 모습으로 끝을 맺게 된다. 결국『창선감의록』은 충, 효, 열의 정도로 만사가 돌아가는 것으로 결말을 맺는다.『창선감의록』의 주제의 구현 양상을 정리하면 〈표 40〉과 같다.

〈표 40〉『창선감의록』의 주제 구현 양상

인물 간 갈등		갈등 양상	모해담	주제의 구현
주동인물	반동인물			
화진	심씨, 화춘	계후 갈등	계모모해담, 소인모해담	효(孝), 우애(友愛)
화진	서산해	외적과의 갈등	정벌담	충(忠)
임씨	조월향	처처(첩) 간 갈등	처처(첩)모해담	열(烈)
윤옥화, 남채봉	심씨	고부 간의 갈등	계모모해담	효(孝)
윤옥화, 남채봉	조월향	동서 간 갈등	시기모해담	열(烈)
윤옥화	화춘, 장평	계후 갈등	요조숙녀모해담 (소인모해담)	열(烈)
윤혁, 남표, 진형수, 화욱	엄숭, 엄세번, 조문화	정치적 갈등	간신모해담	충(忠)
진채경	조문화	혼사 갈등	혼사장애담 (간신모해담)	열(烈), 충(忠)

(3) 주제의식

『창선감의록』은 제목에서도 알 수 있듯이 선을 드러내고, 의에 감동하는 내용의 작품이다. 따라서 『창선감의록』의 내용은 다분히 교훈적이다. 충, 효, 열의 유교이념을 신양하고 강조하는 측면이 강하다. 화진은 심씨에게 효를 다하고, 화춘에게 형제 간의 우애를 지켰고, 서산해를 무찔러 충을 구현했다. 여성주동인물들에게서 열(烈)이 구현되는 모습을 찾을 수 있다. 화춘의 처 임씨가 불의한 행동을 하는 화춘에게 간언하는 모습, 진채경이 조문화의 아들과 혼약을 하고 나서 도망가면서도 약혼자 윤여옥을 위해 자신을 대신할 신붓감을 물색하여 혼약을 성사시키는 모습, 윤옥화를 대신하여 엄세번의 첩으로 들어간 윤여옥이 누이의 남편인 화진을 위해 열을 강조하며 화진의 무고함을 밝혀달라고 엄세번에게 호소하는 모습 등에서 열의 구현양상을 찾을 수 있다.

『창선감의록』의 서문과 발문에 내용을 보더라도 그 주제가 세상을 교화시킬 목적의 작품임을 알 수 있다. 『창선감의록』의 발문에서 이를 확인할 수 있다.

아! 충효는 인간의 본성이고 사생과 화목은 하늘이 내리는 운명이다. 운명은 내가 알 바 아니니 다만 마땅히 나의 본성에 충실할 뿐이다. 범한과 조씨는 온갖 술수와 나쁜 짓을 다했지만 다른 사람의 부귀를 재촉했을 뿐이고 그 목숨은 끊지게 되었으니, 하늘이 뜻을 알 수 있다. 하춘해와 유성희는 앞서거니 뒤서거니 화진을 돕다가 명성을 얻게 되었으니 이런 일이 어찌 사람의 힘으로 되겠는가? 저 왕겸과 유이숙 등은 또한 뜻과 가운이 서로 감응한 사람들이다. 무릇 고니가 울면 뱁새가 고개를 들고, 두약이 향기를 품으면 풀들이 바람결에 그 향내를 맡는다. 이것이 바로 자연의 이치이다. 하물며 구름이 나면 구름이 따르며, 말이 울면 말이 응하는 것이 당연하지 않겠는가?

그러나 화씨 집안에서 오랫동안 덕을 쌓지 않았다면 그들도 그렇게 쉽게 돕지 못했을 것이다.[176]

충효가 인간의 본성이고 이를 잘 따르면 하늘이 감응하여 도와준다는 것이다. 화진이 복을 받을 수 있었던 것도 충효를 바탕으로 덕을 쌓아 하늘이 감응하여 도와주었기 때문이다. 이처럼 『창선감의록』은 충효를 주제로 구현하여 교화적 성격이 짙은 작품임을 확인할 수 있다.

2. 『소현성록』 연작 읽기의 실제

『소현성록』 연작은 17세기 후반에 형성된 장편가문소설의 초기작으로 여겨진다. 박영희는 옥소 권섭이 그의 문집에서 어머니 용인이씨가 필사한 『소현성록』 연작을 비롯한 『한씨삼대록』, 『설씨삼대록』 등의 책들을 자손들에게 물려줄 테니 잘 보호하라는 기록을 바탕으로, 『소현성록』 연작의 창작 시기를 17세기 후반으로 추정하였다.[177]

『소현성록』 연작이 창작된 17세기는 임·병 양란으로 드러나는 지배체제의 모순을 극복하려는 이론적 무장이 지배층 내부에서 활발하게 일어났다. 그동안 해이해진 지배체제를 성리학적으로 재정비하기 위해 예학에 치중하여 가문 차원의 가부장제 확립을 위해 노력했던 시기이다. 가부장제의 확립을 위해 필요로 했던 것이 자녀의

---

176) 이지영 옮김, 앞의 책, 285쪽.
177) 박영희, 앞의 논문, 34~50쪽.

효와 여성의 정절이었다. 이 시기 남성들에게는 『소학』이, 여성들에게는 『열녀전』이 수신서로 읽혀졌다. 『소현성록』 연작에서 양부인이 유배 가는 딸 교영에게 『열녀전』을 주며 읽으라고 하는 대목에서 이 같은 사실을 확인할 수 있다.

> 양부인이 울음을 그치고 주위에서 『열녀전』 한 권을 가져다가 교영에게 주며 말하였다. "이 가운데 여종편과 도미의 아내며 백영공주며 역대 절개 있는 부인의 행적이 들어 있다. 그러니 네가 마땅히 유배지에 가져가 이 책이 네 주변에서 떠나지 않게 하여라, 그러면 깊은 산 궁벽한 골짜기에서 호랑이, 시랑 같은 무리가 비례로 핍박해도 몸은 십만 군병이 지켜 주는 것보다 굳으며 그 도움은 옥 같아서 절개를 잃지 않을 것이다. 하지만 이를 어그러뜨리면 가문에 욕이 미칠 것이니 구천에 가서라도 서로 보지 않을 것이다."
>
> ―『소현성록』 권1[178]

이렇듯 『소현성록』이 창작되고 향유되던 시기는 가부장제 확립을 통한 성리학적 시스템의 재정비를 추구하였고, 여성들의 정절을 강조했다. 여성들에게 정절과 투기 금지의 이념을 주입하기 위한 수신서로서 『열녀전』이 읽혀졌고, 장편가문소설인 『소현성록』 연작도 그와 맞먹는 수신서 역할을 했다. 다음의 「과부가」를 통해 확인할 수 있다.

　　　　이 집도 가장 잇고　　　　저 집도 가장 잇네

---

178) 정선희·조혜란 역주, 『소현성록』 1, 소명출판, 2010, 39~40쪽.

금슬을 잊자 하고	삭발위승 하자 하니
시집도 양반이오	친정도 품관이라
가문을 헤아리니	삭발위승 어려워라
아마도 모진 인생	못 주거 원수로다
도로혀 다 풀치고	다시 생각 마자 하야
영등을 노피 달고	언문고담 빗기 들고
소현성록 보노라니	화씨 석씨 절행이라
열녀전을 들고 보니	반첩여도 날과 같다

—「과부가」179) 중에서

『소현성록』의 작자는 사대부 남성이거나 여성으로 추정된다. 남성으로 추정하는 이유는 17세기 소설의 작가로 김만중, 조성기와 같은 남성 사대부들이 있었고, 『소현성록』의 내용이 소현성이라는 이상적인 사대부가 치가(治家)하는 모습을 보여주고 있기 때문이다. 또한 『소현성록』의 내용이 가부장제와 일부다처를 옹호하며, 여성의 정절을 강조하고 투기를 금지하는 등의 남성 중심적인 시각이 드러나기 때문이기도 하다.

하지만, 『소현성록』의 작가를 사대부가 여성으로 보는 입장도 있다. 왜냐하면 조재삼의 『송남잡지』에는 안겸제(1724~1791)의 모친인 이씨 부인이(1694~1743) 『완월(翫月)』을 지어 궁중에 흘려보내어 성예를 넓히고자 했다는 기록으로 보아 여성도 소설을 창작했으리라는 추정도 가능함을 알 수 있다.180)

---

179) 김성배 외, 『주해 가사문학전집』, 집문당, 1981, 439쪽.
180) 박영희, 앞의 논문, 48~50쪽.

『소현성록』은 여러 이본이 있는데, 완질로 전하는 이본은 국립도서관본 4권 4책, 박순호소장본 16권 16책, 서울대본 21권 21책, 서울대본 26권 26책, 이대본 15권 15책 등 5종이다.[181] 이 책에서는『소현성록』과『소씨삼대록』이 연작으로 되어 있고, 선본(善本)으로 평가받는 이대본 15권 15책을 기본 텍스트로 하고 있다.

『소현성록』은 권1~권4까지가『소현성록』이고, 권5~권14까지는『소씨삼대록』이라 하며 같이 연결되어 있다.『소현성록』에는 소부의 유복자로 태어난 소경이 양부인 밑에서 가장으로 성장하며 가권을 확립하고 여러 부인들을 공평하게 대하여 집안을 가지런히 하는 모습을 주로 하고 있다.『소씨삼대록』은 소현성의 여러 자녀들이 혼인하고 겪는 부부 간의 일상생활을 다루고 있다. 전편인『소현성록』에서 소경을 통해 이상적인 가장의 모습을 형상화했다면『소씨삼대록』에서는 자녀들의 혼사담과 처처 간의 갈등, 모해를 다룬 내용이 주류를 이루고 있다.『소현성록』에 소경의 이상적인 가장의 모습이 형상화되었다면『소씨삼대록』에는 치가(治家)를 잘 못하는 소경의 자녀들 모습도 나오고 있다. 서사의 초점은 가문 안으로 향하고 주된 내용은 남녀 인물들의 결혼과 결혼 후 부부 갈등, 처처갈등 모해 등을 극복해가는 모습을 담고 있다. 앞서 살펴본『창선감의록』이 가문 내의 계후 갈등과 가문 밖의 간신의 모해와 관련한 정치적 갈등을 다루고 있는 것과는 대비된다.『소현성록』은 철저하게 가문 내에서 일어나는 일들을 다루고 있다.

---

181) 박영희, 앞의 논문, 9쪽.

1) 전략 구현의 준비: 읽기 전 단계

전략 구현의 준비 단계는 읽기 전 단계로 독자는 읽기의 목표를 설정하고, 장편가문소설의 장르지식을 읽으면서 익히고, 작품을 훑어보며 전개될 내용을 예측해 보는 단계이다.

(1) 읽기 목표의 설정

장편가문소설 읽기의 목표는 기본적으로 내용 파악에 있다. 『소현성록』을 읽어나가면서 내용을 요약하고, 등장인물의 관계를 가계도로 그려보고, 인물 유형을 범주화해 보고, 인물 간의 갈등과 결합 속에서 어떤 서사가 생성되는지를 이해하면 궁극적으로 주제가 무엇인지를 파악하게 된다.

읽기의 목표 달성을 위해 장편가문소설을 읽기 전에 미리 제시한 장르지식을 참고하며 제시된 전략을 어떻게 구현해 나갈지 정리해 보면 이러하다. 작품을 읽어나가는 순차적인 흐름은 등장인물의 파악, 인물 간의 갈등, 갈등에서 생성되는 서사의 흐름, 주제의식의 파악 등으로 집약된다.

*. 작품을 읽으며 구현해야 할 읽기 전략
① 내용을 요약하기
② 가계도 그리기
③ 등장인물의 유형적 범주화
④ 주동인물, 반동인물 나누기
⑤ 인물 간에 갈등 관계 파악하기

⑥ 갈등 관계에서 생성되는 단위담 파악하기

⑦ 유형적 회소의 양상 확인하기

⑧ 단위담의 배열 방식

⑨ 주제의식의 구현

『소현성록』 연작의 서사는 『창선감의록』과 달리 철저히 가문 내에서 일어나는 일로 집약된다. 『창선감의록』이 화부, 윤부, 남부, 진부 등의 여러 가문이 관계를 맺으면서 간신 엄숭과 대응하며 가운을 회복하는 내용이 나왔다면 『소현성록』 연작은 소부 내의 일이 중심이 되어 서사가 진행된다. 오히려 『창선감의록』보다 분량은 많지만 구성은 단순한 형태를 띠고 있다.

『소현성록』 연작은 일부다처가 허용되는 가부장제하에서 소부의 인물들이 여러 명의 아내를 두면서 벌어지는 처처 간의 모해와 그 해결을 중심 서사로 다루고 있다. 인물들의 결혼과 아내들 간의 모해의 양상, 해결과정 등에 주목하면서 작품을 읽어나가면 쉽게 이해할 수 있다. 또한 『소현성록』 연작은 당시 여성독자들에게 수신서 역할을 하였기에 독자들은 정절, 화목, 투기 금지의 유교이념이 작품 속에서 어떻게 형상화되었는지를 염두에 두고 읽어나가야 한다.

(2) 장르지식 익히기

『소현성록』 연작을 읽기 전에 독자들은 앞서 다룬 장편가문소설 전반에 걸친 장르지식을 한번 읽어보면서 장르지식을 익힌다. 장르지식에는 작품과 관련한 맥락 이해를 위한 것과 작품 자체 이해를 위한 것으로 나눌 수 있다. 맥락 이해를 위한 장르지식은 작품이 창작된 시대의 시대정신이 작품에 어떻게 구현되었는지 파악하는데 도움을 준다. 작품 자체의 이해를 위한 장르지식을 통해 작품에 등장하는 인물을 파악하고 서사 전개의 흐름을 이해하게 되면 최종적으로 주제가 어떻게 형상화되는지 파악할 수 있게 된다.

『소현성록』 연작도 다른 장편가문소설과 마찬가지로 유형적 인물이 등장한다. 장편가문소설의 유형적 인물과 관련한 장르지식을 바탕으로 등장인물들을 유형에 맞추어 범주화할 수 있다. 『소현성록』 연작의 등장인물들은 가문 내에서 활동하는 인물들이 대부분이다. 작품의 내용이 철저히 가문 내에서 이루어지고 있으므로 인물들의 결연을 중심으로 한 인물관계의 파악이 필요하다.

『소현성록』 연작에는 주로 가문 내에서 처처 간의 모해담이 주류를 이룬다. 가문 내의 문제를 양태부인과 가부장인 소현성의 혜안으로 해결해 나간다. 전체적인 서사의 흐름은 시간의 흐름에 따라 순차적으로 전개가 된다. 소현성의 치가(治家)와 관련한 서사가 권1~권4까지 나오고 그 다음으로는 소현성의 자녀들의 혼사담이 차례로 이어 나온다. 부각되는 한 인물의 서사가 완전히 끝나고 나서, 그 다음 인물의 서사가 순차적으로 전개되어 나가므로 단순한 구성을 띤다.

『소현성록』 연작은 앞서 살폈듯이 17세기 소설의 다변화가 시도되고, 전란 후, 느슨해진 성리학적 이념을 공고히 하기 위해 예학을 바탕으로 한 가문의식이 대두되고 강화되던 17세기 무렵 형성되었다. 이 시기 여성들은 소설 읽기에 관심을 보였는데, 이러한 여성들의 소설 읽기 욕구를 충족시켜 주면서도 교훈적인 내용을 담아낸 작품이 장편가문소설이었다. 특히 『소현성록』 연작은 그 주제 면에서 성리학적 지배 이념을 공고히 하는 여성의 정절, 투기 금지를 오롯하게 담아내고 있어서 여성 수신서로서 기능하여 『열녀전』과

동급의 수신서로 읽혀졌음을 알 수 있다. 『소현성록』 연작에서 담아내는 주제가 충, 효, 열의 성리학적 이념을 공고히 하는 체제 옹호적인 성향을 띠고 있다. 그런가 하면 『소현성록』에 등장하는 반동인물들의 행위는 그렇듯 강고한 이념에 대한 저항과 반기의 표명이라고할 수 있다. 또한 이념을 수호하기 위해 극도의 고난과 고통을 이겨내는 주동인물의 행위를 통해 강력한 성리학적 이념 수호의 의지를 드러내는가 하면 그 이면에 그러한 이념을 지켜내는 것이 얼마나 비인간적이며 허망한 것인지를 동시에 드러내고 있다.

(3) 내용 예측하기

『소현성록』 연작은 제목만 볼 때 소현성이라는 인물을 중심으로 그 가문에서 일어나는 일을 다룬 작품으로 짐작할 수 있다. 소현성(蘇賢聖)이라는 이름에 어질 현(賢)과 성스러울 성(聖)이 들어간 것만 보아도 주인공은 어진 인물이고, 유교이념인 충, 효를 잘 실천하는 사람으로 예상할 수 있다. 장편가문소설이 충, 효, 열의 유교이념의 강화를 전반적인 주제로 삼고 있으니 그와 관련한 주제의식이 드러나리라 예상할 수 있다. 제목이 『소현성전』이 아니라 『소현성록』임을 감안할 때 소현성이라는 인물 개인만을 부각시킨 것이 아니라 가문 차원의 서사가 전개될 것을 예상할 수 있다.

대체로 장르지식에서 제시한 유형적인 인물과 더불어 계모모해담, 처처모해담, 간신모해담, 혼사장애담, 정벌담 등의 서사가 전개되리라 예상할 수 있으며 충, 효, 열의 유교의 이념이 주제로 형상화될 것으로 예상할 수 있다.

2) 전략의 구현: 읽기 중 단계

먼저 『소현성록』 연작의 작품 내용을 정리해 보면 이렇다. 권1~권4는 『소현성록』이고, 권5~권15는 『소씨삼대록』이다.

(1) 내용 요약하기

권1: 소부의 인물 소개와 소경의 출생, 성장, 결혼

송나라 때, 자운산 처사 소광은 8대 독자로 양부인 사이에서 자녀가 없어 석씨, 이씨를 첩으로 두나 자녀를 두지 못한다.

양부인이 태기가 있어 아들을 기대하나 연이어 두 딸이 태어난다. 큰딸을 월영, 작은딸을 교영이라 하였다.

처사가 꿈에 신선에게서 백옥을 얻는 꿈을 꾸고 나서 아이가 태어나리라 계시를 받는다.

양부인이 곧이어 아이를 잉태하여 소경이 태어나지만, 소처사는 아들이 태어나기 전에 명을 다하고 만다.

양부인의 두 딸로 소월영과 소교영이 있었는데, 월영은 한생과 교영은 이생과 결혼한다.

월영은 마음이 강직하지만, 교영은 마음이 굳세지 못하여 양부인이 걱정한다.

교영의 시가(媤家)가 역적으로 몰려 멸문지화를 당하자 교영이 서주로 유배를 간다.

양부인이 교영에게 〈열녀전〉을 주며 절개를 강조하나, 교영은 서주에서 유장과 정을 통한다.

소경이 군자의 기질을 보이며, 14세에 양부인의 권유로 과거에 응시하

여 장원급제한다.

소경이 과장(科場)에서 선비 5명의 대리답안을 작성해주고 합격시켜
준다.

교영의 시가(媤家)가 복권되어 교영이 서주에서 돌아오자 유장이 소부
로 찾아온다.

양부인이 교영의 실절(失節)을 알고 독주를 주며, 자결을 명하여 교영
이 자결한다.

소경이 화씨와 결혼하나, 사람들은 두 사람이 어울리지 않는다며 아쉬워한다.

소경이 호광 순무사로 파견되어 공무 수행 중 윤씨의 억울한 사연을
신원해준다.

소경이 윤씨와 의남매를 맺고 소부로 데려와 유기와 결혼시켜 준다.

석파가 소경에게 재실로 석씨를 추천하자, 화씨가 석파에게 험한 말을
하며 화를 낸다.

소경이 이에 화씨의 유모를 데려다 벌을 준다.

권2: 소경이 석씨, 화씨, 여씨 세 아내를 공정히 대함

소경이 우여곡절 끝에 석씨와 결혼하고, 화씨는 울면서 길복(吉服)을 만든다.

소경에게 추밀사 여씨의 딸과 결혼하라는 사혼교지가 내려져 거부하다가 결
국 결혼한다.

여씨는 성품이 못 되어 화씨와 석씨를 해칠 마음을 먹는다.

소경은 세 아내에게 공정하게 대하여 불만이 없게 만든다.

여씨가 석씨의 방을 염탐하다가 소경에게 들키자 소경이 여씨를 훈계한다.

권3: 소경이 여씨의 모해를 밝히고 여씨를 출거시킴

양부인 처소에서 저주물이 나오고, 생일잔치 음식에서 독이 발견되자,

양부인은 여씨의 음모임을 알고 이에 대비한다.

여씨는 간계가 안 통하자, 개용단을 먹고 석씨로 변해 소경에게 석씨를
모해한다.

소경이 이를 곧이듣고, 석씨를 출거시키고 혼서를 불태운다.

여씨는 화씨도 내치려고 개용단을 먹고 화씨로 변해 소경 앞에서 괴상
한 짓을 한다.

소경이 괴이하게 여기는데, 임수보가 찾아와 개용단에 대한 일화를 이
야기한다.

소경은 개용단의 쓰임을 알고, 화씨로 변한 여씨를 붙잡아 진상을 밝히
고 여씨를 출거시킨다.

석씨의 억울함이 풀리자, 소부에서는 혼서와 채단을 준비하여 석씨를
소부로 불러들인다.

여상서는 자신의 딸을 쫓아낸 소경에게 앙심을 품고, 소경을 강주 안찰
사로 좌천시킨다.

소경은 강주 안찰사로 떠나 백성들을 순무하고 개용단 사건을 처리한다.

소경은 만춘산의 도화진인을 만나 개용단과 요약을 없애버린다.

소경은 강주지역을 평화롭게 만들어 놓고 10개월 만에 상경한다.

권4: 소경이 가법을 엄격히 하여 가권이 안정됨

소경이 강주 순무 후 홍문관 태학사로 승진하고, 석부인과 차츰 화락하
게 된다.

소경이 이인(異人)에게서 칠성참요(七星讒謠)라 쓴 칼을 받는데, 훗날
소운성을 위한 칼이다.

소월영의 남편 한생이, 유학사는 윤씨를 천박하게 여겨 재취하리라는
말을 소월영에게 한다.

윤씨가 이를 듣고 화를 내자, 양부인이 나서서 중재하여 해결한다.

소경의 집의 가법(家法)이 엄격하여 사람들이 소씨 집안을 존경하고 모범으로 삼는다.

소경이 친구들과 산을 유람하다가 절의 요괴를 퇴치한다.

소경이 단경상이라는 선비를 소부의 스승으로 모셔 학생 교육을 담당하게 한다.

화씨의 아들과 석씨의 아들이 단생에게 매를 맞고 오자, 화씨와 석씨의 반응이 엇갈린다.

소경은 단생의 스승다운 면을 높이 평가한다.

소경이 위공의 집에 선친의 초상화가 있음을 알고 가져와 감회에 젖는다.

소경이 승상으로, 화씨가 경국부인, 석씨가 조국부인, 양태부인이 진국부인에 봉해진다.

소경이 집사 이홍을 믿고 소부의 바깥일을 맡긴다.

소경이 입궐한 사이, 화부인이 협문과 외부의 문을 열어달라고 하자 이홍이 거절한다.

화부인이 화가 나서 이홍에게 벌을 내린다.

소경이 화부인을 제지하고, 소부 안팎일의 경계를 확고히 하여 소부를 평안하게 만든다.

소경은 치가(治家)를 엄격하게 하고 양부인에게는 효를 다한다.

소경은 85살에 세상을 떠났다. 이후 그 자손들의 이야기는 『소씨삼대록』에 전한다.

권5: 소경의 장남 운경과 위씨의 혼사에 이어 5남까지 혼사를 이룸

위공이 소경의 장남인 소운경을 보고 흡족해하며 소경과 위소저간의 결혼을 약속한다.

위공의 후처 방씨는 자기 아들이 계후가 되길 바라며, 전처 자식을 모
해하려 한다.

위공이 자신의 죽음을 예감하며 두 아들을 구승상에게 맡길 것을 시비
에게 부탁한다.

위공이 36세 나이로 세상을 떠나자, 방씨가 전처 자식을 모해할 계략
을 꾸민다.

위소저를 방씨 조카의 첩으로 들이려 하자. 위소저가 남복을 입고 소부
로 찾아간다.

위소저가 소부를 찾지 못하고 있다가, 소운경을 만나게 되고 위공 탈상 후
결혼한다.

방씨가 전실 자식을 죽이려고 독을 탄 음식을 구승상대에 가져와 먹이
려다 실패한다.

방씨 아들 유흥은 방씨의 불인함을 욕되게 생각하고 자결하자, 방씨도
죽고 만다.

방씨의 삼년상이 지나, 유양, 유동이 과거에 급제하고 유양은 구승상의
사위가 된다.

위소저 또한 소운경의 무궁한 우대를 받으며 백수해로한다.

소경의 둘째 아들 운희가 15세에 한림학사 강양의 딸과 결혼하여 화락한다.

소경의 셋째 아들 소운성은 석부인이 꿈에 삼태성을 삼켰기에 운성이
라는 이름을 붙였다.

소운성의 성품이 방자하여 석파가 찍은 앵혈을 없애려고 석파의 외족
소영을 범한다.

형참정 댁에서 형씨를 보고 반하여 상사병을 앓고, 외조부 석참정에게 혼
사를 부탁한다.

형소저와의 결혼이 이루어지고, 소경은 아들이 소영을 범해 앵혈을 없앤

일도 알게 된다.

나리에서 과거를 실시하나 소경은 이를 좋지 않게 여겨 운성에게 과거를 못 보게 한다.

소운성이 양부인을 졸라 과거를 보는데 소운성이 장원, 소운경이 2등, 소운희가 4등을 한다.

소경의 넷째 소운현이 조명의 조카딸 조씨와 다섯 째 소운몽은 홍역경의 딸과 결혼한다.

권6: 소경의 3남 운성이 형씨, 명현공주와 결혼하나 명현공주의 투기가 심함

명현공주가 소운성을 보고 반하여 황제의 사혼교지가 내려지자, 소경이 반대하다 하옥된다.

형참정이 운명이라 생각하고 받아들이고 형씨는 친정으로 돌아간다.

명현공주는 가문의 어른들을 공경하지도 않고, 며느리로서 역할도 하지 않는다.

소운성은 명현공주를 박대하고 형씨를 만나러 형부로 가곤 한다.

운성이 창기들과 즐기자 명현공주는 창기의 귀와 코를 베고 심한 형벌을 준다.

여섯째 아들 운의는 유한의 사위가 된다.

소운성은 형부인만 찾고 상사병이 나자, 소경은 형씨를 소부로 데려오라고 한다.

명현공주는 소운성과 형씨를 죽여 한을 풀겠다고 한다.

권7: 명현공주가 형씨에게 투기를 부림

소운경이 형씨를 데려오니 운성의 병세가 호전된다.

명현공주는 형씨를 명현궁 동쪽 경희당에 머물게 하여 형씨를 감시한다.

소운성이 형씨만 찾자, 소경이 치가(治家) 못하는 운성을 매로 치고, 형씨는 자결을 시도한다.

소운경이 형씨를 치료하고, 소부인은 형씨에게 자신의 지난날을 얘기하며 참고 살라고 한다.

소운성과 형씨의 사이가 좋아지자 공주가 질투심에 임신한 형씨를 연못에 빠뜨리려 한다.

소운현이 이를 알고, 말을 타고 공주궁에 가서 형씨를 구해온다.

공주가 황제에게 소운성과 형씨, 소운현을 참소하여 운성을 포도청에, 운현을 삭탈관직하고, 황후는 형씨를 대궐로 잡아들인다.

황제는 소운성이 공주를 돌보지 않고 황상을 헐뜯은 죄를 물어 베어버리라 한다.

형씨가 혈표를 써서 황제에게 호소하며 소운성을 변호한다.

황제가 소운성을 용서하고, 형씨를 궁으로 보내니 황후가 감동하여 놓아준다.

형씨는 명현궁 경희당에서 양씨의 감시를 받으며 생활한다.

형씨는 그런 양씨에게도 관용을 베풀자 소운성이 이에 감탄한다.

형씨가 병이 나자, 소승상은 형씨를 친정으로 보내어 공주로부터 벗어나게 한다.

친정으로 간 형씨는 병으로 죽었다고 위장하자, 소승상과 양태부인은 알고 웃는다.

권8: 투기 부리던 공주가 화병으로 죽음

소운성은 형씨가 죽지 않고, 아들이 있음을 보고 좋아한다.

소운성은 자주 형부에 드나들자, 형참정은 가족들과 고향인 서주로 이사를 간다.

소운성이 형씨가 그리워 상사병이 걸리자, 운현은 형수를 강정으로 데
려온다.

소운성은 소경 몰래 강정에서 형씨를 만나고 상태가 좋아진다.

명현공주는 소운성의 마음을 잡기 위해 무당의 힘이나 부적을 쓰지만
소용없다.

사람의 마음을 사로잡는 요약을 찾아 사람을 보내지만 소경이 없애버
려서 없다.

황제의 연회에 소운성이 참석하지 않자 소경이 불러 곤장을 친다.

명현공주가 결국 형씨가 살아있다는 사실을 알게 되고, 황후에게 아뢴다.

황제는 소운성은 사타로, 형참정은 남만으로 유배 보내고, 형씨와 아들
에게 사약을 내리라한다.

소경이 부당함과 공주의 패악함을 간하자, 황제는 소운성을 용서하고
공주를 꾸짖는다.

태부인은 공주를 내치라고 명하고, 소승상은 공주를 사옥에 가둔다.

공주가 한상궁이 써 준 반성문을 베껴 서서 시부모님께 바치고 용서
받는다.

공주는 화병을 앓다가, 19세의 나이로 세상을 떠난다.

형씨가 아들과 자운산 소부로 돌아오고, 소영도 소운성의 첩으로 복귀
한다.

권9: 소운성이 형씨와 화락하고, 소경의 8남까지 결혼함

운성이 소승상이 태상노군에게 얻은 보검을 받고, 9주를 유람한다.

유람 중 계명산 송간사 요괴를 퇴치하고 쓴 100구 시가 소광의 송풍시
30수와 비교되었다.

그 외 민가의 요괴들을 퇴치시켜 주고 소부로 돌아온다.

소운성은 형씨의 사치함을 꾸짖으며, 제압하다가 안 되자 아들을 때린다.

석부인은 형씨에게 운성의 스승감이라 칭찬하며 운성과 맞서지 말라고 한다.

소운성은 형씨로 친정으로 가라고 하며, 칼로 죽인다고 위협한다.

소영은 이런 소운성을 두려워하며 석파에게로 피신한다.

소운성은 형씨의 형부 손상서를 형씨 일가가 좋게 보자 의심하며 손생을 만나보려 한다.

소운성이 뱃놀이 하는 곳에 들이 닥쳐 손생에게 망신을 준다.

손생의 처는 소운성을 원망하지 않고 손생에 대한 자부심과 자존심을 드러낸다.

소운성을 감동받고 이후, 자주 형부를 왕래하며 서로 화락하며 지낸다.

소운숙은 승상의 일곱째 아들로 15세에 평장사 성우경의 딸과 결혼한다.

소운명은 승상의 여덟 번째 아들로 14세에 태상경 임수보의 딸과 결혼한다.

임씨가 박색이어서 소운명의 창기 2명이 업신여기자 임씨가 죄를 줄 것을 청한다.

소운명이 두 창기를 쫓아내어 기강을 바로 잡는다.

운명과 운숙이 과거에 급제하고, 운명은 재취할 생각을 한다.

권10: 소경의 8남 소운명이 이씨를 불고이취하고, 정씨와 사혼함

소운명이 재취할 생각을 하나 소승상이 허락하지 않는다.

소운명은 산서지방 순안어사로 떠나 일을 하다가 남장한 이소저를 만난다.

소운명이 남장한 이소저가 여성임을 알고 불고이취한다.

소운명의 불고이취를 안 소승상은 소운명에게 벌을 주나 결국 결혼을 승낙한다.

소부에 여승이 들러 이씨의 명이 짧으니 수륙재를 지내라고 권유한다.
대부인이 수륙재를 지내려 하지 소승상이 부당함을 들어 무산된다.
태부인은 이씨를 태부인 처소로 옮기게 하여 이씨의 액운을 막아보려
한다.
조정에서는 소운명에게 정참정의 딸과 결혼하라는 사혼교지를 내려 정씨와
결혼한다.
황제가 유람 나갔다가 요나라 군사에게 포위되고, 소승상은 운남국이
침범하자 출정한다.

권11: 소부 어른들이 자리를 비운 사이 기강이 흔들리고, 정씨가 이씨를 모해함
운남국의 침범으로 소승상, 소운성이 참전하고, 태부인은 소부인, 석부
인과 강정으로 간다.
화부인이 소부의 큰 살림을 맡으나 서툴러서 형씨가 그 부족한 부분을
메운다.
소운명이 이씨에게만 정을 주니 정씨가 이씨를 모해할 마음을 먹는다.
출정한 소승상이 전당강 요괴를 제압하고, 운남국을 평정하고 돌아오
게 된다.
정씨는 이씨를 모해하려고 가객 성영을 매수하여 이씨에게 요조숙녀
간부 모해를 한다.
이씨의 필체를 흉내내어 간부서를 위조하고, 성영이 운명에게 이씨와
사통한 얘기를 한다.
소운명은 의심 없이 이것을 사실로 받아들이고 이씨를 박해한다.
화부인이 이를 알고 이씨를 죽이려 하나 소운희가 강정에 여쭙고 처결
하자며 말린다.
사실을 알게 된 태부인은 모해라며 아무 결정도 하지 말라고 하나 화

부인이 말을 안 듣는다.

태부인이 화부인에게 편지를 써서 화부인의 독선을 제압한다.

화부인은 물자를 제 때 나눠 주지 않아 많은 사람들이 어려움을 겪는다.

소운현이 이를 해결하려 하나 시비 난의가 주제넘게 군다.

소운현이 화부인을 설득하여 옷감을 내주게 하고, 자신을 참소한 시비
　난의를 벌준다.

이씨는 심희당에 갇혀 지내며 남자 아이를 낳는다.

소운명은 자기 아이가 아니라며 죽이려하자 석파가 이를 알고 겨우
　말린다.

정씨가 심희당에 자객을 보내 이씨를 죽이려다가 자객이 소운명에게
　들켜 실패한다.

권12: 소경이 정씨의 모해를 밝히고, 자녀들을 결혼시킴

소승상 소운성이 운남을 개선하고 돌아오나 이씨가 보이질 않자 이유
　를 묻는다.

소승상이 이씨의 억울함에 대해 심문하여 정씨의 악행을 밝혀내고 출
　거시킨다.

이씨는 소운명을 용서하고 받아들이지 못 하지만 예의를 다한다.

소운명이 이씨의 행동에 탄복하고 자신의 과오를 사죄하고 이후 화락한다.

정씨 출거 후, 소운명은 민씨, 국씨, 부씨, 요씨 네 명의 부인을 두고 화락하게
　된다.

승상의 9남인 운변은 석귀경의 막내 사위가 되어 화락하게 된다.

승상의 10남 운필은 17세에 구승상의 손녀와 결혼하여 화락한다.

소승상이 화부인의 처소에 5, 6년간 찾지 않고 이후 태부인의 권고로
　점차 화락한다.

이씨가 병이 나서 몸져눕게 되자, 소승상이 축원하여 이씨의 수명이 35세로 연장된다.

소승상이 아들들과 태산에 유람 중 요괴를 제압한다.

승상의 제자 조명이 벼슬을 하게 되어 창기 여럿과 잔치를 하자 소승상이 꾸짖는다.

소승상의 장녀 수정은 성준과, 차녀 수옥은 유평장과, 삼녀 수아는 정화와 결혼한다.

소부인이 13세인 수빙의 초상화를 그렸는데 김현이 이를 보고 반하여 상사병에 걸린다.

소승상이 김현의 쾌유를 위해 소수빙을 김현과 결혼하게 한다.

소수빙은 김현의 둘째 부인이 되는데, 취씨는 투기가 심하여 소수빙을 질투한다.

권13: 소운성이 시가에서 모해를 받은 소수빙의 억울함을 해결함

김현의 형 김환, 김환의 처 위씨, 김현의 본처 취씨, 김현의 모친 왕씨가 소수빙을 구박한다.

김환은 동생 김현보다 능력이 떨어져 계후자리를 빼앗길까봐 동생을 모해하려 한다.

김환의 처 위씨는 소수빙이 너무도 막강한 집안의 딸이라 질투심에 소수빙을 모해한다.

소수빙이 때문에 김현이 왕부인을 소홀히 돌본다며 소수빙을 가두고, 김현을 50대 때린다.

김환이 과거 시험장에서 김현에게 대리답안을 작성하게 하라고 시킨다.

김현이 명지가 없어 자기 답안을 못 내다가 소부 공자들의 도움으로 제출하여 장원급제한다.

김현이 외직 근무를 나간 사이 김환 등이 소수빙에게 모해가 가해진다.

김환이 소수빙에게 음란한 편지를 보내자, 소수빙은 화가 나서 친정으로 간다.

김환은 오히려 소수빙이 자신에게 간부서를 썼다고 모해하는 소장을 관가에 내려고 한다.

소운성이 김환을 찾아가 소지를 빼앗고, 김환을 잡아다가 사건의 전모를 밝힌다.

사건에 연루된 취시랑과 위상서가 삭탈관직되고, 김환은 우토섬에 귀양가고, 취씨는 출거된다.

소수빙은 자운산 근처에 집을 짓고 살게 된다.

소수빙은 취씨를 극진히 대접하고 취씨는 개과천선한다.

권14: 소수주가 곽후의 모해를 이겨내고 황후 자리에 오름

인종 황제의 선인황후 소씨는 소현성과 석부인의 막내딸인 소수주이다.

소수주는 몸가짐이 정숙하고 엄숙하였고, 글을 쓰고 읽는 것을 좋아하였다.

태자 8세 때 간택령이 내려 소소저, 곽소저, 양소저가 최종 간택에 들어간다.

곽시랑이 관상장이에게 뇌물을 주어 태자비로 만들고, 소소저와 양소저는 후궁이 된다.

12세에 태자가 곽씨와 합궁하나, 곽비는 투기가 심하여 후궁을 후당에 가둔다.

황제가 승하하자, 각각 곽후, 소귀비, 양귀인이 되고, 후궁을 더 뽑아 육궁을 채운다.

곽후가 소귀비의 문안을 받지 않고 서 있게 했는데, 이때 황제가 소귀비를 보고 반한다.

황후가 질투를 하며, 소귀비에게 독술잔을 권하고 춘원대에 잡아 가둔다.

소귀비가 곽후의 모해를 피하기 위해 태후전 시침을 자청한다.

소귀비는 다시 태후의 허락을 받고 북궁으로 가서 자유롭게 지낸다.

황제는 소귀비를 보내고 상사병을 앓고 황후의 투기가 극에 달한다.

곽후가 황제의 뺨을 친 일로는 폐위되고 나자, 소귀비가 황후가 된다.

소황후는 덕으로 내명부의 규율을 잡는다.

소씨 가문이 날로 번성하고 소경은 벼슬을 버리고 태부인을 봉양한다.

소운숙의 둘째 아들 세명은 거동이 사나웠다.

세명이 반역적인 행위를 하자 소운성이 죽인다.

소운경의 아들 소세현과 소운성의 아들 소세광이 청루를 지나다가 세
현이 3일을 머물다 온다.

소세광, 소세현을 불러다 청루에 가지 말라고 엄하게 다스리며 못 가게
한다.

양공과 설공이 찾아와 소세광은 설씨, 소세현은 양씨와 결혼하게 한다.

권15: 성대한 양태부인 생신연과 소부의 번성함

소황후가 소경을 위해 생신연을 계획하나 소경이 반대하자 양태부인
을 위한 연회로 바꾼다.

소부에서 사흘간 성대한 생신잔치가 열려, 소부의 번성함을 느끼게 된다.

소운명과 이부인 사이에 소세량, 소세필 두 아들이 명문가 요조숙녀와
결혼한다.

이씨가 35세로 세상을 떠나고, 세량과 세필이 과거 급제하여 한림학사,
장사태수가 된다.

세필이 하급관리 중 '성영'이 옛날 이부인을 괴롭히던 사람으로 확인하
고 죽인다.

소운명이 장사에서 정씨를 보고 죽이려하자 아들 세필이 용서하자고

하여 용서한다.

소부의 부귀공명이 계속되다가, 소부의 어른들이 한 명씩 세상을 떠난다.

석파, 이파, 태부인, 소승상, 화부인, 운경, 운희, 소황후 이어서 인종

　　황제도 세상을 떠난다.

소승상의 자손이 번성하여 모두 120명에 달한다.

자운산에서 번성했던 소씨 일가의 행적을 『소씨삼대록』으로 전한다.

(2) 소씨 가문의 인물 파악

① 가계도 그리기

『소현성록』 연작의 가계도는 『소현성록』에 나오는 소현성과 그의
아내에 이르는 가계도와 『소씨삼대록』에 나오는 소현성의 자녀들의
가계도로 나누어 그릴 수 있다. 먼저 『소현성록』의 가계도를 그려보
면 〈그림 25〉와 같다.

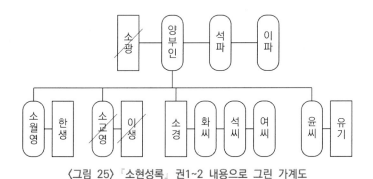

〈그림 25〉 『소현성록』 권1~2 내용으로 그린 가계도

『소현성록』의 가계도는 권1~권2까지 내용을 읽어나가면 〈그림
25〉와 같이 그릴 수 있다. 소광과 양부인, 소광의 첩 석파, 이파가

있고, 소광과 양부인의 자녀로 소월영, 소교영이 있다. 소광에게 아들이 없어 고민했는데 꿈에 신선이 남이가 태어난다고 말한 후, 양부인이 임신한다. 임신 7개월에 소광이 병으로 죽고, 후에 소경은 유복자로 태어난다. 소월영은 맏이로 한생과 결혼했으나 소부에서 기거하는 경우가 많고, 소교영은 이생과 결혼했으나 이생의 집안이 역적으로 몰려 몰락하자, 서주로 귀양을 가고 그곳에서 유장이라는 선비와 알고 지내다가 실절한다. 양부인이 이 사실을 알고는 소교영에게 독약을 내려 자결하게 한다. 소경은 화씨, 석씨, 여씨의 세 부인을 두었는데 여씨가 석씨와 화씨를 모해하다가 출거된다. 윤씨는 소경이 순무사로 파견된 당시 윤씨의 억울한 사연을 풀어주고 결약남매한 여인이다. 소경은 윤씨를 소부로 데려와 유기와 결혼시키고 소부의 양녀가 되게 했다.

가계도를 보면 소광이 세 부인을 두었으나 석파와 이파에게 후사가 없고, 양부인이 생존해 있어서 큰 갈등은 생기지 않을 것 같다. 또한 소광이 일찍 병으로 죽고, 가부장이 없는 상태에서 양부인이 가부장 역할을 대신할 것으로 보인다. 소경이 성장하면서 가장 큰 과제가 가부장으로서 가권을 확립하는 것임을 가계도를 통해 짐작할 수 있다. 또한 소경의 세 부인 화씨, 석씨, 여씨 사이의 처처 갈등을 예상할 수 있다.

『소씨삼대록』의 가계도는 권5부터 권15까지 내용을 꼼꼼히 읽어나가야 〈그림 26〉과 같이 그릴 수 있다. 이 가계도를 완성하려면 작품을 읽으면서 인물들의 혼사에 대한 정보를 메모해 놓아야 가능하다. 『소현성록』에서 그린 가계도와 비교할 때, 죽은 소교영과 출거된 여씨를 제외한 상태이다. 소경과 부인 화씨와 석씨의 자손들이 주로 부각되고 있다. 작품을 읽어나가면서 독자들은 중심으로 부각

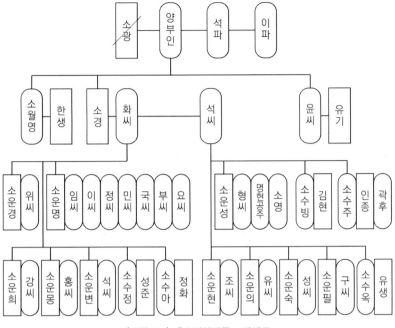

〈그림 26〉『소씨삼대록』가계도

되는 인물이 소운경, 소운성, 소운명, 소수빙, 소수주라는 사실을 알
게 된다.

　〈그림 26〉의 가계도를 중심인물을 부각시켜 간략하게 그리면 〈그
림 27〉과 같이 그릴 수 있다.

　『소현성록』연작을 읽어나가다 보면, 소경의 여러 자녀 중 그림에
부각된 인물들 즉 소운경, 소운명, 소운성, 소수빙, 소수주가 많은
분량의 서사를 차지함을 발견할 수 있다. 나머지 자녀들은 잠시 언급
될 뿐이다. 화부인 소생의 2명의 자녀 소운경과 소운명이, 석부인
소생의 3명의 자녀 소운성, 소수빙, 소수주가 부각되고 있다. 소운명
과 소운성의 여러 명의 처를 거느리고 있어서 이들 간의 처처 간의
갈등이나 모해가 발생할 것을 예상할 수 있다. 소수주는 왕실과 인연

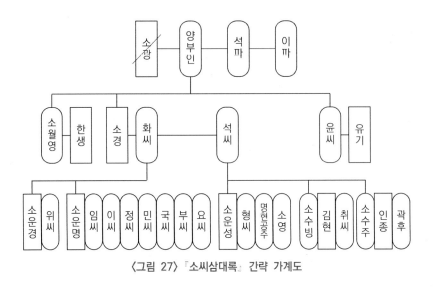

〈그림 27〉『소씨삼대록』 간략 가계도

을 맺어 가문의 영광스러움을 드러낸다. 이 가계도에서 소경의 셋째 부인 여씨는 그리지 않았다. 여씨는『소현성록』에서 출거된 인물이므로 여기에서는 생략했다. 또한 소교영 역시 실절 후 양부인의 명으로 자결했고 가문에서 축출된 상태이므로 가계도에 포함시키지 않았다.

〈그림 27〉은 중심인물인 소운경, 소운명, 소운성, 소수빙, 소수주를 부각시키고, 나머지 인물들인 소운희, 소운몽, 소운변, 소수정, 소수아, 소운현, 소운의, 소운숙, 소운필, 소수옥 등은 과감히 생략했다. 이들을 가계도에 넣어 더 자세히 그릴 수도 있지만, 서사 비중도 적고 이들을 가계도로 그리는 것은 큰 의미가 없기에 생략했다.

② 유형적 인물의 범주화

『소현성록』 연작에 등장하는 인물들을 유형적 인물로 범주화하면 이러하다. 먼저, 소현성과 소운경, 김현이 정인군자형 인물에 속한다. 이들은 출세를 지향하거나 애욕을 추구하는 정도가 낮고 군자로

서의 도(道)를 닦고 수양하는 것을 좋아하는 인물들이므로 정인군자형의 인물로 볼 수 있다. 작품 속에서 이들이 정인군자형의 인물임을 드러내는 부분을 찾아보면 이러하다.

　① 공자는 단지 총명이 뛰어났을 뿐 아니라 사람의 도리가 성숙해지고 효성이 출중하였다. 동자들과 서실에서 지내면서 새벽닭이 처음 울 때 세수하고 부인 숙소 창 밖에서 소리를 나직이 하여 문안을 여쭙고 회답을 기다려 두 번 절하고 물러난 후 다음날 아침 인사드릴 때 의관을 바르게 하고 얼굴빛을 온화하게 하며 기운을 평안하게 하여 어머니 상 아래 꿇어앉은 채로 모시면서 혹 글 뜻도 여쭙고 혹 시사를 배웠다. 이렇게 하루 네 번 문안드리는 일과 행실이 『소학』보다 더한 일이 많으니 부인이 그가 행실을 너무 닦아 몸이 상할까 두려워 새벽에 일어나는 것을 금하였다.182)

　② 맏아들 이름은 운경이고 자는 인강인데, 화부인의 소생이다. 어머니와 아버지를 닮아 얼굴은 옥이 윤택하고 봄꽃이 성함 같으며, 말씀이 단정하고 성품이 어질고 후덕하였다. 그러나 재기가 남들보다 뛰어나 옥을 머금고 있다가 토해내는 듯하고 글 쓰는 필치가 용과 뱀이 춤추는 듯하였다. 부모가 지극히 사랑하여 손 위의 보배로운 구슬같이 하였고, 할머니 태부인 양씨가 사랑하고 중시하는 것이 다른 손자들보다 심하였다. 이렇듯 깊은 사랑을 받으며 자랐지만 겸손하고 공손하며 교만하지 않은데, 단지 너무 단아하여 약하다고 할 정도였다. 그래서 뜻을 품고도 밖으로 내어 말하지 못하며, 작은 일을 결단력이 있었지만 큰일에는 강단이 없었다. 또 어진 일을 어질다고 생각하여도 친히 하지는 못하였고 사나

---

182) 정선희·조혜란 역주, 『소현성록』 1, 소명출판, 35쪽.

운 사람을 사납다고 여겼지만 물리치지 못하였으며, 종들의 죄를 다스릴 때에도 죄가 드러나면 낯을 길뿐 차마 더하여 다스리지 못하였으니, 이는 곧 아녀자의 어짊이었다. 그래서 승상이 이를 부족하게 여겨 늘 경계하며, 맹렬하고 굳건히 결단하라고 하였다. 그러나 천성을 고치지는 못하였다.[183]

③ 특히 현은 특별하고 기이하여 눈으로 만 권의 시와 글을 외우고 마음에는 포부를 가지고 계획적으로 일을 진행하는 재주를 지니고 있었다. 또한 효행이 빼어나 흡족히 증삼의 뜻을 본받고 왕상이 나무를 안고 울었던 것을 본받을 뜻이 있었다. 게다가 골격은 천지간의 정기와 혈통을 이어받아 산천의 빛난 것을 온전히 받았다. 우뚝우뚝한 것이 바람 앞의 옥 나무 같았고 재주와 지혜가 있는 모습은 물속에서 웃는 연꽃 같으니 시랑 김희가 살았을 때 편애하기를 과도하게 하였다.[184]

①은 소현성을, ②는 소운경을, ③은 김현을 묘사한 것이다. 모두 뛰어난 재질을 지녔으며 성격은 내성적이고 온화하며 어질고 효행이 빼어나 정인군자형의 인물로 범주화할 수 있다. 정인군자형 인물은 대체로 출세욕과 애정 추구욕이 낮은 성향의 인물이다. 소현성은 과거 시험을 어머니 양부인의 권유로 보았고, 세 명의 부인을 편애하지 않고 골고루 공정하게 대했다. 이런 점으로 본다면 소현성은 정인군자형의 인물로 볼 수 있다. 소운경은 과거시험이 있을 때 소현성이 권하지 않았고, 본인도 과거 시험보다는 공부하며 지내기를 더 좋아

---

183) 정선희 역주, 『소현성록』 2, 소명출판, 12~13쪽.
184) 정선희·허순우·최수현 역주, 『소현성록』 4, 소명출판, 81~82쪽.

한다고 하였다. 또한 소운경은 아내도 위씨 한 명만 맞이하였다. 이를 통해 소운경도 정인군자형의 인물이라 할 수 있다. 김현은 앞에서 살핀 바와 같이 효성이 지극하고 재주가 비상한 인물이다. 김현은 형을 위해 과거 시험에서 대리답안을 작성한다. 김현 자신은 명지가 없어 답안을 작성하지 못하다가 소씨 가문의 아들들에게서 명지를 얻어 답안을 작성하고는 장원급제한다. 또한 소부에서 소수빙의 초상화를 보고 반하여 상사병이 나고 결국 소수빙과 결혼하기에 이른다. 이런 사실들로 본다면 김현은 출세욕과 애정 추구욕도 있는 인물로 잘못 인식할 수도 있다. 그러나 김현은 영웅호걸형 인물은 아니다. 왜냐하면 김현은 소수빙 한 사람만 좋아했지 본부인인 취씨와는 처음부터 사이가 좋지 않았다. 취씨의 농간에 넘어가서 거의 속아서 결혼한 지경이다. 그러므로 호색한이라고 볼 수는 없다. 과거시험도 본인의 출세욕을 앞세우기보다는 형을 위한 마음이 더 컸다. 이런 것들을 바탕으로 미루어 보다면 김현 역시 정인군자형의 인물이다.

소운성, 소운명은 영웅호걸형 인물에 해당한다. 이들은 출세를 지향하고, 애욕을 추구하는 정도도 높은 편이므로 영웅호걸형의 인물로 넣을 수 있다. 작품 속에서 이들의 성향을 묘사한 부분을 찾아보며 이러하다.

④ 소승상의 셋째 아들 운성의 자는 천강인데 그 모친이 꿈에 삼태성을 삼키고 아들을 낳았기에 별 성(星)자로 운자를 쓴 것이다. 나이가 4~5세가 되도록 글을 배우지 않아 부모가 가르쳐도 입을 열지 않았다. 부친이 꾸짖으면 공손히 받들었지만, 모친 석씨가 치려고 시녀에게 명하여 잡아오라고 하면 문득 달아나 조모께 가서 숨는가 하여 또한 말리며 치지 못하게 하니 공자가 더욱 방자하여 8세에 이르도록 글을 한

자도 알지 못하였다. 그런데도 승상이 구태여 엄하게 가르치지 않고 다만 기운은 겉잡아 제어하였으며 배우기를 권하지 않으니 사람들이 모두 이상하게 여겼다.185)

⑤ 나이가 14세에 이르자 신장이 8척 5촌이고 허리는 화살대 같고 어깨는 화려한 봉황 같으며 두 팔이 무릎 아래로 내려갔다. 힘은 능히 구정을 들 만하였고, 모략은 손자 오기보다 뛰어났다. 용맹은 염파와 이목보다 더하며 문장을 쓰는 재주는 태사 사마천과 능히 짝을 이룰 만하였다. 성정이 총명하여 남의 말을 들으면 그 속을 알아채고 그 얼굴을 보면 깊이 헤아렸으며, 적은 일에는 마음을 느슨하게 하고 큰일에는 강단이 있었다. 또한 의논이 상쾌하고 말이 호탕하였지만 마음은 철석 같아서 뜻을 정한 후에는 돌아가지 않고 기어이 마음을 세웠으니, 그러는 가운데 고집이 셌다. (…중략…) 당대의 옥같이 아름다운 사람이고 온 세상을 뒤덮을 만한 호걸이었다. 부모의 아낌과 조모의 어여삐 여김이 측량하기 어려울 정도였다.186)

⑥ 소승상의 여덟 번째 아들 운명은 화부인의 소생으로 하늘이 내려준 옥같이 아름다운 자태와 골격을 지녔고, 글재주가 매우 뛰어난 사람이었다. (…중략…) 온 집안 사람들이 모두 사랑하고 공경하는데 다만 운명의 사람됨이 문인재자의 가벼운 모양이 있고 성정이 확 일어나는 불같으며 마음이 좁았다. 그러면서도 운명이 맑고 아름다우며 선량하고 바르며서도 마음이 너그럽고 후덕한 태고가 운성에게 미치지 못하였고, 어

---

185) 정선희 역주, 『소현성록』 2, 소명출판, 59~60쪽.
186) 정선희, 앞의 책, 65~66쪽.

질고 명석하기는 운경만 못하지만 무릇 풍채와 태도와 문채는 기특하였다.[187]

　　⑦ 운명이 유생으로 있어서 조정의 일에 걸린 일이 없었다. 안으로 부부생활의 즐거움을 잃고 밖으로는 창녀를 모아 모임을 가지는 것으로 시간을 보냈는데, 이로 인하여 방탕함이 심하였다.[188]

　　④와 ⑤는 소운성의 인물됨을 드러낸 부분이다. 이 부분을 통해 소운성은 정인군자형의 인물보다는 호걸형의 영웅호걸형 인물로 판단할 수 있다. ⑥과 ⑦은 소운명의 인물됨을 드러내는 부분이다. 소운명은 소운성에 비해 뛰어난 인물은 아님을 알 수 있다. 하지만 풍채와 글재주가 뛰어남을 알 수 있다. 또한 창녀들을 모아 시간을 보내며 방탕함을 보였다는 것으로 보아 영웅호걸형 인물의 범주에 넣을 수 있다.

　　여성주동인물로 석씨, 위씨, 형씨, 이씨, 소수빙, 소수주는 요조숙녀형 인물에 속한다. 이들은 모두 요조숙녀로서 미모와 덕을 갖춘 인물들이다. 당시 사회에서 이상적인 여성형이라 할 수 있다. 한편 소운명의 처 임씨는 여군자형으로 볼 수 있다. 이 유형은 덕은 있으나, 박색(薄色)인 여성들이 이에 해당한다. 작품 속에서 묘사된 요조숙녀형 인물과 여군자형 인물의 모습을 살펴보면 이러하다.

　　⑧ 병부상서 겸 참지정사 석현은 대장군 안도후 석수신의 큰 아들이

---

187) 허순우·최수현 역주, 『소현성록』 3, 소명출판, 204~205쪽.
188) 허순우·최수현 역주, 앞의 책, 215쪽.

었다. 석장군은 개국공신이고 천자가 지극히 후대하시는 까닭에 재산이 왕공보다 많았다. 석상서는 지위가 일품에 있으면서 성정이 말이 없으며 남보다 고집이 세었고, 집데 부인 진씨를 두어 5자 1녀가 있었다. 위로 세 아들은 부인을 얻었고, 그 다음 딸이 장성하니 이름은 명혜요 자는 숙란이었다 그 딸은 나이 13세에 용모는 서시, 양귀비라도 그녀에게 미치지 못하고 재주는 사씨, 소혜와 나란히 할 만하며 여공과 부인의 후덕함이 갖추어졌으니 석공 부부가 사랑하고 소중히 여기기를 마치 손바닥 위의 구슬같이, 여린 옥같이 하였다. 걸맞은 배우자를 얻어 은교자랑의 한이 없도록 하고자 6, 7년 동안 사위를 골랐는데 딸과 방불한 이가 없어서 매우 민망하게 여겼다.[189]

⑨ 소공자가 취한 눈을 자주 들어 위소저를 보았는데, 촛불에 비치는 태도가 더욱 기이하여 백옥 같은 얼굴에 연꽃 같은 자태를 지녔고 앵두 같은 입술과 흰 이, 푸른 눈썹과 별 같은 눈이 옥으로 새겨 채색을 메운 듯하였다. 풍채가 온화하고 아담하며 행동거지가 한가로워 천연히 선계의 특별한 자질이고 바닷가의 맑은 진주 같았다. 소공자가 평소에 뛰어난 미인을 많이 보아 눈이 높은 산 같았으나 위씨를 대하여서는 자기도 모르게 자연히 칭찬하고 어여삐 여겼다.[190]

⑩ 위씨는 아버지의 유언을 지키고 삼종지도를 온전히 하기 위해 가시나무 비녀를 품고 멱라수에 빠지려고 하였습니다. 그러던 중 마침 제가 거두어 강정의 누이와 함께 두었다가 이제 상복을 벗게 되었습니다.

---

189) 조혜란·정선희 역주, 『소현성록』 1, 소명출판, 91~92쪽.
190) 정선희, 앞의 책, 40쪽.

납채는 벌써 했고 또한 소저가 다른 집에 있어 구차함이 없으므로 오늘 좋은 때를 택하여 혼례를 이루니 여러분들께서는 수고스러우시겠지만 혼인잔치의 손님이 되어 주십시오.[191]

⑧은 석부인의 외모와 성품을 예찬한 것이다. 재색(才色)을 겸비한 전형적인 요조숙녀형 인물임을 확인할 수 있다. ⑨와 ⑩은 위소저를 묘사한 것이다. ⑨는 위소저가 계모 방씨의 늑혼 모해를 피해 남복을 입고 피신갔다가 도관에서 소운경을 만나 지내는 모습이다. 소운경이 남장한 위씨의 아름다움에 탄복하는 장면이다. ⑩은 소운경과 위소저의 결혼식날에 소현성이 하객들 앞에서 이들이 결혼하기까지의 사연을 이야기하는 장면이다. 여기에서 소현성은 위소저의 절개를 높이 찬양하고 있다. ⑨와 ⑩을 통해 위소저가 요조숙녀임을 알 수 있다.

⑪ 문이 열려 있어 안이 보이기에 이상하게 생각하며 눈을 들어 보았더니, 형참정과 부인이 자리에 앉아 있는 여자는 13~14세 정도 되는 처녀였다. 현란한 정채(精彩)와 아름다운 얼굴에 꽃이 쇠하고 달이 빛을 잃을 정도였다. 운성이 한번 보고 나서 매우 칭찬하고 기특하게 여겨 흠모하는 마음을 이기지 못하였다.[192]

⑫ 눈을 들어 이씨를 보니 어렴풋한 신선의 자태와 침착한 기질이 이미 선녀의 모습을 빼앗은 것과 같았고, 맑고 깨끗한 풍채와 용모와 맑은

---

191) 정선희, 앞의 책, 55쪽.
192) 정선희, 앞의 책, 68쪽.

골격이 사방에 비쳤다. 또 봉황과 같은 눈이 위엄이 있고 푸른 눈썹이 어여쁘며 기는 히리가 아름다워 시시와 양귀비의 얼굴도 미치지 못힐 바였다.193)

⑬ 승상의 넷째 딸 수빙은 석부인의 둘째였다. 꽃다운 나이 13세가 되니 아름다운 생김새와 아리따운 태도 그리고 난초처럼 아름다운 자질이 그 어머니와 다름이 없었다. 또한 옥 같은 골격과 아름다운 피부는 뛰어나고 산천의 맑고 배어난 기운이 눈썹 사이에 어리었다. 맑은 골격과 영롱한 태도는 상쾌하였으며 깨끗하여 달의 빛을 가리며 꽃을 부끄럽게 하는 용모와 물고기가 가라앉고 기러기가 떨어질 정도의 태도를 갖추었다.194)

⑭ 송나라 인종 황제의 정궁인 선인황후 소씨는 승상 강릉후 소현성의 막내딸이며, 조국부인 석씨의 소생으로 이름은 수주이다. 일찍이 석부인이 황후를 잉태하였을 때 꿈에서 태음성을 삼키고 태양의 정기를 쏘였는데 20개월이 지나서 황후를 낳으니 산실에 기이한 향기가 가득하였고 석부인의 기운이 몹시 맑고 깨끗하여 사람들이 모두 이상하게 여겼다. 황후는 어렸을 때부터 조용하여 말씀이 없었고 엄숙하고 단정하며 출입의 법도를 지키고 눈을 들어 사람 보기를 가볍게 하지 않았다. 또 지극히 우스운 일이라도 가볍게 웃지 않았고, 어진 일을 보아도 알지 못하는 것처럼 하였으며, 부정한 일을 보아도 좋게 넘기는 것같이 하였다.195)

---

193) 허순우·최수현, 앞의 책, 238쪽.
194) 정선희·허순우·최수현, 『소현성록』 4, 소명출판, 80~81쪽.
195) 정선희·허순우·최수현, 앞의 책, 228쪽.

⑪은 소운성이 형참정 댁에서 형소저를 모습을 보고 반하는 장면이고, ⑫는 소운명이 이씨의 아름다움을 보고 반하는 장면이다. ⑬은 소수빙의 아름다움을 예찬한 것이고, ⑭는 훗날 소황후가 된 소수주의 출생시 신기한 모습과 아름다움 자질을 묘사한 부분이다. 이를 통해 이들 모두 요조숙녀형 인물로 범주화하는 것이 적절함을 알 수 있다.

임씨는 여군자형 인물이다. 덕은 갖추었으나 색을 갖추지 못한 인물이다. ⑮는 결혼식 하는 날 신부인 임씨의 모습을 묘사한 것이다. 과장된 추녀의 모습으로 형상화되어 있다. ⑯은 이런 임씨의 모습에 대해 소부인과 윤부인이 덕성을 칭찬하고 그에 대해 태부인이 기뻐하는 모습으로, 색보다 덕을 중시하겠다는 태도를 드러내고 있다.

⑮ 신부가 다만 아름다운 것에서 벗어날 뿐 아니라 극히 흉해 모든 사람이 한번 바라보고는 문득 놀라는 것이었다. 낯이 누렇고 검으며 키가 몹시 작고 허리가 퍼졌으며 얽고 매사 형용이 이상할 뿐 아니라 얼굴에 큰 혹이 세 개가 좌우로 있으니 다름 아닌 무염보다도 더한 박색이었다.[196]

⑯ "오늘 신부를 보니 외모가 비록 운명과는 서로 구별이 되나 훌륭한 덕이 매우 많아 보이니 진실로 옛날의 숙류와 서로 앞서려고 나란히 다툴 것입니다."

태부인이 기뻐하며 웃으며 말하였다.

"진실로 너의 말이 옳다. 여자는 덕을 귀하게 여기니 어이 색을 취하

---

196) 최수현·허순우 역주, 『소현성록』 3, 소명출판, 206쪽.

겠느냐?"[197]

김환은 소인(탕자)형 인물로 넣을 수 있다. 김환은 김현의 형으로
장자이기에 가문에서 계후이지만, 동생인 김현보다 능력이 떨어지
므로 스스로 열등의식, 강박관념에 사로 잡혀 김현을 모해한다. 이에
모친 왕씨, 아내인 위씨, 김현의 제1부인 취씨 등이 힘을 합친다.
왕씨는 김환, 김현의 모친으로, 장남인 김환을 두둔하며 차남인 김현
을 미워한다. 왕씨가 김현의 친모임에도 불구하고 김현을 모해하는
모습은 계모형 인물과 흡사하다. 왕씨와 김환의 인물됨과 그들이
김현을 모해하는 이유를 ⑰, ⑱에서 확인할 수 있다.

⑰ 하루는 벗을 찾아 평장 소운현을 보러 왔다. 원래 김현이 승상을
아버지같이 섬기고 승상이 현을 자식이나 조카처럼 사랑으로 대하였
다. 그러나 그의 형 환은 사람됨이 간사하고 교활하기 때문에 승상과 모든
소씨 형제들이 안면은 있지만 절친하지는 않았다. 그래서 오직 현만을 가깝
게 대하였는데 특히 운현과는 생사를 같이 할 만한 친구 사이였다.[198]

⑱ 부인 왕씨는 태조 왕황후의 조카뻘이엇다. 명문가의 부녀자이지만
됨됨이가 어둡고 망령되기 때문에 장자 환만을 사랑하였고 시랑이 현을 사랑
하고 소중히 여기는 것에 화를 냈다. 시랑이 사리에 밝은 군자이기 때문에
부인의 뜻을 알고 한쪽으로 치우침 없이 대했지만 중하게 여기는 마음
은 둘째아들에게 있었다. "환은 반드시 김씨 가문의 맑은 덕을 상하게

---

197) 최수현·허순우 역주, 앞의 책, 207쪽.
198) 최수현·허순우·정선희 역주, 『소현성록』 4, 소명출판, 85쪽.

할 것이고, 현은 가문을 흥하게 할 것이다."라고 항상 말하니 이에 부인이 더욱 기뻐하지 않았다.[199]

⑰은 소부에서 김현을 아낀다는 내용을 전달하면서 그의 형 김환의 성품이 간사하고 교활하다고 제시하고 있다. ⑱은 김현의 모친 왕씨에 대한 품평으로, 왕씨는 고귀한 집안의 출신이지만 어둡고 망령되며, 남편 김시랑이 김현을 귀애하는 것에 거부감이 있음을 드러내고 있다. 또한 김시랑의 말 한마디가 김환과 왕부인이 김현을 모해하게 되는 결정적인 요인이 되었음을 짐작할 수 있다.

소경의 아내 여씨, 소운명의 아내 정씨, 인종의 곽후 등은 또 다른 요조숙녀형 아내를 모해하는 투기요부형 인물들이다. 여씨와 정씨는 요조숙녀형 아내를 간부로 몰아서 출거시킨다. 곽후는 다른 사람을 모해하기보다는 자신이 투기를 부리며, 과격한 행동을 하다가 황제의 얼굴에 상처를 내고 폐위된다. 이들은 외모가 출중하나 덕이 부족한 인물들이다. 아래의 예문을 통해 이들의 모습을 확인할 수 있다.

⑲ 재설 추밀사 여운이 3자4녀를 두었는데, 둘째 딸이 용모가 아름답고 재주가 민첩하니 추밀이 사랑하여 좋은 사위를 가리고 있었다. 예부상서 복야인 소경이 당세의 영웅으로 군자의 풍모가 있으니 뜻이 그에게 기울어 비록 셋째 부인자리라도 달게 여기며 들여보내려고 하였다.[200]

---

199) 최수현·허순우·정선희 역주, 앞의 책, 82쪽.
200) 조혜란·정선희 역주, 『소현성록』 1, 소명출판, 183쪽.

⃞ 장차 날이 기울어가니 여씨 집에 가 신부를 맞아왔다. 그 용모가 아름다웠으나, 양부인과 상서가 기뻐하지 않는 것은 그 마음을 꿰뚫어 보아 바르지 못함을 알고 놀랐기 때문이다.[201]

⃞ 시간이 빠르게 흘러 운명이 세 번째 부인을 맞이하는 길일이 되니 태부인이 큰 잔치를 열어 신부를 맞이하여 황제의 명을 공경하여 축하하였다. (…중략…) 옥 같은 얼굴이 수려하고도 탐스러워 배꽃이 푸른 연못에 잠기고 해당화가 이슬을 마신 것 같으니 짐짓 낙포의 선녀와 같았다. (…중략…) 그러나 승상과 양부인은 좋은 기운이 사라지고 기쁜 빛이 없으니 칭찬하던 사람들이 할 말이 없었다. [202]

⃞ 임씨가 또한 화답을 하였는데 임씨와 이씨는 서로 정성으로 아꼈지만 정씨는 혼자 겉으로는 친한 척하면서도 속으로는 소원하게 대했으므로 임씨는 정씨의 뜻을 짐작하고는 그에 맞게 대접하였다.[203]

⃞ 세월이 흘러 4년이 지나 태자의 나이가 12세가 되었다. 바야흐로 태자가 정비 곽씨와 합궁하여 새로 든 정이 간절하였으며 곽비가 자색이 뛰어나 자못 정이 깊었다. 또 태자의 나이가 젊었기에 다른 곳에 뜻이 생기지 않아서 후궁을 찾는 것을 잊었다. 곽비는 투기를 잘 하였기에 여러 후궁을 후당에 가두어 태자를 보지 못하게 하였다. 소소저는 부모를 그리워하며 슬퍼하였다.[204]

201) 조혜란·정선희 역주, 앞의 책, 192쪽.
202) 허순우·최수현 역주, 『소현성록』 3, 소명출판, 314~315쪽.
203) 허순우·최수현 역주, 앞의 책, 317쪽.
204) 정선희·허순우, 최수현 역주, 『소현성록』 4, 소명출판, 236쪽.

⑲와 ⑳은 소경의 셋째 부인 여씨를 묘사한 부분이다. 외모는 아름답지만 그 마음이 좋지 않음을 양부인과 소경이 꿰뚫어 보고 기뻐하지 않는다. ㉑과 ㉒는 소운명의 셋째 부인 정씨를 ㉓은 곽후를 묘사한 것이다. 모두 외모는 아름답지만 마음씨가 좋지 않음을 드러내고 있다. 투기요부형 인물들의 공통된 특징인 아름다운 외모에 부족한 덕을 드러내고 있다.

석파는 주동인물은 아니지만 등장인물들을 돕고, 새로운 이야기를 만들고, 갈등을 만들기도 하고 해소하기도 하는 역할을 맡고 있다. 소경과 석부인의 혼인을 주선하기도 하고 운성의 팔에 앵혈을 찍어 소영이 희생양이 되기도 한다. 전체적으로 긍정적인 인물로 볼 수 있으므로 주동적 보조인물로 볼 수 있다.

한상궁은 명현공주를 수발드는 상궁이지만 명현공주의 악행을 지적하고 바른 길로 인도하는 긍정적인 인물이므로 명현공주는 반동인물이지만 반동인물을 긍정적으로 교화시키는데 주력하므로 주동적인 보조인물로 넣을 수 있다.

지금까지 인물들을 범주화하여 도식화하면 〈그림 28〉과 같다. 『소현성록』 연작에 등장하는 인물들을 앞서 유형적 인물의 양상에 범주화시켜 보면 이러하다. 남성주동인물의 정인군자형으로 소현성, 소운경, 김현, 영웅호걸형으로는 소운성, 소운명을 들 수 있다. 여성주동인물인 요조숙녀형으로는 석씨, 위씨, 형씨, 이씨, 소수빙, 소수주, 그리고 여군자형으로 임씨를 들 수 있다. 남성반동인물로는 김환을 여성반동인물 중 계모형 인물로는 왕씨와 방씨를 투기요부형 인물로는 여씨, 명현공주, 정씨, 취씨, 곽후를 들 수 있다. 주동적 보조인물로는 석파, 한상궁, 연희, 연복 등을 들 수 있고, 반동적 보조인물로는 양씨, 성영, 난의, 옥난, 매섬을 들 수 있다.

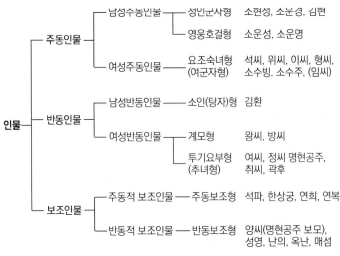

〈그림 28〉『소현성록』연작의 유형적 인물의 범주화

③ 유형적 인물의 갈등 관계

『소현성록』연작에 등장하는 인물들의 갈등 양상을 정리하면 〈표 41〉과 같다.

〈표 41〉『소현성록』연작의 유형적 인물의 갈등 양상

반동인물	↔	주동인물	갈등 서사
교영 애정 추구	↔	양부인 정절(貞節) 추구	교영이 서주 유배 시 유장과 사통하자 이 사실을 안 양부인이 독약을 내려 죽게 함
여씨 애정 추구, 투기	↔	석씨 부덕(婦德) 추구	사덕(四德)을 갖춘 석씨에게 질투심을 느낀 여씨가 석씨를 모해함
방씨 종통 획득 욕망	↔	위씨 정절추구	계모 방씨가 자기 세력을 넓히고자 강압적으로 혼사를 강행하려하자 위씨가 이미 혼약한 소경과의 열절을 지키기 위해 남장하고 가출함
명현공주 애정 추구, 투기	↔	형씨 부덕(婦德) 추구	명현공주가 사덕을 갖춘 형씨를 투기하며 모해함
정씨 애정 추구, 투기	↔	이씨 부덕(婦德)추구	소운명의 아내 정씨가 이씨를 투기하며 모해함

반동인물	↔	주동인물	갈등 서사
왕씨, 김환, 취씨 종통 유지 욕망	↔	김현, 소수빙 효와 우애, 부덕 추구	능력이 부족한 김환이 종통을 빼앗길까봐 왕씨, 취씨와 합세하여 김현, 소수빙을 모해함
곽후 애정 추구, 투기	↔	소수주 부덕(婦德) 추구	곽후가 부덕을 갖춘 소수주를 투기하며 모해함

〈표 41〉에서 보면 반동인물들은 애정을 추구하고, 종통을 획득하려는 현실적인 욕망에 사로잡혀 있고, 주동인물은 정절, 부덕, 효, 우애 등과 같이 유교에서 추구하는 이념을 수호하려는 강한 의지를 드러낸다. 작품 속에서 유교이념과 현실욕망의 갈등이 첨예하게 대립하다가 결국 이념의 승리로 귀결된다. 그러므로 『소현성록』 연작은 수신서적 성격을 띤 이념성이 강한 작품이다.

④ 유형적 인물의 결합 관계

『소현성록』 연작의 주요 인물들의 결합 양상을 정리하면 〈표 42〉와 같다. 소경의 경우 부부결합이 정인군자형의 소경에 숙녀형인 화씨, 요조숙녀형인 석씨, 투기요부형인 여씨가 결합되어 앞서 장르지식에서 살핀 인물 결합에 따른 서사생성 원리의 (가)유형에 속한다. 이 결합에서 화씨는 투기를 부리긴 하지만 석씨에게 직접적인 모해를 가하는 인물은 아니다. 이에 비해 여씨는 석씨와 화씨를 향해 모해를 가해 처처모해담이 예상되는 결합이다. 실지로 여씨는 모해를 가하고 모해 사실이 발각되어 출거된다.

소운경과 위씨의 결합에서는 정인군자형의 소운경과 요조숙녀인 위씨가 결합된 상태라 부부 간의 갈등은 발생하지 않는다. 다만, 위씨 친정의 계모 방씨가 결합이 되어 앞서 살핀 장르지식의 서사 생성 원리의 (다)형에 속한다. 이 결합에서는 계모의 모해가 일어나리라

〈표 42〉『소현성록』 연작의 유형적 인물 결합에서 예상되는 단위담

주요인물	인물들의 결합 양상	예상되는 단위담
소경	소경-화씨-석씨-여씨 (정인군자형-숙녀형-요조숙녀형-투기요부형)	처처모해담 여씨의 석씨 모해
소운경	위공-강씨-방씨 (계모형) ┌──────┬────┬────┐ 소운경-위씨 위유양 위유담 위유흥 정인군자형-요조숙녀형	계모모해담 방씨의 위씨 모해
소운성	소운성-형씨-명현공주 영웅호걸형-요조숙녀형-투기요부형	처처모해담 명현공주의 형씨 모해
소운명	소운명-임씨-이씨-정씨-민/부/요/국씨 영웅호걸형-여군자형-요조숙녀형-투기요부형	처처모해담 정씨의 이씨 모해
소수빙	김희-왕씨 (계모형) ┌────────────┬────────┐ 김현-취씨-소수빙 김환-위씨 정인군자형-투기요부형-요조숙녀형 소인(탕자)형	계모형 인물의 학대담 (왕씨의 김현, 소수빙 모해) 처처모해담 (취씨의 소수빙 모해)
소수주	인종-곽후-소수주 영웅호걸형-투기요부형-요조숙녀형	처처모해담 (곽후의 소수주 모해)

는 예측을 할 수 있다. 실지로 방씨의 모해로 위씨는 혼사장애를 겪는다. 위씨의 남동생들은 독극물을 먹을 뻔한 모해도 당하지만, 위유흥이 자살하고, 병으로 방씨가 사망하면서 모해 서사가 종결된다. 이 결합에서 방씨가 계모형 인물로 결합이 되어 계모모해가 나타난다는 점을 예측하고 확인할 수 있다.

소운성-형씨-명현공주의 결합에서는 투기요부형인 명현공주가 형씨를 모해하는 처처모해담을 예측할 수 있다. 이 유형도 장르지식의 서사 생성원리의 영웅호걸-요조숙녀-투기요부의 결합으로 (라) 유형에 속하며 작품을 읽어나가면서 투기형 인물 명현공주의 처처모해담을 예상하고 확인할 수 있다.

소운명-임씨-이씨-정씨 결합에서는 투기요부형인 정씨가 이씨를 모해하는 서사를 예측할 수 있다. 이들의 인물 결합은 영웅-여

군자－숙녀－요부의 유형이다. 장르지식의 서사 생성원리에서 (라) 유형과 (라)' 유형이 결합된 유형이라 할 수 있다. 임씨는 여군자형 인물이므로, 독자들은 박색을 사덕(四德)으로 보완하여 자신의 존재감을 드러내고는 사라질 것이고, 투기요부인 정씨가 이씨를 모해하는 처처모해담이 전개되리라 예상하고, 이를 작품을 읽어나가면서 확인할 수 있다.

김현－소수빙－취씨－왕부인－김환의 결합은 군자－숙녀－요부－계모－소인(탕자)의 유형이라 할 수 있다. 장르지식 서사 생성원리에서 (가) 유형, (나) 유형, (다) 유형이 결합되어 복합형인 (파) 유형에 속한다. 이 결합에서는 김현에 비해 능력이 부족한 형 김환이 자신의 종통자리를 빼앗길까 위기감을 느끼며 모친인 왕씨, 아내 위씨, 형수인 취씨가 합세하여 김현, 소수빙을 모해하는 서사이다. 친모임에도 계모형 인물과 유사한 왕씨, 부족한 형 김환 등이 종통의 자리를 확고히 하기 위해 김현을 모해하는 것은 전형적인 계모형 인물의 모해 서사다. 게다가 김현의 제1부인 취씨가 가세하여 취씨의 투기요부형의 모해와 합쳐져 나타난다. 결국 이 결합에서는 김환과 취씨, 왕씨가 연합하여 김현과 소수빙을 모해하는 서사가 전개되리라는 예상을 할 수 있으며 이를 실제 읽기를 통해 확인할 수 있다.

인종－곽후－소수주 결합에서는 투기요부형인 곽후가 요조숙녀인 소수주를 모해하리라는 서사를 예측할 수 있다. 이 역시 서사 생성 원리의 (라) 유형에 속하며, 곽후의 질투로 인해 소수주에게 모해를 가하는 서사를 예상할 수 있다. 곽후는 황후라는 권력을 앞세워 소수주를 투기한다. 이에 소수주는 태후전의 시침을 자원하고, 궁궐의 후미진 북궁으로 자처해 들어가 곽후의 모해를 슬기롭게 모면한다. 곽후는 자신의 투기로 인해 황제의 얼굴에 상처를 입히고 폐위되고, 소수주가 황후가 된다. 인종-곽후-소수주의 결합을 통해 왕궁에서도 처처 간의 모해는 일어날 수 있으며, 투기로 인해 황후의 지위를 잃을 수도 있음을 보여주면서 '투기 금지'를 다시 한 번 강조하고 있다.

(3) 순차적 진행에 따른 처처모해담 파악

① 갈등 관계에서 예측되는 유형적 단위담

『소현성록』연작에서 인물의 갈등 관계에서 유형적인 단위담을 추출해낼 수 있다. 먼저 소경의 부부조합에서 여씨가 석씨와 화씨를 모해하는 일련의 서사를 통해 처처모해담을 추출할 수 있다. 『소씨삼대록』에서 소운경-위씨의 서사에서 계모 방씨가 위씨와 소운경의 혼사를 방해하는 데서 계모모해담을, 소운성-형씨-명현공주 서사에서 명현공주의 형씨 모해를 통해 처처모해담을, 소운명-임씨-이씨-정씨 서사에서 정씨가 이씨를 모해하는 처처모해담을, 김현-소수빙-취씨 서사에서 왕씨가 김현, 소수빙을 모해하는 계모형 인물의 모해담, 취씨가 소수빙을 모해하는 처처모해담을, 김환이 동생 김현과 그의 아내 소수빙을 모해하는 시기모해담을, 인종-곽후-소수주 서사에서는 곽후가 소수주를 모해하는 처처모해담을 추출해낼 수 있다. 〈표 43〉과 같이 정리할 수 있다.

장편가문소설의 유형적인 단위담으로 처처모해담, 계모모해담, 소인(탕자)형 인물의 모해담 등을 염두에 두고 작품을 읽어나가면서 이러한 유형을 찾아낼 수 있었다. 복잡한 서사인 듯 느껴지지만 사실 유형적인 단위담에서 크게 벗어나지 않음을 발견할 수 있다. 또한 『소현성록』연작에서는 주된 서사가 처처모해담과 계모형 인물의

<표 43> 『소현성록』 연작의 인물 간의 갈등에서 생성되는 단위담

인물 간의 갈등, 모해	유형적 단위담
여씨가 석씨 모해함	처처모해담
계모형 인물 방씨가 위소저를 모해함	계모모해담, 혼사장애담
투기요부형 명현공주가 형씨를 모해함	처처모해담
투기요부형 정씨가 이씨를 모해함	처처모해담
계모형 인물 왕씨가 김현, 소수빙을 모해함 소인(탕자)형 심환이 심현을 모해함 투기요부형 취씨가 소수빙을 모해함	계모형 인물의 모해담 소인(탕자)형 인물의 모해담 처처모해담
투기요부형의 곽후가 소수주를 투기함	처처모해담

모해담으로 집약되고 있다. 철저히 소씨 가문 내의 서사가 주류를 이룬다는 점을 특징으로 볼 수 있다.

② 유형적인 화소의 양상

『소현성록』 연작에는 처처모해담이 주류를 이루고 다음으로 계모형 인물의 모해담이 나타난다. 주로 가문 내 인물들의 갈등을 다루고 있어 가문 외 인물과의 정치적 대립이나 역모 모해는 나오지 않는다. 그러므로 유형적 화소도 처처모해담과 계모형 인물의 모해에서 나오는 유형적 화소로 집약된다.

처처모해담에서 자주 나오는 화소로는 정절을 의심하게 하는 간부 모해와 집안어른에게 위해를 가하여 강상대죄를 범하게 만드는 모해가 있다. 『소현성록』 연작에서 발견되는 간부 모해의 유형적 화소로는 개용단, 간부서 위조 화소가 있다. 소경의 아내 여씨가 석씨를 모해하기 위해 개용단을 먹고 석씨로 변해 자신은 설씨의 아이를 가졌다고 말하면서 모해하는 서사가 나온다. 이러한 화소는 석씨를 음탕한 간부로 모해하는 화소이다. 또한 여씨는 석씨를 강상대죄를 범한 죄인으로 몰아가기 위해 양부인 침소 주변에 저주물을 묻고,

저주의 글을 석씨의 필체를 흉내내어 쓰기도 하고, 양부인의 생신연에 독이 든 술잔을 올리는 서사가 나온다. 저주물인 요예지물을 어른 처소에 묻고, 필체를 위조하여 저주의 글을 쓰고, 독이 든 잔을 올리는 것 모두 모해 화소다. 간부서를 이용한 모해로는 소운명의 아내 정씨가 이씨를 모해하기 위해 이씨의 필체를 위조하여 간부서를 작성하는 서사가 나온다.

특이하게도 개용단 사건 후 소경이 개용단과 미혼단이라는 요약을 만든 만춘산의 도화진인을 만나 개용단과 미혼단을 모두 없애버린다. 이후 소경의 자손들의 서사에서 요약(妖藥)을 이용한 모해는 나오지 않는다. 이는 명현공주가 형씨를 모해하고 소운성의 마음을 얻어 보려고 이 요약을 구하려 하나 이미 소경이 모두 없애버려 요약을 구하지 못하는 서사에서도 확인된다.

『소현성록』 연작의 유형적 화소에는 자객이나 방화, 역모사건, 유배를 떠나거나 강에 빠지거나 납치되어서 고생하는 서사는 나오지 않는다. 특히 실절 위기에 처한 여성이 강물에 몸을 던지는 화소는 나오지 않고 『소현성록』 연작보다 후대의 작품에 나타난다.

〈표 44〉 『소현성록』 연작에 구현된 유형적 화소의 양상

유형적 화소	작품 속에 구현된 양상
앵혈	소운성이 석파가 장난으로 찍은 앵혈을 없애기 위해 소영을 범함 (소운성의 영웅호걸형 성품을 드러내기 위해 나옴)
간부서 사건	소운명의 아내 정씨가 이씨를 모해할 때 나옴 김환이 소수빙을 모해할 때 나옴
개용단	소경의 아내 여씨가 개용단으로 이용하여 석씨, 화씨를 모해함 (소경이 요약(妖藥)을 없애 버려 이후 나타나지 않음)
필체위조, 위조서신	소운명의 아내 정씨가 이씨를 모해할 때 나옴
미혼단(요약)	소경이 요약(妖藥)을 없애 버려 나타나지 않음
요예지물(妖穢之物)	소경의 아내 여씨가 석씨를 모해할 때 나옴

유형적 화소	작품 속에 구현된 양상
치독(置毒)	소경의 아내 여씨가 석씨를 모해할 때 나옴
자객	소운명의 아내 정씨가 이씨를 죽이려고 자객을 보내와 실패함
방화(放火)	나오지 않음
역모사건	소운숙의 아들 소세명이 반역행위를 하려 하자 소운성이 죽임
사혼(賜婚)	소경과 여씨, 소운성과 명현공주
과거급제	소경, 소운성, 소운명, 김현의 과거급제, 소경의 대리답안
출성승전입공	승상 소경, 소운성 운남 정벌
숙녀납치	명현공주의 모해로 형씨가 대궐로 잡혀감
여성의 남복개착	소운경의 아내 위씨, 소운명의 아내 이씨가 남복개착하고 길을 떠남
출거	소경의 아내 여씨, 소운명의 아내 정씨가 출거됨
유배	소교영의 서주 유배
투강	나오지 않음
천서수학(天書受學)	나오지 않음

③ 서사 전개 방식

『소현성록』 연작은 서사의 전개가 순차적으로 진행된다. 시간의
흐름에 따라 서사가 전개되고 있다. 『소현성록』에서는 소경이 여러
여성들과 결혼하는 서사, 결혼 후 가문을 안정시키는 서사가 주를
이룬다. 『소씨삼대록』 소경의 자녀들이 결혼하는 서사가 주류를 이
룬다. 장남 소운경부터 10남 소운필까지 결혼하여 안정을 이루는
단계까지 차례로 전개된다. 『소현성록』 연작은 이같이 간단한 서사
구조이므로 읽어나가기 쉬운 편에 속한다.

〈표 45〉 『소현성록』 연작의 서사 전개 방식

서사전개	권1→권2 →권3→권4	권5	권6→권7 →권8→권9	권10→권11 →권12	권13	권14	권15
주요 서사 대상	소현성	소운경	소운성	소운명	소수빙	소수주	소부의 변성
작품	『소현성록』	『소씨삼대록』					

〈표 45〉에서 보듯 권1~권4까지가 『소현성록』으로 소경이 여러 여성들과 결혼을 하고 가문 내 치치 간의 갈등과 모해를 해결히고 안정적으로 치가(治家)를 이루는 모습을 형상화하고 있다. 권5~권15에서는 소현성의 자녀가 결혼하기까지의 우여곡절과 결혼 후 처처 간의 모해와 그것을 해결하는 과정을 형상화하고 있다. 소현성의 10자 5녀의 혼사담과 처처모해담 등을 장남부터 막내아들, 장녀부터 막내딸까지 차례대로 서술하고 있다. 『소현성록』 연작의 서사는 유사한 패턴의 혼사담과 모해담이 꼬리를 물고 이어지는 형태로 장편화한다.

한편, 소현성의 10자 5녀는 그 분량에서 큰 편차가 있다. 1권 이상의 서사분량을 차지하는 인물들이 소운경, 소운성, 소운명, 소수빙, 소수주이다. 소운경은 소경의 장남이고, 소운성은 3남, 소운명은 8남, 소수빙은 4녀, 소수아는 5녀이다. 처음에 소운경의 서사가 나오고 나서 소운성의 서사로 넘어가는 중간에 차남의 운희의 혼담이 간략히 소개된다. 이렇듯 부각된 인물 외에 인물은 중간 중간 누가 누구와 결혼했는지가 간략히 소개되고 다음 인물로 넘어간다. 이렇듯 『소현성록』 연작의 서사 전개 방식은 시간 흐름에 따른 순차적 배열 방식을 따른다.

(4) 투기 금지와 열의 구현을 통한 가문의식의 강화

『소현성록』에서는 소현성이 가문의 기강을 확립하고 안정시키는 것에 중심을 두었다면 『소씨삼대록』에서는 가문이 안정된 상태에서 자손들의 혼사와 혼사 후 처처 간의 갈등과 모해를 해결하는 데에 주안점을 두고 있다. 가문 밖의 간신들의 모해나 정치적인 갈등은 나타나지 않는다. 『소현성록』 연작은 철저하게 가문 내에서 일어나는 갈등을 해결하여 가문을 안정시키는 것을 중시한다. 즉 일부다처하의 가부장제의 확립을 위한 가문의 질서유지, 가문을 안정적으로 유지 발전시키는 데 초점을 두고 있다. 장편가문소설에서 지향하는 유교적인 덕목인 충, 효, 열의 측면에서 본다면 『소현성록』 연작에서 충은 외적의 침입에 맞서 출정하여 외적을 평정하거나 과거급제 후 지방을 순무하여 국가적 임무를 충실히 수행하는 것으로 구현된다.

또한 거의 마지막 부분에 소운숙의 둘째 아들 소세명이 도적의 우두머리가 되어 황성의 창고를 공격하려고 하자, 이를 안 소현성이 소운성에게 명하여 죽이라고 한다. 이에 소운성은 석궁으로 조카 소세명의 눈을 쏘아 죽인다. 이를 통해 소씨 가문의 충성을 재삼 확인하고 있다. 이는 양부인이 실절한 딸에게 독약을 주고 죽으라고 명하는 것과 대응된다. 충과 열을 실현하기 위한 『소현성록』 연작의 강고한 이념성을 또 한 번 확인할 수 있다.

『소현성록』 연작에서 효는 계모형 인물의 학대에도 끝까지 효를 다하여 계모형 인물을 개과천선하게 이끄는 것으로 구현된다. 계모형 인물의 학대에는 계후 문제와 관련하여 능력이 부족한 형이 똑똑한 동생에게 열등의식을 갖고 계모형 인물과 더불어 동생을 시기 모해하는 형태로 구현된다. 김환이 소인(탕자)형 인물로 김현에게 모해를 가하지만 동생 김현의 우애와 효로 김환과 왕씨가 개과천선하게 된다.

『소현성록』 연작에서 열의 구현은 소교영의 죽음으로 구현된다. 소교영의 시댁이 역적으로 몰려 시아버지와 남편이 죽고 소교영마저 유배를 떠나게 된다. 양부인은 유배 가는 딸 교영에게 『열녀전』을 주며 숙독할 것을 권한다. 하지만 후에 양부인은 소교영이 유배 중

다른 남자와 사통한 사실을 알고 나서 딸 교영에게 독주를 주며 죽음을 명한다. 양부인은 소교영에게 독주를 마셔 죽게 히고, 죽은 후에 가문에 명예를 훼손했다고 선산에 묻지 못하게 한다. 이러한 양부인의 모습을 통해 정절이라는 이념을 매우 중시하였음을 알 수 있다.

주요 인물과 갈등을 일으키는 반동인물들의 결말을 통해 주제의식을 확인할 수 있다. 반동인물은 징치되거나 용서받고 가문에 복귀하며 화락하는 내용이 주를 이룬다. 인물의 갈등 양상과 이들의 결말을 보면 여성반동인물 중에서 가부장제의 유지에 방해가 되는 일을 한 사람들은 모두 징치된다.

예를 들어 소부의 소교영은 유배지에서 유장과 정을 통하고 돌아와 실절(失節)한다. 친정어머니인 양부인이 이를 알고는 독약을 내려 자결하고 선산에도 묻지 않는다. 교영의 실절은 가부장제 유지를 위해 중요히 여기던 열을 위배했기 때문이다.

명현공주는 형씨를 모해하여 처처 간의 화목을 지키지 않았을 뿐 아니라, 시댁 어른들에게 무례하게 행동하였고, 시댁의 법도를 무시하여 가문의 며느리로서의 도리를 행하지 않았기에 가문의 인정을 받지 못하고, 죽어서도 선산에 묻히지 못한다.

소경의 아내 여씨와 소운명의 아내 정씨는 일부다처제하의 여성들에게 중요한 덕목으로 강조되던 처처 간의 화목을 지키지 않고 투기와 모해를 일삼았기 때문에 출거당하고 만다. 이렇듯 이들의 행동은 가문의 법도를 따르지 않았고, 가문의 유지를 위해 중요시되었던 덕목인 열과 며느리로서 지켜야 할 사덕 등을 지키지 않았기 때문에 징치되고 만다.

하지만, 계모형 인물이나 소인(탕자)형 인물은 효나 우애 등의 덕목으로 교화가 가능하기에 개과천선하여 가문에 복귀하는 것으로 형상화된다. 김현의 모친 왕씨와 김환이 김현과 소수빙을 모해하지만, 김현의 지극한 효(孝)와 우애로 왕씨와 김환은 개과천선하여 가문과 화락하게 된다.

이와 더불어 가문의 여성들에게 투기의 금지를 강력하게 표방하여 투기와 모해를 일삼은 여성들은 출거시키고 있다. 투기요부형 인물인 여씨, 정씨가 출거되었고, 황후인 곽후는 폐위된다. 명현공주는 병으로 죽고 만다. 모두 가문에서 출거 당하는 것으로 처리되고 있다. 그만큼 여성의 부덕(婦德)을 강조하고 투기를 금지하는 이념을 강하게 내세우고 있음을 알 수 있다. 『소현성록』 연작에는 처처 간의 갈등과 모해, 모해의 해결을 통해 가문이 안정되는 서사가 반복되어 나온다.

이로써 『소현성록』 연작의 핵심 주제는 투기 금지 등과 관련한 부덕의 강조에 있다고 할 수 있다. 일부다처의 가부장제를 확립하여 가문의 안정을 시도하려는 주제의식이 작품 전체를 관통하고 있다. 가문의 안정을 위해서는 투기의 금지를 통한 부녀자들의 화합을 내세웠고, 이것이 지켜지지 않아 처처 간의 모해가 일어날 때에는 가장이나 가문의 어른이 슬기롭게 대처하여 이를 밝혀내는 모습이 작품에 드러나 있다. 즉 『소현성록』 연작은 가부장제의 확립을 위한 여성들의 투기 금지의 주제의식을 담고 있다. 『소현성록』 연작의 주제 구현 양상을 〈표 46〉과 같이 정리할 수 있다.

그런데 드러난 주제의식을 좀 더 살펴보면 다른 방면으로도 생각해 볼 수 있다. 먼저 소세명이 역적 행위를 하자 소승상의 명을 받아 소운성이 소세명을 죽인다. 이것은 국가적인 차원에서는 명분이 있지만, 한 가문 내에서 삼촌이 조카를 죽인 것이다. 충이라는 이데올로기를 수호하기 위해 조카도 능히 죽일 수 있다는 이데올로기의

주제의식	주제가 구현된 양상
충	• 소현성이 황명을 받아 운남을 정벌함 • 소세명이 역적 행위를 하자, 소승상의 명으로 소운성이 소세명을 처단함
효	• 계모 방씨의 모해에도 방씨의 삼년상을 지냄 • 김현이 부당한 모해에도 왕씨 부인에게 효를 다함
열	• 소교영의 실절 행위에 대해 양부인이 독주를 주며 죽음을 명함 • 소운경과 혼약한 위씨가 계모 방씨의 모해로 방무와 강제 결혼하게 될 위기에 처하자 남복을 입고 가출함
부덕의 강조 투기 금지	• 소경의 아내 석씨에게 투기를 부린 화씨가 시부모에게 꾸지람을 들음 • 소경의 아내 석씨와 화씨를 모해한 여씨가 출거 당함 • 소운성의 아내 형씨를 모해한 명현공주가 화병으로 죽음 • 소운명의 아내 이씨를 모해한 정씨가 출거 당함 • 김현의 아내 소수빙을 모해한 취씨가 출거 당함 • 인종 황제에 대한 투기로 소수주를 모해한 곽후가 폐위됨

비정성을 발견할 수 있다. 또한 소교영이 유배를 가서 실절하자 모친 양부인이 소교영에게 독주를 주며 자결을 명한다. 이것을 소교영이 정절을 지키지 못한 데 대해 양부인이 내린 결정이다. 실절했다고 자기 딸을 죽이는 어머니의 모습을 보며 열이라는 이념이 사람의 목숨을 대신할 만큼 중요한 이데올로기였는지에 대한 회의와 의구심을 이끌어낼 수 있다. 유교이념의 수호가 천륜도 끊을 만큼 당시에는 소중한 것이었는지를 생각하게 된다.

3) 전략 구현 후 조정: 읽기 후 단계

이 단계에서는 읽기 전략을 구현한 후 조정을 하는 단계로 앞서 했던 전략 중에서 작품의 내용 파악과 관련한 핵심적인 전략의 구현을 다시 한 번 점검하고 확인하는 단계이다. 전체 내용을 다시 한 번 정리하고, 유형적 인물과 유형적 서사와의 관계를 파악하고 이것이 주제로 구현되는 것을 정리한다.

(1) 전체 내용의 요약

『소현성록』 연작의 권1~권4는 『소현성록』으로, 중심 내용은 소경이 유복자로 태어나 과거에 급제하고 화씨, 석씨, 여씨와 결혼하고, 결혼 후 처처 간의 갈등과 모해를 해결하고, 치가(治家)를 완성하여 가문의 안정을 이룬다는 것이다. 『소씨삼대록』은 소경의 10자 5녀의 결혼담과 결혼 후 처처 간의 갈등과 모해를 해결하고 가문의 번영과 안정을 이룬다는 내용이 주류를 이룬다. 서사 구성이 장남부터 막내까지 순차적으로 구성되어 장편임에도 단순한 구성을 이룬다.

(2) 유형적 인물과 유형적 서사의 관계

『소현성록』 연작에서는 가문 외의 갈등, 간신의 모해 등은 나오지 않는다. 가문 내 처처 간의 갈등으로 인한 모해와 계모형 인물의 모해 등이 주류를 이룬다. 처처 간의 갈등으로 투기요부형 여성이 요조숙녀형 여성을 모해하는데, 요조숙녀형 여성을 간부로 모해하거나 시부모를 독살하거나 저주하는 일을 한 강상대죄로 몰아 출거시키는 모해를 한다. 소경의 아내 여씨, 소운명의 아내 정씨가 이런 모해를 감행한다. 이때 유형적 화소로 간부서, 자객, 개용단, 치독, 요예지물 등이 나타난다.

계모형 모해 서사로는 여성에게 가해지는 모해와 남성에게 가해지는 모해에 차이가 있다. 소운경의 아내 위씨는 계모 방씨의 모해로 혼사장애를 경험한다. 계모 방씨가 자신의 조카 방무와 위씨를 강제로 결혼시키려고 하자, 위씨가 남복을 입고 집을 떠나 약혼자의 집인 소부로 향한다. 계모형 인물들은 가권을 획득하기 위해 자신의 아들을 종통을 삼으려 하기에 전처 소생의 아들은 죽이려 하고, 딸들인 경우 자신의 친척과 결혼시켜 자신의 입지를 강화하려는 경향을 보이고 있다. 하지만 위소저가 소운경과 결혼하게 되고, 방씨가 병으로 죽게 되면서 모해가 끝난다.

소수빙의 서사에서 김현의 모친 왕씨가 계모가 아님에도, 장남인 김환만 귀애하고 차남인 김현을 박대한다. 능력 있는 아우를 둔 부족한 장남인 김환은 계후자리를 동생에게 빼앗길까봐 모친 왕씨와 합세하여 동생 김현 내외를 모해한다. 하지만 덕성스런 김현의 행동으로 왕씨와 김환이 개과천선하여 함께 복락을 이루며 살게 된다.

영웅호걸형 남성인물인 소운성과 소운명의 경우, 애욕추구 성향과 관련한 서사로 소운성의 앵혈 화소와 소운명의 불고이취를 들 수 있다. 소운성은 석파의 실수로 찍힌 앵혈을 없애기 위해 소영을 겁탈한다. 또한 소운명은 산서지방 순안어사로 순무도중 만난 이소저를 불고이취한다. 이러한 화소는 애욕 추구욕이 비교적 높은 영웅호걸형 인물에게서 발견되는 유형적 화소이다.

『소현성록』 연작에서는 주로 처처모해담, 계모형 인물의 학대담이 주류를 이루고 간신모해담은 나타나지 않았다. 『소현성록』 연작은 가문내의 갈등을 주로 다룬 작품이라 할 수 있다. 계모형, 투기요부형, 정인군자형, 영웅호걸형의 인물들이 등장하여 유형적 서사를 이끌어냄을 발견할 수 있다.

(3) 주제의식의 구현

『소현성록』 연작은 가문 내의 안정을 이루고 번성하는 내용이 주류를 이룬다. 유교의 충, 효, 열의 덕목 중 가문 내의 문제에 치중하였으므로 효, 열을 강조하였고, 여성들의 정절, 투기 금지 등을 전면에 내세우고 있다. 정절과 투기 금지는 일부다처제 하에서 가부장제를 확립하기 위해 여성들에게 부덕이라는 명목으로 강요되었다. 『소현성록』 연작은 가문의 안정과 번영을 위해 가부장이 해야 할 역할을 소경이라는 인물을 통해 보여주고 있으며, 여성들이 갖추어야 할 덕목들을 석씨, 이씨, 형씨, 소수주 등의 요조숙녀형 인물, 임씨와 같은 여군자형 인물을 통해 형상화하였고, 김현이라는 인물을 통해 효도와 우애의 표상을 보여주고 있다. 이러하기에 『소현성록』 연작은 당시 향유층들에게 『열녀전』과 맞먹는 수신서로서의 기능을 하며, 자손 대대로 물려줄 가보(家寶)처럼 여겨졌음을 확인할 수 있다.

『소현성록』은 유교이념을 충실히 담고 있어 수신서의 반열에 오른 작품이지만, 한편으로는 강고한 유교이념을 수호하기 위해서는 부자연스럽고 비인간적인 고통이 따른다는 것을 동시에 보여주고 있다. 즉 작품 자체에 투기를 금지하고 정절을 지켜야 한다는 유교이념을 드러내고 있지만, 반면에 유교이념의 강고한 수호를 위해서는 희생과 고통이 수반된다는 점을 동시에 보여주고 있다.

3. 『명주보월빙』 읽기의 실제

『명주보월빙』은 100권 100책으로 된 장편가문소설로, 105권 105책의 『윤하정삼문취록』과 더불어 연작을 형성하고 있는 작품이다. 이 책에서는 『명주보월빙』만을 대상작으로 하였다. 『명주보월빙』은 앞선 『소현성록』 연작보다 후대작으로 추정된다.205) 윤, 하, 정 세 가문의 수많은 등장인물들이 출현하여 간신모해담, 처처갈등담, 계모형 인물의 모해담 등의 복잡한 서사로 구성되었다. 여러 가문이 서로 결합하여 위기를 극복하고 가문의 영광을 되찾는 서사가 주류를 이루는데, 분량이 방대하여 전략적 읽기가 절실히 필요한 작품이다.

『명주보월빙』은 『윤하정삼문취록』·『엄씨효문청행록』 등과 함께 더불어 삼부 연작소설의 형태로 이루어졌다. 작품의 분량만도 『명주보월빙』 100권 100책, 『윤하정삼문취록』 105권 105책, 『엄씨효문청행록』 30권 30책으로 도합 235책에 달하며, 장서각에 소장된 필사본이 유일본이다.206) 작가와 창작연대는 정확히 알 수 없다. 하지만 홍희복(1794~1859)이 1835년부터 1848년에 걸쳐 청대 장편소설 『경화연』을 번역한 『제일기언』 서문에 『명주보월빙』이라는 작품명이 발견되고 있다.207) 즉 홍희복은 『제일기언』 서문에서 당시 독자층에

---

205) 『명주보월빙』에 대한 언급이 직접적으로 나온 문헌은 「제일기언」이다. 「제일기언」은 홍희복(1794~1859)이 1835~1848년 사이에 번역한 중국소설 「경화연」을 가리킨다. 그는 권1 서문에 당시 유행하던 여러 편의 장편가문소설이 소개하였는데 그 가운데 『명주보월빙』이 제시되어 있다. 한편 『소현성록』은 옥소 권섭의 모친인 용인 이씨가 필사한 『소현성록』을 분배한다는 기록을 통해 박영희는 「『소현성록』 연작 연구」에서 『소현성록』의 창작 시기를 17세기 후반 경으로 추정하고 있다. 이러한 자료들을 놓고 볼 때, 『명주보월빙』이 『소현성록』보다 후대의 작품임을 알 수 있다.

206) 이상택, 「『명주보월빙』의 구조와 존재론적 특징」, 서울대학교 박사논문, 1981, 1쪽.

207) 정규복, 「제일기언에 대하여」, 『중국학논총』 1, 고려대학교 중국학연구회, 1984.

게 보급되어 있었던 중국소설과 한국소설의 목록을 제시했는데 아래에 제시한 제목이 그것이다.

중국소설: 삼국지, 서유기, 서주연의, 역대연의
한국소설: 유씨삼대록, 미소명행, 조씨삼대록, 충효명감록, 옥연재회,
　　　　　임화정연, 관화공충렬기, 곽장양문록, 화산선계록, 옥린몽,
　　　　　관허담, 완월회맹, 명주보월빙, 숙향전, 풍운전208)

이렇게 미루어보건대 18세기 말이나 19세기 초에 창작되었으리라 추정해 볼 수 있고 작자는 밝혀지지 않은 상태이다. 다만, 작품 내부에 작자와 창작의도를 밝히고 있는데 내용은 이러하다.

오호라! 차전을 이룸은 명천공 윤선생의 충의지절을 기록하며, 위국단충이 긴 명을 지레 끊어 당당한 충렬이 고금에 희한하되, 절차겸퇴(切磋謙退)한 뜻이 사책(史冊)에 이름 오름을 원치 않아, 유표에 자기 이름 빼기를 간청하였으매, 진종 황제 그 뜻을 따르시어, 사기(史記)에 윤현을 올리지 않으시나, 그 충렬과 수신선행(修身善行)을 초목과 같이 스러져 없어질 바를 개연차석(慨然嗟惜)하여 일대 문인 태학사 포경과 직학사 조원으로 윤부 일기를 살펴 윤명천의 사적선행을 민멸치 말라 하심으로, 포경은 포증의 자오, 조원은 조보의 손이라. (…중략…) 포. 조 양학사 삼부 일기를 살펴 공공지론으로 전서를 지으니, 일분 희미한 바 없으되, 오히려 윤청문 정죽청의 출장파적하던 설화는 십분지일을 올리지 못 한지라. 다면 청문 형제의 초년 궁액 변괴며 출천지효를 기

---

208) 정규복, 앞의 논문, 79~80쪽.

록하고, 평제왕의 아시로부터 사람 구활하던 의기현심과 출인지행을 배풀며, 희승상의 위인을 세상 사람이 소연히 알게 함이라.209)

작품 내에 윤현이 자신의 일을 사책(史冊)에 올리기를 원하지 않아 사기(史記)에 이름을 올리지 않았는데 윤현의 충렬과 수신 선행이 없어질 것을 염려하여 당대 문인 태학사인 포경과 조원에게 명하여 이를 공동으로 제작하였다고 밝히고 있으나, 실제로 포경과 조원조차도 송대의 인명사전에 등장하지 않고 있으며, 작품 속의 등장인물 또한 송대의 역사에서 찾아볼 수 없다.210) 그러기에 이들은 가공의 인물이고, 이러한 서술은 작품의 신빙성을 높이기 위한 하나의 창작 기법으로 여겨지고 있다.

작품 속에 드러난 작가가 추구하는 가치 체계를 정리하여 작자층을 추정하였는데, 『명주보월빙』에는 상층귀족의 사회적 영달과 부귀, 이미 있어온 국가 및 사회체계의 당위성을 강조하고 인간의 수요 부귀와 사회적 신분은 하늘의 뜻에 따라 선험적으로 예정되어 있다는 교조적 신념, 성인의 가르침, 충, 효, 열과 같은 도덕 규범을 준행하는 삶, 하늘이 정해준 배필과의 혼사를 성취하는 일, 천의 및 천리에 순종하는 믿음, 왕후장상과 같은 상층의 인물은 하늘이 내었고, 현세에서의 삶이 끝나면 다시 하늘로 복귀한다는 상층 귀족들의 선민의식을 드러내고 있기에 작자층은 조선후기 상층 벌열층이나 상층 지식인으로 추정하고 있다.211)

『명주보월빙』에는 특히 윤, 하, 정 세 가문이 서로 결혼으로 연합

---

209) 최길용 역주, 『명주보월빙』 10, 학고방, 2014, 355~356쪽.
210) 이상택, 「대하소설의 작자층」, 『한국고전소설의 이론』 II, 새문사, 2003, 68~73쪽.
211) 이상택, 앞의 논문, 74~78쪽.

하여 각각 가문마다 겪는 어려움들을 가문끼리 연합하여 극복하는 과정이 잘 드러나 있다. 윤부에서는 계모형 인물의 모해담이, 정부에서는 처처모해담이, 하부에서는 간신모해담이 주된 서사의 축을 구성하고 있다. 윤부에서는 광천, 희천 쌍둥이 형제가 계조모인 위씨와 숙모인 유씨에게 모진 박대와 모해를 당하지만 지극한 효로써 이들을 감화시킨다는 내용이 주를 이룬다. 윤부의 윤명아는 정씨 가문의 정천흥과 결혼하나 넷째 부인인 문양공주로부터 온갖 모해를 당한다. 하지만 윤명아는 슬기롭게 대처한다. 또한 정씨 가문이 역적으로 몰려 위기에 빠졌을 때, 윤명아는 등문고를 울려 모해의 진상을 밝히고 가문의 위기를 극복한다. 정부에서는 다섯 아들과 두 딸의 혼사담과 처처모해담, 정벌담 등이 주를 이룬다. 하부에서는 하진과 조부인의 아들인 하원경, 하원보 하원상이 간신 김탁, 김후의 모해로 역적으로 몰려 비명횡사하고 훗날 다시 환생한다. 하진의 넷째 아들 하원광은 실질적인 장남 노릇을 하며, 하씨 가문은 실추된 명예를 회복하고 가문의 영광을 되찾는다. 또한 하진의 딸 하영주는 윤희천과 결혼을 하나 윤부의 위·유부인으로부터 온갖 모해를 당하지만, 의연히 맞선다.

또한 『명주보월빙』에 등장하는 여성주동인물들은 반동인물들로부터 극심한 모해에 시달리지만 이를 슬기롭게 극복한다. 구타, 납치, 감금, 강제노역, 굶주림, 치독, 투강(投江) 등 다양한 수난을 겪고 이겨내는 과정을 통해 효, 열을 구현해내고 있다.

『명주보월빙』은 방대한 분량의 작품으로 읽기가 쉽지 않다. 이 책에서는 인물, 서사, 주제 관련 장르지식을 바탕으로 다양한 전략을 단계별로 구사해가며 작품 읽기를 시도하고 있다. 이 책에서는 최길용 역주본 『명주보월빙』 권1~권10을 기본 텍스트로 하고, 한국정신

문화연구원 역주본 『명주보월빙』 권1~권5를 참고하였다.[212]

1) 전략 구현의 준비: 읽기 전 단계

전략 구현 준비 단계는 읽기 전 단계로 독자는 읽기의 목표를 설정해 보고, 장편가문소설의 장르지식을 읽으면서 익히고, 읽을 작품을 훑어보며 전개될 내용을 예측해 보는 단계이다.

(1) 읽기 목표의 설정

이 책에서는 장편가문소설의 공통된 읽기의 목표를 작품의 내용 이해에 두고 있다. 그러기 위해 등장인물의 유형과 서사의 흐름을 파악하고 그러한 과정을 거쳐 궁극적으로 주제가 어떻게 구현되는지를 파악하게 된다. 『명주보월빙』도 이와 같은 방식을 따르고 있다. 이 책에서는 『명주보월빙』의 내용 파악을 위해 작품의 등장인물을 파악하고 유형화해 보고, 이들 간의 갈등과 결합 속에서 서사가 어떻게 구현되며 궁극적으로 주제가 어떻게 형상화되는지 제시하고 있다.

읽기의 목표를 달성하기 위해 장르지식에 기반한 읽기 전략을 구안하였다. 목표 달성을 위해 장편가문소설을 읽기 전에 미리 제시한 장르지식을 참고하며 제시된 전략을 어떻게 구현해 나갈지 정리해 보면 이러하다. 작품을 읽어나가는 순차적인 흐름은 등장인물의 파악, 인물 간의 갈등, 갈등에서 생성되는 서사의 흐름, 주제의식의

---

212) 최길용 역주, 『명주보월빙』 권1~권10, 학고방, 2014; 정규복 외 역주, 『명주보월빙』 권1~권5, 한국정신문화연구원, 1980.

파악 등으로 집약된다. 이 과정 속에서 장편가문소설의 장르적 특성인 유형적 인물, 유형적 서사, 주제의식 등이 드러나게 된다.

장편가문소설을 읽기 전에 미리 제시한 장르지식을 참고하며 어떻게 읽어나갈지 전략을 구상한다. 『명주보월빙』은 분량이 방대하지만, 윤부의 계모모해담, 정부의 처처모해담, 하부의 간신모해담으로 내용을 집약된다.

인물들의 가계도를 통해 각각 인물의 가문에서의 위상을 확인하고 인물 간의 갈등과 결합 관계를 정리하면 서사를 예상할 수 있다. 독자는 작품을 읽으면서 전개될 서사를 예상하고 확인하면서 흥미를 느낄 수 있다. 인물들 간의 관계와 반복되어 나타나는 모해의 양상을 정리하면 전체 내용을 파악하는 데 도움이 된다.

*. 작품을 읽으며 구현해야 할 읽기 전략

① 내용을 요약하기

② 가계도 그리기

③ 등장인물의 유형적 범주화

④ 주동인물, 반동인물 나누기

⑤ 인물 간에 갈등 관계 파악하기

⑥ 갈등 관계에서 생성되는 단위담 파악하기

⑦ 유형적 화소의 양상 확인하기

⑧ 단위담의 배열 방식

⑨ 주제의식의 구현

(2) 장르지식 익히기

『명주보월빙』을 읽기 전에 독자들은 앞서 다룬 장편가문소설 전반에 걸친 장르지식을 한번 읽어보면서 장르지식을 익힌다. 장르지식은 작품과 관련한 맥락 이해를 위한 것과 작품 자체 이해를 위한 것으로 나눌 수 있다. 맥락 이해를 위한 장르지식은 작품이 창작된 시대의 시대정신이 작품에 어떻게 구현되었는지 파악하는 데 도움이 된다. 작품 자체의 이해를 위한 장르지식을 통해 작품에 등장하는 인물을 파악하고 어떻게 서사가 전개되는지 흐름을 알게 된다. 이러한 서사의 흐름을 파악하면서 최종적으로 주제가 어떻게 형상화되는지 파악할 수 있다.

『명주보월빙』에는 윤부, 정부, 하부 등 여러 가문의 다양한 인물들이 등장한다. 윤부, 정부, 하부의 가계도를 그려가면서 인물 간의 갈등 관계와 결합 관계를 파악하는 것이 중요하다. 윤부에서는 위·유부인이 계모형 인물로 설정되고, 계후 갈등이 일어나면서 계모모해담이 전개됨을 파악하는 것이 핵심이다. 정부에서는 정천흥이 여러 아내와 결혼하면서 벌어지는 처처모해담의 유형을 익히는 것이 중요하다. 하부에서는 역모 모해로 세 아들이 억울하게 죽고 나서 다시 환생하여 가문을 일으켜 다시 명문세가로 진입하게 된다. 하부의 실질적인 장남인 하원광의 활약을 눈여겨 볼 필요가 있다.

『명주보월빙』은 윤부, 정부, 하부를 중심으로 서사가 전개되는데, 윤부의 계모모해담, 정부의 처처모해담, 하부의 간신모해담, 남성주동인물들의 출정담, 여성주동인물들의 혼사장애담으로 집약된다. 서사는 윤부, 정부, 하부의 서사들이 시간의 축에 맞추어 순차적으로 전개되며, 부분적으로 시간의 역전 현상이 나타나기도 한다. 이것은 세 가문의 서사가 진행되므로 불가피하게 일어나는 현상이다.

『명주보월빙』의 서사는 크게 권1~권74까지와 권75~권100까지로 두 부분으로 나눌 수 있다. 권1~권74까지는 주로 윤부의 계모모해담과, 정부의 처처모해담과, 반역모해담, 하부의 역모누명이 모두 해결되는 내용이다. 특히 윤부에서는 권75 이후로는 거의 모든 갈등이 해소되어 윤광천의 혼사담이 있을 뿐 별다른 서사가 전개되지 않는다. 권75 이후로는 정부의 정세흥과 정아주, 하부의 하원상, 하원창, 하원필의 혼사담과 처처 간의 모해 등이 압축, 반복되어 나타나다가 해결된다.

『명주보월빙』은 분량이 방대하지만 윤부의 계모모해담, 정부의 처처모해담, 하부의 간신모해담으로 집약할 수 있다. 이를 바탕으로 인물 간의 결합과 갈등 관계를 파악하면 전체적인 서사의 전개를 파악할 수 있게 된다.

『명주보월빙』의 핵심 주제는 충, 효, 열로 집약된다. 윤부의 윤광천, 희천 형제가 위·유부인의 모해에도 불구하고 효성을 다하며 가문을 지키는 데서 효가 부각되고, 정부에서는 정천흥의 여러 아내들이 문양공주에게 수난을 당하면서도 가문의 안정과 화평을 위해 열을 다하는 모습이 부각된다. 하부에서는 간신의 모해로 멸문지경에 이른 가문을 하원광이 다시 일으켜 세우면서 국가에 대한 충성을 다하는 모습이 강조되고 있다. 성리학적 이념인 충, 효, 열을 공고히 하면서 국가 기반을 재정비하려는 당시의 의식을 작품 속에 주제로 구현하고 있다. 하지만 『명주보월빙』에도 반동인물들의 일련의 행동을 통해 강고한 이념의 허망함과 비정함을 이면적 주제로 찾을 수 있다.

(3) 내용 예측하기

이 작품의 제목이 『명주보월빙(明珠寶月聘)』이므로 이를 바탕으로 내용을 예측해 볼 수 있다. 제목을 직역해 보면 '명주와 보월로 빙물을 삼는다' 정도로 풀이할 수 있다. 『명주보월빙』은 제목이 결혼 예물을 상징하므로 결혼을 통해 가문 간의 결연이 이루어지고 결혼을 통해 서사가 진행됨을 짐작할 수 있다.

장르지식에서 제시한 유형적인 인물과 더불어 계모모해담, 처처모해담, 간신모해담, 혼사장애담, 정벌담 등의 서사가 전개되리라 예상할 수 있으며 충, 효, 열의 유교의 이념이 주제로 형상화될 것으로 예상할 수 있다.

2) 전략의 구현: 읽기 중 단계

이 단계에서는 먼저 『명주보월빙』을 읽으면서 등장인물과 서사 전개를 파악하고 장르지식을 바탕으로 작품을 이해하고 예측하는 방안을 모색해 본다. 『명주보월빙』은 분량이 100권 100책으로 되어 있어 권별로 나누어 정리했다. 요약한 내용도 다른 작품에 비해 길기 때문에 전체 내용 요약을 뒷부분의 '부록'으로 돌리고 생략한다. 『명주보월빙』의 내용 요약은 이미 다른 연구자들도 제시한 바213) 있지

---

213) 『명주보월빙』 작품 요약본을 제시한 연구에는 이상택의 연구(『명주보월빙』의 구조와 존재론적 특징), 서울대학교 박사논문, 1981)와 성숙의 연구(『명주보월빙』 연구」, 이화여자대학교 석사논문, 1979)를 들 수 있다. 이상택의 연구에서는 서사의 순차적 단락을 348개로 제시하였고, 성숙의 연구에서는 전체 내용을 단락이나 권별로 나누지 않고 전체 내용을 묶어서 한 편의 짧은 소설처럼 요약하고 있다. 독자들이 좀 더 쉽게 이해하기 위해서는 작품의 권별로 요약할 필요도 있다고 본다. 또한 분량이 100권이나 되기 때문에 본문에서 다 다루기보다는 따로 떼어서 보는 것이 더 효율적일 것이라 여겼다. 따라서

만, 권별로 나누어 요약된 것은 찾기가 쉽지 않아 권별로 요약했다.

(1) 윤부, 정부, 하부의 인물 파악

① 가계도 그리기

요약된 내용을 바탕으로 『명주보월빙』의 가계도를 그릴 수 있다. 윤부, 정부, 하부 순으로 살펴보기로 한다. 『명주보월빙』은 전체 구성이 100권 100책으로 되어 있다. 서사를 중심으로 두 부분으로 나눈다면 권1~권75, 권76~권100으로 나눌 수 있다. 전반부는 윤부의 계모모해담, 정부의 처처모해담, 하부의 간신모해담이 펼쳐진다. 윤부에서는 위·유부인이 윤광천, 희천 형제와 가족들을 모해하며, 정부에서는 문양공주가 정천흥의 다른 아내들을 모해하는 내용이 주를 이룬다. 하부에서는 간신의 모해로 하진의 세 아들이 억울하게 황제를 살해하려했다는 누명을 쓰고 죽는다. 하씨 가문 일원은 축으로 유배를 가며 가문이 거의 몰락하게 된다. 이 상황에서 정천흥의 도움으로 억울함이 풀리고, 하진의 넷째아들 하원광이 과거에 급제하며 가운을 회복하게 된다.

전반부의 내용은 다시 권1~권26까지는 주로 각각 가문의 인물들의 혼사가 이루어지고, 권26~권51까지는 모해와 시련이 절정에 달하게 된다. 권51~권75는 절정에 달했던 갈등과 시련이 차츰 해결되어 나가며 권75에 이르러서는 거의 모든 갈등이 해소된다. 권76~권100에는 정부의 새로운 인물들과 하부에서는 환생한 하진의 아들

이 책에서는 독자들의 내용 파악을 돕기 위해 권별로 나누어 요약한 것을 부록으로 제시하기로 하겠다.

3형제를 중심으로 이들이 결혼하고 다시 모해와 시련을 받고 극복해 나가는 과정이 압축되어 반복적으로 전개된다. 따라서 가계도를 권1~권26까지 읽은 후 혼사를 중심으로 그릴 수 있고, 권75~권100 사이에 혼사를 중심으로 그릴 수 있다. 요약된 내용을 바탕으로 가계도를 그릴 수 있다. 윤부, 정부, 하부 순으로 살펴보겠다.

〈윤부의 가계도〉

윤부의 가계도는 단번에 완결되지는 않는다. 윤광천이 화소저, 남소저와 결혼하는 내용은 권78에 나오고, 윤현아의 남편 하원광이 경소저와 결혼하는 내용은 권91에 이르러야 나오므로 작품의 내용을 끝까지 읽어나가면서 그려야 완성할 수 있다. 하지만 윤광천과 결혼하는 화소저, 남소저 그리고 하원광과 결혼하는 경소저의 경우는 서사 구성에서 비중 있는 인물은 아니다. 윤부의 서사전개에서 의미 있는 인물들의 등장은 길게 잡아야 권1에서 권3까지이고, 적어도 권1 정도만 읽어도 핵심인물의 가계도는 그릴 수 있다.

『명주보월빙』 권1의 첫 부분에는 이부상서 윤현은 대대로 벼슬을 지낸 명문가의 자손이며, 동생으로 벼슬이 태우인 윤수가 있었다고 제시한다. 윤현은 윤노공의 전 부인 황씨 소생이고, 윤수는 후 부인인 위씨 소생이며, 황부인과 윤노공이 이미 세상을 떠난 상태이다. 윤현의 아내 조부인은 성품이 온화했으나, 윤수의 아내 유부인은 선을 가장하고, 어진 사람을 질투하고 모해하는 성품이었다. 위태부인은 시험패악(猜險悖惡)하여 윤수가 가권을 가지지 못한 것을 안타깝게 여겨 유씨와 더불어 종통을 빼앗고자 하는 마음을 먹었다. 윤현의 서모 구파는 윤노공의 첩으로 자식이 없었고, 성품이 쾌활하고 성실하고 어진 마음을 지녔다. 윤현이 위태부인 다음으로 구파를 공경하기에 구파는 이를 고맙게 여겼다. 윤현과 조부인 사이에는 딸 한 명을 두었는데 이름이 명아이고, 윤수와 유씨는 두 명의 딸을 두었는데 이름이 경아, 현아이다. 윤씨 가문에 남아가 태어나지 않아서 고민했었는데 윤현과 조부인의 꿈에 태허진군과 영허도군이 윤부에 아들 쌍둥이로 태어난다는 계시를 받는데, 이들이 윤광천, 윤희천 형제로 태어난다.

윤현과 그의 친구들 하진, 정공과 더불어 뱃놀이를 하다가 적룡이 나타나 명주와 보월패를 주며 사라지자, 이를 받고 세 사람이 서로 자녀들의 혼약을 한다. 정공의 아들 정천흥과 윤명아, 윤현아와 하원광의 혼약이 이루어진다. 윤, 하, 정부의 아내들이 아이를 갖는데 태어나는 아이들을 보아가며 서로 혼약할 것을 약속한다.[214]

이 내용을 바탕으로 하면, 가계도 맨 윗부분을 차지하는 인물들이 윤노공, 황부인, 위부인, 구파이다. 이들의 윤노공은 네모로 황부인, 위부인, 구파는 타원형으로 표시했고, 가로로 선을 그어 연결시켰다. 가로로 그은 선은 부부관계임을 표시한 것이다. 윤노공의 전처 황부인의 소생으로 윤현이 있고, 후처 위부인의 소생으로 윤수가 있으며, 구파는 윤노공의 첩으로 자식이 없다. 이것을 황부인 아래에 윤현을 위부인 아래에 윤수를 표시해 놓았다. 윤현의 아내로 조부인, 윤수의 아내로 유부인을 가로선을 그어 표시하였다. 윤현과 조부인의 소생으로 윤명아가 있고, 꿈의 계시를 받고 태어나는 쌍둥이 형제가 광천, 희천이다. 이를 바탕으로 가계도를 그리면 〈그림 29〉와 같다.

---

214) 최길용 역주, 『명주보월빙』 1, 학고방, 2014, 59~78쪽의 내용을 요약한 것임.

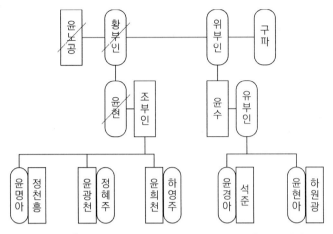

〈그림 29〉『명주보월빙』권1~3의 내용으로 그린 윤부의 가계도

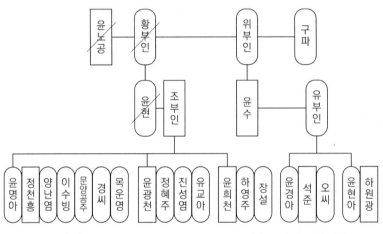

〈그림 30〉『명주보월빙』권1~26의 내용을 추가하여 그린 윤부의 가계도

〈그림 30〉은 〈그림 29〉에서 권26까지 내용이 반영된 것으로, 정천흥, 윤광천, 윤희천, 석준, 하원광이 몇 명의 아내를 더 맞아들인 내용이 추가된 것이다. 〈그림 30〉에 권75~권100의 내용이 더 추가되면 〈그림 31〉이 된다. 여기에서 추가되는 부분은 권78에서 윤광천이

화소저, 남소저와 결혼하는 내용과 권91에서 하원광이 경소저와 결혼하는 내용이다.

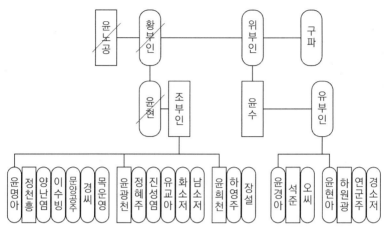

〈그림 31〉『명주보월빙』 권75~100의 내용을 추가하여 그린 윤부의 가계도

〈그림 31〉에서는 윤광천이 화소저, 남소저와 결혼하고, 하원광이 경소저와 결혼한 부분이 추가되었다. 다른 부분은 〈그림 30〉과 차이가 없다. 윤부의 가계도는 처음 권1~권3 정도의 내용으로 그리면 전체적인 윤곽을 잡을 수 있고, 권26에 이르면 거의 모든 혼사가 완성이 되고, 권75~권100에서는 부분적인 혼사만 나타남을 알 수 있다. 이는 윤부의 주된 서사가 권75 무렵에 끝나기 때문이다. 가계도를 그리고 작품을 읽어나가면서 확인할 수 있게 된다.

〈정부의 가계도〉

정부의 가계도를 완성하려면 정부의 막내딸인 정아주가 하원창과 결혼하는 내용이 나오는 권94까지 읽어야 한다. 즉 정부의 가계도를 완성하려면 작품을 읽어나가면서 그때그때 혼사가 치러지는 인물들의 관계를 그려나가야 한다. 정부의 기계도에서 인물들을 두 부분으로 나눌 수 있다. 권1부터 권74까지 서사와 관련된 정천홍, 정인홍, 정혜주가 한 부분을 형성하고, 권75 이후의 서사와 관련된 정세홍, 정유홍, 정필홍, 정아주가 다른 한 부분을 형성한다. 즉 권1~권75까지는 정천홍, 정인홍, 정혜주와 관련한 정부의 역모모해 사건, 윤부로 시집 간 정혜주의 고난 등이 서사의 주류를 이룬다. 권74에서 이런 문제들이 모두 해결되고, 권75에서는 정세홍, 정유홍, 정필홍, 정아주의 고난 서사가 주류를 이룬다.

정부의 가계도에서는 계모형 인물이 발견되지 않는다. 정연과 진부인 사이에 다섯 아들과 두 딸을 두고 있다. 다만 정부의 여러 아들 중 정천홍, 정세홍, 정필홍이 여러 명의 아내를 두고 있어서 이들 사이에 처처모해를 예상할 수 있다. 정혜주와 정아주는 정씨가문의 여성들인데 정혜주는 윤부로, 정아주는 하부로 시집을 가는데, 여기에서도 여러 아내들 간의 처처 간의 모해를 예상할 수 있고, 작품을 읽으면서 이를 확인할 수 있다.

정부의 가계도도 한 번에 그려지지 않고 작품을 읽어나가면서 순차적으로 그려낼 수 있다. 정부의 인물들 중 정천홍, 정인홍, 정혜주의 경우 이들은 권74 정도에서 중요한 서사가 마무리되고 있다. 권75부터 정세홍, 정유홍, 정필홍, 정아주의 서사가 전개된다. 정부의 인물들은 권75를 중심으로 전반부는 주로 정천홍, 정인홍, 정혜주의 서사가 주류를 이루고, 권75 이후로는 정세홍, 정유홍, 정아주의 서사가 주류를 이루며 전개된다.

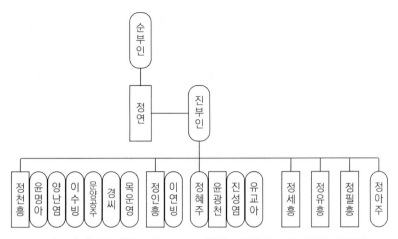

〈그림 32〉『명주보월빙』권1~26의 내용을 바탕으로 그린 정부의 가계도

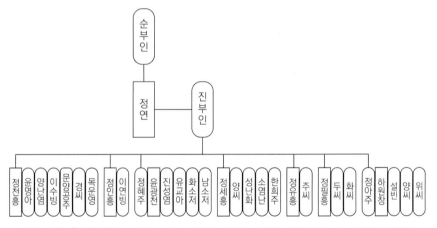

〈그림 33〉『명주보월빙』권41, 권54, 권75~100의 내용을 추가하여 그린 정부의 가계도

권1~권26은 정천흥, 정인흥, 정혜주의 혼사를 중심으로 서사가 전개된다면 이후로는 정세흥, 정유흥, 정필흥, 정아주를 중심으로 전개된다. 특히 정세흥은 여러 명의 아내를 두었기에 처처 간의 모해가 앞선 정천흥 만큼 일어나리라 예상하게 된다. 정아주의 경우도

설빈과의 관계에서 처처 간의 모해를 예상할 수 있다.

징부의 가계도에서는 앞서 살펴본 권1~권26에서 정천흥, 정인흥, 정혜주의 혼사가 거의 완성이 되었고, 이들의 갈등도 거의 권75 정도에서 해결되고 있다. 정혜주의 남편 윤광천이 화소저, 남소저와 결혼하는 내용이 권79에서 다루어지고 있지만 이것 역시 앞서 살핀 바와 마찬가지로 문제의 해결 과정에서 부수적으로 진행되는 혼사이지 새로운 서사를 창출하는 혼사가 아니므로 큰 의미가 없다.

정부의 가계도에서 권75 이후로는 정세흥, 정유흥, 정필흥, 정아주의 혼사가 완성된다. 물론 정세흥이 양씨와 결혼하는 것은 권41에 언급이 되지만, 본격적인 서사의 시작은 권75를 기점으로 시작되고 있다. 특히 정세흥과 정아주의 서사가 주를 이룬다. 정유흥과 정필흥의 혼사는 잠시 언급되지만 서사비중이나 갈등이 크지 않다. 정세흥의 서사는 권75에서 권89에 이르러서야 해결되고 있다. 이어서 하부의 하원상, 하원창의 서사와 정아주가 결부되어 나타난다. 정아주는 하원창의 재실이 되어 정실부인인 설빈에게 모해를 당하다가 권99에 이르러 설빈의 모해에서 벗어나고 하부의 억울함을 밝혀 위기에 처한 하씨 가문을 구한다.

〈하부의 가계도〉

『명주보월빙』 권1부터 권26까지는 하원경, 하원보, 하원상이 간신 김후의 모해로 황제를 살해하려는 역적 죄인으로 몰려 모두 죽고, 4남 하원광이 장남 노릇을 하며 윤현아와 결혼하는 내용을 담고 있다. 하영주는 신묘랑에게 납치되어 실절위기에 처하자 강물에 몸을 던지는데 정천흥의 도움으로 살아나고 후에 윤희천과 결혼하여 윤부로 들어간다. 권1부터 권26까지는 이들이 혼사담이 주류를 이루

고, 억울하게 죽은 하원경, 하원보, 하원상이 하가에 다시 환생하는
내용이 나온다. 이상의 내용에 의거하여 가계도를 그려보면 〈그림
34〉와 같다. 〈그림 34〉는 하부의 가계도로, 권1~권26까지의 내용이
반영되었다.

　앞서 권1~권75까지 하부의 주된 서사는 하원광과 하영주에게 집중
되어 있었다. 하원광의 아내는 윤현아이고 하영주의 남편은 윤희천
이다. 하부는 윤부와 겹사돈을 맺은 상태이기에, 윤부의 환란이 거의
종결되는 권75에 이르러야 안정을 찾게 된다. 권75 이후에는 하원상,

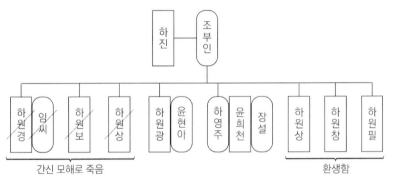

〈그림 34〉 『명주보월빙』 권1~26까지의 내용으로 그린 하부의 가계도

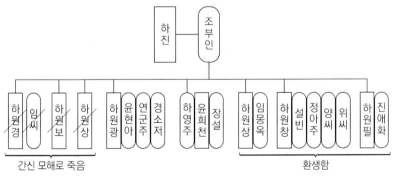

〈그림 35〉 『명주보월빙』 권54, 권75~100까지의 내용으로 그린 하부의 가계도

하원창, 하원필의 결혼 서사가 부각된다. 그러나 이 결혼 서사에서 발생하는 갈등은 앞서 윤부와 정부에서 파란을 일으켰던 계모 모해, 처처 모해, 간신 모해보다는 축소된 형태로 나타나고 있다.

하부의 가계도에서는 하원경, 하원보, 하원상의 세 아들이 김탁, 김후 부자의 모해로 역적으로 몰려 죽고 만다. 이러한 내용은 『명주보월빙』 권3을 통해 확인할 수 있다. 하부는 이 사건으로 거의 멸문지화를 당하는데, 후에 하원상, 하원창 쌍둥이 형제로 환생하고 이어서 하원필이 태어나면서 서사의 전개가 다른 가문보다 늦춰지고 있다. 하부에서는 넷째아들인 하원광이 장남 역할을 하며 가문의 영광을 되찾기 위한 노력을 한다. 하부의 가장 큰 목표는 가문의 명예를 되찾고 지난날의 영광을 되찾는 것이므로 그러한 서사를 예상할 수 있다. 하부의 서사도 정부와 마찬가지로 권75를 중심으로 나누어진다.

권75 이후에는 하원상, 하원창, 하원필의 결연담과 정벌담이 전개된다. 하부에서는 전반부에 하원광과 하영주가 윤씨 가문과 결혼하여 윤부의 계모형 모해에 연루되어 시련을 겪는다. 하영주가 윤희천과 결혼하면서 시련을 겪게 되는데, 정부의 정천홍의 도움으로 위기를 극복한다. 후반부 인물들로 하원상, 하원창, 하원필의 서사가 나온다. 환생한 하원상, 하원창 쌍둥이 형제는 설빈의 모해로 또 한번 역모 모해를 받지만, 정아주가 등문고를 울려 억울함을 밝힌다. 이로써 하부는 역모모해로부터 벗어나고 가문의 영광을 회복하게 된다. 하부의 가계도를 보면, 하원광과 하원창이 여러 명의 처를 거느리고 있어서 처처모해담을 예상할 수 있다.

② 유형적 인물의 범주화

『명주보월빙』의 등장인물을 유형적 인물로 범주화해 보기로 하겠다. 먼저, 윤희천과 정인홍, 하원상, 정유홍 등의 인물은 정인군자형에 속한다. 이들은 공통적으로 애욕을 추구하는 정도와 출세를 지향하는 정도가 비교적 낮으며 군자로서의 도를 닦고 수양하는 것을 좋아하는 인물들로 형상화되었다. 작품 속에서 윤희천, 정인홍, 정유홍, 하원상을 묘사한 부분을 찾아보면, 이들이 정인군자형의 인물로 범주화됨을 확인할 수 있다. 아래의 지문에서 진하게 표시한 부분을 통해 정인군자형 인물임을 확인할 수 있다.

１ 차공자는 청검겸퇴하여 공맹안증의 성학대로를 장하고 재주와 덕을 자랑치 않아 희노를 불현어색하고 언어를 경출치 않아 나아가매 걸릴 듯이 하고, 세상사를 아는 듯 모르는 듯 하는 가운데나 자연 신성한 품격이 속세범류와 내도하니 백행이 정숙하고, 법도 완연이 대군자의 유풍이라215)

２ 시시에 금평후 제이자 인흥공자의 자는 후백이니 시년(時年) 십삼이라, 신장이 팔척이오, 양비과슬(兩臂過膝)하여 남전백옥(藍田白玉)을 다듬은 듯, 추수봉안(秋水鳳眼)이요, 가월천창(佳月天窓)에 호비주순(虎鼻朱脣)이라. 높은 문장은 팔두(八斗)를 기울이고 필법은 종왕이 죽은 넋을 놀래며 효의 출인하여 증삼의 후를 이르니, 존당 부모 기애(奇愛)하더라. 공자의 천품이 온중단묵하고 침묵언희하여 흉중에 제세안민지책(濟世安民之策)과 안방정국지술(安邦定國之術)을 감추었으니,

---

215) 최길용 역주, 앞의 책, 138~139쪽.

추월이 의의하고 광풍이 휘이(揮異)한 듯, 높은 기상은 추천의 가없음 같으니, 공맹의 도를 이를 옥인군자리.216)

③ 정직사 유흥의 자는 만백이니, 생성함이 충신효제하고 근신겸퇴하여 문장은 한원 옥당에 함옥토주하고 풍신용모는 남중일색이나 위로 삼형을 잠깐 불급하니 차는 잠깐 유약함이러라217)

④ 원상의 자는 자순이니 학사 원경의 원사(冤死)한 영백이 양제의 영백으로 더불어 환도세계하여 다시 하공의 아들이 되매, 하늘이 복록을 각별히 타여낸 바라. 표치풍광이 완연이 학사 돌아옴을 알 바로되, 미우의 복덕화기와 면모의 장원한 기틀이 학사 등의 전시와 내도한지라. 수려한 얼굴이 남전백옥이 티끌을 씻으며, 쇄락한 광채는 구추상천에 계수 씩씩하니, 높은 천정은 문명이 영영하고 봉안영채는 추수에 효성이 비추듯, 연화 같은 양협에 단사 같은 주순이며, 빙설 같은 호치를 씩씩하고 찬연미려하여, 연분 쓴 미인의 염태를 더럽게 여기거늘, 신장이 언건하여 칠척오촌이요, 기되 수앙하여 장부 체위를 이뤘는지라. 품질이 화열온중하고 성행이 침정하여 재주와 덕을 나타내지 않고, 희로를 남과 않으며 언소를 정히 하지 않아, 천연이 도학군자의 풍이 있으니 (…중략…) 성효 출천하여 제순 증삼의 효를 이으며, 우애 두터워 형우제공하는 정이 자기 몸에 더한지라.218)

①은 윤희천을, ②는 정인흥을, ③은 정유흥을, ④는 하원상의 모

216) 최길용 역주, 『명주보월빙』 2, 학고방, 50쪽.
217) 최길용 역주, 『명주보월빙』 8, 학고방, 129쪽.
218) 최길용 역주, 『명주보월빙』 10, 학고방, 49~50쪽.

습을 묘사한 부분이다. 군자의 기품을 지닌 인물들로 묘사되어, 이들을 정인군자형의 인물로 범주화할 수 있다.

이에 비해 윤광천, 정천흥, 정세흥, 하원광, 하원창 등은 애욕을 추구하는 정도와 출세를 지향하는 정도가 비교적 높은 편이며, 영웅적이고 호탕한 풍모가 드러나므로 영웅호걸형으로 유형화하였다. 윤광천을 묘사한 부분을 보면 이러하다.

⑤ 광천은 기운이 하늘을 꿰뚫듯 태산을 넘어뛰며 천인을 압두하고 만인을 묘시하여 일찍 사람을 아니 나무라는 이 없고, 손오양저의 강용을 흠모하며, 말마다 삼가고 걸음마다 조심하는 도행을 답답히 아는지라, 의사(意思) 장(壯)하며 기상이 준엄하여 팔세 아동 같지 않아 천고의 희한한 영웅준걸이라.219)

위의 제시문을 통해 윤광천이 기상이 준엄한 영웅의 기질을 타고 태어난 인물임을 알 수 있다. 이러한 내용으로 윤광천은 영웅호걸형 인물의 범주에 넣을 수 있다.

정천흥의 경우는 처음에는 영웅호걸형 성품을 드러내지만, 나중에 정인군자형 인물로 변모한다. 정천흥의 불고이취 사실을 안 정공은 아들 정천흥의 버릇을 고치기 위해 별유정으로 내쳐 3~4개월 정도 근신하게 한다. 정천흥은 이 일을 계기로 성품이 바뀌게 된 것이다. 아래의 인용문을 통해 알 수 있다.

⑥ 재설 정공자 천흥의 나이 십삼 세에 이르니 풍류 수려동탕하여

---

219) 최길용 역주, 『명주보월빙』 1, 학고방, 138쪽.

용미보안과 호비주순이 출류발췌하고 박학다재하여 문장은 이두를 묘시하고 필법은 종왕을 압두히며, 겸히여 상통천문하고 하달지리하어 손오병법을 무불통지하며 제세안민지책이 있고, 충전장기 발월하여 온 준단묵함이 적으니[220]

⑦ 병부 웃는 빛이 없고, 신광이 찬란하여 영채(靈彩) 좌우의 쏘이니, 승안화기(承顔和氣) 영웅호걸이 바뀌어 도학군자지풍이 가즉한지라.[221]

⑧ 병부 정사하매, 도덕군자지풍과 요순의 치화로 환과고독을 살피고, 기렴함이 일가 숙친은 이리지도 말고, 범연한 남과 허다 만민에게 평등하니, 일신이 한가치 못하나, 정제 엄숙하며, 관사 여가에 존당을 받들고, 종일 빈개을 수응하여, 자기 녹봉과 남국 봉진하는 재물을 물리치나, 남은 것은 고중에 두어 평후로 더불어 일가권당의 구급을 위업하고, 극한 부귀로 사람 구제함을 근심 삼아 적선을 일삼으니, 가히 일로 좇아 정부에 경사 중첩하리러라.[222]

⑥~⑧을 통해 영웅호걸형 정천흥의 성품이 정인군자형의 인물로 변모했음을 확인할 수 있다. 정세흥, 하원광, 하원창의 경우도 살펴보면 이렇다.

⑨ 금평후, 제삼자 세흥의 자는 연백이니, 생성함을 각별 이상히 하여 늠름한 신체 일만 버들이 춘풍에 휘들고, 일천 화신이 춘월에 발화

---

220) 최길용 역주, 『명주보월빙』 1, 학고방, 178쪽.
221) 최길용 역주, 『명주보월빙』 5, 학고방, 179쪽.
222) 최길용 역주, 앞의 책, 183쪽.

하여 고움을 비양하는 듯, 달 같은 천정에 유성같은 양안이요, 와잠봉미에 문명함이 영영하여, 춘화조일같은 기운이 천고영걸이라.223)

⑩ 세홍 공자 장한 기운을 참아 조용함이 부전분이요, 금후의 자취 미치지 않는 곳에는 남사가 무궁하여 충천장기를 능히 제어치 못하니, 색욕(色欲)이 조동하여 수년전부터 대월루 창기 사오 인을 유정하였으며 가중에 홍잔시녀를 지내볼 이 없으되, 능대신기함이 금후 같은 부형을 오히려 기이니, 이런 까닭으로 부디 특이한 숙녀를 가려 세홍의 가실을 삼고자 하는지라.224)

⑪ 장원은 호주인 하원광이니 연이 십칠이요, 부는 전일 병부상서 겸 문연각 태학사 정국공 진이라 부르는 소리 세 번에 일위 소년임 만인총중에 추창하여 옥계하에 응명하매, 풍광이 동인하여 가산의 출류한 정기요, 너른 천정은 망월이 두렷함이요, 설빈은 백련처럼 곱고, 단사주순은 혈기 방광하니 신장이 팔척오촌이요, 원비 과슬하며, 대인의 기상이요, 장부위용이라.225)

⑫ 원창의 자는 자균이니, 작인을 각별 비상이 하여 쇄락한 얼굴은 의의히 천궁백월같고, 씩씩한 기상은 호호히 추천 같으니, 용미봉안과 호치주신이 금당에 성히 핀 연화가 남풍에 웃는 듯, 준매함이 용이 다투는 듯, 봉이 나는 듯, 기이함이 춘추난제에 부자를 위한 기린이 우마중에 내린 듯, 고운야학 같으니, 겸하여 만폭 능운하는 문장이 강하를 거우

---

223) 최길용 역주, 『명주보월빙』 4, 학고방, 108쪽.
224) 최길용 역주, 앞의 책, 110쪽.
225) 최길용 역주, 앞의 책, 114쪽.

르며 장강을 텨 버림 같더라226)

정세홍, 하원광, 하원창의 영웅호걸형 모습을 드러내고 있다. 위의
예문을 통해 이들이 영웅호걸형의 인물임을 확인할 수 있다.
　여성주동인물은 대체로 미모와 사덕을 고루 갖추어 요조숙녀형으
로 범주화할 수 있다. 윤명아, 정혜주, 윤현아, 하영주, 진성염, 양난
염, 장설, 오씨, 정아주 등이 모두 요조숙녀형 인물에 해당한다.

　⑬ 여아 점점 자라 십이세 되니 용화기질이 쇄락하여 더욱 기려한
태도며 효순한 성행이 숙녀의 방향을 흠모하니 부인이 자녀 이렇듯 아름
다이 자라되, 그 부친이 보지 못함을 설워 때때 청루환락하여 옷깃을
적시니227)

　⑭ 시시에 정소저 혜주 상문교와로 규리에 양성하여 아름다이 장성
하니, 꽃다운 방년 십삼세에 미치매, 천생여질은 고시의 이른바 "회두일
소백미생"하니 "육궁분대무안색"이요, 단일성장함은 위후 장강으로
방불하고, 정정결개함은 맥희의 고집과 경강의 고절이 있으니 어찌 녹
녹히 침어낙안지용과 폐월수화지태를 비겨 의논하리오.228)

　⑮ 백태만광이 조요하여 중추망월이 만당에 밝았으며 춘일이 올간
에 닷한 듯, 녹파향련이 추수를 무릅쓴 듯, 흐억한 태도와 윤택한 기부
미옥을 채색하며 명주를 다듬은 듯, 팔채봉미에 천사 수출한 기운을

---

226) 최길용 역주, 『명주보월빙』 10, 학고방, 50~51쪽.
227) 최길용 역주, 앞의 책, 142쪽.
228) 최길용 역주, 『명주보월빙』 2, 학고방, 79쪽.

모아 복록을 감추었으며, 쌍성추파는 숙덕이 출어외모하니 월액화시와 운환무빈이 천연히 수려하며, 육척 향신의 신중한 체모와 단엄한 위의, 소소아녀의 품질이 아니라 진선진미한 거동이 득중한지라.229)

⑯ 영주소저 신부로 상견할 새, 소저 방년이 십일세라, 백태천광이 빙정요라하여 해상 명월이 보광을 토하고 추택옥련이 봉오리를 벌지 못하였으니, 황홀한 자태 오히려 신부에 일배승이오, 화하고 어위차고 너르고 유열함은 신부에 두어 층 더한지라.230)

⑰ 기질이 연약하여 난초 옥계에 쏠릴 듯하나, 단엄한 위의 멀리 성비의 풍채를 겸하여, 칠보 그림자에 옥으로 깎은 이마는 반월이 비꼈으며, 아황쌍미는 원산이 희미하고 추파 양안은 효성이 밝았으며, 봉익에 긴단장을 부치고 일척 나요에 수라상을 끌어 진퇴 예배에 주선이 영오하고 법도가 정숙하여 천태만광이 기려승절하니, 조부인의 영행함과 추밀의 기쁨이 측량치 못하여 모친과 수수께 하례하고231)

⑱ 차시 장협은 대대 갑제거족으로 또 위인이 걸출한지라. 실중에 두 부인을 두었으니 원비 설씨 일남일녀를 생하고 차비 영씨일자를 두었으나. 아들은 다 십 세여, 여아 설이 금년 십삼에 천생 품질이 비상초출하여 백년용안이 일월의 광휘를 이어받고, 온유한 성행이 숙녀의 방향을 사모하는 중이나, 숙엄정대하여 흡흡히 군자의 풍을 겸하였는지라232)

---

229) 최길용 역주, 앞의 책, 13쪽.
230) 최길용 역주, 앞의 책, 14쪽.
231) 최길용 역주, 앞의 책, 252~253쪽.
232) 최길용 역주, 『명주보월빙』 2, 학고방, 298쪽.

⑬은 윤명아, ⑭는 정혜주, ⑮는 윤현아, ⑯은 하영주, ⑰은 진성염, ⑱은 장설의 아름다움과 덕성스러움을 예찬한 표현이다. 모두 요조 숙녀형 인물로 색과 덕을 겸비한 모습을 부각시키고 있다.

⑲ 최후에 한 소저가 규수의 모양으로 운환을 꿰지 않고, 삼촌금련을 자약히 옮겨 제궁으로 나아가니, 그 광채 찬란하여 추천명월이 만방에 맑은 광채를 흘리며, 춘하조일이 옥란에 바애는 듯, 일척 향신에 나요는 버들의 힘없기와 방불하고, 양미아황은 원산 같고, 효성양안은 영기 동인하고, 고운 얼굴은 추수향련이 조로를 떨쳤으며, 금분모란이 동풍에 웃는 듯, 옷이 윤지고 꽃이 말하는 듯, 겸하여 선연미질이 진세 화식하는 사람 같지 않아 직녀가 오작교를 지내며, 월전소애 하강한 듯, 영발한 화기 만물에 견줄 곳이 없으니, 염태 멀리 비추더니 이미 제궁으로 통한 협문으로 들며, 낙포에 그림자 감취니 여향이 묘연한지라233)

⑳ 정소저 구고의 말씀이 자기로써 하사인의 아시정약이라 하니 가장 의아하여 오직 재배 사사 하니, 온순한 예모 외모에 나타나니, 하공과 부인이 한없이 희열하고, 사좌 제빈이 책책 칭하하여, 사인의 처궁이 유복함을 기리니, 공과 부인이 좌수우웅하여 즐김이 무궁하더라234)

⑲는 정아주의 미색을, ⑳은 정아주의 예의에 맞고 온화한 성품을 예찬한 것이다. 특히 ⑲는 미사여구와 비유적인 표현을 총동원하여 정아주의 미색을 예찬하고 있다.

---

233) 최길용 역주, 『명주보월빙』 10, 학고방, 74~75쪽.
234) 최길용 역주, 앞의 책, 200쪽.

한편 정천홍의 3처 이수빙은 사덕을 갖추었으나, 미모를 갖추지는 못한 인물이므로 여군자형에 속한다. 아래의 예문 ㉑을 통해서 확인할 수 있다.

㉑ 장녀 수빙과 차녀 연빙은 쌍태요, 연기 십유삼에 성행이 가측하여 유한정정하되 수빙은 용모 의논할 바 아니라, 신장이 칠 척을 다하고 검은 살이 와석 같고, 가월천정에 일월이 각각 서고, 높은 코와 '걷어든 턱'이요, 좌우에 드러난 혹이 귀 밑에 있어 바로 보기 어렵되, 다만 일쌍봉안에 영기 당당하여 추수의 정기를 머금었고, 긴 눈썹은 천장을 떨쳤으되 상활한 격조 대장부의 틀이 있으니, 학사 그 위인을 강인하나 그 상모를 우민하더니, 금년 춘에 두역을 혐이 하였으니 부모 더욱 우민하되……[235]

이수빙은 연빙과 쌍둥이 자매이다. 연빙은 미녀인데, 수빙은 추녀다. 게다가 금년 봄에 천연두까지 앓아서 추한 외모가 더 심각한 상태에 이르렀다. 그럼에도 수빙은 영기가 당당하고 추수의 정기를 머금은 대장부와 같은 기상을 가진 인물이다. 여장부쯤 되는 인물이다. 미모는 갖추지 못했지만 강인한 장군의 기상이 드러나는 여성임을 알 수 있다. 이 책에서 다루는 인물 유형으로는 여군자형 인물에 속한다.

남성반동인물로 구몽숙, 김탁, 김후, 형왕 등을 들 수 있다. 이들은 고귀한 가문 출신이지만 남성주동인물에 비해 열등하며, 남성주동인물을 시기·모해하여 반역죄로 몰아넣는다. 김탁, 김후 부자는 하씨 가문을 역모로 몰아서 세 명의 아들을 모두 죽게 만들었다. 구몽

---

235) 최길용 역주, 『명주보월빙』 2, 학고방, 41~42쪽.

숙은 형왕과 결탁하여 정씨 가문과 진씨 가문이 역모를 꾀했다는 모해를 하여 두 가문을 몰락시키려 하였다. 정씨 가문의 인물들에 대한 구몽숙의 열등감, 황제에 대한 형왕의 열등감이 공모하여 이들을 이렇게 모해하도록 만든 것이다. 구몽숙을 묘사한 부분을 찾아보면 이러하다.

22 첩의 형이 일자를 두고 구몰하니 질자 몽숙이 혈혈무의하여 어려서 첩에게 데려와 기렀더니 나이 칠팔세 된 후, 상서 진광에게 수학하니, 진상서는 정천흥의 표숙이요, 집이 취운산에 있어 구몽숙이 아시로부터 정천흥 등과 정의 후하고, 몽숙이 비상한 재주 있어 수년전 기특한 도인을 만나 변화하는 술을 배워 얼굴이 바뀌고 성음이 달라지는지라 첩의 소견은 몽숙을 청하여 정천흥의 의심을 이뤄 명아를 함정에 넣음이 마땅할까 하나이다.[236]

23 어시에 구몽숙이 경사에 돌아온 월여에 청운에 고등하여 한원에 종사하니, 유금오 진상서 널리 구혼하여 시중 양홍의 녀를 취하니 양씨 의용이 절세하고 사덕이 숙요하니 몽숙이 색을 호하여 금슬 은정이 여산한지라. 음황지심을 저기 진정하여, 정태우 부인 접측할 악심을 두지 않으니, 요악궁흉하여 투현질능하는 고로, 붕당을 모으고 권을 촉하여 간악소인을 모으니, 정·진 양문의 화가 장차 어느 지경에 갈 줄 모를러라[237]

이를 통해 구몽숙이 어려서 부모를 잃고 진상서 댁에서 성장하였고, 정천흥과도 잘 알고 지내는 사이였음을 알 수 있다. 구몽숙은

---

236) 최길용 역주, 『명주보월빙』1, 학고방, 292쪽.
237) 최길용 역주, 『명주보월빙』2, 학고방, 65~66쪽.

능력도 있으나 남을 시기하는 마음이 강하여 결국 정·진 두 가문을 모해하게 된 것이다. 구몽숙이 소인(탕자)형 인물임을 확인할 수 있다.

여성반동인물로 계모형 인물로는 위태부인과 유부인을 들 수 있다. 이들은 가권 획득을 목적으로 이에 방해가 되는 인물들을 모두 없애려고 모해를 한다. 윤부의 윤현의 일가를 모두 죽이려고 모해하는데 그 정도가 잔인하고 가혹한 면모를 드러내고 있다. 위태부인은 윤광천, 윤희천 형제의 입장에서 보면 계조모이고, 유부인은 숙모이다. 하지만 이들의 모해는 가권을 획득하려는 데 있고, 종통의 자리를 빼앗으려 한다는 점에서 계모형 인물들의 행동과 일치하므로 계모형 인물로 범주화하였다. 위태부인과 유부인의 성품을 묘사한 부분을 보면 이러하다.

㉔ 위씨 겉으로 자모(慈母)의 도를 잃지 않으나 조부인은 일이 일사(一事)도 편치 못한, 출천지효(出天之孝)로 동동촉촉(洞洞燭燭)하여 위태부인의 인정 밖 거조(擧措)를 당하나 조금도 원심(怨心)이 없어, 한결같이 정성을 다하여 감지(甘旨)의 온냉(溫冷)과 의복의 한서(寒暑)를 못미칠 듯이 받드니, 위시 그 어짊을 아처하여 유씨로 동심하여 그 종통(宗統)을 앗고자 하더라.[238]

㉕ 태우부인 유씨는 이부상서 유환의 여라, 조부인의 용안덕성은 곤산미옥 같고, 유씨는 애용(愛容)이 절세(絶世)하나 성도(性度) 초강(超強)하고 은악양선(隱惡佯善)하며 투현질능(妬賢嫉能)하고, 위태부인은 시험패악(猜險悖惡)하여 상서를 기출(己出)이 아니라 하여 일호(一毫) 자애(慈

---

238) 최길용 역주, 앞의 책, 63쪽.

愛) 없고, 유씨 그윽이 아유첨녕(阿諛諂佞)하여 포장이검(包藏利劍)하고, 존고의 악사(惡事)와 패행(悖行)을 가만히 도우며 획계를 찬조하되 두려하고 어려이 여기는 바는 태우라.239)

이처럼 위·유부인의 성품을 묘사한 부분을 통해 이들의 목표가 종통을 빼앗고자 하는 데 있음을 알 수 있고, 성품이 은악양선(隱惡佯善), 시험패악(猜險悖惡), 아유첨녕(阿諛諂佞), 포장이검(包藏利劍)하다는 것으로 미루어 계모형 인물의 범주에 해당함을 확인할 수 있다.

투기요부형 인물로는 문양공주, 유교아, 성난화(설빈), 윤경아 등을 들 수 있다. 이들은 다른 처를 모해한다. 처처 간의 모해를 주도하는 인물들이다. 문양공주의 모습을 보면 이러하다.

㉖ 공주 재배 사사하여 온순한 안색과 나직한 거동이 극히 아름다우나. 금후의 명감으로 공주의 고운 얼굴이 공교한 것을 가졌고, 맑은 안채 사특함을 겸하였음을 어찌 모르리오. 불행함을 이기지 못하고 태부인 진부인이 안여고산(眼如高山)하여 범연한 색과 등한한 기질을 우습게 여기는 지라.240)

문양공주와 정천흥의 결혼식 장면에서 정부의 어른들이 공주의 모습을 보고 비록 외모가 아름답지만 그 이면에 도사리고 있는 성품의 사특함을 엿보고, 가소롭게 여기는 장면이다.

---

239) 최길용 역주, 『명주보월빙』 1, 학고방, 60쪽.
240) 최길용 역주, 『명주보월빙』 2, 학고방, 266쪽.

㉗ 어사 투목(偸目)으로 신부를 보매, 흰 낯은 이화(梨花) 춘우(春雨)를 마신 듯, 쌍협(雙頰)이 도화(桃花)같고, 앵순(櫻脣)이 함홍(含紅)하나, 초월아미(初月蛾眉)에 살기등등(殺氣騰騰)하여 음잡(陰雜)함이 가득하고, 쌍안(雙眼)에 독사의 모짊을 겸하고, 면모에 불길지기(不吉之氣) 어리어 선종(善終)할 상격(相格)이 아니라.241)

㉗은 윤광천이 잠시 유교아의 관상을 보는 모습이다. 언뜻 보기에 미인이지만, 음잡함과 살기가 가득하고, 독사의 모진 성격이 있고, 불길한 기운이 감돈다고 여기고 있다. 성난화의 모습도 유교아와 크게 다르지 않다. 정세홍과 결혼하는 성난화의 모습을 살펴보겠다.

㉘ 신부의 혼한한 자태 홍매화 남설을 띠었는 듯, 무릉도원에 삼색도가 이슬을 떨친 듯, 육척신장과 일척세요에 긴단장을 끌로 운환 무빈에 칠보금주를 황홀 영롱이 꾸며 흘란한 색태를 도우니, 진퇴예배에 주선이 영오하고 행동이 민첩하니 날램이 비연과 흡사하고, 아름답고 교연함이 남해상에 빛나는 구슬 같으나, 별 같은 양안에 살기등등하고, 초월같은 아미에 암사 음난한 기운이 모였으니, 범안은 신부의 특이 절묘함을 칭찬하되, 금평후의 조심경 안광과 진부인의 총명으로 어찌 그 현우 선악을 모르리오.242)

㉘에 묘사된 성난화 역시 미모를 갖추었으나 살기등등하고 음난한 기운이 모여 있어 어진 인물이 아니라는 것을 정공과 진부인은 이미 알고 있다는 것이다. 유씨의 장녀 윤경아의 경우도 비슷하다.

---

241) 최길용 역주, 『명주보월빙』 3, 학고방, 24쪽.
242) 최길용 역주, 『명주보월빙』 8, 학고방, 192~193쪽.

㉙ 유씨의 장녀 경아는 모풍(母風)을 전주(專主)하여 애용(愛容)이 절세(絶世)하나 심징이 간험요특(姦險妖慝)한지라. 모친으로 더불어 부친(父親)의 박정(薄情)을 원(怨)하고 광천 등을 과애(過愛)함을 시기하여 명아를 무고(無故)히 미워하니. 현아는 십세라. 총명숙성하며 인자온량(仁慈溫良)하여 모친과 형의 불인함을 보면 가장 애달아 읍간(泣諫)한즉 유씨 꾸짖고, 경아로 뜻이 다르고 마음이 각각이라. 이러므로 현아를 외대(外待)하여 범사(凡事)를 기임이 많더라.243)

㉙에 묘사된 윤경아는 유씨를 닮아 얼굴은 예쁘지만 간험요특(姦險妖慝)하여 유씨와 더불어 나쁜 일을 도모했다는 것이다. 한편 유씨의 차녀 현아는 마음이 착하여 유씨와 경아가 불인한 행동을 하면 눈물로 만류해도 오히려 유씨가 꾸짖었고, 현아를 홀대하고 많은 일을 속였다는 것이다.

이들은 미모를 갖추었지만, 사덕(四德)을 갖추지 못한 인물들이다. 이들의 성품으로 볼 때, 처처 간의 모해를 예상할 수 있다. 그런데 이들의 결말 처리를 주목할 필요가 있다. 이들이 남편의 소박을 견디지 못해 다른 남성과 결혼을 했느냐 안했느냐에 따라 결말 처리 방식에 차이가 드러난다. 즉 문양공주, 윤경아는 남편의 소박을 받지만 끝까지 남편에 대한 애정을 고수했다. 하지만 유교아와 성난화는 남편의 소박을 참지 못하고 자신을 죽은 것으로 위장하고 다른 사람과 결혼한다. 문양공주와 윤경아의 경우는 후에 개과천선하고 가문에 복귀하지만, 유교아와 성난화는 악행(惡行)이 밝혀지고 나서 징치되고 만다. 이를 통해 여성의 개가(改嫁)에 대한 부정적인 의식을

---

243) 최길용 역주, 『명주보월빙』 1, 학고방, 139쪽.

더불어 확인할 수 있다.

투기를 일삼는 여성반동인물 중에는 미모를 갖추지 못한 인물도 있다. 미모(美貌)도 사덕(四德)도 갖추지 못한 추녀형 인물도 있는데 하원광의 처 연군주, 하원상의 처가 되려다 쫓겨난 주애랑은 추녀형 인물에 속한다. 이들은 요조숙녀를 모해하지는 않지만, 추모와 덕성스럽지 못한 행동으로 주변사람들의 빈축을 사는 행동을 하며 웃음을 주고 긴장을 완화시키는 역할을 한다.

㉚ 좌객이 대경실색하여 어린 듯이 말을 못하더니 예파(禮罷)에 신랑이 밖으로 나가매, 신부 단장을 고쳐 배사당(拜祠堂) 현구고(見舅姑)할 새, 행보 난잡하여 청사(廳舍)가 움직이고, 숨소리 괴이하여 잠기 멘 쇠소리 같으며, 양안(兩眼)에 한 조각 영채(靈彩) 없어 검고 둥글며 양미(兩眉)는 기운 쑥밭 같고, 내민 이마엔 큰 혹이 돋고, 양협(兩頰)은 푸르러 청화(靑華) 같고, 입이 내밀며, 두 귀 아래 쌍으로 혹이 달렸고, 코는 높아 큰 낯에 덮였으며, 허리 퍼지기 안반만하고, 키는 겨우 십세 해아(孩兒)만 하니 기형괴상(奇形怪狀)이 갖추 기절(奇絶)한지라[244]

㉛ 이윽고 면사를 벗기고 금주선을 반개하여 독좌의 예를 다할 새 그 상모의 험괴망측함은 이르도 말고, 백발이 은사를 드리우고, 퍼진 허리 세 아름이나 하고, 흉한 키는 팔척이나 하고, 만고를 기우려도 둘 없는 흉상이니 중객이 임시의 현숙기이함을 들었다가 이 거동을 보고 경악함을 이기지 못하여 낯빛을 변하고, 신랑은 밖으로 나가고, 신부 여러 시녀 양낭에게 껴들려 구고께 폐백을 헌하고, 팔배대례를 이룰 새 그 나아오는 바의

---

244) 최길용 역주, 『명주보월빙』 6, 학고방, 80~81쪽.

족용이 광잡하여 티끌이 일어나며, 난간이 움직이며, 괭한 숨소리가 유월 염천에 멍에 메운 쇠소리 같거늘 페맹한 일목에는 눈물이 아무 때도 그칠 줄 모르니, 자연 시울이 짓물러 연지로 씻은 듯, 검은 얼굴은 괴석이며 머리털은 백발이니, 백세 노인이라도 이에서 더하지 못할 듯, 기울어진 왼편 귀를 향하고, 옥쥔 수족과 뒤틀린 비각이 능히 진퇴를 못하니 그 모양의 흉괴하고 더러움이 눅눅하고 아니꼬움을 어이 비할 곳이 있으리오. 짓뭉개진 코는 붉기도 각별하여 주토를 칠한 듯, 내민 이마에 거두친 턱이 더욱 보기 싫어 미움이 아무 마음에도 극한지라.245)

㉜ 연씨 전혀 눈치를 알지 못하고, 주찬(酒饌)을 가져옴을 인하여 광복을 채우려 하여, 자기 상과 윤태부 부인의 만반진수를 아울러 서릇고, 몽성 등이 가진 과실을 다 거두고, 진육 갖은 것을 다 앗아 미친 사람같이 휘끌어 먹다가 문득 배 끓는 소리 산의 물이 급히 내림 같아서, 큰 방귀 연하여 벼락이 울리는 듯, 능히 그치지 않아 형형색객 괴이한 냄새 다 나다가, 한 번 '벌컥'하는 소리 길게 나며 한없는 똥을 싸니, 똥물이 자리에 괴이며 배를 급히 앓으니, '에고'소리 산천이 울리게 지르니, 하공부부와 제좌가 막불해참하여 '사람의 삼가지 못함이 저토록 한고!'탄하고 윤부인과 하부인이 연씨의 시녀 유랑배를 불러 급히 부인을 모셔 가라 하니, 유모와 시녀 일시에 연씨를 글어가며 일변으로 똥을 쳐내니, 악취 중인의 코를 거스르니, 하공이 즉시 밖으로 나가고, 제객(諸客)이 날이 저물기로 인하여 흩어질 새246)

---

245) 최길용 역주, 『명주보월빙』 10, 학고방, 65~66쪽.
246) 최길용 역주, 앞의 책, 37~38쪽.

30과 31은 각각 연군주와 주애랑의 추모(醜貌)를 묘사하였고, 32는 연군주가 하원광과 경소저의 결혼식 음식을 함부로 먹다가 벌어지는 추한 행동을 보여주고 있다. 이들의 과장되고 우스꽝스러운 행동은 경직되고 긴장감이 감도는 서사 전개에서 해학적인 묘사를 통해 긴장감을 완화시키는 역할을 하고 있다.

주동인물을 도와주는 주동적인 보조인물로는 주영, 혜원이고, 화천도사, 한충, 태섬 등을 들 수 있다. 주영은 윤명아의 시비로 윤명아를 위해 정성을 다하는 인물이다. 위태부인의 모해로 윤명아가 위방에게 납치되어 실절할 위기에 처하자 주영이 대신 잡혀가기도 하고, 형왕의 집에 수놓은 물건을 팔면서 구몽숙과 형왕의 역적모의를 엿듣고 윤명아에 알려주는 인물이다. 주인을 위해 충직하게 보필하는 인물이다.

혜원이고는 여승으로 윤명아가 위기에 닥칠 때마다 나타나 도와주는 인물이다. 윤명아가 위방에게 납치되는 것을 피해 떠날 때 벽화산 취월암에서 3개월간 머물 수 있도록 도와주었다. 또한 윤명아가 문양공주의 모해로 북궁에 갇혀 있다가 추경지에 빠졌을 때 구조해주고 은화산 활인사에 머물도록 도와준다.

화천도사는 윤현의 친구이기도 하고 도를 닦는 신묘한 인물로 부각된다. 윤현의 화상을 그려 나중에 윤현의 아들 윤광천에게 주기도 하고, 인물들이 위기에 처했을 때 나타나 도움을 주는 인물로 부각된다.

태섬은 윤명아, 양난염이 북궁에 갇혀 굶어 죽을 위기에 처했을 때 도와준 인물이다. 또한 태섬은 정아주가 설빈의 모해로 오왕의 냉암정에 갇혀 있을 때 적극 도와 설빈을 잡고 냉암정을 탈출할 수 있도록 도와준 인물이다. 한충은 문양공주가 신묘랑을 시켜 정천흥의 아이들을 납치하여 죽이려 할 때 아이들을 구해 자기 집에서 돌본 인물이다.

반동인물을 돕는 반동적인 보조인물로 신묘랑, 최상궁, 묘화 등을 들 수 있다. 신묘랑은 위·유부인, 구몽숙, 문양공주 등의 악인들을 도와 주동인물을 괴롭힌다. 신묘랑은 원래 3천년 묵은 여우의 변신이다. 온갖 요술로 사람들을 현혹하고 각종 요약(妖藥)과 요술(妖術)로 무수한 악행을 거듭한다. 하지만 혜원 이고에게 생포되어 그동안 구몽숙, 위·유부인, 김탁 일가, 김귀비, 문양공주 등과 결탁하여 벌인 악행이 드러나면서 처형된다.

최상궁은 문양공주를 보필하는 상궁으로 문양공주에게 악행을 권유하는 인물이다. 문양공주의 다른 적국(敵國)인 윤명아, 양난염, 이수빙 등의 인물들을 죽이기 위해 자객을 주선하기도 하고, 문양공주가 딸을 낳았을 때 자기 오빠의 아들과 바꿔치기할 것을 권유하기도 한다. 북궁에 갇힌 윤명아와 양난염을 추경지에 빠뜨리는 실질적인 행동을 한 인물이다. 문양공주 밑에서 온갖 악행을 조장하고 권유하는 인물이다.

묘화는 성난화의 악행을 도와주던 요승(妖僧)이다. 성난화는 정세홍의 사랑을 얻기 위해 양씨를 모해하는 일을 거듭하다가 발각되어 출거당한다. 성난화는 자신이 죽은 걸로 위장하고 조흠의 재실이 되었다가 다시 오왕의 양녀가 된다. 이런 일을 할 수 있도록 도와준 인물이 묘화이다. 성난화는 설빈으로 신분을 바꿔 정아주를 괴롭히는데 묘화가 이를 적극 도와준다.

지금까지 『명주보월빙』에 등장하는 유형적 인물들을 범주화해 보면 〈그림 36〉과 같다.

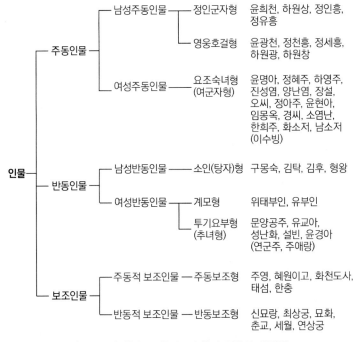

<그림 36> 『명주보월빙』 유형적 인물의 범주화

③ 유형적 인물의 갈등 관계

유형적 인물 간의 갈등 관계를 통해 드러나는 서사를 정리해 보면
<표 47>과 같다.

<표 47> 『명주보월빙』의 유형적 인물의 갈등을 통해 생성되는 서사

반동인물	↔	주동인물	갈등 서사
위태부인, 유부인 (가권 획득 욕망)	↔	윤광천, 윤희천, 윤명아, 윤현아, 조부인, 정혜주, 진성염, 하영주, 장설, 구파 (효(孝)의 추구)	위태부인과 유부인이 윤부의 가권을 빼앗으려고 윤현의 자녀, 조부인 등을 없애려고 모해하나 효(孝)로써 극복하고 위태부인, 유부인을 개과천선하게 함

반동인물	↔	주동인물	갈등 서사
무양공주 (애정 획득 욕망)	↔	윤명아, 양난염, 경소저 (부덕(婦德)추구)	정천홍의 사랑을 독차지하기 위해 다른 처를 모해함
유교아 (애정 획득 욕망)	↔	정혜주 (부덕(婦德)추구)	유교아가 윤광천에게 소박을 맞자, 정혜주가 자기를 죽인 걸로 위장하고 장사왕에게 시집감
성난화 (애정 획득 욕망)	↔	양씨, 소염난 (부덕(婦德)추구)	정세홍의 사랑을 독차지하기 위해 양씨와 소염난을 모해함
설빈 (애정 획득 욕망)	↔	정아주 (부덕(婦德)추구)	성난화가 설빈으로 신분을 바꿔 하원창과 결혼하고 하원창의 사랑을 독차지하기 위해 정아주를 모해함
윤경아 (애정 획득 욕망)	↔	오씨 (부덕(婦德)추구)	윤경아가 석준의 사랑을 독차지하기 위해 오씨를 모해함
김탁, 김후 (정치권력 획득의 욕망)	↔	하진과 그의 아들 (충(忠)의 추구)	김탁, 김후 부자가 정치권력을 잡기 위해 견해가 다른 하진 집안을 역모로 몰아 몰락시킴
구몽숙, 형왕 (정치권력 획득의 욕망)	↔	정천홍 외 정씨일가 사람들 (충(忠)의 추구)	구몽숙과 형왕이 합세하여 정씨 집안을 몰락시키기 위해 역모로 몰아감

위·유부인은 계모형 인물로 가권 획득을 위한 계모형 모해 서사가, 문양공주, 유교아, 성난화, 설빈, 윤경아는 애정 획득을 위한 처처 간의 모해 서사가 김탁, 김후, 구몽숙, 형왕은 간신모해 서사가 생성됨을 확인할 수 있다.

④ 유형적 인물의 결합 관계

유형적 인물의 결합을 통해서도 서사를 예측할 수 있다. 윤부의 사람들이 결합된 양상을 살펴보면 윤부의 인물 중 윤현의 아내 조부인이 요조숙녀형, 윤광천이 영웅호걸형, 윤희천이 정인군자형, 윤명아, 정혜주, 진성염, 하영주, 장설 등이 요조숙녀형 인물이다. 유교아, 윤경아 등은 투기요부형에 속하고, 위·유부인은 계모형 인물에 속한다. 이런 결합일 경우 계모형 인물의 모해담을 예상할 수 있다. 계모형 인물과 투기요부형 여성이 동시에 나올 때 계모형 인물의 모해에 흡수되는 경향이 발견되곤 한다. 『소현성록』 연작에서 김현―소수빙의 서사에서 왕씨의 박해가 작동하면서 오히려 취씨의 모해는 그 안에 묻혀서 같이 작용하는 모습을 보였다. 『창선감의록』에서도 조월향이 임씨 모해하는 서사는 큰 비중을 차지하지 않는다. 오히려 심부인의 화진 모해에 역시 묻히고 만다. 윤부의 계모형 인물들의 모해도 마찬가지이다. 유교아의 투기요부적인 모해가 서사에 큰 비중을 차지하지 않는다. 이는 한 가지 서사를 집중 부각시키려는 의도로 볼 수 있다.

정부에서 정천흥, 정세흥의 아내들에게서 처처모해담이 강하게 드러나고 있다. 투기요부형의 문양공주가 정천흥에게서 소박을 당하자 그의 다른 아내인 윤명아, 양난염, 이수빙, 경씨, 목운영 심지어는 창기에게까지 모해를 가한다. 모해는 주로 납치해서 가두었다가 버리는 식으로 행해진다. 간부 모해가 아닌 직접적인 위해를 가한다는 점에서 차별적이다. 이는 문양공주가 공주라는 권력이 있기에 뒤에 숨어서 모해하는 것이 아니라 직접 대상을 잡아오게 하여 위해를 가하는 것이다.

정세흥의 아내 성난화와 하원창의 아내 설빈은 같은 인물이다. 투기요부인 성난화가 양씨와 소염난을 모해하고 다시 설빈으로 신분을 바꿔 하원창과 결혼하고는 요조숙녀인 정아주를 모해한다. 성난화는 애정욕구가 강한 인물로 양씨와 소염난을 모해하다가 발각되어 출거 당한다. 부친이 성난화에게 독약을 주며 죽을 것을 명하나, 몰래 빠져나와 설빈 군주로 신분을 바꾸고 하원창과 결혼하나 정아주를 모해하다가 정아주에게 잡혀 악행이 밝혀지고 사형당한다.

유형적 인물의 결합과 그에 따라 예상되는 단위담을 정리해 보면
〈표 48〉과 같다.

〈표 48〉 『명주보월빙』의 유형적 인물의 결합에서 예상되는 단위담

주요인물	인물들의 결합 양상	예상되는 단위담
윤부의 사람들	위태부인, 유부인-(조부인, 윤명아, 윤광천, 윤광천의 아내들, 윤희천, 윤희천의 아내들) 계모형 인물-(요조숙녀형 모친, 요조숙녀형 딸, 영웅호걸형 아들, 요조숙녀인 며느리들, 정인군자형 아들, 요조숙녀형 며느리들)	계모형 인물의 모해담
정천흥과 그의 아내	정천흥-윤명아-양난염-이수빙-문양공주-경씨 영웅호걸-요조숙녀-요조숙녀-여군자형-투기요부-요조숙녀	처처모해담
정세흥과 그의 아내	정세흥-양씨-성난화-소염난 영웅호걸-요조숙녀-투기요부-요조숙녀	처처모해담
하원창과 그의 아내	하원창-설빈-정아주 영웅호걸-투기요부-요조숙녀	처처모해담

(2) 부분적 동시사건 전개에 따른 모해담 파악

① 갈등 관계에서 발견되는 유형적 단위담

『명주보월빙』의 유형적인 단위담은 계모형 인물의 모해담, 처처
모해담, 간신모해담으로 집약된다. 윤부의 위·유부인이 종통을 차지
하기 위해 윤현 가족을 모두 없애려고 가하는 모해담, 정부의 문양공
주가 정천흥의 다른 아내들 윤명아, 양난염, 이수빙, 경씨, 목운영을
죽이려는 모해담, 김탁 김후 부자가 하진에게 앙심을 품고 역적으로
몰아가는 간신모해담, 구몽숙과 형왕이 정씨 일가를 역적으로 몰아
가는 간신모해담이 그것이다. 이 세 가지 단위담이 『명주보월빙』의
긴 이야기를 구성하는 핵심서사다. 인물들의 갈등 관계에서 발견되
는 유형적인 단위담을 정리해 보면 〈표 49〉와 같다.

〈표 49〉『명주보월빙』의 인물 갈등에서 예상, 확인되는 유형적 단위담

인물 간의 갈등, 모해	예상, 확인되는 유형적 단위담
위태부인, 유부인이 윤현 가족들 모해함	계모형 인물의 모해담, 혼사장애담
문양공주가 정천흥의 다른 처들 모해함	처처모해담
유교아가 정혜주 모해함	처처모해담
성난화의 양씨, 소염난을 모해	처처모해담
설빈이 정아주 모해	처처모해담
윤경아가 오씨를 모해	처처모해담
김탁, 김후의 하씨 일가 모해	간신모해담
구몽숙, 형왕의 정씨 일가 모해	간신모해담

② 유형적인 화소의 양상

앞에서 살핀 단위담에서 발견되는 유형적인 화소를 정리해 보면 〈표 50〉과 같다.

〈표 50〉『명주보월빙』에 구현된 유형적 화소의 양상

유형적 화소	작품 속에 구현된 양상
간부서 사건	• 위태부인이 윤광천의 아내 정혜주와, 진성염을 모해하려고 간부서를 써서 모해함(효과없음) • 성난화가 양씨를 모해하기 위해 간부서를 넣은 주머니를 던져 이를 정세홍이 보게 함
개용단	• 김탁, 김후 부자가 개용단을 이용해 하진의 세 아들로 변신하여 황제의 침실을 습격하여 황제를 살해하려 한 것으로 위장함 • 위·유부인이 윤명아를 독약을 먹인 후, 피농에 넣어 버리고 나서 개용단을 먹인 가짜 윤명아를 정부로 보냄 • 유부인이 시녀에게 개용단을 먹여 하, 장 양소저로 변신시켜 모해할 계교를 꾸밈 • 유교아가 장사왕에게 시집가기 위해 금계에게 개용단을 먹여 유교아로 변하여 윤부에 있게 만들고 자신은 장사왕에게 감 • 유씨가 하영주를 간부(姦婦)라고 꾸짖고 칼로 찔러 내다버리라 하고, 시녀 세월을 개용단을 먹여 하영주로 만들어 정부로 보냄 • 성난화가 춘교에게 개용단을 먹여 양씨로 변해 전악기와 밀회하는 장면을 연출하여 정세홍이 보게 함 • 설빈이 개용단을 이용하여 하원상, 하원창 형제가 세자와 자신을 죽인 것으로 위조하여 옥에 갇히게 함

유형적 화소	작품 속에 구현된 양상
필체위조, 위조서신	• 유교아, 윤경아, 유부인이 정혜주, 진성염을 모해하기 위해 필체를 위조하여 저주의 글을 씀. • 구몽숙과 형왕이 정부의 역모를 꾸미기 위해 정천흥의 필체를 위조하여 역모편지를 만듦 • 문양공주가 낙태하자 최상궁이 윤명아, 양난염의 필체를 흉내내어 저주의 글을 써서 모해함
미혼단, 현혼단, 도봉잠, 개심단	• 위·유부인이 윤수에게 익봉잠을, 구파에게 현혼단을 먹여 바보같이 만듦 • 성난화가 양씨를 모해하는 말을 해도 믿지 않자, 정세흥에게 도봉잠을 먹임 • 구몽숙과 형왕이 황제의 밥에 개심단을 넣어 정천흥을 미워하게 만듦
요예지물 (妖穢之物)	• 유교아, 윤경아, 유부인이 정혜주, 진성염을 모해하려고 위태부인 침전에 요예지물을 묻어 모해함 • 문양공주가 낙태하자 최상궁이 윤명아와 양난염이 요예지물을 묻은 것으로 모해함
치독(置毒)	• 위·유부인이 조부인과 윤명아에게 독을 먹임 • 문양공주가 낙태하자 이것이 윤명아와 양난염이 공주의 죽에 독을 넣었기 때문이라고 모해함
자객	• 윤광천, 희천 형제를 죽이려는 자객이 듦 • 문양공주의 시주로 정천흥의 아내들을 죽이려고 자객을 보냄
방화(放火)	• 문양공주가 투기로 10창기들의 처소에 불을 지르라 시킴
역모사건	• 김탁, 김후의 모해로 하씨가문이 역모사건 누명을 씀 • 구몽숙, 형왕이 정씨가문이 역모를 꾀했다고 뒤집어 씌움
사혼(賜婚)	• 정천흥과 문양공주, 목운영, 정세흥과 성난화, 하원광과 연군주, 하원창과 설빈의 사혼
과거급제	• 윤광천, 윤희천, 정천흥, 정인흥, 하원광, 하원상, 하원창 등의 가문을 주동적 남성인물뿐 아니라 구몽숙도 과거급제함 정천흥의 경우는 4명에게 대리답안을 작성해 줌
출정승전입공	• 정천흥 운남정벌 • 하원광의 초왕 반란 진압 • 정천흥의 북국정벌 • 윤광천의 유배도중 장사정벌 • 윤광천 위국 번왕 정벌 • 정천흥의 제국 정벌 • 윤희천 정세흥의 동창정벌 • 윤광천 정세흥의 평진왕 울금서 정벌
납치	• 문양공주가 정천흥의 아내인 윤명아, 양난염, 경소저를 북궁에 납치함 • 문양공주가 정천흥의 자녀들을 납치하여 버리게 함 • 문양공주가 목운영을 납치하여 버리게 함 • 구몽숙의 요청으로 신묘랑이 하영주를 납치해 옴
여성의 남복개착	• 정혜주, 윤명아, 남희주 등이 남복을 입고 위기 모면을 위해 남복개착을 함 • 장설이 남복을 입고 유배 중 병든 윤희천을 위해 선약을 가지고 길을 떠남

유형적 화소	작품 속에 구현된 양상
남성의 여장(女裝)	• 김중광이 여장(女裝)을 하고 윤현아를 보러 올 것을 알고 윤희천이 윤현아를 대신하여 여장을 하고 김중광을 맞이하여 혼내줌. • 임한이 임몽옥을 대신하여 여장을 하고 목표와 결혼하여 화를 면하게 하고 목표의 첩이 될 사람을 구한 뒤 자신이 신분을 밝힘.
출거	• 문양공주의 모해로 정천홍의 아내들이 모두 출거됨 • 성난화가 양씨와 소염난에게 모해한 것이 들통나 출거됨
유배	• 하진의 가족이 역모죄의 누명을 쓰고 촉으로 유배를 감 • 윤광천, 윤희천 형제가 강상대죄로 유배가고, 정혜주는 유교아 살인누명을 쓰고 장사로 귀양을 감
투강	• 정혜주가 죽음을 위장하기 위해 인형을 물에 빠뜨림 • 하영주가 신묘랑에게 납치되어 실절위기에 처하자 투강함
천서수학 (天書修學)	• 윤명아가 혜원이고의 암자에서 천서를 수학함 • 정혜주가 화공의 집에서 천서를 수학함

『명주보월빙』에서는 다양한 유형적 화소 나오며, 또한 같은 화소가 다른 상황에서 다른 양상으로 구현되기도 한다. 『명주보월빙』에서 개용단 화소를 그 예로 들 수 있다. 단순히 요조숙녀를 간부로 모해하는 데만 쓰이지 않고 간신들이 역모 모해를 할 때도, 계모형 인물의 모해에도 두루 쓰이는 것을 발견할 수 있었다. 즉 장편가문소설의 유형적 화소가 여러 상황에서 다채롭게 반복되어 쓰임을 확인할 수 있었다.

이렇듯 『명주보월빙』에서 발견되는 유형적 화소는 다양하다. 단위담이 세 가지로 집약되며 단순한 면모를 드러냄에 비해 각각의 단위담에서 생성되는 유형적 화소는 다채롭다. 『명주보월빙』에서는 변신술, 요술과 환상적인 요소들이 자주 사용되고 있다. 『소현성록』 연작에서 발견할 수 없었던 환상적인 요소들이 발견되어 다채롭고 흥미롭게 서사가 전개되고 있다.

③ 서사 전개 방식

『명주보월빙』의 시사전개는 전체적으로는 시간 순서에 따른 순차적 구성방식을 따르면서 부분적으로 역전현상이 발견되고 있다. 『명주보월빙』은 윤, 하, 정 세 가문을 중심으로 이들 구성원이 서로 결혼하면서 겪게 되는 갈등과 모해의 전개와 심화, 해결을 다루고 있다. 결혼을 하면서 겪게 되는 갈등으로 크게 세 가지로 계모형 인물의 모해와 처처 간의 모해, 간신들의 모해를 들 수 있다. 세 가문의 연결고리는 결혼이라 할 수 있다.

편의상 『명주보월빙』의 서사를 권별로 나누어 생각해 보면 이러하다. 먼저 『명주보월빙』의 100권의 서사는 크게 권1~권75, 권76~권100으로 크게 두 부분으로 나눌 수 있다. 권75을 기준으로 윤, 하, 정의 세 가문에서 큰 비중을 차지한 윤부의 계모형 인물의 모해와 갈등이 해결되며, 정부의 역모 모해도 해결되고, 하부의 가문의 명예회복이 이루어지기 때문이다.

〈그림 37〉은 『명주보월빙』 100권의 서사를 크게 두 부분으로 나누고 다시 앞부분 권1~권75까지의 내용이 크게 세 부분으로 나누어짐을 도식화한 것이다.

『명주보월빙』에서 지속되었던 갈등이 권75에 이르면 거의 모두 해결되었다고 보아도 무방한 단계이다. 또한 권75까지는 주로 윤,

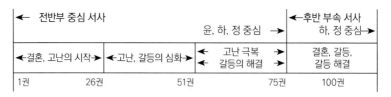

〈그림 37〉 『명주보월빙』 서사 전개 방식

하, 정의 세 가문 위주로 서사가 전개되는데 권76 이후로는 하부와 정부의 인물들이 그리고 다른 가문의 인물들과 결혼하면서 이어지는 서사이다. 즉 권76 이후로는 윤, 하, 정 이 세 가문 중 윤부의 인물과의 혼사는 이루어지지 않는다. 권76 이후로는 윤부의 갈등은 드러나지 않고 다만 정부의 정세흥, 정유흥, 정필흥, 정아주, 하부의 하원상, 하원창, 하원필의 서사가 진행된다. 작품 속에서 하원상, 하원창, 하원필은 환생한 인물들이다. 그러므로 이들은 모해로 죽은 형들보다 훨씬 어리다. 이들과 연배가 맞는 인물들이 정부의 정세흥, 정유흥, 정필흥, 정아주이다. 윤부에는 이들과 연배가 맞는 사람들이 없다. 정부와 하부의 어린 동생들의 서사가 시작되는 것이다. 즉 앞선 언니, 오빠, 형, 누나들의 서사가 끝나고, 어린 동생들의 서사가 시작된다고 볼 수 있다. 그리하여 앞선 서사들의 압축형이 한 번 더 반복된다고 할 수 있다.

권1~권75까지의 서사 전개를 보면 권1~권26까지는 윤, 하, 정부 인물들의 결혼과 관련한 서사가 진행된다. 윤명아, 정천흥, 윤현아, 하원광, 윤광천, 정혜주, 윤희천, 하영주…… 이런 순으로 결혼하는 서사가 권26까지 가면서 중간 중간에 모해담이 곁들여진다. 이렇게 인물들 간의 혼사가 완성되고 나서는 결혼 후 모해가 본격적으로 시작되어 가문 바깥으로 구성원들이 나가는 서사가 권51까지 지속된다. 권51에 이르면 윤부의 인물들이 위·유부인의 모해로 가문바깥으로 쫓겨나는 형상이다. 유배를 가거나, 다쳐서 다른 곳에서 구호를 받거나, 갇혀 있거나, 화를 피해 도망가 있는 상태이다. 가문의 심각한 위기가 닥친 상태라 할 수 있다. 권52부터 권75까지는 갈등과 모해가 최고조에 이르다가 하나씩 해결되는 모습이 드러난다. 윤부의 인물들이 윤부로 한 명씩 돌아오고, 정부의 역모 모해가 윤명아의 격고등문으로 신원이 되며, 하부의 하원광의 황제를 위기에서 구해 명예를 완진히 회복하게 된다. 그리하여 권75를 끝으로 작품의 갈등이 일단락지어진다.

권76부터는 정부의 정세홍, 정유홍, 정필홍, 정아주, 하부의 하원상, 하원창, 하원필의 서사가 시작된다. 이들이 결혼을 하고 고난과 모해를 이겨내고 다시 화락하고 잘 살게 된다는 내용이 앞선 서사에 비해 압축적으로 제시되고 있다.

『명주보월빙』에서 군데군데 시간의 역전 현상이 나타나는 부분이 있다. 예를 들자면 권15에서 운남 공주 목운영이 정천흥의 풍모에 반해 궁녀 경향과 함께 정천흥의 뒤를 따라온다. 목운영이 남장을 하고 고생을 하며 따라오는 서사가 전개될 것을 기대하지만 갑자기 자세한 것은 다음에 다룬다고 하면서 서사가 전환된다. 그러다가 권25 중반부에 이르러 갑자기 목운영이 정천흥의 첩이 된 서사가 진행된다. 갑자기 권25에 이르러 장면이 전환되고 시간이 역전하여 목운영의 서사가 전개된다.

또한 권29에서 하공이 방면되고 참지정사에 봉해지고 상경하는 내용이 나온다. 권29에서는 주로 하공의 억울함을 밝히는 위주로 나오다가 서사가 전환되고 권33에 이르러 하진이 촉에서 해배되었다는 명을 받고 본격적으로 상경하는 대목이 전개되고 있다.

권52에 윤광천, 윤희천 형제가 강상대죄의 누명을 쓰고 귀양을 가는 장면이 나온다. 그러다가 정부가 역모사건에 연루되고 윤명아가 등문고를 쳐서 그 억울함을 밝히는 서사가 나오고 권61에 이르러 유배된 윤광천에게 장사 정벌을 명하고, 윤희천에게 태학사로 해배(解配)되는 내용이 나온다. 권63에 윤광천이 장사를 정벌하며 승승장구하는 모습이 나오다가 다시 권52의 시점으로 거슬러 올라가서 서사가 전개되다가 권70에 이르러서 윤광천이 장사 정벌을 마치고 윤부로 돌아오게 된다.

이렇듯 『명주보월빙』에서는 군데군데 장면의 전환으로 서사가 단절되었다가 이어지거나 시간의 역전이 일어나는 부분들이 발견되고 있다. 복수의 주인공이 등장하고 여러 서사가 얽혀 있으므로 나타나는 현상이라 할 수 있다. 이러한 면은 『창선감의록』의 서사 방식과 유사하다. 하지만 전체적으로는 순차적인 시간의 흐름을 따르다가 부분적으로 역전현상이 일어나는데 이는 중요하고 흥미를 끌 만한 부분을 부각시키면서 서사를 진행하는 장편화의 한 방법이라 할 수 있다.

(3) 충, 효, 열의 구현을 통한 가문과 국가의 안정화

이 책에서는 주제의식에 접근하기 위해 작품에서 반동인물의 결말 처리 방식에 주목했다. 『명주보월빙』의 서사는 크게 윤부를 중심으로 한 계모형 인물의 모해담, 정부를 중심으로 한 처처모해담, 하부를 중심으로 한 간신모해담으로 집약된다. 윤부의 계모형 인물들은 다른 장편가문소설에서와 마찬가지로 자손들의 지극한 효심으로 개과천선하여 화락하는 것으로 결말지어진다.

정부의 처처모해담의 중심에는 문양공주와 성난화가 있다. 처처모해담의 반동인물들의 결말은 두 가지로 양분된다. 하나는 징치되는 경우와 개과천선하는 경우가 있다. 문양공주가 개과천선하고, 성난화는 징치되었다. 그 차이는 문양공주는 정천홍 한 사람에게 애정을 추구한 데 비해 성난화는 정세홍 한 사람이 아닌 다른 남성들에게 눈을 돌려 여러 번 결혼했다는 점에서 찾을 수 있다. 성난화는 자신의 모해가 발각되자 출거되었고, 친정아버지가 독을 먹고 죽으라고 하자, 죽은 걸로 위장하고 설빈으로 이름을 바꿔 허원창과 결혼하니 불화하고 설빈은 개용단을 먹고 하원창이 세자를 죽인 것으로 모해 하다가 음모가 발각되어 참수되고 만다.

하지만 문양공주는 질투심도 강하고 모해도 심하게 했지만, 정천 홍에게만 애정을 추구했다. 결국 투기요부형 인물이라도 정절을 지 키면 개과천선의 기회가 주어지는데 그렇지 않은 경우는 징치되게 한 것이다. 이와 마찬가지로 윤광천과 결혼한 유교아도 윤광천과 불화하자, 죽은 것으로 위장하고 장사왕과 결혼하여 왕비가 되지만, 결국 윤광천의 화살에 맞고 죽고 만다. 처처모해담의 여성반동인물 은 정절을 지켰는지 여부가 결말의 개과천선에 큰 영향을 주고 있다. 이러한 경향은 『임씨삼대록』에서도 확인되고 있다. 『임씨삼대록』의 투기요부형 여성들은 단순한 투기모해만 하지 않고, 출거되고 나서 신분을 속여 여러 번 개가를 하고 반역죄에 가담하여 모두 징치당하 고 만다.[247] 여성반동인물이 정절을 지켰는지 여부가 개과의 기회를 부여하는 데 중요한 관건이 되고 있음을 확인할 수 있다.

간신모해담은 김탁, 김후 부자가 하씨 가문을 역모죄로 몰아 멸문 에 이르게 한 것과 구몽숙, 형왕이 정씨 가문을 반역으로 몰아가려고 한 것에서 찾아볼 수 있다. 김탁, 김후 부자는 하씨 가문을 역적으로 모해하고 2차로 자신들이 직접 황제를 살해하려다가 발각된다. 이들 은 황제를 살해하려 했기 때문에 극형에 처해진다. 하지만 구몽숙은 자신을 길러준 정씨가문을 역적으로 모해했음에도 정천홍의 요청으 로 죽지 않고 기회를 얻는다. 구몽숙은 정씨가문의 관용에 개과천선

---

247) 이러한 인물로 『임씨삼대록』의 등장하는 옥선군주, 남영설, 곽교란 등을 들 수 있다.

하고 노력하여 유능한 관리로 다시 복귀하게 된다.

장편가문소설에서 구몽숙과 같이 주동인물을 괴롭히고 악행을 일삼았던 남성인물이 징치되지 않고 다시 기회를 얻는 경우가 자주 발견된다.『조씨삼대록』의 설강,『임씨삼대록』의 임유린이 그러하다. 이들의 공통점은 명문가 자손으로 능력이 있고, 출중하나 남성주동인물보다는 다소 결핍된 부분이 있는 사람들이다. 이들이 남성주동인물에 대한 열등의식이 악행으로 이어진 것으로 보인다. 이들의 이런 면을 간파하고 한 번 더 기회를 줌으로써 명문가의 일원으로 포용해 보려는 시도로 생각해 볼 수 있다.

『명주보월빙』은 100권 100책의 방대한 장편가문소설이다. 그렇지만 작품을 꿰뚫고 있는 주제는 충, 효, 열로 집약된다. 하씨 가문이 간신의 모해로 역적으로 몰렸어도 충을 잃지 않았고, 윤씨 가문의 계모형 인물들이 전처 소생의 자손들을 끊임없이 모해해도 조금도 흔들림이 없이 효를 다하는 모습을 보여 결국은 계모형 인물들을 개과천선하게 한다. 윤, 하, 정의 세 가문의 여성들이 어떤 모해를 받아도 꿋꿋하게 이겨내고 가문의 위기를 극복하는 데서 열의 정신을 찾을 수 있다.

『명주보월빙』은 방대한 작품의 분량이지만, 기본적으로 추구하는 주제는 충, 효, 열이라는 유교의 덕목을 수호하는 것으로 집약되고 있음을 발견할 수 있다.

〈표 51〉의 주제구현 양상은 주로 표면적으로 드러나는 주제라 할 수 있다.『명주보월빙』에서 충, 효, 열을 수호하기 위해 주동인물이 극심한 수난을 당한다. 윤광천, 윤희천 형제는 계모형 인물인 위·유부인으로부터 굶주림, 구타, 노역, 자객에 의한 피습 위험, 독극물 투여 등의 모해를 당한다. 그 이유는 윤광천이 윤부의 종통이 될

〈표 51〉 『명주보월빙』의 주제 구현 양상

주제의식	주제의 구현 양상
충	• 윤현이 금국정벌에서 의로운 죽음으로 충을 다함 • 하진이 김후, 김탁 부자의 역모 모해로 세 아들을 잃었어도 황제에 대해 충을 다함 • 정천흥, 윤광천, 윤희천, 하원광 등이 외적의 침입으로 국가적 위기에 처했을 때 출정하여 충을 다함 • 하원광이 김탁, 김후 부자에게 죽을 위기에 처한 황제를 구함
효	• 윤부의 위태부인, 유부인의 온갖 모해에도 윤광천, 윤희천과 그의 아내들이 효를 다함
열, 부덕	• 윤명아가 문양공주의 박해를 이겨내며 역적으로 몰린 가문의 위기를 격고등문으로 밝힘 • 윤명아, 정혜주, 하영주 등의 여성들이 실절 위기에 처하자 강물에 몸을 던지거나 남복을 입고 집을 나섬

확률이 높기 때문이다. 계모의 극심한 모해도 효라는 유교 이데올로기를 수호하기 위해 윤광천은 참고 견딘다. 또한 윤부의 며느리인 정혜주, 진성염, 하영주, 장설 등도 위·유부인으로부터 구타, 치독, 강제노역 등의 수난을 당하면서도 효로써 이를 인내한다. 이러한 면을 통해 독자들은 효의 이면에 존재하는 불합리성과 폭력성을 읽어낼 수 있게 된다.

또한 위·유부인의 가권을 획득하려고 자손들에게 온갖 모해를 다 가하는 모습을 통해서는 가권의 획득을 중요한 것으로 여기게 만든 가부장제에 대한 모순과 폐해를 지적하고 있음을 찾아낼 수 있다. 한편, 하영주는 실절 위기에 처하자 강물에 몸을 던져 정절을 지키고자 했다. 이 부분에서 정절이 과연 목숨보다도 소중한 것인지 열의 이면에 존재하는 폭력성과 비정성을 역시 찾아낼 수 있다.

3) 전략 구현 후 조정: 읽기 후 단계

(1) 전체 내용의 요약

『명주보월빙』은 100권 100책의 방대한 분량의 장편가문소설이다. 윤, 하, 정 세 가문의 인물들이 서로 결혼을 통해 연대하는데, 각 가문마다 중심된 단위담을 형성하고 있다. 윤부에서는 계모형 인물의 모해담이, 정부에서는 처처모해담이, 하부에서는 간신모해담이 주류를 이루고 있다. 또한 각 가문마다 주류를 이루는 서사 외에 각각의 모해담이 조금씩 섞여서 서사가 진행되고 있다.

윤, 하, 정의 인물들이 명주와 보월패를 받고 서로 혼약한다. 윤부의 위태부인은 종통인 윤현이 금국 사신으로 가서 송나라를 위해 충성을 다하며 자결하자, 그 자리에 자신의 아들 윤수가 차지하기를 바라며 며느리 유부인과 더불어 윤현의 가족들을 모두 죽이려고 결심한다. 일단 걸림돌이 되는 구파와 착한 아들 윤수에게 요약을 먹여 정상적인 판단을 못하게 만들고, 윤현의 가족에게 각종 모해를 가한다. 윤현의 가족으로는 윤현의 아내 조부인, 자녀로 윤명아, 윤광천, 윤희천 쌍둥이 형제이다. 위·유부인은 아이들이 결혼하기 전에는 굶기고, 때리고 혼사를 방해하는 일을 일삼는다. 그러다가 윤명아가 정혼자인 정천흥과 결혼할 때가 되자, 위부인의 친척 위방과 강제 결혼시키려고 하나 광천·희천 형제들의 지략으로 실패한다. 이들이 결혼한 후에는 광천·희천 형제의 아내를 괴롭히고, 귀녕 온 윤명아에게 모해를 가한다. 주된 내용은 조부인, 윤명아, 윤광천, 윤희천 형제, 이들의 아내인 정혜주, 진성염, 하영주, 장설 등을 돌아가면서 괴롭히는 것이다. 모해의 수준은 매우 잔인하여 독약을 먹여 궤에 넣어 버리기(윤명아), 칼로 찔러 버리기(하영주, 장설), 말을 못하게 하는 약 먹이기(조부인), 지객을 시켜 살해 시도히기(윤광천, 윤희천 형제), 납치시켜 다른 곳으로 강제 결혼 시도하기(윤명아), 자작 모해 극(저주물 묻고, 독약을 먹이려 했다고 정혜주, 진성염 모해하기), 조부인 납치해 죽이려 하기, 이러한 모해로 윤현의 가족을 몰살시키려고 시도하는 것이 윤부의 주된 서사이다. 윤부의 인물들은 한 명씩 윤부를 떠날 수밖에 없게 된다. 구파는 요약에 중독되어 윤광천 형제가 옥화산으로 빼돌려 요양하게 하고, 조부인은 죽은 걸로 위장하여 옥화산으로 피신시키고, 요약에 중독된 윤수는 교지참정이 되어 교지로 떠나 더 이상의 화를 면하게 된다. 광천·희천 형제는 위·유부인을 죽이려 했다는 강상대죄의 누명을 쓰고 귀양을 가고, 정혜주, 진성염은 치독(置毒) 사건에 연루되어 연원정에 갇혀 있다가 정혜주는 유교아를 살해했다는 모함을 받고 장사로 귀양가고 만다. 진성염은 만삭의 몸인데도 위·유부인의 명으로 남편 윤광천에게 구타당한 뒤 친정으로 보내지고, 하영주는 유부인의 칼에 찔려 피농에 담겨 버려지는 것을 정천흥이 구조하여 정부에서 숨어 지내게 된다. 장설은 위·유부인이 설억이라는 사람에게 팔아 버리려 했는데 이를 장설이 알고 강하게 대들자, 위태부인이 칼로 찔러 거의 죽게 된 것을 장설의 친정아버지가 데려간다. 결국 권51에 이르면 위·유부인을 제외하고는 모두 윤부를 떠나고 만다. 이렇듯 멸문지경에 이른 윤부는 기강이 문란해지자, 노복들이 건물을 헐고 가산을 팔아먹어 망조가 든다. 이런 가운데 윤광천은 유배 도중에 장사를 정벌하라는 황명을 받고, 장사 정벌을 성공한다. 이로 인해 윤광천, 희천은 사면되고 회복되어 이들이 다시 가문을 일으키게 된다.

정부에서는 정천흥의 여러 아내 중 문양공주가 다른 아내들을 모해한다. 윤명아, 양난염, 이수빙, 경소저, 목운영을 차례로 잡아다가 북궁에 가두고, 굶어 죽을 지경에 이르게 한다. 하지만 이들은 죽지 않고 이 수난을 이겨내는데 윤명아, 양난염은 추경지에 빠져 죽을 지경에 이른다. 하지만 혜원이고의 도움으로 살아난 윤명아는 정씨 가문을 역적으로 몰아가려는 구몽숙과 형왕의 모해를 알아내고 대비하여 가문을 구하는 방책을 세운다.

한편 정천흥은 여러 곳의 외적의 침입을 막고 나라를 위하는 충성스런 일을 많이 한다. 하지만 구몽숙과 형왕의 모의로 역적으로 몰리게 된다. 정씨 가문이 반역죄로 몰려 정씨가문의 남성인물들이 처형 위기에 있을 때 윤명아가 구몽숙과 형왕이 정부를 역적모의로 몰아가려는 계획을 알아내어 등문고를 울린다. 이로 인해 구몽숙과 형왕의 죄상이 밝혀지고 정부는 누명을 벗게 된다. 하지만, 구몽숙의 초사에는 역적모의뿐 아니라 윤부의 위·유부인의 모해도 같이 드러나게 된다. 이에 윤광천 형제, 윤명아 등이 호소하여 위·유부인은 석방되고 개과천선하게 된다. 한편 정천흥은 구몽숙을 살려 달라고 황제에게 요청하여 결국 구몽숙은 살아남고, 그 후 개과천선하여 좋은 일을 하며 살아간다. 하부의 인물들은 정부가 역모 죄로 의심받을 때 적극 변호한다. 세 가문의 위기가 해결되고 나서 모두들 행복하게 지낸다.

하부에서는 김탁, 김후의 모해로 세 아들이 모두 역적으로 몰려 죽고, 하진과 그의 가족들은 촉으로 귀양 가 억울한 나날을 보낸다. 정천흥이 김탁, 김후 부자의 모해임을 알고 증거를 가지고 있다가 사면령이 내려지는 시점에 하진의 억울함을 풀어준다. 하진은 누명을 벗고 해배되어 상경하고 가문의 영광을 되찾기 위해 노력하는데 아들 하원광이 과거 급제하고 외적을 정벌하면서 차츰 회복하게 된다. 김탁, 김후 부자가 황제를 살해하려고 위협할 때 하원광이 이를 막고 황제를 구한다. 이로써 하부는 모든 역적모의 누명에서 벗어나 가문의 영광을 되찾는다. 이렇게 윤, 하, 정 세 가문의 갈등이 모두 해결되는 것이 권75에 이르러서이다.

권75 이후로는 정세홍, 정유홍, 정필홍, 정아주의 서사가 중심이 되어 나타난다. 정천홍의 동생 정세홍이 호색적이라서 아내 양씨와 불화하던 중, 성난화와 눈이 맞아 결혼한다. 성난화는 투기요부로 양씨를 모해하고 정세홍이 소염난에게 마음이 있다는 걸 알아내어 소염난에게 참혹한 위해를 가한다. 이를 정세홍이 알게 되자 아버지 정공이 성난화를 출거시켜 버린다. 성난화는 그 후, 설빈군주가 되어 하원창과 결혼하여 후처로 들어온 정아주를 오궁으로 납치하여 괴롭힌다. 설빈은 하원창에게 소박을 맞자 하원상을 유혹하다가 망신을 당한다. 이에 화가 난 설빈이 개용단을 먹고 하원창으로 변해 황태자를 죽이고, 이어 개용단을 먹고 하원상으로 변해 시녀를 개용단을 먹여 설빈으로 변하게 한 뒤 자신이 시녀를 죽여 하원상을 설빈을 죽인 살인자로 모함한다. 이러한 모해를 알고 있던 정아주는 태섬의 도움으로 설빈을 잡고 오궁에서 탈출하여 진실을 밝힌다. 설빈으로 인해 하부에 또 한번 위기가 닥치는데 정아주가 이를 해결하면서 서사가 끝나게 된다.

전체적으로 보면, 윤부의 계모모해담, 정부의 처처모해담, 하부의 간신모해담이 주류를 이루며 서사를 형성해 나감을 확인할 수 있다.

(2) 유형적 인물과 유형적 서사와의 관계

『명주보월빙』에는 여러 유형적 인물들이 고루 등장하고 이들과 관련한 유형적 서사가 전개된다. 계모형 인물과 관련한 계모형 인물의 모해 서사, 소인(탕자)형 인물의 간신모해담, 투기요부형 인물의 처처모해담이 주류를 이룬다.

계모형 인물은 가문의 종통자리와 가권을 획득할 욕심으로 방해가 되는 인물들을 모해한다. 윤부의 위태부인과 유부인이 계모형 인물에 속한다. 윤광천, 윤희천 형제의 입장에서 보면 위태부인은 계조모이고, 유부인은 숙모에 해당하므로 엄밀히 말하면 계모는 아니다. 하지만 계모들에게서 보이는 가권 획득의 욕망을 위해 가하는 모해들이 같으므로 위·유부인을 계모형 인물이라 하였다. 이들이 가하는 모해는 장편가문소설에 나오는 온갖 모해들이 총동원된 수준이라 할 수 있다. 구타, 치독, 잡아 가두기, 칼로 찌르기, 철편으로 내려치기, 자객 동원, 저주물 묻기, 독약을 먹이고 피농에 넣어 강에 버리기, 인신매매 등 극단적인 모해가 행해지고 있다. 『명주보월빙』의 계모형 인물의 모해는 다른 작품보다 극단적이고 잔인한 면모를 드러내고 있다.

간신모해담은 한 가문을 역적으로 몰아 몰락하게 하는 모해를 말한다. 하부의 세 아들이 김탁부자의 모해로 죽게 되고, 하진도 촉으로 유배를 가문이 위기를 맞게 된다. 하부의 이와 같은 억울함은 후에 정천홍의 고변으로 풀리게 된다. 하진은 해배되어 복직하게 되면서 일단락된다. 하지만 후에 정부와 진부가 구몽숙과 형왕의 모해로 역적으로 몰리게 된다. 이 누명은 윤명아의 격고등문으로 억울함이 풀리게 된다.

처처모해담은 일부다처의 상황에서 발생한다. 주로 투기요부형의 여성이 요조숙녀형 여성을 모해하는 것으로 서사가 전개된다. 정부의 문양공주와 성난화, 윤부의 유교아, 윤경아, 하부의 설빈은 투기요부형 인물로 요조숙녀형의 다른 처를 모해한다. 요조숙녀를 모해하는 유형으로는 간부(姦婦)로 만들어서 모해하는 것이 대표적이다. 필체를 위조하여 간부서(姦婦書)를 만들고, 개용단을 이용하여 요조숙녀형 여성이 다른 남성을 만나 밀회를 나누는 장면을 연출하거나, 집안에 자객이 들어 도망가며 비단주머니를 던지는데 그 안에 간부서(姦婦書)가 들어 있는 것 등을 들 수 있다. 그 외에 가문의 어른을 모해하려 했다는 강상대죄로 몰아가는 서사도 자주 나오는 서사이다. 이 경우 치독, 저주물, 저주의 글 묻기 등이 자주 나오는 화소였는데 『명주보월빙』에서도 발견할 수 있었다.

『명주보월빙』은 계모형 인물의 모해담, 간신모해담, 처처모해담이 두루 나오는 종합적인 작품이라 할 수 있다. 계모형 인물의 모해담은 윤부를 중심으로, 간신모해담은 하부를 중심으로, 처처모해담은 정부를 중심으로 전개된다. 요조숙녀형, 투기요부형, 여군자형, 추녀형, 정인군자형, 영웅호걸형, 소인(탕자)형 등의 인물들이 여러 차례 중첩되게 연합하여 나오면서 유형적 서사를 형성하고 이것이 반복 중첩되면서 장편화하고 있다.

(3) 주제의식

『명주보월빙』의 주제는 충, 효, 열에 입각한 가문의 수호에 있다. 『명주보월빙』에서 핵심을 이루는 가문은 윤부, 정부, 하부라 할 수 있다.

윤부에서는 계모형 인물의 온갖 모해에도 윤광천, 윤희천과 그들의 아내들이 꿋꿋하게 이겨내며 효로써 계모형 인물을 감화시키고, 장사왕의 침입을 물리쳐 국가적인 위기를 구하여 충을 다함으로써 기울어진 가문을 일으켜 세운다. 정부에서는 투기요부형 인물인 문양공주의 모해로 정천홍의 다른 네 명의 아내들이 출거되고 공주에게 납치되어 수난을 겪는다. 그 중 윤명아는 화목을 내세워 나중에 공주를 용서하고 가문의 일원으로 살아갈 수 있도록 도와준다. 이런 면에서 일부다처제하의 투기를 금지하고 화목을 강조하는 유교의 주제의식을 찾을 수 있다. 또한 출거된 윤명아는 죽을 고비를 넘기고 절에 숨어 살면서도 역적으로 누명을 쓴 정부의 무고함을 밝히려고 등문고를 울린다. 이 일은 좁게는 남편을 살리기 위함이고, 넓게는 가문을 살리는 일이다. 윤명아의 이런 행동은 남편과 가문을 향한 열로 볼 수 있다. 또한 이들이 결혼 전에 온갖 실절 위기에서 정절을 지키기 위해 투강하는 일련의 행동을 통해 열의 모습을 찾을 수 있다.

하부에서는 하부의 인물들이 간신 김탁, 김후 부자로부터 모해를 당해 세 아들 잃게 되지만, 넷째 아들 하원광이 실추된 가문의 명예를 되찾기 위해 과거에 급제하고, 외적을 무찌르고, 반역 역당으로부터 황제를 구해냄으로써 충을 다한다. 이로써 김탁, 김후 부자의 모해로 역적으로 몰려 세 아들을 잃고 귀양까지 가야했던 하부의 인물들은 가문의 명예와 영광을 되찾게 된다. 주제의식은 『소현성록』 연작이나 『창선감의록』과도 크게 다를 바가 없다.

하지만 주제의 구현이라는 측면에서 볼 때, 『명주보월빙』은 모해의 강도가 이전 작품들에 비해 강해지고 자극적이라 할 수 있다. 비슷한 모해 서사가 여러 번 반복되어 나타나고, 강도도 강해진 모습을 보이고 있다. 예를 들어 『소현성록』 연작에서는 명현공주가 형씨를 모해할 때 궁으로 붙잡아 와서 추경지에 빠뜨리려는 순간 소운현이 구해준다. 그래서 형씨는 물에 빠지는 것을 면한다. 하지만 『명주보월빙』에서는 윤명아와 양난염이 문양공주 앞에서 대항하다가 추경지에 빠지고 그리고 나서 혜원 이고에게 구조된다. 모해를 피하는 것이 아니라 모해를 당하고 나서 조력자가 구해주는 것으로 설정되어 있다.

『소현성록』 연작에서는 석씨나 이씨 등이 간부모해를 받아 의심을 받을 뿐 신체적인 상해를 입지는 않는다. 하지만 『명주보월빙』에서는 여성인물들이 신체적으로 심각한 상해를 입으며 수난을 당한다는 점에서 이전의 작품보다 고난의 강도가 높아진다고 할 수 있다. 이러한 현상은 후대 작품으로 갈수록 앞서 나온 작품의 패턴에 익숙해진 독자들을 몰입시키고 강도 높은 흥미를 유발하기 위한 하나의 방책이라 생각된다.

『명주보월빙』은 충, 효, 열에 입각한 가문의 수호라는 점에서 다른 장편가문소설과 같은 주제의식을 가진다고 볼 수 있다. 하지만 주제의 구현 방식에서 모해의 정도가 다른 작품보다 훨씬 강하다는 점을 발견할 수 있다. 이는 후대의 작품에서 오는 흥미성이나 독자의 취향을 고려한 것으로 보인다.

제5장 논의의 정리와 남은 과제

이 책에서는 장편가문소설이라는 장르적 특성에 주목하여 장편가문소설의 읽기 전략을 제시했다. 지금까지 논의를 간략히 정리하면 이러하다.

이 책의 1장에서는 장편가문소설은 어떤 소설이며, 왜 읽기 연구가 필요한지 제시하면서 선행 연구 경향과 한계를 지적하고, 연구의 범위와 방법을 제시했다.

장편가문소설은 소설의 다양한 시도가 있었던 17세기경에 출현하여 18~19세기에 융성했던 소설의 한 형태이다. 장편가문소설의 주제는 유교의 충, 효, 열의 이념을 기반으로 가문의식을 고취하는 데 있다. 장편가문소설의 주제가 체제 옹호적이고, 교훈적인 성격을 띠고 있기에 당시 소설에 대한 비판의 목소리를 빗겨 가면서 장편가문소설은 양반가 부녀자들에게 널리 읽혀졌고, 자손들에게 가보로 물려줄 만큼 의미 있는 읽을거리로 여겨졌다.

장편가문소설은 효, 우애, 인과응보, 권선징악, 개과천선 등과 같이 현대인들도 공감할 만한 교훈적인 주제를 다루면서도, 악인들의 모해 서사에는 변신술, 얼굴을 자유롭게 바꿔주는 개용단, 사람의 마음을 미혹하게 만드는 미혼단 같은 요약(妖藥) 등과 같이 판타지 소설에서 느껴지는 환상적이고 흥미로운 것들도 다루고 있다. 즉 장편가문소설은 현대 독자들에게 윤리적, 정신적 가치를 되새기게 하고, 새로운 스토리텔링을 위한 창조적 원천을 제시해준다. 이런 점에서 장편가문소설은 현대 독자들도 읽어볼 만한 의미 있는 읽을 거리이다.

장편가문소설은 교훈적인 주제와 환상적인 흥미의 요소를 두루 갖추고 있어 현대 독자들에게도 의미 있는 읽을 거리가 될 수 있다. 하지만 현대 독자들이 장편가문소설을 읽어나가려면 많은 어려움에 부딪친다. 장편가문소설이 옛날 작품이면서 길이가 긴 작품이라는 데서 어려움이 생긴다. 이 책에서는 장편가문소설 읽기의 어려움을 극복하고 장편가문소설을 수월하게 읽어나갈 방안을 모색했다. 그러기 위해 장편가문소설의 '유형성'에 주목하여 선행 연구를 점검해 보았다. 선행 연구에서 장편가문소설 읽기와 관련한 본격적인 논의는 이루어지지 않았다. 다만 유형성과 관련한 각각의 논의들을 참고하면서 읽기 방안에 도움을 줄 실마리를 찾을 수 있었다.

이 책에서는 장편가문소설의 읽기 방안을 찾기 위해 유형성에 주목하고, 이것을 체계적으로 정리하기 위해 '장르기반 접근법'과 읽기 연구의 읽기 이론과 읽기 전략을 응용했다. 이 책에서는 세 단계를 거쳐 장편가문소설의 읽기 방안을 모색했다. 첫 번째 단계가 '장르지식의 구안'으로, 이것은 장편가문소설에 반복적으로 나타나는 인물,

서사, 주제의 유형성을 정리하여 장르지식으로 구안하는 것이다. 두 번째 단계가 '읽기 전략의 구안'으로, 이것은 장르지식과 효과가 검증된 읽기 전략을 접목하여 장편가문소설을 읽기 위한 전략을 구안해내는 것이다. 세 번째 단계로 '전략의 적용'으로, 이 전략을 실제 작품에 적용하여 읽는 과정을 제시하는 것이다. 이 책에서는 읽기 방안을 모색하는 단계를 장르지식의 구안, 읽기 전략의 구안, 읽기 전략의 적용의 3단계로 두었다.

2장에서는 장편가문소설의 장르적 특성에 기반하여 읽기에 유용한 장르지식을 구안하였다. 장편가문소설을 읽어나가는데 '고전'이며 '장편'이라는 두 가지 방면의 난점이 있다. 장편가문소설이 '고전'이므로 고어(古語)와 예스런 말투를 사용하여 해석하는 데 어려움이 따른다. 또한 작품이 창작되고 향유되던 시기의 사회·문화적 환경에 대한 배경지식이 부족하면 작품을 이해하기 어려워진다. '장편'이기 때문에 작품의 분량이 방대하고 수많은 인물들이 등장하여 복잡한 서사로 구성되어 내용을 파악하기 어렵다. 결국 읽기의 난점은 세 가지 층위로 나눌 수 있다. 단어 해석과 관련한 텍스트적인 어려움, 사회 문화적 배경지식의 부족으로 인한 어려움, 장편이라는 장르적 특성에서 기인하는 어려움이 그것이다.

장편가문소설의 텍스트적인 어려움은 역주본의 간행으로 많은 부분 해소될 수 있지만, 배경지식의 부족과 장르적 특성에서 기인하는 어려움은 여전히 해소되지 않은 상태이다. 이 두 방면의 어려움을 해소하기 위해서는 작품과 관련한 배경지식과 장르적 특성과 관련한 읽기에 도움이 되는 지식이 필요하다. 또한 독자가 이러한 지식을 활용하여 작품을 읽어나갈 수 있도록 도와주는 읽기 방안이 필요하다. 이 책에서는 장편가문소설을 잘 읽어나갈 수 있는 계획적이고 체계화된 방안을 '전략적인 읽기 방안'이라 칭했다.

장편가문소설 읽기의 어려움을 해소해줄 수 있는 지식의 구안을 위해 장편가문소설이 지닌 장르적인 특성을 주목했다. 장르적 특성이란 한 장르에서 반복되어 나타나 어느 정도 유형성을 띠는 속성을 말하는데 이를 익히게 되면 같은 장르의 다른 작품을 보다 수월하게 읽어나갈 수 있게 된다. 이 책에서는 장편가문소설에는 유형적 인물이 등장하고, 유형적 서사가 반복되며, 충, 효, 열의 유형적 주제가 드러난다는 장르적 특성에 주목하였다. 그리하여 인물과 서사에서 발견되는 유형성을 체계화하여 작품 자체 이해를 위한 장르지식으로 구안하였다. 장편가문소설에서 충, 효, 열의 유형적 주제가 발견되는 것은 작품이 창작된 당시의 시대 이념과 향유층의 의식세계와 밀접한 관련이 있기 때문이다. 작품이 창작되던 시기의 지배이념, 향유층의 의식세계와 관련하여 맥락이해를 위한 장르지식으로 구안하였다.

장르지식은 인물, 서사, 주제 세 측면에서 구안하였다. 인물 관련 장르지식에서 유형적 인물은 크게 주동인물, 반동인물, 보조인물의 세 부류로 제시했다. 주동인물은 작품에서 주도적인 역할을 하는 주인공이다. 남성주동인물은 유교의 도를 추구하고 출세지향성과 애욕추구 성향이 높은 영웅호걸형과 유교의 도를 추구하나 출세지향성과 애욕추구 성향이 낮은 정인군자형으로 두 유형이 있다. 여성주동인물은 색(色)과 덕(德)을 모두 갖춘 요조숙녀형과 색(色)을 갖추지 못했으나 덕을 갖춘 여군자형으로 나뉘는데 요조숙녀형 인물이 주를 이루고 여군자형은 요조숙녀형 인물과 더불어 등장하는 인물이다. 반동인물은 작품에서 주동인물과 대립하며 갈등을 일으키고 주동인물을 모해한다. 장편가문소설에서 남성반동인물로 소인(탕자)형 인물, 여성반동인물로 계모형 인물, 투기요부형 인물, 추부형 인물 등이 있다. 보조인물은 초월적 능력 유무와 선(善)을 추구하는 경향에 따라 선승, 선도형, 충직한 시비형, 요승, 요도형, 간사한 시비형으로 나누었다. 작품에 등장하는 인물을 어떤 유형으로 범주화하게 되면 그 유형적 인물과 관련한 서사를 이끌어낼 수 있다. 즉 인물의 유형을 알면 그 인물과 관련하여 전개될 서사를 예측할 수 있게된다. 이러한 유형적 인물들이 서로 결합하면서 인물 관련 개별서사와 인물 간의 결합으로 인해 갈등 서사 등이 생성되면서 복잡하고다양한 서사의 예측이 가능해진다. 즉 장편가문소설에 등장하는 인물을 유형화하는 것은 앞으로 전개될 서사를 예측할 수 있다는 점에서 의미를 가진다.

다음으로 유형적 서사는 유형적 인물의 결합과 갈등에 따라 생성되었는데, 이 책에서는 인물의 결합에 따른 서사 생성의 원리를 8가지로 제시했다. 이 기본 원리에 인물이 추가로 결합되면서 서사가확장된다. 장편가문소설의 유형적 서사는 계모모해담, 처처모해담, 간신(소인)모해담, 혼사장애담, 출정담 등으로 집약된다. 또한 이러한 각각의 단위담에는 유형적인 화소가 함께 나온다. 장편가문소설에서 빈번히 나오는 유형적 화소로는 주로 모해 서사로 간부서 조작, 치독, 개용단, 요예지물, 자객 등을 들 수 있다. 한편, 장편가문소설의각각의 단위담이 모여 장편으로 확장되어 나가는데, 이 장편화의방식에는 순차적인 진행방식과 동시사건 배열 방식이 있다. 순차적진행방식은 각각의 단위담이 시간의 흐름에 따라 순차적으로 전개되면서 구성되는 방식이고, 동시사건 진행 방식은 같은 시간 축에있으면서 서로 다른 장소에서 일어나는 사건을 배열하여 구성하는방식이다. 같은 시간대에 서로 다른 가문에서 일어난 일을 서술할 때는 동시사건 배열 방식을 따르게 되고, 한 가문 내에서 일어난 일을 시간의 순시에 배열할 때는 순차적 진행방식에 따르게 된다.

이러한 유형적 서사의 구성 원리를 파악하게 되면 장편가문소설의 복잡한 서사 구성에서 오는 내용 파악의 어려움은 일정 부분 해소할 수 있다. 만약 독자가 유형적 인물의 결합·갈등 관계에서 생성되는 서사의 원리와 유형적 화소, 서사 배열 방식 등을 익히게 되면 전개될 내용을 쉽게 예측할 수 있을 것이다. 독자들이 유형적 인물과 서사에 대한 정보를 얻은 후에는 작품을 읽어나가면서 서사를 예측하고 확인할 수 있게 된다. 바로 이러한 지점에서 독자들은 장편가문소설 읽기에 대한 자신감과 흥미가 생기게 된다.

장편가문소설의 주제는 기본적으로 충, 효, 열의 성리학적 이념을 고취하는 데 있다. 장편가문소설이 복고 지향적이고 체제 옹호적인 성향을 띠는 것은 향유자들이 상층사대부 계층이라는 것과 결부지어 생각할 수 있다. 가부장제의 확립을 통해 성리학적 신분체제를 공고히 하려는 시대적 분위기 속에서 장편가문소설이 창작되었다. 그러하기에 이 같은 주제의식이 형성되었다. 장편가문소설에서 계모모해담에서는 효(孝)와 우애를, 처처모해담과 혼사장애담에서는 열(烈), 투기 금지, 화목(和睦)을, 간신모해담과 출정담에서는 충(忠)을 주제로 구현해내고 있다.

3장에서는 장르지식을 읽기의 단계에 활용할 전략으로 구안했다. 장편가문소설 읽기 전략은 장르지식과 읽기 연구에서 효과가 검증된 전략을 접목시켜 구안했다. 인물, 서사, 주제 관련 장르지식에 효과가 검증된 읽기 전략인 '정보의 시각화', '요약하기', '이야기 구조화', '질문 생성하기'를 접목하여 구안했다. 인물 이해를 위한 전략으로 '가계도 그리기', '유형적 인물의 범주화', '유형적 인물의 관계 파악'이 있고, 서사 이해를 위한 전략으로 '요약하기', '인물의 관계에서 생성되는 단위담 파악하기', '단위담의 유형적 화소 찾기', '단위담이 배열 방식 파악하기'가 있고, 주제 이해를 위한 전략으로 '단위담과 주제 관련짓기', '강조된 주제의식 찾기'가 있다.

이렇게 구안한 전략을 읽기의 단계인 읽기 전, 읽기 중, 읽기 후 3단계 별로 순차적으로 적용해 보았다. 읽기 전 단계에서는 전략 구현 준비 단계로 장르지식을 익히고 이를 바탕을 둔 읽기 전략을 구상하고, 책 내용을 예측한다. 읽기 중 단계에서는 전략 구현의 단계로 인물과 서사를 파악하기 위한 전략을 시도하여 작품을 읽어나가며 주제의 구현 양상을 파악한다. 읽기 중 단계에서 인물 파악을 위한 전략으로는 '가계도 그려보기', '유형적 인물의 범주화', '인물 간의 갈등 양상 파악하기', '유형적 인물의 결합 관계 파악하기'가 있다. 서사파악을 위한 전략으로는 '내용 요약하기', '인물 결합 관계와 갈등에서 생성되는 단위담의 파악하기', '단위담에 나오는 유형적 화소 파악하기', '단위담의 배열 방식(서사 전개 방식)을 파악하기'가 있다. 주제 파악을 위해 장편가문소설의 핵심 주제인 충, 효, 열의 유교 윤리가 어떻게 작품 속에서 형상화되었는지 살펴보았다. 읽기 후 단계는 전략 구현 후 조정하기 단계로, 앞서 읽은 작품의 내용을 다시 한 번 정리하며 요약한다. 유형적 인물과 서사, 주제의식의 구현 양상을 각각 정리했다.

4장에서는 장편가문소설 읽기 전략을 실제 작품에 적용했다. 대상 작품으로는 『창선감의록』, 『소현성록』 연작, 『명주보월빙』을 선정하였다. 이들 작품은 작품의 길이와 구성의 복잡성을 고려하여 선정했다. 『창선감의록』은 비교적 짧은 분량으로 구성이 복잡한 작품이고, 『소현성록』 연작은 비교적 길이가 길지만 구성은 단순한 작품이며,『명주보월빙』은 길이가 길고 구성도 복잡한 작품이다. 또한『창선감의록』과『소현성록』연작은 장편기문소설의 초기작에 해당하고,『명주보월빙』은 이들 작품보다 후기작에 해당한다. 이런 점들을 고려하여 작품을 선정하였다.

공통적으로 읽기 전 단계에서는 장르지식을 바탕으로 읽기 전략을 어떻게 적용할 것인지 생각해 보고, 작품 내용을 예측한다. 읽기 중 단계에서는 내용을 요약하고, 가계도를 그려보고, 유형적 인물로 범주화하고, 인물의 갈등 관계, 인물의 결합 관계를 따져가면서 이를 바탕으로 형성되는 단위담을 추출한다. 다시 단위담 속에서 자주 등장하는 유형적 화소를 찾아보고 전체 서사가 어떻게 전개되는지 서사의 흐름을 파악한다. 이 과정에서 반동인물의 결말 처리가 어떻게 구현되었는지 살피고, 전체적인 주제가 충, 효, 열의 유교 이념을 바탕으로 한 가문 의식과 고취로 귀결되는지 확인할 수 있다. 읽기 후 단계에서는 읽은 내용을 다시 한 번 정리하고 요약하며, 유형적 인물과 서사, 주제의식의 구현을 정리했다.

『창선감의록』의 주된 서사는 화부를 중심으로 한 계모형 인물의 학대담과 남부를 중심으로 하면서 진부와 윤부에 부분적으로 나타나는 간신모해담과 진부와 윤부의 혼사장애담, 화진이 황명을 받아 외적을 무찌르는 정벌담 등으로 집약된다.『창선감의록』에는 간신의 모해로 야기되는 혼사장애를 슬기롭게 극복하는 진부와 윤부 여성들의 서사, 서산해를 무찔러 가문의 영광을 되찾는 화진의 정벌 서사, 계모형 인물 심씨를 개과시키는 서사 등이 주된 서사이다.

또한 이러한 유형적 서사는 주제의식과 자연스레 연결된다. 화진은 계모 심씨와 이복형 화춘의 모해에도 심씨에게 효를 다하고, 이복형인 화춘에게 우애로 다한다. 즉 화부의 계모모해담에서 효와 우애라는 주제가 형성된다. 한편 진채경은, 부친 진형수의 방면을 위해 조문화의 청혼을 받아들이며 효를 실천했고, 약혼자 윤여옥을 위해 자신을 대신할 신붓감으로 백소저를 물색하는 열을 실천했다. 또한 화진은 유배 가는 도중에도 서산해를 무찌르라는 황명을 받고 나라를 위해 서산해를 토벌하여 충을 실천했다.

한편, 『창선감의록』은 방대한 분량은 아니지만, 서사 구성이 치밀하고 복잡하여 읽어나가기가 쉽지 않은 작품이다. 1장과 2장이 화부 중심으로 전개되다가 3장 4장에 이르러 갑자기 시간의 역전이 일어나면서 윤부와 남부의 이야기로 거슬로 올라간다. 이들이 5장에서 결혼하여 화부로 들어오면서 순차적인 흐름의 서사를 형성한다. 『창선감의록』은 다른 장편가문소설에 비해 비교적 짧은 분량이지만, 여러 가문의 다수의 주동인물들의 서사를 담다 보니 압축적이며 치밀한 구성이 돋보이는 작품임을 확인할 수 있다. 이렇게 『창선감의록』을 읽을 때 장르지식과 읽기 전략을 동원하여 읽으면 독자들은 좀 더 쉽게 작품을 읽어나갈 수 있다.

『소현성록』 연작은 『소현성록』과 『소씨삼대록』으로 구성되었다. 『소현성록』은 소현성이 여러 명의 아내를 거느리고 안정된 가문을 이루어나가는 모습을, 『소씨삼대록』은 소현성의 자녀들의 결혼담과 결혼 후 겪는 고난과 그것을 극복하는 모습을 다루고 있다. 처처 간의 모해, 계모형 인물의 모해 등이 주류를 이룬다. 『소현성록』 연작은 여러 가문이 연대하기보다는 철저히 소씨 가문 내에서 일어나는 일에 주안점을 두고 있다. 그렇기 때문에 처처 간의 모해가 크게 부각되고 있다. 서사의 전개는 시간의 흐름에 따른 순차적인 구성을 하고 있어서 많은 분량이지만 구성이 단순하다. 소현성 자녀들의 혼사 이야기와 그 후 일어나는 갈등을 해결하는 서사가 구슬을 꿰듯 순차적으로 연결되면서 장편으로 확대되어 나간다. 주제는 충, 효, 열의 유교이념의 깅화로 집약된다. 부모에게는 효를 다히고, 국기의 위기 상황에 소씨 가문 남성들이 출정하여 공을 세워 충을 다하고, 여성들은 열을 다한다. 실절한 딸에게 독이 든 술을 주며 죽음을 명하는 어머니의 모습, 처처 간의 모해를 부리며 투기하는 여성을 철저히 징치하는 모습을 통해 당시 여성들에게 '열'을 강조하는 강고한 유교의 이념성을 확인할 수 있다. 당시『소현성록』이 수신서 역할을 했다는 평가를 이 부분을 통해 확인할 수 있다.

『소현성록』연작은『창선감의록』에 비해 분량이 많은 편이지만 서사구성이 시간의 흐름에 따른 순차적인 구성이고, 한 사람의 중심 인물의 서사가 끝난 뒤 다른 사람의 서사가 이어지는 단순한 구성을 띠고 있어서 동시사건 배열 방식으로 서사가 전개되는『창선감의록』보다 읽기가 쉬운 편이다.

『명주보월빙』은 100권 100책의 방대한 분량의 작품이다. 하지만 서사구성은 윤부를 중심으로 한 계모형 인물의 모해담, 정부를 중심으로 한 처처모해담, 하부를 중심으로 한 간신모해담으로 집약된다. 이들의 갈등과 모해는 윤, 하, 정 세 가문이 결혼을 통해 연합하면서 부분적으로 동시사건 배열 방식이 나타나지만 대체로 순차적이고 자연스럽게 가문을 넘나들며 서사가 전개된다. 또한 이 작품은 권1 부터 권75까지 완전히 큰 갈등이 해결되고 완결된 모습을 드러내며 권76부터는 정부와 하부의 어린 인물들의 모해 서사가 이어진다. 앞선 모해 서사를 압축·반복하여 보여주고 있어서 후일담 성격이 짙다. 또한 권1에서 권75까지 내용도 세 부분으로 나눌 수 있는데 권1에서 권26까지는 윤, 하, 정부의 인물들이 등장하고, 윤부의 윤경아, 윤명아, 윤광천, 윤희천, 윤현아의 결혼이 완결되고, 위·유부인의 모해가 본격적으로 시작된다. 권26부터는 윤부와 정부의 구성원들이 가문과 분리되는 서사가 대거 나오는데, 윤부에서는 계모형 인물인 위·유부인의 모해 때문이고, 정부에서는 문양공주의 모해 때문이다. 윤부는 권51에 이르러 위·유부인만 남고 모두 가문을 떠나고만다. 그러던 것이 권52부터 갈등 해결의 실마리를 보이며 한 명씩 윤부로 돌아와 권75에 이르면 모두 모이게 된다. 이는 정부도 마찬가지이다. 정천흥의 아내인 문양공주의 모해로 다른 처들이 납치되어 고생하다가 권62에 이르면 모두 돌아온다. 권63에서 권75까지는 윤부의 갈등이 모두 해결된다. 권76에서 권100까지는 정부와 하부의 인물들의 수난당하는 서사가 압축적으로 제시된다. 권1~권75에 걸쳐 제시되었던 모해 서사가 인물을 달리하여 반복, 압축되어 전개된다. 이런 면에서 『명주보월빙』은 긴 분량의 작품이지만, 대체로 단순한 구성으로 전개되기에 서사의 흐름을 알면 쉽게 읽어나갈 수 있다. 『명주보월빙』은 『소현성록』 연작보다는 복잡한 구조를 띠고 있다. 윤부, 정부, 하부의 세 가문을 중심으로 돌아가면서 서사가 진행되어 부분적으로 시간의 역전과 동시사건 배열 방식이 나오고 있다. 하지만 전체적인 서사는 시간의 흐름에 따르는 순차적인 구성을 따르고 있고, 전체적인 시간을 맞추어가며 각각의 가문의 서사가 연관되어 전개된다. 또한 비슷한 유형이 사건들이 반복되어 나타나고 있어서 작품 자체를 읽어나가면서 유형성을 파악하고 그것을 통해 전개될 서사를 예상할 수 있다.

『창선감의록』은 세 작품 중 가장 적은 분량의 작품이었지만, 여러 가문의 많은 인물들이 동시에 등장하는 복잡한 서사를 압축적으로 담아내고 있어서 읽어나가기가 쉽지 않은 작품이다. 그래서 『창선감의록』은 읽기 전략이 무엇보다 요구되는 작품이다. 『소현성록』 연작은『창선감의록』에 비해 길이는 상대적으로 길지만, 서사전개가 비교적 단순하여『창선감의록』보다 읽어나가기가 좀 더 수월한 편이다.『소현성록』연작은 시간의 흐름에 따른 순차적인 사건 전개 방식을 따르고 있고, 부각되는 한 인물의 서사가 완전히 끝난 다음에 다른 인물의 서사가 전개되므로『창선감의록』에 비해 단순한 구성을 띠고 있다. 가문 내의 처처 간의 갈등이나 계모의 모해 정도로 가문 내의 문제 상황을 주로 다루고 있다. 장편가문소설의 유형적 서사중 처처 간의 모해와 계모 모해를 주로 담고 있다.『명주보월빙』은 방대한 분량에 복수 주인공이 등장하는 복잡하고 긴 작품이다. 하지만, 장르지식과 읽기 전략을 동원하여 이 작품을 읽어나가면 계모모해담과 간신모해담, 처처모해담으로 집약된 서사가 전개됨을 파악할 수 있다. 또한 다양한 인물의 결합, 인물 결합에 따른 갈등서사 등을 예측하고 확인할 수 있다.

또한 세 작품을 읽어나가면서 작품마다 서로 대응되는 면을 발견할 수 있었다.『창선감의록』과『명주보월빙』에서는 계모형 인물의 모해담, 간신모해담, 처처모해담이 서로 대응이 되었다.『창선감의록』의 계모모해담과 간신모해담이『명주보월빙』에서 반복, 확장된 형태로 구현됨을 발견한 것은 이 책에서 제시한 읽기 전략을 통해 얻은 수확이다.『소현성록』연작과『명주보월빙』에서는 문양공주의 모해와 명현공주의 모해가 대응되고, 소운경의 아내 위씨의 혼사장애가『명주보월빙』의 윤명아의 혼사장애와 대응된다. 또한『명주보월빙』의 처처 모해가『소현성록』연작의 처처 모해보다 더 잔인하고 폭력적인 모습으로 형상화됨을 발견할 수 있다. 이러한 양상은 후속 연구에서 심도 있게 논의될 필요가 있다.

이 책에서는 장편가문소설을 어떻게 읽을 것인지에 대한 방안을 제시했다. 특히 장편가문소설이 인물, 서사, 주제 면에서 유형성을 띠다는 점에 주목하여 이를 장르지식으로 설정하고, 작품을 읽어나가는 데 필요한 장르지식을 구안하였다. 이 장르지식에 효과가 검증된 읽기 전략을 접목하여 장편가문소설을 읽기 위한 전략을 구안하였다. 장편가문소설의 읽기 전략으로, '가계도 그리기', '유형적 인물의 범주화', '인물의 갈등 관계 파악', '유형적 인물의 결합에서 생성되는 유형적 서사 예측하기', '인물의 갈등 관계에서 생성되는 단위담', '단위담에서 자주 쓰이는 유형적 화소 찾기', '서사 전개의 방식', '충, 효, 열의 주제의식의 구현' 등이 그것이다. 장편가문소설을 읽으면서 이와 같은 장르지식과 읽기전략을 익히고 접근해 나가면 장편가문소설의 유형성을 확인할 수 있게 된다. 이러한 과정을 통해 개별 작품 간에 변별되는 고유한 특성을 찾을 수 있다. 또한 다른 장편가문소설도 이와 같은 방안을 적용하여 읽기를 시도해 본다면 수월하게 읽을 수 있다.

이 책에서 제시한 장편가문소설 읽기 방안으로 독자들이 작품을 읽어나간다면, 인물을 파악하고 인물 간의 갈등 관계, 결합 관계 속에서 생성되는 서사를 예측·확인하는 과정을 반복하면서 주제를 이해하는 데까지 이르게 된다. 물론 이러한 방법이 구조주의적인 면모를 띠고 있고, 장편가문소설을 도식화하여 단순하게 감상하는 것 아니냐는 우려를 가져올 수도 있고, 장편가문소설을 꼭 그렇게 읽어야만 하는가 하는 의문을 제기할 수도 있다. 물론 이 책에서 제시한 읽기 방안대로만 장편가문소설을 읽어야 하는 것은 아니다. 장편가문소설 읽기와 관련하여 앞으로 좀 더 확장되고 심층적인 연구를 통해 여러 가지 읽기 방안들이 나와야 할 것이다. 다만, 이 책은 장편가문소설이라는 방대한 분량의 작품을 독자들이 좀 더 쉽게 읽어나갈 수 있도록 도와주는 기초적인 역할을 하는데 의미를 두고 싶다. 장편가문소설을 읽기 위한 하나의 방안으로 이 책은 장편가문소설이라는 거대한 산을 넘기 위한 하나의 작은 안내 지도라고 부르고 싶다. 산을 오르고 내리는 데는 수많은 방안이 있다. 이 책도 이와 마찬가지로 장편가문소설을 읽기 위한 하나의 방안이라 할 수 있다. 이 책에서 제시한 방안이 장편가문소설을 읽고 이해하는 데 도움이 되었으면 한다.

이 책에서는 장편가문소설의 읽기 방안을 모색하고 제시하는데 좀 더 많은 작품을 대상으로 하지 못한 한계를 지니고 있다. 이 책의 내용을 바탕으로 앞으로 장편가문소설 읽기와 관련한 더 많은 후속 연구가 지속되길 바란다.

1. 자료

이지영 옮김, 『창선감의록』, 문학동네, 2010.

최기숙 옮김, 『창선감의록』, 현암사, 2006.

박홍준 윤색 및 주해, 『창선감의록』, 연문사, 2000.

정규복 외 역주, 『명주보월빙』 권1~권5, 한국정신문화연구원, 1980.

최길용 역주, 『명주보월빙』 권1~권10, 학고재, 2014.

정선희 외 역주, 『소현성록』 권1~권4, 소명출판, 2010.

김문희·조용호·장시광 역주, 『현몽쌍룡기』 권1~권3, 소명출판, 2010.

김문희·조용호·정선희·전진아·허순우·장시광 역주, 『조씨삼대록』 권1~권5, 소명출판, 2010.

한길연·김지영·정언학 역주, 『유씨삼대록』 권1~권4, 소명출판, 2010.

김지영·최수현·한길연·서정민·조혜란·정언학 역주, 『임씨삼대록』 권1~권5, 소명출판, 2010.

김수봉 역주 『성현공숙열기』 권1~권10, 한국학술정보, 2010.

임치균·송성욱 옮김, 『화문록』, 한국학중앙연구원출판부, 2011.

임치균·임정지 옮김, 『천수석』, 한국학중앙연구원출판부, 2011.

2. 단행본

강명관, 『열녀의 탄생』, 돌베개, 2009.

구인환 외, 『문학독서 교육 어떻게 할 것인가』, 푸른사상, 2005.

김대현, 『조선시대 소설사 연구』, 국학자료원, 1996.

김성배 외, 『주해 가사문학전집』, 집문당, 1981.

나병철, 『소설의 이해』, 문예출판사, 2016.

류수열, 『문학@국어교육』, 역락, 2009.

문용식, 『가문소설의 인물 연구』, 태학사, 1996.

민족문학사연구소 고전소설사연구반, 『서사문학의 시대와 그 여정』, 소명출판, 2013.

박수자, 『읽기 지도의 이해』, 서울대학교 출판부, 2001.

박영목, 『독서교육론』, 박이정, 2013.

박희병, 『한국전기소설의 미학』, 돌베개, 1997.

송성욱, 『조선시대 대하소설의 서사문법과 창작의식』, 태학사, 2004.

이경화, 『읽기 교육의 원리와 방법』, 박이정, 2005.

이민희, 『고전산문 교육의 풍경』, 강원대학교 출판부, 2011.

이민희, 『조선을 훔친 위험한 책들』, 글항아리, 2008.

이민희, 『조선의 베스트셀러』, 프로네시스, 2007.

이상택, 『한국 고전소설의 이론』 I~II, 새문사, 2003.

이수봉, 『한국가문소설연구』, 경인문화사, 1992.

이순구 외, 『한국고전문학 속의 가족과 여성』, 월인, 2007.

이순영 외, 『독서교육론』, 사회평론, 2015.

이승복, 『고전소설과 가문의식』, 월인, 2000.

이이효재, 『조선조 사회와 가족』, 한울아카데미, 2003.

이정모 외, 『인지심리학』, 학지사, 2009.

임영규 외, 『독서논술지도의 방법과 실제』, 정인출판사, 2008.

임치균, 『조선조 대장편 소설 연구』, 태학사, 1996.

임치균 외, 『장서각고소설해제』, 한국정신문화연구원, 1999.

임치균·박일용·장효현·송성욱, 『장서각 낙선재본 고전소설 연구』, 태학사, 2005.

전성운, 『조선후기 장편국문소설의 조망』, 보고사, 2002.

정길수, 『17세기 한국 소설사』, 알렙, 2016.

정병설, 『완월회맹연 연구』, 태학사, 1998.

정병욱, 『한국고전의 재인식』, 기린원, 1988.

조용호, 『삼대록소설 연구』, 계명문화사, 1996.

조희웅, 『고전소설 문헌정보』, 집문당, 2000.

최기숙, 『17세기 장편소설 연구』, 월인, 1999.

최길용, 『조선조 연작소설연구』, 아세아문화사, 1992.

한국고소설연구회, 『고소설의 저작과 전파』, 아세아문화사, 1994.

한국고전소설학회, 『고전소설교육의 과제와 방향』, 월인, 2005.

한국고전여성문학회, 『한국고전문학속의 가족과 여성』, 월인, 2007.

한길연, 『조선후기 대하소설의 다층적 세계』, 소명출판, 2010.

Gerald Prince, 최상규 옮김, 『서사학이란 무엇인가』, 예림기획, 1999.

Judith W. Irwin, 천경록 이경화 서혁 옮김, 『독서교육론』, 박이정, 2016.

Ryle, G.(1984), *The concept of mind*; 이한우 역, 『마음의 개념』, 문예출판사, 1994.

H, 포터 애빗, 우찬제·이소영·방상익·공성주 역, 『서사학 강의』, 문학과지성사, 2010.

3. 논문

기경신, 「새로운 문식성 환경과 읽기 전략」, 『한어문교육』 11, 한국언어문학교육학회, 2003, 393~414쪽.

강우규, 「삼대록계 국문장편소설 연구」, 중앙대학교 박사논문, 2013.

김경주, 「독자에 따른 읽기 전략의 활용 양상」, 『국어국문학』 133, 국어국문학회, 2005, 51~78쪽.

김경주, 「읽기 과정에서의 인지 전략과 상위 인지 전략」, 『우리말글』 12, 우리말글학회, 2004, 29~50쪽.

김명순, 「구성주의와 읽기 교육의 방향」, 『청람어문교육』 22, 청람어문교육학회, 2000, 43~66쪽.

김문희, 「장편가문소설의 가독성 연구」, 『한국고전연구』 19, 한국고전연구학회, 2009, 181~215쪽.

김봉순, 「읽기 교육 내용으로서의 지식」, 『국어교육학연구』 25, 국어교육학회, 2006, 39~74쪽.

김수연, 「『화씨충효록』 연구」, 이화여자대학교 석사논문, 1998.

김수연, 「『화씨충효록』의 문학적 성격과 연작 양상」, 이화여자대학교 박사논문, 2008.

김종철, 「장편소설의 독자층과 그 성격」, 『고소설의 저작과 전파』, 아세아문화사, 1994.

김중신, 「문학 위기의 응전력으로서의 문학 읽기 전략」, 『독서연구』 2, 한국독서학회, 1997, 69~103쪽.

김진세, 「낙선재본 소설의 특성」, 『정신문화연구』 14, 한국정신문화연구원, 1991, 3~20쪽.

김혜정, 「읽기의 맥락과 맥락 읽기」, 『독서연구』 21, 한국독서학회, 2009, 33~49쪽.

김홍균, 「복수 주인공 고전 장편소설의 창작방법 연구」, 한국정신문화연구원 박사논문, 1991.

박경숙, 「『명주보월빙』에 나타난 인물형상화의 양상과 의미」, 고려대학교 석사논문, 1989.

박상석, 「고소설의 동시사건 서술기법에 대한 사적(史的) 고찰」, 『열상고전연구』 47, 열상고전연구회, 2015, 267~301쪽.

박수자, 「독해전략의 유형과 지도에 관한 연구」, 『국어교육』 89, 한국어교육학회, 1995, 27~58쪽.

박영희, 「17세기 소설에 나타난 시집간 딸의 친정 살리기와 '출가외인' 담론」, 『한국고전여성문학연구』 13, 한국고전여성문학회, 2006, 251~290쪽.

박영희, 「『소현성록』 연작 연구」, 이화여자대학교 박사논문, 1994.

박일용, 「소현성록의 서술시각과 작품에 투영된 이념적 편견」, 『한국고전연구』 14, 한국고전연구학회, 2006, 5~40쪽.

박정진·이형래, 「읽기 교육에서의 콘텍스트: 의미와 적용」, 『독서연구』 21, 한국독서학회, 2009, 9~32쪽.

서정민, 「가권 승계로 본 『소현성록』의 가문의식의 지향」, 『국문학연구』 30, 국문학회, 2014, 203~227쪽.

서정민, 「『소현성록』 이본간의 변별적 특징과 그 산출시기」, 『인문학 연구』 101, 충남대학교 인문과학연구소, 2015, 493~512쪽.

성숙, 「『명주보월빙』 연구」, 이화여자대학교 석사논문, 1979.

성지언, 「독해전략의 탐색」, 『초등교육학연구』 13, 한국초등교육학회, 2006, 193~209쪽.

송성욱, 「17세기 소설사의 한 국면: 『사씨남정기』, 『구운몽』, 『창선감의록』, 『소현성록』을 중심으로」, 『한국고전연구』 8, 한국고전학회, 2002, 241~271쪽.

송성욱, 「대하소설의 남녀 애정 문제: 소설사적 흐름을 중심으로」, 『성심어문논집』 24, 성심어문학회, 2002, 55~74쪽.

송성욱, 「대하소설의 양식적 특성과 의미구현 방식」, 『국문학연구』 6, 국문학회, 2001, 101~126쪽.

송성욱, 「조선조 대하소설의 유형성과 그 이면」, 『개신어문연구』 14, 개신어문학회, 1997, 313~339쪽.

오춘택, 「18세기 소설비평: 『창선감의록』, 『사씨남정기』, 『구운몽』, 『춘향전』을 중심으로」, 『어문논집』 64, 민족어문학회, 2011, 43~77쪽.

윤준채, 「요약하기 전략 지도가 독해에 미치는 영향: 메타 분석적 접근」, 『새국어교육』 81, 한국국어교육학회, 2009, 213~230쪽.

윤준채, 「읽기 전략의 효과에 대한 검토」, 『독서연구』 25, 한국독서학회, 2011, 85~106쪽.

윤준채·이천희·김영란, 「읽기 교육 연구의 방향」, 『한국초등국어교육』 39, 한국초등국어교육학회, 2009, 393~415쪽.

윤현이, 「『임씨삼대록』에 등장하는 악인들의 악행과 징치양상에 드러난 의미」, 『한민족문화연구』 54, 한민족문화학회, 2016, 205~236쪽.

이경남·이경화, 「읽기 기능과 전략의 순환적 작용구조를 활용한 읽기 교육의 방향 모색」, 『청람어문교육』 58, 청람어문교육학회, 2016, 119~147쪽.

이상구, 「장르 중심 국어교육의 전망과 과제」, 『청람어문교육』 48, 청람어문교육학회, 2013, 191~224쪽.

이상택, 「명주보월빙 연구: 그 구조와 존재론적 특징」, 서울대학교 박사논문, 1981.

이성영, 「구성주의적 읽기 교육의 방향」, 『한국초등국어교육』 18, 한국초등국어교육학회, 2011, 57~80쪽.

이승복, 「처첩갈등을 통해서 본 가정소설과 가문소설의 관련양상」, 서울대학교 박사논문, 1995.

이정원, 「조선조 애정전기 소설 시학 연구」, 서강대학교 박사논문, 2003.

이지영, 「『창선감의록』의 이본 변이 양상과 독자층의 상관관계」, 서울대학교 박사논문, 2003.

이지하, 「『소현성록』의 이중성에 내재된 욕망의 실체」, 『반교어문연구』 40, 반교어문학회, 2015, 237~269쪽.

임경순, 「구성주의적 관점에서 문학텍스트 읽기」, 『독서연구』 18, 한국독서학회, 2007, 71~95쪽.

임치균, 「대장편소설의 수신서적 성격 연구」, 『한국문화연구』 13, 이화여자대학교 한국문화연구원, 2007, 83~111쪽.

임치균, 「조선조 대하소설에서의 충·효·열의 구현 양상과 의미」, 『한국문화』 15, 서울대학교 한국문화연구원, 1994, 135~158쪽.

임치균, 「『소현성록』의 여성인물 연구: 색(色)과 덕(德)의 관련성을 중심으로」, 『국학연구론총』 18, 택민국학연구원, 2016, 9~14쪽.

임형택, 「17세기 규방소설의 성립과 『창선감의록』」, 『동방학지』 57, 연세대학교 국학연구원, 1988, 103~176쪽.

장시광, 「'호방' 관련 단어와 대하소설 호방형 남성주동인물의 개념」, 『동방학』 26, 한서대학교부설 동양고전연구소, 2013, 219~259쪽.

장시광, 「대하소설의 여성반동인물 연구」, 서울대학교 박사논문, 2003.

장시광, 「조선 후기 대하소설과 사대부가 여성 독자」, 『동양고전연구』 29, 동양고전학회, 2007, 147~176쪽.

장시광, 「『명주보월빙』의 여성수난담과 서술자의식」, 『한국고전여성문학연구』 17, 한국고전여성문학회, 2008, 309~342쪽.

장효현, 「장편가문소설의 성립과 존재양태」, 『고소설의 저작과 전파』, 아세아문화사, 1994.

정규복, 「제일기언에 대하여」, 『중국학논총』 1, 고려대학교 중국학연구회, 1984, 73~100쪽.

정길수, 「17세기 장편소설의 형성경로와 장편화 방법」, 서울대학교 박사논문, 2005.

정명기, 「세책본소설의 유통양상: 동양문고 소장 세책본 소설에 나타난 세책장부를 중심으로」, 『고소설연구』 16, 한국고소설학회, 2003, 71~100쪽.

정병설, 「장편 대하소설과 가족사 서술의 연관 및 그 의미」, 『고전문학연구』 12, 한국고전문학회, 1997, 221~249쪽.

정병헌, 「대학 고전문학 교육의 현상과 전망」, 『한국고전연구』 15, 한국고전연구학회, 2007, 5~26쪽.

정보미, 「고전 국문 장편 소설 교육을 위한 장르 지식 연구: 『소현성록』의 사용역 분석을 중심으로」, 『고전문학과 교육』 34, 2016, 5~39쪽.

정선희, 「고전소설 속 여성생활문화의 교육적 활용방안 연구: 국문장편소설을 중심으로」, 『한국고전연구』 22, 2010, 83~121쪽.

정선희, 「고전소설 연구와 교육의 소통: 대학 고전소설 교육의 개선을 위하여」, 『고소설연구』 38, 한국고소설학회, 2014, 129~155쪽.

정선희, 「영웅호걸형 가장의 시원: 『소현성록』의 소운성」, 『고소설연구』 32, 한국고소설학회, 2011, 153~186쪽.

정선희, 「장편고전소설에서 여성 보조인물의 추이와 그 의미」, 『고소설연구』 40, 한국고소설학회, 2015, 169~201쪽.

정진석, 「소설 읽기에서 장르 지식의 탐구와 소설교육의 내용」, 『독서연구』 33, 한국독서학회, 2014, 199~233쪽.

정창권, 「『소현성록』의 여성주의적 성격과 의의: 장편규방소설의 형성과 마련」, 『고소설연구』 4, 한국고소설학회, 1998, 293~328쪽.

정환국, 「17세기 소설에서 '악인'의 등장과 대결구도」, 『한문학보』 18, 우리한

문학회, 2008, 557~588쪽.

조광국,「고전소설의 부부캐릭터 조합과 흥미:『유씨삼대록』의 경우」,『개신어문연구』 26, 개신어문학회, 2007, 55~85쪽.

조광국,「『소현성록』의 벌열 성향에 관한 고찰」,『온지논총』 7, 온지학회, 2001, 87~104쪽.

조혜란,「소설의 유형성과 독서 과정: 창작군담소설을 중심으로」,『이화어문논집』 11, 이화어문학회, 1990, 289~304쪽.

진경환,「『창선감의록』의 작자 재론: 조성기와 김도수의 관계를 중심으로」,『어문논집』 31, 1992, 179~195쪽.

진경환,「『창선감의록』의 작품구조와 소설사적 위상」, 고려대학교 박사논문, 1992.

진경환·박희병,「『창선감의록』의 사실주의적 성격과 낭만적 구성」,『고전문학연구』 6, 한국고전문학회, 1991, 9~62쪽.

최길용,「명주보월빙 연작소설 연구」, 전북대학교 석사논문, 1984.

최병흔,「초인지 학습 능력 발달을 촉진하는 국어과 교수-학습 전략」,『청람어문교육』 26, 청람어문교육학회, 2003, 57~82쪽.

최수현,「『임씨삼대록』의 여성인물 연구」, 이화여자대학교 박사논문, 2010.

한길연,「대하소설의 능동적 보조인물 연구」, 서울대학교 석사논문, 1997.

한길연,「『완월회맹연』의 서사문법과 독서역학」,『한국문화』 36, 2005, 27~55쪽.

홍정원,「구조 분석을 통한 국문장편소설의 교육적 활용 방안 연구」, 강원대학교 박사논문, 2017.

『명주보월빙』 내용 요약

권1: 윤부의 소개와 위·유 부인의 가권 획득 욕망

송나라 진종황제 즉위 시 홍문관 태학사 이부상서 금자광록태우 명천선생
윤현의 자는 문강으로 집안이 대대로 높은 벼슬을 한 집안이었다.

윤공의 부친 윤노공은 처로 황부인과 위부인, 첩으로 구파를 두고 있었다.

황부인의 소생이 윤현이고, 위부인 소생으로 윤수가 있었는데, 황부인과
윤노공이 먼저 세상을 떠나고 만다.

위부인은 윤현을 제치고 아들 윤수가 계후가 되기를 바라나, 윤수는 윤현
과 사이가 좋았다.

윤현과 조부인에게 여아 윤명아가, 윤수와 유부인에게 여아 경아, 현아가
있었다.

윤현의 꿈에 선인이 나타나 쌍둥이 남아를 얻지만, 윤현은 만리타향에서
죽는다고 알린다.

윤현, 정공, 하공이 뱃놀이 도중 적룡에게서 명주 네 알, 보월패를 받고,
이것을 신물로 삼고 자녀들의 혼약을 서로 맺는다.

위태부인과 유부인은 가권을 차지하기 위해 윤현과 조부인을 없앨 마음을
먹는다.

윤현이 금국 사신으로 떠나자, 위태부인이 조부인에게 독을 먹여 죽이려
하나, 구파가 해독제를 먹여 조부인을 살린다.

윤현은 금국 정벌 길에 친구 화도사를 만나고, 화도사는 윤현의 초상화를 그려 훗날 윤현의 아들에게 준다고 한다.

권2: 금국 사신으로 간 윤현의 죽음과 쌍둥이 아들의 출생

금국에 간 윤공은 호삼개에게 저항하다 자결하고, 호삼개는 회개하고 투항한다.

조부인이 쌍둥이 남아(광천, 희천)를 낳고, 정공의 부인 진씨는 여아(정혜주)를 낳는다.

정공이 윤공의 쌍둥이 중 한 명과 자기 딸을 결혼시킬 생각을 한다.

위·유부인은 윤현의 자녀 윤명아, 쌍둥이 형제를 미워한다.

유부인의 장녀 경아가 석준과 혼약하나 석준이 경아의 불인함을 알고 멀리한다.

권3: 하부의 세 아들이 역모 누명으로 죽음

위·유부인이 합세하여 윤현의 일가를 없앨 생각을 한다.

정상서는 윤현의 아들 광천을, 하진은 희천을 각각 사위로 삼기로 한다.

김탁이 하진에게 앙심을 품고, 개용단을 먹고 하진의 세 아들로 변신하여, 황제의 침실을 습격하여 암살하려 한 것으로 꾸민다.

이에 하진의 세 아들이 역모죄로 죽고, 첫째 며느리 임씨가 자결한다.

하진은 하남 순무를 마치고 돌아오던 중 이 소식을 듣고 옥에 갇힌다.

정천흥은 김탁의 집에 습격하여 김후에게 하씨 집안 역모가 김후의 모해임을 밝혀내고 하진을 죽이지 않겠다는 약속을 받고, 김후의 손가락을 베어 후일 증좌로 쓰기로 한다.

권4: 하진은 아들의 환생을 계시 받고 귀양가고, 위·유부인은 명아의

혼사를 방해함

김후가 정천흥에게 혼나고, 하진을 죽이지 말라고 황제에게 부탁하여 하
진이 풀려난다.

하진의 가족(하진, 하원광, 하영주, 조부인)은 촉으로 귀양을 가게 된다.

하진의 죽은 세 아들이 환생한다는 꿈을 꾸고, 조부인이 잉태한다.

정천흥이 13세가 되어 윤명아와 결혼하려 하자, 위·유부인이 이를 방해할
계획을 세운다.

윤수는 희천을 계후로 삼고, 항주 선산에 투장 문제를 해결하러 내려간다.

이 틈에 위태부인이 사촌 위방에게 윤명아를 강제 결혼시키려는 일을
꾸민다.

조부인과 윤명아를 강정으로 가게 하여 윤명아를 납치하려는 계획이다.

권5: 윤명아가 피신하고, 정천흥은 과거 급제함

윤명아가 남복을 입고 피신하고, 주영이 윤명아를 대신하여 위방에게 잡
혀간다.

윤명아는 금능으로 피신가고, 조부인은 윤명아가 도적에게 잡혀갔다고
둘러댄다.

윤수가 항주에서 돌아와 윤명아의 행방불명을 듣고 분해한다.

윤명아가 피신가다 혜원이고를 만나 벽화산 취월암에서 3개월간 머물며
액운을 없앤다.

정천흥이 조모를 졸라 과거에 응시하고, 선비 4명의 대리 답안을 작성해
합격시켜 준다.

정천흥 문·무 장원에 급제하자, 양평장이 양소저를 재실로 들일 것을 부탁
한다.

권6: 윤명아의 행방이 알려져 정천흥과 결혼이 성사됨

정천흥이 조상묘에 인사드리고 오다가 윤명아의 시비를 만나 윤명아의
　　행방을 알게 된다.

정천흥이 윤명아와 만나 혼사가 이루어지게 되자, 위·유부인이 분노한다.

구몽숙을 시켜 맹한과 윤명아가 사귀었다는 말을 하며 모해하나, 정천흥
　　이 무시한다.

정천흥과 윤명아의 혼사가 진행된다.

권7: 윤수가 은주로 떠난 뒤, 위·유 부인이 조부인, 윤광천 형제를 모해함

구몽숙이 정천흥 앞에서 윤명아가 부정하다고 모해하나, 정천흥은 무시한다.

윤수가 은주 안렴사로 파견되자, 위·유부인이 윤광천 형제에게 독이 든
　　음식을 먹이고 조부인에게서 종부(宗婦)의 권리를 빼앗는다.

위방에게 잡혀간 주영이 합방을 거부하다가 윤소저가 아님을 말하고 도망
　　쳐 온다.

권8: 윤현아와 김중광의 늑혼이 추진되자 현아가 피신하고, 광천형제는
노역에 시달림

유부인이 김후의 아들 김중광과 현아의 결혼을 추진한다.

김중광이 여장을 하고 현아를 보러 올 것을 알고 희천이 여장을 하고
　　김중광을 맞이한다.

여장한 희천이 김중광을 구타하고 잘못된 점을 말한다.

위태부인은 광천형제를 멀리 심부름 보내고 그 틈에 현아를 김중광과
　　결혼시키려 한다.

광천 형제가 현아를 강정으로 피신시키자, 위·유부인은 현아의 결혼을
　　미룬다.

위태부인이 광천형제에게 노역을 시키고, 밥을 안주고 매를 들자, 정천홍
이 지켜보다가 위태부인과 유부인에게 돌을 던져 복수하나 천벌로 여
긴다.

위·유부인이 윤명아의 귀녕을 요청하여 윤명아가 윤부로 온다.

위·유부인이 구몽숙에게 정천홍을 죽이고 윤명아를 빼앗으라 하자 구몽
숙이 어렵다고 한다.

권9: 윤수가 돌아오자 위·유부인의 광천 형제에 대한 모해도 중단되고,
현아가 돌아옴

정천홍의 벼슬이 올라 간의태우 문연각 태학사 표기장군, 죽청선생이 된다.

정공과 진부인에게 여아가 태어나고 윤수는 은주지역 순무를 성공적으로
한다.

구파는 모친상을 당해 절강으로 가고, 윤수가 돌아온다.

이에 위·유부인이 광천 형제에게 새 옷을 입히고 먹을 것을 주며 위장한다.

광천형제는 강정에 숨어 있던 현아를 돌아오게 하고 위·유부인의 악행을
숨긴다.

윤수가 광천형제가 노역에 시달렸다는 말을 캐묻자 미친 행동을 하며
사실을 숨긴다.

광천 희천 형제는 위·유부인에게 효를 다하려고 진실을 말하지 않는다.

윤수가 하공의 편지를 받고 현아소저를 결혼시키려 촉으로 떠난다.

구몽숙이 현아의 결혼이 불가함을 얘기하자, 유부인은 속상해한다.

권10: 윤수와 현아가 촉으로 떠나자, 위·유부인이 윤명아와 조부인을
모해함

구몽숙이 윤수와 현아의 촉행에 동행한다.

위·유부인이 조부인에게 말 못하는 약을, 귀녕온 윤명아에게 독약을 강제로 먹인다.

독에 중독된 윤명아를 피농에 넣어 버리려는 것을 시비 현앵이 정천흥에게 알린다.

정천흥이 윤명아를 구해 십자로 마섬의 집에 피신시킨다.

정천흥은 윤명아를 피농에 넣어가던 형봉을 죽이고, 윤부로 가져가 위·유부인에게 보이며 황건역사라며 개과천선하지 않으면 죽인다고 말한다.

위·유부인이 놀라 조부인에게 말하는 약을 먹이고, 개용단을 먹인 가짜 명아를 정부로 보낸다.

정천흥이 가짜 명아를 알아보고 이실직고를 받아낸다.

조부인은 그간 사정을 현앵을 통해 알고, 구파가 돌아와 양공자가 무사함을 보고 안심한다.

정부에 간 가짜 명아 춘월은 친척집에 간다며 사라진다.

권11: 현아와 하원광이 결혼하고, 신묘랑에게 납치된 하영주는 실절위기에 투강함

윤수와 현아가 서촉에 당도하여 하진을 만나는데, 하원광은 13세이다.

구몽숙은 하원광에게 윤현아를 간부로 몰아가는 모해를 여러 차례 감행한다.

하원광이 하진에게 이런 상황을 말하자 모함이라 일축하나, 하원광은 현아를 의심한다.

하원광과 윤현아의 결혼식이 거행된다.

구몽숙이 윤현아를 납치하려다가 옆의 하영주를 보고 반하여 기물로 삼고자 한다.

구몽숙의 부탁으로 신묘랑이 호표로 변해 하영주를 납치해준다.

하영주가 실절위기에 처하자 강에 몸을 던진다.

물에 빠져 떠내려 오는 하영주를 정천흥이 구하고 결약남매를 맺는다.

정천흥이 조상묘를 둘러보고 경사로 가는 도중 이학사의 요청으로 하루 머무른다.

권12: 정천흥이 이수빙과 결혼하고, 윤명아는 남아를 출산함

이학사 이춘이 정천흥에게 청혼하자, 정전흥이 부모허락을 이유로 미룬다.

정천흥이 하영주를 데려와 부모님께 자초지종을 말하고 정부에 머물게 한다.

정공이 촉의 하진에게 하영주가 정부에 있음을 알린다.

이학사가 수빙과 정천흥, 연빙과 정인흥의 결혼을 요청하자 정공이 허락한다.

구몽숙이 유부인과 만나 윤공자, 조부인, 구파를 없앨 방법을 논의한다.

신묘랑이 유부인에게 돈을 뜯어내 절을 짓는다.

정부에 있는 하영주가 자신의 무사함을 알리는 편지를 하부에 보낸다.

진부인의 꿈에 원상이 환생한다는 계시를 받고, 남아를 출산한다.

구몽숙이 경사로 돌아와 한원에 종사하고 정인흥이 장원급제하여 금문직 사가 된다.

운남왕이 침범하여 정천흥이 출정하고 윤명아는 남아를 출산한다.

권13: 위·유부인이 광천 형제를 모해하고, 정혜주의 혼사를 방해하나 실패함

윤부의 윤광천은 출세지향의 영웅적 풍모를, 윤희천은 도학군자의 풍모를 보인다.

신묘랑, 위·유부인이 조부인과 광천형제를 해치려고, 저주물을 처소에 묻는다.

광천형제가 이런 모해를 알고 있으나, 위·유부인에게 효를 위해 모두 없애
　버린다.

윤광천과 정혜주의 혼사가 논의되자 유씨는 구몽숙과 혼사를 방해할 계책
　을 세운다.

구몽숙이 자객이 되어 광천형제를 죽이려 하나 적룡, 황룡이 나타나 실패
　한다.

윤희천은 자객이 유부인이 보낸 구몽숙임을 알고 탄식한다.

황태자 후궁 간택이 시작되자, 유부인이 정혜주의 혼사를 방해하기 위해
　유황후에게 정혜주를 후궁으로 추천한다.

정혜주가 윤가와 정혼했음을 밝히고 혈서로써 저항하자, 황제가 감동하여
　정혜주의 후궁 간택을 취소하고 정문 포장하여 보낸다.

권14: 윤광천과 정혜주의 혼사가 성사되고 정천흥은 운남 정벌에서 승리함

유부인의 외조모가 위중하여 박부로 떠나게 되자 광천의 혼사가 진행된다.

광천이 장원급제하여 중서사인 집현전 태학사가 된다.

정부에서는 흉포한 위·유부인이 있는 윤부로 정혜주를 시집보내며 걱정
　한다.

윤광천이 항주에 있는 선묘에 소분하러 떠나자, 위·유 양흉은 정혜주에게
　보리죽을 준다.

정천흥이 운남 토벌을 위해 전당강을 건널 때 전당강 야차를 부적으로
　제압한다.

운남왕은 정천흥을 우습게 보나, 운남왕과 대결에서 모두 이기고 항복을
　받는다.

정천흥이 3월에 정벌에 나서 4월에 항복을 받고 7월까지 운남을 진정시키
　고 가을에 경사로 돌아온다.

권15: 운남공주 운영과 문양공주가 정천흥을 흠모하고, 정천흥은 경씨를 불고이취함

운남공주 운영이 정천흥의 풍모에 반해 궁녀 경향과 함께 정천흥의 뒤를 따라온다.

정천흥이 돌아가는 길에 경소저를 불고이취하고, 4명의 창기도 함께 데려온다.

정천흥이 경사로 돌아와 황제를 배알하는데 문양공주가 정천흥의 위의를 보고 반한다.

정천흥이 정부로 돌아오자 윤명아는 남아를, 양난염은 여아를 보여준다.

정공은 정천흥이 불고이취 사실을 모르지만 항주에서 늦게 온 것에 대해 의심한다.

윤추밀이 하영주와 윤희천의 혼사를 논의하자고 한다.

윤추밀이 윤명아의 귀녕을 말하자, 정천흥이 험한 꼴 당해서 안 된다고 거절하나, 윤추밀이 무슨 말인지 못 알아듣는다.

권16: 윤추밀이 하영주의 소식을 듣고 윤희천과의 혼사가 성사됨

정천흥이 윤추밀에게 하영주가 정부에 머문 지 3년 되었다고 그간의 일을 말한다.

정천흥이 하영주를 납치한 사람이 구몽숙임을 알리고 더 이상 언급을 회피한다.

윤희천과 하영주의 혼사가 비밀리에 추진되고 정혜주가 귀녕한다.

진부에서 윤광천이 진성염의 초상화를 보고 반하여 재취할 생각을 한다.

정천흥이 윤광천과 진성염의 결혼을 주선한다.

윤희천과 하영주의 결혼이 성사된다.

권17: 정천흥과 문양공주의 사혼이 거행되고, 윤광천은 진성염과 결혼함

위·유부인은 구파와 조씨, 윤광천 형제 일기를 모두 없앨 궁리를 한다.

신묘랑이 도봉잠, 익봉잠을 유부인에게 주며 윤추밀의 마음을 바꾸어보라
  한다.

문양공주가 정천흥을 보고 상사병이 나자 김귀비가 황제에게 정천흥을
  부마로 삼자고 한다.

황제가 글짓기 경연을 통해 정천흥에게 부마로 삼기로 한다.

정천흥이 불가함을 아뢰나 황제가 진노하여 늑혼이 추진된다.

윤광천과 진성염의 혼사가 추진되고 정혜주가 길복을 만든다.

정혜주와 진성염은 표종(외종사촌) 관계이므로 서로 화락한다.

정천흥의 3처를 본가로 보내라는 황명이 내려지자, 정부에서는 3부인을
  별원으로 보낸다.

정천흥이 이에 상실감에 빠진다.

권18: 윤희천이 장원 급제하고 장설을 후처로 맞이하고, 윤수와 구파는
요약에 중독됨

정천흥과 문양공주의 결혼식이 거행된다.

문양공주의 독한 기운과 요약한 심정을 간파하고 정천흥은 예의를 다하나
  소박을 놓는다.

정부에서는 하영주와 정혜주의 귀녕을 요청하자 교대로 왔다가 돌아간다.

윤추밀이 희천의 과거응시를 권유하여 장원 급제하자, 장협이 윤희천에게
  청혼한다.

경아가 석학사가 오씨와 화락하자 분노가 극에 달한다.

유부인이 윤추밀에게 익봉잠을 먹이고, 구파에게 현혼단을 먹인다.

윤추밀의 판단력이 흐려지고 구파는 백치처럼 행동한다.

권19: 위·유부인이 조부인을 해하려 하나, 정혜주가 이를 막음

윤광천이 윤추밀과 구파가 요약에 중독되었음을 직감한다.

윤추밀이 태도가 변하자, 윤광천 형제가 윤추밀과 구파를 구할 방안을 모색한다.

윤희천과 장소저의 결혼이 추진된다.

위·유부인이 며느리에게 보리죽을 먹이고 노역을 시킨다.

정혜주가 시어머니 조부인에게 찾아가 화가 닥칠 것을 말한다.

조부인이 정부로 가게 되는데, 인형으로 대신하자고 한다.

신묘랑이 조부인이 탄 가마를 습격하여 조부인을 죽게 하고 호표가 이를 납치한다.

하영주가 이 말을 듣고 자신이 납치될 때 상황과 같으므로 동일인의 짓이라 한다.

조부인이 화를 당한 것으로 위장하고 광천형제가 모친 조부인을 외가로 피신시킨다.

권20: 정천흥은 경씨를 못 봐 우울해하고, 위·유부인은 정혜주를 위방에게 보내려 함

신묘랑은 조부인을 죽였다며 유부인에게서 돈을 뜯어낸다.

윤부의 며느리들은 위·유부인이 주는 고난을 이겨낸다.

정천흥이 옥화산으로 피신 간 조부인에게 인사드린다.

정천흥이 세 부인과 헤어져 있고, 경씨를 자주 만나지 못하자 우울해한다.

정천흥이 황제에게 경참정을 경사로 부르고 경씨를 넷째 부인으로 인정해 달라고 요청한다.

황제가 공주를 가벼이 여기지 말라 하고 경참정을 경사로 부른다.

정천흥이 경소저를 만나게 된다.

위·유 양흉이 정혜주를 위방에게 팔아 버리려 계략을 꾸민다.

신묘랑이 정혜주를 납치하려 하니 실패하고, 오히려 정혜주에게 귀를 베인다.

권21: 정혜주가 위방을 따돌리고, 유교아는 윤광천과 결혼하나 소박맞음

신묘랑이 도망가고, 유부인이 정혜주에게 윤명아의 화란에 대해 묻는다.

정혜주가 유부인의 속셈(가짜 윤명아 춘월의 사생을 알려함)을 알고 말해준다.

정혜주는 위방이 자신을 노릴 것을 알고 계책을 세운다.

정혜주가 자신을 모해하리라는 것을 짐작하고 가마에 이곽이라는 장사를 태운다.

위방이 이 가마를 납치하려다가 오히려 이곽에게 매를 맞는다.

정혜주가 위방을 따돌리고 옥화산에 가서 조부인을 만난다.

유부인은 선친의 기사가 임박하여 경아를 데리고 유부로 간다.

유부인의 오빠 유금오의 딸 유교아가 윤광천을 보고 반하여 청혼하자 윤추밀이 수락한다.

옥화산에 있던 정혜주와 윤명아가 윤광천의 결혼소식을 듣고 윤부와 정부로 돌아간다.

유부인이 신묘랑에게 유교아의 팔자를 묻자 험악하며 17세에 죽을 팔자라고 말한다.

위태부인이 정·진씨에게 노역을 시키고 윤광천에게 독약을 넣었지만 효력이 없다.

정·진 양부인을 향한 간부서를 만들어 시험해도 윤광천이 무시해 버린다.

윤광천은 정혜주에게 신경질을 내며 유교아와 가까이 지내지 않겠다고 말한다.

권22: 위·유부인이 정혜주, 진성염를 모해하여 연원정에 가둠

유교아, 윤경아, 유부인이 신묘랑과 함께 윤광천의 부인을 강상대죄로
　　쫓을 계교를 꾸민다.

위태부인 침전에 요예지물을 묻고, 정씨와 진씨의 필체를 위조하여 축사
　　를 쓴다.

위태부인은 아프다며 자리에 눕고, 정혜주와 진성염이 강상대죄로 연원정
　　에 갇힌다.

두 부인이 연원정의 석간수를 마시고 겨우 연명한다.

시비 홍선이 다른 노복에게 알려 비밀리 연원정 바위 틈으로 곡식을 넣어
　　연명하게 된다.

유부인은 하·장 소저에게 신묘랑이 요구하는 육 폭의 수를 놓는 강제노역
　　을 시킨다.

신묘랑은 수놓은 것을 보며 좋아한다.

권23: 노역에 시달리는 광천형제와 연원정에 갇힌 정혜주, 진성염을 정
천흥이 구호함

윤광천 형제가 쌀을 져 나르는 노역에 시달리자, 이를 정세흥이 보고 정부
　　에 아뢴다.

정부에서는 윤부의 일이 심상치 않음을 알게 된다.

윤추밀이 익봉잠에 중독되어 건강이 악화된다.

유씨는 윤광천 형제를 구타하는데 이를 석준과 정천흥이 목격하다.

정천흥이 돌을 던져 위·유 양흉의 뒤통수를 맞추고, 윤광천 형제를 치료한다.

정천흥이 정부와 연원정을 굴을 뚫어 돌보기로 한다.

문양공주는 정천흥에게 소박을 맞고, 공주가 삼부인을 만나고 싶다고 정
　　공에게 요청한다.

권24: 윤명아가 자객의 침입을 막고, 정천흥이 삼부인과 화락하자 공주가 질투함

정공이 공주의 속셈을 눈치 채고 그럴 필요가 없다고 무마시킨다.

최상궁이 공주에게 자객을 들여 삼부인을 죽이자고 충동질한다.

윤명아가 액운을 직감하고 처소 주변에 함정을 파게 한다.

자객 장후걸이 함정에 빠져 잡히고, 정공이 자객을 약을 먹여 죽이고 시신을 치우라 한다.

한상궁이 공주의 불의를 보고 직간한다.

정천흥이 이씨가 낳은 남아를 보고 기뻐하고 윤명아에게 윤부의 일을 얘기한다.

정천흥은 삼부인과 화락하고 공주는 이를 질투한다.

최상궁이 삼부인을 문양궁에 잡아두고 감시하려하자 정공이 허락하지 않는다.

권25: 운남공주 운영이 신묘랑과 모의하여 정천흥과 사혼을 이룸

문양공주가 태부인에게 인사하고 삼부인을 만나니 태부인이 화목하게 지내라 한다.

운남 공주 운영이 남복을 하고 정천흥을 찾아오다가 많은 어려움을 겪는다.

운영이 전단강을 건너다 도적을 만나 말을 빼앗기고 절에서 화도사의 도움을 받는다.

신묘랑의 주선으로 운영이 경선공주의 수양딸로 들어가 정천흥의 첩이 될 계획을 세운다.

운영은 신묘랑에게 정천흥의 부채와 부채고리를 훔쳐오게 하여 정천흥이 자신을 겁탈하고 예물로 주었다 모함한다.

경선공주가 황제에게 말하여 운영과 정천흥의 사혼교지가 내려진다.

정천홍이 억울해 하고 정세홍이 그 물건을 보았다고 하여, 경선궁 나인을
　문초해 밝힌다.

권26: 문양 공주의 첩자 노릇을 하는 운영을 정천홍이 혼내줌

황제가 사혼교지가 내려져 억지로 운영과 억지로 결혼한다.

운영이 삼부인의 처소를 염탐하고 문양궁의 첩자노릇을 하자 정천홍이
　죽이려 한다.

윤명아가 정천홍의 행동을 말리고 운영에게 아량을 베풀자 운영이 이런
　짓을 하지 않는다.

문양공주가 황제에게 정천홍의 무심함을 말하자, 황제가 정천홍에게 공주
　와 화락하라고 한다.

정천홍이 공주의 비홍을 없애러 가서 최상궁과 궁녀들을 내쫓자 공주가
　불쾌하게 여긴다.

권27: 유교아가 장사왕에게 개가하고, 정·진 양소저는 강상대죄(치독)의
누명을 씀

윤추밀은 약에 중독되어 업무처리를 못하자, 석추밀이 대신한다.

유교아과 윤광천은 화락하지 못하고, 윤희천은 병이 난다.

유부인은 경아가 석준에게 박대 받고 윤현아가 멀리 떠났음을 한하며
　광천형제를 원망한다.

윤광천이 희천에게 윤추밀과 구파의 병을 치료하기 위해 집을 떠나 구완
　할 것을 제안한다.

윤희천이 구파가 절강으로 치료하러 가는 길에 도적을 만나 행방불명된
　것으로 꾸며 옥화산으로 빼돌린다.

유교아가 윤광천에게 소박맞자 윤광천을 죽이고 개가할 생각을 한다.

신묘랑이 유교아에게 장사왕을 소개하고, 금계에게 개용단을 먹여 유교아로 변신시키고 유교아는 장사왕과 결혼한다.

위태부인은 정혜주와 진성염을 각각 벽화정, 채영각으로 옮기라고 한다.

하, 장 양소저가 채영각의 진소저를 보러 가게 하고, 이 사이 유부인이 시녀에게 개용단을 먹여 하, 장 양소저로 변신시켜 일을 꾸민다.

가짜 하, 장소저가 위태부인과 윤추밀에게 약봉지를 내밀며 정, 진 양소저가 자신들에게 어른을 죽이라 시켰다고 고하자, 윤추밀은 판단이 흐려져 이를 믿는다.

위태부인이 철편으로 희천을 구타하고 광천은 진소저 해산 후에 논죄할 것을 요청한다.

유부인이 하·장을 협실에 가두고 진소저를 구타하라 명한다.

광천이 나중에 해산 후 하자고 요청하나 태부인이 통곡한다.

권28: 정·진 양소저가 수난을 당하고, 정천흥은 하진의 억울함을 밝힘

유부인이 진성염을 구타를 재촉하자 윤광천이 진씨를 구타하고 강정에 보내 구호하게 한다.

정천흥이 정·진을 만나고자 하나 윤광천이 정혜주는 벽화당, 진성염은 강정에 있다 말한다.

정천흥이 윤희천에게서 독약사건 얘기를 듣고 개용단으로 얼굴이 바뀔 수 있음을 말한다.

진씨 형제가 진소저의 모습을 보고 참담해 한다.

장사왕은 유교아를 왕후로 삼는다.

문양공주는 임신하고, 황태자비가 황손을 생산하자, 국가의 대사면이 계획된다.

정천흥이 이때를 타 하진의 억울함을 얘기하고 김후의 손가락을 증좌로

제시한다.

이에 하씨 가문의 무고가 밝혀지고 사면된다.

관계자인 두선과 오확을 잡아 문초하고 초사를 받아내고, 황제가 김후를
    엄문한다.

권29: 하공이 방면되고, 문양공주는 윤·양 부인을 모해함

하공이 방면되고 참지정사 정국공에 봉해지고 상경한다.

김탁과 초왕은 정천흥을 원수처럼 여긴다.

정공은 하진이 정부에 와서 머물 것을 권한다.

운남공주 운영이 개과천선하는데 문양공주는 낙태한다.

최상궁이 윤, 양소저의 필체로 축사를 쓰고, 저주물을 묻어 공주의 낙태를
    주도했다 모해한다.

정천흥은 이를 문제 삼지 않는다.

이런 가운데 정천흥이 불고이취한 경소저가 득남한다.

최상궁이 개용단은 사용하여 공주에게 독을 쓴 것처럼 윤명아를 모해한다.

윤부인이 공주의 죽에 독을 타고 요예지물을 묻고 축사를 써 낙태한 것으
    로 모해한다.

최상궁의 사주로 개용단을 먹고 녹섬(윤명아의 시비)으로 변한 세향이
    윤명아가 한상궁과 모의하여 공주를 죽이려 했다고 모해한다.

또한 녹섬은 독약을 양부인이 협사에 두고 한상궁을 통해 공주를 없애라
    고 했다며 양부인과 한상궁까지 헐뜯는다.

최상궁이 옥리에게 약 탄 술을 먹이고 옥에 갇힌 녹섬(개용단을 먹은 세향)
    을 탈출시킨다.

오왕과 정왕이 이에 대해 오왕은 이를 그대로 믿으나 정왕은 냉정히 따져
    보자고 한다.

오왕이 이를 황제에게 고하자, 황제가 초사와 축사를 형부상서에게 주며
　진실을 밝히라 한다.

정천홍이 초사의 틀린 부분을 지적하나 황제는 정천홍이 정부에 없었음을
　추궁한다.

정공은 녹섬 때문에 애매한 윤명아가 화를 당한 것을 안타깝게 생각한다.

권30: 윤·양·이 삼부인이 출거 당하고, 윤·양 부인은 북궁에 납치됨

정공이 윤명아에게 녹섬의 행방을 묻자 윤명아가 모른다고 한다.

윤·양·이 삼부인이 죄를 청하고 양부인의 처소에서 독약이 발견된다.

양씨의 비자 영교가 양씨가 윤, 이 양부인과 공주를 질투하여 일을 꾸몄다
　고 참소한다.

황제는 윤·양·이 삼부인을 내칠 것을 명하여 친정으로 내쳐진다.

영교는 문양궁으로 피신하나 독주를 먹여 죽인다.

윤추밀이 윤명아와 옥누항에 가는 길에 구몽숙이 윤추밀을 자기 집으로
　인도한다.

이 사이 윤명아는 김귀비의 북궁으로 납치된다.

윤명아는 북궁 냉옥에 갇히고 굶주리나 태섬이 도와주고 이어 양씨도
　잡혀온다

양씨는 신묘랑이 호표로 변신하여 납치해 온 것이다.

권31: 정혜주가 유교아를 죽였다는 모해로 장사로 유배감

김귀비는 신묘랑에게 감사하며 성찬을 대접한다.

태섬이 지속적으로 윤·양 부인에게 음식을 가져다주며 구호한다.

윤추밀은 윤명아가 행방불명된 걸 알게 되고 윤광천은 항주 선묘에 분묘
　후 돌아온다.

정혜주가 연원정 누옥 벽화정에 갇혀 아이를 낳고 굶주린다.

윤광천 형제가 국과 밥을 챙겨 벽화정으로 가서 구호한다.

진성염은 강정에서 분만 후 운산으로 간다.

윤부에 금계가 유교아 모습으로 지내는데, 신묘랑이 정혜주로 변신하여
유교아를 죽이고 정혜주에게 뒤집어씌운다.

정혜주가 정문포장 받은 것으로 죄를 사하나 장사로 유배를 가게 된다.

정천흥이 정혜주와 하영주를 데려가겠다고 윤추밀에게 청하고, 정혜주는
유교아가 죽지 않았다고 생각한다.

**권32: 정혜주가 유배지로 떠나고, 촉의 하부로 시집 간 윤현아는 효부의
도리를 다함**

정소저가 하직인사를 하러 정부에 와서 윤, 양이 납치된 걸 알게 된다.

정공이 광천에게 유교아가 죽어도 상복을 안 입은 이유를 묻자, 딴 사람이
죽었다고 답한다.

정혜주의 장사 가는 길을 정인흥이 동행하는데 옥화산에 들러 조부인께
하직 인사한다.

구파는 몸이 회복되었으나, 조부인과 함께 옥화산에서 생활한다.

유부인이 유교아에게 정혜주가 장사로 가니 기회를 보아 죽이라고 알린다.

유씨가 윤희천에게 심하게 대해도 윤희천은 효성을 다한다.

윤현아는 하원광과 결혼하여 하부 촉지에서 효부의 도리를 다한다.

하원광은 윤현아를 음부로 의심하여 박대한다.

권33: 경사로 돌아온 하진이 요약에 중독된 윤추밀을 걱정함

하진이 방면되어 참지정사 정국공에 제수되어 7년 만에 경사로 돌아온다.

정공이 하진에게 취운산 별원에서 생활하라고 한다.

하진이 정공을 만나나 윤추밀은 병으로 나가지 못한다.

임공이 생녀하였는데, 죽은 여아와 같다고 하자 하진이 이상히 여긴다.

황제가 하진을 만나 하부를 오해한 것을 말하고, 하진의 아들들은 간신들이 개용단을 써서 모해했기에 억울하게 누명을 썼다고 설명한다.

하진이 윤추밀을 만나나 옛 모습이 아님을 알고 실망하고, 윤추밀의 병세를 걱정한다.

권34: 하공이 딸 하영주와 윤희천을 하부로 데려감

하공이 윤추밀의 병세를 걱정하며 윤현아에게 귀녕하여 부친을 만날 것을 권한다.

윤현아가 부친의 모습을 보고 걱정한다.

유부인이 윤현아의 비홍을 보고 하원광의 냉대를 야속하게 생각한다.

조부인이 하영주를 만나 딸의 비홍을 보고 연유를 묻자, 하영주가 윤부의 일을 말한다.

윤부에 유교아가 오고 난 후 괴이한 일이 빈번히 발생한다.

호표가 진씨를 납치하고, 정혜주가 초인으로 조부인 화를 면하게 하고, 위·유부인이 광천형제를 치죄하나 형제가 은닉한다.

정세홍, 하원광이 과거에 응시하여 하원광이 장원, 정세홍이 2위를 한다.

하공이 하영주와 윤희천을 하부로 데려가 머물게 할 것을 요청하자 윤추밀이 허락한다.

권35: 추경지에 빠진 윤명아와 양난염을 혜원 이고가 구해 돌봄

조부인이 수일 내에 하영주의 비홍이 없어짐을 보고 기뻐한다.

하공이 조부인에게 윤현아의 덕성을 칭찬한다.

하원광은 여전히 윤현아를 음부로 오해하고, 부친의 명으로 윤현아와 동침한다.

유부인이 정씨의 아이를 죽이라고 신묘랑에게 부탁한다.

석혈에 갇힌 윤·양 부인은 임신 8개월이나 견디고 있다.

최상궁이 윤·양 두 부인에게 황명을 사칭해 두 부인을 추경지에 빠뜨리려 한다.

최상궁이 칼을 가지고 윤명아에게 덤비다가 윤명아에게 귀를 베인다.

여러 궁인이 윤·양을 추경지에 던져지나 혜원 이고가 구해 은화산 활인사로 데려간다.

윤·양 두 부인이 수를 놓아 양식을 장만한다.

윤부에서 손자들을 보여달라고 하자 정천흥이 아들들에게 귀신쫓는 부적을 채워 보낸다.

신묘랑이 부적 때문에 괴로워하다가, 부적을 없애자 신묘랑이 아이(현기, 운기)들을 납치한다.

권36: 공주가 정천흥의 아이들을 납치하여 버리나 한충이 데려다 보호함

공주가 자염과 정숙렬의 아이도 잡아오라 한다.

잡아온 아이는 모두 세 명으로 소리 못 지르는 약을 먹여 농에 넣어 버리려 한다.

여환이 농을 나르는 걸 한충이 캐물어 진실을 알고 아이들을 집으로 데려다가 보호한다.

여환은 아이들을 버렸다고 거짓말을 한다.

신묘랑이 윤씨 아이를 납치하여 옥석교 교하에 버리자 소문환이 계시를 받고 아이를 구한다.

소문환이 집에서 윤씨 아이 몽룡과 소씨 여아 봉난을 키운다.

경참정이 소주자사로 발령나자 경소저도 소주로 데려가려 하였다.

정천흥이 경소저와 아이를 보러 가서 소주로 데려가는 것에 대해 화를
낸다.

권37: 정천흥이 초국 정벌에 나서고 정혜주는 이비묘에서 자신의 미래를
계시 받음
경참정은 정부의 며느리들이 당한 화를 보며 딸 경씨를 걱정한다.
정천흥이 경참정을 욕되이 말한 것에 대해 경소저가 불쾌감을 드러낸다.
정천흥이 취운산으로 돌아오자 아이들이 없어져 침울하다.
초왕이 반란 조짐을 보이자, 정천흥이 초국을 칠 것을 건의한다.
하원광이 자원하자 정천흥이 추천하여 하원광이 출정한다.
유씨가 하소저를 부르기에 하소저가 윤부로 돌아간다.
정혜주는 장사로 가는 도중 이비묘에 들르는데, 꿈에 이비가 나타나 3년
　　액운이 끝나면 아이도 찾고 위·유 부인도 개과천선한다 말한다.
유교아가 장사왕의 정비가 되고, 정소저가 촉지에 이르러 숙소를 정한다.

권38: 장사에 유배 간 정혜주가 유교아의 모해를 받으나 슬기롭게 극복함
정인홍이 정소저를 위로하고 다시 경사로 떠나면서 이곽에게 바깥 경비를
　　부탁한다.
유교아가 장사왕비가 되어 정사에 관여하자 신하들이 싫어한다.
왕에게 간언하는 조섭을 유교아가 죽일 생각을 하자. 조섭이 변복하고
　　도망간다.
유교아가 왕에게 정씨를 후궁으로 삼을 것을 권유한다.
정혜주가 도적이 쳐들어오자 미리 준비해 둔 부적과 초인으로 막아낸다.
이곽이 도적을 잡아 옥에 가두나 장사 태수가 상을 당해 방비가 소홀하자
　　도적이 탈출한다.

정혜주 집 앞에 걸인이 이곽에게 시비를 걸어 이곽이 살인죄에 연루된다.
이 틈을 타 정혜주를 납치하려 하나, 정혜주가 미리 파 놓은 함정에 걸린다.
정혜주가 잡힌 사람에게서 장사왕이 자신을 후궁으로 삼으려한다는 걸
   알아내고 놓아준다.

권39: 정혜주가 남복을 입고 피신하던 도중 위기에 처한 남소저를 구함
정소저가 인형을 만들어 물에 빠져 죽은 것으로 위장하고, 남복을 입고
   도망간다.
이곽은 정소저가 허망하게 죽지 않으리라는 것을 알고 있다.
정소저가 홍손과 남복을 입고 도망가다 계모 위씨에게 매 맞는 남씨를
   발견한다.
계모 위씨가 남씨를 강제로 오세웅에게 시집보내려하고, 남씨가 저항하자
   매를 든 것이다.
정소저가 홍선과 남소저를 구하고 남복을 입고 같이 떠난다.

권40: 정혜주는 미래를 예견한 편지 내용대로 화가에 의탁함
정혜주가 여관에서 기이한 편지를 받는데 그 내용이 이렇다.
편지에는 정씨가 윤광천과 잘 살 것이며, 잃어버린 아이는 13년 후에 찾을
   것이며 정씨는 여화위남하여 지내다가 화씨가 청혼하면, 윤가의 이름
   을 빌려 결혼하고 윤광천의 넷째부인이 되게 하라는 것이다.
정소저가 묵는 여관에 찾아온 화공이 남복한 정소저의 풍모에 매료된다.
화공은 권귀의 모함을 받고 장사에 유배된 지 7년이나 된 사람이다.
정소저는 윤광운, 남희주는 남창징이라 소개하자 화공이 자기 집으로 모
   셔간다.
화공은 몇 개월 전 이인이 준 비서에서 윤씨 선비를 사위로 삼으라는

계시를 받았다 한다.

남장한 징소저가 화소저가 결혼하고, 힙빙은 나중에 한다고 둘리덴다.

정인홍이 경사로 돌아와 보니 조카들이 실종되었다.

정세흥이 과거 급제하고 정인홍은 예부상서로 승진한다.

양상서는 양씨가 행방불명되고 손녀 자염이 납치되었으나 정세흥과 둘째
 딸을 결혼시킨다.

권41: 정세흥의 양상서의 딸과 결혼하나 불화하고, 윤추밀은 교지참정으
로 떠남

정세흥이 양상서의 둘째 딸과 결혼식이 거행된다.

장사에서 노복들이 정소저의 편지를 가져오고 정혜주가 화를 면한 일을
 말한다.

정천흥과 윤추밀은 정혜주가 재주가 비상함을 기린다.

정천흥의 추천으로 윤추밀이 교지참정으로 떠나게 된다.

유부인이 정, 진과 윤광천뿐 아니라, 윤희천과 하, 장도 없앨 생각을 한다.

윤현아가 돌아가자 유부인이 하, 장을 협실에 몰아넣고 구타한다.

남주 추관 오세웅이 정혜주가 물에 빠져 죽음을 알리자 황제가 윤가 묘산
 에 묻으라 명한다.

정상서가 죽음이 확인되지 않았으므로 복제를 못 치른다고 아뢴다.

정세흥이 양씨와 결혼하나 양씨는 정세흥이 정인군자가 아님을 알고 탄식
 한다.

신묘랑이 점을 쳐 정천흥에게 부인과 아들이 더 있음을 문양공주에게
 아뢴다.

권42: 정공이 정천흥의 불고이취를 알아내고 진노하고, 문양공주도 이 사실을 알게 됨

문양공주가 자세히 알아보라고 하자 신묘랑이 경소저의 존재를 알아낸다.

경공이 손자가 아프다고 조퇴하여, 정공이 경부에 가보니 정천흥과 닮은 아이를 발견한다.

경공은 정천흥이 자주 오는 것을 공주가 알까봐 두려워한다.

신묘랑이 경씨의 아이를 납치하여 여환에게 넘기자, 여환이 아이를 한충 에게 넘긴다.

한충이 정부의 여러 아이들을 맡아서 보호한다.

여환이 아이를 죽였다고 거짓을 아뢴다.

경공이 정천흥에게 아이가 없어졌다는 편지를 써서 정부로 보낸다.

서동이 편지를 배달하다가 정공에게 들키고, 세흥이 즉석에서 다른 내용 을 지어 읽는다.

정공이 속지 않고 정천흥의 불고이취를 알고 진노하고 부자의 연을 끊는 다고 한다.

권43: 정천흥이 불고이취한 벌로 별유정에 은거하며 반성함

정공이 정천흥의 불고이취를 알고 대노하여 벌수를 마시려 한다.

정공은 정세흥이 속인 것에 대해 40대를 치고, 연학을 벌주고 기생을 내쫓 는다.

정천흥은 취벽산의 별유정에서 은거한다.

정공은 태부인에게 정천흥의 버릇을 고치기 위하여 3, 4개월 내친다고 아뢴다.

정천흥의 모친 진부인이 자식 교육 잘못 시킨 죄로 소당에 기거하면서 지내자 정세흥이 태부인에게 아뢰어 본당에 기거하게 해 달라고 요청

한다.

문양공주도 정천흥이 불고이취로 별유정에 쫓겨난 것을 알게 된다.

신묘랑은 문양공주에게서 돈을 뜯어내고 구몽숙과 유부인에게 정성을 다한다.

진태우 형제가 정천흥을 찾아가 보니 마음의 병으로 아파한다.

권44: 정천흥이 별유정에서 병에 걸리고, 하원광은 초왕의 요술을 제압함

정천흥의 병세가 심각하지만 정공은 냉담하다.

경부에서는 경소저가 득남하고 정천흥의 일을 알고 안타까워한다.

경공이 별유정에 찾아가니 정천흥이 면목 없어 한다.

하원광이 초왕과 맞서, 초왕이 요술로 제압하려 하자 하원광이 제요가로 진압한다.

신법사의 요술이 하원광에게 통하지 않게 된다.

권45: 하원광이 초국을 평정하고 개선하며, 옥에 갇힌 김탁 부자가 탈옥함

신법사와 조숭, 초왕이 하원광의 칼에 죽는다.

하원광이 명을 어긴 여참모는 군율로 매를 맞고 풀려난다.

하원광이 초국을 안정시키고 경사로 돌아온다.

교지에 간 윤참정의 상태가 호전된다.

김탁과 김후는 옥에 갇혀 있지만 신묘랑이 요술로 쥐범으로 변해 탈옥한다.

양필광이 자신의 딸이 쥐범에게 납치된 것과 같은 유형이라 한다.

신묘랑이 김탁, 김후를 선경사로 데려오고 정천흥에게 복수할 생각을 한다.

정천흥은 별유정에서 아버지를 그리워한다.

권46: 황제가 정천흥의 귀가를 명하고, 정천흥은 경소저와 결혼함

정천흥이 별유정에서 병이 나자, 진공 3형제, 정공의 매형들, 낙양후, 삼곤
　계가 정천흥의 귀가를 요청한다.

황제가 정천흥을 불러들이라 하고, 태부인도 그렇게 권유하자 정천흥이
　돌아온다.

정부에서 경소저와 정천흥의 혼사를 주관한다.

위태부인과 유부인이 신묘랑과 공모하여 나쁜 일을 꾸미는데 가산을 탕진
　한다.

하영주가 윤부에 와 위·유부인이 거지꼴인 걸 보자, 태부인이 근검절약한
　다고 둘러댄다.

권47: 윤부의 윤현아, 하영주가 위·유 부인으로부터 봉변을 당함

현아가 모친의 불인함을 지적하자 유씨가 서진으로 후려쳐 다치게 한다.

유씨가 하씨를 간부(姦婦)라고 꾸짖고, 칼로 찔러 내다 버리라 한다.

광천이 오자, 목침을 집어 던지고 유씨는 목을 매어 죽는다고 한다.

유씨가 조씨(윤광천 형제의 모친)를 욕보이는 말을 하자, 광천이 화가 나
　제지한다.

유씨가 세월에게 개용단을 먹여 하영주로 변신시켜 정부로 보낸다.

정천흥이 궤를 진 충학을 발견하고는 궤를 열어 하영주를 구한다.

정천흥이 윤광천에게 하영주의 행방을 묻자 취운산으로 갔다고 한다.

정천흥이 윤광천의 불민함을 비판하고 정부사람들이 위·유의 극악무도함
　을 알게 된다.

정천흥이 충학을 붙잡아 자초지종을 알아낸다.

권48: 위·유부인이 가짜 하영주를 하부에 보내고, 진짜는 정천흥이 구하여 돌봄

정천흥이 하영주를 정부로 데려와 치료한다.

초왕을 평정한 하원광이 돌아오자, 딸 가진 부모들은 사위로 삼고 싶어한다.

하원광이 귀가 도중 연군주 사처를 지나는데 연군주가 금령을 던진다.

윤부에 하영주의 귀녕을 청하자 아파서 못 간다고 둘러댄다.

하원광이 정천흥을 만나 정천흥의 성정이 바뀐 연유에 대해 알게 된다.

김탁, 김후 부자가 옥에서 갈호에게 잡혀간 것을 얘기한다.

황제가 하원광에게 문연각 태학사 초평후의 벼슬에 봉한다.

하원광이 하영주를 만나 얘기하나 가짜라 이상함을 느낌을 받는다.

장씨가 시비 창섬에게 묻자 가짜이며, 진짜는 궤에 넣어 버렸다고 알린다.

진부인은 가짜 하영주를 딸로 알고 구호한다.

이때 진짜 하영주는 초하동에서 몸을 추스르고 있다.

현아는 유부인에게 맞아 머리가 깨지고 팔을 다친다.

현아가 지난 날 김중광의 늑혼을 피해 강정 갔던 일, 촉에서 하원광과 결혼한 일, 음부로 모해 받던 일들을 회고한다.

권49: 하원광이 현아에 대한 의심을 풀고 진심으로 대함

하원광이 현아가 탄식하는 말을 듣고 놀라며 그 동안 현아를 음녀로 오해한 것을 후회한다.

하원광이 현아의 상처를 치료해준다.

개용단을 먹고 하영주로 지내던 세월이 본래의 모습으로 윤부로 돌아온다.

윤희천이 교지에서 돌아오고, 하영주가 사라짐을 발견한다.

정공은 하영주가 초하동에서 병을 치료하고 있으며, 하부에 있던 하영주는 가짜임을 말한다.

하원광이 정천홍에게 감사해하고 윤현아는 유씨의 죄에 대해 사죄한다.
하원광이 현아에게 유씨와 인연을 끊으라고 한다.

권50: 위·유부인이 희천의 둘째부인 장설에게 중상을 입힘

위태부인은 하영주를 없앤 것을 잘 했다고 생각한다.

유씨가 장씨를 설억에게 은자 5백냥에 팔자고 위태부인과 모의한다.

장씨는 이런 상황을 시비 쌍섬을 통해 알고 있었고, 하영주 일을 말하며
  유씨를 겁박한다.

위태부인이 이를 듣고 장씨를 칼로 찔러 버린다.

유씨가 당황하나 장씨 아버지를 불러 장씨가 투기하다가 자결했다고 둘러
  댄다.

장공이 도사가 준 약을 장씨에게 먹여 장씨를 소생시킨다.

시비 쌍섬이 장공에게 위태부인이 장소저를 찔렀다고 사실대로 말한다.

장공이 장소저를 죽은 것으로 위장하고 설처사댁으로 피신시킨다.

설억이 일이 잘못되자, 2백냥은 받아내고 3백냥은 3년 내 미인을 얻어준다
  는 약속을 받아낸다.

윤추밀의 재종 형 윤한의 부인과 그 아들 단이 윤부에 들른다.

태우 형제가 순참정댁에 가고 그곳에 정공이 모여 같이 모인다.

권51: 위·유부인이 윤광천 형제에게 강상대죄의 누명을 씌워 귀양 보냄

신묘랑과 태복이 윤광천, 윤희천으로 변신하여 칼을 들고 위태부인을 죽
  이려 연출한다.

이를 윤한의 부인이 목격하고, 유부인이 순부이 이 사실을 알린다.

위태부인이 광천 형제를 꾸짖고, 이를 본 윤단은 의구심을 가진다.

윤단이 이런 행동을 하자 위태부인이 윤현이 죽은 것을 탄식한다.

광천 형제가 이매망량의 짓이라 생각하고 죄를 청한다.

유부인이 태부인의 이름으로 소장을 써서 관가에 고발한다.

황제가 형부상서에게 자세히 조사할 것을 명한다.

석준이 광천형제의 무고함과 위태부인 유부인의 불인함을 고한다.

위태부인이 거지꼴을 하고 광천형제의 불효를 의심하게 한다.

광천형제가 할머니를 위해 미친 행동을 하고, 광천 형제는 3년 정배를
  간다.

윤광천은 남주로 윤희천은 양주로 귀양을 가게 된다.

권52: 위·유부인이 유배가는 광천 형제를 죽일 계획을 세움

위태부인, 유부인, 구몽숙이 광천 형제가 유배가는 길에 죽이려고 모의한다.

광천 형제를 만나러 정, 하, 석 삼인이 기다리나 결국 못 만나고 돌아간다.

위태부인이 광천 형제를 묶으라 하고 매를 치고, 정도가 심해 유씨와 경아
  가 말린다.

윤부의 친척, 석, 하, 정 등이 들이닥쳐 죽어가는 것을 구해 유배지로 피신
  하게 한다.

광천은 계충이, 희천은 혜준이 따라가게 한다.

구몽숙이 자객을 따라 가게 하여 기회를 보아 두 형제를 죽이라 한다.

하영주는 초하동에서 진부인의 구호로 살아나고, 옥화산에 가서 조부인을
  구호하기로 한다.

정공이 경참정에게 경소저와 정천홍의 혼례를 치르자고 알린다.

경소저와 정천홍의 혼례를 치르고, 문양공주가 분하게 생각한다.

권53: 정천흥이 경씨와 결혼하여 윤·양 부인을 걱정하고, 하원광은 연군주와 사혼함

경씨의 숙소를 선화정으로 정하고, 정천흥이 윤·양 두 부인과 아이의 안위를 걱정한다.

정인흥이 좋아지리라 말하자, 정천흥이 하원창에게 윤현아를 잘 대해주라고 조언한다.

경공부부는 경씨가 문양공주로부터 해를 입을까 걱정한다.

부마도위 연수에게 추녀 연군주가 있는데, 연군주가 하원광을 연모하여 사혼교지가 내려진다.

하원광이 불쾌하게 생각하나 받아들인다.

연군주의 무식하고 불손한 언사가 많은 사람들을 괴롭힌다.

문양공주는 신묘랑을 시켜 경소저를 잡아오게 한다.

권54: 문양공주가 정천흥의 4처 경씨, 첩 운영, 창기 등에게 모해를 가함

신묘랑이 호표로 변해 경소저를 북궁으로 잡아온다.

정천흥이 자기 아내들이 납치되니 괴이하게 생각하다.

문양공주는 경소저를 철여의로 때려눕히고, 태섬에게 추경지에 버리라 한다.

태섬이 자기 집에 데려가 경소저를 구호한다.

태섬의 어미 강씨가 복통이 났다며 가마를 타고 북궁을 나가는 길에 경씨를 태워 보낸다.

한책의 집에 경씨를 데리고 가서 구호하고 경부에 이 사실을 알린다.

경공이 한책의 집에 가서 경소저를 만나고, 경소저는 강정으로 가서 몸을 구호한다.

문양공주가 이번에는 운영을 잡아오라 하여 운영도 때려서 한충에게 버리
　라고 한다.

한충이 자기 집에 데려와 구호하는데 그곳에 잃어버린 아이들이 있다.

문양공주는 정천흥의 기생들이 머무는 곳에 불을 질러 모두 죽이려 하나
　대피한다.

옥화산에 진씨가 조부인을 구호한다.

현아가 남아를 출산하고 연군주는 현아가 못 먹는 음식을 모두 챙겨 먹는다.

연군주의 천한 행동에 주위사람들이 의아해 한다.

권55: 정천흥은 북호를 평정하러 나서고, 윤명아는 구몽숙, 형왕의 역적
모의를 알아냄

연군주는 윤현아의 덕성에 감화되어 조금씩 변해 간다.

윤현아에 이어 하영주도 남아를 출산하고, 윤현아의 쌍둥이 남아를 하몽
　성, 하몽린으로 한다.

문양공주가 정천흥의 마음을 사로잡을 약을 구해 쓰지만 소용이 없다.

정천흥은 문양공주의 산달이 가까워 오자 딸을 순산하기를 바란다.

북호가 반란을 일으키자 정천흥이 자원한다.

구몽숙이 형왕과 손잡고 정천흥 진공을 무찌르려한다.

황상의 밥에 개심단을 섞어 정천흥을 싫어하게 만든다.

윤·양 부인이 활인암에 은거하다가 득남한다.

혜원이고는 주영과 함께 형왕의 비 박씨의 집에 수놓은 것을 팔러 갔다가
　염탐한다.

구몽숙과 형왕이 역적모의하여 정천흥에게 뒤집어씌우려는 것을 알게
　된다.

권56: 구몽숙과 형왕이 정부와 진부에 역적모의 누명을 씌움

주영이 박씨와 만나면서 구몽숙과 형왕의 역적모의를 듣고 윤명아에게 고한다.

문양공주가 득녀하자 분해하고 최상궁 오라비 첩의 남아와 바꿔치기 한다.

정공의 부인이 보고 정천흥을 안 닮고 이상하다고 생각한다.

윤부의 노복들이 집을 헐고, 나무를 팔아먹는다.

윤경아가 석상서와 불화하고 신묘랑이 석상서 재실 오씨에게 모해를 가한다.

오씨가 바위에 굴러 다친 것을 혜원 이고가 구해서 윤·양 부인과 만나게 된다.

신묘랑이 사람을 시켜 석상서 음식에 개심단을 넣어 윤경아를 찾게 만든다.

경아가 오씨의 아이에게 독약을 먹이려는 것을 종부 남씨가 알고 석추밀에게 고한다.

석추밀이 사건의 전모를 파헤치고는 윤경아를 석부 누옥에 가둔다.

신묘랑은 유부인에게 수륙재를 지낼 돈을 요구하자 집을 헐어 돈을 준다.

정천흥이 북국 정벌을 성공하고 그 지방의 풍속을 교화한다.

유교아가 대군을 이끌로 황성으로 침입한다.

정천흥이 개선하고 돌아온다는 소식을 듣고 황상이 정부에 축하 음식을 보낸다.

형왕이 궁인을 시켜 황제의 수라에 개심단을 넣어 정 진을 미워하게 한다.

구몽숙이 정천흥의 필체를 본 떠 반역의 글을 쓰고, 용포와 옥새를 훔쳐 정부에 감춘다.

구몽숙이 정기진조곡(정씨가 일어나고 진씨가 도움을 줌)을 만들어 유포한다.

장사왕이 대병을 몰아 황성을 공격한다는 소식이 전해지자, 손확, 윤광천

등이 출병한다.

반역의 글은 이매망량의 짓이라고 하여 믿지 않는다.

신묘랑이 반역의 행위를 담은 편지를 가지고 가다가 오왕의 수레 앞에 잡히도록 연출한다.

권57: 정부·진부 사람들이 역적으로 몰려 잡혀감

신묘랑이 노복으로 위장하여 반역의 편지가 오왕의 손에 들어가게 연출한다.

정왕이 누군가에 의해 조작되었을 수도 있다며 면밀히 생각해 보자고 한다.

정부 사람들 정인홍, 정세홍, 진부의 진영수가 역모죄에 연루되어 모두 대리시로 잡혀간다.

조공이 구몽숙의 요사스러움을 이야기하고 황제에게 심사숙고할 것을 간한다.

황제의 침상에 신묘랑이 침입하여 금낭을 떨어뜨리는데 거기에 정공의 이름이 있다.

권58: 윤명아가 등문고를 울려 억울함을 호소하고, 하원광은 위기에 처한 황제를 구함

정천흥이 개선하고 돌아오나 자신이 역모죄에 연루된 것을 알게 된다.

김탁 부자가 사병을 키워 오다가 황제가 황릉 배알시 공격한다.

하원광이 위기에 처한 황상을 구하고 적을 무찌르고 장수를 잡아 보니 김탁이었다.

김후와 김중광은 복면을 쓰고 도망가나, 황제가 김귀비(김탁의 딸)를 옥에 가둔다.

하원광이 정천홍의 역모는 불가하다고 주장한다.

혜원이 이런 정황을 윤명아에게 알린다.

윤명아는 격고등문하고 혈서를 써서 정부의 억울함을 호소한다.

혜원 이고가 신묘랑을 잡아오는데 꼬리 일곱 달린 여우임을 친국장에서 보인다.

정천홍은 자신의 무고함을 호소한다.

권59: 윤명아가 정·진부의 무고함을 호소하고 신묘랑·구몽숙의 초서를 받아냄

정부의 역적질에 대해 서로 의견이 엇갈린다.

윤명아가 등문고를 치고, 혈서를 써서 정씨가문의 무고함을 호소한다.

신묘랑과 형왕, 주영을 들라하여 대질 심문하고, 신묘랑과 구몽숙의 초서를 받아낸다.

권60: 윤명아는 위·유부딘의 악행이 함께 드러나자 죄를 사해 달라며 자결을 시도함

구몽숙의 초사로 정·진의 무고함이 밝혀진다.

윤명아가 위태부인과 유부인의 죄를 사해 달라고 요청하며 자결을 시도 한다.

그 간의 악사들이 모두 밝혀진다.

낙양후는 구몽숙을 길러준 것을 후회하고 최상궁의 악사가 밝혀진다.

권61: 연루된 죄인들에게 형벌이 선고되고, 윤광천은 장사를 정벌하라는 명을 받음

김탁 부자는 사형에 처해지고, 구몽숙의 머리를 베고, 형왕은 본궁에 안치

시키고, 신묘랑, 세월, 비영은 참수할 받게 되고, 유녀는 사사하고, 위씨
는 양주 정배를 보내고, 김귀비는 궁에 은신하고 문앙공주에게 사약
판결이 내려진다.

정공이 공주, 위씨, 유씨의 용서를 구한다.

윤명아가 위태부인과 유부인의 죄를 사해줄 것을 요청하며 단검을 꺼내
자결을 시도한다.

정천홍이 구몽숙도 살려주고 유주에 귀신을 정벌하고 보낼 것을 요청한다.

윤희천은 태학사로, 윤광천에게는 장사 정벌을 명한다.

손확이 윤광천의 간언을 잘 듣지 않는다.

윤·양, 이부인이 돌아와 만나지만, 윤명아의 건강이 좋지 않다.

권62: 윤명아가 위·유부인을 걱정하고, 가문을 떠났던 사람들이 돌아옴

윤명아가 위·유부인을 너무 많이 걱정하여 병이 생긴 것이다.

한충의 집에서 어린 아이들이 돌아오고, 정천홍이 한충에게 고마워한다.

활인사의 양씨는 정부로, 오씨는 석부로 돌아간다.

혜원 법사는 많은 상금을 받자 절의 기금으로 쓴다.

정천홍이 형주 유주 안무사로 떠나는 구몽숙이 개과천선하기를 바란다.

권63: 윤광천은 승승장구하고, 정혜주는 화소저와 결혼하고 주역에 몰입함

하원광이 하영주를 회생단 금창약으로 구호한다.

장사의 정혜주의 거처를 찾으나 알 수 없다.

장사에서 손확이 대패하나, 이어 윤광천이 승승장구한다.

앞서 윤광천, 윤희천이 유배되어 갈 때 유부인이 사람을 시켜 죽이려한다.

김석두가 윤희천을 해하려 하나 혜준이 밀착 보호하여 해를 면한다.

윤희천이 적소에 이르러 김석두에게 금백을 하사하여 보낸다.

윤광천을 자객 임성각이 죽이려 하다가 오히려 인품에 감화되어 친구가 된다.

윤광천은 유배 도중 장사 정벌을 명받고 행하게 된다.

정소저는 화소저와 결혼하고 주역에 몰입한다.

권64: 정혜주가 위기에 처한 윤광천을 구하고, 그간 사연을 말함

정소저가 윤광천에게 액이 닥칠 것을 예상하고, 윤광천을 손확에게서 구하라는 꿈을 꾼다.

정소저는 태운도인 화선생을 찾아가 윤광천을 구할 방법을 알아낸다.

정소저가 윤광천을 구하러 가는 길에, 남소저를 용수암에 데려다 주고 남경태수 강첨정을 기다리라 한다.

손확이 윤광천을 죽이려는 순간 임성각과 함께 말을 타고 가서 구한다.

윤광천과 정혜주가 만나 그간의 일을 말한다.

정혜주는 윤광천의 이름을 빌려 화소저와 결혼한 이야기도 한다.

이후 손확을 도우러 떠나고 정혜주는 화부에 가 있기로 한다.

권65: 장사왕과 윤광천이 대적하고, 장씨는 병에 걸린 윤희천을 살림

장사왕의 군사와 맞서 윤광천이 대적한다.

윤광천이 장운에게 손확을 구하라 하고, 임성각에게 형급, 형합의 변심을 유도하라고 한다.

손확을 구하고 유교아와 맞서게 되자, 유교아가 요술로 윤광천을 무찌르려 한다.

윤희천은 유배지에서 병이 나 심각해지고, 칼에 찔린 장소저는 설처사 댁에서 득남한다.

장소저가 희천이 건강이 안 좋다는 말을 듣고 향운대에 기원한다.

이인(異人)이 장소저에게 선약을 주며 윤희천을 살리라 한다.

징소지가 남복 차림으로 윤희친을 찾아가서 선악으로 윤희친을 살린다.

권66: 윤희천이 해배되어 경사로 가는데 한희린 모자도 함께 감

윤희천이 꿈 속에서 장씨를 만나 옥누항의 소식을 묻는다.

장씨가 태부인과 유부인이 무사하며 장씨가 남아를 출산했다는 말을 한다.

윤희천이 남복을 입고 찾아온 장씨가 준 선약을 먹고 병이 회복된다.

윤희천의 수제자 중에는 한희린은 부친 사망 후 장례비가 없어 고심했는
  데 윤희천이 대 준다.

한희주를 계모 곽씨가 부자 최음에게 시집보내려 하자 도망가다가 취월암
  혜원을 만난다.

한희주는 취월암에서 글공부, 바느질을 하며 지낸다.

윤희천이 한희린 모자를 경사로 데려갈 돈이 부족하자, 장씨가 그림을
  팔아 돈을 마련한다.

윤희천이 정배가 풀려 경사로 가게 되자, 한희린 모자를 데려간다.

권67: 윤광천이 유교아를 죽여 장사국을 평정하고, 화천도사를 만나 선친의 화상을 얻음

유교아와 윤광천이 맞서 싸우다가 윤광천이 유교아를 활로 쏘아 죽인다.

윤광천이 유교아를 죽여 정혜주의 살인누명을 벗겨준다.

장사국의 장수를 무찌르고 오세웅을 참하고 손확을 구한다.

손확이 윤광천에게 잘못을 빌지만, 윤광천이 손확을 예우한다.

정씨는 남소저를 위해 남경태수의 행차를 기다리나 이미 지나갔다.

남경태수에게 남소저의 편지를 전하자, 남소저가 남경 태수를 만나 남경
  으로 떠난다.

정소저는 남복을 입고 화씨 집에 가자 화공이 윤광천에 대해 묻는다.

윤광천은 윤명아의 격고등문으로 자신의 억울함이 풀림을 알게 된다.

윤광천이 화평장을 찾아가다가 화천도사를 만나 선친의 화상을 얻는다.

권68: 윤광천과 정씨가 함께 화부를 떠남

화천도사가 윤광천에게 자신과 윤현의 관계를 말하고 윤현의 화상을 보여
　　준다.

화천도사가 윤광천에게 화공에 대해 말하며 화공의 여식과 결혼하라고
　　한다.

윤희천이 장씨의 선약으로 살아난 이야기, 임성각이 벼슬이 없지만 무과
　　에 급제하리라 한다.

윤광천이 화공의 집을 찾아 정혜주를 만나고, 정혜주는 윤광천에게 화씨
　　와 결혼하라 한다.

윤광천이 정씨와 더불어 화부를 떠난다.

윤광천과 정씨가 낙천관 도관으로 가서 정씨가 이곳에서 기다리고 윤광천
　　만 떠난다.

권69: 윤광천이 상경 도중 우섭 남매를 구하고, 황제를 알현함

윤광천이 도중에 우섭 남매를 만나는데 이들은 동주에서 도망쳤고, 현상
　　금이 걸려 있다.

우섭 남매 역시 계모가 우연아를 원복의 아들에게 강제 결혼시키려 하자
　　도망가는 것이다.

광천이 이들을 구해준다.

임성각이 가마 두 대를 대령하여 한 대에는 정혜주를 또 한 대에는 우연아
　　를 태운다.

윤광천이 장사를 정벌하고 경사로 가서 황제를 알현한다.

황제가 손확이 윤광천을 죽이려 했던 일, 장운 작운이 구해준 일 등을 다 알고 있다.

권70: 윤광천이 윤부로 돌아오고, 위·유부인의 사면을 요청함

황제가 윤광천의 위의를 기뻐하며 위·유 양흉에 대해 꾸짖는다.

윤광천이 윤부 옥누항에 가보니 폐허가 되어 있다.

위태부인과 유부인은 강정에 가 있고, 위태부인은 눈이 멀고, 유부인을 귀가 멀어 있다.

윤광천이 산해진미로 두 부인을 구호하고, 희천, 정혜주가 윤부로 돌아오 자 생기가 돈다.

윤희천이 위태부인과 유부인의 사면을 요청하는 글을 황제에게 올리자 수용된다.

권71: 윤광천이 승진하고, 위·유부인을 정혜주와 장설이 구호함

윤광천이 용두각 태학사 참지정사 좌장군 남창후에 봉해지고, 장운은 형 부상서 남창백, 정혜주는 정렬비를 돌려받는다.

윤광천이 화씨와 결혼하고, 손확은 사형이나 윤광천이 주청하여 감사 정 배된다.

윤광천이 집안 형세를 보아가며 구파와 조부인을 모셔간다고 한다.

장씨와 정혜주가 강정으로가 위태부인과 유부인을 구호한다.

위태부인과 유부인의 병이 저주사로 난 병이라 부적과 약으로 구호한다.

하원광은 위태부인과 유부인에 대한 감정이 좋지 않다.

윤광천, 정혜주가 위태부인과 유부인을 성심껏 간호한다.

위태부인, 유부인의 상태가 좋아지고, 윤추밀이 교지에서 돌아온다는 소식이 전해진다.

권72: 윤추밀이 교지에서 돌아와 유씨의 패악함을 알고 분노함

윤추밀이 돌아와 유씨의 패악함을 알고, 황제에게 간하여 사약을 내릴
　　것을 주청한다.

황상이 광천 형제의 효심에 감읍하여 사면하고, 윤추밀을 호람후로 봉한다.

윤추밀이 유씨의 패악함을 알게 되고, 위태부인은 윤광천과 정혜주의 정
　　성으로 개과한다.

윤추밀이 유부인에게 독약을 주고 죽으라 하자, 윤희천이 극렬히 반대하
　　여 막는다.

위태부인이 자신의 죄도 크다며 탄식한다.

하영주는 윤부로 돌아오지 않자, 윤희천이 하원광에게 화를 낸다.

정혜주가 하영주에게 유부인이 병세가 심각하니 돌아오라고 편지를 쓴다.

권73: 윤희천이 유부인의 병을 구호하고, 유부인은 꿈을 꾸고 개과천선함

태부인이 병세가 호전되고, 하영주, 정혜주, 장설이 서로 만나 반가워한다.

유부인이 상태가 심각해지자 윤희천이 손가락을 깨물어 피를 유부인에게
　　먹인다.

유부인이 꿈에 황건역사에게 끌려 풍도지옥에 가는 꿈을 꾼다.

영허도군이 기원하여 유부인의 생명이 연장되는 걸 알게 된다.

효자 효부 덕분에 살게 됨을 알리고 세월, 비영, 형봉이 뱀으로 환생하니
　　조심하라 한다.

유부인이 이런 꿈을 꾸고 나서 개관천선한다.

유부인 처소에 뱀 세 마리가 나타나나 윤희천이 이를 없앤다.

윤공의 화상을 옥누항에 모셔 배례하고, 위태부인이 개과천선한다.

권74: 조부인·구파가 윤부로 돌아오고 윤부가 안정됨

조부인, 구파가 유부인을 만나고, 명천공의 화상을 본다.

조부인이 윤부의 백화헌 건물이 없어진 것을 보고 놀란다.

조부인이 내사를 정혜주에게 맡기고 광천 형제가 외사를 맡자, 기강이
　　바로 선다.

윤명아, 윤현아가 귀녕하여 명천공의 화상을 본다.

호람후가 정공, 진공과 더불어 윤희천이 장설 덕분에 회생한 일을 고마워
　　한다.

설억이 찾아와 장씨를 팔기로 한 일에 대해 묻는다.

윤추밀이 듣고서 사백 금을 주어 보내라 하자, 장사마가 화가 나서 설억을
　　장 50대를 친다.

윤명아, 현아가 돌아가고 정혜주가 귀녕한다.

정천흥이 정혜주에게 화씨녀를 어떻게 할 것인지 물어보자, 윤광천의 처
　　로 천거한다고 한다.

화공이 억울하게 유배간 것에 대해서도 말하자, 정천흥이 현인을 구하겠
　　다고 한다.

순태부인과 진부인이 위·유의 악행을 묻자 정혜주가 개과했다고 하자,
　　두부인이 기뻐한다.

권75: 정부도 역적 누명을 벗고 가문이 안정되나 정세흥과 양씨가 불화함

정유흥이 태부인의 명으로 과장에 가서 장원급제하여 금문직사에 임명
　　된다.

임성각이 무과 장원을 하고 철소저와 결혼한다.

윤희천이 이부총재 태자태부 홍문관 태학사가 된다.

정유흥이 익주자사 주한기의 딸과 결혼한다.

구몽숙은 정천홍의 도움으로 형주 유주 안찰사 소임을 잘 수행한다.

정천홍의 화공의 무죄함을 밝혀 추밀부사로 상경하게 되고, 남정 포정사
　남숙이 내직을 요청하자 태상경으로 승진된다.

정세홍이 양소저와 결혼한 지 3년 되나 세홍의 영웅호걸형 성품과 양소저
　의 초강한 성품이 서로 대립한다.

정세홍이 양소저의 강한 성품을 꺾기 위해 옥연갑을 던지고, 양씨의 몸종
　월앵과 동침한다.

월앵이 욕되게 생각하고 목을 매니, 월앵을 죽은 것으로 하고 **빼돌린다.**

정세홍은 양씨가 질투한다고 화를 내자, 정공이 정세홍에게 자중하라고
　한다.

양씨의 상태가 좋지 않다.

권76: 정세흥이 성난화의 농간으로 사혼함

정공이 양씨가 다친 이유를 묻자 시비들이 함구하고, 양씨를 진부인 협실
　에서 구호하게 한다.

정공이 세흥을 불러 장 70대를 치고, 창기들은 50대를 친다.

정세흥이 산책하다가 성난화가 던진 금령을 받아드니, 성난화가 반하여
　결혼을 요청한다.

난화의 어미 노씨가 노귀비를 자극하여 사혼교지가 내려진다.

어른들이 이 결혼에 대해 불안하게 생각한다.

정세흥이 진부인의 처소에 갔다가 협실에 들어 있는 양소저를 만나 실랑
　이를 벌인다. 그 과정에서 양소저가 칼에 찔려 부상을 입는다.

정세흥이 양소저의 임신을 알게 되고, 양씨는 정세흥의 길복을 짓는데
　품질이 우수하다.

정세흥과 성난화의 결혼식이 거행된다.

권77: 정천흥의 신원을 화공이 해배되고, 화공의 딸과 윤광천이 결혼함

정부 어른들이 성난화를 못마땅하게 여기고, 화부에서는 윤광운(정혜주)
　　를 올려 보내고 소식이 없자 탄식한다.

경사에서 화공의 억울한 사정이 풀리고 추밀부사로 상경하게 된다.

화공이 자신을 신원한 사람이 정천흥임을 알게 된다.

남소저는 정혜주의 도움으로 남경태수를 만났고, 남소저의 부친 남공이
　　이를 알게 된다.

남공이 위녀의 악행을 알고 처결을 요청하여 처참 효수된다.

화공이 윤광운이 정혜주임을 알게 되고 탄식하나, 자신의 딸이 윤광천과
　　결혼하여 넷째부인이 되리라 생각한다.

석준이 윤경아의 악행을 알고 후정에 가둔다.

윤추밀이 석준에게 경아를 부탁한다.

경아를 윤부로 데려가면 더 나쁜 짓을 하므로 석부에 두기로 한다.

윤경아가 이에 대접해주니 감동한다.

권78: 남·화소저와 결혼을 할 윤광천이 진성염의 가마를 부숨

윤희천의 지극한 효심으로 유부인을 대하자 호람후가 오히려 야단을 친다.

위태부인이 자신의 악행이 유부인보다 더 많으니 지난 일을 잊고 잘 대해
　　주라 한다.

호람후가 유부인을 조금씩 용서하고 돌본다.

윤희천이 아들 창린이 말대답을 하자 외숙을 닮았다며 야단치자 하영주가
　　토혈을 한다.

윤희천은 평소 하원광과 사이가 좋지 않은데 하영주에 대한 박해로 드러
　　난다.

윤광천이 남씨·화씨를 신부로 맞아들인다.

남, 화 양가의 길일을 찾아 10일 차이를 두고 결혼식이 거행된다.

윤광천이 결혼을 앞두고 진성염을 오라고 하나, 진성염이 과거 봉변을 두려워하며 주저한다.

진성염(윤광천의 처)에게 돌아오라고 하나 위·유부인에게 당한 것을 생각하여 쉽게 못 온다.

윤광천이 이에 화를 내며 진씨가 돌아오면 가마를 부숴버리겠다고 한다.

진씨가 오고 가마를 부숴버리자 혼절하여 약으로 구호한다.

정숙렬이 윤광천에게 이성적으로 행동할 것을 권유한다.

권79: 호람후가 윤광천을 잡아들여 야단치자 진공이 윤광천을 위로함

윤광천이 이 일을 덮으려고 하나, 윤부의 어른들이 이일을 알고 탄식한다.

호람후가 가마를 부순 노복을 불러들여 엄벌하고 윤광천이 사죄해도 화를 낸다.

진공이 이런 윤광천과 진성염이 화락하길 바란다고 한다.

남, 화 소저와 윤광천의 결혼식이 거행된다.

정숙렬이 남, 화, 진 삼을 동기같이 여기며 지낸다.

수절하던 10명의 기생도 돌아온다.

권80: 윤광천이 윤부를 안정시키나, 정세흥은 난화에게 빠져 양씨를 모해함

윤광천이 처첩 14인을 거느리게 되자, 조부인이 가내 화평에 주의하라고 한다.

윤부에서는 많은 처실을 거느렸지만 가권은 확립된다.

성난화가 양씨를 모해하는 말을 해도 정세흥이 곧이듣지 않는다.

성난화는 도봉잠, 개용단을 사들여 모해를 꾸민다.

정세홍이 도봉잠을 탄 차를 마시게 하고, 춘교에게 개용단을 먹여 양씨로
　변해 진익기와 밀회하는 징면을 연출하고, 전악기가 긴부서를 넣은 주
　머니를 던지자, 판단이 흐려진 정세홍이 임신 9개월의 양씨를 칼로 찌
　른다.

정천홍이 이를 보고 정세홍을 철삭으로 묶어 제압한다.

평해왕 위국번왕이 쳐들어오자 정천홍과 윤광천이 자원 출정한다.

양공이 정세홍에게 서둘러 판단하지 말라고 조언한다.

정세홍이 유묘 설유랑을 만나러 벽수정에 갔다가 소염난이란 여성을 만
　난다.

유모가 이를 보고 놀란다.

권81: 성난화가 소염난을 모해하고, 정세흥은 양씨를 물에 던짐

성난화가 정세홍이 소염난에게 간 것을 아게 되자 소염난을 죽일 생각을
　한다.

정세홍이 양금오에게 소태수에게 잃어버린 딸이 있는지 물어보고 소염난
　임을 알아낸다.

정세홍이 약에 중독되어 양씨를 묶어 돗자리로 말아서 깊은 물에 던져
　버린다.

정세홍이 남향에게 주인 죽이는 것을 동조했다며 같이 죽인다.

월앵이 흉한 꿈을 꾸고 양씨를 구한다.

유랑이 약이 든 음식을 먹고 쓰러지자, 성난화가 소염난을 잡아간다.

성남화가 소염난의 머리를 자르고 때리고 상처를 입힘.

정세홍이 성난화의 처소로 와서 성난화의 악행을 확인한다.

정세홍이 소염난을 구호하라고 양부인(양난염) 침전으로 보내자 양난염
　이 구호한다.

소염난은 소숙부의 딸로 항주로 가다가 도적을 만나 딸을 잃게 된 것이다.

정부에서는 양소저가 없어진 것을 보고 놀라고 진부인은 성난화의 짓임을
　알게 된다.

양공이 정세홍의 병이 깊어지자 염려한다.

권82: 정공이 성난화의 악행을 밝혀 출거시키고 정세흥을 벌함

정공이 정세홍이 독에 중독됨을 알고 필홍에게 약을 구해 오라 한다.

양공이 소염난의 처참한 모습을 보고 탄식하며 정공 몰래 생질녀 소염난
　을 데려간다.

정부에서는 정세홍의 병으로 뒤숭숭하고 정부의 어른들은 소씨의 참화를
　알지 못한다.

정인홍이 정세홍의 병세를 걱정하며 치료하자고 한다.

정부에서 윤명아가 득남하고, 경부인이 득녀하고, 양난염이 쌍둥이를 출
　산한다.

소양씨가 출산하지 않자 아주 소저가 진부에 간 지 10일 되었다고 한다.

정공은 성난화를 출거시킬 명분이 없어 탄식한다.

성난화가 양씨를 모해하기 위해 간부서와 개용단을 이용한 간부모해를
　시도한다.

정인홍이 간부서를 정공에게 올리자, 정공이 이를 가지고 성난화를 잡으
　라 한다.

정공이 춘교를 잡아다 초사를 쓰게 하고, 이를 통해 성난화의 악행이 드러
　난다.

정공이 성난화를 출거시키고 정세홍은 80대를 때린다.

소양씨가 득남하고 전당 태수 소한수가 경사로 와서 소염난을 보고 놀란다.

정혜주 득남하고, 윤광천은 출병한 지 3~4개월이 된다.

권83: 성난화는 죽은 걸로 위장하여 오왕부의 양녀로 들어가고, 정세흥은 정신을 차림

윤부이 며느리들이 가문의 일을 잘 꾸려 나가고 위·유부인이 화락한다.

정세흥이 성씨를 못 잊어 한다.

성난화가 출거하자 성씨 아버지 성한림은 성난화에게 독주를 내려 먹고
　죽으라 한다.

성난화는 묘화를 따라 도망가며 죽은 걸로 위장하고 조흠의 재실로 들어
　간다.

몇 달 안 되어 조흠이 죽자 오왕부 양녀로 들어가는데 나이를 5살을 줄인다.

정부에서 성씨가 죽었다는 소식을 들으나 정공은 이를 믿지 않는다.

정세흥이 꿈 속에서 자기 앞일을 알게 되는데, 성난화가 오왕의 딸이 되어
　변란을 일으키고, 한씨와 인연이 있고, 감로수를 마시고 살아날 것, 양씨
　가 살아있음을 알고 지난 날을 후회하고 개과천선하게 된다는 것이다.

정세흥의 병세는 성난화 때문이라고 어른들이 생각한다.

정천흥은 부국을 정벌하고 백성을 안무하고 황제가 정천흥을 축하하며
　정부에 음식을 내린다.

양씨가 정세흥을 위해 지성을 드리며 완쾌를 기원하자 병세가 차츰 회복
　된다.

진평장과 하원광이 정세흥에게 양씨가 죽었다고 하며 선삼정에 가서 혼을
　만나보라고 한다.

정세흥이 양씨를 혼으로 생각하고 행동하자 양씨가 사실을 말한다.

정세흥이 양씨와 화해하고 아이 이름을 유기라고 짓는다.

권84: 윤광천이 위국을 평정하여 위국공이 되고, 진씨를 윤부로 데려옴

양부의 딸들이 모두 정가로 시집을 갔으나 고난을 겪는다.

소양씨는 정세흥에게 고난을 겪고 죽다 살아나고, 정세흥도 병세가 회복
　　되어 간다.

양공은 질아 소염난을 찾았으나 심하게 다쳐 마음 아파한다.

양공과 소공이 소염난이 호전되면 정세흥과 결혼시키려 한다.

정공은 춘교의 초사로 소염난의 일을 알게 되고, 정공과 소공이 성혼하기
　　로 한다.

정천흥이 제왕과 맞서 고전하자, 윤희천이 출정하고 정세흥도 함께 한다.

윤광천의 아내 진씨가 득남하나 몸이 약해 진부로 귀녕한다.

윤광천이 위를 맞서 싸우며 승승장구하여, 위를 항복시키고 풍속을 순화
　　시킨다.

윤광천이 위국공이 되고 임성각이 절제도총독이 된다.

윤광천이 옥누항에 돌아와 진씨가 없자 진씨가 산후병으로 죽은 줄로
　　알고 있다.

윤광천은 이것이 거짓임을 알고 진소저를 윤부로 데려간다.

한상궁이 문양공주를 회유하여 조금씩 개과하고, 윤명아가 공주를 위로하
　　려 노력한다.

권85: 윤명아가 문양공주를 위로하고, 정천흥은 제왕을 제압하고 구몽숙
을 만남

윤명아가 이수빙, 양부인 경소저 모두 문양공주를 위로해 보기로 한다.

한상궁이 기뻐하며 정천흥도 이를 알고 기뻐한다.

문양공주는 처음에는 화를 냈지만 차츰 이를 받아들인다.

정천흥이 제왕과 맞서 싸우기 위해 격서를 보내자 제왕이 찢어버린다.

제왕이 봄이 오면 싸울 것을 제안하자, 봄이 되어 정천흥과 제왕이 싸우게
　　된다.

정천흥은 제왕의 군사 중에서 노모가 있는 군사는 살려 보낸다.

정천흥은 자신이 죽었다는 거짓소문을 내 적군을 혼란시키고 결국 위왕을
항복시킨다.

정천흥이 경사로 돌아가는 길에 구몽숙을 만난다.

권86: 정천흥이 구몽숙 집의 귀매를 제압하고, 윤희천은 동창의 전염병
을 구호함

구몽숙은 정천흥에게 곡식과 옷을 귀매가 가져간다고 하여 가보니 귀매가
배사옹의 집에 나타난다고 한다.

정천흥이 배사옹의 집으로 가서 부적으로 귀신을 제압하니 산돼지 정령이
라 한다.

윤희천이 동창의 전염병을 구호하러 출병했는데, 윤희천이 오자 제압이
된다.

자객 차정계를 보내 윤희천을 죽이려 하나 윤희천이 방비하여 차정계가
죽는다.

경공의 부인 양씨가 자신과 딸을 경사까지 데려다 달라고 부탁하여 윤희
천이 그렇게 한다.

윤희천이 돌아오자 가문의 위의가 혁혁해진다.

권87: 정천흥이 평제왕이 되고, 가문이 번성함

정천흥이 제국을 정벌하고 돌아와 평제왕이 된다.

정공이 상제왕, 진부인이 태왕비, 윤씨가 제국부인, 조현창이 정천후, 경환
기가 평제백, 윤기천이 평양백, 석준이 영능후, 윤희천이 동평후로, 정
세흥은 동월후로, 하원광은 초국공으로 봉해진다.

소염난과 정세흥의 결혼하나, 양씨의 냉담함과 소씨의 열숙함이 정세흥과

맞지 않는다.

정필홍이 두씨와 결혼하나, 두씨는 매사 질둔하고 못나 맞지 않는다.

정필홍이 과거에 급제하여 한림학사가 되자, 화무가 청혼하자 화씨와 결
　　혼한다.

두씨와 화씨는 성격이 매우 달라 서로 편하게 지낸다.

정천홍과 정세홍이 태주 선산에 소분하러 갔다가 돌아오는 길에 취월암에
　　들른다.

정천홍이 정세홍에게 한소저를 소개하고 인연을 맺게 한다.

혜원 스님이 한공자를 소개한다.

권88: 정세홍과 한희주가 결혼하고, 문양공주는 차츰 개과천선한다.

정세홍이 취월암에 갔다가 한공자를 찾는다.

한소저는 이곳에서 부친 3년상을 치르고 남복을 하고 있었다.

한소저가 정천홍, 정세홍을 만나 당황하나 서로 강학한다.

정세홍이 한희린을 아느냐고 묻자 종형제라고 한다.

정세홍이 한소저의 팔의 비홍을 발견하고 여자임을 알아차린다.

정세홍은 한소저를 자기 기물로 삼으려고 옥누항에 가서 한소저 이야기를
　　한다.

한희린이 취월암에 가서 누이 한소저를 데려온다.

곽부인이 지난날을 반성하며 한희주를 반긴다.

정세홍과 한희주의 결혼이 성사되고, 문양공주가 점점 개과천선한다.

정천홍이 평제왕이 되었으나 검소하게 행동한다.

정천홍은 아이들이 문양공주에게 문안을 드리는 것을 알고 대노하여 매를
　　친다.

권89: 윤명아가 정천흥에게 문양공주의 개과천선을 알리고, 제5비가 되게 함

윤명아가 이를 보고 청죄한다.

윤명아가 정천흥에게 문양공주의 개과천선함을 알린다.

정천흥이 윤명아의 덕성스러움을 새삼 느낀다.

황제가 정천흥을 불러 문양공주에 대해 묻자, 제5비로 삼는다.

순태부인의 생일을 맞아 화려한 잔치가 열리고 가문의 번성함을 널리 알린다.

권90: 태부인의 생신연 잔치

태부인 생신연이 사흘간 계속되어 풍성스럽다.

권91: 정천흥은 구몽숙을 담양 순무사로 추천함

문양공주가 잉태하고 개과천선한다.

윤희천이 태자의 스승으로 임명되어 태자가 공부에 전념하도록 지도한다.

윤희천이 윤경아의 개과천선에도 힘쓰며 석준에게 윤경아를 덕으로 대해 달라고 요청한다.

한희린이 장원급제하여 춘방학사가 되자 우소저와 결혼한다.

정천흥이 담양에 역질이 돌자, 구몽숙을 순무사로 보낼 것을 요청한다.

황제가 이를 허락하여 구몽숙이 이 일을 하게 된다.

문양공주가 득남한다.

경공의 부인 양씨가 경소저와 더불어 윤부에 살다가 경씨의 혼처를 찾자, 정천흥이 하원광의 3부인이 되라고 권한다.

하원광이 경소저와 결혼한다.

권92: 하원광의 처 연군주의 투기가 심하고, 하원상의 약혼자 임씨에게 혼사장애가 생김

하원광의 아내 연군주가 경씨를 투기한다.

연군주는 추한 용모로 음식을 함부로 먹고, 말도 함부로 한다.

윤희천을 하원광으로 잘못 보고 허언을 하기도 한다.

연군주가 처음에는 경소저를 질투하다가 차츰 윤현아의 행동을 보며 변화 된다.

하부의 원상, 원창 쌍둥이 형제는 14세, 원필이 12세이다.

원상은 이미 임공의 여아와 결혼하기로 약조가 되어 있다.

임참정의 계모 목씨가 흉악하여 임씨의 혼사를 방해한다.

임몽옥이 하원상의 아내가 되기로 했는데 주애랑을 대신 보낸다.

임참정이 왜국 사신으로 파견되자 목씨가 자기 마음대로 결정한 것이다.

권93: 하원창이 설빈과 결혼하게 되고, 하원상은 가짜 임씨를 내쫓음

하원상이 주애랑의 행동을 보며, 임소저가 아닐 것이라고 생각한다.

하원창이 정부에서 정아주를 보고 반하여 상사병이 난다.

오왕이 정부에 와서 여러 공자들을 보고 학문에 대해 토론한다

하원창이 막힘이 없자 자기 양녀와 결혼시킬 생각을 한다.

성난화가 설빈군주라는 칭호를 얻어 지낸다.

하원창과 설빈의 혼사가 이루어진다.

하원상이 가짜 임씨에 대해 의문을 품고 시비들을 탐문하여 진실을 알게 된다.

하생이 가짜 임씨를 쫓아내고 이를 부모에게 알린다.

쫓겨난 애랑이 목씨에게 자신의 처지를 말하자 목씨가 임몽옥을 구타한다.

목씨가 자기 조카 목표와 임몽옥을 강제 결혼시키려 한다.

임몽옥의 사촌 오빠가 이를 막자 목씨가 심하게 때린다.

권94: 임씨가 자기 대신 조카를 신부로 보내고, 하원창은 정아주와 결혼하게 됨

임몽옥이 사촌 오빠를 구하기 위해 일단 목표와 결혼하기로 한다.

목표와 결혼하는 날 임몽옥의 조카 임한을 여장시켜 보낸다.

한이 첫날 은장도를 꺼내들고 왜국에서 부친이 올 때까지 기다렸다 합방한다고 한다.

한이 목표에게 고향인 서주로 내려가 살자고 한다.

임몽옥은 강부로 숨고, 길일을 택해 하부로 보내기로 한다.

하원창이 정아주에게 편지를 써 창린에게 심부름 시키려 하자 거부하여 은기를 시킨다.

은기가 편지를 가져가다 정세홍에게 들킨다.

하원창의 편지가 전해지지도 않고 하원창은 상사병이 심해지다가 결국 결혼하게 된다.

권95: 정씨 형제가 정아주가 부실로 가는 것에 분노해 하원창을 낙방시킴

정씨 형제들은 자기 여동생이 하원창의 부실로 간다는 것에 분노한다.

정공과 태부인도 안타까워하나 방법이 없다고 한다.

원상 원창 형제가 과거에 응시하나 정세홍이 하원창을 일부러 낙방시킨다.

임한은 목표와 서주에 있다가 목표의 첩이 될 사람을 구해 놓고 자신의 신분을 밝힌다.

하원상이 임몽옥과, 하원창은 설빈과 같은 날 결혼식을 한다.

정아주가 설빈을 보고, 성난화임을 알아본다.

하원창이 정아주에게 썼던 편지가 발각되어 매를 맞는다.

권96: 하원창이 장원급제하고, 설빈은 정아주를 죽일 생각을 함

조정에서 다시 과거시험을 보자, 하원창이 장원급제한다.

하원창은 정아주와 결혼식을 거행하고, 설빈은 정아주를 죽일 마음을 먹
는다.

하영주, 윤현아 등이 설빈을 보고 성난화로 의심한다.

성난화는 요예지물에 축사를 써서 정아주 죽기를 바라나 정아주가 알고
다 치워 버린다.

평진왕 울금서가 노략질을 하자 윤광천, 정세홍이 출정한다.

구몽숙이 담양 태수로 정치를 잘한다.

정천흥과 윤희천이 황제에게 구몽숙을 경사로 부를 것을 주청한다.

구몽숙이 결국 경사로 돌아오고 고마워한다.

설빈은 정아주를 해칠 마음에 묘화와 손잡는다.

권97: 원창은 설빈과 불화하고, 설빈이 아주를 모해하나 정아주는 이를 무시함

설빈이 정소저와 있으면 무수한 욕과 질언을 하나, 아주소저가 이를 무시
한다.

묘화가 설빈에게 아주의 임신 소식을 알리자 설빈이 아주를 죽이려 한다.

제전을 만들고 요술을 써서 낙태시키고 죽이려 하자, 백의관음이 묘화를
꾸짖는다.

설빈이 자신의 박대를 오왕에게 말하자, 오왕이 하공에게 설빈을 신경
써 달라고 한다.

설빈은 오왕에게 하원창이 자신을 박대한다는 편지를 쓰자, 하공이 곤장
40대를 친다.

하원필은 하공의 막내아들로 14세로 진영연의 장녀 진애화와 결혼한다.

하원창이 하공의 말을 듣지 않는다고 50대를 맞고 쓰러진다.

권98: 설빈이 정아주를 납치하고, 원상·원창 형제에게 살인 누명을 씌움

설빈이 묘화를 시켜 정아주를 납치하여 오왕 누옥에 가둔다.

유랑을 약을 먹여 죽여 놓고 정아주의 모습으로 만들어 놓는다.

연상궁이 정아주를 오왕궁 후원 냉옥에 보낸다.

태섬이 정아주를 도와주고, 정세홍이 울금서를 베고 진국을 정벌한다.

묘화가 요술을 부리려다가 지장보살에게 혼이 난다.

설빈이 하원상에게 추파를 보내다가 망신을 당한다.

설빈이 개용단을 먹고 하원상으로 변하고, 시비 제앵을 설빈으로 변신시
    킨다.

설빈이 제앵을 칼로 찔러 죽이는데 이것이 하원상이 설빈을 죽인 형상이
    된다.

결국 하원상은 살인자 누명을 쓰게 된다.

세자가 설빈의 시체를 거두어 오고 자초지종을 알아보러 하부로 간다.

이에 설빈은 다시 개용단을 먹고 하원창으로 변해 세자를 죽인다.

하부의 하원상·하원창은 설빈의 개용단 모해로 설빈과 세자를 죽인 살인
    누명을 쓰게 된다.

권99: 정아주는 태섬과 합심하여 냉옥을 탈출하고 등문고로 원창, 원상
의 억울함을 밝힘

정아주는 태섬의 도움으로 냉옥에서 아이를 낳는다.

정아주는 냉옥에서 하원상, 하원창의 억울한 사연을 알고 이들을 구할
    생각을 한다.

원창, 원상이 살인죄에 연루되어 대리시에 갇히나, 이 사건에 대해 오왕은

분노하나 황제는 신중해야 한다고 한다.

설빈이 정아주를 죽이려고 하자 태섬과 합심하여 설빈을 묶고 냉옥을
　　탈출한다.

정아주 격고등문하여 하원상, 하원창의 무고함이 밝혀진다.

설빈이 참수되고 연상궁이 유배되고 묘화는 사라진다.

정아주가 인열 숙성비가 되고 태섬이 상궁으로 봉해진다.

아주의 아들을 몽현이라 한다.

하원필이 등과하여 한림학사가 된다.

하원광의 아들 몽린은 정인군자형이고 몽성은 영웅호걸형이다.

권100: 윤부, 정부, 화부, 하부가 모두 화락함

하원창 정아주가 화락하고, 하원창이 양유의 여를 재취하고, 위박의 여를
　　삼취한다.

인종 황제가 위태부인의 생일을 맞아 윤부에 음식을 내리고 잔치를 베푼다.

윤부, 정부, 화부의 많은 사람들이 찾아와 가문의 융성함을 과시하고 축하
　　한다.

온가족이 즐거운 축제를 이룬다.

이후 자손이 번성한다.